香港地區普通話教學與測試詞表

主編：陳瑞端

首席顧問：劉英林

商務印書館

香港地區普通話教學與測試詞表

主　　編：陳瑞端
首席顧問：劉英林
研製組成員：李　卉　陳志良　陳榮石
（按姓氏筆劃排序）畢宛嬰　楊　軍　劉文采

責任編輯：黃家麗
封面設計：張　毅
出　　版：商務印書館（香港）有限公司
香港筲箕灣耀興道 3 號東滙廣場 8 樓
http://www.commercialpress.com.hk
發　　行：香港聯合書刊物流有限公司
香港新界大埔汀麗路 36 號中華商務印刷大廈 3 字樓
印　　刷：美雅印刷製本有限公司
九龍觀塘榮業街 6 號海濱工業大廈 4 樓 A
版　　次：2018 年 6 月第 3 次印刷

ISBN 978 962 07 1830 4
Printed in Hong Kong

目　　錄

前　言

上個世紀八十年代初以來，香港掀起了學習普通話的熱潮。隨著內地改革開放的不斷深入，越來越多的香港人北上旅遊、工作和尋找商機，會說普通話成為到內地交流和生活的必備條件；因此，各種不同類型的普通話培訓課程如雨後春筍般湧現，其主要目的是幫助香港人學會用普通話進行基本的溝通。近十多年來，香港與內地的交往日趨頻繁，兩地在各個領域的合作迅速發展，普通話在香港地區越來越受重視，人們對普通話的需求越來越大；而各行各業對普通話能力的要求，也已經從日常應對，提高到在專業領域裏順暢地溝通。

與此同時，普通話在學校教育體系中的地位也在不斷改變，十多年前只有少數中、小學作為興趣科目，到一九九八年，普通話已經發展成為九年義務教育的核心課程。二零零七年，第一批接受九年普通話訓練的初中學生畢業。普通話已成為英語、粵語以外的第三種教學語言，不少學校已開始使用普通話教中文。由於這種地位的改變，人們開始關注普通話學科設計的科學性，以及教學內容的實用性和規範性。對於學生的普通話能力，也要求有客觀的測量和評估機制，以求對他們的普通話水平有更準確的描述。

多年來，香港教育界在普通話教學和測試方面已經做了大量卓有成效的工作，奠定了相當堅實的基礎。其中，香港理工大學為適應本港普通話教學與測試的需求，進行了一系列探索。早在一九九五年，中文及雙語學系即開始研製"香港普通話水平考試（PSK）"，經過多年開發、實驗、修訂，PSK 已於二零零零年正式推出供理大學生應考，並於二零零三年通過了國家語言文字工作委員會語言文字規範（標準）審定委員會的學術評審，確認 PSK 的前三級六等與國家語委的"普通話水平測試（PSC）"的相應等級具有等效性。為了進一步使香港地區的普通話教學與測試走上科學化、標準化、規範化的道路，理工大學中文及雙語學系還進行了一系列相關的研究，編製詞表、字表是其中重要的工作。

香港理工大學中文及雙語學系於一九九六年開始進行這項工作，在二零零零年完成了《香港地區普通話教學與測試詞匯等級大綱（附漢字表）》的初稿，其後又多番增刪修訂。研製分級詞表的主要目的是：為香港地區普通話教學的總體設計、教材編寫和課堂教學提供指導性參考；為香港普通話水平考試（PSK）及其他普通話測試提供詞語方面的參照。此外，《大綱》對編撰各種普通話教學和研究的工具書，也可以提供一定的範圍和基礎，對嘗試用普通話做教學語言的其他科目的教學，同樣具有一定的參考作用。

《大綱》的初稿曾經作為"香港普通話水平考試（PSK）"的成果之一，在二零零零年一月提交給香港普通話水平考試（PSK）學術審定會進行了審定。其後又經過三個階段的不斷加工、修訂，於二零零五年一月最後通過海內外十五位專家的學術鑒定。鑒定委員會主任為胡明揚教授，副主任為李宇明教授和傅永和教授；鑒定意見認為：《大綱》的詞語表比較客觀地反映了現代漢語詞語的使用情況，具有較強的科學性和較高的實用性，所收的詞語具有規範性，充分考慮了香港推廣普通話的實際，學術水平和實用價值較高。

《大綱》在研製過程中，得到國家教育部語言文字應用研究所的大力支持，多位專家學者提出了不少寶貴的意見；同時還得到孫文冬、孟麗、翁衡平、李華、榮桂茹、郝彥光等多位香港資深普通話教師的幫助。在此，謹向所有曾經參與《大綱》研製工作的專家、老師致以衷心的謝意。

語言隨著時代而不斷變化，《大綱》的內容也要跟上時代的步伐而不斷更新。此外，編製詞匯大綱是一項艱巨而繁瑣的工作，過程中難免疏漏；對於詞語的選擇和編排，不同的人也可能有不同的意見。凡此種種，懇請專家和讀者不吝指正，以便我們日後繼續修訂、完善。

根據市場推廣的需要，《香港地區普通話教學與測試詞匯等級大綱（附漢字表）》出版時書名調整為《香港地區普通話教學與測試詞表》，特此奉告。

編者謹識

2008 年5 月

研製報告

一、研製背景和目的

粵語是香港人互相溝通的主要用語，雖然它是其中一種漢語方言，但是它和普通話在語音、詞匯、語法等方面，都存在著一定程度的差異。而由於歷史的原因，香港社會在語言文字的表達方面，保留了比較多的地域特色，因此，在香港進行普通話教學和評估工作，必須充分考慮到這些特殊的情況，才能使相關的工作進行得更有科學性和針對性。

在語音、詞匯、語法三個層面當中，語音訓練長期以來都是香港普通話教學的焦點，這是可以理解的，因爲粵方言區的人士學習普通話的語音難點基本上可以做到一一列舉，教學目標容易確立，教學活動容易展開；只要學生認真對待，不難看到成績。語法難點也有類似的情況。相對而言，詞匯差異雖然經常受到關注，但是由於詞匯系統的開放性，使詞匯教學難以真正體現在教學活動當中；因此克服詞匯範疇的教學困難，反而是香港地區普通話教學的一項重要任務；而研製香港普通話教學與測試所適用的詞匯等級大綱，就成為一項勢在必行的工作。

從詞匯層面明確香港地區普通話教學與測試的基本範圍，對提升普通話教學的成效有相當重要的意義，因為語音必須通過具體的字詞來體現；瞭解和掌握了語音難點，並不等於能夠正確使用每一個普通話詞語；語音操練最後必須落實到具體的字詞上，才能真正跟學生的普通話能力掛鈎。另一方面，由於詞語本身的開放性和香港日常用語的地域性特點，不少香港人習以為常的詞語，都跟普通話有一定差別。這種差別在數量上和程度上遠遠大於語法方面的差別，比如“返學、菲林、梳化、巴閉、撞板、擺烏龍”等等充滿方言色彩的詞語，在香港的語言生活中俯拾皆是。那麼，這些香港地區通行的詞語，有哪些已經被普通話的詞匯系統所吸納？有哪些表達香港獨有的事物或概念，難以在普通話中找到對應？還有哪些單純是方言詞匯，可以用普通話中相對應的詞語替代？在教學過程當中，有哪些詞語可以選用、那些不能？這些問題，是普通話教學所必須面對的。要解決這些問題，就需要對當前通行的普通話詞語和香港地區通行的中文詞語進行比較研究，按照詞語的使用頻度、分布情況和自身的系統，明確普通話常用詞語的基本範圍。這項工作對香港地區的普通話教學與測試無疑具有非常重要的現實意義和應用價值。

二、研製的主要依據

《大綱》的研製，首先要反映普通話語詞的基本面貌和系統特徵，其中既包括靜態的詞匯系統，也包括動態的詞語應用現狀，尤其是基於詞語使用頻度和分布情況的詞語常用度和詞語通用度。同時，由於《大綱》主要適用於香港地區，詞語應用的區域特徵和社會因素也應當得到充分的考慮。

在《大綱》研製過程中，研製組收集和整理了香港、內地、台灣三地具有較強代表性的通用詞語表四種，對外漢語教學與測試詞語表一種，北京口語詞表一種，香港小學中文教學詞語表一種，北京小學語文課本詞語表一種。這八種詞語表的基本情況如下：

1. 香港理工大學通用詞語表。這份詞語表有新舊兩版；舊版的 500 多萬字語料來源於上個世紀 90 年代兩岸三地 10 種主要報紙，內容涵蓋了政治、民生、財經、體育、廣告等 9 大類。新版則增加了 2003 年的報章語料和香港地區小學課本和課外讀物的語料，共 650 萬字。這份詞語表所依據的語料，反映了香港地區中文應用和中文教學中詞語應用的現狀。

2. 現代漢語通用詞語表。這份詞語表是國家語委科研項目"現代漢語通用詞表研製"的成果，詞語表來源於數億字的海量語料庫，語料覆蓋面非常廣泛。研製者首先按照經過研究和審核的分詞原則加工整理出草表，隨後又經過數十位語言文字學專家的人工干預和評審，最後又經過了 4 652 萬多字的語料檢測，形成了容量為 6 萬餘條詞目、逐條附有頻度信息的詞語表。用於檢測的語料來自內地的主要報紙、期刊、網上刊物和小學語文課本、讀物等，內容涵蓋政治、經濟、教育、文藝、理工等 9 大類，時間跨度從 1994 年至 2002 年。這份詞語表所依據的語料類別多、範圍廣、內容豐富，基本反映了內地現代漢語書面文獻資料的詞語使用狀況。

3. 國家語委語用所研製的現代漢語通用詞表。這份詞表集 6 種大型詞表之大成，在界定詞語的通用程度方面，既參照了詞語的出現頻率，也關注到詞語在不同詞表中的分布情況，減少了由於採集語料的偏差而引致的統計結果的偏誤，提高了判斷詞語常用情況的準確性，更加客觀地反映了現代漢語詞語應用的現狀。

4. 台灣 1998 年常用詞語表。這份詞語表來源於台灣 1998 年社會用語調查，語料總量約 160 萬字，語料來自當年出版的報紙、雜誌、暢銷書和各類網站以及一些口語體裁（如演講稿、電台的對話節目）的調查資料等，內容涵蓋政治、財經、科學、生活和文化等 5 大門類。該詞語表特別關注了口語體裁，所依據的語料基本反映了現階段台灣中文詞語的使用情況，只是在語料庫的容量和語料的時間跨度方面稍嫌不足。

5. 香港教育署課程發展處目標為本課程中國語文科《小學教學參考詞語表（試用）》。這份詞語表是 1996 年香港教育署課程發展處為配合"目標為本課程"的推行而頒布的，共收詞語 6 776 條。該詞語表參考了香港地區多種小學中國語文課本所附的詞表，同時也參考了上個世紀八十年代香港、北京、新加坡有關中小學語文教學詞匯的研究成果。該詞語表是香港地區小學中國語文教學的重要參考，在教學和教學評價中發揮了很大作用，只是數量略少，同時缺乏詞頻率統計方面的依據，科學性稍受影響。

6. 內地小學語文教材詞語表。這份詞語表來自內地北京版小學語文全日制（六年制）課本，課本共 12 冊，對內地小學語文教材的詞語使用情況具有一定代表性。該詞語表統計、整理了出現在課文、課後練習中的所有詞語，並按冊給出了每個詞語的出現次數，收詞總量為 11 379 條。該詞語表基本反映了內地小學語文教學中的詞語內容，只是出現頻率不同的詞語在教學要求上存在的差別沒有得到充分體現。

7. 《漢語水平詞匯與漢字等級大綱》中的詞匯部分。這份詞匯等級大綱是一個規範性的詞匯等級大綱，是我國對外漢語教學總體設計、教材編寫、課堂教學和中國漢語水平考試(HSK)的重要依據。共收詞 8 522 條，漢字 2 905 個。該大綱在對外漢語教學與測試中發揮了非常重要的作用，反映了內地對外漢語教學和使用內地教材的對外漢語教學中詞語應用的基本面貌，只是由於研製的年代所限，對近年來詞語發展變化的反映不夠充分。

8. 北京語言大學語言教學研究所研製的北京口語調查詞表。這項調查是國家"七五"規劃重點課題，結題時建立了"北京口語語料"庫，現在還在進行後續研究，補充近年來的新語料。該詞表基於實際調查而成，基本反映了北京人近年來使用詞語的一般情況，只是所反映的是北京話的用詞情況，其中有一小部分還不屬於普通話的範疇。

三、研製過程

《大綱》的研製前後進行了 6 年，大致可分為四個階段。

第一階段：1999 年至 2000 年。這一階段的主要工作是以香港理工大學通用詞語表（舊版）、國家語委語用所研製的現代漢語通用詞表、《漢語水平詞匯與漢字等級大綱》中的詞匯部分和北京語言大學語言教學研究所研製的北京口語調查詞表為基礎，統計分析了這 4 種詞表的交叉情況和詞語的頻度信息，同時根據教學的系統性要求，對少數詞語進行了一些人工干預，最終形成了《大綱》初稿（一）。

初稿（一）共收詞語 15 201 條。根據詞頻信息、詞語分布以及教學與測試的實際需要，我們把上述詞語分為三個等級，其中 A 級詞 5 051 條；B 級詞 5 050 條；C 級詞 5 100 條。這份初稿連同"漢字大綱"（初稿）一併作為"香港普通話水平考試（PSK）"的兩項成果，在 2000 年 1 月提交給香港普通話水平考試（PSK）學術審定會進行了審定。

第二階段：2000 年至 2002 年。這一階段的主要工作是把《大綱》初稿（一）與現代漢語通用詞語表和台灣 1998 年常用詞語表進行對比分析，根據詞頻和詞語分布等情況，又對一部分詞語酌量進行了調整，並形成了《大綱》修訂稿（一）。收詞語 14 141 條，其中 A 級詞 4 815 條；B 級詞 4 763 條；C 級詞 4 563 條。

第三階段：2002 年至 2003 年。這一階段的主要工作是加工、處理香港理工大學通用詞語表（新版）、現代漢語通用詞語表、香港教育署課程發展處目標為本課程中國語文科《小學教學參考詞語表（試用）》、內地小學語文教材詞語表和台灣 1998 年常用詞語表等 5 種詞語表的數據信息。首先把這 5 種詞語表處理成 Excel 格式文件，並按上述次序給這 5 種詞語表編號，1 代表理工大學通用詞語表、2 代表現代漢語通用詞語表，餘此類推；然後用計算機對這 5 種詞語表的原始數據文件進行對比運算，並把運算結果依次生成 5 種詞語表共有詞語、4 種詞語表共有詞語、3 種詞語表共有詞語、2 種詞語表共有詞語和 1 種詞表獨有詞語，共 31 個互不交叉文件。這 31 個文件依次如下：

(一)　12345	(十二)　135	(二十三) 15
(二)　1234	(十三)　145	(二十四) 25

(三) 1235	(十四) 235	(二十五) 35
(四) 1245	(十五) 245	(二十六) 45
(五) 1345	(十六) 345	(二十七) 1
(六) 2345	(十七) 12	(二十八) 2
(七) 123	(十八) 13	(二十九) 3
(八) 124	(十九) 14	(三十) 4
(九) 134	(二十) 23	(三十一) 5
(十) 234	(二十一) 24	
(十一) 125	(二十二) 34	

註：表中阿拉伯數字表示不同種類的詞語表，1 是香港理工大學通用詞語表（新版）的代號，2、3、4、5 依次分別是現代漢語通用詞語表、香港教育署課程發展處目標為本課程中國語文科《小學教學參考詞語表(試用)》、內地小學語文教材詞語表和台灣 1998 年常用詞語表 4 種詞語表的代號。
括號中的漢字數字是文件序號，文件（一）是 5 種詞語表共有詞語：文件（二）至文件（六）均為 4 種詞語表共有詞語：文件（七）至文件（十六）都是 3 種詞語表共有詞語；文件（十七）至文件（二十六）是 2 種詞語表共有詞語；文件（二十七）至文件（三十一）是 1 種詞語表獨有詞語。

對比結果顯示，3 種以上詞表共有詞語計 9 080 條。經過詞頻和分布情況等方面的考察，又從兩種詞表共有詞語中篩選出了 318 條詞，這兩部分共計 9 398 條詞語生成了一個新的數據文件；研製組再對這個文件中的詞語採取逐一審視的方式進行反覆篩選。

在篩選過程中，我們所把握的尺度主要是 5 種詞語表對比統計後的客觀數據，優先選擇 5 種詞語表共有的詞語，其次是 4 種詞語表共有的詞語，然後是 3 種詞語表共有的詞語；另外，兩種香港詞語表數據文件中的詞語分布信息也是篩選詞語的重要依據，除去一小部分典型的方言詞語外，凡是在這兩種詞語表中出現的詞語，如果已經或能夠被普通話的詞匯系統所吸納，或者不會引起溝通障礙的，基本上都受到格外關注。

另一方面，我們在篩選詞語過程中，也堅持了語言學的標準和科學規律，對詞語本身的獨立性、代表性以及詞語的系統性等特徵進行了比較全面的考察和分析，與客觀的統計對比數據相輔相成。首先，在現代漢語中基本只用於姓氏或地名的詞語，如“劉、鄭、吳、趙、浙江、杭州、美國、東南亞”等，一律不選入新的詞語表。其次是一些結合得雖然比較緊密，但是整體上體現的主要還是結構性特徵的詞語，如“也是、個個、下次、憑着、流出、父母親、變化多端、初三”等，也不選入。還有一些詞語有兩種詞語形式，意義和用法基本相同，在考慮組合能力和系統性原則等因素後，我們只選收其中一種形式。

按照上述操作流程，我們形成了收詞數量為 8 062 條的詞語表初稿（二）。這份詞語表分為 A、B 兩級，其中 A 級詞 4 030 條；B 級詞 4 032 條。

第四階段：2003 年至 2004 年。這一階段的工作主要是把第二階段形成的《大綱》修訂稿（一）和第三階段形成的詞語表初稿（二）進行對比分析，根據對比分析的結果把詞語表初稿（二）中有，而《大綱》修訂稿（一）中沒有的一部分詞語，補充到了《大綱》中。然後對所有詞語反覆逐一審視、分析、推敲、篩選，最終形成了新的《大綱》修訂稿。同時，也對兒化詞語進行了全面、系統的分析和處理。

新的《大綱》修訂稿共收詞 14 713 條。其中 A 級詞 4 839 條；B 級詞 4 812 條；C 級詞 5 062 條。兒化詞語 72 條。

四、研製原則

在上述研製過程中，根據研製目的，我們在確定詞表收詞範圍時，有三個方面的考慮：第一方面主要針對普通話，重點考察現行漢語書面文獻資料中詞語的使用、分布、通行等狀況；第二方面主要針對香港地區，重點考察香港地區在使用中文過程中詞語方面的特點；第三方面主要針對語言教學本身的系統性，重點考察部分詞語的系列和序列。

綜合以上幾個方面的考慮，並依照和參考研製詞語表的一般規律，我們在研製《大綱》過程中所遵循和依據的主要原則是：

1. 科學性原則：科學性有兩層含義。第一層體現在傳統語言學層面上，主要是確定漢語中詞的切分標準。在這方面，我們根據現代漢語研究已有的科研成果，採納了大多數專家學者和權威工具書的意見，用以界定或識別詞與非詞。第二層主要體現在篩選詞語的思路和科研手段上。在這方面，我們主要關注並審核詞語的通用度，通過電腦獲取並處理大量數據，對頻度高、使用範圍廣的詞語優先選擇。

2. 客觀性原則：客觀性的最主要含義是尊重語言應用的現實狀況，儘量減少在篩選詞語過程中人為的主觀因素。以客觀的統計數據作為研製《大綱》最根本的基礎。儘量限制和減少憑主觀經驗或個人意見進行人工干預的範圍。另一方面，客觀性也要求我們具有發展的眼光。例如：有些詞語在普通話中通行多年，而在香港原來選用的是另一些說法，但是近年來隨着香港和內地交流的日益頻繁，這些詞語也在香港不同程度地使用了；同樣的原因，像“酒樓、的士、按揭、嘉年華”等，以前是典型的香港地區詞語， 近年來在內地的使用範圍也顯現出越來越廣泛的趨勢，其中有些詞語已經進入普通話，我們也選擇了這樣一部分詞語進入《大綱》。

3. 針對性原則：針對性的含義主要體現在香港地區使用中文的現實狀況和特點上。香港地區使用中文時，多年形成的體現香港地區特色的部分詞語，在內地也許並不流行，或者另有說法，但是這些詞語不會造成只懂普通話的人理解上的困難和溝通方面的障礙，而且其中還有一部分已經進入普通話的詞匯系統，或者顯現出被普通話吸納的趨勢，如“菲傭、署理、樓花、八達通”等等。這些詞語在香港地區的語言生活和交際活動中使用頻率很高，在《大綱》中適當收入它們，能夠適應香港人的語言生活習慣，有助於香港地區普通話交際活動的發展。此外，《大綱》中對普通話兒化詞語的處理也充分考慮了香港地區人士學習普通話的實際狀況，按照兒化是否構詞要素，是否區別詞義或詞性，以及兒化在普通話韻母中的分布情況等因素，廣泛徵求了有關專家的意見，參考了影響較大的工具書、詞表和有關普通話兒化詞語的研究報告，對進入《大綱》的兒化詞語進行了精選。

4. 系統性原則：系統性原則指的是對具有共同特徵的詞語，按類別統一處理，一是對部分詞語按系列進行配套選擇，如貨幣收“人民幣、港元、美元”等；二是對某類詞語進行系統處理，比如親屬稱謂一般都收雙音節詞，如“爸爸、媽媽、哥哥、姐姐、弟弟、妹妹、叔叔、舅舅”等，而不收單音節的形式，這也符合詞語表的經濟性需要。

五、關於漢字表及其覆蓋率檢測和音節對照表

1. 漢字表的編制

語言的要素包括語音、詞匯、語法三個方面，其中詞匯是語言的建築材料。確定了普通話的常用詞匯，才能根據這些詞匯整理出相應的字表。漢字表的編制是在詞匯等級大綱研製的第四階段後期分三步進行的。

第一步，將詞匯等級大綱修訂稿（二）的簡化字版處理成在香港通行的繁體字版本。與此同時，對一些由非常用漢字組成的常用詞語反覆進行審視、對比和篩選。最後確定的詞匯與漢字等級及數量如下：

A 級詞 4 839 條，漢字 1 982 個；B 級詞 4 812 條，漢字 741 個；C 級詞 5 062 條，漢字 561 個。ABC 三級詞共有 14 713 條，共有漢字 3 283 個。

第二步，參考中國大陸按頻率降頻排列的 505 個姓氏用字，抽取前 100 個漢字，與詞匯大綱用的 3 283 個漢字相比對。將 3 283 個漢字中未收而在香港社會生活中較常見的 32 個姓氏用字，編成附錄一。

第三步，參照漢字頻率統計和規範漢字研究的最新成果，從中選取 3 283 個漢字表中未收而在香港社會生活中較常見的 42 個人名、地名用字；同時根據香港社會的現實用字情況，選取理工大學 3 283 個漢字表和最新研究成果的常用漢字表中都沒有收、而在香港較常見的 9 個人名、地名用字；兩個部分相加，共收 51 個人名、地名用字，構成附錄二。

詞匯等級大綱使用的漢字為 3 283 個，加上附錄一和附錄二收取的常用姓氏和人名、地名用字 83 個，整個漢字表共收錄漢字 3 366 個。

2. 覆蓋率的檢測

新的《漢字表》形成後，我們又將香港通行的繁體字版本和內地通行的簡化字版本，分別放到香港理工大學語料庫和國家語委語料庫中進行覆蓋檢測。檢測方法是首先剔除兩個語料庫中作為人名、地名的專有名詞，然後對《漢字表》中的詞語逐條標注在兩個語料庫中出現的次數、頻度和累計頻度。

經過檢測，《漢字表》的繁體字版在香港理工大學語料庫中的累計頻度達到 96.5%；簡化字版在國家語委語料庫中的累計頻度達到 90.5%。這個結果使我們有理由相信，《大綱》真實反映了現代漢語詞語的常用情況和通用情況，作為香港地區普通話教學與測試的指導性綱要是較為科學的、符合客觀實際的，也是比較恰當的。

3. 香港地區普通話教學與測試音節與漢字對照表

為了滿足香港地區普通話教學與測試的需要，我們又研製了《香港地區普通話教學與測試音節與漢字對照表》。該表按開口呼、齊齒呼、合口呼、撮口呼排列，所列帶調音節標註著適應普通話教學和測試的例字。例字盡可能選取常用或較常用的漢字，盡量避免多音字，不選方言字，這個《對照表》，方便了普通話的教學，為普通話音節的學習提供了漢字依托，也為普通話的測試提供了重要參考。

詞匯系統作為語言要素中最活躍的一個部分，隨着社會的發展和變化，也會不斷發展和變化。研製組將隨時關注內地和香港社會語言生活狀況，進行跟蹤研究，每隔一段時間對《大綱》進行局部的動態修正和調整，使《大綱》在反映現階段漢語常用和通用詞語情況的同時，適時反映詞語相對穩定又不斷發展和變化情況，以期與社會現實語言生活的結合更加緊密，在香港地區普通話教學與測試中發揮更大的作用。

《香港地區普通話教學與測試詞匯等級大綱（附漢字表）》研製組

2008 年5 月

使用説明

一、本《詞表》共收詞語 14 713 條，按詞語的常用度和通用度由高到低分為 A、B、C 三級。其中 A 級詞 4 839 條，B 級詞 4 812 條，C 級詞 5 062 條。這種劃分可以用作普通話教學與測試排列詞語難度序列的其中一種依據或參照。

二、本《詞表》所收詞語按詞的普通話讀音依漢語拼音字母順序排列。讀音相同的按漢字筆畫數由少至多排列；筆畫數相同的依筆順以橫、豎、撇、點、折為序排列，如“賣（mài）”在前，“邁（mài）”在後；“板（bǎn）”在前，“版（bǎn）”在後。漢字字形相同、有不同讀音的詞按讀音分列，如長（cháng）和長（zhǎng）分列，地道（dìdào）和地道（dìdao）分列。

三、詞的讀音採用漢語拼音分詞連寫標注，如：pǔtōnghuà（普通話）、qīnghuángbùjiē（青黃不接）。上聲連讀的詞語一律標音節的本調，不標實際語流中的變調，如：biǎoyǎn（表演）、hǎozhuǎn（好轉）；“一”“不”則標它們在實際語流中的變調，如： yíqiè（一切）、búbì（不必）。

四、對讀輕聲與不讀輕聲詞義有別的詞語，按照常用度進行取捨，如：地下（dìxià）／地下（dìxia ）均收；地下（dìxià）／地下（dìxia）均收；男人（nánrén）／男人（nánren），只收男人（nánrén）；大方（dàfāng）／大方（dàfang），只收大方（dàfang）。輕聲音節不標調號，如：“胳膊”（gēbo）；可輕讀可不輕讀的音節標本調，音節中間用“•”隔開，如：生日（shēng • rì）。

五、兒化詞標兒化韻尾（~r）。漢字“兒”和漢語拼音字母 r 分別加圓括號，如：冰棍（兒）和 bīnggùn（r）、一點（兒）和 yìdiǎn（r）。為減輕方言區學習者的負擔，同時照顧到教學需要，本《詞表》所選兒化詞只屬必須兒化類。

六、本《詞表》所附的漢字表，共收漢字 3 366 個，前面的 3 283 個是《香港地區普通話教學與測試詞匯等級大綱》所收詞語中出現的漢字；餘下的 83 個漢字包括附錄一收入的常見姓氏用字 32 個；附錄二收入的香港地區常見的人名、地名和其他常用的字 51 個。為便於普通話教學與測試，本《詞表》按照上述次序，依漢字的讀音以現代漢語音節表為序，為 3 366 個漢字編號，方便索引。

七、漢字表除附錄一中的 32 個常見姓氏用字按使用頻度排列外，其他均按字的普通話讀音依漢語拼音字母順序排列。多音字分別標注，如“長”排在 cháng 這個讀音位置上，標注為 cháng（另見 zhǎng）；而在 zhǎng 讀音位置上也列出“長”字，註明“（另見 cháng）”。

八、為滿足香港地區普通話教學與測試的需要，本《詞表》附《香港地區普通話教學與測試音節與漢字對照表》（下稱"音節表"）。"音節表"的編訂採取如下原則：

1) 音節表為音節的四個聲調標注例字。有漢字標注的音節總數是 1 218 個，當中不包括少量嘆詞、方言詞及古漢語詞音節。
2) 例字盡可能從漢字表中按照常用度挑選，盡量避免選取多音字，以求覆蓋更多字形。
3) 音節表中，帶（ ）的表示該字並未收錄在《香港地區普通話教學與測試詞匯等級大綱》，如 pǒ（叵）；帶 * 號的字為多音字，表示該字至少有兩個讀音；帶[ ]的表示該字收錄在《詞表》中，但該讀音並未收錄，如"繃"，《詞表》收錄了 bēng 音，但沒有收錄 běng 音。

九、為進一步方便學習者，本《詞表》在漢字表及音節表的基礎上，又綜合編製成《香港地區普通話教學與測試詞匯等級大綱同音字表》（下稱"同音字表"）。同音字表以音節表的 1 218 音節的音序為檢索方式，每一個音節後面列出漢字表收錄的這個讀音的所有漢字。學習一個音節，可以同時學會這個音節的各個常用字讀音，對掌握普通話字音很有幫助。

十、為方便使用者掌握各部分詞匯、漢字、音節的正確讀音，特別製作具檢索功能的示範讀音光盤。每個詞語或音節讀兩遍，以方便學習者跟讀；標音帶"·"的，其示範讀音第一個讀本調，第二個讀輕聲。檢索個別字音時，可以通過標注的讀音檢索同音字。多音字讀音，一併列出。

《香港地區普通話教學與測試詞匯等級大綱（附漢字表）》研製組

2008 年5 月

香港普通話水平考試(PSK)
— 試卷結構、等級劃分及題型舉例

一、簡介

- **考試性質**

香港普通話水平考試（Putonghua Shuiping Kaoshi，簡稱 **PSK**），由香港理工大學中文及雙語學系設計及發展，內地眾多語言專家學者參與研製工作。**PSK** 是以測量普通話能力為目的的標準化考試，並以《香港地區普通話教學與測試詞表》作為 **PSK** 命題的重要依據。

- **認受性**

(1) **PSK** 結合香港的語言生活實際，適合香港地區人士應考。經過十多年的不斷研究與實踐，**PSK** 已獲得越來越多專家、機構及社會人士的認同。

(2) 2003 年 **PSK** 研究成果通過了國家語言文字工作委員會語言文字規範（標準）審定委員會的權威審定。審定結論為：香港理工大學普通話水平考試「三級六等」與國家普通話水平測試「三級六等」的等級水平具有等效性。

(3) **PSK**為學術機構及僱主提供一個評定普通話水平的客觀標準，供其錄取學生、招聘或評核員工之用，同時也為普通話老師提供評定學員程度的標準。

- **試卷結構**

本考試分為試卷一和試卷二。試卷一包括聽力試題、判斷試題（一及二）。試卷二包括朗讀試題及說話試題。

試卷類別	內容	時間
試卷一	一、**聽力試題** 聽錄音，選答案或填寫漢字	約 30 分鐘
	二、**判斷試題 (一)** 語法、詞匯、語音、名量搭配判斷	30 分鐘
	判斷試題 (二) * 漢字、拼音判斷	
試卷二	三、**朗讀試題** 讀單音節、雙音節字詞及短文	約 15 分鐘 (包括 5 分鐘準備)
	四、**說話試題** 回答問題及自由表達	約 15 分鐘 (包括 5 分鐘準備)

備注：* 這部分作為參考分單獨列出，不計入總分。

- **考試形式**

(1) 試卷一（聽力、判斷）

全卷用紙筆作答。

(2) 試卷二（朗讀、說話）

考試以錄音方式進行。考生須依照電腦屏幕上的指示，在限定時間內依次作答。

- **分數體系**

本考試使用以下兩種分值：

(1) 「**PSK** 分數」

PSK 分數是由原始分數轉換而成的一種量表分數，即導出分數。**PSK** 的導出分數採用 500 分制。

(2) 「**PSK** 等級分數」

本考試在 **PSK** 分數的基礎上，界定三級六等及入門水平等級分數。成績單同時登記總評等級、**PSK** 分數和四個單項分（分別為聽力 50 分、判斷 50 分、朗讀 200 分、說話 200 分，合共 500 分），以便為考生和使用單位提供評價信息。

- **閱卷與評分**

試卷一主要由電腦閱卷。試卷二由評分員根據錄音閱評。兩份試卷的閱卷結果由電腦合成，同時根據需要進行必要的監測。

- **等級劃分**

本考試的測試結果分為三級六等，依次向下為 A1、A2、B1、B2、C1、C2，另設入門等級 C3、C4 及最低水平 X 等。

- **成績單及證書**

普通話水平考試成績單於考試後約 3 個月發放。考生取得 C2 或以上等級，可申請領取「普通話水平證書」。

二、試題類型舉例

● 聽力試題（紙筆作答形式）

第一部分

說明	第 1 - 20 題，這部分試題，都是一男一女兩個人的簡短對話或一段講話，第三個人根據這段對話或講話提出問題。請你在三個書面答案中選擇唯一恰當的答案。這部分試題，每個問題後面空 12 秒的時間，供選擇答案。 例如：第 10 題，你聽到： **男：一連下了兩天雨，現在天晴了。** **女：是啊，天氣真好，你不是說今天去海洋公園嗎？** **男：說去就去，今天不去哪天去啊！** **女問：男的是甚麼意思？** 你在試卷上看到三個答案： **A. 今天去　B. 今天不去　C. 哪一天去都行** 第 10 題唯一恰當的答案是 A，你應在答卷上找到號碼 10，在字母 A 上畫一條橫線。橫線一定要畫得粗一些，重一些。 10. [A]　[B]　[C]

第二部分

說明	第 21-40 題，這部分試題，你將聽到一男一女兩個人的簡短對話或一段講話，第三個人根據這段對話或講話提出問題。請你根據對話或講話內容，在答卷上找到相應的題號，用漢字寫出答案。漢字要寫在答卷的橫線上邊。這部分試題，每個問題後面空 16 秒的時間，供選擇答案。 例如：第 35 題，你聽到： **女：你看是那件紅的上衣好看，還是藍的好看？** **男：綠的也不錯。依我看來，哪一件都比不上那件花的。** **問：男的認為哪件最好？** 35. 花的

- 判斷試題（紙筆作答形式）

第一部分

說明	第 41-50 題，每題中有三個不同的句子。請判斷哪種說法符合普通話語法規範的形式。 例如：第 45 題 **A. 請給一本書我** **B. 請給我一本書** **C. 請給一本書給我** 只有「B. 請給我一本書」符合普通話語法規範的形式，所以第 45 題唯一恰當的答案是 B。你應在答卷上找到號碼 45，在字母 B 上畫一條橫線。橫線一定要畫得粗一些，重一些。 45. [A] [B] [C]

第二部分

說明	第 51 - 60 題，共有兩組題目，每一組有 5 個名詞，後面有 10 個量詞。請將名詞與量詞進行正確搭配，每個名詞搭配一個量詞，每個量詞只能用一次。 例如：第 58 題 **一□皮鞋** 第 58 題的答案是「F. 雙」，你應在答案卷上找到相應的題號，在字母 F 上畫一條橫線。橫線一定要畫得粗一些，重一些。 58. [A] [B] [C] [D] [E] [F] [G] [H] [J] [K]

第三部分

說明	第 61-70 題，每題中有四個不同的詞語。請判斷哪個是普通話詞語。 例如：第 62 題 **A. 鐵閘 B. 門柄 C. 窗花 D. 燈掣** 只有「C. 窗花」是普通話詞語，所以第 62 題唯一恰當的答案是 C。你應在答卷上找到號碼 62，在字母 C 上畫一條橫線。橫線一定要畫得粗一些，重一些。 62. [A] [B] [C] [D]

第四部分

說明　第 71-80 題，每題有一個漢字，後面 A.B.C.D 是供選擇的四個不同的漢字。請判斷哪一個漢字與前面漢字的讀音完全相同。

例如：第 75 題

思：　A. 施　B. 寺　C. 史　D. 司

只有「D. 司」與前面漢字「思」的讀音（聲、韻、調）完全相同，所以第 75 題唯一恰當的答案是 D。你應在答卷上找到號碼 75，在字母 D 上畫一條橫線。橫線一定要畫得粗一些，重一些。

75.　[A]　[B]　[C]　[D]

第五部分

說明　第 81-100 題，每題有一個漢語字詞，後面 A.B.C.D.是供選擇的四種不同的漢語拼音。請判斷哪一個拼音與前面漢語字詞的讀音完全相同。

例如：第 83 題

品：　A. pǐn　B. bǐn　C. pìn　D. běn

只有「A. pǐn」與前面漢語字詞「品」的讀音（聲、韻、調）完全相同，所以第 83 題唯一恰當的答案是 A。你應在答卷上找到號碼 83，在字母 A 上畫一條橫線。橫線一定要畫得粗一些，重一些。

83.　[A]　[B]　[C]　[D]

第六部分

說明　第 101-120 題，每題有一個漢語拼音，後面 A.B.C.D.是供選擇的四個不同的漢語字詞。請判斷哪一個漢語字詞的讀音與前面的漢語拼音完全相同。

例如：第 110 題

tóuzī：　A.投資　B.透支　C.投機　D.突擊

只有「A. 投資」的讀音（聲、韻、調）與前面的漢語拼音「tóuzī」完全相同，所以第 110 題唯一恰當的答案是 A。你應在答卷上找到號碼 110，在字母 A 上畫一條橫線。橫線一定要畫得粗一些，重一些。

110.　[A]　[B]　[C]　[D]

- **朗讀試題**

第一部分

朗讀單音節字詞

說明	第 121-130 題，每題有 5 個單音節字詞。每個字詞有 2 秒鐘的錄音時間。讀錯了的字詞，要即時按重錄鍵重錄。時間 3.5 分鐘。

第二部分

朗讀雙音節字詞

說明	第 131-140 題，每題有 2-3 個詞語，4-6 個音節。每個詞語有 3 秒鐘的錄音時間。讀錯了的字詞，要即時按重錄鍵重錄。時間 2.5 分鐘。

第三部分

朗讀短文

說明	第 141 題是一篇短文。請對準話筒，朗讀一遍。如果中間有的詞語或句子讀錯了，這個句子可以讀第二遍。請按正常語速朗讀。時間 3.5 分鐘。

- **說話試題**

第一部分

說明	第 142-143 題，每題是一個問題。聆聽問題後，圍繞這個問題說一段話。每個問題回答時間 1.5 分鐘。（當使用時間還剩 15 秒時，倒數時間顯示變成紅色。）

第二部分

說明	第 144 題是一個話題。請根據題目，參考提示，先準備 5 分鐘，然後說一段 3 分鐘的話。（當使用時間還剩 15 秒時，倒數時間顯示變成紅色）。

詞匯等級大綱

① 本表共收錄 A、B、C 級詞匯共 14713 條。

② 其中 A 級詞匯共 4839 條、B 級詞匯共 4812 條、C 級詞匯共 5062 條。

按級別排列的詞匯等級大綱（14713）

A 級詞（4839）

1	A	阿姨	āyí
2	A	啊	ā
3	A	哎	āi
4	A	哎呀	āiyā
5	A	唉	āi
6	A	挨	āi
7	A	挨	ái
8	A	癌	ái
9	A	矮	ǎi
10	A	愛	ài
11	A	愛國	àiguó
12	A	愛好	àihào
13	A	愛護	àihù
14	A	愛情	àiqíng
15	A	愛人	àiren
16	A	安	ān
17	A	安定	āndìng
18	A	安靜	ānjìng
19	A	安排	ānpái
20	A	安全	ānquán
21	A	安慰	ānwèi
22	A	安心	ānxīn
23	A	安置	ānzhì
24	A	安裝	ānzhuāng
25	A	岸	àn
26	A	按	àn
27	A	按照	ànzhào
28	A	案	àn
29	A	案件	ànjiàn
30	A	暗	àn
31	A	熬	āo
32	A	熬	áo
33	A	八	bā
34	A	巴士	bāshì
35	A	扒	bā
36	A	拔	bá
37	A	把	bǎ
38	A	把握	bǎwò
39	A	爸爸	bàba
40	A	罷工	bàgōng
41	A	吧	ba
42	A	白	bái
43	A	白菜	báicài
44	A	白天	bái•tiān
45	A	百	bǎi
46	A	百貨	bǎihuò
47	A	擺	bǎi
48	A	擺脫	bǎituō
49	A	拜訪	bàifǎng
50	A	敗	bài
51	A	班	bān
52	A	班長	bānzhǎng
53	A	搬	bān
54	A	頒布	bānbù
55	A	頒發	bānfā
56	A	板	bǎn
57	A	版	bǎn
58	A	半	bàn
59	A	半島	bàndǎo
60	A	半天	bàntiān
61	A	半夜	bànyè
62	A	辦	bàn
63	A	辦法	bànfǎ
64	A	辦公	bàngōng
65	A	辦公室	bàngōngshì
66	A	辦理	bànlǐ
67	A	辦事	bànshì
68	A	辦事處	bànshìchù
69	A	幫	bāng
70	A	幫忙	bāngmáng
71	A	幫助	bāngzhù
72	A	綁	bǎng
73	A	榜樣	bǎngyàng
74	A	傍晚	bàngwǎn
75	A	棒	bàng
76	A	磅	bàng
77	A	包	bāo
78	A	包含	bāohán
79	A	包括	bāokuò
80	A	包圍	bāowéi
81	A	包裝	bāozhuāng
82	A	包子	bāozi
83	A	剝	bāo
84	A	薄	báo
85	A	保	bǎo
86	A	保持	bǎochí
87	A	保存	bǎocún
88	A	保護	bǎohù

89	A	保健	bǎojiàn
90	A	保留	bǎoliú
91	A	保密	bǎomì
92	A	保守	bǎoshǒu
93	A	保衛	bǎowèi
94	A	保險	bǎoxiǎn
95	A	保養	bǎoyǎng
96	A	保障	bǎozhàng
97	A	保證	bǎozhèng
98	A	飽	bǎo
99	A	寶	bǎo
100	A	寶貴	bǎoguì
101	A	抱	bào
102	A	報	bào
103	A	報酬	bàochou
104	A	報到	bàodào
105	A	報道	bàodào
106	A	報復	bào•fù
107	A	報告	bàogào
108	A	報刊	bàokān
109	A	報名	bàomíng
110	A	報社	bàoshè
111	A	報紙	bàozhǐ
112	A	暴力	bàolì
113	A	暴露	bàolù
114	A	暴雨	bàoyǔ
115	A	爆發	bàofā
116	A	爆炸	bàozhà
117	A	杯	bēi
118	A	悲觀	bēiguān
119	A	北	běi
120	A	北邊	běi•biān
121	A	北方	běifāng
122	A	背	bèi
123	A	背後	bèihòu
124	A	背景	bèijǐng
125	A	背心	bèixīn
126	A	倍	bèi
127	A	被	bèi
128	A	被動	bèidòng
129	A	被迫	bèipò
130	A	被子	bèizi
131	A	輩	bèi
132	A	奔	bēn
133	A	本	běn
134	A	本地	běndì
135	A	本來	běnlái
136	A	本領	běnlǐng
137	A	本人	běnrén
138	A	本身	běnshēn
139	A	本事	běnshi
140	A	本子	běnzi
141	A	奔	bèn
142	A	笨	bèn
143	A	逼	bī
144	A	鼻子	bízi
145	A	比	bǐ
146	A	比方	bǐfang
147	A	比較	bǐjiào
148	A	比例	bǐlì
149	A	比如	bǐrú
150	A	比賽	bǐsài
151	A	比重	bǐzhòng
152	A	彼此	bǐcǐ
153	A	筆	bǐ
154	A	必	bì
155	A	必定	bìdìng
156	A	必然	bìrán
157	A	必須	bìxū
158	A	必需	bìxū
159	A	必要	bìyào
160	A	畢竟	bìjìng
161	A	畢業	bìyè
162	A	畢業生	bìyèshēng
163	A	閉	bì
164	A	閉幕	bìmù
165	A	避	bì
166	A	避免	bìmiǎn
167	A	編	biān
168	A	編輯	biānjí
169	A	編寫	biānxiě
170	A	編制	biānzhì
171	A	邊	biān
172	A	邊疆	biānjiāng
173	A	邊界	biānjiè
174	A	邊境	biānjìng
175	A	便	biàn
176	A	便利	biànlì
177	A	便利店	biànlìdiàn
178	A	便於	biànyú
179	A	遍	biàn
180	A	辯論	biànlùn
181	A	變	biàn
182	A	變成	biànchéng
183	A	變動	biàndòng
184	A	變革	biàngé
185	A	變化	biànhuà
186	A	標語	biāoyǔ
187	A	標誌	biāozhì
188	A	標準	biāozhǔn
189	A	表	biǎo
190	A	表達	biǎodá

191	A	表面	biǎomiàn
192	A	表明	biǎomíng
193	A	表示	biǎoshì
194	A	表現	biǎoxiàn
195	A	表演	biǎoyǎn
196	A	表揚	biǎoyáng
197	A	別	bié
198	A	別處	biéchù
199	A	別的	biéde
200	A	別人	biéren
201	A	賓館	bīnguǎn
202	A	冰	bīng
203	A	冰棍（兒）	bīnggùn(r)
204	A	冰箱	bīngxiāng
205	A	兵	bīng
206	A	並	bìng
207	A	並且	bìngqiě
208	A	病	bìng
209	A	病房	bìngfáng
210	A	病情	bìngqíng
211	A	病人	bìngrén
212	A	波動	bōdòng
213	A	玻璃	bōli
214	A	剝	bō
215	A	剝削	bōxuē
216	A	撥	bō
217	A	播	bō
218	A	脖子	bózi
219	A	博士	bóshì
220	A	博物館	bówùguǎn
221	A	薄弱	bóruò
222	A	不必	búbì
223	A	不便	búbiàn
224	A	不錯	búcuò
225	A	不大	búdà
226	A	不但	búdàn
227	A	不斷	búduàn
228	A	不對	búduì
229	A	不夠	búgòu
230	A	不顧	búgù
231	A	不過	búguò
232	A	不見	bújiàn
233	A	不見得	bújiàn•dé
234	A	不利	búlì
235	A	不論	búlùn
236	A	不幸	búxìng
237	A	不要	búyào
238	A	不用	búyòng
239	A	不在乎	búzàihu
240	A	不住	búzhù
241	A	捕	bǔ
242	A	補	bǔ
243	A	補充	bǔchōng
244	A	補貼	bǔtiē
245	A	補習	bǔxí
246	A	不	bù
247	A	不安	bù'ān
248	A	不成	bùchéng
249	A	不單	bùdān
250	A	不得	bùdé
251	A	不得不	bùdébù
252	A	不得了	bùdéliǎo
253	A	不敢當	bùgǎndāng
254	A	不管	bùguǎn
255	A	不好意思	bùhǎoyìsi
256	A	不禁	bùjīn
257	A	不僅	bùjǐn
258	A	不久	bùjiǔ
259	A	不可	bùkě
260	A	不良	bùliáng
261	A	不滿	bùmǎn
262	A	不免	bùmiǎn
263	A	不然	bùrán
264	A	不容	bùróng
265	A	不如	bùrú
266	A	不少	bùshǎo
267	A	不時	bùshí
268	A	不同	bùtóng
269	A	不行	bùxíng
270	A	不許	bùxǔ
271	A	不一定	bùyídìng
272	A	不止	bùzhǐ
273	A	不只	bùzhǐ
274	A	不足	bùzú
275	A	布	bù
276	A	布置	bùzhì
277	A	步	bù
278	A	步伐	bùfá
279	A	步驟	bùzhòu
280	A	部	bù
281	A	部隊	bùduì
282	A	部分	bùfen
283	A	部門	bùmén
284	A	部署	bùshǔ
285	A	部長	bùzhǎng
286	A	擦	cā
287	A	猜	cāi
288	A	才	cái
289	A	才能	cáinéng
290	A	材料	cáiliào
291	A	財	cái
292	A	財產	cáichǎn

293	A	財富	cáifù
294	A	財經	cáijīng
295	A	財務	cáiwù
296	A	財政	cáizhèng
297	A	裁判	cáipàn
298	A	采	cǎi
299	A	彩色	cǎisè
300	A	採	cǎi
301	A	採訪	cǎifǎng
302	A	採購	cǎigòu
303	A	採取	cǎiqǔ
304	A	採用	cǎiyòng
305	A	踩	cǎi
306	A	菜	cài
307	A	參觀	cānguān
308	A	參加	cānjiā
309	A	參考	cānkǎo
310	A	參謀	cānmóu
311	A	參賽	cānsài
312	A	參與	cānyù
313	A	餐廳	cāntīng
314	A	殘酷	cánkù
315	A	慘	cǎn
316	A	燦爛	cànlàn
317	A	倉庫	cāngkù
318	A	藏	cáng
319	A	操	cāo
320	A	操場	cāochǎng
321	A	操縱	cāozòng
322	A	操作	cāozuò
323	A	草	cǎo
324	A	草案	cǎo’àn
325	A	草地	cǎodì
326	A	草原	cǎoyuán
327	A	冊	cè
328	A	側	cè
329	A	廁所	cèsuǒ
330	A	測	cè
331	A	測量	cèliáng
332	A	測試	cèshì
333	A	測驗	cèyàn
334	A	曾	céng
335	A	曾經	céngjīng
336	A	層	céng
337	A	層次	céngcì
338	A	差	chā
339	A	差別	chābié
340	A	差距	chājù
341	A	插	chā
342	A	查	chá
343	A	茶	chá
344	A	茶葉	cháyè
345	A	差	chà
346	A	差不多	chà•bùduō
347	A	差點（兒）	chàdiǎn(r)
348	A	拆	chāi
349	A	產	chǎn
350	A	產量	chǎnliàng
351	A	產品	chǎnpǐn
352	A	產生	chǎnshēng
353	A	產物	chǎnwù
354	A	產業	chǎnyè
355	A	產值	chǎnzhí
356	A	鏟	chǎn
357	A	長	cháng
358	A	長度	chángdù
359	A	長期	chángqī
360	A	長途	chángtú
361	A	長遠	chángyuǎn
362	A	常	cháng
363	A	常常	chángcháng
364	A	常識	chángshí
365	A	常務	chángwù
366	A	嘗	cháng
367	A	嚐	cháng
368	A	場	chǎng
369	A	場地	chǎngdì
370	A	場合	chǎnghé
371	A	場面	chǎngmiàn
372	A	場所	chǎngsuǒ
373	A	廠	chǎng
374	A	廠房	chǎngfáng
375	A	廠長	chǎngzhǎng
376	A	唱	chàng
377	A	唱歌	chànggē
378	A	抄	chāo
379	A	超	chāo
380	A	超額	chāo’é
381	A	超過	chāoguò
382	A	超級	chāojí
383	A	超級市場	chāojíshìchǎng
384	A	朝	cháo
385	A	潮	cháo
386	A	吵	chǎo
387	A	吵架	chǎojià
388	A	炒	chǎo
389	A	車	chē
390	A	車隊	chēduì
391	A	車輛	chēliàng
392	A	車票	chēpiào
393	A	車廂	chēxiāng
394	A	車站	chēzhàn

395	A	扯	chě
396	A	徹底	chèdǐ
397	A	撤	chè
398	A	撤軍	chèjūn
399	A	沉	chén
400	A	沉重	chénzhòng
401	A	陳列	chénliè
402	A	趁	chèn
403	A	襯衫	chènshān
404	A	稱	chēng
405	A	稱呼	chēnghu
406	A	稱讚	chēngzàn
407	A	撐	chēng
408	A	成	chéng
409	A	成本	chéngběn
410	A	成分	chéng•fèn
411	A	成功	chénggōng
412	A	成果	chéngguǒ
413	A	成績	chéngjì
414	A	成就	chéngjiù
415	A	成立	chénglì
416	A	成人	chéngrén
417	A	成熟	chéngshú
418	A	成天	chéngtiān
419	A	成為	chéngwéi
420	A	成效	chéngxiào
421	A	成員	chéngyuán
422	A	成長	chéngzhǎng
423	A	呈	chéng
424	A	呈現	chéngxiàn
425	A	承擔	chéngdān
426	A	承認	chéngrèn
427	A	承受	chéngshòu
428	A	城	chéng
429	A	城市	chéngshì
430	A	乘	chéng
431	A	乘客	chéngkè
432	A	盛	chéng
433	A	程度	chéngdù
434	A	程序	chéngxù
435	A	懲罰	chéngfá
436	A	吃	chī
437	A	吃飯	chīfàn
438	A	吃苦	chīkǔ
439	A	吃虧	chīkuī
440	A	吃力	chīlì
441	A	持久	chíjiǔ
442	A	持續	chíxù
443	A	遲	chí
444	A	遲到	chídào
445	A	尺	chǐ
446	A	尺寸	chǐ•cùn
447	A	翅膀	chìbǎng
448	A	充分	chōngfèn
449	A	充滿	chōngmǎn
450	A	充實	chōngshí
451	A	充足	chōngzú
452	A	衝擊	chōngjī
453	A	衝突	chōngtū
454	A	重	chóng
455	A	重複	chóngfù
456	A	重申	chóngshēn
457	A	重新	chóngxīn
458	A	崇高	chónggāo
459	A	抽	chōu
460	A	抽象	chōuxiàng
461	A	愁	chóu
462	A	籌備	chóubèi
463	A	臭	chòu
464	A	出	chū
465	A	出版	chūbǎn
466	A	出版社	chūbǎnshè
467	A	出動	chūdòng
468	A	出發	chūfā
469	A	出國	chūguó
470	A	出口	chūkǒu
471	A	出來	chū•lái
472	A	出路	chūlù
473	A	出賣	chūmài
474	A	出門	chūmén
475	A	出去	chū•qù
476	A	出色	chūsè
477	A	出身	chūshēn
478	A	出生	chūshēng
479	A	出事	chūshì
480	A	出售	chūshòu
481	A	出席	chūxí
482	A	出現	chūxiàn
483	A	出於	chūyú
484	A	出院	chūyuàn
485	A	出租	chūzū
486	A	出租車	chūzūchē
487	A	初	chū
488	A	初步	chūbù
489	A	初級	chūjí
490	A	初期	chūqī
491	A	初中	chūzhōng
492	A	除	chú
493	A	除非	chúfēi
494	A	除了	chúle
495	A	廚房	chúfáng
496	A	處分	chǔfèn

497	A	處境	chǔjìng
498	A	處理	chǔlǐ
499	A	處於	chǔyú
500	A	儲蓄	chǔxù
501	A	處	chù
502	A	處處	chùchù
503	A	處長	chùzhǎng
504	A	穿	chuān
505	A	船	chuán
506	A	船隻	chuánzhī
507	A	傳	chuán
508	A	傳播	chuánbō
509	A	傳達	chuándá
510	A	傳說	chuánshuō
511	A	傳統	chuántǒng
512	A	串	chuàn
513	A	窗	chuāng
514	A	窗戶	chuānghu
515	A	窗口	chuāngkǒu
516	A	床	chuáng
517	A	創	chuàng
518	A	創辦	chuàngbàn
519	A	創立	chuànglì
520	A	創新	chuàngxīn
521	A	創造	chuàngzào
522	A	創作	chuàngzuò
523	A	吹	chuī
524	A	春	chūn
525	A	春季	chūnjì
526	A	春節	Chūnjié
527	A	春天	chūntiān
528	A	純	chún
529	A	純粹	chúncuì
530	A	詞	cí
531	A	詞典	cídiǎn
532	A	磁盤	cípán
533	A	辭	cí
534	A	辭職	cízhí
535	A	此	cǐ
536	A	此後	cǐhòu
537	A	此時	cǐshí
538	A	此外	cǐwài
539	A	次	cì
540	A	次數	cìshù
541	A	次要	cìyào
542	A	刺	cì
543	A	刺激	cìjī
544	A	從	cóng
545	A	從此	cóngcǐ
546	A	從而	cóng'ér
547	A	從來	cónglái
548	A	從前	cóngqián
549	A	從事	cóngshì
550	A	從小	cóngxiǎo
551	A	從中	cóngzhōng
552	A	湊	còu
553	A	粗	cū
554	A	促進	cùjìn
555	A	促使	cùshǐ
556	A	醋	cù
557	A	催	cuī
558	A	摧毀	cuīhuǐ
559	A	村	cūn
560	A	存	cún
561	A	存款	cúnkuǎn
562	A	存在	cúnzài
563	A	寸	cùn
564	A	挫折	cuòzhé
565	A	措施	cuòshī
566	A	錯	cuò
567	A	錯誤	cuòwù
568	A	搭	dā
569	A	答應	dāying
570	A	答	dá
571	A	答案	dá'àn
572	A	答覆	dá•fù
573	A	達	dá
574	A	達成	dáchéng
575	A	達到	dádào
576	A	打	dǎ
577	A	打敗	dǎbài
578	A	打扮	dǎban
579	A	打車	dǎchē
580	A	打倒	dǎdǎo
581	A	打工	dǎgōng
582	A	打擊	dǎjī
583	A	打架	dǎjià
584	A	打交道	dǎjiāodao
585	A	打開	dǎkāi
586	A	打破	dǎpò
587	A	打掃	dǎsǎo
588	A	打算	dǎ•suàn
589	A	打聽	dǎting
590	A	打仗	dǎzhàng
591	A	打針	dǎzhēn
592	A	大	dà
593	A	大大	dàdà
594	A	大膽	dàdǎn
595	A	大道	dàdào
596	A	大地	dàdì
597	A	大都	dàdōu
598	A	大隊	dàduì

599	A	大多	dàduō
600	A	大多數	dàduōshù
601	A	大概	dàgài
602	A	大哥	dàgē
603	A	大會	dàhuì
604	A	大夥（兒）	dàhuǒ(r)
605	A	大家	dàjiā
606	A	大街	dàjiē
607	A	大局	dàjú
608	A	大力	dàlì
609	A	大量	dàliàng
610	A	大陸	dàlù
611	A	大媽	dàmā
612	A	大門	dàmén
613	A	大米	dàmǐ
614	A	大批	dàpī
615	A	大人	dàrén
616	A	大廈	dàshà
617	A	大使	dàshǐ
618	A	大體	dàtǐ
619	A	大小	dàxiǎo
620	A	大型	dàxíng
621	A	大選	dàxuǎn
622	A	大學	dàxué
623	A	大學生	dàxuéshēng
624	A	大衣	dàyī
625	A	大約	dàyuē
626	A	大戰	dàzhàn
627	A	大致	dàzhì
628	A	大眾	dàzhòng
629	A	大專	dàzhuān
630	A	大自然	dàzìrán
631	A	呆	dāi
632	A	待	dāi
633	A	大夫	dàifu
634	A	代	dài
635	A	代辦	dàibàn
636	A	代表	dàibiǎo
637	A	代價	dàijià
638	A	代理	dàilǐ
639	A	代替	dàitì
640	A	待遇	dàiyù
641	A	帶	dài
642	A	帶動	dàidòng
643	A	帶領	dàilǐng
644	A	帶頭	dàitóu
645	A	袋	dài
646	A	貸款	dàikuǎn
647	A	逮捕	dàibǔ
648	A	戴	dài
649	A	耽誤	dānwu
650	A	單	dān
651	A	單純	dānchún
652	A	單調	dāndiào
653	A	單獨	dāndú
654	A	單位	dānwèi
655	A	單一	dānyī
656	A	單元	dānyuán
657	A	擔	dān
658	A	擔當	dāndāng
659	A	擔負	dānfù
660	A	擔任	dānrèn
661	A	擔心	dānxīn
662	A	膽	dǎn
663	A	但	dàn
664	A	但是	dànshì
665	A	淡	dàn
666	A	蛋	dàn
667	A	蛋白質	dànbáizhì
668	A	彈	dàn
669	A	誕生	dànshēng
670	A	擔	dàn
671	A	當	dāng
672	A	當初	dāngchū
673	A	當代	dāngdài
674	A	當地	dāngdì
675	A	當家	dāngjiā
676	A	當局	dāngjú
677	A	當前	dāngqián
678	A	當然	dāngrán
679	A	當時	dāngshí
680	A	當選	dāngxuǎn
681	A	當中	dāngzhōng
682	A	擋	dǎng
683	A	黨	dǎng
684	A	黨派	dǎngpài
685	A	當年	dàngnián
686	A	當天	dàngtiān
687	A	檔案	dàng’àn
688	A	刀	dāo
689	A	刀子	dāozi
690	A	倒	dǎo
691	A	倒霉	dǎoméi
692	A	島	dǎo
693	A	島嶼	dǎoyǔ
694	A	導彈	dǎodàn
695	A	導演	dǎoyǎn
696	A	導致	dǎozhì
697	A	到	dào
698	A	到處	dàochù
699	A	到達	dàodá
700	A	到底	dàodǐ

701	A	倒	dào
702	A	倒是	dàoshì
703	A	道	dào
704	A	道德	dàodé
705	A	道理	dào•lǐ
706	A	道路	dàolù
707	A	道歉	dàoqiàn
708	A	得	dé
709	A	得到	dédào
710	A	得了	déle
711	A	地	de
712	A	的	de
713	A	得	de
714	A	登	dēng
715	A	登記	dēngjì
716	A	燈	dēng
717	A	燈光	dēngguāng
718	A	等	děng
719	A	等待	děngdài
720	A	等到	děngdào
721	A	等候	děnghòu
722	A	等級	děngjí
723	A	等於	děngyú
724	A	低	dī
725	A	滴	dī
726	A	的確	díquè
727	A	的士	díshì
728	A	敵對	díduì
729	A	敵人	dírén
730	A	底	dǐ
731	A	底下	dǐ•xià
732	A	抵	dǐ
733	A	抵達	dǐdá
734	A	抵抗	dǐkàng
735	A	抵制	dǐzhì
736	A	地	dì
737	A	地步	dìbù
738	A	地帶	dìdài
739	A	地點	dìdiǎn
740	A	地方	dìfang
741	A	地理	dìlǐ
742	A	地面	dìmiàn
743	A	地球	dìqiú
744	A	地區	dìqū
745	A	地上	dìshang
746	A	地勢	dìshì
747	A	地鐵	dìtiě
748	A	地圖	dìtú
749	A	地位	dìwèi
750	A	地下	dìxià
751	A	地下	dìxia
752	A	地震	dìzhèn
753	A	地址	dìzhǐ
754	A	地質	dìzhì
755	A	弟弟	dìdi
756	A	弟兄	dìxiong
757	A	第	dì
758	A	典禮	diǎnlǐ
759	A	典型	diǎnxíng
760	A	點	diǎn
761	A	點心	diǎnxin
762	A	點鐘	diǎnzhōng
763	A	店	diàn
764	A	奠定	diàndìng
765	A	電	diàn
766	A	電報	diànbào
767	A	電車	diànchē
768	A	電燈	diàndēng
769	A	電話	diànhuà
770	A	電話卡	diànhuàkǎ
771	A	電機	diànjī
772	A	電力	diànlì
773	A	電流	diànliú
774	A	電腦	diànnǎo
775	A	電器	diànqì
776	A	電視	diànshì
777	A	電視機	diànshìjī
778	A	電視台	diànshìtái
779	A	電台	diàntái
780	A	電梯	diàntī
781	A	電壓	diànyā
782	A	電影	diànyǐng
783	A	電影院	diànyǐngyuàn
784	A	電子	diànzǐ
785	A	墊	diàn
786	A	掉	diào
787	A	釣	diào
788	A	調	diào
789	A	調查	diàochá
790	A	調動	diàodòng
791	A	跌	diē
792	A	丁	dīng
793	A	盯	dīng
794	A	釘	dīng
795	A	頂	dǐng
796	A	定	dìng
797	A	定額	dìng'é
798	A	定期	dìngqī
799	A	訂	dìng
800	A	釘	dìng
801	A	丟	diū
802	A	冬	dōng

803	A	冬季	dōngjì
804	A	冬天	dōngtiān
805	A	東	dōng
806	A	東北	dōngběi
807	A	東邊	dōng•biān
808	A	東部	dōngbù
809	A	東方	dōngfāng
810	A	東南	dōngnán
811	A	東西	dōngxi
812	A	懂	dǒng
813	A	懂得	dǒngde
814	A	洞	dòng
815	A	凍	dòng
816	A	動	dòng
817	A	動機	dòngjī
818	A	動力	dònglì
819	A	動人	dòngrén
820	A	動手	dòngshǒu
821	A	動物	dòngwù
822	A	動物園	dòngwùyuán
823	A	動搖	dòngyáo
824	A	動員	dòngyuán
825	A	動作	dòngzuò
826	A	都	dōu
827	A	豆腐	dòufu
828	A	鬥	dòu
829	A	鬥爭	dòuzhēng
830	A	逗	dòu
831	A	都市	dūshì
832	A	毒	dú
833	A	毒品	dúpǐn
834	A	獨立	dúlì
835	A	獨特	dútè
836	A	讀	dú
837	A	讀書	dúshū
838	A	讀者	dúzhě
839	A	堵	dǔ
840	A	肚子	dùzi
841	A	度	dù
842	A	度過	dùguò
843	A	渡	dù
844	A	端	duān
845	A	短	duǎn
846	A	短期	duǎnqī
847	A	段	duàn
848	A	鍛煉	duànliàn
849	A	斷	duàn
850	A	堆	duī
851	A	兌換	duìhuàn
852	A	隊	duì
853	A	隊伍	duìwu
854	A	隊員	duìyuán
855	A	隊長	duìzhǎng
856	A	對	duì
857	A	對比	duìbǐ
858	A	對不起	duì•bùqǐ
859	A	對待	duìdài
860	A	對方	duìfāng
861	A	對付	duìfu
862	A	對話	duìhuà
863	A	對抗	duìkàng
864	A	對立	duìlì
865	A	對面	duìmiàn
866	A	對手	duìshǒu
867	A	對象	duìxiàng
868	A	對於	duìyú
869	A	對照	duìzhào
870	A	噸	dūn
871	A	蹲	dūn
872	A	頓	dùn
873	A	多	duō
874	A	多半	duōbàn
875	A	多麼	duōme
876	A	多媒體	duōméitǐ
877	A	多少	duōshǎo
878	A	多少	duōshao
879	A	多數	duōshù
880	A	多樣	duōyàng
881	A	多餘	duōyú
882	A	奪	duó
883	A	奪取	duóqǔ
884	A	朵	duǒ
885	A	躲	duǒ
886	A	額外	éwài
887	A	鵝	é
888	A	惡化	èhuà
889	A	惡劣	èliè
890	A	惡性	èxìng
891	A	餓	è
892	A	而	ér
893	A	而且	érqiě
894	A	而已	éryǐ
895	A	兒女	érnǚ
896	A	兒童	értóng
897	A	兒子	érzi
898	A	耳朵	ěrduo
899	A	二	èr
900	A	發	fā
901	A	發表	fābiǎo
902	A	發布	fābù
903	A	發出	fāchū
904	A	發達	fādá

905	A	發電	fādiàn
906	A	發動	fādòng
907	A	發放	fāfàng
908	A	發揮	fāhuī
909	A	發覺	fājué
910	A	發明	fāmíng
911	A	發起	fāqǐ
912	A	發燒	fāshāo
913	A	發射	fāshè
914	A	發生	fāshēng
915	A	發現	fāxiàn
916	A	發行	fāxíng
917	A	發言	fāyán
918	A	發言人	fāyánrén
919	A	發揚	fāyáng
920	A	發育	fāyù
921	A	發展	fāzhǎn
922	A	罰	fá
923	A	罰款	fákuǎn
924	A	法官	fǎguān
925	A	法規	fǎguī
926	A	法令	fǎlìng
927	A	法律	fǎlǜ
928	A	法庭	fǎtíng
929	A	法院	fǎyuàn
930	A	法制	fǎzhì
931	A	番	fān
932	A	翻	fān
933	A	翻身	fānshēn
934	A	翻譯	fānyì
935	A	凡	fán
936	A	凡是	fánshì
937	A	煩	fán
938	A	繁榮	fánróng
939	A	繁殖	fánzhí
940	A	反	fǎn
941	A	反對	fǎnduì
942	A	反而	fǎn'ér
943	A	反覆	fǎnfù
944	A	反擊	fǎnjī
945	A	反抗	fǎnkàng
946	A	反映	fǎnyìng
947	A	反應	fǎnyìng
948	A	反正	fǎn•zhèng
949	A	返	fǎn
950	A	返回	fǎnhuí
951	A	犯	fàn
952	A	犯人	fàn•rén
953	A	犯罪	fànzuì
954	A	泛濫	fànlàn
955	A	飯	fàn
956	A	飯店	fàndiàn
957	A	飯館（兒）	fànguǎn(r)
958	A	範圍	fànwéi
959	A	方	fāng
960	A	方案	fāng'àn
961	A	方便	fāngbiàn
962	A	方法	fāngfǎ
963	A	方面	fāngmiàn
964	A	方式	fāngshì
965	A	方向	fāngxiàng
966	A	方針	fāngzhēn
967	A	妨礙	fáng'ài
968	A	防	fáng
969	A	防守	fángshǒu
970	A	防止	fángzhǐ
971	A	防治	fángzhì
972	A	房	fáng
973	A	房間	fángjiān
974	A	房屋	fángwū
975	A	房子	fángzi
976	A	彷彿	fǎngfú
977	A	紡織	fǎngzhī
978	A	訪	fǎng
979	A	訪問	fǎngwèn
980	A	放	fàng
981	A	放大	fàngdà
982	A	放假	fàngjià
983	A	放棄	fàngqì
984	A	放手	fàngshǒu
985	A	放鬆	fàngsōng
986	A	放心	fàngxīn
987	A	放學	fàngxué
988	A	放映	fàngyìng
989	A	非	fēi
990	A	非常	fēicháng
991	A	非法	fēifǎ
992	A	飛	fēi
993	A	飛機	fēijī
994	A	飛行	fēixíng
995	A	飛躍	fēiyuè
996	A	肥	féi
997	A	肥皂	féizào
998	A	肺	fèi
999	A	費	fèi
1000	A	費用	fèiyong
1001	A	廢	fèi
1002	A	廢除	fèichú
1003	A	分	fēn
1004	A	分別	fēnbié
1005	A	分布	fēnbù
1006	A	分割	fēngē

1007	A	分工	fēngōng
1008	A	分解	fēnjiě
1009	A	分開	fēnkāi
1010	A	分類	fēnlèi
1011	A	分離	fēnlí
1012	A	分裂	fēnliè
1013	A	分明	fēnmíng
1014	A	分配	fēnpèi
1015	A	分歧	fēnqí
1016	A	分散	fēnsàn
1017	A	分數	fēnshù
1018	A	分析	fēnxī
1019	A	分鐘	fēnzhōng
1020	A	分子	fēnzǐ
1021	A	紛紛	fēnfēn
1022	A	墳	fén
1023	A	粉	fěn
1024	A	粉碎	fěnsuì
1025	A	份	fèn
1026	A	份量	fèn•liàng
1027	A	憤怒	fènnù
1028	A	奮鬥	fèndòu
1029	A	糞	fèn
1030	A	封	fēng
1031	A	封閉	fēngbì
1032	A	封鎖	fēngsuǒ
1033	A	風	fēng
1034	A	風格	fēnggé
1035	A	風景	fēngjǐng
1036	A	風力	fēnglì
1037	A	風氣	fēngqì
1038	A	風俗	fēngsú
1039	A	風險	fēngxiǎn
1040	A	瘋狂	fēngkuáng
1041	A	豐富	fēngfù
1042	A	豐收	fēngshōu
1043	A	逢	féng
1044	A	縫	féng
1045	A	否定	fǒudìng
1046	A	否認	fǒurèn
1047	A	否則	fǒuzé
1048	A	夫婦	fūfù
1049	A	夫妻	fūqī
1050	A	夫人	fū•rén
1051	A	扶	fú
1052	A	服	fú
1053	A	服從	fúcóng
1054	A	服務	fúwù
1055	A	服裝	fúzhuāng
1056	A	浮	fú
1057	A	符合	fúhé
1058	A	幅	fú
1059	A	幅度	fúdù
1060	A	福利	fúlì
1061	A	腐蝕	fǔshí
1062	A	腐朽	fǔxiǔ
1063	A	輔導	fǔdǎo
1064	A	輔助	fǔzhù
1065	A	父母	fùmǔ
1066	A	父親	fù•qīn
1067	A	付	fù
1068	A	付出	fùchū
1069	A	附近	fùjìn
1070	A	負	fù
1071	A	負擔	fùdān
1072	A	負責	fùzé
1073	A	負責人	fùzérén
1074	A	副	fù
1075	A	副食	fùshí
1076	A	婦女	fùnǚ
1077	A	婦人	fùrén
1078	A	富	fù
1079	A	富有	fùyǒu
1080	A	富裕	fùyù
1081	A	複習	fùxí
1082	A	複雜	fùzá
1083	A	該	gāi
1084	A	改	gǎi
1085	A	改編	gǎibiān
1086	A	改變	gǎibiàn
1087	A	改革	gǎigé
1088	A	改建	gǎijiàn
1089	A	改進	gǎijìn
1090	A	改良	gǎiliáng
1091	A	改善	gǎishàn
1092	A	改造	gǎizào
1093	A	改正	gǎizhèng
1094	A	改組	gǎizǔ
1095	A	概括	gàikuò
1096	A	概念	gàiniàn
1097	A	蓋	gài
1098	A	干擾	gānrǎo
1099	A	干涉	gānshè
1100	A	肝	gān
1101	A	乾	gān
1102	A	乾脆	gāncuì
1103	A	乾旱	gānhàn
1104	A	乾淨	gānjìng
1105	A	乾燥	gānzào
1106	A	桿	gǎn
1107	A	敢	gǎn
1108	A	敢於	gǎnyú

1109	A	感	gǎn
1110	A	感到	gǎndào
1111	A	感動	gǎndòng
1112	A	感激	gǎnjī
1113	A	感覺	gǎnjué
1114	A	感冒	gǎnmào
1115	A	感情	gǎnqíng
1116	A	感染	gǎnrǎn
1117	A	感受	gǎnshòu
1118	A	感想	gǎnxiǎng
1119	A	感謝	gǎnxiè
1120	A	感興趣	gǎnxìngqù
1121	A	趕	gǎn
1122	A	趕緊	gǎnjǐn
1123	A	趕快	gǎnkuài
1124	A	趕上	gǎnshang
1125	A	幹	gàn
1126	A	幹活（兒）	gànhuó(r)
1127	A	幹勁	gànjìn
1128	A	剛	gāng
1129	A	剛才	gāngcái
1130	A	剛剛	gānggāng
1131	A	綱領	gānglǐng
1132	A	鋼	gāng
1133	A	鋼筆	gāngbǐ
1134	A	鋼琴	gāngqín
1135	A	鋼鐵	gāngtiě
1136	A	崗位	gǎngwèi
1137	A	港	gǎng
1138	A	港幣	gǎngbì
1139	A	港口	gǎngkǒu
1140	A	港元	gǎngyuán
1141	A	杠	gàng
1142	A	高	gāo
1143	A	高潮	gāocháo
1144	A	高大	gāodà
1145	A	高等	gāoděng
1146	A	高度	gāodù
1147	A	高峰	gāofēng
1148	A	高級	gāojí
1149	A	高尚	gāoshàng
1150	A	高速	gāosù
1151	A	高興	gāoxìng
1152	A	高壓	gāoyā
1153	A	高原	gāoyuán
1154	A	高中	gāozhōng
1155	A	搞	gǎo
1156	A	稿	gǎo
1157	A	告	gào
1158	A	告別	gàobié
1159	A	告訴	gàosu

1160	A	哥哥	gēge
1161	A	胳膊	gēbo
1162	A	割	gē
1163	A	歌	gē
1164	A	歌唱	gēchàng
1165	A	歌劇	gējù
1166	A	歌曲	gēqǔ
1167	A	歌頌	gēsòng
1168	A	擱	gē
1169	A	鴿子	gēzi
1170	A	革命	gémìng
1171	A	革新	géxīn
1172	A	格	gé
1173	A	格外	géwài
1174	A	隔	gé
1175	A	隔壁	gébì
1176	A	各	gè
1177	A	各自	gèzì
1178	A	個	gè
1179	A	個別	gèbié
1180	A	個（兒）	gè(r)
1181	A	個人	gèrén
1182	A	個體	gètǐ
1183	A	個性	gèxìng
1184	A	給	gěi
1185	A	根	gēn
1186	A	根本	gēnběn
1187	A	根據	gēnjù
1188	A	根源	gēnyuán
1189	A	跟	gēn
1190	A	跟着	gēnzhe
1191	A	耕地	gēngdì
1192	A	更	gèng
1193	A	更加	gèngjiā
1194	A	工	gōng
1195	A	工廠	gōngchǎng
1196	A	工程	gōngchéng
1197	A	工程師	gōngchéngshī
1198	A	工地	gōngdì
1199	A	工夫	gōngfu
1200	A	工會	gōnghuì
1201	A	工具	gōngjù
1202	A	工齡	gōnglíng
1203	A	工人	gōng•rén
1204	A	工序	gōngxù
1205	A	工業	gōngyè
1206	A	工資	gōngzī
1207	A	工作	gōngzuò
1208	A	弓	gōng
1209	A	公	gōng
1210	A	公報	gōngbào

1211	A	公布	gōngbù
1212	A	公費	gōngfèi
1213	A	公共	gōnggòng
1214	A	公共汽車	gōnggòngqìchē
1215	A	公斤	gōngjīn
1216	A	公開	gōngkāi
1217	A	公里	gōnglǐ
1218	A	公路	gōnglù
1219	A	公民	gōngmín
1220	A	公平	gōng•píng
1221	A	公頃	gōngqǐng
1222	A	公式	gōngshì
1223	A	公司	gōngsī
1224	A	公用	gōngyòng
1225	A	公元	gōngyuán
1226	A	公園	gōngyuán
1227	A	公約	gōngyuē
1228	A	功夫	gōngfu
1229	A	功課	gōngkè
1230	A	功能	gōngnéng
1231	A	攻	gōng
1232	A	攻擊	gōngjī
1233	A	供	gōng
1234	A	供給	gōngjǐ
1235	A	供應	gōngyìng
1236	A	鞏固	gǒnggù
1237	A	共	gòng
1238	A	共同	gòngtóng
1239	A	貢獻	gòngxiàn
1240	A	勾結	gōujié
1241	A	溝	gōu
1242	A	狗	gǒu
1243	A	夠	gòu
1244	A	構成	gòuchéng
1245	A	構造	gòuzào
1246	A	購	gòu
1247	A	購買	gòumǎi
1248	A	估計	gūjì
1249	A	姑娘	gūniang
1250	A	孤立	gūlì
1251	A	古	gǔ
1252	A	古代	gǔdài
1253	A	古典	gǔdiǎn
1254	A	古跡	gǔjì
1255	A	古老	gǔlǎo
1256	A	股	gǔ
1257	A	股票	gǔpiào
1258	A	骨幹	gǔgàn
1259	A	骨頭	gǔtou
1260	A	鼓	gǔ
1261	A	鼓勵	gǔlì
1262	A	鼓舞	gǔwǔ
1263	A	鼓掌	gǔzhǎng
1264	A	固定	gùdìng
1265	A	固然	gùrán
1266	A	故	gù
1267	A	故事	gùshi
1268	A	故鄉	gùxiāng
1269	A	故意	gùyì
1270	A	顧	gù
1271	A	顧客	gùkè
1272	A	顧問	gùwèn
1273	A	瓜	guā
1274	A	刮	guā
1275	A	掛	guà
1276	A	掛號	guàhào
1277	A	拐	guǎi
1278	A	拐彎	guǎiwān
1279	A	怪	guài
1280	A	官	guān
1281	A	官方	guānfāng
1282	A	官員	guānyuán
1283	A	關	guān
1284	A	關閉	guānbì
1285	A	關懷	guānhuái
1286	A	關鍵	guānjiàn
1287	A	關係	guān•xì
1288	A	關心	guānxīn
1289	A	關於	guānyú
1290	A	關注	guānzhù
1291	A	觀測	guāncè
1292	A	觀察	guānchá
1293	A	觀點	guāndiǎn
1294	A	觀看	guānkàn
1295	A	觀念	guānniàn
1296	A	觀眾	guānzhòng
1297	A	管	guǎn
1298	A	管道	guǎndào
1299	A	管理	guǎnlǐ
1300	A	冠軍	guànjūn
1301	A	貫徹	guànchè
1302	A	慣	guàn
1303	A	罐	guàn
1304	A	罐頭	guàntou
1305	A	光	guāng
1306	A	光彩	guāngcǎi
1307	A	光輝	guānghuī
1308	A	光明	guāngmíng
1309	A	光榮	guāngróng
1310	A	光線	guāngxiàn
1311	A	廣	guǎng
1312	A	廣播	guǎngbō

1313	A	廣場	guǎngchǎng
1314	A	廣大	guǎngdà
1315	A	廣泛	guǎngfàn
1316	A	廣告	guǎnggào
1317	A	廣闊	guǎngkuò
1318	A	逛	guàng
1319	A	規定	guīdìng
1320	A	規劃	guīhuà
1321	A	規矩	guīju
1322	A	規律	guīlǜ
1323	A	規模	guīmó
1324	A	規則	guīzé
1325	A	歸	guī
1326	A	軌道	guǐdào
1327	A	鬼	guǐ
1328	A	貴	guì
1329	A	貴賓	guìbīn
1330	A	跪	guì
1331	A	櫃台	guìtái
1332	A	滾	gǔn
1333	A	棍	gùn
1334	A	鍋	guō
1335	A	國	guó
1336	A	國產	guóchǎn
1337	A	國防	guófáng
1338	A	國籍	guójí
1339	A	國際	guójì
1340	A	國家	guójiā
1341	A	國民	guómín
1342	A	國旗	guóqí
1343	A	國務院	guówùyuàn
1344	A	國營	guóyíng
1345	A	國語	guóyǔ
1346	A	果然	guǒrán
1347	A	果實	guǒshí
1348	A	果樹	guǒshù
1349	A	過	guò
1350	A	過程	guòchéng
1351	A	過渡	guòdù
1352	A	過分	guòfèn
1353	A	過來	guò•lái
1354	A	過年	guònián
1355	A	過去	guòqù
1356	A	過去	guò•qu
1357	A	過於	guòyú
1358	A	過	guo
1359	A	哈哈	hāhā
1360	A	咳	hāi
1361	A	孩子	háizi
1362	A	還	hái
1363	A	還是	háishi
1364	A	海	hǎi
1365	A	海拔	hǎibá
1366	A	海關	hǎiguān
1367	A	海軍	hǎijūn
1368	A	海面	hǎimiàn
1369	A	海外	hǎiwài
1370	A	海灣	hǎiwān
1371	A	海峽	hǎixiá
1372	A	海洋	hǎiyáng
1373	A	害	hài
1374	A	害怕	hàipà
1375	A	含	hán
1376	A	含量	hánliàng
1377	A	寒假	hánjià
1378	A	寒冷	hánlěng
1379	A	喊	hǎn
1380	A	汗	hàn
1381	A	旱	hàn
1382	A	漢語	Hànyǔ
1383	A	漢字	Hànzì
1384	A	行	háng
1385	A	行列	hángliè
1386	A	行業	hángyè
1387	A	航空	hángkōng
1388	A	航行	hángxíng
1389	A	毫無	háowú
1390	A	好	hǎo
1391	A	好比	hǎobǐ
1392	A	好吃	hǎochī
1393	A	好處	hǎo•chù
1394	A	好看	hǎokàn
1395	A	好容易	hǎoróngyì
1396	A	好聽	hǎotīng
1397	A	好玩（兒）	hǎowán(r)
1398	A	好像	hǎoxiàng
1399	A	好些	hǎoxiē
1400	A	好轉	hǎozhuǎn
1401	A	好	hào
1402	A	好奇	hàoqí
1403	A	耗	hào
1404	A	號	hào
1405	A	號碼	hàomǎ
1406	A	號召	hàozhào
1407	A	喝	hē
1408	A	合	hé
1409	A	合併	hébìng
1410	A	合唱	héchàng
1411	A	合成	héchéng
1412	A	合法	héfǎ
1413	A	合格	hégé
1414	A	合乎	héhū

1415	A	合理	hélǐ
1416	A	合適	héshì
1417	A	合同	hétong
1418	A	合資	hézī
1419	A	合作	hézuò
1420	A	何	hé
1421	A	何況	hékuàng
1422	A	和	hé
1423	A	和解	héjiě
1424	A	和平	hépíng
1425	A	和諧	héxié
1426	A	河	hé
1427	A	河流	héliú
1428	A	核心	héxīn
1429	A	盒	hé
1430	A	黑	hēi
1431	A	黑暗	hēi'àn
1432	A	黑板	hēibǎn
1433	A	黑人	hēirén
1434	A	黑夜	hēiyè
1435	A	嘿	hēi
1436	A	很	hěn
1437	A	狠	hěn
1438	A	恨	hèn
1439	A	恨不得	hènbude
1440	A	哼	hēng
1441	A	橫	héng
1442	A	衡量	héngliáng
1443	A	宏偉	hóngwěi
1444	A	洪水	hóngshuǐ
1445	A	紅	hóng
1446	A	猴子	hóuzi
1447	A	厚	hòu
1448	A	後	hòu
1449	A	後邊	hòu•biān
1450	A	後代	hòudài
1451	A	後方	hòufāng
1452	A	後果	hòuguǒ
1453	A	後悔	hòuhuǐ
1454	A	後來	hòulái
1455	A	後面	hòu•miàn
1456	A	後期	hòuqī
1457	A	後天	hòutiān
1458	A	後頭	hòutou
1459	A	候選人	hòuxuǎnrén
1460	A	呼	hū
1461	A	呼吸	hūxī
1462	A	呼籲	hūyù
1463	A	忽然	hūrán
1464	A	忽視	hūshì
1465	A	胡同（兒）	hútòng(r)
1466	A	壺	hú
1467	A	湖	hú
1468	A	糊塗	hútu
1469	A	蝴蝶	húdié
1470	A	鬍子	húzi
1471	A	虎	hǔ
1472	A	互	hù
1473	A	互相	hùxiāng
1474	A	互助	hùzhù
1475	A	戶口	hùkǒu
1476	A	護	hù
1477	A	護理	hùlǐ
1478	A	護士	hùshi
1479	A	護照	hùzhào
1480	A	花	huā
1481	A	花費	huāfèi
1482	A	花生	huāshēng
1483	A	花園	huāyuán
1484	A	華僑	huáqiáo
1485	A	華人	Huárén
1486	A	滑	huá
1487	A	滑冰	huábīng
1488	A	划	huá
1489	A	化	huà
1490	A	化工	huàgōng
1491	A	化學	huàxué
1492	A	化驗	huàyàn
1493	A	畫	huà
1494	A	畫家	huàjiā
1495	A	畫面	huàmiàn
1496	A	話	huà
1497	A	話劇	huàjù
1498	A	劃	huà
1499	A	懷	huái
1500	A	懷念	huáiniàn
1501	A	懷疑	huáiyí
1502	A	懷孕	huáiyùn
1503	A	壞	huài
1504	A	歡呼	huānhū
1505	A	歡樂	huānlè
1506	A	歡迎	huānyíng
1507	A	環	huán
1508	A	環節	huánjié
1509	A	環境	huánjìng
1510	A	還	huán
1511	A	緩和	huǎnhé
1512	A	緩慢	huǎnmàn
1513	A	幻想	huànxiǎng
1514	A	患	huàn
1515	A	患者	huànzhě
1516	A	換	huàn

1517	A	慌	huāng
1518	A	皇帝	huángdì
1519	A	黃	huáng
1520	A	黃瓜	huáng•guā
1521	A	黃昏	huánghūn
1522	A	黃金	huángjīn
1523	A	黃色	huángsè
1524	A	灰	huī
1525	A	恢復	huīfù
1526	A	回	huí
1527	A	回答	huídá
1528	A	回顧	huígù
1529	A	回來	huí•lái
1530	A	回去	huí•qù
1531	A	回升	huíshēng
1532	A	回收	huíshōu
1533	A	回頭	huítóu
1534	A	回想	huíxiǎng
1535	A	回憶	huíyì
1536	A	毀	huǐ
1537	A	匯報	huìbào
1538	A	會	huì
1539	A	會場	huìchǎng
1540	A	會見	huìjiàn
1541	A	會談	huìtán
1542	A	會晤	huìwù
1543	A	會議	huìyì
1544	A	會員	huìyuán
1545	A	繪畫	huìhuà
1546	A	婚禮	hūnlǐ
1547	A	渾身	húnshēn
1548	A	混	hùn
1549	A	混合	hùnhé
1550	A	混亂	hùnluàn
1551	A	活	huó
1552	A	活動	huódòng
1553	A	活力	huólì
1554	A	活潑	huó•pō
1555	A	活躍	huóyuè
1556	A	火	huǒ
1557	A	火柴	huǒchái
1558	A	火車	huǒchē
1559	A	火箭	huǒjiàn
1560	A	伙食	huǒ•shí
1561	A	夥	huǒ
1562	A	夥伴	huǒbàn
1563	A	或	huò
1564	A	或者	huòzhě
1565	A	貨	huò
1566	A	貨幣	huòbì
1567	A	貨物	huòwù
1568	A	獲	huò
1569	A	獲得	huòdé
1570	A	肌肉	jīròu
1571	A	基本	jīběn
1572	A	基本上	jīběn•shàng
1573	A	基層	jīcéng
1574	A	基礎	jīchǔ
1575	A	基地	jīdì
1576	A	基建	jījiàn
1577	A	基金	jījīn
1578	A	幾乎	jīhū
1579	A	機	jī
1580	A	機場	jīchǎng
1581	A	機車	jīchē
1582	A	機動	jīdòng
1583	A	機構	jīgòu
1584	A	機關	jīguān
1585	A	機會	jī•huì
1586	A	機器	jī•qì
1587	A	機械	jīxiè
1588	A	機制	jīzhì
1589	A	激動	jīdòng
1590	A	激烈	jīliè
1591	A	激素	jīsù
1592	A	積極	jījí
1593	A	積極性	jījíxìng
1594	A	積累	jīlěi
1595	A	擊敗	jībài
1596	A	雞	jī
1597	A	雞蛋	jīdàn
1598	A	及	jí
1599	A	及格	jígé
1600	A	及時	jíshí
1601	A	即	jí
1602	A	即將	jíjiāng
1603	A	即使	jíshǐ
1604	A	急	jí
1605	A	急劇	jíjù
1606	A	急忙	jímáng
1607	A	急躁	jízào
1608	A	疾病	jíbìng
1609	A	級	jí
1610	A	級別	jíbié
1611	A	集	jí
1612	A	集合	jíhé
1613	A	集會	jíhuì
1614	A	集體	jítǐ
1615	A	集團	jítuán
1616	A	集中	jízhōng
1617	A	集資	jízī
1618	A	極	jí

1619	A	極端	jíduān
1620	A	極其	jíqí
1621	A	極為	jíwéi
1622	A	幾	jǐ
1623	A	給予	jǐyǔ
1624	A	擠	jǐ
1625	A	技巧	jìqiǎo
1626	A	技術	jìshù
1627	A	季	jì
1628	A	季度	jìdù
1629	A	季節	jìjié
1630	A	既	jì
1631	A	既然	jìrán
1632	A	紀錄	jìlù
1633	A	紀律	jìlǜ
1634	A	紀念	jìniàn
1635	A	計	jì
1636	A	計劃	jìhuà
1637	A	計算	jìsuàn
1638	A	計算機	jìsuànjī
1639	A	記	jì
1640	A	記得	jì•dé
1641	A	記錄	jìlù
1642	A	記憶	jìyì
1643	A	記載	jìzǎi
1644	A	記者	jìzhě
1645	A	寄	jì
1646	A	繫	jì
1647	A	繼承	jìchéng
1648	A	繼續	jìxù
1649	A	加	jiā
1650	A	加工	jiāgōng
1651	A	加緊	jiājǐn
1652	A	加劇	jiājù
1653	A	加快	jiākuài
1654	A	加強	jiāqiáng
1655	A	加入	jiārù
1656	A	加上	jiā•shàng
1657	A	加深	jiāshēn
1658	A	加速	jiāsù
1659	A	加以	jiāyǐ
1660	A	夾	jiā
1661	A	佳	jiā
1662	A	家	jiā
1663	A	家具	jiā•jù
1664	A	家人	jiārén
1665	A	家屬	jiāshǔ
1666	A	家庭	jiātíng
1667	A	家鄉	jiāxiāng
1668	A	家長	jiāzhǎng
1669	A	傢伙	jiāhuo
1670	A	甲	jiǎ
1671	A	假	jiǎ
1672	A	假如	jiǎrú
1673	A	假若	jiǎruò
1674	A	架	jià
1675	A	假	jià
1676	A	假期	jiàqī
1677	A	嫁	jià
1678	A	價	jià
1679	A	價格	jiàgé
1680	A	價錢	jià•qián
1681	A	價值	jiàzhí
1682	A	駕駛	jiàshǐ
1683	A	尖	jiān
1684	A	尖銳	jiānruì
1685	A	肩	jiān
1686	A	兼	jiān
1687	A	堅持	jiānchí
1688	A	堅定	jiāndìng
1689	A	堅決	jiānjué
1690	A	堅強	jiānqiáng
1691	A	監察	jiānchá
1692	A	監督	jiāndū
1693	A	監視	jiānshì
1694	A	監獄	jiānyù
1695	A	艱巨	jiānjù
1696	A	艱苦	jiānkǔ
1697	A	艱難	jiānnán
1698	A	剪	jiǎn
1699	A	揀	jiǎn
1700	A	減	jiǎn
1701	A	減輕	jiǎnqīng
1702	A	減少	jiǎnshǎo
1703	A	撿	jiǎn
1704	A	檢	jiǎn
1705	A	檢查	jiǎnchá
1706	A	檢討	jiǎntǎo
1707	A	檢驗	jiǎnyàn
1708	A	簡單	jiǎndān
1709	A	簡直	jiǎnzhí
1710	A	件	jiàn
1711	A	見	jiàn
1712	A	見解	jiànjiě
1713	A	見面	jiànmiàn
1714	A	建	jiàn
1715	A	建交	jiànjiāo
1716	A	建立	jiànlì
1717	A	建設	jiànshè
1718	A	建議	jiànyì
1719	A	建造	jiànzào
1720	A	建築	jiànzhù

1721	A	健康	jiànkāng
1722	A	健全	jiànquán
1723	A	間接	jiànjiē
1724	A	漸	jiàn
1725	A	漸漸	jiànjiàn
1726	A	箭	jiàn
1727	A	鑒定	jiàndìng
1728	A	鑒於	jiànyú
1729	A	江	jiāng
1730	A	薑	jiāng
1731	A	將	jiāng
1732	A	將近	jiāngjìn
1733	A	將軍	jiāngjūn
1734	A	將來	jiānglái
1735	A	將要	jiāngyào
1736	A	獎	jiǎng
1737	A	獎金	jiǎngjīn
1738	A	獎勵	jiǎnglì
1739	A	講	jiǎng
1740	A	講話	jiǎnghuà
1741	A	講究	jiǎng•jiū
1742	A	講課	jiǎngkè
1743	A	講座	jiǎngzuò
1744	A	降	jiàng
1745	A	降低	jiàngdī
1746	A	醬	jiàng
1747	A	醬油	jiàngyóu
1748	A	交	jiāo
1749	A	交代	jiāodài
1750	A	交給	jiāogěi
1751	A	交換	jiāohuàn
1752	A	交流	jiāoliú
1753	A	交談	jiāotán
1754	A	交通	jiāotōng
1755	A	交往	jiāowǎng
1756	A	交易	jiāoyì
1757	A	郊區	jiāoqū
1758	A	教	jiāo
1759	A	教學	jiāoxué
1760	A	澆	jiāo
1761	A	驕傲	jiāo'ào
1762	A	角	jiǎo
1763	A	角度	jiǎodù
1764	A	腳	jiǎo
1765	A	餃子	jiǎozi
1766	A	叫	jiào
1767	A	叫做	jiàozuò
1768	A	教	jiào
1769	A	教材	jiàocái
1770	A	教導	jiàodǎo
1771	A	教會	jiàohuì
1772	A	教練	jiàoliàn
1773	A	教師	jiàoshī
1774	A	教室	jiàoshì
1775	A	教授	jiàoshòu
1776	A	教堂	jiàotáng
1777	A	教學	jiàoxué
1778	A	教訓	jiàoxun
1779	A	教育	jiàoyù
1780	A	教育界	jiàoyùjiè
1781	A	教員	jiàoyuán
1782	A	較	jiào
1783	A	較為	jiàowéi
1784	A	覺	jiào
1785	A	接	jiē
1786	A	接觸	jiēchù
1787	A	接待	jiēdài
1788	A	接見	jiējiàn
1789	A	接近	jiējìn
1790	A	接連	jiēlián
1791	A	接收	jiēshōu
1792	A	接受	jiēshòu
1793	A	接着	jiēzhe
1794	A	揭露	jiēlù
1795	A	結實	jiēshi
1796	A	街	jiē
1797	A	街道	jiēdào
1798	A	街頭	jiētóu
1799	A	階層	jiēcéng
1800	A	階段	jiēduàn
1801	A	階級	jiējí
1802	A	傑出	jiéchū
1803	A	結	jié
1804	A	結構	jiégòu
1805	A	結果	jiéguǒ
1806	A	結合	jiéhé
1807	A	結婚	jiéhūn
1808	A	結論	jiélùn
1809	A	結束	jiéshù
1810	A	節	jié
1811	A	節目	jiémù
1812	A	節日	jiérì
1813	A	節省	jiéshěng
1814	A	節約	jiéyuē
1815	A	節奏	jiézòu
1816	A	截	jié
1817	A	竭力	jiélì
1818	A	姐姐	jiějie
1819	A	解	jiě
1820	A	解除	jiěchú
1821	A	解放	jiěfàng
1822	A	解決	jiějué

1823	A	解散	jiěsàn
1824	A	解釋	jiěshì
1825	A	介紹	jièshào
1826	A	戒嚴	jièyán
1827	A	屆	jiè
1828	A	界	jiè
1829	A	界線	jièxiàn
1830	A	借	jiè
1831	A	藉口	jièkǒu
1832	A	今	jīn
1833	A	今後	jīnhòu
1834	A	今年	jīnnián
1835	A	今日	jīnrì
1836	A	今天	jīntiān
1837	A	斤	jīn
1838	A	金	jīn
1839	A	金額	jīn'é
1840	A	金牌	jīnpái
1841	A	金錢	jīnqián
1842	A	金融	jīnróng
1843	A	金屬	jīnshǔ
1844	A	津貼	jīntiē
1845	A	僅	jǐn
1846	A	僅僅	jǐnjǐn
1847	A	緊	jǐn
1848	A	緊急	jǐnjí
1849	A	緊密	jǐnmì
1850	A	緊張	jǐnzhāng
1851	A	儘管	jǐnguǎn
1852	A	儘量	jǐnliàng
1853	A	錦標賽	jǐnbiāosài
1854	A	謹慎	jǐnshèn
1855	A	近	jìn
1856	A	近代	jìndài
1857	A	近來	jìnlái
1858	A	近期	jìnqī
1859	A	近日	jìnrì
1860	A	勁	jìn
1861	A	進	jìn
1862	A	進步	jìnbù
1863	A	進程	jìnchéng
1864	A	進攻	jìngōng
1865	A	進軍	jìnjūn
1866	A	進口	jìnkǒu
1867	A	進來	jìn•lái
1868	A	進去	jìn•qù
1869	A	進入	jìnrù
1870	A	進行	jìnxíng
1871	A	進修	jìnxiū
1872	A	進一步	jìnyíbù
1873	A	進展	jìnzhǎn
1874	A	禁止	jìnzhǐ
1875	A	盡	jìn
1876	A	盡力	jìnlì
1877	A	經	jīng
1878	A	經常	jīngcháng
1879	A	經費	jīngfèi
1880	A	經過	jīngguò
1881	A	經濟	jīngjì
1882	A	經理	jīnglǐ
1883	A	經歷	jīnglì
1884	A	經驗	jīngyàn
1885	A	經營	jīngyíng
1886	A	精	jīng
1887	A	精彩	jīngcǎi
1888	A	精力	jīnglì
1889	A	精密	jīngmì
1890	A	精神	jīngshén
1891	A	精神	jīngshen
1892	A	精細	jīngxì
1893	A	精心	jīngxīn
1894	A	驚	jīng
1895	A	驚人	jīngrén
1896	A	井	jǐng
1897	A	景色	jǐngsè
1898	A	景物	jǐngwù
1899	A	景象	jǐngxiàng
1900	A	警察	jǐngchá
1901	A	警方	jǐngfāng
1902	A	警告	jǐnggào
1903	A	警惕	jǐngtì
1904	A	勁	jìng
1905	A	竟	jìng
1906	A	竟然	jìngrán
1907	A	靜	jìng
1908	A	競賽	jìngsài
1909	A	競選	jìngxuǎn
1910	A	競爭	jìngzhēng
1911	A	究竟	jiūjìng
1912	A	糾紛	jiūfēn
1913	A	糾正	jiūzhèng
1914	A	九	jiǔ
1915	A	久	jiǔ
1916	A	酒	jiǔ
1917	A	酒店	jiǔdiàn
1918	A	救	jiù
1919	A	就	jiù
1920	A	就是	jiùshì
1921	A	就算	jiùsuàn
1922	A	就業	jiùyè
1923	A	舅舅	jiùjiu
1924	A	舊	jiù

1925 A 居 jū
1926 A 居民 jūmín
1927 A 居然 jūrán
1928 A 居住 jūzhù
1929 A 局 jú
1930 A 局部 júbù
1931 A 局面 júmiàn
1932 A 局勢 júshì
1933 A 局長 júzhǎng
1934 A 舉 jǔ
1935 A 舉辦 jǔbàn
1936 A 舉行 jǔxíng
1937 A 句 jù
1938 A 句子 jùzi
1939 A 巨大 jùdà
1940 A 具備 jùbèi
1941 A 具體 jùtǐ
1942 A 具有 jùyǒu
1943 A 拒絕 jùjué
1944 A 俱樂部 jùlèbù
1945 A 距離 jùlí
1946 A 聚 jù
1947 A 聚集 jùjí
1948 A 劇 jù
1949 A 劇場 jùchǎng
1950 A 劇烈 jùliè
1951 A 劇院 jùyuàn
1952 A 據 jù
1953 A 據說 jùshuō
1954 A 據悉 jùxī
1955 A 捲 juǎn
1956 A 卷 juàn
1957 A 決策 juécè
1958 A 決定 juédìng
1959 A 決賽 juésài
1960 A 決心 juéxīn
1961 A 決議 juéyì
1962 A 絕對 juéduì
1963 A 覺得 juéde
1964 A 覺悟 juéwù
1965 A 均勻 jūnyún
1966 A 軍備 jūnbèi
1967 A 軍隊 jūnduì
1968 A 軍官 jūnguān
1969 A 軍艦 jūnjiàn
1970 A 軍區 jūnqū
1971 A 軍人 jūnrén
1972 A 軍事 jūnshì
1973 A 卡 kǎ
1974 A 卡車 kǎchē
1975 A 開 kāi
1976 A 開辦 kāibàn
1977 A 開除 kāichú
1978 A 開動 kāidòng
1979 A 開發 kāifā
1980 A 開放 kāifàng
1981 A 開會 kāihuì
1982 A 開幕 kāimù
1983 A 開設 kāishè
1984 A 開始 kāishǐ
1985 A 開拓 kāituò
1986 A 開玩笑 kāiwánxiào
1987 A 開心 kāixīn
1988 A 開學 kāixué
1989 A 開展 kāizhǎn
1990 A 開支 kāizhī
1991 A 刊登 kāndēng
1992 A 刊物 kānwù
1993 A 看 kān
1994 A 砍 kǎn
1995 A 看 kàn
1996 A 看病 kànbìng
1997 A 看不起 kàn•bùqǐ
1998 A 看待 kàndài
1999 A 看法 kànfǎ
2000 A 看見 kàn•jiàn
2001 A 看來 kànlái
2002 A 看望 kàn•wàng
2003 A 扛 káng
2004 A 抗議 kàngyì
2005 A 考 kǎo
2006 A 考察 kǎochá
2007 A 考核 kǎohé
2008 A 考慮 kǎolǜ
2009 A 考試 kǎoshì
2010 A 考驗 kǎoyàn
2011 A 烤 kǎo
2012 A 靠 kào
2013 A 靠近 kàojìn
2014 A 科 kē
2015 A 科技 kējì
2016 A 科學 kēxué
2017 A 科學家 kēxuéjiā
2018 A 科學院 kēxuéyuàn
2019 A 科研 kēyán
2020 A 棵 kē
2021 A 顆 kē
2022 A 咳 ké
2023 A 咳嗽 késou
2024 A 可 kě
2025 A 可愛 kě’ài
2026 A 可不是 kě•búshì

2027	A	可見	kějiàn
2028	A	可靠	kěkào
2029	A	可憐	kělián
2030	A	可能	kěnéng
2031	A	可能性	kěnéngxìng
2032	A	可怕	kěpà
2033	A	可是	kěshì
2034	A	可惜	kěxī
2035	A	可笑	kěxiào
2036	A	可行	kěxíng
2037	A	可以	kěyǐ
2038	A	渴	kě
2039	A	渴望	kěwàng
2040	A	克	kè
2041	A	克服	kèfú
2042	A	刻	kè
2043	A	刻苦	kèkǔ
2044	A	客	kè
2045	A	客觀	kèguān
2046	A	客氣	kèqi
2047	A	客人	kè•rén
2048	A	課	kè
2049	A	課本	kèběn
2050	A	課程	kèchéng
2051	A	課室	kèshì
2052	A	課堂	kètáng
2053	A	課外	kèwài
2054	A	課文	kèwén
2055	A	肯	kěn
2056	A	肯定	kěndìng
2057	A	坑	kēng
2058	A	空	kōng
2059	A	空間	kōngjiān
2060	A	空軍	kōngjūn
2061	A	空氣	kōngqì
2062	A	空前	kōngqián
2063	A	空中	kōngzhōng
2064	A	孔	kǒng
2065	A	恐怖	kǒngbù
2066	A	恐怕	kǒngpà
2067	A	空	kòng
2068	A	控制	kòngzhì
2069	A	口	kǒu
2070	A	口袋	kǒudai
2071	A	口號	kǒuhào
2072	A	口頭	kǒutóu
2073	A	扣	kòu
2074	A	哭	kū
2075	A	苦	kǔ
2076	A	褲子	kùzi
2077	A	誇	kuā
2078	A	垮	kuǎ
2079	A	跨	kuà
2080	A	快	kuài
2081	A	快樂	kuàilè
2082	A	快速	kuàisù
2083	A	塊	kuài
2084	A	會計	kuài•jì
2085	A	寬	kuān
2086	A	款	kuǎn
2087	A	筐	kuāng
2088	A	狂	kuáng
2089	A	況且	kuàngqiě
2090	A	礦	kuàng
2091	A	礦泉水	kuàngquánshuǐ
2092	A	虧損	kuīsǔn
2093	A	昆蟲	kūnchóng
2094	A	捆	kǔn
2095	A	困	kùn
2096	A	困境	kùnjìng
2097	A	困難	kùnnan
2098	A	闊	kuò
2099	A	擴大	kuòdà
2100	A	擴建	kuòjiàn
2101	A	擴展	kuòzhǎn
2102	A	垃圾	lājī
2103	A	拉	lā
2104	A	喇叭	lǎba
2105	A	落	là
2106	A	啦	la
2107	A	來	lái
2108	A	來回	láihuí
2109	A	來往	láiwǎng
2110	A	來信	láixìn
2111	A	來源	láiyuán
2112	A	來自	láizì
2113	A	賴	lài
2114	A	藍	lán
2115	A	籃球	lánqiú
2116	A	懶	lǎn
2117	A	爛	làn
2118	A	狼	láng
2119	A	朗誦	lǎngsòng
2120	A	浪	làng
2121	A	浪費	làngfèi
2122	A	撈	lāo
2123	A	牢固	láogù
2124	A	牢騷	láo•sāo
2125	A	勞動	láodòng
2126	A	勞動力	láodònglì
2127	A	老	lǎo
2128	A	老百姓	lǎobǎixìng

2129	A	老闆	lǎobǎn
2130	A	老虎	lǎohǔ
2131	A	老年	lǎonián
2132	A	老婆	lǎopo
2133	A	老人	lǎorén
2134	A	老人家	lǎo•rén•jiā
2135	A	老師	lǎoshī
2136	A	老是	lǎo•shì
2137	A	老實	lǎoshi
2138	A	老太太	lǎotàitai
2139	A	老外	lǎowài
2140	A	老鄉	lǎoxiāng
2141	A	姥姥	lǎolao
2142	A	樂	lè
2143	A	樂觀	lèguān
2144	A	樂趣	lèqù
2145	A	了	le
2146	A	雷	léi
2147	A	淚	lèi
2148	A	累	lèi
2149	A	類	lèi
2150	A	類似	lèisì
2151	A	類型	lèixíng
2152	A	冷	lěng
2153	A	冷靜	lěngjìng
2154	A	冷卻	lěngquè
2155	A	愣	lèng
2156	A	梨	lí
2157	A	釐米	límǐ
2158	A	離	lí
2159	A	離婚	líhūn
2160	A	離開	líkāi
2161	A	里	lǐ
2162	A	理	lǐ
2163	A	理髮	lǐfà
2164	A	理解	lǐjiě
2165	A	理論	lǐlùn
2166	A	理事	lǐshì
2167	A	理想	lǐxiǎng
2168	A	理由	lǐyóu
2169	A	禮	lǐ
2170	A	禮拜	lǐbài
2171	A	禮拜日	lǐbàirì
2172	A	禮貌	lǐmào
2173	A	禮堂	lǐtáng
2174	A	禮物	lǐwù
2175	A	裏	lǐ
2176	A	裏邊	lǐ•biān
2177	A	裏面	lǐ•miàn
2178	A	裏頭	lǐtou
2179	A	力	lì
2180	A	力量	lì•liàng
2181	A	力氣	lìqi
2182	A	力求	lìqiú
2183	A	力爭	lìzhēng
2184	A	立	lì
2185	A	立場	lìchǎng
2186	A	立法	lìfǎ
2187	A	立即	lìjí
2188	A	立刻	lìkè
2189	A	利	lì
2190	A	利潤	lìrùn
2191	A	利益	lìyì
2192	A	利用	lìyòng
2193	A	例	lì
2194	A	例如	lìrú
2195	A	例子	lìzi
2196	A	粒	lì
2197	A	厲害	lìhai
2198	A	歷來	lìlái
2199	A	歷史	lìshǐ
2200	A	倆	liǎ
2201	A	連	lián
2202	A	連接	liánjiē
2203	A	連忙	liánmáng
2204	A	連續	liánxù
2205	A	聯邦	liánbāng
2206	A	聯合	liánhé
2207	A	聯歡	liánhuān
2208	A	聯絡	liánluò
2209	A	聯盟	liánméng
2210	A	聯網	liánwǎng
2211	A	聯繫	liánxì
2212	A	聯想	liánxiǎng
2213	A	臉	liǎn
2214	A	煉	liàn
2215	A	練	liàn
2216	A	練習	liànxí
2217	A	戀愛	liàn’ài
2218	A	良好	liánghǎo
2219	A	涼	liáng
2220	A	涼快	liángkuai
2221	A	量	liáng
2222	A	糧食	liángshi
2223	A	兩	liǎng
2224	A	兩旁	liǎngpáng
2225	A	亮	liàng
2226	A	量	liàng
2227	A	諒解	liàngjiě
2228	A	輛	liàng
2229	A	聊	liáo
2230	A	聊天（兒）	liáotiān(r)

2231	A	了不起	liǎo•bùqǐ
2232	A	了解	liǎojiě
2233	A	料	liào
2234	A	列	liè
2235	A	列車	lièchē
2236	A	烈士	lièshì
2237	A	裂	liè
2238	A	林	lín
2239	A	鄰居	línjū
2240	A	臨	lín
2241	A	臨床	línchuáng
2242	A	臨時	línshí
2243	A	凌晨	língchén
2244	A	零	líng
2245	A	零件	língjiàn
2246	A	零售	língshòu
2247	A	靈魂	línghún
2248	A	靈活	línghuó
2249	A	領	lǐng
2250	A	領導	lǐngdǎo
2251	A	領導人	lǐngdǎorén
2252	A	領會	lǐnghuì
2253	A	領土	lǐngtǔ
2254	A	領先	lǐngxiān
2255	A	領袖	lǐngxiù
2256	A	領域	lǐngyù
2257	A	令	lìng
2258	A	另	lìng
2259	A	另外	lìngwài
2260	A	溜	liū
2261	A	流	liú
2262	A	流傳	liúchuán
2263	A	流動	liúdòng
2264	A	流量	liúliàng
2265	A	流水	liúshuǐ
2266	A	流通	liútōng
2267	A	流行	liúxíng
2268	A	流血	liúxuè
2269	A	流域	liúyù
2270	A	留	liú
2271	A	留學	liúxué
2272	A	留學生	liúxuéshēng
2273	A	六	liù
2274	A	隆重	lóngzhòng
2275	A	龍	lóng
2276	A	壟斷	lǒngduàn
2277	A	樓	lóu
2278	A	樓房	lóufáng
2279	A	漏	lòu
2280	A	露	lòu
2281	A	爐子	lúzi
2282	A	陸軍	lùjūn
2283	A	陸續	lùxù
2284	A	路	lù
2285	A	路過	lùguò
2286	A	路面	lùmiàn
2287	A	路上	lùshang
2288	A	路線	lùxiàn
2289	A	錄	lù
2290	A	錄像	lùxiàng
2291	A	錄音	lùyīn
2292	A	錄音機	lùyīnjī
2293	A	露	lù
2294	A	旅館	lǚguǎn
2295	A	旅客	lǚkè
2296	A	旅行	lǚxíng
2297	A	旅遊	lǚyóu
2298	A	履行	lǚxíng
2299	A	律師	lǜshī
2300	A	綠	lǜ
2301	A	綠化	lǜhuà
2302	A	綠卡	lǜkǎ
2303	A	綠色	lǜsè
2304	A	亂	luàn
2305	A	略	lüè
2306	A	輪	lún
2307	A	輪船	lúnchuán
2308	A	輪流	lúnliú
2309	A	論	lùn
2310	A	論文	lùnwén
2311	A	邏輯	luóji
2312	A	落	luò
2313	A	落後	luòhòu
2314	A	落實	luòshí
2315	A	媽媽	māma
2316	A	麻煩	máfan
2317	A	馬	mǎ
2318	A	馬路	mǎlù
2319	A	馬上	mǎshàng
2320	A	碼頭	mǎtou
2321	A	罵	mà
2322	A	嗎	ma
2323	A	嘛	ma
2324	A	埋	mái
2325	A	買	mǎi
2326	A	買賣	mǎimài
2327	A	買賣	mǎimai
2328	A	賣	mài
2329	A	邁	mài
2330	A	滿	mǎn
2331	A	滿意	mǎnyì
2332	A	滿足	mǎnzú

2333	A	慢	màn
2334	A	忙	máng
2335	A	盲目	mángmù
2336	A	貓	māo
2337	A	毛	máo
2338	A	毛病	máo•bìng
2339	A	毛巾	máojīn
2340	A	毛衣	máoyī
2341	A	矛盾	máodùn
2342	A	冒	mào
2343	A	帽子	màozi
2344	A	貿易	màoyì
2345	A	沒	méi
2346	A	沒關係	méiguānxi
2347	A	沒甚麼	méishénme
2348	A	沒用	méiyòng
2349	A	沒有	méiyǒu
2350	A	枚	méi
2351	A	媒體	méitǐ
2352	A	煤	méi
2353	A	煤氣	méiqì
2354	A	每	měi
2355	A	美	měi
2356	A	美觀	měiguān
2357	A	美好	měihǎo
2358	A	美金	měijīn
2359	A	美麗	měilì
2360	A	美術	měishù
2361	A	美元	měiyuán
2362	A	妹妹	mèimei
2363	A	悶	mēn
2364	A	門	mén
2365	A	門口	ménkǒu
2366	A	門診	ménzhěn
2367	A	悶	mèn
2368	A	們	men
2369	A	蒙	méng
2370	A	猛	měng
2371	A	猛烈	měngliè
2372	A	夢	mèng
2373	A	夢想	mèngxiǎng
2374	A	迷信	míxìn
2375	A	彌補	míbǔ
2376	A	米	mǐ
2377	A	秘密	mìmì
2378	A	秘書	mìshū
2379	A	秘書長	mìshūzhǎng
2380	A	密	mì
2381	A	密度	mìdù
2382	A	密切	mìqiè
2383	A	蜜蜂	mìfēng
2384	A	棉花	mián•huā
2385	A	免	miǎn
2386	A	勉強	miǎnqiǎng
2387	A	面	miàn
2388	A	面對	miànduì
2389	A	面積	miànjī
2390	A	面臨	miànlín
2391	A	面貌	miànmào
2392	A	面前	miànqián
2393	A	面子	miànzi
2394	A	麵	miàn
2395	A	麵包	miànbāo
2396	A	麵條	miàntiáo
2397	A	苗	miáo
2398	A	描寫	miáoxiě
2399	A	秒	miǎo
2400	A	廟	miào
2401	A	滅	miè
2402	A	民間	mínjiān
2403	A	民俗	mínsú
2404	A	民用	mínyòng
2405	A	民眾	mínzhòng
2406	A	民主	mínzhǔ
2407	A	民族	mínzú
2408	A	名	míng
2409	A	名稱	míngchēng
2410	A	名單	míngdān
2411	A	名額	míng'é
2412	A	名牌	míngpái
2413	A	名勝	míngshèng
2414	A	名義	míngyì
2415	A	名字	míngzi
2416	A	明	míng
2417	A	明白	míngbai
2418	A	明亮	míngliàng
2419	A	明明	míngmíng
2420	A	明年	míngnián
2421	A	明確	míngquè
2422	A	明天	míngtiān
2423	A	明顯	míngxiǎn
2424	A	命	mìng
2425	A	命令	mìnglìng
2426	A	命運	mìngyùn
2427	A	摸	mō
2428	A	摩托車	mótuōchē
2429	A	模範	mófàn
2430	A	模仿	mófǎng
2431	A	模糊	móhu
2432	A	模式	móshì
2433	A	模型	móxíng
2434	A	磨	mó

2435	A	末	mò
2436	A	陌生	mòshēng
2437	A	磨	mò
2438	A	某	mǒu
2439	A	某些	mǒuxiē
2440	A	模樣	múyàng
2441	A	母	mǔ
2442	A	母親	mǔ•qīn
2443	A	畝	mǔ
2444	A	木	mù
2445	A	木材	mùcái
2446	A	木頭	mùtou
2447	A	目標	mùbiāo
2448	A	目的	mùdì
2449	A	目光	mùguāng
2450	A	目前	mùqián
2451	A	幕	mù
2452	A	拿	ná
2453	A	哪	nǎ
2454	A	哪個	nǎge
2455	A	哪裏	nǎ•lǐ
2456	A	哪怕	nǎpà
2457	A	哪（兒）	nǎ(r)
2458	A	哪些	nǎxiē
2459	A	哪樣	nǎyàng
2460	A	那	nà
2461	A	那邊	nà•biān
2462	A	那個	nàge
2463	A	那裏	nà•lǐ
2464	A	那麼	nàme
2465	A	那（兒）	nà(r)
2466	A	那些	nàxiē
2467	A	那樣	nàyàng
2468	A	乃	nǎi
2469	A	奶	nǎi
2470	A	奶奶	nǎinai
2471	A	耐	nài
2472	A	耐心	nàixīn
2473	A	耐用	nàiyòng
2474	A	男	nán
2475	A	男孩（兒）	nánhái(r)
2476	A	男女	nánnǚ
2477	A	男人	nánrén
2478	A	男子	nánzǐ
2479	A	南	nán
2480	A	南邊	nán•biān
2481	A	南方	nánfāng
2482	A	難	nán
2483	A	難道	nándào
2484	A	難得	nándé
2485	A	難怪	nánguài
2486	A	難過	nánguò
2487	A	難免	nánmiǎn
2488	A	難受	nánshòu
2489	A	難題	nántí
2490	A	難以	nányǐ
2491	A	難	nàn
2492	A	難民	nànmín
2493	A	腦袋	nǎodai
2494	A	腦筋	nǎojīn
2495	A	腦子	nǎozi
2496	A	鬧	nào
2497	A	呢	ne
2498	A	內	nèi
2499	A	內部	nèibù
2500	A	內地	nèidì
2501	A	內閣	nèigé
2502	A	內科	nèikē
2503	A	內容	nèiróng
2504	A	內心	nèixīn
2505	A	內戰	nèizhàn
2506	A	內政	nèizhèng
2507	A	能	néng
2508	A	能幹	nénggàn
2509	A	能夠	nénggòu
2510	A	能力	nénglì
2511	A	能量	néngliàng
2512	A	能源	néngyuán
2513	A	泥	ní
2514	A	泥土	nítǔ
2515	A	你	nǐ
2516	A	你們	nǐmen
2517	A	年	nián
2518	A	年初	niánchū
2519	A	年代	niándài
2520	A	年底	niándǐ
2521	A	年度	niándù
2522	A	年級	niánjí
2523	A	年紀	niánjì
2524	A	年齡	niánlíng
2525	A	年青	niánqīng
2526	A	年輕	niánqīng
2527	A	念	niàn
2528	A	念書	niànshū
2529	A	娘	niáng
2530	A	鳥	niǎo
2531	A	捏	niē
2532	A	您	nín
2533	A	牛	niú
2534	A	牛奶	niúnǎi
2535	A	扭	niǔ
2536	A	扭轉	niǔzhuǎn

No.	Level	Word	Pinyin
2537	A	農產品	nóngchǎnpǐn
2538	A	農場	nóngchǎng
2539	A	農村	nóngcūn
2540	A	農貿市場	nóngmàoshìchǎng
2541	A	農民	nóngmín
2542	A	農藥	nóngyào
2543	A	農業	nóngyè
2544	A	農作物	nóngzuòwù
2545	A	濃	nóng
2546	A	濃厚	nónghòu
2547	A	弄	nòng
2548	A	奴隸	núlì
2549	A	努力	nǔlì
2550	A	女	nǚ
2551	A	女兒	nǚ'ér
2552	A	女孩（兒）	nǚhái(r)
2553	A	女人	nǚrén
2554	A	女士	nǚshì
2555	A	女子	nǚzǐ
2556	A	暖	nuǎn
2557	A	暖和	nuǎnhuo
2558	A	噢	ō
2559	A	偶爾	ǒu'ěr
2560	A	偶然	ǒurán
2561	A	趴	pā
2562	A	爬	pá
2563	A	怕	pà
2564	A	拍	pāi
2565	A	拍攝	pāishè
2566	A	排	pái
2567	A	排除	páichú
2568	A	排隊	páiduì
2569	A	排列	páiliè
2570	A	排球	páiqiú
2571	A	牌	pái
2572	A	牌子	páizi
2573	A	派	pài
2574	A	派遣	pàiqiǎn
2575	A	攀登	pāndēng
2576	A	盤	pán
2577	A	盤子	pánzi
2578	A	判	pàn
2579	A	判斷	pànduàn
2580	A	判決	pànjué
2581	A	盼	pàn
2582	A	盼望	pànwàng
2583	A	旁	páng
2584	A	旁邊	pángbiān
2585	A	龐大	pángdà
2586	A	胖	pàng
2587	A	拋	pāo
2588	A	跑	pǎo
2589	A	跑步	pǎobù
2590	A	泡	pào
2591	A	炮	pào
2592	A	炮彈	pàodàn
2593	A	培訓	péixùn
2594	A	培養	péiyǎng
2595	A	培育	péiyù
2596	A	陪	péi
2597	A	陪同	péitóng
2598	A	賠	péi
2599	A	賠償	péicháng
2600	A	配	pèi
2601	A	配備	pèibèi
2602	A	配合	pèihé
2603	A	噴	pēn
2604	A	盆	pén
2605	A	盆地	péndì
2606	A	朋友	péngyou
2607	A	棚	péng
2608	A	蓬勃	péngbó
2609	A	膨脹	péngzhàng
2610	A	捧	pěng
2611	A	碰	pèng
2612	A	碰見	pèng•jiàn
2613	A	批	pī
2614	A	批發	pīfā
2615	A	批判	pīpàn
2616	A	批評	pīpíng
2617	A	批准	pīzhǔn
2618	A	披	pī
2619	A	皮	pí
2620	A	皮膚	pífū
2621	A	疲勞	píláo
2622	A	啤酒	píjiǔ
2623	A	脾氣	píqi
2624	A	匹	pǐ
2625	A	屁股	pìgu
2626	A	譬如	pìrú
2627	A	偏	piān
2628	A	篇	piān
2629	A	便宜	piányi
2630	A	片	piàn
2631	A	片面	piànmiàn
2632	A	騙	piàn
2633	A	飄	piāo
2634	A	票	piào
2635	A	漂亮	piàoliang
2636	A	拼命	pīnmìng
2637	A	貧窮	pínqióng
2638	A	品質	pǐnzhì

2639	A	品種	pǐnzhǒng
2640	A	聘請	pìnqǐng
2641	A	乒乓球	pīngpāngqiú
2642	A	平	píng
2643	A	平常	píngcháng
2644	A	平等	píngděng
2645	A	平方	píngfāng
2646	A	平方米	píngfāngmǐ
2647	A	平衡	pínghéng
2648	A	平靜	píngjìng
2649	A	平均	píngjūn
2650	A	平時	píngshí
2651	A	平穩	píngwěn
2652	A	平原	píngyuán
2653	A	瓶	píng
2654	A	瓶子	píngzi
2655	A	評	píng
2656	A	評價	píngjià
2657	A	評論	pínglùn
2658	A	評選	píngxuǎn
2659	A	憑	píng
2660	A	蘋果	píngguǒ
2661	A	坡	pō
2662	A	潑	pō
2663	A	迫害	pòhài
2664	A	迫切	pòqiè
2665	A	迫使	pòshǐ
2666	A	破	pò
2667	A	破產	pòchǎn
2668	A	破壞	pòhuài
2669	A	撲	pū
2670	A	鋪	pū
2671	A	葡萄	pú•táo
2672	A	普遍	pǔbiàn
2673	A	普查	pǔchá
2674	A	普及	pǔjí
2675	A	普通	pǔtōng
2676	A	普通話	Pǔtōnghuà
2677	A	樸素	pǔsù
2678	A	鋪	pù
2679	A	七	qī
2680	A	妻子	qī•zǐ
2681	A	期	qī
2682	A	期間	qījiān
2683	A	期望	qīwàng
2684	A	期限	qīxiàn
2685	A	欺負	qīfu
2686	A	欺騙	qīpiàn
2687	A	其	qí
2688	A	其次	qícì
2689	A	其實	qíshí
2690	A	其他	qítā
2691	A	其餘	qíyú
2692	A	其中	qízhōng
2693	A	奇怪	qíguài
2694	A	奇跡	qíjì
2695	A	棋	qí
2696	A	旗幟	qízhì
2697	A	齊	qí
2698	A	騎	qí
2699	A	企圖	qǐtú
2700	A	企業	qǐyè
2701	A	起	qǐ
2702	A	起草	qǐcǎo
2703	A	起床	qǐchuáng
2704	A	起飛	qǐfēi
2705	A	起來	qǐ•lái
2706	A	起碼	qǐmǎ
2707	A	起源	qǐyuán
2708	A	啟發	qǐfā
2709	A	汽車	qìchē
2710	A	汽水	qìshuǐ
2711	A	汽油	qìyóu
2712	A	氣	qì
2713	A	氣氛	qìfēn
2714	A	氣候	qìhòu
2715	A	氣體	qìtǐ
2716	A	氣溫	qìwēn
2717	A	氣象	qìxiàng
2718	A	器材	qìcái
2719	A	器官	qìguān
2720	A	恰當	qiàdàng
2721	A	千	qiān
2722	A	千方百計	qiānfāngbǎijì
2723	A	千萬	qiānwàn
2724	A	鉛筆	qiānbǐ
2725	A	遷	qiān
2726	A	簽	qiān
2727	A	簽訂	qiāndìng
2728	A	簽署	qiānshǔ
2729	A	前	qián
2730	A	前邊	qián•biān
2731	A	前後	qiánhòu
2732	A	前進	qiánjìn
2733	A	前景	qiánjǐng
2734	A	前面	qiánmian
2735	A	前年	qiánnián
2736	A	前提	qiántí
2737	A	前天	qiántiān
2738	A	前頭	qiántou
2739	A	前途	qiántú
2740	A	前往	qiánwǎng

2741	A	前夕	qiánxī
2742	A	潛力	qiánlì
2743	A	錢	qián
2744	A	淺	qiǎn
2745	A	欠	qiàn
2746	A	槍	qiāng
2747	A	強	qiáng
2748	A	強大	qiángdà
2749	A	強調	qiángdiào
2750	A	強度	qiángdù
2751	A	強烈	qiángliè
2752	A	牆	qiáng
2753	A	強迫	qiǎngpò
2754	A	搶	qiǎng
2755	A	搶救	qiǎngjiù
2756	A	敲	qiāo
2757	A	橋	qiáo
2758	A	瞧	qiáo
2759	A	切	qiē
2760	A	且	qiě
2761	A	切實	qièshí
2762	A	侵犯	qīnfàn
2763	A	侵略	qīnlüè
2764	A	侵入	qīnrù
2765	A	親	qīn
2766	A	親切	qīnqiè
2767	A	親人	qīnrén
2768	A	親眼	qīnyǎn
2769	A	親自	qīnzì
2770	A	琴	qín
2771	A	青	qīng
2772	A	青春	qīngchūn
2773	A	青年	qīngnián
2774	A	青少年	qīngshàonián
2775	A	青蛙	qīngwā
2776	A	清	qīng
2777	A	清晨	qīngchén
2778	A	清除	qīngchú
2779	A	清楚	qīngchu
2780	A	清潔	qīngjié
2781	A	清理	qīnglǐ
2782	A	清晰	qīngxī
2783	A	清醒	qīngxǐng
2784	A	傾向	qīngxiàng
2785	A	輕	qīng
2786	A	輕鬆	qīngsōng
2787	A	輕易	qīngyì
2788	A	情	qíng
2789	A	情報	qíngbào
2790	A	情節	qíngjié
2791	A	情景	qíngjǐng
2792	A	情況	qíngkuàng
2793	A	情形	qíngxing
2794	A	情緒	qíngxù
2795	A	請	qǐng
2796	A	請假	qǐngjià
2797	A	請客	qǐngkè
2798	A	請求	qǐngqiú
2799	A	請示	qǐngshì
2800	A	慶祝	qìngzhù
2801	A	窮	qióng
2802	A	窮人	qióngrén
2803	A	秋	qiū
2804	A	秋季	qiūjì
2805	A	秋天	qiūtiān
2806	A	求	qiú
2807	A	球	qiú
2808	A	球場	qiúchǎng
2809	A	曲折	qūzhé
2810	A	區	qū
2811	A	區別	qūbié
2812	A	區域	qūyù
2813	A	趨勢	qūshì
2814	A	趨向	qūxiàng
2815	A	渠道	qúdào
2816	A	取	qǔ
2817	A	取得	qǔdé
2818	A	取消	qǔxiāo
2819	A	娶	qǔ
2820	A	去	qù
2821	A	去年	qùnián
2822	A	去世	qùshì
2823	A	趣味	qùwèi
2824	A	圈	quān
2825	A	全	quán
2826	A	全部	quánbù
2827	A	全國	quánguó
2828	A	全局	quánjú
2829	A	全力	quánlì
2830	A	全面	quánmiàn
2831	A	全民	quánmín
2832	A	全球	quánqiú
2833	A	全體	quántǐ
2834	A	權	quán
2835	A	權力	quánlì
2836	A	權利	quánlì
2837	A	權威	quánwēi
2838	A	權益	quányì
2839	A	勸	quàn
2840	A	缺	quē
2841	A	缺點	quēdiǎn
2842	A	缺乏	quēfá

2843	A	缺少	quēshǎo
2844	A	卻	què
2845	A	確	què
2846	A	確保	quèbǎo
2847	A	確定	quèdìng
2848	A	確實	quèshí
2849	A	群	qún
2850	A	群島	qúndǎo
2851	A	群眾	qúnzhòng
2852	A	裙子	qúnzi
2853	A	然而	rán'ér
2854	A	然後	ránhòu
2855	A	燃料	ránliào
2856	A	燃燒	ránshāo
2857	A	染	rǎn
2858	A	嚷	rǎng
2859	A	讓	ràng
2860	A	繞	rào
2861	A	惹	rě
2862	A	熱	rè
2863	A	熱愛	rè'ài
2864	A	熱潮	rècháo
2865	A	熱帶	rèdài
2866	A	熱淚	rèlèi
2867	A	熱量	rèliàng
2868	A	熱烈	rèliè
2869	A	熱鬧	rènao
2870	A	熱情	rèqíng
2871	A	熱心	rèxīn
2872	A	熱血	rèxuè
2873	A	人	rén
2874	A	人才	réncái
2875	A	人工	réngōng
2876	A	人家	rénjiā
2877	A	人家	rénjia
2878	A	人間	rénjiān
2879	A	人口	rénkǒu
2880	A	人類	rénlèi
2881	A	人力	rénlì
2882	A	人們	rénmen
2883	A	人民	rénmín
2884	A	人民幣	rénmínbì
2885	A	人權	rénquán
2886	A	人群	rénqún
2887	A	人身	rénshēn
2888	A	人生	rénshēng
2889	A	人士	rénshì
2890	A	人事	rénshì
2891	A	人數	rénshù
2892	A	人體	réntǐ
2893	A	人為	rénwéi
2894	A	人物	rénwù
2895	A	人心	rénxīn
2896	A	人員	rényuán
2897	A	人造	rénzào
2898	A	忍	rěn
2899	A	忍受	rěnshòu
2900	A	任	rèn
2901	A	任何	rènhé
2902	A	任命	rènmìng
2903	A	任務	rènwu
2904	A	任意	rènyì
2905	A	認	rèn
2906	A	認得	rènde
2907	A	認識	rènshi
2908	A	認為	rènwéi
2909	A	認真	rènzhēn
2910	A	扔	rēng
2911	A	仍	réng
2912	A	仍然	réngrán
2913	A	日	rì
2914	A	日報	rìbào
2915	A	日常	rìcháng
2916	A	日期	rìqī
2917	A	日前	rìqián
2918	A	日夜	rìyè
2919	A	日益	rìyì
2920	A	日用	rìyòng
2921	A	日子	rìzi
2922	A	容	róng
2923	A	容量	róngliàng
2924	A	容許	róngxǔ
2925	A	容易	róngyì
2926	A	榮譽	róngyù
2927	A	肉	ròu
2928	A	如	rú
2929	A	如此	rúcǐ
2930	A	如果	rúguǒ
2931	A	如何	rúhé
2932	A	如今	rújīn
2933	A	如下	rúxià
2934	A	入	rù
2935	A	入侵	rùqīn
2936	A	入學	rùxué
2937	A	軟	ruǎn
2938	A	若	ruò
2939	A	若干	ruògān
2940	A	弱	ruò
2941	A	撒	sǎ
2942	A	塞	sāi
2943	A	塞	sài
2944	A	賽	sài

2945	A	三	sān
2946	A	傘	sǎn
2947	A	散	sǎn
2948	A	散	sàn
2949	A	散布	sànbù
2950	A	散步	sànbù
2951	A	嗓子	sǎngzi
2952	A	喪失	sàngshī
2953	A	掃	sǎo
2954	A	色	sè
2955	A	色彩	sècǎi
2956	A	森林	sēnlín
2957	A	沙	shā
2958	A	沙發	shāfā
2959	A	沙漠	shāmò
2960	A	沙子	shāzi
2961	A	紗	shā
2962	A	殺	shā
2963	A	傻	shǎ
2964	A	山	shān
2965	A	山脈	shānmài
2966	A	山區	shānqū
2967	A	閃	shǎn
2968	A	善於	shànyú
2969	A	商	shāng
2970	A	商場	shāngchǎng
2971	A	商店	shāngdiàn
2972	A	商量	shāngliang
2973	A	商品	shāngpǐn
2974	A	商人	shāngrén
2975	A	商業	shāngyè
2976	A	傷	shāng
2977	A	傷害	shānghài
2978	A	傷心	shāngxīn
2979	A	上	shàng
2980	A	上班	shàngbān
2981	A	上邊	shàng•biān
2982	A	上當	shàngdàng
2983	A	上級	shàngjí
2984	A	上課	shàngkè
2985	A	上空	shàngkōng
2986	A	上來	shàng•lái
2987	A	上面	shàng•miàn
2988	A	上去	shàng•qù
2989	A	上升	shàngshēng
2990	A	上述	shàngshù
2991	A	上頭	shàngtou
2992	A	上網	shàngwǎng
2993	A	上午	shàngwǔ
2994	A	上下	shàngxià
2995	A	上學	shàngxué
2996	A	上旬	shàngxún
2997	A	上游	shàngyóu
2998	A	上漲	shàngzhǎng
2999	A	稍	shāo
3000	A	稍微	shāowēi
3001	A	燒	shāo
3002	A	少	shǎo
3003	A	少數	shǎoshù
3004	A	少年	shàonián
3005	A	少女	shàonǚ
3006	A	捨不得	shě•bù•dé
3007	A	社	shè
3008	A	社會	shèhuì
3009	A	社會主義	shèhuìzhǔyì
3010	A	社論	shèlùn
3011	A	射	shè
3012	A	射擊	shèjī
3013	A	涉及	shèjí
3014	A	設	shè
3015	A	設備	shèbèi
3016	A	設法	shèfǎ
3017	A	設計	shèjì
3018	A	設立	shèlì
3019	A	設施	shèshī
3020	A	設想	shèxiǎng
3021	A	設置	shèzhì
3022	A	攝影	shèyǐng
3023	A	誰	shéi
3024	A	申請	shēnqǐng
3025	A	伸	shēn
3026	A	身	shēn
3027	A	身邊	shēnbiān
3028	A	身份	shēnfen
3029	A	身上	shēnshang
3030	A	身體	shēntǐ
3031	A	身子	shēnzi
3032	A	深	shēn
3033	A	深度	shēndù
3034	A	深厚	shēnhòu
3035	A	深化	shēnhuà
3036	A	深刻	shēnkè
3037	A	深入	shēnrù
3038	A	深夜	shēnyè
3039	A	甚麼	shénme
3040	A	神	shén
3041	A	神經	shénjīng
3042	A	神秘	shénmì
3043	A	審查	shěnchá
3044	A	審議	shěnyì
3045	A	甚	shèn
3046	A	甚至	shènzhì

3047	A	升	shēng
3048	A	生	shēng
3049	A	生病	shēngbìng
3050	A	生產	shēngchǎn
3051	A	生產力	shēngchǎnlì
3052	A	生存	shēngcún
3053	A	生動	shēngdòng
3054	A	生活	shēnghuó
3055	A	生理	shēnglǐ
3056	A	生命	shēngmìng
3057	A	生氣	shēngqì
3058	A	生日	shēng•rì
3059	A	生態	shēngtài
3060	A	生物	shēngwù
3061	A	生意	shēngyi
3062	A	生育	shēngyù
3063	A	生長	shēngzhǎng
3064	A	聲	shēng
3065	A	聲明	shēngmíng
3066	A	聲音	shēngyīn
3067	A	省	shěng
3068	A	省得	shěngde
3069	A	盛	shèng
3070	A	剩	shèng
3071	A	剩餘	shèngyú
3072	A	勝	shèng
3073	A	勝利	shènglì
3074	A	失	shī
3075	A	失敗	shībài
3076	A	失去	shīqù
3077	A	失望	shīwàng
3078	A	失誤	shīwù
3079	A	失業	shīyè
3080	A	施工	shīgōng
3081	A	施行	shīxíng
3082	A	師	shī
3083	A	師範	shīfàn
3084	A	獅子	shīzi
3085	A	詩	shī
3086	A	詩人	shīrén
3087	A	濕	shī
3088	A	濕潤	shīrùn
3089	A	十	shí
3090	A	十分	shífēn
3091	A	石頭	shítou
3092	A	石油	shíyóu
3093	A	食	shí
3094	A	食品	shípǐn
3095	A	食物	shíwù
3096	A	時	shí
3097	A	時常	shícháng
3098	A	時代	shídài
3099	A	時候	shíhou
3100	A	時機	shíjī
3101	A	時間	shíjiān
3102	A	時刻	shíkè
3103	A	時期	shíqī
3104	A	時時	shíshí
3105	A	實	shí
3106	A	實話	shíhuà
3107	A	實際	shíjì
3108	A	實踐	shíjiàn
3109	A	實力	shílì
3110	A	實施	shíshī
3111	A	實事求是	shíshìqiúshì
3112	A	實物	shíwù
3113	A	實習	shíxí
3114	A	實現	shíxiàn
3115	A	實行	shíxíng
3116	A	實驗	shíyàn
3117	A	實用	shíyòng
3118	A	實在	shízài
3119	A	實在	shízai
3120	A	實質	shízhì
3121	A	識	shí
3122	A	使	shǐ
3123	A	使得	shǐde
3124	A	使勁	shǐjìn
3125	A	使用	shǐyòng
3126	A	始終	shǐzhōng
3127	A	駛	shǐ
3128	A	士兵	shìbīng
3129	A	世	shì
3130	A	世紀	shìjì
3131	A	世界	shìjiè
3132	A	市	shì
3133	A	市場	shìchǎng
3134	A	市民	shìmín
3135	A	市區	shìqū
3136	A	示範	shìfàn
3137	A	示威	shìwēi
3138	A	式	shì
3139	A	似的	shìde
3140	A	事	shì
3141	A	事故	shìgù
3142	A	事跡	shìjì
3143	A	事件	shìjiàn
3144	A	事情	shìqing
3145	A	事實	shìshí
3146	A	事物	shìwù
3147	A	事務	shìwù
3148	A	事先	shìxiān

3149	A	事項	shìxiàng
3150	A	事業	shìyè
3151	A	室	shì
3152	A	是	shì
3153	A	是的	shìde
3154	A	是非	shìfēi
3155	A	是否	shìfǒu
3156	A	逝世	shìshì
3157	A	勢力	shì•lì
3158	A	試	shì
3159	A	試驗	shìyàn
3160	A	適當	shìdàng
3161	A	適合	shìhé
3162	A	適宜	shìyí
3163	A	適應	shìyìng
3164	A	適用	shìyòng
3165	A	釋放	shìfàng
3166	A	收	shōu
3167	A	收到	shōudào
3168	A	收割	shōugē
3169	A	收購	shōugòu
3170	A	收回	shōuhuí
3171	A	收穫	shōuhuò
3172	A	收集	shōují
3173	A	收入	shōurù
3174	A	收拾	shōushi
3175	A	收縮	shōusuō
3176	A	收音機	shōuyīnjī
3177	A	收支	shōuzhī
3178	A	熟	shóu
3179	A	手	shǒu
3180	A	手錶	shǒubiǎo
3181	A	手段	shǒuduàn
3182	A	手法	shǒufǎ
3183	A	手工	shǒugōng
3184	A	手機	shǒujī
3185	A	手槍	shǒuqiāng
3186	A	手術	shǒushù
3187	A	手套	shǒutào
3188	A	手續	shǒuxù
3189	A	手指	shǒuzhǐ
3190	A	守	shǒu
3191	A	首	shǒu
3192	A	首次	shǒucì
3193	A	首都	shǒudū
3194	A	首腦	shǒunǎo
3195	A	首先	shǒuxiān
3196	A	首相	shǒuxiàng
3197	A	首要	shǒuyào
3198	A	首長	shǒuzhǎng
3199	A	受	shòu
3200	A	受到	shòudào
3201	A	受傷	shòushāng
3202	A	售	shòu
3203	A	壽命	shòumìng
3204	A	瘦	shòu
3205	A	叔叔	shūshu
3206	A	書	shū
3207	A	書包	shūbāo
3208	A	書本	shūběn
3209	A	書店	shūdiàn
3210	A	書法	shūfǎ
3211	A	書籍	shūjí
3212	A	書記	shūjì
3213	A	書面	shūmiàn
3214	A	梳	shū
3215	A	舒暢	shūchàng
3216	A	舒服	shūfu
3217	A	舒適	shūshì
3218	A	蔬菜	shūcài
3219	A	輸	shū
3220	A	輸出	shūchū
3221	A	輸入	shūrù
3222	A	熟	shú
3223	A	熟練	shúliàn
3224	A	熟悉	shú•xī
3225	A	暑假	shǔjià
3226	A	數	shǔ
3227	A	屬	shǔ
3228	A	屬於	shǔyú
3229	A	束縛	shùfù
3230	A	數	shù
3231	A	數據	shùjù
3232	A	數量	shùliàng
3233	A	數目	shùmù
3234	A	數學	shùxué
3235	A	數字	shùzì
3236	A	樹	shù
3237	A	樹立	shùlì
3238	A	樹林	shùlín
3239	A	樹木	shùmù
3240	A	刷	shuā
3241	A	耍	shuǎ
3242	A	摔	shuāi
3243	A	甩	shuǎi
3244	A	率	shuài
3245	A	率領	shuàilǐng
3246	A	雙	shuāng
3247	A	雙方	shuāngfāng
3248	A	誰	shuí
3249	A	水	shuǐ
3250	A	水產	shuǐchǎn

3251 A 水分 shuǐfèn
3252 A 水果 shuǐguǒ
3253 A 水庫 shuǐkù
3254 A 水利 shuǐlì
3255 A 水泥 shuǐní
3256 A 水平 shuǐpíng
3257 A 稅 shuì
3258 A 稅收 shuìshōu
3259 A 睡 shuì
3260 A 睡覺 shuìjiào
3261 A 睡眠 shuìmián
3262 A 順 shùn
3263 A 順利 shùnlì
3264 A 順序 shùnxù
3265 A 說 shuō
3266 A 說法 shuō•fǎ
3267 A 說服 shuōfú
3268 A 說話 shuōhuà
3269 A 說明 shuōmíng
3270 A 司法 sīfǎ
3271 A 司機 sījī
3272 A 司令 sīlìng
3273 A 私 sī
3274 A 私人 sīrén
3275 A 私營 sīyíng
3276 A 思考 sīkǎo
3277 A 思維 sīwéi
3278 A 思想 sīxiǎng
3279 A 絲 sī
3280 A 絲毫 sīháo
3281 A 死 sǐ
3282 A 死亡 sǐwáng
3283 A 死者 sǐzhě
3284 A 四 sì
3285 A 四季 sìjì
3286 A 四周 sìzhōu
3287 A 似 sì
3288 A 似乎 sìhū
3289 A 飼養 sìyǎng
3290 A 鬆 sōng
3291 A 送 sòng
3292 A 送禮 sònglǐ
3293 A 送行 sòngxíng
3294 A 搜集 sōují
3295 A 艘 sōu
3296 A 俗話 súhuà
3297 A 素質 sùzhì
3298 A 宿舍 sùshè
3299 A 速度 sùdù
3300 A 塑料 sùliào
3301 A 酸 suān
3302 A 算 suàn
3303 A 算了 suànle
3304 A 算是 suànshì
3305 A 雖 suī
3306 A 雖然 suīrán
3307 A 雖說 suīshuō
3308 A 隨 suí
3309 A 隨便 suíbiàn
3310 A 隨地 suídì
3311 A 隨後 suíhòu
3312 A 隨即 suíjí
3313 A 隨時 suíshí
3314 A 隨意 suíyì
3315 A 隨着 suízhe
3316 A 歲 suì
3317 A 歲數 suìshu
3318 A 碎 suì
3319 A 隧道 suìdào
3320 A 孫女 sūn•nǚ
3321 A 孫子 sūnzi
3322 A 損害 sǔnhài
3323 A 損壞 sǔnhuài
3324 A 損失 sǔnshī
3325 A 縮短 suōduǎn
3326 A 縮小 suōxiǎo
3327 A 所 suǒ
3328 A 所得 suǒdé
3329 A 所屬 suǒshǔ
3330 A 所謂 suǒwèi
3331 A 所以 suǒyǐ
3332 A 所有 suǒyǒu
3333 A 所在 suǒzài
3334 A 鎖 suǒ
3335 A 他 tā
3336 A 他們 tāmen
3337 A 他人 tārén
3338 A 它 tā
3339 A 它們 tāmen
3340 A 她 tā
3341 A 她們 tāmen
3342 A 塌 tā
3343 A 踏實 tāshi
3344 A 塔 tǎ
3345 A 踏 tà
3346 A 台 tái
3347 A 抬 tái
3348 A 太 tài
3349 A 太平 tàipíng
3350 A 太太 tàitai
3351 A 太陽 tàiyáng
3352 A 態度 tài•dù

3353	A	貪污	tānwū
3354	A	攤	tān
3355	A	談	tán
3356	A	談話	tánhuà
3357	A	談論	tánlùn
3358	A	談判	tánpàn
3359	A	坦克	tănkè
3360	A	探親	tànqīn
3361	A	探索	tànsuǒ
3362	A	探討	tàntăo
3363	A	湯	tāng
3364	A	堂	táng
3365	A	糖	táng
3366	A	倘若	tăngruò
3367	A	躺	tăng
3368	A	趟	tàng
3369	A	燙	tàng
3370	A	掏	tāo
3371	A	逃	táo
3372	A	淘汰	táotài
3373	A	討論	tăolùn
3374	A	套	tào
3375	A	套餐	tàocān
3376	A	特	tè
3377	A	特別	tèbié
3378	A	特點	tèdiăn
3379	A	特區	tèqū
3380	A	特色	tèsè
3381	A	特殊	tèshū
3382	A	特務	tèwu
3383	A	特徵	tèzhēng
3384	A	疼	téng
3385	A	踢	tī
3386	A	提	tí
3387	A	提倡	tíchàng
3388	A	提出	tíchū
3389	A	提高	tígāo
3390	A	提供	tígōng
3391	A	提交	tíjiāo
3392	A	提前	tíqián
3393	A	提升	tíshēng
3394	A	提醒	tíxĭng
3395	A	提議	tíyì
3396	A	題	tí
3397	A	題材	tícái
3398	A	題目	tímù
3399	A	體操	tĭcāo
3400	A	體會	tĭhuì
3401	A	體積	tĭjī
3402	A	體力	tĭlì
3403	A	體系	tĭxì
3404	A	體現	tĭxiàn
3405	A	體育	tĭyù
3406	A	體育場	tĭyùchăng
3407	A	體育館	tĭyùguăn
3408	A	體制	tĭzhì
3409	A	體重	tĭzhòng
3410	A	替	tì
3411	A	天	tiān
3412	A	天空	tiānkōng
3413	A	天氣	tiānqì
3414	A	天然	tiānrán
3415	A	天然氣	tiānránqì
3416	A	天上	tiān•shàng
3417	A	天下	tiānxià
3418	A	添	tiān
3419	A	田	tián
3420	A	田徑	tiánjìng
3421	A	甜	tián
3422	A	填	tián
3423	A	挑	tiāo
3424	A	挑選	tiāoxuăn
3425	A	條	tiáo
3426	A	條件	tiáojiàn
3427	A	條例	tiáolì
3428	A	條約	tiáoyuē
3429	A	調劑	tiáojì
3430	A	調節	tiáojié
3431	A	調解	tiáojiě
3432	A	調整	tiáozhěng
3433	A	挑戰	tiăozhàn
3434	A	跳	tiào
3435	A	跳水	tiàoshuĭ
3436	A	跳舞	tiàowŭ
3437	A	貼	tiē
3438	A	鐵	tiě
3439	A	鐵路	tiělù
3440	A	聽	tīng
3441	A	聽見	tīng•jiàn
3442	A	聽取	tīngqŭ
3443	A	聽說	tīngshuō
3444	A	廳	tīng
3445	A	停	tíng
3446	A	停車場	tíngchēchăng
3447	A	停留	tíngliú
3448	A	停止	tíngzhĭ
3449	A	挺	tĭng
3450	A	通	tōng
3451	A	通常	tōngcháng
3452	A	通車	tōngchē
3453	A	通道	tōngdào
3454	A	通過	tōngguò

3455	A	通信	tōngxìn
3456	A	通訊	tōngxùn
3457	A	通訊社	tōngxùnshè
3458	A	通用	tōngyòng
3459	A	通知	tōngzhī
3460	A	同	tóng
3461	A	同胞	tóngbāo
3462	A	同類	tónglèi
3463	A	同盟	tóngméng
3464	A	同期	tóngqī
3465	A	同情	tóngqíng
3466	A	同時	tóngshí
3467	A	同事	tóngshì
3468	A	同學	tóngxué
3469	A	同樣	tóngyàng
3470	A	同一	tóngyī
3471	A	同意	tóngyì
3472	A	銅	tóng
3473	A	桶	tǒng
3474	A	統計	tǒngjì
3475	A	統一	tǒngyī
3476	A	統治	tǒngzhì
3477	A	痛	tòng
3478	A	痛苦	tòngkǔ
3479	A	痛快	tòng•kuài
3480	A	偷	tōu
3481	A	投	tóu
3482	A	投產	tóuchǎn
3483	A	投機	tóujī
3484	A	投票	tóupiào
3485	A	投入	tóurù
3486	A	投訴	tóusù
3487	A	投降	tóuxiáng
3488	A	投資	tóuzī
3489	A	頭	tóu
3490	A	頭髮	tóufa
3491	A	頭腦	tóunǎo
3492	A	透	tòu
3493	A	透露	tòulù
3494	A	透明	tòumíng
3495	A	突出	tūchū
3496	A	突擊	tūjī
3497	A	突破	tūpò
3498	A	突然	tūrán
3499	A	徒弟	tú•dì
3500	A	途徑	tújìng
3501	A	塗	tú
3502	A	圖	tú
3503	A	圖案	tú'àn
3504	A	圖書館	túshūguǎn
3505	A	土	tǔ
3506	A	土地	tǔdì
3507	A	土壤	tǔrǎng
3508	A	吐	tǔ
3509	A	吐	tù
3510	A	團	tuán
3511	A	團結	tuánjié
3512	A	團體	tuántǐ
3513	A	團員	tuányuán
3514	A	團長	tuánzhǎng
3515	A	推	tuī
3516	A	推出	tuīchū
3517	A	推動	tuīdòng
3518	A	推翻	tuīfān
3519	A	推廣	tuīguǎng
3520	A	推薦	tuījiàn
3521	A	推進	tuījìn
3522	A	推行	tuīxíng
3523	A	腿	tuǐ
3524	A	退	tuì
3525	A	退出	tuìchū
3526	A	退休	tuìxiū
3527	A	托	tuō
3528	A	託福	tuōfú
3529	A	拖	tuō
3530	A	脫	tuō
3531	A	脫離	tuōlí
3532	A	馱	tuó
3533	A	妥善	tuǒshàn
3534	A	妥協	tuǒxié
3535	A	哇	wā
3536	A	挖	wā
3537	A	歪	wāi
3538	A	外	wài
3539	A	外邊	wài•biān
3540	A	外部	wàibù
3541	A	外地	wàidì
3542	A	外國	wàiguó
3543	A	外匯	wàihuì
3544	A	外交	wàijiāo
3545	A	外交部	wàijiāobù
3546	A	外界	wàijiè
3547	A	外科	wàikē
3548	A	外來	wàilái
3549	A	外貿	wàimào
3550	A	外面	wài•miàn
3551	A	外商	wàishāng
3552	A	外頭	wàitou
3553	A	外長	wàizhǎng
3554	A	外資	wàizī
3555	A	彎	wān
3556	A	完	wán

3557	A	完畢	wánbì
3558	A	完成	wánchéng
3559	A	完全	wánquán
3560	A	完善	wánshàn
3561	A	完整	wánzhěng
3562	A	玩（兒）	wán(r)
3563	A	玩具	wánjù
3564	A	玩笑	wánxiào
3565	A	頑固	wángù
3566	A	頑強	wánqiáng
3567	A	挽救	wǎnjiù
3568	A	晚	wǎn
3569	A	晚報	wǎnbào
3570	A	晚飯	wǎnfàn
3571	A	晚會	wǎnhuì
3572	A	晚上	wǎnshang
3573	A	碗	wǎn
3574	A	萬	wàn
3575	A	萬分	wànfēn
3576	A	萬一	wànyī
3577	A	王	wáng
3578	A	王國	wángguó
3579	A	往	wǎng
3580	A	往來	wǎnglái
3581	A	往年	wǎngnián
3582	A	往往	wǎngwǎng
3583	A	網	wǎng
3584	A	網球	wǎngqiú
3585	A	忘	wàng
3586	A	忘記	wàngjì
3587	A	望	wàng
3588	A	危害	wēihài
3589	A	危機	wēijī
3590	A	危險	wēixiǎn
3591	A	威脅	wēixié
3592	A	微笑	wēixiào
3593	A	為	wéi
3594	A	為難	wéinán
3595	A	為期	wéiqī
3596	A	為首	wéishǒu
3597	A	為止	wéizhǐ
3598	A	為主	wéizhǔ
3599	A	惟一	wéiyī
3600	A	圍	wéi
3601	A	圍棋	wéiqí
3602	A	圍繞	wéirào
3603	A	違背	wéibèi
3604	A	違法	wéifǎ
3605	A	違反	wéifǎn
3606	A	維持	wéichí
3607	A	維護	wéihù
3608	A	維修	wéixiū
3609	A	尾	wěi
3610	A	尾巴	wěiba
3611	A	委託	wěituō
3612	A	委員	wěiyuán
3613	A	偉大	wěidà
3614	A	未	wèi
3615	A	未必	wèibì
3616	A	未來	wèilái
3617	A	位	wèi
3618	A	位於	wèiyú
3619	A	位置	wèi•zhì
3620	A	味道	wèi•dào
3621	A	為	wèi
3622	A	為了	wèile
3623	A	為甚麼	wèishénme
3624	A	胃	wèi
3625	A	喂	wèi
3626	A	慰問	wèiwèn
3627	A	衛生	wèishēng
3628	A	衛星	wèixīng
3629	A	餵	wèi
3630	A	溫	wēn
3631	A	溫度	wēndù
3632	A	溫和	wēnhé
3633	A	溫暖	wēnnuǎn
3634	A	文	wén
3635	A	文化	wénhuà
3636	A	文件	wénjiàn
3637	A	文明	wénmíng
3638	A	文憑	wénpíng
3639	A	文物	wénwù
3640	A	文學	wénxué
3641	A	文藝	wényì
3642	A	文娛	wényú
3643	A	文章	wénzhāng
3644	A	文字	wénzì
3645	A	蚊子	wénzi
3646	A	聞	wén
3647	A	聞名	wénmíng
3648	A	穩	wěn
3649	A	穩定	wěndìng
3650	A	問	wèn
3651	A	問候	wènhòu
3652	A	問題	wèntí
3653	A	窩	wō
3654	A	我	wǒ
3655	A	我們	wǒmen
3656	A	握	wò
3657	A	握手	wòshǒu
3658	A	污染	wūrǎn

3659	A	屋	wū
3660	A	屋子	wūzi
3661	A	無	wú
3662	A	無比	wúbǐ
3663	A	無法	wúfǎ
3664	A	無論	wúlùn
3665	A	無數	wúshù
3666	A	無所謂	wúsuǒwèi
3667	A	無限	wúxiàn
3668	A	無線電	wúxiàndiàn
3669	A	無疑	wúyí
3670	A	五	wǔ
3671	A	武力	wǔlì
3672	A	武器	wǔqì
3673	A	武術	wǔshù
3674	A	武裝	wǔzhuāng
3675	A	舞	wǔ
3676	A	舞蹈	wǔdǎo
3677	A	舞會	wǔhuì
3678	A	舞台	wǔtái
3679	A	物	wù
3680	A	物價	wùjià
3681	A	物理	wùlǐ
3682	A	物品	wùpǐn
3683	A	物體	wùtǐ
3684	A	物業	wùyè
3685	A	物質	wùzhì
3686	A	物資	wùzī
3687	A	誤	wù
3688	A	誤會	wùhuì
3689	A	霧	wù
3690	A	西	xī
3691	A	西北	xīběi
3692	A	西邊	xī•biān
3693	A	西部	xībù
3694	A	西方	xīfāng
3695	A	西服	xīfú
3696	A	西瓜	xī•guā
3697	A	西紅柿	xīhóngshì
3698	A	西南	xīnán
3699	A	西醫	xīyī
3700	A	吸	xī
3701	A	吸取	xīqǔ
3702	A	吸收	xīshōu
3703	A	吸煙	xīyān
3704	A	吸引	xīyǐn
3705	A	希望	xīwàng
3706	A	犧牲	xīshēng
3707	A	席	xí
3708	A	習慣	xíguàn
3709	A	媳婦	xífù
3710	A	襲擊	xíjī
3711	A	洗	xǐ
3712	A	洗手間	xǐshǒujiān
3713	A	洗衣機	xǐyījī
3714	A	洗澡	xǐzǎo
3715	A	喜	xǐ
3716	A	喜愛	xǐ'ài
3717	A	喜歡	xǐhuan
3718	A	喜悅	xǐyuè
3719	A	系列	xìliè
3720	A	系統	xìtǒng
3721	A	細	xì
3722	A	細胞	xìbāo
3723	A	細菌	xìjūn
3724	A	戲	xì
3725	A	戲劇	xìjù
3726	A	瞎	xiā
3727	A	蝦	xiā
3728	A	下	xià
3729	A	下班	xiàbān
3730	A	下邊	xià•biān
3731	A	下崗	xiàgǎng
3732	A	下海	xiàhǎi
3733	A	下降	xiàjiàng
3734	A	下課	xiàkè
3735	A	下來	xià•lái
3736	A	下列	xiàliè
3737	A	下令	xiàlìng
3738	A	下面	xià•miàn
3739	A	下去	xià•qù
3740	A	下午	xiàwǔ
3741	A	下旬	xiàxún
3742	A	夏	xià
3743	A	夏季	xiàjì
3744	A	夏天	xiàtiān
3745	A	嚇	xià
3746	A	先	xiān
3747	A	先後	xiānhòu
3748	A	先進	xiānjìn
3749	A	先生	xiānsheng
3750	A	掀起	xiānqǐ
3751	A	鮮	xiān
3752	A	鮮花	xiānhuā
3753	A	鮮明	xiānmíng
3754	A	鮮艷	xiānyàn
3755	A	纖維	xiānwéi
3756	A	嫌	xián
3757	A	顯	xiǎn
3758	A	顯得	xiǎnde
3759	A	顯然	xiǎnrán
3760	A	顯示	xiǎnshì

3761	A	顯著	xiǎnzhù
3762	A	限度	xiàndù
3763	A	限制	xiànzhì
3764	A	現	xiàn
3765	A	現場	xiànchǎng
3766	A	現代	xiàndài
3767	A	現代化	xiàndàihuà
3768	A	現金	xiànjīn
3769	A	現實	xiànshí
3770	A	現象	xiànxiàng
3771	A	現行	xiànxíng
3772	A	現有	xiànyǒu
3773	A	現在	xiànzài
3774	A	陷入	xiànrù
3775	A	線	xiàn
3776	A	線路	xiànlù
3777	A	憲法	xiànfǎ
3778	A	縣	xiàn
3779	A	獻	xiàn
3780	A	羡慕	xiànmù
3781	A	相比	xiāngbǐ
3782	A	相處	xiāngchǔ
3783	A	相當	xiāngdāng
3784	A	相等	xiāngděng
3785	A	相對	xiāngduì
3786	A	相反	xiāngfǎn
3787	A	相互	xiānghù
3788	A	相繼	xiāngjì
3789	A	相似	xiāngsì
3790	A	相同	xiāngtóng
3791	A	相信	xiāngxìn
3792	A	相應	xiāngyìng
3793	A	香	xiāng
3794	A	香港	Xiānggǎng
3795	A	香蕉	xiāngjiāo
3796	A	香煙	xiāngyān
3797	A	鄉	xiāng
3798	A	鄉村	xiāngcūn
3799	A	鄉下	xiāngxia
3800	A	鄉鎮	xiāngzhèn
3801	A	箱	xiāng
3802	A	箱子	xiāngzi
3803	A	詳細	xiángxì
3804	A	享受	xiǎngshòu
3805	A	享有	xiǎngyǒu
3806	A	想	xiǎng
3807	A	想法	xiǎngfǎ
3808	A	想像	xiǎngxiàng
3809	A	響	xiǎng
3810	A	響應	xiǎngyìng
3811	A	向	xiàng
3812	A	向來	xiànglái
3813	A	相片	xiàngpiàn
3814	A	象	xiàng
3815	A	象徵	xiàngzhēng
3816	A	項	xiàng
3817	A	項目	xiàngmù
3818	A	像	xiàng
3819	A	消除	xiāochú
3820	A	消費	xiāofèi
3821	A	消耗	xiāohào
3822	A	消化	xiāohuà
3823	A	消極	xiāojí
3824	A	消滅	xiāomiè
3825	A	消失	xiāoshī
3826	A	消息	xiāoxi
3827	A	銷售	xiāoshòu
3828	A	小	xiǎo
3829	A	小販	xiǎofàn
3830	A	小孩（兒）	xiǎohái(r)
3831	A	小夥子	xiǎohuǒzi
3832	A	小姐	xiǎo•jiě
3833	A	小麥	xiǎomài
3834	A	小朋友	xiǎopéngyǒu
3835	A	小時	xiǎoshí
3836	A	小說	xiǎoshuō
3837	A	小心	xiǎo•xīn
3838	A	小型	xiǎoxíng
3839	A	小學	xiǎoxué
3840	A	小組	xiǎozǔ
3841	A	曉得	xiǎode
3842	A	效果	xiàoguǒ
3843	A	效率	xiàolǜ
3844	A	效益	xiàoyì
3845	A	校	xiào
3846	A	校舍	xiàoshè
3847	A	校長	xiàozhǎng
3848	A	笑	xiào
3849	A	笑話	xiàohua
3850	A	笑容	xiàoróng
3851	A	些	xiē
3852	A	歇	xiē
3853	A	協定	xiédìng
3854	A	協會	xiéhuì
3855	A	協商	xiéshāng
3856	A	協調	xiétiáo
3857	A	協議	xiéyì
3858	A	協助	xiézhù
3859	A	協作	xiézuò
3860	A	斜	xié
3861	A	鞋	xié
3862	A	攜帶	xiédài

3863	A	血	xiě
3864	A	寫	xiě
3865	A	寫作	xiězuò
3866	A	卸	xiè
3867	A	謝謝	xièxie
3868	A	心	xīn
3869	A	心理	xīnlǐ
3870	A	心裏	xīnli
3871	A	心情	xīnqíng
3872	A	心臟	xīnzàng
3873	A	辛苦	xīnkǔ
3874	A	欣賞	xīnshǎng
3875	A	新	xīn
3876	A	新近	xīnjìn
3877	A	新年	xīnnián
3878	A	新生	xīnshēng
3879	A	新式	xīnshì
3880	A	新聞	xīnwén
3881	A	新鮮	xīn•xiān
3882	A	新興	xīnxīng
3883	A	新型	xīnxíng
3884	A	信	xìn
3885	A	信貸	xìndài
3886	A	信號	xìnhào
3887	A	信件	xìnjiàn
3888	A	信念	xìnniàn
3889	A	信任	xìnrèn
3890	A	信息	xìnxī
3891	A	信心	xìnxīn
3892	A	星	xīng
3893	A	星期	xīngqī
3894	A	星期日	xīngqīrì
3895	A	星期天	xīngqītiān
3896	A	星星	xīngxing
3897	A	興奮	xīngfèn
3898	A	興建	xīngjiàn
3899	A	興起	xīngqǐ
3900	A	興旺	xīngwàng
3901	A	刑事	xíngshì
3902	A	行	xíng
3903	A	行動	xíngdòng
3904	A	行李	xíngli
3905	A	行人	xíngrén
3906	A	行駛	xíngshǐ
3907	A	行為	xíngwéi
3908	A	行政	xíngzhèng
3909	A	形成	xíngchéng
3910	A	形容	xíngróng
3911	A	形式	xíngshì
3912	A	形勢	xíngshì
3913	A	形態	xíngtài
3914	A	形狀	xíngzhuàng
3915	A	型	xíng
3916	A	醒	xǐng
3917	A	姓	xìng
3918	A	姓名	xìngmíng
3919	A	幸福	xìngfú
3920	A	幸運	xìngyùn
3921	A	性	xìng
3922	A	性格	xìnggé
3923	A	性能	xìngnéng
3924	A	性質	xìngzhì
3925	A	興趣	xìngqù
3926	A	兄弟	xiōngdì
3927	A	胸	xiōng
3928	A	休息	xiūxi
3929	A	修	xiū
3930	A	修改	xiūgǎi
3931	A	修建	xiūjiàn
3932	A	修理	xiūlǐ
3933	A	修正	xiūzhèng
3934	A	須	xū
3935	A	需	xū
3936	A	需求	xūqiú
3937	A	需要	xūyào
3938	A	許	xǔ
3939	A	許多	xǔduō
3940	A	敍述	xùshù
3941	A	宣布	xuānbù
3942	A	宣傳	xuānchuán
3943	A	宣告	xuāngào
3944	A	宣言	xuānyán
3945	A	旋轉	xuánzhuǎn
3946	A	選	xuǎn
3947	A	選舉	xuǎnjǔ
3948	A	選手	xuǎnshǒu
3949	A	選用	xuǎnyòng
3950	A	選擇	xuǎnzé
3951	A	削減	xuējiǎn
3952	A	削弱	xuēruò
3953	A	學	xué
3954	A	學費	xuéfèi
3955	A	學會	xuéhuì
3956	A	學科	xuékē
3957	A	學期	xuéqī
3958	A	學生	xuésheng
3959	A	學術	xuéshù
3960	A	學說	xuéshuō
3961	A	學位	xuéwèi
3962	A	學問	xuéwen
3963	A	學習	xuéxí
3964	A	學校	xuéxiào

3965	A	學員	xuéyuán
3966	A	學院	xuéyuàn
3967	A	學者	xuézhě
3968	A	雪	xuě
3969	A	血	xuè
3970	A	血管	xuèguǎn
3971	A	血液	xuèyè
3972	A	尋	xún
3973	A	尋求	xúnqiú
3974	A	尋找	xúnzhǎo
3975	A	循環	xúnhuán
3976	A	詢問	xúnwèn
3977	A	迅速	xùnsù
3978	A	訊息	xùnxī
3979	A	訓練	xùnliàn
3980	A	呀	yā
3981	A	押	yā
3982	A	鴨子	yāzi
3983	A	壓	yā
3984	A	壓力	yālì
3985	A	壓迫	yāpò
3986	A	壓縮	yāsuō
3987	A	牙	yá
3988	A	牙齒	yáchǐ
3989	A	亞軍	yàjūn
3990	A	煙	yān
3991	A	言	yán
3992	A	言論	yánlùn
3993	A	岩石	yánshí
3994	A	延長	yáncháng
3995	A	沿	yán
3996	A	沿海	yánhǎi
3997	A	研究	yánjiū
3998	A	研究生	yánjiūshēng
3999	A	研究所	yánjiūsuǒ
4000	A	研製	yánzhì
4001	A	顏色	yánsè
4002	A	嚴	yán
4003	A	嚴格	yángé
4004	A	嚴峻	yánjùn
4005	A	嚴厲	yánlì
4006	A	嚴密	yánmì
4007	A	嚴肅	yánsù
4008	A	嚴重	yánzhòng
4009	A	鹽	yán
4010	A	掩蓋	yǎngài
4011	A	眼	yǎn
4012	A	眼光	yǎnguāng
4013	A	眼睛	yǎnjing
4014	A	眼鏡	yǎnjìng
4015	A	眼看	yǎnkàn
4016	A	眼淚	yǎnlèi
4017	A	眼前	yǎnqián
4018	A	演	yǎn
4019	A	演變	yǎnbiàn
4020	A	演出	yǎnchū
4021	A	演說	yǎnshuō
4022	A	演員	yǎnyuán
4023	A	演奏	yǎnzòu
4024	A	宴會	yànhuì
4025	A	羊	yáng
4026	A	洋	yáng
4027	A	陽光	yángguāng
4028	A	氧氣	yǎngqì
4029	A	養	yǎng
4030	A	養成	yǎngchéng
4031	A	樣	yàng
4032	A	樣子	yàngzi
4033	A	要求	yāoqiú
4034	A	腰	yāo
4035	A	邀請	yāoqǐng
4036	A	搖	yáo
4037	A	咬	yǎo
4038	A	要	yào
4039	A	要不	yàobù
4040	A	要不然	yào•bùrán
4041	A	要好	yàohǎo
4042	A	要緊	yàojǐn
4043	A	要是	yàoshi
4044	A	藥	yào
4045	A	藥品	yàopǐn
4046	A	藥物	yàowù
4047	A	爺爺	yéye
4048	A	也	yě
4049	A	也許	yěxǔ
4050	A	冶金	yějīn
4051	A	野	yě
4052	A	夜	yè
4053	A	夜間	yèjiān
4054	A	夜裏	yè•lǐ
4055	A	頁	yè
4056	A	液體	yètǐ
4057	A	業	yè
4058	A	業務	yèwù
4059	A	業餘	yèyú
4060	A	葉	yè
4061	A	葉子	yèzi
4062	A	一	yī
4063	A	一一	yīyī
4064	A	衣服	yīfu
4065	A	衣裳	yīshang
4066	A	依	yī

4067	A	依據	yījù
4068	A	依靠	yīkào
4069	A	依賴	yīlài
4070	A	依然	yīrán
4071	A	依照	yīzhào
4072	A	醫療	yīliáo
4073	A	醫生	yīshēng
4074	A	醫務	yīwù
4075	A	醫學	yīxué
4076	A	醫藥	yīyào
4077	A	醫院	yīyuàn
4078	A	一半	yíbàn
4079	A	一帶	yídài
4080	A	一旦	yídàn
4081	A	一道	yídào
4082	A	一定	yídìng
4083	A	一度	yídù
4084	A	一共	yígòng
4085	A	一貫	yíguàn
4086	A	一會（兒）	yíhuì(r)
4087	A	一塊（兒）	yíkuài(r)
4088	A	一路	yílù
4089	A	一律	yílǜ
4090	A	一面	yímiàn
4091	A	一切	yíqiè
4092	A	一系列	yíxìliè
4093	A	一下	yíxià
4094	A	一下子	yíxiàzi
4095	A	一向	yíxiàng
4096	A	一樣	yíyàng
4097	A	一再	yízài
4098	A	一陣	yízhèn
4099	A	一致	yízhì
4100	A	宜	yí
4101	A	姨	yí
4102	A	移	yí
4103	A	移動	yídòng
4104	A	疑問	yíwèn
4105	A	儀錶	yíbiǎo
4106	A	儀器	yíqì
4107	A	儀式	yíshì
4108	A	遺產	yíchǎn
4109	A	遺憾	yíhàn
4110	A	遺留	yíliú
4111	A	乙	yǐ
4112	A	已	yǐ
4113	A	已經	yǐjīng
4114	A	以	yǐ
4115	A	以便	yǐbiàn
4116	A	以後	yǐhòu
4117	A	以及	yǐjí
4118	A	以來	yǐlái
4119	A	以免	yǐmiǎn
4120	A	以內	yǐnèi
4121	A	以前	yǐqián
4122	A	以上	yǐshàng
4123	A	以外	yǐwài
4124	A	以往	yǐwǎng
4125	A	以為	yǐwéi
4126	A	以下	yǐxià
4127	A	以至	yǐzhì
4128	A	以致	yǐzhì
4129	A	椅子	yǐzi
4130	A	一般	yìbān
4131	A	一邊	yìbiān
4132	A	一點（兒）	yìdiǎn(r)
4133	A	一方面	yìfāngmiàn
4134	A	一連	yìlián
4135	A	一齊	yìqí
4136	A	一起	yìqǐ
4137	A	一身	yìshēn
4138	A	一生	yìshēng
4139	A	一時	yìshí
4140	A	一同	yìtóng
4141	A	一些	yìxiē
4142	A	一心	yìxīn
4143	A	一行	yìxíng
4144	A	一直	yìzhí
4145	A	抑制	yìzhì
4146	A	易	yì
4147	A	異常	yìcháng
4148	A	意見	yì•jiàn
4149	A	意識	yì•shí
4150	A	意思	yìsi
4151	A	意外	yìwài
4152	A	意味着	yìwèizhe
4153	A	意義	yìyì
4154	A	意志	yìzhì
4155	A	義務	yìwù
4156	A	億	yì
4157	A	毅力	yìlì
4158	A	藝人	yìrén
4159	A	藝術	yìshù
4160	A	議案	yì'àn
4161	A	議會	yìhuì
4162	A	議論	yìlùn
4163	A	議員	yìyuán
4164	A	因	yīn
4165	A	因此	yīncǐ
4166	A	因而	yīn'ér
4167	A	因素	yīnsù
4168	A	因為	yīn•wèi

4169	A	音	yīn
4170	A	音像	yīnxiàng
4171	A	音樂	yīnyuè
4172	A	陰謀	yīnmóu
4173	A	銀	yín
4174	A	銀行	yínháng
4175	A	引	yǐn
4176	A	引導	yǐndǎo
4177	A	引進	yǐnjìn
4178	A	引起	yǐnqǐ
4179	A	飲料	yǐnliào
4180	A	飲食	yǐnshí
4181	A	印	yìn
4182	A	印刷	yìnshuā
4183	A	印象	yìnxiàng
4184	A	英文	Yīngwén
4185	A	英雄	yīngxióng
4186	A	英勇	yīngyǒng
4187	A	英語	Yīngyǔ
4188	A	嬰兒	yīng'ér
4189	A	應	yīng
4190	A	應當	yīngdāng
4191	A	應該	yīnggāi
4192	A	迎	yíng
4193	A	迎接	yíngjiē
4194	A	盈利	yínglì
4195	A	營	yíng
4196	A	營養	yíngyǎng
4197	A	營業	yíngyè
4198	A	贏	yíng
4199	A	贏得	yíngdé
4200	A	影片	yǐngpiàn
4201	A	影響	yǐngxiǎng
4202	A	影子	yǐngzi
4203	A	硬	yìng
4204	A	應	yìng
4205	A	應付	yìng•fù
4206	A	應邀	yìngyāo
4207	A	應用	yìngyòng
4208	A	喲	yō
4209	A	擁護	yōnghù
4210	A	擁擠	yōngjǐ
4211	A	擁有	yōngyǒu
4212	A	永遠	yǒngyuǎn
4213	A	勇敢	yǒnggǎn
4214	A	勇氣	yǒngqì
4215	A	湧	yǒng
4216	A	用	yòng
4217	A	用處	yòng•chù
4218	A	用功	yònggōng
4219	A	用戶	yònghù
4220	A	用力	yònglì
4221	A	用品	yòngpǐn
4222	A	用途	yòngtú
4223	A	悠久	yōujiǔ
4224	A	優待	yōudài
4225	A	優點	yōudiǎn
4226	A	優惠	yōuhuì
4227	A	優良	yōuliáng
4228	A	優美	yōuměi
4229	A	優勝	yōushèng
4230	A	優勢	yōushì
4231	A	優先	yōuxiān
4232	A	優秀	yōuxiù
4233	A	優越	yōuyuè
4234	A	優質	yōuzhì
4235	A	尤其	yóuqí
4236	A	由	yóu
4237	A	由於	yóuyú
4238	A	油	yóu
4239	A	油田	yóutián
4240	A	游	yóu
4241	A	游泳	yóuyǒng
4242	A	郵局	yóujú
4243	A	郵票	yóupiào
4244	A	遊	yóu
4245	A	遊客	yóukè
4246	A	遊覽	yóulǎn
4247	A	遊人	yóurén
4248	A	遊戲	yóuxì
4249	A	遊行	yóuxíng
4250	A	友好	yǒuhǎo
4251	A	友誼	yǒuyì
4252	A	有	yǒu
4253	A	有的	yǒude
4254	A	有的是	yǒudeshì
4255	A	有點（兒）	yǒudiǎn(r)
4256	A	有關	yǒuguān
4257	A	有機	yǒujī
4258	A	有力	yǒulì
4259	A	有利	yǒulì
4260	A	有名	yǒumíng
4261	A	有趣	yǒuqù
4262	A	有時	yǒushí
4263	A	有時候	yǒushíhou
4264	A	有所	yǒusuǒ
4265	A	有限	yǒuxiàn
4266	A	有效	yǒuxiào
4267	A	有些	yǒuxiē
4268	A	有益	yǒuyì
4269	A	有意	yǒuyì
4270	A	有意思	yǒuyìsi

4271	A	有用	yǒuyòng
4272	A	又	yòu
4273	A	右	yòu
4274	A	幼兒園	yòu'éryuán
4275	A	幼稚	yòuzhì
4276	A	幼稚園	yòuzhìyuán
4277	A	於	yú
4278	A	於是	yúshì
4279	A	娛樂	yúlè
4280	A	魚	yú
4281	A	愉快	yúkuài
4282	A	漁民	yúmín
4283	A	餘	yú
4284	A	餘地	yúdì
4285	A	輿論	yúlùn
4286	A	予以	yǔyǐ
4287	A	宇宙	yǔzhòu
4288	A	羽毛球	yǔmáoqiú
4289	A	雨	yǔ
4290	A	雨水	yǔshuǐ
4291	A	與	yǔ
4292	A	語法	yǔfǎ
4293	A	語文	yǔwén
4294	A	語言	yǔyán
4295	A	語音	yǔyīn
4296	A	遇	yù
4297	A	遇見	yù•jiàn
4298	A	預報	yùbào
4299	A	預備	yùbèi
4300	A	預測	yùcè
4301	A	預訂	yùdìng
4302	A	預定	yùdìng
4303	A	預防	yùfáng
4304	A	預計	yùjì
4305	A	預算	yùsuàn
4306	A	與會	yùhuì
4307	A	元	yuán
4308	A	元旦	Yuándàn
4309	A	元素	yuánsù
4310	A	原	yuán
4311	A	原材料	yuáncáiliào
4312	A	原來	yuánlái
4313	A	原理	yuánlǐ
4314	A	原諒	yuánliàng
4315	A	原料	yuánliào
4316	A	原始	yuánshǐ
4317	A	原先	yuánxiān
4318	A	原因	yuányīn
4319	A	原油	yuányóu
4320	A	原則	yuánzé
4321	A	員	yuán
4322	A	援助	yuánzhù
4323	A	園林	yuánlín
4324	A	圓	yuán
4325	A	圓滿	yuánmǎn
4326	A	緣故	yuángù
4327	A	遠	yuǎn
4328	A	怨	yuàn
4329	A	院	yuàn
4330	A	院校	yuànxiào
4331	A	院長	yuànzhǎng
4332	A	院子	yuànzi
4333	A	願	yuàn
4334	A	願望	yuànwàng
4335	A	願意	yuàn•yì
4336	A	約	yuē
4337	A	約束	yuēshù
4338	A	月	yuè
4339	A	月亮	yuèliang
4340	A	越	yuè
4341	A	樂	yuè
4342	A	樂器	yuèqì
4343	A	閱讀	yuèdú
4344	A	暈	yūn
4345	A	雲	yún
4346	A	允許	yǔnxǔ
4347	A	運	yùn
4348	A	運動	yùndòng
4349	A	運動會	yùndònghuì
4350	A	運動員	yùndòngyuán
4351	A	運輸	yùnshū
4352	A	運行	yùnxíng
4353	A	運用	yùnyòng
4354	A	運轉	yùnzhuǎn
4355	A	砸	zá
4356	A	雜	zá
4357	A	雜誌	zázhì
4358	A	災	zāi
4359	A	災害	zāihài
4360	A	災難	zāinàn
4361	A	栽	zāi
4362	A	載	zǎi
4363	A	再	zài
4364	A	再次	zàicì
4365	A	再說	zàishuō
4366	A	在	zài
4367	A	在於	zàiyú
4368	A	載	zài
4369	A	咱	zán
4370	A	咱們	zánmen
4371	A	暫時	zànshí
4372	A	贊成	zànchéng

4373	A	髒	zāng
4374	A	遭	zāo
4375	A	遭到	zāodào
4376	A	遭受	zāoshòu
4377	A	遭遇	zāoyù
4378	A	早	zǎo
4379	A	早晨	zǎo•chén
4380	A	早飯	zǎofàn
4381	A	早期	zǎoqī
4382	A	早日	zǎorì
4383	A	早上	zǎoshang
4384	A	早晚	zǎowǎn
4385	A	早已	zǎoyǐ
4386	A	造	zào
4387	A	造成	zàochéng
4388	A	造型	zàoxíng
4389	A	則	zé
4390	A	責任	zérèn
4391	A	怎麼	zěnme
4392	A	怎麼樣	zěnmeyàng
4393	A	怎樣	zěnyàng
4394	A	增	zēng
4395	A	增產	zēngchǎn
4396	A	增多	zēngduō
4397	A	增加	zēngjiā
4398	A	增進	zēngjìn
4399	A	增強	zēngqiáng
4400	A	增添	zēngtiān
4401	A	增長	zēngzhǎng
4402	A	贈送	zèngsòng
4403	A	扎	zhā
4404	A	扎實	zhāshi
4405	A	紮	zhā
4406	A	炸	zhá
4407	A	炸	zhà
4408	A	炸彈	zhàdàn
4409	A	摘	zhāi
4410	A	窄	zhǎi
4411	A	債務	zhàiwù
4412	A	沾	zhān
4413	A	展出	zhǎnchū
4414	A	展開	zhǎnkāi
4415	A	展覽	zhǎnlǎn
4416	A	展覽會	zhǎnlǎnhuì
4417	A	展示	zhǎnshì
4418	A	嶄新	zhǎnxīn
4419	A	佔	zhàn
4420	A	佔據	zhànjù
4421	A	佔領	zhànlǐng
4422	A	佔有	zhànyǒu
4423	A	站	zhàn
4424	A	戰場	zhànchǎng
4425	A	戰鬥	zhàndòu
4426	A	戰略	zhànlüè
4427	A	戰勝	zhànshèng
4428	A	戰士	zhànshì
4429	A	戰術	zhànshù
4430	A	戰爭	zhànzhēng
4431	A	張	zhāng
4432	A	章	zhāng
4433	A	長	zhǎng
4434	A	長大	zhǎngdà
4435	A	掌聲	zhǎngshēng
4436	A	掌握	zhǎngwò
4437	A	漲	zhǎng
4438	A	漲價	zhǎngjià
4439	A	丈夫	zhàngfu
4440	A	仗	zhàng
4441	A	帳	zhàng
4442	A	障礙	zhàng'ài
4443	A	漲	zhàng
4444	A	招	zhāo
4445	A	招待	zhāodài
4446	A	招待會	zhāodàihuì
4447	A	招呼	zhāohu
4448	A	招生	zhāoshēng
4449	A	着	zháo
4450	A	着急	zháojí
4451	A	找	zhǎo
4452	A	召集	zhàojí
4453	A	召開	zhàokāi
4454	A	照	zhào
4455	A	照常	zhàocháng
4456	A	照顧	zhào•gù
4457	A	照片	zhàopiàn
4458	A	照相	zhàoxiàng
4459	A	照相機	zhàoxiàngjī
4460	A	照樣	zhàoyàng
4461	A	折	zhé
4462	A	哲學	zhéxué
4463	A	者	zhě
4464	A	這	zhè
4465	A	這（兒）	zhè(r)
4466	A	這邊	zhè•biān
4467	A	這個	zhège
4468	A	這裏	zhè•lǐ
4469	A	這麼	zhème
4470	A	這些	zhèxiē
4471	A	這樣	zhèyàng
4472	A	着	zhe
4473	A	珍貴	zhēnguì
4474	A	真	zhēn

4475	A	真理	zhēnlǐ
4476	A	真實	zhēnshí
4477	A	真是	zhēnshi
4478	A	真正	zhēnzhèng
4479	A	針對	zhēnduì
4480	A	針灸	zhēnjiǔ
4481	A	枕頭	zhěntou
4482	A	診斷	zhěnduàn
4483	A	陣	zhèn
4484	A	陣地	zhèndì
4485	A	陣線	zhènxiàn
4486	A	震	zhèn
4487	A	震動	zhèndòng
4488	A	鎮	zhèn
4489	A	征服	zhēngfú
4490	A	爭	zhēng
4491	A	爭奪	zhēngduó
4492	A	爭論	zhēnglùn
4493	A	爭取	zhēngqǔ
4494	A	掙扎	zhēngzhá
4495	A	睜	zhēng
4496	A	蒸氣	zhēngqì
4497	A	徵求	zhēngqiú
4498	A	徵收	zhēngshōu
4499	A	整	zhěng
4500	A	整頓	zhěngdùn
4501	A	整個	zhěnggè
4502	A	整理	zhěnglǐ
4503	A	整齊	zhěngqí
4504	A	整體	zhěngtǐ
4505	A	整整	zhěngzhěng
4506	A	正	zhèng
4507	A	正常	zhèngcháng
4508	A	正當	zhèngdāng
4509	A	正好	zhènghǎo
4510	A	正面	zhèngmiàn
4511	A	正確	zhèngquè
4512	A	正式	zhèngshì
4513	A	正義	zhèngyì
4514	A	正在	zhèngzài
4515	A	政變	zhèngbiàn
4516	A	政策	zhèngcè
4517	A	政黨	zhèngdǎng
4518	A	政府	zhèngfǔ
4519	A	政權	zhèngquán
4520	A	政治	zhèngzhì
4521	A	症狀	zhèngzhuàng
4522	A	掙	zhèng
4523	A	證據	zhèngjù
4524	A	證明	zhèngmíng
4525	A	證實	zhèngshí
4526	A	證書	zhèngshū
4527	A	之	zhī
4528	A	之後	zhīhòu
4529	A	之間	zhījiān
4530	A	之內	zhīnèi
4531	A	之前	zhīqián
4532	A	之上	zhīshàng
4533	A	之外	zhīwài
4534	A	之下	zhīxià
4535	A	之中	zhīzhōng
4536	A	支	zhī
4537	A	支部	zhībù
4538	A	支持	zhīchí
4539	A	支出	zhīchū
4540	A	支付	zhīfù
4541	A	支配	zhīpèi
4542	A	支援	zhīyuán
4543	A	枝	zhī
4544	A	知	zhī
4545	A	知道	zhī•dào
4546	A	知識	zhīshi
4547	A	知識份子	zhīshifènzǐ
4548	A	隻	zhī
4549	A	織	zhī
4550	A	直	zhí
4551	A	直到	zhídào
4552	A	直接	zhíjiē
4553	A	直徑	zhíjìng
4554	A	值	zhí
4555	A	值得	zhíde
4556	A	執法	zhífǎ
4557	A	執行	zhíxíng
4558	A	執政	zhízhèng
4559	A	植物	zhíwù
4560	A	殖民地	zhímíndì
4561	A	職工	zhígōng
4562	A	職務	zhíwù
4563	A	職業	zhíyè
4564	A	職員	zhíyuán
4565	A	止	zhǐ
4566	A	只	zhǐ
4567	A	只得	zhǐdé
4568	A	只好	zhǐhǎo
4569	A	只能	zhǐnéng
4570	A	只是	zhǐshì
4571	A	只要	zhǐyào
4572	A	只有	zhǐyǒu
4573	A	指	zhǐ
4574	A	指標	zhǐbiāo
4575	A	指出	zhǐchū
4576	A	指導	zhǐdǎo

4577	A	指定	zhǐdìng
4578	A	指揮	zhǐhuī
4579	A	指示	zhǐshì
4580	A	指數	zhǐshù
4581	A	指引	zhǐyǐn
4582	A	指責	zhǐzé
4583	A	紙	zhǐ
4584	A	至	zhì
4585	A	至今	zhìjīn
4586	A	至少	zhìshǎo
4587	A	至於	zhìyú
4588	A	志願	zhìyuàn
4589	A	制	zhì
4590	A	制裁	zhìcái
4591	A	制定	zhìdìng
4592	A	制訂	zhìdìng
4593	A	制度	zhìdù
4594	A	制止	zhìzhǐ
4595	A	治	zhì
4596	A	治安	zhì'ān
4597	A	治理	zhìlǐ
4598	A	治療	zhìliáo
4599	A	致	zhì
4600	A	秩序	zhìxù
4601	A	智慧	zhìhuì
4602	A	智力	zhìlì
4603	A	置	zhì
4604	A	製造	zhìzào
4605	A	製作	zhìzuò
4606	A	質量	zhìliàng
4607	A	中	zhōng
4608	A	中部	zhōngbù
4609	A	中等	zhōngděng
4610	A	中斷	zhōngduàn
4611	A	中國	Zhōngguó
4612	A	中華	Zhōnghuá
4613	A	中華民族	Zhōnghuámínzú
4614	A	中間	zhōngjiān
4615	A	中年	zhōngnián
4616	A	中外	zhōngwài
4617	A	中文	Zhōngwén
4618	A	中午	zhōngwǔ
4619	A	中心	zhōngxīn
4620	A	中學	zhōngxué
4621	A	中學生	zhōngxuéshēng
4622	A	中旬	zhōngxún
4623	A	中央	zhōngyāng
4624	A	中藥	zhōngyào
4625	A	中醫	zhōngyī
4626	A	忠誠	zhōngchéng
4627	A	衷心	zhōngxīn
4628	A	終身	zhōngshēn
4629	A	終於	zhōngyú
4630	A	鐘	zhōng
4631	A	鐘頭	zhōngtóu
4632	A	種	zhǒng
4633	A	種類	zhǒnglèi
4634	A	種種	zhǒngzhǒng
4635	A	種子	zhǒngzi
4636	A	種族	zhǒngzú
4637	A	中	zhòng
4638	A	重	zhòng
4639	A	重大	zhòngdà
4640	A	重點	zhòngdiǎn
4641	A	重量	zhòngliàng
4642	A	重視	zhòngshì
4643	A	重要	zhòngyào
4644	A	眾多	zhòngduō
4645	A	種	zhòng
4646	A	種植	zhòngzhí
4647	A	州	zhōu
4648	A	周	zhōu
4649	A	周到	zhōu•dào
4650	A	周末	zhōumò
4651	A	周年	zhōunián
4652	A	周圍	zhōuwéi
4653	A	周轉	zhōuzhuǎn
4654	A	粥	zhōu
4655	A	株	zhū
4656	A	豬	zhū
4657	A	逐步	zhúbù
4658	A	逐漸	zhújiàn
4659	A	主辦	zhǔbàn
4660	A	主持	zhǔchí
4661	A	主動	zhǔdòng
4662	A	主觀	zhǔguān
4663	A	主管	zhǔguǎn
4664	A	主力	zhǔlì
4665	A	主權	zhǔquán
4666	A	主人	zhǔ•rén
4667	A	主任	zhǔrèn
4668	A	主題	zhǔtí
4669	A	主席	zhǔxí
4670	A	主要	zhǔyào
4671	A	主意	zhǔyi
4672	A	主張	zhǔzhāng
4673	A	煮	zhǔ
4674	A	囑咐	zhǔ•fù
4675	A	住	zhù
4676	A	住房	zhùfáng
4677	A	住戶	zhùhù
4678	A	住院	zhùyuàn

4679	A	住宅	zhùzhái
4680	A	助理	zhùlǐ
4681	A	助手	zhùshǒu
4682	A	注射	zhùshè
4683	A	注視	zhùshì
4684	A	注意	zhùyì
4685	A	注重	zhùzhòng
4686	A	祝	zhù
4687	A	祝賀	zhùhè
4688	A	著	zhù
4689	A	著名	zhùmíng
4690	A	著作	zhùzuò
4691	A	駐	zhù
4692	A	抓	zhuā
4693	A	抓緊	zhuājǐn
4694	A	專	zhuān
4695	A	專家	zhuānjiā
4696	A	專利	zhuānlì
4697	A	專門	zhuānmén
4698	A	專題	zhuāntí
4699	A	專業	zhuānyè
4700	A	磚	zhuān
4701	A	轉	zhuǎn
4702	A	轉變	zhuǎnbiàn
4703	A	轉化	zhuǎnhuà
4704	A	轉讓	zhuǎnràng
4705	A	轉向	zhuǎnxiàng
4706	A	轉移	zhuǎnyí
4707	A	賺	zhuàn
4708	A	莊嚴	zhuāngyán
4709	A	裝	zhuāng
4710	A	裝備	zhuāngbèi
4711	A	裝飾	zhuāngshì
4712	A	裝置	zhuāngzhì
4713	A	壯	zhuàng
4714	A	壯大	zhuàngdà
4715	A	狀況	zhuàngkuàng
4716	A	狀態	zhuàngtài
4717	A	幢	zhuàng
4718	A	撞	zhuàng
4719	A	追	zhuī
4720	A	追究	zhuījiū
4721	A	追求	zhuīqiú
4722	A	準	zhǔn
4723	A	準備	zhǔnbèi
4724	A	準確	zhǔnquè
4725	A	捉	zhuō
4726	A	桌子	zhuōzi
4727	A	卓越	zhuóyuè
4728	A	着	zhuó
4729	A	着手	zhuóshǒu
4730	A	着重	zhuózhòng
4731	A	姿態	zītài
4732	A	資本	zīběn
4733	A	資本家	zīběnjiā
4734	A	資本主義	zīběnzhǔyì
4735	A	資產	zīchǎn
4736	A	資格	zīgé
4737	A	資金	zījīn
4738	A	資料	zīliào
4739	A	資源	zīyuán
4740	A	資助	zīzhù
4741	A	諮詢	zīxún
4742	A	子	zǐ
4743	A	子彈	zǐdàn
4744	A	子女	zǐnǚ
4745	A	仔細	zǐxì
4746	A	字	zì
4747	A	字典	zìdiǎn
4748	A	自	zì
4749	A	自從	zìcóng
4750	A	自動	zìdòng
4751	A	自費	zìfèi
4752	A	自豪	zìháo
4753	A	自己	zìjǐ
4754	A	自覺	zìjué
4755	A	自來水	zìláishuǐ
4756	A	自然	zìrán
4757	A	自身	zìshēn
4758	A	自我	zìwǒ
4759	A	自行車	zìxíngchē
4760	A	自學	zìxué
4761	A	自由	zìyóu
4762	A	自願	zìyuàn
4763	A	自治	zìzhì
4764	A	自治區	zìzhìqū
4765	A	自主	zìzhǔ
4766	A	自助	zìzhù
4767	A	自助餐	zìzhùcān
4768	A	宗教	zōngjiào
4769	A	宗旨	zōngzhǐ
4770	A	綜合	zōnghé
4771	A	總	zǒng
4772	A	總部	zǒngbù
4773	A	總得	zǒngděi
4774	A	總額	zǒng’é
4775	A	總共	zǒnggòng
4776	A	總結	zǒngjié
4777	A	總理	zǒnglǐ
4778	A	總是	zǒngshì
4779	A	總數	zǒngshù
4780	A	總算	zǒngsuàn

4781	A	總統	zǒngtǒng
4782	A	總之	zǒngzhī
4783	A	總值	zǒngzhí
4784	A	走	zǒu
4785	A	走道	zǒudào
4786	A	走私	zǒusī
4787	A	走向	zǒuxiàng
4788	A	租	zū
4789	A	租金	zūjīn
4790	A	足	zú
4791	A	足夠	zúgòu
4792	A	足球	zúqiú
4793	A	足以	zúyǐ
4794	A	族	zú
4795	A	阻礙	zǔ'ài
4796	A	阻力	zǔlì
4797	A	阻止	zǔzhǐ
4798	A	祖父	zǔfù
4799	A	祖國	zǔguó
4800	A	祖母	zǔmǔ
4801	A	組	zǔ
4802	A	組成	zǔchéng
4803	A	組合	zǔhé
4804	A	組長	zǔzhǎng
4805	A	組織	zǔzhī
4806	A	鑽	zuān
4807	A	鑽研	zuānyán
4808	A	鑽	zuàn
4809	A	嘴	zuǐ
4810	A	最	zuì
4811	A	最初	zuìchū
4812	A	最好	zuìhǎo
4813	A	最後	zuìhòu
4814	A	最近	zuìjìn
4815	A	最終	zuìzhōng
4816	A	罪	zuì
4817	A	罪惡	zuì'è
4818	A	罪行	zuìxíng
4819	A	尊敬	zūnjìng
4820	A	尊重	zūnzhòng
4821	A	遵守	zūnshǒu
4822	A	昨天	zuótiān
4823	A	左	zuǒ
4824	A	左右	zuǒyòu
4825	A	作	zuò
4826	A	作風	zuòfēng
4827	A	作家	zuòjiā
4828	A	作品	zuòpǐn
4829	A	作為	zuòwéi
4830	A	作文	zuòwén
4831	A	作業	zuòyè
4832	A	作用	zuòyòng
4833	A	作者	zuòzhě
4834	A	坐	zuò
4835	A	座	zuò
4836	A	座談	zuòtán
4837	A	座位	zuò•wèi
4838	A	做	zuò
4839	A	做法	zuò•fǎ

B 級詞（4812）

1	B	阿	ā
2	B	哀悼	āidào
3	B	哀求	āiqiú
4	B	艾滋病	àizībìng
5	B	愛戴	àidài
6	B	愛國主義	àiguózhǔyì
7	B	愛惜	àixī
8	B	安居	ānjū
9	B	安寧	ānníng
10	B	安穩	ānwěn
11	B	按摩	ànmó
12	B	按期	ànqī
13	B	按時	ànshí
14	B	案情	ànqíng
15	B	案子	ànzi
16	B	暗暗	àn'àn
17	B	暗淡	àndàn
18	B	暗殺	ànshā
19	B	暗示	ànshì
20	B	暗中	ànzhōng
21	B	昂貴	ángguì
22	B	奧秘	àomì
23	B	澳元	àoyuán
24	B	八達通	bādátōng
25	B	吧	bā
26	B	芭蕾舞	bālěiwǔ
27	B	把關	bǎguān
28	B	把戲	bǎxì
29	B	罷	bà
30	B	罷了	bàle
31	B	霸	bà
32	B	霸佔	bàzhàn
33	B	白白	báibái
34	B	白髮	báifà
35	B	白領	báilǐng
36	B	白人	báirén
37	B	白色	báisè
38	B	白銀	báiyín
39	B	百分比	bǎifēnbǐ
40	B	擺動	bǎidòng
41	B	擺設	bǎishe
42	B	拜	bài
43	B	拜會	bàihuì
44	B	拜年	bàinián
45	B	敗壞	bàihuài
46	B	班次	bāncì
47	B	班機	bānjī
48	B	班級	bānjí
49	B	班主任	bānzhǔrèn
50	B	班子	bānzi
51	B	斑	bān
52	B	搬家	bānjiā
53	B	搬遷	bānqiān
54	B	搬運	bānyùn
55	B	板凳	bǎndèng
56	B	半徑	bànjìng
57	B	半路	bànlù
58	B	半數	bànshù
59	B	伴	bàn
60	B	伴隨	bànsuí
61	B	伴奏	bànzòu
62	B	扮	bàn
63	B	扮演	bànyǎn
64	B	拌	bàn
65	B	辦案	bàn'àn
66	B	辦學	bànxué
67	B	瓣	bàn
68	B	綁架	bǎngjià
69	B	榜	bǎng
70	B	包辦	bāobàn
71	B	包袱	bāofu
72	B	包乾（兒）	bāogān(r)
73	B	包裹	bāoguǒ
74	B	保安	bǎo'ān
75	B	保管	bǎoguǎn
76	B	保姆	bǎomǔ
77	B	保溫	bǎowēn
78	B	保祐	bǎoyòu
79	B	保值	bǎozhí
80	B	堡壘	bǎolěi
81	B	飽和	bǎohé
82	B	飽滿	bǎomǎn
83	B	寶貝	bǎobèi
84	B	寶劍	bǎojiàn
85	B	寶庫	bǎokù
86	B	寶石	bǎoshí
87	B	寶玉	bǎoyù
88	B	寶藏	bǎozàng
89	B	寶座	bǎozuò
90	B	抱負	bàofù
91	B	抱歉	bàoqiàn
92	B	抱怨	bào•yuàn
93	B	豹	bào
94	B	報仇	bàochóu

95	B	報答	bàodá
96	B	報警	bàojǐng
97	B	報考	bàokǎo
98	B	報銷	bàoxiāo
99	B	暴	bào
100	B	暴動	bàodòng
101	B	暴亂	bàoluàn
102	B	暴行	bàoxíng
103	B	曝光	bàoguāng
104	B	爆	bào
105	B	爆破	bàopò
106	B	爆竹	bàozhú
107	B	卑鄙	bēibǐ
108	B	杯子	bēizi
109	B	悲哀	bēi'āi
110	B	悲慘	bēicǎn
111	B	悲憤	bēifèn
112	B	悲劇	bēijù
113	B	悲傷	bēishāng
114	B	悲痛	bēitòng
115	B	碑	bēi
116	B	背	bēi
117	B	背包	bēibāo
118	B	北部	běibù
119	B	北面	běi•miàn
120	B	背面	bèimiàn
121	B	背叛	bèipàn
122	B	背誦	bèisòng
123	B	貝殼	bèiké
124	B	被告	bèigào
125	B	備	bèi
126	B	備忘錄	bèiwànglù
127	B	備用	bèiyòng
128	B	奔馳	bēnchí
129	B	奔跑	bēnpǎo
130	B	奔騰	bēnténg
131	B	本科	běnkē
132	B	本能	běnnéng
133	B	本錢	běn•qián
134	B	本色	běnsè
135	B	本性	běnxìng
136	B	本職	běnzhí
137	B	笨重	bènzhòng
138	B	崩潰	bēngkuì
139	B	繃	bēng
140	B	蹦	bèng
141	B	逼近	bījìn
142	B	逼真	bīzhēn
143	B	鼻涕	bítì
144	B	比分	bǐfēn
145	B	比價	bǐjià
146	B	比喻	bǐyù
147	B	彼	bǐ
148	B	筆記	bǐjì
149	B	筆記本電腦	bǐjìběndiànnǎo
150	B	筆試	bǐshì
151	B	筆直	bǐzhí
152	B	必將	bìjiāng
153	B	必修	bìxiū
154	B	必需品	bìxūpǐn
155	B	畢	bì
156	B	畢生	bìshēng
157	B	閉幕式	bìmùshì
158	B	閉塞	bìsè
159	B	弊病	bìbìng
160	B	弊端	bìduān
161	B	碧綠	bìlǜ
162	B	壁	bì
163	B	避暑	bìshǔ
164	B	編號	biānhào
165	B	編排	biānpái
166	B	鞭策	biāncè
167	B	鞭炮	biānpào
168	B	鞭子	biānzi
169	B	邊防	biānfáng
170	B	邊緣	biānyuán
171	B	扁	biǎn
172	B	貶值	biǎnzhí
173	B	遍布	biànbù
174	B	遍地	biàndì
175	B	遍及	biànjí
176	B	辨別	biànbié
177	B	辨認	biànrèn
178	B	辯護	biànhù
179	B	辯解	biànjiě
180	B	變更	biàngēng
181	B	變換	biànhuàn
182	B	變遷	biànqiān
183	B	變相	biànxiàng
184	B	變形	biànxíng
185	B	變質	biànzhì
186	B	標本	biāoběn
187	B	標點	biāodiǎn
188	B	標題	biāotí
189	B	標準化	biāozhǔnhuà
190	B	表格	biǎogé
191	B	表決	biǎojué
192	B	表情	biǎoqíng
193	B	表態	biǎotài
194	B	表彰	biǎozhāng
195	B	憋	biē
196	B	別墅	biéshù

197	B	別致	biézhì
198	B	彆扭	bièniu
199	B	冰茶	bīngchá
200	B	丙	bǐng
201	B	秉性	bǐngxìng
202	B	柄	bǐng
203	B	餅	bǐng
204	B	餅乾	bǐnggān
205	B	並存	bìngcún
206	B	並列	bìngliè
207	B	並排	bìngpái
208	B	並用	bìngyòng
209	B	病床	bìngchuáng
210	B	病毒	bìngdú
211	B	病菌	bìngjūn
212	B	波浪	bōlàng
213	B	波濤	bōtāo
214	B	波折	bōzhé
215	B	剝奪	bōduó
216	B	菠菜	bōcài
217	B	撥款	bōkuǎn
218	B	播出	bōchū
219	B	播放	bōfàng
220	B	播送	bōsòng
221	B	播種	bōzhǒng
222	B	伯伯	bóbo
223	B	博覽會	bólǎnhuì
224	B	搏鬥	bódòu
225	B	駁	bó
226	B	駁斥	bóchì
227	B	不當	búdàng
228	B	不定	búdìng
229	B	不快	búkuài
230	B	不愧	búkuì
231	B	不料	búliào
232	B	不怕	búpà
233	B	不像話	búxiànghuà
234	B	不要緊	búyàojǐn
235	B	不易	búyì
236	B	不願	búyuàn
237	B	不再	búzài
238	B	不在	búzài
239	B	捕獲	bǔhuò
240	B	捕捉	bǔzhuō
241	B	補償	bǔcháng
242	B	補救	bǔjiù
243	B	補課	bǔkè
244	B	補助	bǔzhù
245	B	不比	bùbǐ
246	B	不曾	bùcéng
247	B	不得已	bùdéyǐ
248	B	不等	bùděng
249	B	不法	bùfǎ
250	B	不妨	bùfáng
251	B	不符	bùfú
252	B	不服	bùfú
253	B	不公	bùgōng
254	B	不光	bùguāng
255	B	不合	bùhé
256	B	不和	bùhé
257	B	不及	bùjí
258	B	不解	bùjiě
259	B	不堪	bùkān
260	B	不明	bùmíng
261	B	不平	bùpíng
262	B	不通	bùtōng
263	B	不惜	bùxī
264	B	不朽	bùxiǔ
265	B	不宜	bùyí
266	B	不由得	bùyóude
267	B	不知不覺	bùzhībùjué
268	B	不准	bùzhǔn
269	B	布局	bùjú
270	B	步行	bùxíng
271	B	步子	bùzi
272	B	部件	bùjiàn
273	B	部位	bùwèi
274	B	猜測	cāicè
275	B	猜想	cāixiǎng
276	B	才幹	cáigàn
277	B	才智	cáizhì
278	B	財力	cáilì
279	B	財貿	cáimào
280	B	財團	cáituán
281	B	財物	cáiwù
282	B	財政部	cáizhèngbù
283	B	裁	cái
284	B	裁定	cáidìng
285	B	裁縫	cáifeng
286	B	裁減	cáijiǎn
287	B	裁決	cáijué
288	B	採集	cǎijí
289	B	採納	cǎinà
290	B	參	cān
291	B	參照	cānzhào
292	B	餐	cān
293	B	殘	cán
294	B	殘暴	cánbào
295	B	殘廢	cánfèi
296	B	殘疾	cánjí
297	B	殘餘	cányú
298	B	慚愧	cánkuì

299	B	倉促	cāngcù
300	B	蒼白	cāngbái
301	B	蒼蠅	cāngying
302	B	艙	cāng
303	B	操練	cāoliàn
304	B	操心	cāoxīn
305	B	草莓	cǎoméi
306	B	草擬	cǎonǐ
307	B	草坪	cǎopíng
308	B	側面	cèmiàn
309	B	測定	cèdìng
310	B	測算	cèsuàn
311	B	策劃	cèhuà
312	B	策略	cèlüè
313	B	層出不窮	céngchūbùqióng
314	B	差錯	chācuò
315	B	差額	chā’é
316	B	差價	chājià
317	B	差異	chāyì
318	B	插手	chāshǒu
319	B	查處	cháchǔ
320	B	查獲	cháhuò
321	B	查看	chákàn
322	B	查明	chámíng
323	B	查閱	cháyuè
324	B	察看	chákàn
325	B	差勁	chàjìn
326	B	詫異	chàyì
327	B	拆除	chāichú
328	B	柴	chái
329	B	柴油	cháiyóu
330	B	摻	chān
331	B	攙	chān
332	B	纏	chán
333	B	饞	chán
334	B	產地	chǎndì
335	B	產婦	chǎnfù
336	B	產區	chǎnqū
337	B	闡明	chǎnmíng
338	B	闡述	chǎnshù
339	B	顫	chàn
340	B	顫動	chàndòng
341	B	顫抖	chàndǒu
342	B	猖獗	chāngjué
343	B	猖狂	chāngkuáng
344	B	長城	Chángchéng
345	B	長處	cháng•chù
346	B	長短	chángduǎn
347	B	長假	chángjià
348	B	長久	chángjiǔ
349	B	長年	chángnián
350	B	長跑	chángpǎo
351	B	長壽	chángshòu
352	B	長征	chángzhēng
353	B	常規	chángguī
354	B	常見	chángjiàn
355	B	常年	chángnián
356	B	常任	chángrèn
357	B	常委	chángwěi
358	B	常用	chángyòng
359	B	常駐	chángzhù
360	B	腸	cháng
361	B	嘗試	chángshì
362	B	償還	chánghuán
363	B	敞開	chǎngkāi
364	B	廠家	chǎngjiā
365	B	廠商	chǎngshāng
366	B	倡議	chàngyì
367	B	唱片	chàngpiàn
368	B	暢談	chàngtán
369	B	暢通	chàngtōng
370	B	暢銷	chàngxiāo
371	B	抄寫	chāoxiě
372	B	超出	chāochū
373	B	超越	chāoyuè
374	B	鈔票	chāopiào
375	B	朝代	cháodài
376	B	嘲笑	cháoxiào
377	B	潮流	cháoliú
378	B	潮濕	cháoshī
379	B	巢	cháo
380	B	吵嘴	chǎozuǐ
381	B	炒作	chǎozuò
382	B	車費	chēfèi
383	B	車禍	chēhuò
384	B	車間	chējiān
385	B	車輪	chēlún
386	B	車主	chēzhǔ
387	B	車子	chēzi
388	B	撤離	chèlí
389	B	撤退	chètuì
390	B	撤銷	chèxiāo
391	B	沉澱	chéndiàn
392	B	沉積	chénjī
393	B	沉靜	chénjìng
394	B	沉悶	chénmèn
395	B	沉默	chénmò
396	B	沉思	chénsī
397	B	沉痛	chéntòng
398	B	沉着	chénzhuó
399	B	陳舊	chénjiù
400	B	陳述	chénshù

401	B	塵土	chéntǔ
402	B	趁機	chènjī
403	B	稱	chèn
404	B	稱心	chènxīn
405	B	稱職	chènzhí
406	B	襯托	chèntuō
407	B	襯衣	chènyī
408	B	稱號	chēnghào
409	B	稱為	chēngwéi
410	B	成績單	chéngjìdān
411	B	成交	chéngjiāo
412	B	成年	chéngnián
413	B	成品	chéngpǐn
414	B	成千上萬	chéngqiānshàngwàn
415	B	成套	chéngtào
416	B	成心	chéngxīn
417	B	成語	chéngyǔ
418	B	承辦	chéngbàn
419	B	承包	chéngbāo
420	B	承諾	chéngnuò
421	B	城牆	chéngqiáng
422	B	城區	chéngqū
423	B	城鄉	chéngxiāng
424	B	城鎮	chéngzhèn
425	B	乘車	chéngchē
426	B	乘機	chéngjī
427	B	乘務員	chéngwùyuán
428	B	乘坐	chéngzuò
429	B	程	chéng
430	B	誠懇	chéngkěn
431	B	誠實	chéng•shí
432	B	誠心誠意	chéngxīnchéngyì
433	B	誠意	chéngyì
434	B	澄清	chéngqīng
435	B	橙子	chéngzi
436	B	懲辦	chéngbàn
437	B	秤	chèng
438	B	吃驚	chījīng
439	B	池	chí
440	B	池塘	chítáng
441	B	持	chí
442	B	遲緩	chíhuǎn
443	B	遲疑	chíyí
444	B	齒輪	chǐlún
445	B	赤	chì
446	B	赤道	chìdào
447	B	赤字	chìzì
448	B	充	chōng
449	B	充當	chōngdāng
450	B	充電	chōngdiàn
451	B	充沛	chōngpèi
452	B	充裕	chōngyù
453	B	沖洗	chōngxǐ
454	B	重重	chóngchóng
455	B	重疊	chóngdié
456	B	崇拜	chóngbài
457	B	蟲	chóng
458	B	抽調	chōudiào
459	B	抽煙	chōuyān
460	B	抽樣	chōuyàng
461	B	仇	chóu
462	B	仇恨	chóuhèn
463	B	稠密	chóumì
464	B	籌	chóu
465	B	籌辦	chóubàn
466	B	籌劃	chóuhuà
467	B	籌集	chóují
468	B	籌建	chóujiàn
469	B	醜	chǒu
470	B	醜惡	chǒu'è
471	B	瞅	chǒu
472	B	出差	chūchāi
473	B	出產	chūchǎn
474	B	出場	chūchǎng
475	B	出廠	chūchǎng
476	B	出發點	chūfādiǎn
477	B	出訪	chūfǎng
478	B	出嫁	chūjià
479	B	出境	chūjìng
480	B	出力	chūlì
481	B	出面	chūmiàn
482	B	出名	chūmíng
483	B	出品	chūpǐn
484	B	出任	chūrèn
485	B	出入	chūrù
486	B	出世	chūshì
487	B	出頭	chūtóu
488	B	出外	chūwài
489	B	出息	chūxi
490	B	除外	chúwài
491	B	除夕	chúxī
492	B	廚師	chúshī
493	B	處罰	chǔfá
494	B	處方	chǔfāng
495	B	處決	chǔjué
496	B	處置	chǔzhì
497	B	儲備	chǔbèi
498	B	儲藏	chǔcáng
499	B	儲存	chǔcún
500	B	觸	chù
501	B	觸犯	chùfàn
502	B	觸及	chùjí

503	B	穿梭	chuānsuō
504	B	穿着	chuānzhuó
505	B	船舶	chuánbó
506	B	船隊	chuánduì
507	B	船員	chuányuán
508	B	船長	chuánzhǎng
509	B	傳單	chuándān
510	B	傳遞	chuándì
511	B	傳動	chuándòng
512	B	傳媒	chuánméi
513	B	傳染	chuánrǎn
514	B	傳染病	chuánrǎnbìng
515	B	傳授	chuánshòu
516	B	傳送	chuánsòng
517	B	傳聞	chuánwén
518	B	傳真	chuánzhēn
519	B	傳真機	chuánzhēnjī
520	B	喘	chuǎn
521	B	窗簾	chuānglián
522	B	床單	chuángdān
523	B	床位	chuángwèi
524	B	闖	chuǎng
525	B	創建	chuàngjiàn
526	B	創業	chuàngyè
527	B	垂	chuí
528	B	垂直	chuízhí
529	B	春秋	chūnqiū
530	B	純潔	chúnjié
531	B	瓷	cí
532	B	瓷器	cíqì
533	B	詞匯	cíhuì
534	B	詞語	cíyǔ
535	B	慈祥	cíxiáng
536	B	磁帶	cídài
537	B	磁卡	cíkǎ
538	B	雌	cí
539	B	辭退	cítuì
540	B	此刻	cǐkè
541	B	次序	cìxù
542	B	伺候	cìhou
543	B	匆匆	cōngcōng
544	B	匆忙	cōngmáng
545	B	聰明	cōng•míng
546	B	從容	cóngróng
547	B	從容不迫	cóngróngbúpò
548	B	從頭	cóngtóu
549	B	湊合	còuhe
550	B	粗暴	cūbào
551	B	粗糙	cūcāo
552	B	粗心	cūxīn
553	B	促	cù
554	B	促成	cùchéng
555	B	竄	cuàn
556	B	摧殘	cuīcán
557	B	脆	cuì
558	B	脆弱	cuìruò
559	B	翠綠	cuìlǜ
560	B	村民	cūnmín
561	B	村莊	cūnzhuāng
562	B	村子	cūnzi
563	B	存放	cúnfàng
564	B	存盤	cúnpán
565	B	搓	cuō
566	B	磋商	cuōshāng
567	B	挫敗	cuòbài
568	B	錯過	cuòguò
569	B	搭配	dāpèi
570	B	答辯	dábiàn
571	B	打的	dǎdí
572	B	打發	dǎfa
573	B	打假	dǎjiǎ
574	B	打量	dǎliang
575	B	打獵	dǎliè
576	B	打球	dǎqiú
577	B	打擾	dǎrǎo
578	B	打印	dǎyìn
579	B	打招呼	dǎzhāohu
580	B	打字	dǎzì
581	B	大半	dàbàn
582	B	大便	dàbiàn
583	B	大伯	dàbó
584	B	大潮	dàcháo
585	B	大臣	dàchén
586	B	大方	dàfang
587	B	大綱	dàgāng
588	B	大海	dàhǎi
589	B	大好	dàhǎo
590	B	大戶	dàhù
591	B	大家庭	dàjiātíng
592	B	大獎賽	dàjiǎngsài
593	B	大街小巷	dàjiēxiǎoxiàng
594	B	大姐	dàjiě
595	B	大舉	dàjǔ
596	B	大軍	dàjūn
597	B	大理石	dàlǐshí
598	B	大樓	dàlóu
599	B	大拇指	dàmǔzhǐ
600	B	大腦	dànǎo
601	B	大炮	dàpào
602	B	大氣層	dàqìcéng
603	B	大氣壓	dàqìyā
604	B	大橋	dàqiáo

605	B	大權	dàquán
606	B	大賽	dàsài
607	B	大聲	dàshēng
608	B	大師	dàshī
609	B	大事	dàshì
610	B	大肆	dàsì
611	B	大廳	dàtīng
612	B	大腕（兒）	dàwàn(r)
613	B	大象	dàxiàng
614	B	大熊貓	dàxióngmāo
615	B	大爺	dàyé
616	B	大爺	dàye
617	B	大意	dàyì
618	B	大意	dàyi
619	B	大於	dàyú
620	B	大字	dàzì
621	B	大字報	dàzìbào
622	B	歹徒	dǎitú
623	B	逮	dǎi
624	B	代表性	dàibiǎoxìng
625	B	代號	dàihào
626	B	代理人	dàilǐrén
627	B	代數	dàishù
628	B	待業	dàiyè
629	B	帶勁	dàijìn
630	B	貸	dài
631	B	單薄	dānbó
632	B	單打	dāndǎ
633	B	單方面	dānfāngmiàn
634	B	單身	dānshēn
635	B	單項	dānxiàng
636	B	擔保	dānbǎo
637	B	擔憂	dānyōu
638	B	膽怯	dǎnqiè
639	B	膽子	dǎnzi
640	B	淡季	dànjì
641	B	淡水	dànshuǐ
642	B	蛋白	dànbái
643	B	蛋糕	dàngāo
644	B	誕辰	dànchén
645	B	擔子	dànzi
646	B	當場	dāngchǎng
647	B	當今	dāngjīn
648	B	當面	dāngmiàn
649	B	當年	dāngnián
650	B	當日	dāngrì
651	B	當事人	dāngshìrén
652	B	當天	dāngtiān
653	B	當務之急	dāngwùzhījí
654	B	黨員	dǎngyuán
655	B	當成	dàngchéng
656	B	當作	dàngzuò
657	B	檔	dàng
658	B	倒閉	dǎobì
659	B	倒塌	dǎotā
660	B	搗	dǎo
661	B	搗蛋	dǎodàn
662	B	搗亂	dǎoluàn
663	B	導航	dǎoháng
664	B	導師	dǎoshī
665	B	導向	dǎoxiàng
666	B	導遊	dǎoyóu
667	B	到家	dàojiā
668	B	到來	dàolái
669	B	到期	dàoqī
670	B	到手	dàoshǒu
671	B	倒退	dàotuì
672	B	悼念	dàoniàn
673	B	盜	dào
674	B	盜版	dàobǎn
675	B	盜竊	dàoqiè
676	B	得當	dédàng
677	B	得力	délì
678	B	得失	déshī
679	B	得以	déyǐ
680	B	得意	déyì
681	B	得罪	dé•zuì
682	B	德育	déyù
683	B	得	děi
684	B	登陸	dēnglù
685	B	登台	dēngtái
686	B	燈火	dēnghuǒ
687	B	燈籠	dēnglong
688	B	燈泡	dēngpào
689	B	蹬	dēng
690	B	凳子	dèngzi
691	B	瞪	dèng
692	B	低級	dījí
693	B	低落	dīluò
694	B	低頭	dītóu
695	B	低溫	dīwēn
696	B	低下	dīxià
697	B	堤	dī
698	B	笛子	dízi
699	B	敵	dí
700	B	敵視	díshì
701	B	底片	dǐpiàn
702	B	抵押	dǐyā
703	B	抵禦	dǐyù
704	B	地板	dìbǎn
705	B	地道	dìdào
706	B	地道	dìdao

707	B	地基	dìjī
708	B	地盤	dìpán
709	B	地皮	dìpí
710	B	地毯	dìtǎn
711	B	地形	dìxíng
712	B	第三產業	dìsānchǎnyè
713	B	第三者	dìsānzhě
714	B	遞	dì
715	B	遞交	dìjiāo
716	B	遞增	dìzēng
717	B	締結	dìjié
718	B	締造	dìzào
719	B	顛	diān
720	B	顛倒	diāndǎo
721	B	顛覆	diānfù
722	B	典範	diǎnfàn
723	B	點火	diǎnhuǒ
724	B	點名	diǎnmíng
725	B	點燃	diǎnrán
726	B	點綴	diǎn•zhuì
727	B	點子	diǎnzi
728	B	店鋪	diànpù
729	B	店員	diànyuán
730	B	惦記	diàn•jì
731	B	殿	diàn
732	B	電池	diànchí
733	B	電動	diàndòng
734	B	電工	diàngōng
735	B	電纜	diànlǎn
736	B	電爐	diànlú
737	B	電路	diànlù
738	B	電氣	diànqì
739	B	電氣化	diànqìhuà
740	B	電扇	diànshàn
741	B	電視劇	diànshìjù
742	B	電線	diànxiàn
743	B	電訊	diànxùn
744	B	電源	diànyuán
745	B	澱粉	diànfěn
746	B	叼	diāo
747	B	雕刻	diāokè
748	B	雕塑	diāosù
749	B	吊	diào
750	B	釣魚	diàoyú
751	B	調度	diàodù
752	B	調配	diàopèi
753	B	爹	diē
754	B	疊	dié
755	B	叮囑	dīngzhǔ
756	B	頂點	dǐngdiǎn
757	B	頂端	dǐngduān
758	B	頂峰	dǐngfēng
759	B	定點	dìngdiǎn
760	B	定價	dìngjià
761	B	定居	dìngjū
762	B	定理	dìnglǐ
763	B	定量	dìngliàng
764	B	定律	dìnglǜ
765	B	定向	dìngxiàng
766	B	定義	dìngyì
767	B	訂購	dìnggòu
768	B	訂立	dìnglì
769	B	丟失	diūshī
770	B	冬瓜	dōng•guā
771	B	東道主	dōngdàozhǔ
772	B	東風	dōngfēng
773	B	東面	dōng•miàn
774	B	董事	dǒngshì
775	B	董事會	dǒngshìhuì
776	B	董事長	dǒngshìzhǎng
777	B	懂事	dǒngshì
778	B	凍結	dòngjié
779	B	動盪	dòngdàng
780	B	動工	dònggōng
781	B	動畫	dònghuà
782	B	動靜	dòngjing
783	B	動亂	dòngluàn
784	B	動脈	dòngmài
785	B	動身	dòngshēn
786	B	動態	dòngtài
787	B	動聽	dòngtīng
788	B	動向	dòngxiàng
789	B	動用	dòngyòng
790	B	棟	dòng
791	B	兜（兒）	dōu(r)
792	B	抖	dǒu
793	B	陡	dǒu
794	B	豆漿	dòujiāng
795	B	鬥志	dòuzhì
796	B	督促	dūcù
797	B	毒害	dúhài
798	B	毒性	dúxìng
799	B	獨	dú
800	B	獨裁	dúcái
801	B	獨唱	dúchàng
802	B	獨自	dúzì
803	B	獨奏	dúzòu
804	B	讀物	dúwù
805	B	堵塞	dǔsè
806	B	賭	dǔ
807	B	賭博	dǔbó
808	B	杜絕	dùjué

809	B	度假	dùjià
810	B	度假村	dùjiàcūn
811	B	渡口	dùkǒu
812	B	鍍	dù
813	B	端午節	Duānwǔjié
814	B	端正	duānzhèng
815	B	短跑	duǎnpǎo
816	B	短缺	duǎnquē
817	B	短暫	duǎnzàn
818	B	段落	duànluò
819	B	斷定	duàndìng
820	B	斷斷續續	duànduànxùxù
821	B	斷絕	duànjué
822	B	斷言	duànyán
823	B	堆積	duījī
824	B	兌	duì
825	B	兌現	duìxiàn
826	B	對岸	duì'àn
827	B	對策	duìcè
828	B	對稱	duìchèn
829	B	對得起	duìdeqǐ
830	B	對口	duìkǒu
831	B	對了	duìle
832	B	對聯	duìlián
833	B	對門	duìmén
834	B	對頭	duìtou
835	B	對外	duìwài
836	B	對應	duìyìng
837	B	對峙	duìzhì
838	B	敦促	dūncù
839	B	頓時	dùnshí
840	B	多邊	duōbiān
841	B	多久	duōjiǔ
842	B	多虧	duōkuī
843	B	多樣化	duōyànghuà
844	B	多元化	duōyuánhuà
845	B	哆嗦	duōsuo
846	B	奪得	duódé
847	B	躲避	duǒbì
848	B	墮落	duòluò
849	B	噁心	ěxin
850	B	惡	è
851	B	惡毒	èdú
852	B	恩	ēn
853	B	兒	ér
854	B	兒歌	érgē
855	B	耳	ěr
856	B	二氧化碳	èryǎnghuàtàn
857	B	發病	fābìng
858	B	發財	fācái
859	B	發愁	fāchóu
860	B	發抖	fādǒu
861	B	發火（兒）	fāhuǒ(r)
862	B	發掘	fājué
863	B	發脾氣	fāpíqi
864	B	發票	fāpiào
865	B	發球	fāqiú
866	B	發熱	fārè
867	B	發燒友	fāshāoyǒu
868	B	發誓	fāshì
869	B	發送	fāsòng
870	B	發炎	fāyán
871	B	發音	fāyīn
872	B	發作	fāzuò
873	B	法	fǎ
874	B	法案	fǎ'àn
875	B	法定	fǎdìng
876	B	法郎	fǎláng
877	B	法人	fǎrén
878	B	法則	fǎzé
879	B	法治	fǎzhì
880	B	法子	fǎzi
881	B	髮廊	fàláng
882	B	帆	fān
883	B	帆船	fānchuán
884	B	煩惱	fánnǎo
885	B	繁多	fánduō
886	B	繁華	fánhuá
887	B	繁忙	fánmáng
888	B	繁重	fánzhòng
889	B	反駁	fǎnbó
890	B	反常	fǎncháng
891	B	反倒	fǎndào
892	B	反對黨	fǎnduìdǎng
893	B	反腐倡廉	fǎnfǔchànglián
894	B	反感	fǎngǎn
895	B	反攻	fǎngōng
896	B	反過來	fǎn•guò•lái
897	B	反恐	fǎnkǒng
898	B	反面	fǎnmiàn
899	B	反射	fǎnshè
900	B	反思	fǎnsī
901	B	反問	fǎnwèn
902	B	反省	fǎnxǐng
903	B	犯法	fànfǎ
904	B	販毒	fàndú
905	B	販賣	fànmài
906	B	販運	fànyùn
907	B	飯碗	fànwǎn
908	B	範疇	fànchóu
909	B	範例	fànlì
910	B	方程	fāngchéng

911	B	方言	fāngyán
912	B	方圓	fāngyuán
913	B	防範	fángfàn
914	B	防護	fánghù
915	B	防火	fánghuǒ
916	B	防衛	fángwèi
917	B	防線	fángxiàn
918	B	防疫	fángyì
919	B	防禦	fángyù
920	B	房產	fángchǎn
921	B	房地產	fángdìchǎn
922	B	房東	fángdōng
923	B	房客	fángkè
924	B	房租	fángzū
925	B	仿	fǎng
926	B	紡	fǎng
927	B	紡織品	fǎngzhīpǐn
928	B	放火	fànghuǒ
929	B	放寬	fàngkuān
930	B	放射	fàngshè
931	B	放射性	fàngshèxìng
932	B	飛船	fēichuán
933	B	飛快	fēikuài
934	B	飛速	fēisù
935	B	飛舞	fēiwǔ
936	B	飛翔	fēixiáng
937	B	飛行員	fēixíngyuán
938	B	菲傭	fēiyōng
939	B	肥大	féidà
940	B	肥料	féiliào
941	B	肥胖	féipàng
942	B	肥沃	féiwò
943	B	匪徒	fěitú
944	B	誹謗	fěibàng
945	B	沸騰	fèiténg
946	B	費力	fèilì
947	B	廢話	fèihuà
948	B	廢料	fèiliào
949	B	廢品	fèipǐn
950	B	廢氣	fèiqì
951	B	廢物	fèiwù
952	B	廢墟	fèixū
953	B	分辨	fēnbiàn
954	B	分成	fēnchéng
955	B	分擔	fēndān
956	B	分隊	fēnduì
957	B	分紅	fēnhóng
958	B	分化	fēnhuà
959	B	分家	fēnjiā
960	B	分居	fēnjū
961	B	分局	fēnjú
962	B	分流	fēnliú
963	B	分泌	fēnmì
964	B	分期	fēnqī
965	B	分清	fēnqīng
966	B	分享	fēnxiǎng
967	B	分支	fēnzhī
968	B	分組	fēnzǔ
969	B	吩咐	fēn•fù
970	B	焚燒	fénshāo
971	B	墳墓	fénmù
972	B	粉筆	fěnbǐ
973	B	分外	fènwài
974	B	憤慨	fènkǎi
975	B	奮勇	fènyǒng
976	B	奮戰	fènzhàn
977	B	糞便	fènbiàn
978	B	封建	fēngjiàn
979	B	風暴	fēngbào
980	B	風波	fēngbō
981	B	風采	fēngcǎi
982	B	風度	fēngdù
983	B	風光	fēngguāng
984	B	風化	fēnghuà
985	B	風浪	fēnglàng
986	B	風貌	fēngmào
987	B	風趣	fēngqù
988	B	風沙	fēngshā
989	B	風尚	fēngshàng
990	B	風味	fēngwèi
991	B	風雲	fēngyún
992	B	風箏	fēngzheng
993	B	峰會	fēnghuì
994	B	瘋	fēng
995	B	瘋牛病	fēngniúbìng
996	B	瘋子	fēngzi
997	B	鋒利	fēnglì
998	B	豐產	fēngchǎn
999	B	豐富多彩	fēngfùduōcǎi
1000	B	豐滿	fēngmǎn
1001	B	豐盛	fēngshèng
1002	B	縫紉	féngrèn
1003	B	諷刺	fěngcì
1004	B	奉	fèng
1005	B	奉命	fèngmìng
1006	B	奉獻	fèngxiàn
1007	B	奉行	fèngxíng
1008	B	鳳凰	fènghuáng
1009	B	佛	fó
1010	B	佛教	Fójiào
1011	B	否	fǒu
1012	B	否決	fǒujué

1013	B	扶持	fúchí
1014	B	服氣	fúqì
1015	B	服飾	fúshì
1016	B	服務員	fúwùyuán
1017	B	服用	fúyòng
1018	B	俘虜	fúlǔ
1019	B	浮動	fúdòng
1020	B	符號	fúhào
1021	B	福	fú
1022	B	福氣	fúqi
1023	B	輻射	fúshè
1024	B	府	fǔ
1025	B	腐敗	fǔbài
1026	B	腐化	fǔhuà
1027	B	腐爛	fǔlàn
1028	B	輔導員	fǔdǎoyuán
1029	B	撫養	fǔyǎng
1030	B	父	fù
1031	B	付款	fùkuǎn
1032	B	附	fù
1033	B	附帶	fùdài
1034	B	附加	fùjiā
1035	B	附屬	fùshǔ
1036	B	負荷	fùhè
1037	B	負傷	fùshāng
1038	B	負於	fùyú
1039	B	負債	fùzhài
1040	B	赴	fù
1041	B	副產品	fùchǎnpǐn
1042	B	副業	fùyè
1043	B	副作用	fùzuòyòng
1044	B	富強	fùqiáng
1045	B	富餘	fùyu
1046	B	復查	fùchá
1047	B	復核	fùhé
1048	B	復活	fùhuó
1049	B	復述	fùshù
1050	B	復蘇	fùsū
1051	B	復興	fùxīng
1052	B	腹	fù
1053	B	複合	fùhé
1054	B	複印	fùyìn
1055	B	複印機	fùyìnjī
1056	B	複製	fùzhì
1057	B	賦予	fùyǔ
1058	B	覆蓋	fùgài
1059	B	改觀	gǎiguān
1060	B	改寫	gǎixiě
1061	B	鈣	gài
1062	B	概況	gàikuàng
1063	B	蓋（兒）	gài(r)
1064	B	蓋子	gàizi
1065	B	干預	gānyù
1066	B	甘心	gānxīn
1067	B	甘蔗	gānzhe
1068	B	肝炎	gānyán
1069	B	柑	gān
1070	B	乾杯	gānbēi
1071	B	感觸	gǎnchù
1072	B	感慨	gǎnkǎi
1073	B	感人	gǎnrén
1074	B	趕到	gǎndào
1075	B	趕忙	gǎnmáng
1076	B	幹部	gànbù
1077	B	幹警	gànjǐng
1078	B	幹事	gànshi
1079	B	幹線	gànxiàn
1080	B	綱	gāng
1081	B	綱要	gāngyào
1082	B	鋼材	gāngcái
1083	B	崗	gǎng
1084	B	杠桿	gànggǎn
1085	B	高昂	gāo’áng
1086	B	高層	gāocéng
1087	B	高產	gāochǎn
1088	B	高超	gāochāo
1089	B	高檔	gāodàng
1090	B	高低	gāodī
1091	B	高貴	gāoguì
1092	B	高呼	gāohū
1093	B	高價	gāojià
1094	B	高科技	gāokējì
1095	B	高空	gāokōng
1096	B	高齡	gāolíng
1097	B	高明	gāomíng
1098	B	高燒	gāoshāo
1099	B	高溫	gāowēn
1100	B	高薪	gāoxīn
1101	B	高血壓	gāoxuèyā
1102	B	高漲	gāozhǎng
1103	B	糕點	gāodiǎn
1104	B	搞活	gǎohuó
1105	B	稿子	gǎozi
1106	B	告辭	gàocí
1107	B	告誡	gàojiè
1108	B	告狀	gàozhuàng
1109	B	歌詞	gēcí
1110	B	歌手	gēshǒu
1111	B	歌舞	gēwǔ
1112	B	歌星	gēxīng
1113	B	歌詠	gēyǒng
1114	B	擱置	gēzhì

1115	B	格調	gédiào
1116	B	格局	géjú
1117	B	隔閡	géhé
1118	B	隔絕	géjué
1119	B	隔離	gélí
1120	B	閣下	géxià
1121	B	各處	gèchù
1122	B	各地	gèdì
1123	B	各式各樣	gèshìgèyàng
1124	B	個子	gèzi
1125	B	給以	gěiyǐ
1126	B	跟從	gēncóng
1127	B	跟隨	gēnsuí
1128	B	跟頭	gēntou
1129	B	跟蹤	gēnzōng
1130	B	更改	gēnggǎi
1131	B	更換	gēnghuàn
1132	B	更新	gēngxīn
1133	B	耕種	gēngzhòng
1134	B	工商界	gōngshāngjiè
1135	B	工商業	gōngshāngyè
1136	B	工時	gōngshí
1137	B	工薪階層	gōngxīnjiēcéng
1138	B	工業化	gōngyèhuà
1139	B	工藝	gōngyì
1140	B	工藝品	gōngyìpǐn
1141	B	工友	gōngyǒu
1142	B	工種	gōngzhǒng
1143	B	工作餐	gōngzuòcān
1144	B	工作量	gōngzuòliàng
1145	B	工作者	gōngzuòzhě
1146	B	公安	gōng’ān
1147	B	公尺	gōngchǐ
1148	B	公道	gōngdào
1149	B	公分	gōngfēn
1150	B	公告	gōnggào
1151	B	公關	gōngguān
1152	B	公會	gōnghuì
1153	B	公家	gōng•jiā
1154	B	公開賽	gōngkāisài
1155	B	公款	gōngkuǎn
1156	B	公立	gōnglì
1157	B	公然	gōngrán
1158	B	公認	gōngrèn
1159	B	公事	gōngshì
1160	B	公務	gōngwù
1161	B	公務員	gōngwùyuán
1162	B	公有	gōngyǒu
1163	B	公有制	gōngyǒuzhì
1164	B	公寓	gōngyù
1165	B	公正	gōngzhèng
1166	B	公證	gōngzhèng
1167	B	公眾	gōngzhòng
1168	B	公主	gōngzhǔ
1169	B	功	gōng
1170	B	功績	gōngjì
1171	B	功勞	gōngláo
1172	B	功率	gōnglǜ
1173	B	功效	gōngxiào
1174	B	功用	gōngyòng
1175	B	攻讀	gōngdú
1176	B	攻關	gōngguān
1177	B	攻克	gōngkè
1178	B	攻勢	gōngshì
1179	B	供不應求	gōngbúyìngqiú
1180	B	供養	gōngyǎng
1181	B	宮	gōng
1182	B	宮殿	gōngdiàn
1183	B	宮廷	gōngtíng
1184	B	恭敬	gōngjìng
1185	B	拱	gǒng
1186	B	共處	gòngchǔ
1187	B	共和國	gònghéguó
1188	B	共計	gòngjì
1189	B	共鳴	gòngmíng
1190	B	共識	gòngshí
1191	B	共有	gòngyǒu
1192	B	勾	gōu
1193	B	溝通	gōutōng
1194	B	鈎	gōu
1195	B	夠嗆	gòuqiàng
1196	B	構思	gòusī
1197	B	構想	gòuxiǎng
1198	B	購物	gòuwù
1199	B	購置	gòuzhì
1200	B	姑父	gūfu
1201	B	姑姑	gūgu
1202	B	孤單	gūdān
1203	B	孤獨	gūdú
1204	B	辜負	gūfù
1205	B	古城	gǔchéng
1206	B	古怪	gǔguài
1207	B	古人	gǔrén
1208	B	股東	gǔdōng
1209	B	股份	gǔfèn
1210	B	股市	gǔshì
1211	B	骨	gǔ
1212	B	骨肉	gǔròu
1213	B	鼓吹	gǔchuī
1214	B	鼓動	gǔdòng
1215	B	固體	gùtǐ
1216	B	固有	gùyǒu

1217	B	固執	gùzhi
1218	B	故障	gùzhàng
1219	B	僱	gù
1220	B	僱用	gùyòng
1221	B	僱員	gùyuán
1222	B	顧及	gùjí
1223	B	顧慮	gùlǜ
1224	B	瓜分	guāfēn
1225	B	瓜子（兒）	guāzǐ(r)
1226	B	寡婦	guǎfu
1227	B	掛鈎	guàgōu
1228	B	乖	guāi
1229	B	怪不得	guàibude
1230	B	官僚	guānliáo
1231	B	棺材	guāncai
1232	B	關節炎	guānjiéyán
1233	B	關門	guānmén
1234	B	關切	guānqiè
1235	B	關稅	guānshuì
1236	B	關頭	guāntóu
1237	B	關係戶	guān•xìhù
1238	B	觀	guān
1239	B	觀察家	guānchájiā
1240	B	觀光	guānguāng
1241	B	觀賞	guānshǎng
1242	B	觀望	guānwàng
1243	B	管理局	guǎnlǐjú
1244	B	管轄	guǎnxiá
1245	B	管制	guǎnzhì
1246	B	管子	guǎnzi
1247	B	館	guǎn
1248	B	貫穿	guànchuān
1249	B	慣例	guànlì
1250	B	灌	guàn
1251	B	灌溉	guàngài
1252	B	灌輸	guànshū
1253	B	光滑	guānghuá
1254	B	光亮	guāngliàng
1255	B	光芒	guāngmáng
1256	B	光盤	guāngpán
1257	B	規範	guīfàn
1258	B	規格	guīgé
1259	B	規章	guīzhāng
1260	B	閨女	guīnü
1261	B	歸還	guīhuán
1262	B	歸結	guījié
1263	B	歸來	guīlái
1264	B	歸納	guīnà
1265	B	鬼子	guǐzi
1266	B	桂冠	guìguān
1267	B	貴姓	guìxìng
1268	B	貴重	guìzhòng
1269	B	貴族	guìzú
1270	B	櫃	guì
1271	B	櫃員機	guìyuánjī
1272	B	櫃子	guìzi
1273	B	滾動	gǔndòng
1274	B	滾滾	gǔngǔn
1275	B	國策	guócè
1276	B	國法	guófǎ
1277	B	國防部	guófángbù
1278	B	國歌	guógē
1279	B	國畫	guóhuà
1280	B	國會	guóhuì
1281	B	國際性	guójìxìng
1282	B	國庫券	guókùquàn
1283	B	國力	guólì
1284	B	國情	guóqíng
1285	B	國慶節	Guóqìngjié
1286	B	國慶日	Guóqìngrì
1287	B	國人	guórén
1288	B	國土	guótǔ
1289	B	國務	guówù
1290	B	國有	guóyǒu
1291	B	果斷	guǒduàn
1292	B	果品	guǒpǐn
1293	B	果園	guǒyuán
1294	B	裹	guǒ
1295	B	過度	guòdù
1296	B	過多	guòduō
1297	B	過關	guòguān
1298	B	過後	guòhòu
1299	B	過節	guòjié
1300	B	過路	guòlù
1301	B	過濾	guòlǜ
1302	B	過日子	guòrìzi
1303	B	過剩	guòshèng
1304	B	過失	guòshī
1305	B	過時	guòshí
1306	B	過頭	guòtóu
1307	B	過問	guòwèn
1308	B	過重	guòzhòng
1309	B	海岸	hǎi'àn
1310	B	海報	hǎibào
1311	B	海濱	hǎibīn
1312	B	海底	hǎidǐ
1313	B	海防	hǎifáng
1314	B	海港	hǎigǎng
1315	B	海景	hǎijǐng
1316	B	海內外	hǎinèiwài
1317	B	海上	hǎi•shàng
1318	B	海水	hǎishuǐ

1319	B	海灘	hǎitān
1320	B	海鮮	hǎixiān
1321	B	海域	hǎiyù
1322	B	海運	hǎiyùn
1323	B	海蜇	hǎizhé
1324	B	害蟲	hàichóng
1325	B	害處	hài•chù
1326	B	含糊	hánhu
1327	B	含義	hányì
1328	B	含有	hányǒu
1329	B	函授	hánshòu
1330	B	寒	hán
1331	B	罕見	hǎnjiàn
1332	B	喊叫	hǎnjiào
1333	B	旱災	hànzāi
1334	B	捍衛	hànwèi
1335	B	焊	hàn
1336	B	行家	háng•jiā
1337	B	行情	hángqíng
1338	B	行長	hángzhǎng
1339	B	航班	hángbān
1340	B	航道	hángdào
1341	B	航海	hánghǎi
1342	B	航天	hángtiān
1343	B	航線	hángxiàn
1344	B	航運	hángyùn
1345	B	毫	háo
1346	B	毫米	háomǐ
1347	B	豪華	háohuá
1348	B	豪宅	háozhái
1349	B	好感	hǎogǎn
1350	B	好壞	hǎohuài
1351	B	好久	hǎojiǔ
1352	B	好評	hǎopíng
1353	B	好人	hǎorén
1354	B	好事	hǎoshì
1355	B	好手	hǎoshǒu
1356	B	好說	hǎoshuō
1357	B	好似	hǎosì
1358	B	好心	hǎoxīn
1359	B	好樣的	hǎoyàngde
1360	B	好在	hǎozài
1361	B	浩浩蕩蕩	hàohàodàngdàng
1362	B	耗費	hàofèi
1363	B	號稱	hàochēng
1364	B	呵	hē
1365	B	合夥	héhuǒ
1366	B	合計	héjì
1367	B	合金	héjīn
1368	B	合力	hélì
1369	B	合情合理	héqínghélǐ
1370	B	合算	hésuàn
1371	B	合營	héyíng
1372	B	何必	hébì
1373	B	何等	héděng
1374	B	何時	héshí
1375	B	何以	héyǐ
1376	B	和藹	hé’ǎi
1377	B	和睦	hémù
1378	B	和氣	hé•qì
1379	B	和尚	héshang
1380	B	和談	hétán
1381	B	和約	héyuē
1382	B	河道	hédào
1383	B	河山	héshān
1384	B	核	hé
1385	B	核電站	hédiànzhàn
1386	B	核算	hésuàn
1387	B	核桃	hétao
1388	B	核武器	héwǔqì
1389	B	荷花	héhuā
1390	B	賀辭	hècí
1391	B	鶴	hè
1392	B	黑白	hēibái
1393	B	黑幫	hēibāng
1394	B	黑色	hēisè
1395	B	黑市	hēishì
1396	B	痕	hén
1397	B	痕跡	hénjì
1398	B	狠心	hěnxīn
1399	B	橫跨	héngkuà
1400	B	橫向	héngxiàng
1401	B	橫行	héngxíng
1402	B	烘	hōng
1403	B	哄	hōng
1404	B	轟	hōng
1405	B	轟動	hōngdòng
1406	B	轟轟烈烈	hōnghōnglièliè
1407	B	轟炸	hōngzhà
1408	B	宏大	hóngdà
1409	B	宏觀	hóngguān
1410	B	弘揚	hóngyáng
1411	B	紅燈	hóngdēng
1412	B	紅綠燈	hónglǜdēng
1413	B	紅旗	hóngqí
1414	B	紅色	hóngsè
1415	B	哄	hǒng
1416	B	喉嚨	hóu•lóng
1417	B	吼	hǒu
1418	B	厚度	hòudù
1419	B	後備	hòubèi
1420	B	後勤	hòuqín

1421	B	後退	hòutuì
1422	B	後遺症	hòuyízhèng
1423	B	候補	hòubǔ
1424	B	候選	hòuxuǎn
1425	B	呼聲	hūshēng
1426	B	呼嘯	hūxiào
1427	B	忽略	hūlüè
1428	B	狐狸	húli
1429	B	胡亂	húluàn
1430	B	胡說	húshuō
1431	B	糊	hú
1432	B	互利	hùlì
1433	B	互聯網	hùliánwǎng
1434	B	戶	hù
1435	B	花朵	huāduǒ
1436	B	花卉	huāhuì
1437	B	花錢	huāqián
1438	B	花色	huāsè
1439	B	花市	huāshì
1440	B	花紋	huāwén
1441	B	花樣	huāyàng
1442	B	華麗	huálì
1443	B	滑稽	huá•jī
1444	B	滑坡	huápō
1445	B	滑雪	huáxuě
1446	B	化肥	huàféi
1447	B	化合物	huàhéwù
1448	B	化石	huàshí
1449	B	化纖	huàxiān
1450	B	化妝	huàzhuāng
1451	B	化妝品	huàzhuāngpǐn
1452	B	畫報	huàbào
1453	B	畫像	huàxiàng
1454	B	畫展	huàzhǎn
1455	B	話題	huàtí
1456	B	劃分	huàfēn
1457	B	劃清	huàqīng
1458	B	壞處	huàichu
1459	B	壞蛋	huàidàn
1460	B	壞人	huàirén
1461	B	歡送	huānsòng
1462	B	歡喜	huānxǐ
1463	B	歡笑	huānxiào
1464	B	環保	huánbǎo
1465	B	環繞	huánrào
1466	B	還原	huányuán
1467	B	緩	huǎn
1468	B	幻燈	huàndēng
1469	B	喚醒	huànxǐng
1470	B	換取	huànqǔ
1471	B	荒	huāng
1472	B	荒地	huāngdì
1473	B	荒涼	huāngliáng
1474	B	荒謬	huāngmiù
1475	B	慌忙	huāngmáng
1476	B	慌張	huāng•zhāng
1477	B	黃金周	huángjīnzhōu
1478	B	黃土	huángtǔ
1479	B	晃	huǎng
1480	B	晃	huàng
1481	B	灰塵	huīchén
1482	B	灰心	huīxīn
1483	B	揮	huī
1484	B	揮霍	huīhuò
1485	B	輝煌	huīhuáng
1486	B	回歸	huíguī
1487	B	回合	huíhé
1488	B	回擊	huíjī
1489	B	回家	huíjiā
1490	B	回落	huíluò
1491	B	回鄉	huíxiāng
1492	B	回信	huíxìn
1493	B	迴避	huíbì
1494	B	悔改	huǐgǎi
1495	B	毀壞	huǐhuài
1496	B	毀滅	huǐmiè
1497	B	彗星	huìxīng
1498	B	匯	huì
1499	B	匯集	huìjí
1500	B	匯價	huìjià
1501	B	匯率	huìlǜ
1502	B	會話	huìhuà
1503	B	會考	huìkǎo
1504	B	會面	huìmiàn
1505	B	會同	huìtóng
1506	B	會長	huìzhǎng
1507	B	賄賂	huìlù
1508	B	繪	huì
1509	B	繪圖	huìtú
1510	B	昏	hūn
1511	B	昏迷	hūnmí
1512	B	婚	hūn
1513	B	婚事	hūnshì
1514	B	婚姻	hūnyīn
1515	B	魂	hún
1516	B	混合物	hùnhéwù
1517	B	混凝土	hùnníngtǔ
1518	B	混淆	hùnxiáo
1519	B	活該	huógāi
1520	B	火把	huǒbǎ
1521	B	火車站	huǒchēzhàn
1522	B	火花	huǒhuā

1523	B	火警	huǒjǐng
1524	B	火炬	huǒjù
1525	B	火力	huǒlì
1526	B	火山	huǒshān
1527	B	火焰	huǒyàn
1528	B	火藥	huǒyào
1529	B	火災	huǒzāi
1530	B	夥計	huǒji
1531	B	或多或少	huòduōhuòshǎo
1532	B	或是	huòshì
1533	B	或許	huòxǔ
1534	B	貨車	huòchē
1535	B	貨輪	huòlún
1536	B	貨源	huòyuán
1537	B	貨運	huòyùn
1538	B	禍	huò
1539	B	獲獎	huòjiǎng
1540	B	獲利	huòlì
1541	B	獲取	huòqǔ
1542	B	獲勝	huòshèng
1543	B	獲悉	huòxī
1544	B	飢餓	jī'è
1545	B	基本功	jīběngōng
1546	B	基督教	Jīdūjiào
1547	B	基金會	jījīnhuì
1548	B	基因	jīyīn
1549	B	基於	jīyú
1550	B	畸形	jīxíng
1551	B	機床	jīchuáng
1552	B	機電	jīdiàn
1553	B	機靈	jīling
1554	B	機密	jīmì
1555	B	機能	jīnéng
1556	B	機槍	jīqiāng
1557	B	機身	jīshēn
1558	B	機械化	jīxièhuà
1559	B	機遇	jīyù
1560	B	機智	jīzhì
1561	B	機組	jīzǔ
1562	B	激	jī
1563	B	激發	jīfā
1564	B	激光	jīguāng
1565	B	激化	jīhuà
1566	B	激進	jījìn
1567	B	激勵	jīlì
1568	B	激起	jīqǐ
1569	B	激情	jīqíng
1570	B	激戰	jīzhàn
1571	B	積	jī
1572	B	積分	jīfēn
1573	B	積水	jīshuǐ
1574	B	積壓	jīyā
1575	B	擊	jī
1576	B	譏笑	jīxiào
1577	B	饑荒	jī•huāng
1578	B	及早	jízǎo
1579	B	吉祥	jíxiáng
1580	B	即便	jíbiàn
1581	B	急切	jíqiè
1582	B	急性	jíxìng
1583	B	急需	jíxū
1584	B	急於	jíyú
1585	B	集結	jíjié
1586	B	集市	jíshì
1587	B	集訓	jíxùn
1588	B	集郵	jíyóu
1589	B	極度	jídù
1590	B	極力	jílì
1591	B	極限	jíxiàn
1592	B	幾何	jǐhé
1593	B	技工	jìgōng
1594	B	技能	jìnéng
1595	B	技術員	jìshùyuán
1596	B	技藝	jìyì
1597	B	季節性	jìjiéxìng
1598	B	既定	jìdìng
1599	B	既是	jìshì
1600	B	紀念碑	jìniànbēi
1601	B	紀念品	jìniànpǐn
1602	B	計劃生育	jìhuàshēngyù
1603	B	計較	jìjiào
1604	B	記號	jìhao
1605	B	記性	jìxing
1606	B	記住	jìzhù
1607	B	寄託	jìtuō
1608	B	寂靜	jìjìng
1609	B	寂寞	jìmò
1610	B	跡象	jìxiàng
1611	B	繼	jì
1612	B	繼而	jì'ér
1613	B	加班	jiābān
1614	B	加倍	jiābèi
1615	B	加固	jiāgù
1616	B	加價	jiājià
1617	B	加盟	jiāméng
1618	B	加薪	jiāxīn
1619	B	加油（兒）	jiāyóu(r)
1620	B	加重	jiāzhòng
1621	B	夾雜	jiāzá
1622	B	夾子	jiāzi
1623	B	佳節	jiājié
1624	B	家常	jiācháng

1625	B	家教	jiājiào
1626	B	家務	jiāwù
1627	B	家用	jiāyòng
1628	B	家族	jiāzú
1629	B	嘉賓	jiābīn
1630	B	嘉獎	jiājiǎng
1631	B	甲板	jiǎbǎn
1632	B	假定	jiǎdìng
1633	B	假冒	jiǎmào
1634	B	假設	jiǎshè
1635	B	假使	jiǎshǐ
1636	B	假裝	jiǎzhuāng
1637	B	架子	jiàzi
1638	B	假日	jiàrì
1639	B	假條	jiàtiáo
1640	B	駕	jià
1641	B	駕駛員	jiàshǐyuán
1642	B	奸	jiān
1643	B	尖端	jiānduān
1644	B	尖子	jiānzi
1645	B	肩膀	jiānbǎng
1646	B	肩負	jiānfù
1647	B	兼顧	jiāngù
1648	B	兼任	jiānrèn
1649	B	兼職	jiānzhí
1650	B	堅固	jiāngù
1651	B	堅實	jiānshí
1652	B	堅信	jiānxìn
1653	B	堅硬	jiānyìng
1654	B	間	jiān
1655	B	煎	jiān
1656	B	監管	jiānguǎn
1657	B	監禁	jiānjìn
1658	B	艱險	jiānxiǎn
1659	B	殲滅	jiānmiè
1660	B	剪綵	jiǎncǎi
1661	B	剪刀	jiǎndāo
1662	B	減產	jiǎnchǎn
1663	B	減低	jiǎndī
1664	B	減免	jiǎnmiǎn
1665	B	減弱	jiǎnruò
1666	B	檢測	jiǎncè
1667	B	檢察	jiǎnchá
1668	B	檢舉	jiǎnjǔ
1669	B	檢修	jiǎnxiū
1670	B	簡	jiǎn
1671	B	簡便	jiǎnbiàn
1672	B	簡稱	jiǎnchēng
1673	B	簡短	jiǎnduǎn
1674	B	簡化	jiǎnhuà
1675	B	簡陋	jiǎnlòu
1676	B	簡明	jiǎnmíng
1677	B	簡要	jiǎnyào
1678	B	簡易	jiǎnyì
1679	B	鹹	jiǎn
1680	B	見識	jiànshi
1681	B	見聞	jiànwén
1682	B	見效	jiànxiào
1683	B	建材	jiàncái
1684	B	建國	jiànguó
1685	B	建設性	jiànshèxìng
1686	B	建築物	jiànzhùwù
1687	B	健兒	jiàn'ér
1688	B	健美	jiànměi
1689	B	健身	jiànshēn
1690	B	健壯	jiànzhuàng
1691	B	間諜	jiàndié
1692	B	間斷	jiànduàn
1693	B	間隔	jiàngé
1694	B	劍	jiàn
1695	B	賤	jiàn
1696	B	踐踏	jiàntà
1697	B	鍵盤	jiànpán
1698	B	濺	jiàn
1699	B	鑒別	jiànbié
1700	B	僵	jiāng
1701	B	獎牌	jiǎngpái
1702	B	獎品	jiǎngpǐn
1703	B	獎學金	jiǎngxuéjīn
1704	B	獎狀	jiǎngzhuàng
1705	B	講解	jiǎngjiě
1706	B	講理	jiǎnglǐ
1707	B	講求	jiǎngqiú
1708	B	講師	jiǎngshī
1709	B	講述	jiǎngshù
1710	B	講演	jiǎngyǎn
1711	B	講義	jiǎngyì
1712	B	降落	jiàngluò
1713	B	降溫	jiàngwēn
1714	B	將領	jiànglǐng
1715	B	交叉	jiāochā
1716	B	交錯	jiāocuò
1717	B	交付	jiāofù
1718	B	交際	jiāojì
1719	B	交界	jiāojiè
1720	B	交涉	jiāoshè
1721	B	交替	jiāotì
1722	B	交響樂	jiāoxiǎngyuè
1723	B	交易所	jiāoyìsuǒ
1724	B	交戰	jiāozhàn
1725	B	郊外	jiāowài
1726	B	教書	jiāoshū

1727	B	焦	jiāo
1728	B	焦點	jiāodiǎn
1729	B	焦急	jiāojí
1730	B	焦炭	jiāotàn
1731	B	嬌	jiāo
1732	B	嬌氣	jiāo•qì
1733	B	膠	jiāo
1734	B	膠卷	jiāojuǎn
1735	B	膠片	jiāopiàn
1736	B	角落	jiǎoluò
1737	B	狡猾	jiǎohuá
1738	B	腳步	jiǎobù
1739	B	繳	jiǎo
1740	B	繳納	jiǎonà
1741	B	攪	jiǎo
1742	B	攪拌	jiǎobàn
1743	B	叫喊	jiàohǎn
1744	B	叫喚	jiàohuan
1745	B	叫嚷	jiàorǎng
1746	B	教科書	jiàokēshū
1747	B	教師節	Jiàoshījié
1748	B	教條	jiàotiáo
1749	B	教徒	jiàotú
1750	B	教養	jiàoyǎng
1751	B	教育部	jiàoyùbù
1752	B	校	jiào
1753	B	較量	jiàoliàng
1754	B	轎	jiào
1755	B	轎車	jiàochē
1756	B	接班	jiēbān
1757	B	接班人	jiēbānrén
1758	B	接管	jiēguǎn
1759	B	接軌	jiēguǐ
1760	B	接機	jiējī
1761	B	接力	jiēlì
1762	B	接納	jiēnà
1763	B	接洽	jiēqià
1764	B	接送	jiēsòng
1765	B	接替	jiētì
1766	B	揭	jiē
1767	B	揭發	jiēfā
1768	B	揭開	jiēkāi
1769	B	揭幕	jiēmù
1770	B	揭示	jiēshì
1771	B	街坊	jiēfang
1772	B	街市	jiēshì
1773	B	劫	jié
1774	B	劫持	jiéchí
1775	B	傑作	jiézuò
1776	B	結晶	jiéjīng
1777	B	結局	jiéjú
1778	B	結識	jiéshí
1779	B	結算	jiésuàn
1780	B	結業	jiéyè
1781	B	節假日	jiéjiàrì
1782	B	節能	jiénéng
1783	B	節育	jiéyù
1784	B	截然	jiérán
1785	B	截止	jiézhǐ
1786	B	截至	jiézhì
1787	B	竭盡	jiéjìn
1788	B	潔白	jiébái
1789	B	姐妹	jiěmèi
1790	B	解答	jiědá
1791	B	解放軍	jiěfàngjūn
1792	B	解僱	jiěgù
1793	B	解開	jiěkāi
1794	B	解剖	jiěpōu
1795	B	戒備	jièbèi
1796	B	戒指	jièzhi
1797	B	屆時	jièshí
1798	B	界限	jièxiàn
1799	B	借鑒	jièjiàn
1800	B	借用	jièyòng
1801	B	借助	jièzhù
1802	B	金黃	jīnhuáng
1803	B	金魚	jīnyú
1804	B	津津有味	jīnjīnyǒuwèi
1805	B	禁不住	jīn•búzhù
1806	B	緊迫	jǐnpò
1807	B	緊缺	jǐnquē
1808	B	緊縮	jǐnsuō
1809	B	儘快	jǐnkuài
1810	B	儘早	jǐnzǎo
1811	B	近郊	jìnjiāo
1812	B	近年	jìnnián
1813	B	近視	jìn•shì
1814	B	近似	jìnsì
1815	B	晉升	jìnshēng
1816	B	浸	jìn
1817	B	進出口	jìnchūkǒu
1818	B	進度	jìndù
1819	B	進而	jìn’ér
1820	B	進化	jìnhuà
1821	B	進貨	jìnhuò
1822	B	進取	jìnqǔ
1823	B	進駐	jìnzhù
1824	B	禁	jìn
1825	B	禁令	jìnlìng
1826	B	禁區	jìnqū
1827	B	盡量	jìnliàng
1828	B	盡情	jìnqíng

1829	B	京城	jīngchéng
1830	B	京劇	jīngjù
1831	B	莖	jīng
1832	B	經典	jīngdiǎn
1833	B	經濟特區	jīngjìtèqū
1834	B	經濟學	jīngjìxué
1835	B	經貿	jīngmào
1836	B	經商	jīngshāng
1837	B	經受	jīngshòu
1838	B	經銷	jīngxiāo
1839	B	經由	jīngyóu
1840	B	兢兢業業	jīngjīngyèyè
1841	B	精華	jīnghuá
1842	B	精簡	jīngjiǎn
1843	B	精美	jīngměi
1844	B	精品	jīngpǐn
1845	B	精巧	jīngqiǎo
1846	B	精確	jīngquè
1847	B	精神病	jīngshénbìng
1848	B	精通	jīngtōng
1849	B	精選	jīngxuǎn
1850	B	精益求精	jīngyìqiújīng
1851	B	精英	jīngyīng
1852	B	精緻	jīngzhì
1853	B	鯨	jīng
1854	B	驚動	jīngdòng
1855	B	驚慌	jīnghuāng
1856	B	驚奇	jīngqí
1857	B	驚訝	jīngyà
1858	B	驚異	jīngyì
1859	B	頸椎	jǐngzhuī
1860	B	景	jǐng
1861	B	景點	jǐngdiǎn
1862	B	景觀	jǐngguān
1863	B	警報	jǐngbào
1864	B	警戒	jǐngjiè
1865	B	警衛	jǐngwèi
1866	B	淨	jìng
1867	B	淨化	jìnghuà
1868	B	敬	jìng
1869	B	敬愛	jìng'ài
1870	B	敬禮	jìnglǐ
1871	B	境	jìng
1872	B	境地	jìngdì
1873	B	境界	jìngjiè
1874	B	鏡頭	jìngtóu
1875	B	鏡子	jìngzi
1876	B	究	jiū
1877	B	揪	jiū
1878	B	韭菜	jiǔcài
1879	B	酒會	jiǔhuì
1880	B	酒精	jiǔjīng
1881	B	救國	jiùguó
1882	B	救護	jiùhù
1883	B	救濟	jiùjì
1884	B	救援	jiùyuán
1885	B	救災	jiùzāi
1886	B	就地	jiùdì
1887	B	就近	jiùjìn
1888	B	就職	jiùzhí
1889	B	居室	jūshì
1890	B	拘	jū
1891	B	拘留	jūliú
1892	B	鞠躬	jūgōng
1893	B	局限	júxiàn
1894	B	菊花	júhuā
1895	B	舉報	jǔbào
1896	B	舉動	jǔdòng
1897	B	舉例	jǔlì
1898	B	巨額	jù'é
1899	B	巨型	jùxíng
1900	B	具	jù
1901	B	拒	jù
1902	B	拒載	jùzài
1903	B	距	jù
1904	B	聚餐	jùcān
1905	B	聚會	jùhuì
1906	B	聚精會神	jùjīnghuìshén
1907	B	聚居	jùjū
1908	B	劇本	jùběn
1909	B	劇團	jùtuán
1910	B	據點	jùdiǎn
1911	B	鋸	jù
1912	B	捐	juān
1913	B	捐款	juānkuǎn
1914	B	捐獻	juānxiàn
1915	B	捐贈	juānzèng
1916	B	捲入	juǎnrù
1917	B	抉擇	juézé
1918	B	決	jué
1919	B	決不	juébù
1920	B	決口	juékǒu
1921	B	決算	juésuàn
1922	B	決戰	juézhàn
1923	B	角色	juésè
1924	B	角逐	juézhú
1925	B	崛起	juéqǐ
1926	B	掘	jué
1927	B	絕	jué
1928	B	絕不	juébù
1929	B	絕食	juéshí
1930	B	絕望	juéwàng

1931	B	覺察	juéchá
1932	B	覺醒	juéxǐng
1933	B	君	jūn
1934	B	均	jūn
1935	B	均衡	jūnhéng
1936	B	軍	jūn
1937	B	軍方	jūnfāng
1938	B	軍火	jūnhuǒ
1939	B	軍警	jūnjǐng
1940	B	軍民	jūnmín
1941	B	軍醫	jūnyī
1942	B	軍營	jūnyíng
1943	B	軍用	jūnyòng
1944	B	軍裝	jūnzhuāng
1945	B	菌	jūn
1946	B	竣工	jùngōng
1947	B	咖啡	kāfēi
1948	B	卡拉 OK	kǎlā OK
1949	B	卡片	kǎpiàn
1950	B	開採	kāicǎi
1951	B	開創	kāichuàng
1952	B	開發區	kāifāqū
1953	B	開飯	kāifàn
1954	B	開工	kāigōng
1955	B	開關	kāiguān
1956	B	開化	kāihuà
1957	B	開火	kāihuǒ
1958	B	開課	kāikè
1959	B	開口	kāikǒu
1960	B	開闊	kāikuò
1961	B	開朗	kāilǎng
1962	B	開門	kāimén
1963	B	開明	kāimíng
1964	B	開幕式	kāimùshì
1965	B	開闢	kāipì
1966	B	開水	kāishuǐ
1967	B	開通	kāi•tōng
1968	B	開頭	kāitóu
1969	B	開業	kāiyè
1970	B	開戰	kāizhàn
1971	B	凱旋	kǎixuán
1972	B	刊載	kānzǎi
1973	B	看守	kānshǒu
1974	B	勘探	kāntàn
1975	B	侃	kǎn
1976	B	看台	kàntái
1977	B	看樣子	kànyàngzi
1978	B	看作	kànzuò
1979	B	康復	kāngfù
1980	B	慷慨	kāngkǎi
1981	B	抗	kàng
1982	B	抗擊	kàngjī
1983	B	抗拒	kàngjù
1984	B	考古	kǎogǔ
1985	B	考取	kǎoqǔ
1986	B	考生	kǎoshēng
1987	B	靠攏	kàolǒng
1988	B	科目	kēmù
1989	B	科普	kēpǔ
1990	B	科室	kēshì
1991	B	磕	kē
1992	B	磕頭	kētóu
1993	B	殼	ké
1994	B	可觀	kěguān
1995	B	可貴	kěguì
1996	B	可口	kěkǒu
1997	B	可謂	kěwèi
1998	B	可惡	kěwù
1999	B	可喜	kěxǐ
2000	B	可疑	kěyí
2001	B	克隆	kèlóng
2002	B	克制	kèzhì
2003	B	客車	kèchē
2004	B	客戶	kèhù
2005	B	客機	kèjī
2006	B	客廳	kètīng
2007	B	客運	kèyùn
2008	B	課時	kèshí
2009	B	課題	kètí
2010	B	課餘	kèyú
2011	B	啃	kěn
2012	B	懇切	kěnqiè
2013	B	空洞	kōngdòng
2014	B	空港	kōnggǎng
2015	B	空話	kōnghuà
2016	B	空姐	kōngjiě
2017	B	空調	kōngtiáo
2018	B	空想	kōngxiǎng
2019	B	空心	kōngxīn
2020	B	空虛	kōngxū
2021	B	空運	kōngyùn
2022	B	孔雀	kǒngquè
2023	B	恐嚇	kǒnghè
2024	B	恐懼	kǒngjù
2025	B	空白	kòngbái
2026	B	空隙	kòngxì
2027	B	控	kòng
2028	B	控告	kònggào
2029	B	控訴	kòngsù
2030	B	摳	kōu
2031	B	口岸	kǒu'àn
2032	B	口徑	kǒujìng

2033	B	口氣	kǒu•qì
2034	B	口試	kǒushì
2035	B	口語	kǒuyǔ
2036	B	口子	kǒuzi
2037	B	扣除	kòuchú
2038	B	扣留	kòuliú
2039	B	枯	kū
2040	B	枯燥	kūzào
2041	B	窟窿	kūlong
2042	B	苦難	kǔnàn
2043	B	苦惱	kǔnǎo
2044	B	庫	kù
2045	B	庫存	kùcún
2046	B	庫房	kùfáng
2047	B	酷	kù
2048	B	褲	kù
2049	B	誇張	kuāzhāng
2050	B	垮台	kuǎtái
2051	B	挎	kuà
2052	B	快餐	kuàicān
2053	B	快車	kuàichē
2054	B	快活	kuàihuo
2055	B	會計師	kuàijìshī
2056	B	筷子	kuàizi
2057	B	寬敞	kuān•chǎng
2058	B	寬大	kuāndà
2059	B	寬廣	kuānguǎng
2060	B	寬闊	kuānkuò
2061	B	款待	kuǎndài
2062	B	款項	kuǎnxiàng
2063	B	狂風	kuángfēng
2064	B	框	kuàng
2065	B	框框	kuàngkuang
2066	B	礦藏	kuàngcáng
2067	B	礦石	kuàngshí
2068	B	虧	kuī
2069	B	困苦	kùnkǔ
2070	B	困擾	kùnrǎo
2071	B	擴充	kuòchōng
2072	B	擴散	kuòsàn
2073	B	擴張	kuòzhāng
2074	B	辣	là
2075	B	辣椒	làjiāo
2076	B	蠟燭	làzhú
2077	B	來賓	láibīn
2078	B	來不及	lái•bùjí
2079	B	來得及	láidejí
2080	B	來訪	láifǎng
2081	B	來客	láikè
2082	B	來歷	láilì
2083	B	來臨	láilín
2084	B	來年	láinián
2085	B	來人	láirén
2086	B	攔	lán
2087	B	籃子	lánzi
2088	B	欄	lán
2089	B	欄杆	lángān
2090	B	懶惰	lǎnduò
2091	B	濫用	lànyòng
2092	B	狼狽	lángbèi
2093	B	朗讀	lǎngdú
2094	B	浪潮	làngcháo
2095	B	浪漫	làngmàn
2096	B	牢	láo
2097	B	牢房	láofáng
2098	B	牢記	láojì
2099	B	勞	láo
2100	B	勞動者	láodòngzhě
2101	B	勞工	láogōng
2102	B	勞駕	láojià
2103	B	勞累	láolèi
2104	B	勞力	láolì
2105	B	勞務市場	láowùshìchǎng
2106	B	老伴（兒）	lǎobàn(r)
2107	B	老大	lǎodà
2108	B	老漢	lǎohàn
2109	B	老化	lǎohuà
2110	B	老家	lǎojiā
2111	B	老年人	lǎoniánrén
2112	B	老少	lǎoshào
2113	B	老式	lǎoshì
2114	B	老鼠	lǎoshǔ
2115	B	老太婆	lǎotàipó
2116	B	老天爺	lǎotiānyé
2117	B	老頭（兒）	lǎotóu(r)
2118	B	老頭子	lǎotóuzi
2119	B	老爺	lǎoye
2120	B	老一輩	lǎoyíbèi
2121	B	勒索	lèsuǒ
2122	B	樂意	lèyì
2123	B	樂園	lèyuán
2124	B	勒	lēi
2125	B	雷達	léidá
2126	B	雷雨	léiyǔ
2127	B	累計	lěijì
2128	B	壘	lěi
2129	B	類別	lèibié
2130	B	冷淡	lěngdàn
2131	B	冷氣	lěngqì
2132	B	冷飲	lěngyǐn
2133	B	冷戰	lěngzhàn
2134	B	黎明	límíng

2135	B	理會	lǐhuì
2136	B	理科	lǐkē
2137	B	理事會	lǐshìhuì
2138	B	理順	lǐshùn
2139	B	理所當然	lǐsuǒdāngrán
2140	B	理性	lǐxìng
2141	B	理直氣壯	lǐzhíqìzhuàng
2142	B	理智	lǐzhì
2143	B	禮節	lǐjié
2144	B	禮品	lǐpǐn
2145	B	力圖	lìtú
2146	B	立方	lìfāng
2147	B	立方米	lìfāngmǐ
2148	B	立體	lìtǐ
2149	B	立志	lìzhì
2150	B	立足	lìzú
2151	B	利害	lìhài
2152	B	利落	lìluo
2153	B	利率	lìlǜ
2154	B	利息	lìxī
2155	B	例外	lìwài
2156	B	栗子	lìzi
2157	B	荔枝	lìzhī
2158	B	粒子	lìzǐ
2159	B	歷程	lìchéng
2160	B	歷次	lìcì
2161	B	歷代	lìdài
2162	B	歷屆	lìjiè
2163	B	歷年	lìnián
2164	B	歷時	lìshí
2165	B	歷史性	lìshǐxìng
2166	B	連帶	liándài
2167	B	連貫	liánguàn
2168	B	連連	liánlián
2169	B	連綿	liánmián
2170	B	連年	liánnián
2171	B	連日	liánrì
2172	B	連聲	liánshēng
2173	B	連鎖店	liánsuǒdiàn
2174	B	連同	liántóng
2175	B	連續劇	liánxùjù
2176	B	連夜	liányè
2177	B	廉價	liánjià
2178	B	廉潔	liánjié
2179	B	廉政	liánzhèng
2180	B	聯播	liánbō
2181	B	聯歡會	liánhuānhuì
2182	B	聯軍	liánjūn
2183	B	聯名	liánmíng
2184	B	聯賽	liánsài
2185	B	聯營	liányíng
2186	B	臉盆	liǎnpén
2187	B	臉色	liǎnsè
2188	B	練兵	liànbīng
2189	B	戀	liàn
2190	B	良	liáng
2191	B	良心	liángxīn
2192	B	樑	liáng
2193	B	涼爽	liángshuǎng
2194	B	涼水	liángshuǐ
2195	B	兩極	liǎngjí
2196	B	兩手	liǎngshǒu
2197	B	亮麗	liànglì
2198	B	亮相	liàngxiàng
2199	B	晾	liàng
2200	B	量化	liànghuà
2201	B	遼闊	liáokuò
2202	B	療效	liáoxiào
2203	B	療養	liáoyǎng
2204	B	料理	liàolǐ
2205	B	列出	lièchū
2206	B	列舉	lièjǔ
2207	B	列入	lièrù
2208	B	列席	lièxí
2209	B	劣	liè
2210	B	烈火	lièhuǒ
2211	B	獵人	lièrén
2212	B	林場	línchǎng
2213	B	林業	línyè
2214	B	淋	lín
2215	B	鄰國	línguó
2216	B	鄰近	línjìn
2217	B	臨場	línchǎng
2218	B	臨近	línjìn
2219	B	臨時工	línshígōng
2220	B	鈴	líng
2221	B	鈴聲	língshēng
2222	B	零錢	língqián
2223	B	零碎	língsuì
2224	B	零星	língxīng
2225	B	靈	líng
2226	B	靈感	línggǎn
2227	B	靈敏	língmǐn
2228	B	靈巧	língqiǎo
2229	B	靈通	língtōng
2230	B	領隊	lǐngduì
2231	B	領取	lǐngqǔ
2232	B	領事	lǐngshì
2233	B	領事館	lǐngshìguǎn
2234	B	嶺	lǐng
2235	B	流毒	liúdú
2236	B	流浪	liúlàng

2237	B	流利	liúlì
2238	B	流露	liúlù
2239	B	流失	liúshī
2240	B	流亡	liúwáng
2241	B	留戀	liúliàn
2242	B	留念	liúniàn
2243	B	留心	liúxīn
2244	B	留意	liúyì
2245	B	柳樹	liǔshù
2246	B	龍門	lóngmén
2247	B	籠子	lóngzi
2248	B	聾	lóng
2249	B	籠罩	lǒngzhào
2250	B	樓道	lóudào
2251	B	樓花	lóuhuā
2252	B	樓梯	lóutī
2253	B	摟	lǒu
2254	B	漏洞	lòudòng
2255	B	漏稅	lòushuì
2256	B	露面	lòumiàn
2257	B	爐	lú
2258	B	陸	lù
2259	B	陸地	lùdì
2260	B	路程	lùchéng
2261	B	路口	lùkǒu
2262	B	路子	lùzi
2263	B	錄取	lùqǔ
2264	B	錄用	lùyòng
2265	B	露水	lù•shuǐ
2266	B	露天	lùtiān
2267	B	驢	lǘ
2268	B	旅	lǚ
2269	B	旅店	lǚdiàn
2270	B	旅途	lǚtú
2271	B	旅遊業	lǚyóuyè
2272	B	屢	lǚ
2273	B	屢次	lǚcì
2274	B	鋁	lǚ
2275	B	綠色食品	lǜsèshípǐn
2276	B	卵	luǎn
2277	B	亂七八糟	luànqībāzāo
2278	B	掠奪	lüèduó
2279	B	略微	lüèwēi
2280	B	輪廓	lúnkuò
2281	B	輪子	lúnzi
2282	B	論點	lùndiǎn
2283	B	論據	lùnjù
2284	B	論述	lùnshù
2285	B	論壇	lùntán
2286	B	論證	lùnzhèng
2287	B	鑼	luó
2288	B	落成	luòchéng
2289	B	落地	luòdì
2290	B	落戶	luòhù
2291	B	落選	luòxuǎn
2292	B	駱駝	luòtuo
2293	B	抹	mā
2294	B	麻	má
2295	B	麻痺	mábì
2296	B	麻袋	mádài
2297	B	麻將	májiàng
2298	B	麻木	mámù
2299	B	麻雀	máquè
2300	B	麻疹	mázhěn
2301	B	麻醉	mázuì
2302	B	馬車	mǎchē
2303	B	馬達	mǎdá
2304	B	馬虎	mǎhu
2305	B	馬拉松	mǎlāsōng
2306	B	馬力	mǎlì
2307	B	馬鈴薯	mǎlíngshǔ
2308	B	馬戲	mǎxì
2309	B	碼	mǎ
2310	B	螞蟻	mǎyǐ
2311	B	埋沒	máimò
2312	B	埋頭	máitóu
2313	B	埋葬	máizàng
2314	B	買單	mǎidān
2315	B	脈搏	màibó
2316	B	賣國	màiguó
2317	B	邁進	màijìn
2318	B	埋怨	mányuàn
2319	B	瞞	mán
2320	B	饅頭	mántou
2321	B	滿懷	mǎnhuái
2322	B	滿腔	mǎnqiāng
2323	B	滿月	mǎnyuè
2324	B	滿載	mǎnzài
2325	B	慢性	mànxìng
2326	B	慢性病	mànxìngbìng
2327	B	漫長	màncháng
2328	B	漫畫	mànhuà
2329	B	蔓延	mànyán
2330	B	忙碌	mánglù
2331	B	盲人	mángrén
2332	B	茫茫	mángmáng
2333	B	毛筆	máobǐ
2334	B	毛線	máoxiàn
2335	B	冒充	màochōng
2336	B	冒牌	màopái
2337	B	冒險	màoxiǎn
2338	B	茂密	màomì

2339	B	茂盛	màoshèng
2340	B	帽	mào
2341	B	沒法（兒）	méifǎ(r)
2342	B	沒事	méishì
2343	B	沒轍	méizhé
2344	B	玫瑰	méigui
2345	B	眉毛	méimao
2346	B	眉頭	méitóu
2347	B	梅花	méihuā
2348	B	媒介	méijiè
2349	B	媒人	méiren
2350	B	煤礦	méikuàng
2351	B	煤炭	méitàn
2352	B	霉	méi
2353	B	美化	měihuà
2354	B	美滿	měimǎn
2355	B	美妙	měimiào
2356	B	美中不足	měizhōngbùzú
2357	B	悶熱	mēnrè
2358	B	門路	ménlu
2359	B	門票	ménpiào
2360	B	門市部	ménshìbù
2361	B	萌芽	méngyá
2362	B	盟國	méngguó
2363	B	猛然	měngrán
2364	B	眯	mī
2365	B	迷	mí
2366	B	迷人	mírén
2367	B	謎語	míyǔ
2368	B	瀰漫	mímàn
2369	B	米飯	mǐfàn
2370	B	密封	mìfēng
2371	B	密集	mìjí
2372	B	蜜	mì
2373	B	棉	mián
2374	B	棉布	miánbù
2375	B	棉衣	miányī
2376	B	免除	miǎnchú
2377	B	免得	miǎn•dé
2378	B	免費	miǎnfèi
2379	B	免稅	miǎnshuì
2380	B	免疫	miǎnyì
2381	B	勉勵	miǎnlì
2382	B	面孔	miànkǒng
2383	B	面目	miànmù
2384	B	面容	miànróng
2385	B	面試	miànshì
2386	B	面向	miànxiàng
2387	B	麵包車	miànbāochē
2388	B	麵粉	miànfěn
2389	B	描	miáo
2390	B	描繪	miáohuì
2391	B	描述	miáoshù
2392	B	妙	miào
2393	B	滅亡	mièwáng
2394	B	民歌	míngē
2395	B	民國	Mínguó
2396	B	民航	mínháng
2397	B	民警	mínjǐng
2398	B	民生	mínshēng
2399	B	民事	mínshì
2400	B	民意	mínyì
2401	B	民政	mínzhèng
2402	B	民主化	mínzhǔhuà
2403	B	敏感	mǐngǎn
2404	B	敏捷	mǐnjié
2405	B	敏銳	mǐnruì
2406	B	名次	míngcì
2407	B	名副其實	míngfùqíshí
2408	B	名貴	míngguì
2409	B	名家	míngjiā
2410	B	名氣	míng•qì
2411	B	名人	míngrén
2412	B	名聲	míngshēng
2413	B	名勝古跡	míngshènggǔjì
2414	B	名堂	míngtang
2415	B	名譽	míngyù
2416	B	明朗	mínglǎng
2417	B	明日	míngrì
2418	B	明星	míngxīng
2419	B	明知	míngzhī
2420	B	明智	míngzhì
2421	B	明珠	míngzhū
2422	B	鳴	míng
2423	B	命名	mìngmíng
2424	B	命題	mìngtí
2425	B	謬論	miùlùn
2426	B	摸索	mō•suǒ
2427	B	摩擦	mócā
2428	B	模擬	mónǐ
2429	B	膜	mó
2430	B	磨損	mósǔn
2431	B	蘑菇	mógu
2432	B	魔鬼	móguǐ
2433	B	魔術	móshù
2434	B	抹	mǒ
2435	B	末期	mòqī
2436	B	沒落	mòluò
2437	B	沒收	mòshōu
2438	B	莫	mò
2439	B	莫名其妙	mòmíngqímiào
2440	B	墨	mò

2441	B	默默	mòmò
2442	B	謀	móu
2443	B	謀求	móuqiú
2444	B	謀殺	móushā
2445	B	牡丹	mǔ•dān
2446	B	木工	mùgōng
2447	B	木匠	mùjiang
2448	B	目睹	mùdǔ
2449	B	目錄	mùlù
2450	B	牧場	mùchǎng
2451	B	牧民	mùmín
2452	B	墓	mù
2453	B	幕後	mùhòu
2454	B	那時	nàshí
2455	B	納悶（兒）	nàmèn(r)
2456	B	納入	nàrù
2457	B	納稅	nàshuì
2458	B	吶	na
2459	B	耐煩	nàifán
2460	B	男生	nánshēng
2461	B	男性	nánxìng
2462	B	南部	nánbù
2463	B	南面	nán•miàn
2464	B	難處	nánchu
2465	B	難度	nándù
2466	B	難關	nánguān
2467	B	難堪	nánkān
2468	B	難看	nánkàn
2469	B	難說	nánshuō
2470	B	難忘	nánwàng
2471	B	腦	nǎo
2472	B	腦力	nǎolì
2473	B	鬧事	nàoshì
2474	B	內行	nèiháng
2475	B	內務	nèiwù
2476	B	內向	nèixiàng
2477	B	內在	nèizài
2478	B	嫩	nèn
2479	B	能耐	néngnai
2480	B	能手	néngshǒu
2481	B	擬	nǐ
2482	B	擬訂	nǐdìng
2483	B	逆差	nìchā
2484	B	年會	niánhuì
2485	B	年老	niánlǎo
2486	B	年青人	niánqīngrén
2487	B	年輕人	niánqīngrén
2488	B	年歲	niánsuì
2489	B	年限	niánxiàn
2490	B	年薪	niánxīn
2491	B	年終	niánzhōng
2492	B	年資	niánzī
2493	B	攆	niǎn
2494	B	念頭	niàntou
2495	B	娘家	niángjia
2496	B	釀	niàng
2497	B	尿	niào
2498	B	捏造	niēzào
2499	B	寧靜	níngjìng
2500	B	凝固	nínggù
2501	B	凝結	níngjié
2502	B	凝聚	níngjù
2503	B	凝視	níngshì
2504	B	擰	nǐng
2505	B	寧可	nìngkě
2506	B	寧願	nìngyuàn
2507	B	牛仔褲	niúzǎikù
2508	B	農	nóng
2509	B	農戶	nónghù
2510	B	農具	nóngjù
2511	B	農田	nóngtián
2512	B	濃度	nóngdù
2513	B	弄虛作假	nòngxūzuòjiǎ
2514	B	奴役	núyì
2515	B	怒	nù
2516	B	女工	nǚgōng
2517	B	女生	nǚshēng
2518	B	女性	nǚxìng
2519	B	女婿	nǚxu
2520	B	暖氣	nuǎnqì
2521	B	虐待	nüèdài
2522	B	挪	nuó
2523	B	諾言	nuòyán
2524	B	哦	ó
2525	B	毆打	ōudǎ
2526	B	偶像	ǒuxiàng
2527	B	啪	pā
2528	B	拍賣	pāimài
2529	B	拍照	pāizhào
2530	B	拍子	pāizi
2531	B	徘徊	páihuái
2532	B	排場	pái•chǎng
2533	B	排斥	páichì
2534	B	排放	páifàng
2535	B	牌價	páijià
2536	B	牌照	páizhào
2537	B	派別	pàibié
2538	B	攀	pān
2539	B	盤旋	pánxuán
2540	B	判處	pànchǔ
2541	B	判定	pàndìng
2542	B	判刑	pànxíng

2543	B	叛變	pànbiàn
2544	B	叛亂	pànluàn
2545	B	叛徒	pàntú
2546	B	拋棄	pāoqì
2547	B	泡	pāo
2548	B	跑車	pǎochē
2549	B	跑道	pǎodào
2550	B	泡沫	pàomò
2551	B	炮火	pàohuǒ
2552	B	培植	péizhí
2553	B	陪讀	péidú
2554	B	賠款	péikuǎn
2555	B	佩服	pèi•fú
2556	B	配方	pèifāng
2557	B	配偶	pèi'ǒu
2558	B	配套	pèitào
2559	B	噴射	pēnshè
2560	B	抨擊	pēngjī
2561	B	烹飪	pēngrèn
2562	B	烹調	pēngtiáo
2563	B	碰壁	pèngbì
2564	B	碰頭	pèngtóu
2565	B	批改	pīgǎi
2566	B	批示	pīshì
2567	B	披露	pīlù
2568	B	劈	pī
2569	B	皮帶	pídài
2570	B	皮革	pígé
2571	B	皮球	píqiú
2572	B	皮鞋	píxié
2573	B	疲乏	pífá
2574	B	疲倦	píjuàn
2575	B	琵琶	pí•pá
2576	B	媲美	pìměi
2577	B	片子	piānzi
2578	B	偏見	piānjiàn
2579	B	偏僻	piānpì
2580	B	偏偏	piānpiān
2581	B	偏向	piānxiàng
2582	B	偏重	piānzhòng
2583	B	篇幅	piān•fú
2584	B	片刻	piànkè
2585	B	騙子	piànzi
2586	B	飄揚	piāoyáng
2587	B	票據	piàojù
2588	B	拼	pīn
2589	B	拼音	pīnyīn
2590	B	貧	pín
2591	B	貧乏	pínfá
2592	B	貧苦	pínkǔ
2593	B	貧困	pínkùn
2594	B	貧民	pínmín
2595	B	貧血	pínxuè
2596	B	頻繁	pínfán
2597	B	頻率	pínlǜ
2598	B	頻頻	pínpín
2599	B	品	pǐn
2600	B	品德	pǐndé
2601	B	聘	pìn
2602	B	聘用	pìnyòng
2603	B	平安	píng'ān
2604	B	平淡	píngdàn
2605	B	平凡	píngfán
2606	B	平房	píngfáng
2607	B	平面	píngmiàn
2608	B	平民	píngmín
2609	B	平日	píngrì
2610	B	平台	píngtái
2611	B	平坦	píngtǎn
2612	B	平息	píngxī
2613	B	平行	píngxíng
2614	B	平整	píngzhěng
2615	B	屏幕	píngmù
2616	B	屏障	píngzhàng
2617	B	評比	píngbǐ
2618	B	評定	píngdìng
2619	B	評分	píngfēn
2620	B	評估	pínggū
2621	B	評劇	píngjù
2622	B	評論員	pínglùnyuán
2623	B	評判	píngpàn
2624	B	評審	píngshěn
2625	B	評議	píngyì
2626	B	憑證	píngzhèng
2627	B	頗	pō
2628	B	婆婆	pópo
2629	B	破除	pòchú
2630	B	破獲	pòhuò
2631	B	破舊	pòjiù
2632	B	破爛	pòlàn
2633	B	破裂	pòliè
2634	B	撲克	pūkè
2635	B	撲滅	pūmiè
2636	B	葡萄糖	pú•táotáng
2637	B	樸實	pǔshí
2638	B	譜	pǔ
2639	B	鋪子	pùzi
2640	B	瀑布	pùbù
2641	B	期待	qīdài
2642	B	期刊	qīkān
2643	B	期滿	qīmǎn
2644	B	漆	qī

2645	B	漆黑	qīhēi
2646	B	沏	qī
2647	B	其間	qíjiān
2648	B	奇	qí
2649	B	奇妙	qímiào
2650	B	奇特	qítè
2651	B	歧視	qíshì
2652	B	旗	qí
2653	B	旗號	qíhào
2654	B	旗袍	qípáo
2655	B	旗子	qízi
2656	B	齊全	qíquán
2657	B	企業家	qǐyèjiā
2658	B	起步	qǐbù
2659	B	起初	qǐchū
2660	B	起點	qǐdiǎn
2661	B	起伏	qǐfú
2662	B	起哄	qǐhòng
2663	B	起見	qǐjiàn
2664	B	起勁	qǐjìn
2665	B	起立	qǐlì
2666	B	起身	qǐshēn
2667	B	起訴	qǐsù
2668	B	起義	qǐyì
2669	B	啟程	qǐchéng
2670	B	啟動	qǐdòng
2671	B	啟蒙	qǐméng
2672	B	啟示	qǐshì
2673	B	汽	qì
2674	B	迄今	qìjīn
2675	B	契約	qìyuē
2676	B	砌	qì
2677	B	氣憤	qìfèn
2678	B	氣概	qìgài
2679	B	氣功	qìgōng
2680	B	氣力	qìlì
2681	B	氣流	qìliú
2682	B	氣球	qìqiú
2683	B	氣勢	qìshì
2684	B	氣味	qìwèi
2685	B	氣息	qìxī
2686	B	氣壓	qìyā
2687	B	棄權	qìquán
2688	B	器具	qìjù
2689	B	器械	qìxiè
2690	B	掐	qiā
2691	B	卡	qiǎ
2692	B	恰好	qiàhǎo
2693	B	恰恰	qiàqià
2694	B	洽談	qiàtán
2695	B	千瓦	qiānwǎ
2696	B	牽	qiān
2697	B	牽扯	qiānchě
2698	B	牽連	qiānlián
2699	B	牽涉	qiānshè
2700	B	牽引	qiānyǐn
2701	B	牽制	qiānzhì
2702	B	鉛	qiān
2703	B	鉛球	qiānqiú
2704	B	遷就	qiānjiù
2705	B	遷移	qiānyí
2706	B	謙虛	qiānxū
2707	B	簽發	qiānfā
2708	B	簽名	qiānmíng
2709	B	簽約	qiānyuē
2710	B	簽證	qiānzhèng
2711	B	簽字	qiānzì
2712	B	前輩	qiánbèi
2713	B	前方	qiánfāng
2714	B	前來	qiánlái
2715	B	前列	qiánliè
2716	B	前期	qiánqī
2717	B	前人	qiánrén
2718	B	前任	qiánrèn
2719	B	前身	qiánshēn
2720	B	前所未有	qiánsuǒwèiyǒu
2721	B	前線	qiánxiàn
2722	B	潛伏	qiánfú
2723	B	潛在	qiánzài
2724	B	錢包	qiánbāo
2725	B	錢幣	qiánbì
2726	B	遣返	qiǎnfǎn
2727	B	譴責	qiǎnzé
2728	B	欠缺	qiànquē
2729	B	歉意	qiànyì
2730	B	腔	qiāng
2731	B	槍斃	qiāngbì
2732	B	強盜	qiángdào
2733	B	強化	qiánghuà
2734	B	強勁	qiángjìng
2735	B	強行	qiángxíng
2736	B	強硬	qiángyìng
2737	B	強制	qiángzhì
2738	B	強壯	qiángzhuàng
2739	B	牆壁	qiángbì
2740	B	搶購	qiǎnggòu
2741	B	搶劫	qiǎngjié
2742	B	搶修	qiǎngxiū
2743	B	悄悄	qiāoqiāo
2744	B	僑胞	qiáobāo
2745	B	橋樑	qiáoliáng
2746	B	巧	qiǎo

2747	B	巧妙	qiǎomiào
2748	B	翹	qiào
2749	B	茄子	qiézi
2750	B	切合	qièhé
2751	B	切身	qièshēn
2752	B	竊取	qièqǔ
2753	B	侵	qīn
2754	B	侵害	qīnhài
2755	B	侵蝕	qīnshí
2756	B	侵佔	qīnzhàn
2757	B	欽佩	qīnpèi
2758	B	親愛	qīn'ài
2759	B	親筆	qīnbǐ
2760	B	親臨	qīnlín
2761	B	親密	qīnmì
2762	B	親戚	qīnqi
2763	B	親熱	qīnrè
2764	B	親身	qīnshēn
2765	B	親生	qīnshēng
2766	B	親手	qīnshǒu
2767	B	親屬	qīnshǔ
2768	B	親友	qīnyǒu
2769	B	勤	qín
2770	B	勤奮	qínfèn
2771	B	勤工儉學	qíngōngjiǎnxué
2772	B	勤儉	qínjiǎn
2773	B	勤勞	qínláo
2774	B	青菜	qīngcài
2775	B	青黃不接	qīnghuángbùjiē
2776	B	青年人	qīngniánrén
2777	B	清查	qīngchá
2778	B	清靜	qīngjìng
2779	B	清明節	Qīngmíngjié
2780	B	清新	qīngxīn
2781	B	清早	qīngzǎo
2782	B	清真寺	qīngzhēnsì
2783	B	傾聽	qīngtīng
2784	B	傾斜	qīngxié
2785	B	蜻蜓	qīngtíng
2786	B	輕便	qīngbiàn
2787	B	輕工業	qīnggōngyè
2788	B	輕視	qīngshì
2789	B	輕鐵	qīngtiě
2790	B	輕微	qīngwēi
2791	B	情操	qíngcāo
2792	B	情感	qínggǎn
2793	B	情理	qínglǐ
2794	B	晴	qíng
2795	B	晴天	qíngtiān
2796	B	請教	qǐngjiào
2797	B	請問	qǐngwèn
2798	B	請願	qǐngyuàn
2799	B	慶賀	qìnghè
2800	B	窮苦	qióngkǔ
2801	B	丘陵	qiūlíng
2802	B	求得	qiúdé
2803	B	球隊	qiúduì
2804	B	球迷	qiúmí
2805	B	球賽	qiúsài
2806	B	曲線	qūxiàn
2807	B	屈	qū
2808	B	屈服	qūfú
2809	B	區分	qūfēn
2810	B	趨	qū
2811	B	趨於	qūyú
2812	B	驅散	qūsàn
2813	B	驅逐	qūzhú
2814	B	渠	qú
2815	B	曲	qǔ
2816	B	曲藝	qǔyì
2817	B	曲子	qǔzi
2818	B	取代	qǔdài
2819	B	取締	qǔdì
2820	B	取勝	qǔshèng
2821	B	圈子	quānzi
2822	B	全長	quáncháng
2823	B	全程	quánchéng
2824	B	全都	quándōu
2825	B	全會	quánhuì
2826	B	全集	quánjí
2827	B	全力以赴	quánlìyǐfù
2828	B	全能	quánnéng
2829	B	全盤	quánpán
2830	B	全日制	quánrìzhì
2831	B	全身	quánshēn
2832	B	全勝	quánshèng
2833	B	全線	quánxiàn
2834	B	全心全意	quánxīnquányì
2835	B	全新	quánxīn
2836	B	泉	quán
2837	B	泉水	quánshuǐ
2838	B	拳	quán
2839	B	拳擊	quánjī
2840	B	拳頭	quán•tóu
2841	B	權限	quánxiàn
2842	B	券	quàn
2843	B	勸告	quàngào
2844	B	勸說	quànshuō
2845	B	勸阻	quànzǔ
2846	B	缺口	quēkǒu
2847	B	缺席	quēxí
2848	B	缺陷	quēxiàn

2849	B	瘸	qué
2850	B	確立	quèlì
2851	B	確切	quèqiè
2852	B	確認	quèrèn
2853	B	確信	quèxìn
2854	B	確鑿	quèzáo
2855	B	群體	qúntǐ
2856	B	染料	rǎnliào
2857	B	讓步	ràngbù
2858	B	饒	ráo
2859	B	擾亂	rǎoluàn
2860	B	熱門	rèmén
2861	B	熱水	rèshuǐ
2862	B	熱水瓶	rèshuǐpíng
2863	B	熱衷	rèzhōng
2864	B	人次	réncì
2865	B	人道	réndào
2866	B	人道主義	réndàozhǔyì
2867	B	人格	réngé
2868	B	人均	rénjūn
2869	B	人馬	rénmǎ
2870	B	人命	rénmìng
2871	B	人情	rénqíng
2872	B	人參	rénshēn
2873	B	人手	rénshǒu
2874	B	人文	rénwén
2875	B	人性	rénxìng
2876	B	人選	rénxuǎn
2877	B	人質	rénzhì
2878	B	忍耐	rěnnài
2879	B	任教	rènjiào
2880	B	任期	rènqī
2881	B	任性	rènxìng
2882	B	任職	rènzhí
2883	B	認定	rèndìng
2884	B	認可	rènkě
2885	B	仍舊	réngjiù
2886	B	日程	rìchéng
2887	B	日光	rìguāng
2888	B	日後	rìhòu
2889	B	日記	rìjì
2890	B	日漸	rìjiàn
2891	B	日用品	rìyòngpǐn
2892	B	日元	rìyuán
2893	B	容積	róngjī
2894	B	容納	róngnà
2895	B	容器	róngqì
2896	B	容忍	róngrěn
2897	B	絨	róng
2898	B	溶	róng
2899	B	溶化	rónghuà
2900	B	溶解	róngjiě
2901	B	溶液	róngyè
2902	B	榕樹	róngshù
2903	B	榮獲	rónghuò
2904	B	榮幸	róngxìng
2905	B	融合	rónghé
2906	B	融化	rónghuà
2907	B	融洽	róngqià
2908	B	柔道	róudào
2909	B	柔和	róuhé
2910	B	柔軟	róuruǎn
2911	B	揉	róu
2912	B	肉類	ròulèi
2913	B	如期	rúqī
2914	B	如同	rútóng
2915	B	如意	rúyì
2916	B	入境	rùjìng
2917	B	入口	rùkǒu
2918	B	入世	rùshì
2919	B	軟件	ruǎnjiàn
2920	B	軟盤	ruǎnpán
2921	B	軟弱	ruǎnruò
2922	B	銳利	ruìlì
2923	B	弱點	ruòdiǎn
2924	B	灑	sǎ
2925	B	賽馬	sàimǎ
2926	B	賽跑	sàipǎo
2927	B	賽事	sàishì
2928	B	三角	sānjiǎo
2929	B	三角洲	sānjiǎozhōu
2930	B	散漫	sǎnmàn
2931	B	散文	sǎnwén
2932	B	散發	sànfā
2933	B	桑	sāng
2934	B	喪	sāng
2935	B	喪事	sāngshì
2936	B	喪生	sàngshēng
2937	B	騷亂	sāoluàn
2938	B	掃除	sǎochú
2939	B	掃蕩	sǎodàng
2940	B	掃地	sǎodì
2941	B	掃盲	sǎománg
2942	B	嫂子	sǎozi
2943	B	沙灘	shātān
2944	B	沙土	shātǔ
2945	B	剎車	shāchē
2946	B	殺害	shāhài
2947	B	啥	shá
2948	B	傻子	shǎzi
2949	B	篩	shāi
2950	B	篩子	shāizi

2951	B	曬	shài
2952	B	山地	shāndì
2953	B	山頂	shāndǐng
2954	B	山峰	shānfēng
2955	B	山谷	shāngǔ
2956	B	山河	shānhé
2957	B	山腳	shānjiǎo
2958	B	山水	shānshuǐ
2959	B	山頭	shāntóu
2960	B	山腰	shānyāo
2961	B	刪	shān
2962	B	珊瑚	shānhú
2963	B	閃電	shǎndiàn
2964	B	閃爍	shǎnshuò
2965	B	閃耀	shǎnyào
2966	B	扇	shàn
2967	B	扇子	shànzi
2968	B	善	shàn
2969	B	善後	shànhòu
2970	B	善良	shànliáng
2971	B	擅長	shàncháng
2972	B	擅自	shànzì
2973	B	商標	shāngbiāo
2974	B	商販	shāngfàn
2975	B	商會	shānghuì
2976	B	商談	shāngtán
2977	B	商討	shāngtǎo
2978	B	商務	shāngwù
2979	B	商議	shāngyì
2980	B	傷殘	shāngcán
2981	B	傷痕	shānghén
2982	B	傷口	shāngkǒu
2983	B	傷亡	shāngwáng
2984	B	傷員	shāngyuán
2985	B	賞	shǎng
2986	B	上層	shàngcéng
2987	B	上等	shàngděng
2988	B	上帝	Shàngdì
2989	B	上交	shàngjiāo
2990	B	上繳	shàngjiǎo
2991	B	上街	shàngjiē
2992	B	上進	shàngjìn
2993	B	上路	shànglù
2994	B	上門	shàngmén
2995	B	上任	shàngrèn
2996	B	上市	shàngshì
2997	B	上訴	shàngsù
2998	B	上台	shàngtái
2999	B	上下班	shàngxiàbān
3000	B	上校	shàngxiào
3001	B	上演	shàngyǎn
3002	B	上衣	shàngyī
3003	B	上映	shàngyìng
3004	B	尚	shàng
3005	B	捎	shāo
3006	B	稍後	shāohòu
3007	B	燒毀	shāohuǐ
3008	B	勺子	sháozi
3009	B	少見	shǎojiàn
3010	B	少量	shǎoliàng
3011	B	少數民族	shǎoshùmínzú
3012	B	哨	shào
3013	B	舌頭	shétou
3014	B	蛇	shé
3015	B	捨	shě
3016	B	捨得	shěde
3017	B	社交	shèjiāo
3018	B	社長	shèzhǎng
3019	B	射門	shèmén
3020	B	涉外	shèwài
3021	B	攝	shè
3022	B	攝氏	shèshì
3023	B	申辦	shēnbàn
3024	B	申報	shēnbào
3025	B	申訴	shēnsù
3026	B	伸手	shēnshǒu
3027	B	伸展	shēnzhǎn
3028	B	身材	shēncái
3029	B	身份證	shēnfènzhèng
3030	B	身價	shēnjià
3031	B	身心	shēnxīn
3032	B	呻吟	shēnyín
3033	B	深沉	shēnchén
3034	B	深處	shēnchù
3035	B	深切	shēnqiè
3036	B	深情	shēnqíng
3037	B	深思	shēnsī
3038	B	深信	shēnxìn
3039	B	深遠	shēnyuǎn
3040	B	深造	shēnzào
3041	B	深重	shēnzhòng
3042	B	神話	shénhuà
3043	B	神奇	shénqí
3044	B	神氣	shén•qì
3045	B	神情	shénqíng
3046	B	神色	shénsè
3047	B	神聖	shénshèng
3048	B	神態	shéntài
3049	B	神仙	shén•xiān
3050	B	審	shěn
3051	B	審定	shěndìng
3052	B	審核	shěnhé

3053	B	審理	shěnlǐ
3054	B	審判	shěnpàn
3055	B	審批	shěnpī
3056	B	審訊	shěnxùn
3057	B	腎	shèn
3058	B	腎炎	shènyán
3059	B	慎重	shènzhòng
3060	B	滲	shèn
3061	B	滲透	shèntòu
3062	B	升高	shēnggāo
3063	B	升級	shēngjí
3064	B	升降	shēngjiàng
3065	B	升旗	shēngqí
3066	B	升學	shēngxué
3067	B	生產率	shēngchǎnlǜ
3068	B	生機	shēngjī
3069	B	生猛	shēngměng
3070	B	生命力	shēngmìnglì
3071	B	生怕	shēngpà
3072	B	生前	shēngqián
3073	B	生人	shēngrén
3074	B	生態旅遊	shēngtàilǚyóu
3075	B	生效	shēngxiào
3076	B	生涯	shēngyá
3077	B	生硬	shēngyìng
3078	B	生殖	shēngzhí
3079	B	生字	shēngzì
3080	B	聲稱	shēngchēng
3081	B	聲調	shēngdiào
3082	B	聲勢	shēngshì
3083	B	聲譽	shēngyù
3084	B	聲樂	shēngyuè
3085	B	繩子	shéngzi
3086	B	省份	shěngfèn
3087	B	省會	shěnghuì
3088	B	省事	shěngshì
3089	B	省長	shěngzhǎng
3090	B	盛產	shèngchǎn
3091	B	盛大	shèngdà
3092	B	盛會	shènghuì
3093	B	盛開	shèngkāi
3094	B	盛行	shèngxíng
3095	B	剩下	shèngxia
3096	B	勝地	shèngdì
3097	B	勝負	shèngfù
3098	B	勝任	shèngrèn
3099	B	聖誕節	Shèngdànjié
3100	B	聖地	shèngdì
3101	B	失常	shīcháng
3102	B	失掉	shīdiào
3103	B	失火	shīhuǒ
3104	B	失控	shīkòng
3105	B	失事	shīshì
3106	B	失調	shītiáo
3107	B	失學	shīxué
3108	B	失效	shīxiào
3109	B	失業率	shīyèlǜ
3110	B	失蹤	shīzōng
3111	B	失足	shīzú
3112	B	屍	shī
3113	B	屍體	shītǐ
3114	B	施加	shījiā
3115	B	施展	shīzhǎn
3116	B	施政	shīzhèng
3117	B	師傅	shīfu
3118	B	師生	shīshēng
3119	B	師長	shīzhǎng
3120	B	師資	shīzī
3121	B	詩歌	shīgē
3122	B	詩意	shīyì
3123	B	濕度	shīdù
3124	B	十全十美	shíquánshíměi
3125	B	十足	shízú
3126	B	石	shí
3127	B	石化	shíhuà
3128	B	石灰	shíhuī
3129	B	石窟	shíkū
3130	B	石塊	shíkuài
3131	B	拾	shí
3132	B	食堂	shítáng
3133	B	食用	shíyòng
3134	B	食欲	shíyù
3135	B	時而	shí’ér
3136	B	時分	shífēn
3137	B	時光	shíguāng
3138	B	時節	shíjié
3139	B	時事	shíshì
3140	B	時裝	shízhuāng
3141	B	實地	shídì
3142	B	實幹	shígàn
3143	B	實惠	shíhuì
3144	B	實況	shíkuàng
3145	B	實體	shítǐ
3146	B	實效	shíxiào
3147	B	實驗室	shíyànshì
3148	B	實業	shíyè
3149	B	識別	shíbié
3150	B	識字	shízì
3151	B	史	shǐ
3152	B	史料	shǐliào
3153	B	使節	shǐjié
3154	B	使命	shǐmìng

3155	B	始	shǐ
3156	B	屎	shǐ
3157	B	士氣	shìqì
3158	B	世代	shìdài
3159	B	世界觀	shìjièguān
3160	B	世上	shìshàng
3161	B	市郊	shìjiāo
3162	B	市面	shìmiàn
3163	B	市長	shìzhǎng
3164	B	市鎮	shìzhèn
3165	B	市政	shìzhèng
3166	B	式樣	shìyàng
3167	B	事變	shìbiàn
3168	B	事例	shìlì
3169	B	事態	shìtài
3170	B	事宜	shìyí
3171	B	事主	shìzhǔ
3172	B	侍候	shìhòu
3173	B	柿子	shìzi
3174	B	視	shì
3175	B	視察	shìchá
3176	B	視覺	shìjué
3177	B	視力	shìlì
3178	B	視線	shìxiàn
3179	B	視野	shìyě
3180	B	勢	shì
3181	B	勢必	shìbì
3182	B	勢頭	shì•tóu
3183	B	試點	shìdiǎn
3184	B	試題	shìtí
3185	B	試圖	shìtú
3186	B	試行	shìxíng
3187	B	試用	shìyòng
3188	B	試製	shìzhì
3189	B	誓言	shìyán
3190	B	適	shì
3191	B	適度	shìdù
3192	B	收藏	shōucáng
3193	B	收成	shōucheng
3194	B	收費	shōufèi
3195	B	收復	shōufù
3196	B	收繳	shōujiǎo
3197	B	收看	shōukàn
3198	B	收買	shōumǎi
3199	B	收取	shōuqǔ
3200	B	收容	shōuróng
3201	B	收聽	shōutīng
3202	B	收效	shōuxiào
3203	B	收益	shōuyì
3204	B	收銀台	shōuyíntái
3205	B	手腳	shǒujiǎo
3206	B	手勢	shǒushì
3207	B	手下	shǒuxià
3208	B	手藝	shǒuyì
3209	B	守法	shǒufǎ
3210	B	守衛	shǒuwèi
3211	B	首創	shǒuchuàng
3212	B	首府	shǒufǔ
3213	B	首屆	shǒujiè
3214	B	首領	shǒulǐng
3215	B	首飾	shǒu•shì
3216	B	首位	shǒuwèi
3217	B	首席	shǒuxí
3218	B	受害	shòuhài
3219	B	受賄	shòuhuì
3220	B	受苦	shòukǔ
3221	B	受理	shòulǐ
3222	B	受騙	shòupiàn
3223	B	受益	shòuyì
3224	B	受罪	shòuzuì
3225	B	售貨	shòuhuò
3226	B	售貨員	shòuhuòyuán
3227	B	售價	shòujià
3228	B	售票	shòupiào
3229	B	售票員	shòupiàoyuán
3230	B	授課	shòukè
3231	B	授權	shòuquán
3232	B	授予	shòuyǔ
3233	B	壽	shòu
3234	B	獸醫	shòuyī
3235	B	書畫	shūhuà
3236	B	書架	shūjià
3237	B	書刊	shūkān
3238	B	書寫	shūxiě
3239	B	書信	shūxìn
3240	B	書桌	shūzhuō
3241	B	疏忽	shūhu
3242	B	疏散	shūsàn
3243	B	舒	shū
3244	B	樞紐	shūniǔ
3245	B	輸送	shūsòng
3246	B	署名	shǔmíng
3247	B	鼠標	shǔbiāo
3248	B	屬實	shǔshí
3249	B	束	shù
3250	B	術語	shùyǔ
3251	B	數額	shù'é
3252	B	數碼	shùmǎ
3253	B	數字化	shùzìhuà
3254	B	豎	shù
3255	B	刷卡	shuākǎ
3256	B	刷子	shuāzi

3257	B	衰老	shuāilǎo
3258	B	衰弱	shuāiruò
3259	B	衰退	shuāituì
3260	B	摔跤	shuāijiāo
3261	B	率先	shuàixiān
3262	B	拴	shuān
3263	B	霜	shuāng
3264	B	雙邊	shuāngbiān
3265	B	雙重	shuāngchóng
3266	B	雙打	shuāngdǎ
3267	B	雙向	shuāngxiàng
3268	B	雙休日	shuāngxiūrì
3269	B	雙贏	shuāngyíng
3270	B	爽快	shuǎngkuai
3271	B	水電	shuǐdiàn
3272	B	水力	shuǐlì
3273	B	水龍頭	shuǐlóngtóu
3274	B	水面	shuǐmiàn
3275	B	水土	shuǐtǔ
3276	B	水位	shuǐwèi
3277	B	水域	shuǐyù
3278	B	水源	shuǐyuán
3279	B	水災	shuǐzāi
3280	B	水質	shuǐzhì
3281	B	水準	shuǐzhǔn
3282	B	稅率	shuìlǜ
3283	B	稅務	shuìwù
3284	B	順便	shùnbiàn
3285	B	順暢	shùnchàng
3286	B	順手	shùnshǒu
3287	B	瞬間	shùnjiān
3288	B	說不定	shuō•búdìng
3289	B	碩士	shuòshì
3290	B	司	sī
3291	B	司令員	sīlìngyuán
3292	B	司長	sīzhǎng
3293	B	私立	sīlì
3294	B	私有	sīyǒu
3295	B	私有制	sīyǒuzhì
3296	B	私自	sīzì
3297	B	思	sī
3298	B	思潮	sīcháo
3299	B	思念	sīniàn
3300	B	思索	sīsuǒ
3301	B	絲綢	sīchóu
3302	B	撕	sī
3303	B	死亡率	sǐwánglǜ
3304	B	死刑	sǐxíng
3305	B	四處	sìchù
3306	B	四方	sìfāng
3307	B	四面八方	sìmiànbāfāng
3308	B	四肢	sìzhī
3309	B	寺	sì
3310	B	飼料	sìliào
3311	B	松樹	sōngshù
3312	B	鬆弛	sōngchí
3313	B	搜	sōu
3314	B	搜查	sōuchá
3315	B	搜索	sōusuǒ
3316	B	素	sù
3317	B	速	sù
3318	B	速成	sùchéng
3319	B	速遞	sùdì
3320	B	肅清	sùqīng
3321	B	訴訟	sùsòng
3322	B	塑造	sùzào
3323	B	算盤	suànpán
3324	B	算術	suànshù
3325	B	隨身	suíshēn
3326	B	隨身聽	suíshēntīng
3327	B	隨手	suíshǒu
3328	B	隨同	suítóng
3329	B	隨行	suíxíng
3330	B	歲月	suìyuè
3331	B	孫	sūn
3332	B	損	sǔn
3333	B	損耗	sǔnhào
3334	B	損傷	sǔnshāng
3335	B	縮	suō
3336	B	縮減	suōjiǎn
3337	B	所得稅	suǒdéshuì
3338	B	所有權	suǒyǒuquán
3339	B	所長	suǒzhǎng
3340	B	索取	suǒqǔ
3341	B	索性	suǒxìng
3342	B	瑣碎	suǒsuì
3343	B	T 恤	T xù
3344	B	胎	tāi
3345	B	胎兒	tāi'ér
3346	B	台階	táijiē
3347	B	抬頭	táitóu
3348	B	颱風	táifēng
3349	B	太極拳	tàijíquán
3350	B	太空	tàikōng
3351	B	太陽能	tàiyángnéng
3352	B	貪	tān
3353	B	灘	tān
3354	B	癱瘓	tānhuàn
3355	B	痰	tán
3356	B	彈	tán
3357	B	彈簧	tánhuáng
3358	B	彈性	tánxìng

3359	B	潭	tán
3360	B	談心	tánxīn
3361	B	壇	tán
3362	B	坦白	tǎnbái
3363	B	坦率	tǎnshuài
3364	B	毯子	tǎnzi
3365	B	炭	tàn
3366	B	探	tàn
3367	B	探測	tàncè
3368	B	探究	tànjiū
3369	B	探望	tànwàng
3370	B	嘆	tàn
3371	B	嘆氣	tànqì
3372	B	糖果	tángguǒ
3373	B	倘	tǎng
3374	B	淌	tǎng
3375	B	桃	táo
3376	B	桃花	táohuā
3377	B	逃避	táobì
3378	B	逃跑	táopǎo
3379	B	逃亡	táowáng
3380	B	逃走	táozǒu
3381	B	淘氣	táoqì
3382	B	陶瓷	táocí
3383	B	陶器	táoqì
3384	B	討	tǎo
3385	B	討價還價	tǎojiàhuánjià
3386	B	討厭	tǎoyàn
3387	B	特產	tèchǎn
3388	B	特長	tècháng
3389	B	特地	tèdì
3390	B	特定	tèdìng
3391	B	特快專遞	tèkuàizhuāndì
3392	B	特權	tèquán
3393	B	特使	tèshǐ
3394	B	特首	tèshǒu
3395	B	特性	tèxìng
3396	B	特意	tèyì
3397	B	特有	tèyǒu
3398	B	特種	tèzhǒng
3399	B	疼痛	téngtòng
3400	B	騰	téng
3401	B	提案	tí'àn
3402	B	提拔	tí•bá
3403	B	提法	tífǎ
3404	B	提綱	tígāng
3405	B	提價	tíjià
3406	B	提款機	tíkuǎnjī
3407	B	提煉	tíliàn
3408	B	提名	tímíng
3409	B	提起	tíqǐ
3410	B	提取	tíqǔ
3411	B	提示	tíshì
3412	B	提問	tíwèn
3413	B	提心吊膽	tíxīndiàodǎn
3414	B	提要	tíyào
3415	B	提早	tízǎo
3416	B	體	tǐ
3417	B	體格	tǐgé
3418	B	體諒	tǐliàng
3419	B	體面	tǐmiàn
3420	B	體貼	tǐtiē
3421	B	體溫	tǐwēn
3422	B	體驗	tǐyàn
3423	B	體質	tǐzhì
3424	B	剃	tì
3425	B	替代	tìdài
3426	B	天才	tiāncái
3427	B	天地	tiāndì
3428	B	天橋	tiānqiáo
3429	B	天色	tiānsè
3430	B	天生	tiānshēng
3431	B	天堂	tiāntáng
3432	B	天文	tiānwén
3433	B	天文台	tiānwéntái
3434	B	天線	tiānxiàn
3435	B	天真	tiānzhēn
3436	B	添置	tiānzhì
3437	B	田地	tiándì
3438	B	田間	tiánjiān
3439	B	田野	tiányě
3440	B	甜品	tiánpǐn
3441	B	填補	tiánbǔ
3442	B	填寫	tiánxiě
3443	B	條款	tiáokuǎn
3444	B	條理	tiáolǐ
3445	B	條文	tiáowén
3446	B	條子	tiáozi
3447	B	調	tiáo
3448	B	調和	tiáo•hé
3449	B	調價	tiáojià
3450	B	調皮	tiáopí
3451	B	挑撥	tiǎobō
3452	B	挑釁	tiǎoxìn
3453	B	跳板	tiàobǎn
3454	B	跳動	tiàodòng
3455	B	跳高	tiàogāo
3456	B	跳傘	tiàosǎn
3457	B	跳遠	tiàoyuǎn
3458	B	跳躍	tiàoyuè
3459	B	鐵道	tiědào
3460	B	鐵飯碗	tiěfànwǎn

3461	B	聽從	tīngcóng
3462	B	聽話	tīnghuà
3463	B	聽講	tīngjiǎng
3464	B	聽力	tīnglì
3465	B	聽寫	tīngxiě
3466	B	聽眾	tīngzhòng
3467	B	亭子	tíngzi
3468	B	停泊	tíngbó
3469	B	停產	tíngchǎn
3470	B	停車	tíngchē
3471	B	停頓	tíngdùn
3472	B	停工	tínggōng
3473	B	停火	tínghuǒ
3474	B	停滯	tíngzhì
3475	B	挺拔	tǐngbá
3476	B	挺立	tǐnglì
3477	B	通報	tōngbào
3478	B	通風	tōngfēng
3479	B	通告	tōnggào
3480	B	通航	tōngháng
3481	B	通紅	tōnghóng
3482	B	通商	tōngshāng
3483	B	通俗	tōngsú
3484	B	通通	tōngtōng
3485	B	通行	tōngxíng
3486	B	同伴	tóngbàn
3487	B	同步	tóngbù
3488	B	同等	tóngděng
3489	B	同行	tóngháng
3490	B	同年	tóngnián
3491	B	同業	tóngyè
3492	B	同志	tóngzhì
3493	B	童話	tónghuà
3494	B	童年	tóngnián
3495	B	銅牌	tóngpái
3496	B	統	tǒng
3497	B	統籌	tǒngchóu
3498	B	統戰	tǒngzhàn
3499	B	筒	tǒng
3500	B	捅	tǒng
3501	B	痛恨	tònghèn
3502	B	痛心	tòngxīn
3503	B	偷竊	tōuqiè
3504	B	偷稅	tōushuì
3505	B	偷偷	tōutōu
3506	B	投標	tóubiāo
3507	B	投放	tóufàng
3508	B	投身	tóushēn
3509	B	投擲	tóuzhì
3510	B	頭等	tóuděng
3511	B	頭號	tóuhào
3512	B	頭痛	tóutòng
3513	B	頭子	tóuzi
3514	B	透徹	tòuchè
3515	B	透過	tòuguo
3516	B	透明度	tòumíngdù
3517	B	透視	tòushì
3518	B	徒刑	túxíng
3519	B	屠殺	túshā
3520	B	途	tú
3521	B	途中	túzhōng
3522	B	圖表	túbiǎo
3523	B	圖畫	túhuà
3524	B	圖片	túpiàn
3525	B	圖書	túshū
3526	B	圖像	túxiàng
3527	B	圖形	túxíng
3528	B	圖紙	túzhǐ
3529	B	兔子	tùzi
3530	B	團聚	tuánjù
3531	B	團體賽	tuántǐsài
3532	B	團圓	tuányuán
3533	B	推測	tuīcè
3534	B	推遲	tuīchí
3535	B	推辭	tuīcí
3536	B	推開	tuīkāi
3537	B	推理	tuīlǐ
3538	B	推算	tuīsuàn
3539	B	推銷	tuīxiāo
3540	B	推選	tuīxuǎn
3541	B	退還	tuìhuán
3542	B	退回	tuìhuí
3543	B	退休金	tuìxiūjīn
3544	B	吞	tūn
3545	B	吞併	tūnbìng
3546	B	屯	tún
3547	B	拖延	tuōyán
3548	B	脫產	tuōchǎn
3549	B	脫節	tuōjié
3550	B	脫落	tuōluò
3551	B	妥	tuǒ
3552	B	妥當	tuǒdang
3553	B	挖掘	wājué
3554	B	娃娃	wáwa
3555	B	瓦	wǎ
3556	B	瓦解	wǎjiě
3557	B	襪子	wàzi
3558	B	歪曲	wāiqū
3559	B	外幣	wàibì
3560	B	外表	wàibiǎo
3561	B	外賓	wàibīn
3562	B	外出	wàichū

3563	B	外電	wàidiàn
3564	B	外觀	wàiguān
3565	B	外行	wàiháng
3566	B	外籍	wàijí
3567	B	外交官	wàijiāoguān
3568	B	外流	wàiliú
3569	B	外人	wàirén
3570	B	外事	wàishì
3571	B	外圍	wàiwéi
3572	B	外文	wàiwén
3573	B	外向	wàixiàng
3574	B	外向型	wàixiàngxíng
3575	B	外銷	wàixiāo
3576	B	外形	wàixíng
3577	B	外型	wàixíng
3578	B	外衣	wàiyī
3579	B	外語	wàiyǔ
3580	B	外債	wàizhài
3581	B	彎曲	wānqū
3582	B	灣	wān
3583	B	丸	wán
3584	B	完備	wánbèi
3585	B	完工	wángōng
3586	B	完美	wánměi
3587	B	玩弄	wánnòng
3588	B	挽	wǎn
3589	B	挽回	wǎnhuí
3590	B	惋惜	wǎnxī
3591	B	晚餐	wǎncān
3592	B	晚間	wǎnjiān
3593	B	晚年	wǎnnián
3594	B	萬歲	wànsuì
3595	B	萬萬	wànwàn
3596	B	汪	wāng
3597	B	亡	wáng
3598	B	王朝	wángcháo
3599	B	王子	wángzǐ
3600	B	往常	wǎngcháng
3601	B	往返	wǎngfǎn
3602	B	往後	wǎnghòu
3603	B	往日	wǎngrì
3604	B	往事	wǎngshì
3605	B	網吧	wǎngbā
3606	B	網點	wǎngdiǎn
3607	B	網絡	wǎngluò
3608	B	網民	wǎngmín
3609	B	網上購物	wǎngshànggòuwù
3610	B	妄圖	wàngtú
3611	B	妄想	wàngxiǎng
3612	B	忘卻	wàngquè
3613	B	旺	wàng
3614	B	旺季	wàngjì
3615	B	旺盛	wàngshèng
3616	B	望遠鏡	wàngyuǎnjìng
3617	B	危急	wēijí
3618	B	威風	wēifēng
3619	B	威力	wēilì
3620	B	威望	wēiwàng
3621	B	威信	wēixìn
3622	B	微不足道	wēibùzúdào
3623	B	微觀	wēiguān
3624	B	微小	wēixiǎo
3625	B	微型	wēixíng
3626	B	為數	wéishù
3627	B	惟獨	wéidú
3628	B	圍攻	wéigōng
3629	B	圍巾	wéijīn
3630	B	圍牆	wéiqiáng
3631	B	違犯	wéifàn
3632	B	違章	wéizhāng
3633	B	維和	wéihé
3634	B	維生素	wéishēngsù
3635	B	維他命	wéitāmìng
3636	B	委屈	wěiqu
3637	B	委任	wěirèn
3638	B	委員會	wěiyuánhuì
3639	B	偽造	wěizào
3640	B	萎縮	wěisuō
3641	B	未曾	wèicéng
3642	B	未免	wèimiǎn
3643	B	未知	wèizhī
3644	B	味	wèi
3645	B	味精	wèijīng
3646	B	為何	wèihé
3647	B	為着	wèizhe
3648	B	胃病	wèibìng
3649	B	溫帶	wēndài
3650	B	溫泉	wēnquán
3651	B	溫柔	wēnróu
3652	B	溫室	wēnshì
3653	B	溫習	wēnxí
3654	B	文法	wénfǎ
3655	B	文教	wénjiào
3656	B	文科	wénkē
3657	B	文盲	wénmáng
3658	B	文人	wénrén
3659	B	文書	wénshū
3660	B	文體	wéntǐ
3661	B	文獻	wénxiàn
3662	B	文學家	wénxuéjiā
3663	B	文言	wényán
3664	B	聞訊	wénxùn

3665	B	吻	wěn
3666	B	吻合	wěnhé
3667	B	穩步	wěnbù
3668	B	穩當	wěndang
3669	B	穩固	wěngù
3670	B	穩健	wěnjiàn
3671	B	穩妥	wěntuǒ
3672	B	問答	wèndá
3673	B	問好	wènhǎo
3674	B	問世	wènshì
3675	B	翁	wēng
3676	B	臥	wò
3677	B	臥室	wòshì
3678	B	污水	wūshuǐ
3679	B	烏鴉	wūyā
3680	B	烏雲	wūyún
3681	B	誣陷	wūxiàn
3682	B	無產階級	wúchǎnjiējí
3683	B	無償	wúcháng
3684	B	無恥	wúchǐ
3685	B	無從	wúcóng
3686	B	無非	wúfēi
3687	B	無辜	wúgū
3688	B	無故	wúgù
3689	B	無關	wúguān
3690	B	無可奈何	wúkěnàihé
3691	B	無理	wúlǐ
3692	B	無力	wúlì
3693	B	無聊	wúliáo
3694	B	無能	wúnéng
3695	B	無能為力	wúnéngwéilì
3696	B	無情	wúqíng
3697	B	無窮	wúqióng
3698	B	無條件	wútiáojiàn
3699	B	無微不至	wúwēibúzhì
3700	B	無線	wúxiàn
3701	B	無效	wúxiào
3702	B	無形	wúxíng
3703	B	無須	wúxū
3704	B	無意	wúyì
3705	B	無知	wúzhī
3706	B	午飯	wǔfàn
3707	B	武打	wǔdǎ
3708	B	武警	wǔjǐng
3709	B	武俠	wǔxiá
3710	B	侮辱	wǔrǔ
3711	B	捂	wǔ
3712	B	勿	wù
3713	B	物理學	wùlǐxué
3714	B	物力	wùlì
3715	B	物流	wùliú
3716	B	務必	wùbì
3717	B	誤差	wùchā
3718	B	誤解	wùjiě
3719	B	誤區	wùqū
3720	B	西面	xī•miàn
3721	B	西洋	xīyáng
3722	B	吸毒	xīdú
3723	B	希望工程	xīwànggōngchéng
3724	B	昔日	xīrì
3725	B	息	xī
3726	B	稀	xī
3727	B	稀少	xīshǎo
3728	B	溪	xī
3729	B	熄	xī
3730	B	熄滅	xīmiè
3731	B	膝蓋	xīgài
3732	B	席位	xíwèi
3733	B	習俗	xísú
3734	B	習作	xízuò
3735	B	洗滌	xǐdí
3736	B	喜好	xǐhào
3737	B	喜鵲	xǐ•què
3738	B	喜事	xǐshì
3739	B	細節	xìjié
3740	B	細小	xìxiǎo
3741	B	細心	xìxīn
3742	B	細則	xìzé
3743	B	細緻	xìzhì
3744	B	戲曲	xìqǔ
3745	B	戲院	xìyuàn
3746	B	峽谷	xiágǔ
3747	B	狹隘	xiá'ài
3748	B	狹窄	xiázhǎi
3749	B	下場	xiàchǎng
3750	B	下達	xiàdá
3751	B	下跌	xiàdiē
3752	B	下放	xiàfàng
3753	B	下級	xiàjí
3754	B	下落	xiàluò
3755	B	下棋	xiàqí
3756	B	下手	xiàshǒu
3757	B	下水	xiàshuǐ
3758	B	下台	xiàtái
3759	B	下調	xiàtiáo
3760	B	下游	xiàyóu
3761	B	下載	xiàzài
3762	B	夏令營	xiàlìngyíng
3763	B	仙	xiān
3764	B	先鋒	xiānfēng
3765	B	先例	xiānlì
3766	B	先前	xiānqián

3767	B	先天性	xiāntiānxìng
3768	B	先頭	xiāntóu
3769	B	先行	xiānxíng
3770	B	掀	xiān
3771	B	鮮紅	xiānhóng
3772	B	鮮血	xiānxuè
3773	B	弦	xián
3774	B	閒	xián
3775	B	閒話	xiánhuà
3776	B	嫌疑	xiányí
3777	B	銜	xián
3778	B	銜接	xiánjiē
3779	B	鹹	xián
3780	B	鹹菜	xiáncài
3781	B	險	xiǎn
3782	B	顯而易見	xiǎn'éryìjiàn
3783	B	顯露	xiǎnlù
3784	B	限	xiàn
3785	B	限額	xiàn'é
3786	B	限期	xiànqī
3787	B	限於	xiànyú
3788	B	現成	xiànchéng
3789	B	現存	xiàncún
3790	B	現今	xiànjīn
3791	B	現年	xiànnián
3792	B	現錢	xiànqián
3793	B	現任	xiànrèn
3794	B	現時	xiànshí
3795	B	現狀	xiànzhuàng
3796	B	陷	xiàn
3797	B	陷於	xiànyú
3798	B	線索	xiànsuǒ
3799	B	線條	xiàntiáo
3800	B	憲章	xiànzhāng
3801	B	縣長	xiànzhǎng
3802	B	獻身	xiànshēn
3803	B	相	xiāng
3804	B	相差	xiāngchà
3805	B	相稱	xiāngchèn
3806	B	相符	xiāngfú
3807	B	相關	xiāngguān
3808	B	相交	xiāngjiāo
3809	B	相近	xiāngjìn
3810	B	相距	xiāngjù
3811	B	相連	xiānglián
3812	B	相識	xiāngshí
3813	B	相通	xiāngtōng
3814	B	香味	xiāngwèi
3815	B	鄉土	xiāngtǔ
3816	B	鑲	xiāng
3817	B	詳盡	xiángjìn
3818	B	詳情	xiángqíng
3819	B	享	xiǎng
3820	B	享樂	xiǎnglè
3821	B	享用	xiǎngyòng
3822	B	想方設法	xiǎngfāngshèfǎ
3823	B	想念	xiǎngniàn
3824	B	響亮	xiǎngliàng
3825	B	響聲	xiǎngshēng
3826	B	向上	xiàngshàng
3827	B	向着	xiàngzhe
3828	B	巷	xiàng
3829	B	相機	xiàngjī
3830	B	象棋	xiàngqí
3831	B	象牙	xiàngyá
3832	B	像樣	xiàngyàng
3833	B	橡膠	xiàngjiāo
3834	B	橡皮	xiàngpí
3835	B	嚮導	xiàngdǎo
3836	B	嚮往	xiàngwǎng
3837	B	削	xiāo
3838	B	消	xiāo
3839	B	消毒	xiāodú
3840	B	消防	xiāofáng
3841	B	消費品	xiāofèipǐn
3842	B	消費者	xiāofèizhě
3843	B	消遣	xiāoqiǎn
3844	B	銷	xiāo
3845	B	銷毀	xiāohuǐ
3846	B	銷量	xiāoliàng
3847	B	銷路	xiāolù
3848	B	蕭條	xiāotiáo
3849	B	小便	xiǎobiàn
3850	B	小冊子	xiǎocèzi
3851	B	小車	xiǎochē
3852	B	小隊	xiǎoduì
3853	B	小孩子	xiǎoháizi
3854	B	小康	xiǎokāng
3855	B	小時工	xiǎoshígōng
3856	B	小提琴	xiǎotíqín
3857	B	小偷	xiǎotōu
3858	B	小息	xiǎoxī
3859	B	小心翼翼	xiǎoxīnyìyì
3860	B	小學生	xiǎoxuéshēng
3861	B	小子	xiǎozi
3862	B	孝順	xiào•shùn
3863	B	效力	xiàolì
3864	B	效能	xiàonéng
3865	B	效應	xiàoyìng
3866	B	校園	xiàoyuán
3867	B	肖像	xiàoxiàng
3868	B	笑星	xiàoxīng

3869	B	邪	xié
3870	B	挾持	xiéchí
3871	B	鞋帶（兒）	xiédài(r)
3872	B	攜手	xiéshǒu
3873	B	洩	xiè
3874	B	謝	xiè
3875	B	謝絕	xièjué
3876	B	心愛	xīn'ài
3877	B	心得	xīndé
3878	B	心理學	xīnlǐxué
3879	B	心裏話	xīnlihuà
3880	B	心靈	xīnlíng
3881	B	心目	xīnmù
3882	B	心事	xīnshì
3883	B	心思	xīnsi
3884	B	心疼	xīnténg
3885	B	心頭	xīntóu
3886	B	心想	xīnxiǎng
3887	B	心血	xīnxuè
3888	B	心眼（兒）	xīnyǎn(r)
3889	B	心意	xīnyì
3890	B	心願	xīnyuàn
3891	B	心臟病	xīnzàngbìng
3892	B	辛勤	xīnqín
3893	B	欣慰	xīnwèi
3894	B	欣欣向榮	xīnxīnxiàngróng
3895	B	新陳代謝	xīnchéndàixiè
3896	B	新春	xīnchūn
3897	B	新房	xīnfáng
3898	B	新婚	xīnhūn
3899	B	新郎	xīnláng
3900	B	新娘	xīnniáng
3901	B	新人	xīnrén
3902	B	新任	xīnrèn
3903	B	新聞界	xīnwénjiè
3904	B	新秀	xīnxiù
3905	B	新穎	xīnyǐng
3906	B	薪金	xīnjīn
3907	B	薪水	xīnshui
3908	B	信封	xìnfēng
3909	B	信賴	xìnlài
3910	B	信託	xìntuō
3911	B	信息科學	xìnxīkēxué
3912	B	信仰	xìnyǎng
3913	B	信用	xìnyòng
3914	B	信用卡	xìnyòngkǎ
3915	B	信譽	xìnyù
3916	B	興	xīng
3917	B	興辦	xīngbàn
3918	B	刑	xíng
3919	B	刑罰	xíngfá
3920	B	刑法	xíngfǎ
3921	B	行車	xíngchē
3922	B	行程	xíngchéng
3923	B	行賄	xínghuì
3924	B	行徑	xíngjìng
3925	B	行軍	xíngjūn
3926	B	行使	xíngshǐ
3927	B	行事	xíngshì
3928	B	行星	xíngxīng
3929	B	行政區	xíngzhèngqū
3930	B	行走	xíngzǒu
3931	B	形	xíng
3932	B	形體	xíngtǐ
3933	B	形象	xíngxiàng
3934	B	型號	xínghào
3935	B	姓氏	xìngshì
3936	B	幸好	xìnghǎo
3937	B	幸虧	xìngkuī
3938	B	性別	xìngbié
3939	B	性命	xìngmìng
3940	B	性情	xìngqíng
3941	B	興高采烈	xìnggāocǎiliè
3942	B	興致勃勃	xìngzhìbóbó
3943	B	杏	xìng
3944	B	兄	xiōng
3945	B	兇	xiōng
3946	B	兇惡	xiōng'è
3947	B	洶湧	xiōngyǒng
3948	B	胸懷	xiōnghuái
3949	B	胸膛	xiōngtáng
3950	B	雄	xióng
3951	B	雄厚	xiónghòu
3952	B	雄偉	xióngwěi
3953	B	雄壯	xióngzhuàng
3954	B	熊	xióng
3955	B	休	xiū
3956	B	休假	xiūjià
3957	B	休閒	xiūxián
3958	B	休養	xiūyǎng
3959	B	修訂	xiūdìng
3960	B	修復	xiūfù
3961	B	修飾	xiūshì
3962	B	修養	xiūyǎng
3963	B	修築	xiūzhù
3964	B	羞恥	xiūchǐ
3965	B	秀麗	xiùlì
3966	B	繡	xiù
3967	B	鏽	xiù
3968	B	虛	xū
3969	B	虛假	xūjiǎ
3970	B	虛弱	xūruò

3971	B	虛偽	xūwěi
3972	B	虛心	xūxīn
3973	B	須知	xūzhī
3974	B	許可	xǔkě
3975	B	序幕	xùmù
3976	B	序言	xùyán
3977	B	蓄意	xùyì
3978	B	續	xù
3979	B	宣稱	xuānchēng
3980	B	宣讀	xuāndú
3981	B	宣判	xuānpàn
3982	B	宣誓	xuānshì
3983	B	宣揚	xuānyáng
3984	B	旋	xuán
3985	B	旋律	xuánlǜ
3986	B	懸	xuán
3987	B	懸掛	xuánguà
3988	B	懸殊	xuánshū
3989	B	懸崖	xuányá
3990	B	選拔	xuǎnbá
3991	B	選定	xuǎndìng
3992	B	選購	xuǎngòu
3993	B	選集	xuǎnjí
3994	B	選民	xuǎnmín
3995	B	選票	xuǎnpiào
3996	B	選取	xuǎnqǔ
3997	B	選修	xuǎnxiū
3998	B	削	xuē
3999	B	學歷	xuélì
4000	B	學年	xuénián
4001	B	學派	xuépài
4002	B	學生會	xuéshēnghuì
4003	B	學堂	xuétáng
4004	B	學徒	xuétú
4005	B	學習班	xuéxíbān
4006	B	學業	xuéyè
4007	B	學制	xuézhì
4008	B	雪白	xuěbái
4009	B	雪花	xuěhuā
4010	B	血汗	xuèhàn
4011	B	血腥	xuèxīng
4012	B	血壓	xuèyā
4013	B	熏	xūn
4014	B	巡迴	xúnhuí
4015	B	巡邏	xúnluó
4016	B	尋常	xúncháng
4017	B	循序漸進	xúnxùjiànjìn
4018	B	訊	xùn
4019	B	訓	xùn
4020	B	訓練班	xùnliànbān
4021	B	丫頭	yātou
4022	B	壓倒	yādǎo
4023	B	壓抑	yāyì
4024	B	壓制	yāzhì
4025	B	芽	yá
4026	B	啞	yǎ
4027	B	軋	yà
4028	B	淹	yān
4029	B	淹沒	yānmò
4030	B	煙草	yāncǎo
4031	B	煙霧	yānwù
4032	B	言行	yánxíng
4033	B	言語	yányǔ
4034	B	延	yán
4035	B	延緩	yánhuǎn
4036	B	延期	yánqī
4037	B	延伸	yánshēn
4038	B	延續	yánxù
4039	B	沿岸	yán'àn
4040	B	沿途	yántú
4041	B	沿線	yánxiàn
4042	B	炎熱	yánrè
4043	B	研究院	yánjiūyuàn
4044	B	研討	yántǎo
4045	B	研討會	yántǎohuì
4046	B	嚴懲	yánchéng
4047	B	嚴寒	yánhán
4048	B	嚴謹	yánjǐn
4049	B	嚴禁	yánjìn
4050	B	嚴正	yánzhèng
4051	B	掩	yǎn
4052	B	掩護	yǎnhù
4053	B	掩飾	yǎnshì
4054	B	眼界	yǎnjiè
4055	B	眼下	yǎnxià
4056	B	演唱	yǎnchàng
4057	B	演講	yǎnjiǎng
4058	B	演習	yǎnxí
4059	B	咽	yàn
4060	B	宴請	yànqǐng
4061	B	厭惡	yànwù
4062	B	燕子	yànzi
4063	B	驗	yàn
4064	B	驗收	yànshōu
4065	B	驗證	yànzhèng
4066	B	央視	yāngshì
4067	B	羊毛	yángmáo
4068	B	揚	yáng
4069	B	揚言	yángyán
4070	B	陽	yáng
4071	B	楊樹	yángshù
4072	B	仰	yǎng

4073	B	氧化	yǎnghuà
4074	B	養份	yǎngfèn
4075	B	養活	yǎnghuo
4076	B	養老	yǎnglǎo
4077	B	養料	yǎngliào
4078	B	養殖	yǎngzhí
4079	B	樣品	yàngpǐn
4080	B	吆喝	yāohe
4081	B	邀	yāo
4082	B	邀請賽	yāoqǐngsài
4083	B	搖擺	yáobǎi
4084	B	搖晃	yáo•huàng
4085	B	搖頭	yáotóu
4086	B	遙控	yáokòng
4087	B	遙遠	yáoyuǎn
4088	B	窑	yáo
4089	B	謠言	yáoyán
4090	B	要點	yàodiǎn
4091	B	要害	yàohài
4092	B	要麼	yàome
4093	B	要命	yàomìng
4094	B	要強	yàoqiáng
4095	B	要素	yàosù
4096	B	藥材	yàocái
4097	B	藥方	yàofāng
4098	B	藥房	yàofáng
4099	B	藥水	yàoshuǐ
4100	B	耀眼	yàoyǎn
4101	B	鑰匙	yàoshi
4102	B	野蠻	yěmán
4103	B	野生	yěshēng
4104	B	野獸	yěshòu
4105	B	野外	yěwài
4106	B	野心	yěxīn
4107	B	夜班	yèbān
4108	B	夜晚	yèwǎn
4109	B	夜校	yèxiào
4110	B	業績	yèjì
4111	B	一流	yīliú
4112	B	一線	yīxiàn
4113	B	衣	yī
4114	B	依次	yīcì
4115	B	依法	yīfǎ
4116	B	依舊	yījiù
4117	B	醫	yī
4118	B	醫科	yīkē
4119	B	醫師	yīshī
4120	B	醫務室	yīwùshì
4121	B	醫治	yīzhì
4122	B	一輩子	yíbèizi
4123	B	一概	yígài
4124	B	一個勁（兒）	yígejìn(r)
4125	B	一刻	yíkè
4126	B	一路上	yílùshang
4127	B	一片	yípiàn
4128	B	一氣	yíqì
4129	B	一味	yíwèi
4130	B	一陣子	yízhènzi
4131	B	移交	yíjiāo
4132	B	移居	yíjū
4133	B	移民	yímín
4134	B	移植	yízhí
4135	B	疑惑	yíhuò
4136	B	疑慮	yílǜ
4137	B	疑難	yínán
4138	B	疑心	yíxīn
4139	B	遺傳	yíchuán
4140	B	遺跡	yíjì
4141	B	遺失	yíshī
4142	B	遺址	yízhǐ
4143	B	已故	yǐgù
4144	B	已然	yǐrán
4145	B	以北	yǐběi
4146	B	以南	yǐnán
4147	B	以身作則	yǐshēnzuòzé
4148	B	以西	yǐxī
4149	B	一帆風順	yìfānfēngshùn
4150	B	一番	yìfān
4151	B	一經	yìjīng
4152	B	一舉	yìjǔ
4153	B	一口氣	yìkǒuqì
4154	B	一勞永逸	yìláoyǒngyì
4155	B	一連串	yìliánchuàn
4156	B	一旁	yìpáng
4157	B	一手	yìshǒu
4158	B	一體	yìtǐ
4159	B	一體化	yìtǐhuà
4160	B	一天到晚	yìtiāndàowǎn
4161	B	一頭	yìtóu
4162	B	一早	yìzǎo
4163	B	亦	yì
4164	B	異	yì
4165	B	異議	yìyì
4166	B	意	yì
4167	B	意料	yìliào
4168	B	意圖	yìtú
4169	B	意味	yìwèi
4170	B	意想不到	yìxiǎngbúdào
4171	B	意向	yìxiàng
4172	B	意願	yìyuàn
4173	B	億萬	yìwàn
4174	B	毅然	yìrán

4175	B	翼	yì
4176	B	藝術家	yìshùjiā
4177	B	議	yì
4178	B	議程	yìchéng
4179	B	議定書	yìdìngshū
4180	B	議價	yìjià
4181	B	議題	yìtí
4182	B	議席	yìxí
4183	B	議長	yìzhǎng
4184	B	譯	yì
4185	B	因特網	yīntèwǎng
4186	B	音響	yīnxiǎng
4187	B	音樂會	yīnyuèhuì
4188	B	殷切	yīnqiè
4189	B	陰	yīn
4190	B	陰暗	yīn'àn
4191	B	陰天	yīntiān
4192	B	陰影	yīnyǐng
4193	B	淫穢	yínhuì
4194	B	銀幕	yínmù
4195	B	銀牌	yínpái
4196	B	引發	yǐnfā
4197	B	引擎	yǐnqíng
4198	B	引人注目	yǐnrénzhùmù
4199	B	引入	yǐnrù
4200	B	引用	yǐnyòng
4201	B	引誘	yǐnyòu
4202	B	飲	yǐn
4203	B	飲茶	yǐnchá
4204	B	飲水	yǐnshuǐ
4205	B	隱蔽	yǐnbì
4206	B	隱藏	yǐncáng
4207	B	隱瞞	yǐnmán
4208	B	隱約	yǐnyuē
4209	B	印染	yìnrǎn
4210	B	英明	yīngmíng
4211	B	櫻花	yīnghuā
4212	B	鷹	yīng
4213	B	迎面	yíngmiàn
4214	B	迎刃而解	yíngrèn'érjiě
4215	B	迎戰	yíngzhàn
4216	B	盈餘	yíngyú
4217	B	營房	yíngfáng
4218	B	營業員	yíngyèyuán
4219	B	營造	yíngzào
4220	B	影碟	yǐngdié
4221	B	影像	yǐngxiàng
4222	B	硬件	yìngjiàn
4223	B	應變	yìngbiàn
4224	B	應酬	yìngchou
4225	B	傭人	yōngrén
4226	B	庸俗	yōngsú
4227	B	擁	yōng
4228	B	擁抱	yōngbào
4229	B	永	yǒng
4230	B	永久	yǒngjiǔ
4231	B	勇	yǒng
4232	B	勇於	yǒngyú
4233	B	湧現	yǒngxiàn
4234	B	踴躍	yǒngyuè
4235	B	用法	yòngfǎ
4236	B	用具	yòngjù
4237	B	用心	yòngxīn
4238	B	用意	yòngyì
4239	B	幽靜	yōujìng
4240	B	幽默	yōumò
4241	B	憂慮	yōulǜ
4242	B	優	yōu
4243	B	優異	yōuyì
4244	B	優越性	yōuyuèxìng
4245	B	尤	yóu
4246	B	油畫	yóuhuà
4247	B	油料	yóuliào
4248	B	油漆	yóuqī
4249	B	游泳池	yóuyǒngchí
4250	B	猶如	yóurú
4251	B	猶豫	yóuyù
4252	B	郵電	yóudiàn
4253	B	郵寄	yóujì
4254	B	郵件	yóujiàn
4255	B	郵政	yóuzhèng
4256	B	遊擊	yóujī
4257	B	遊樂場	yóulèchǎng
4258	B	遊艇	yóutǐng
4259	B	遊玩	yóuwán
4260	B	遊藝	yóuyì
4261	B	友	yǒu
4262	B	友愛	yǒu'ài
4263	B	友情	yǒuqíng
4264	B	友人	yǒurén
4265	B	有待	yǒudài
4266	B	有害	yǒuhài
4267	B	有理	yǒulǐ
4268	B	有如	yǒurú
4269	B	有數	yǒushù
4270	B	有心	yǒuxīn
4271	B	有幸	yǒuxìng
4272	B	有餘	yǒuyú
4273	B	右邊	yòu•biān
4274	B	右翼	yòuyì
4275	B	幼	yòu
4276	B	幼兒	yòu'ér

4277	B	幼年	yòunián
4278	B	誘惑	yòuhuò
4279	B	魚類	yúlèi
4280	B	愚蠢	yúchǔn
4281	B	愚昧	yúmèi
4282	B	漁船	yúchuán
4283	B	漁業	yúyè
4284	B	餘額	yú'é
4285	B	餘下	yúxià
4286	B	羽毛	yǔmáo
4287	B	雨季	yǔjì
4288	B	雨量	yǔliàng
4289	B	雨衣	yǔyī
4290	B	與其	yǔqí
4291	B	語	yǔ
4292	B	語調	yǔdiào
4293	B	語氣	yǔqì
4294	B	玉	yù
4295	B	玉米	yùmǐ
4296	B	浴室	yùshì
4297	B	欲	yù
4298	B	欲望	yùwàng
4299	B	寓所	yùsuǒ
4300	B	寓言	yùyán
4301	B	愈	yù
4302	B	預告	yùgào
4303	B	預見	yùjiàn
4304	B	預料	yùliào
4305	B	預期	yùqī
4306	B	預賽	yùsài
4307	B	預習	yùxí
4308	B	預先	yùxiān
4309	B	預言	yùyán
4310	B	預約	yùyuē
4311	B	冤	yuān
4312	B	冤枉	yuānwang
4313	B	元首	yuánshǒu
4314	B	元宵	yuánxiāo
4315	B	原本	yuánběn
4316	B	原定	yuándìng
4317	B	原告	yuángào
4318	B	原籍	yuánjí
4319	B	原有	yuányǒu
4320	B	原裝	yuánzhuāng
4321	B	原子	yuánzǐ
4322	B	原子彈	yuánzǐdàn
4323	B	原子能	yuánzǐnéng
4324	B	員工	yuángōng
4325	B	園	yuán
4326	B	園地	yuándì
4327	B	圓珠筆	yuánzhūbǐ
4328	B	源	yuán
4329	B	源泉	yuánquán
4330	B	遠處	yuǎnchù
4331	B	遠大	yuǎndà
4332	B	遠方	yuǎnfāng
4333	B	遠近	yuǎnjìn
4334	B	遠景	yuǎnjǐng
4335	B	遠足	yuǎnzú
4336	B	怨言	yuànyán
4337	B	曰	yuē
4338	B	月餅	yuèbing
4339	B	月底	yuèdǐ
4340	B	月光	yuèguāng
4341	B	月球	yuèqiú
4342	B	越冬	yuèdōng
4343	B	越過	yuèguò
4344	B	樂隊	yuèduì
4345	B	樂曲	yuèqǔ
4346	B	樂團	yuètuán
4347	B	勻	yún
4348	B	雲彩	yúncai
4349	B	運河	yùnhé
4350	B	運氣	yùnqì
4351	B	運氣	yùnqi
4352	B	運輸機	yùnshūjī
4353	B	運送	yùnsòng
4354	B	運算	yùnsuàn
4355	B	運載	yùnzài
4356	B	醞釀	yùnniàng
4357	B	蘊藏	yùncáng
4358	B	雜技	zájì
4359	B	雜文	záwén
4360	B	雜質	zázhì
4361	B	災荒	zāihuāng
4362	B	災民	zāimín
4363	B	栽培	zāipéi
4364	B	宰	zǎi
4365	B	再度	zàidù
4366	B	再見	zàijiàn
4367	B	再三	zàisān
4368	B	再生	zàishēng
4369	B	再生產	zàishēngchǎn
4370	B	再現	zàixiàn
4371	B	在場	zàichǎng
4372	B	在乎	zàihu
4373	B	在世	zàishì
4374	B	在外	zàiwài
4375	B	在意	zàiyì
4376	B	在職	zàizhí
4377	B	在座	zàizuò
4378	B	載重	zàizhòng

4379	B	攢	zǎn
4380	B	暫	zàn
4381	B	暫行	zànxíng
4382	B	贊同	zàntóng
4383	B	贊助	zànzhù
4384	B	讚美	zànměi
4385	B	讚賞	zànshǎng
4386	B	讚嘆	zàntàn
4387	B	讚揚	zànyáng
4388	B	葬	zàng
4389	B	葬禮	zànglǐ
4390	B	糟	zāo
4391	B	糟糕	zāogāo
4392	B	糟蹋	zāo•tà
4393	B	鑿	záo
4394	B	早點	zǎodiǎn
4395	B	早年	zǎonián
4396	B	早先	zǎoxiān
4397	B	造反	zàofǎn
4398	B	造價	zàojià
4399	B	造就	zàojiù
4400	B	造句	zàojù
4401	B	造謠	zàoyáo
4402	B	噪音	zàoyīn
4403	B	責備	zébèi
4404	B	責任心	zérènxīn
4405	B	擇優	zéyōu
4406	B	賊	zéi
4407	B	增幅	zēngfú
4408	B	增設	zēngshè
4409	B	增援	zēngyuán
4410	B	增長率	zēngzhǎnglǜ
4411	B	贈	zèng
4412	B	扎啤	zhāpí
4413	B	閘	zhá
4414	B	炸藥	zhàyào
4415	B	詐騙	zhàpiàn
4416	B	摘要	zhāiyào
4417	B	債	zhài
4418	B	債權	zhàiquán
4419	B	債券	zhàiquàn
4420	B	粘	zhān
4421	B	瞻仰	zhānyǎng
4422	B	展	zhǎn
4423	B	展品	zhǎnpǐn
4424	B	展區	zhǎnqū
4425	B	展望	zhǎnwàng
4426	B	展現	zhǎnxiàn
4427	B	展銷	zhǎnxiāo
4428	B	展銷會	zhǎnxiāohuì
4429	B	斬	zhǎn
4430	B	盞	zhǎn
4431	B	佔用	zhànyòng
4432	B	戰	zhàn
4433	B	戰火	zhànhuǒ
4434	B	戰績	zhànjì
4435	B	戰時	zhànshí
4436	B	戰線	zhànxiàn
4437	B	戰役	zhànyì
4438	B	戰友	zhànyǒu
4439	B	蘸	zhàn
4440	B	張貼	zhāngtiē
4441	B	張望	zhāngwàng
4442	B	章程	zhāngchéng
4443	B	長輩	zhǎngbèi
4444	B	長官	zhǎngguān
4445	B	掌	zhǎng
4446	B	丈	zhàng
4447	B	帳篷	zhàngpeng
4448	B	脹	zhàng
4449	B	賬	zhàng
4450	B	賬目	zhàngmù
4451	B	招標	zhāobiāo
4452	B	招待所	zhāodàisuǒ
4453	B	招工	zhāogōng
4454	B	招考	zhāokǎo
4455	B	招牌	zhāopai
4456	B	招聘	zhāopìn
4457	B	招商	zhāoshāng
4458	B	招收	zhāoshōu
4459	B	招手	zhāoshǒu
4460	B	朝氣	zhāoqì
4461	B	朝氣蓬勃	zhāoqìpéngbó
4462	B	着涼	zháoliáng
4463	B	找尋	zhǎoxún
4464	B	兆	zhào
4465	B	照會	zhàohuì
4466	B	照舊	zhàojiù
4467	B	照例	zhàolì
4468	B	照料	zhàoliào
4469	B	照明	zhàomíng
4470	B	照射	zhàoshè
4471	B	照耀	zhàoyào
4472	B	照應	zhào•yìng
4473	B	罩	zhào
4474	B	肇事	zhàoshì
4475	B	折騰	zhēteng
4476	B	遮	zhē
4477	B	折合	zhéhé
4478	B	折扣	zhé•kòu
4479	B	折磨	zhé•mó
4480	B	珍藏	zhēncáng

4481	B	珍品	zhēnpǐn
4482	B	珍惜	zhēnxī
4483	B	珍珠	zhēnzhū
4484	B	真誠	zhēnchéng
4485	B	真空	zhēnkōng
4486	B	真相	zhēnxiàng
4487	B	真心	zhēnxīn
4488	B	針	zhēn
4489	B	偵查	zhēnchá
4490	B	偵察	zhēnchá
4491	B	診所	zhěnsuǒ
4492	B	振動	zhèndòng
4493	B	振奮	zhènfèn
4494	B	振興	zhènxīng
4495	B	陣營	zhènyíng
4496	B	震盪	zhèndàng
4497	B	震撼	zhènhàn
4498	B	震驚	zhènjīng
4499	B	鎮定	zhèndìng
4500	B	鎮靜	zhènjìng
4501	B	鎮壓	zhènyā
4502	B	正月	zhēngyuè
4503	B	爭辯	zhēngbiàn
4504	B	爭吵	zhēngchǎo
4505	B	爭端	zhēngduān
4506	B	爭先恐後	zhēngxiānkǒnghòu
4507	B	爭相	zhēngxiāng
4508	B	爭議	zhēngyì
4509	B	爭執	zhēngzhí
4510	B	蒸	zhēng
4511	B	蒸發	zhēngfā
4512	B	徵	zhēng
4513	B	整潔	zhěngjié
4514	B	整天	zhěngtiān
4515	B	整修	zhěngxiū
4516	B	正常化	zhèngchánghuà
4517	B	正當	zhèngdàng
4518	B	正規	zhèngguī
4519	B	正氣	zhèngqì
4520	B	正如	zhèngrú
4521	B	正視	zhèngshì
4522	B	正統	zhèngtǒng
4523	B	正直	zhèngzhí
4524	B	政	zhèng
4525	B	政界	zhèngjiè
4526	B	政局	zhèngjú
4527	B	政務	zhèngwù
4528	B	政協	zhèngxié
4529	B	政治家	zhèngzhìjiā
4530	B	症	zhèng
4531	B	掙錢	zhèngqián
4532	B	鄭重	zhèngzhòng
4533	B	證	zhèng
4534	B	證件	zhèngjiàn
4535	B	證券	zhèngquàn
4536	B	證人	zhèng•rén
4537	B	支撐	zhīchēng
4538	B	支票	zhīpiào
4539	B	支柱	zhīzhù
4540	B	汁	zhī
4541	B	知己	zhījǐ
4542	B	知覺	zhījué
4543	B	知名	zhīmíng
4544	B	芝麻	zhīma
4545	B	脂肪	zhīfáng
4546	B	蜘蛛	zhīzhū
4547	B	直播	zhíbō
4548	B	直達	zhídá
4549	B	直升機	zhíshēngjī
4550	B	直轄市	zhíxiáshì
4551	B	直線	zhíxiàn
4552	B	直銷	zhíxiāo
4553	B	直至	zhízhì
4554	B	值班	zhíbān
4555	B	值錢	zhíqián
4556	B	執	zhí
4557	B	執勤	zhíqín
4558	B	執照	zhízhào
4559	B	職	zhí
4560	B	職能	zhínéng
4561	B	職權	zhíquán
4562	B	職位	zhíwèi
4563	B	職責	zhízé
4564	B	止境	zhǐjìng
4565	B	只顧	zhǐgù
4566	B	只管	zhǐguǎn
4567	B	旨在	zhǐzài
4568	B	指點	zhǐdiǎn
4569	B	指甲	zhǐjia
4570	B	指控	zhǐkòng
4571	B	指令	zhǐlìng
4572	B	指明	zhǐmíng
4573	B	指南	zhǐnán
4574	B	指南針	zhǐnánzhēn
4575	B	指望	zhǐwang
4576	B	紙巾	zhǐjīn
4577	B	紙張	zhǐzhāng
4578	B	志	zhì
4579	B	志氣	zhì•qì
4580	B	制服	zhìfú
4581	B	制約	zhìyuē
4582	B	治病	zhìbìng

4583	B	致辭	zhìcí
4584	B	致電	zhìdiàn
4585	B	致富	zhìfù
4586	B	致函	zhìhán
4587	B	致敬	zhìjìng
4588	B	致力	zhìlì
4589	B	致使	zhìshǐ
4590	B	致死	zhìsǐ
4591	B	窒息	zhìxī
4592	B	智能	zhìnéng
4593	B	智商	zhìshāng
4594	B	滯留	zhìliú
4595	B	製品	zhìpǐn
4596	B	質	zhì
4597	B	擲	zhì
4598	B	中層	zhōngcéng
4599	B	中級	zhōngjí
4600	B	中立	zhōnglì
4601	B	中期	zhōngqī
4602	B	中秋節	Zhōngqiūjié
4603	B	中途	zhōngtú
4604	B	中型	zhōngxíng
4605	B	中游	zhōngyóu
4606	B	中止	zhōngzhǐ
4607	B	中專	zhōngzhuān
4608	B	忠實	zhōngshí
4609	B	忠於	zhōngyú
4610	B	終點	zhōngdiǎn
4611	B	終歸	zhōngguī
4612	B	終結	zhōngjié
4613	B	終究	zhōngjiū
4614	B	終年	zhōngnián
4615	B	終生	zhōngshēng
4616	B	終止	zhōngzhǐ
4617	B	鐘錶	zhōngbiǎo
4618	B	鐘點	zhōngdiǎn
4619	B	鐘點工	zhōngdiǎngōng
4620	B	腫	zhǒng
4621	B	腫瘤	zhǒngliú
4622	B	仲裁	zhòngcái
4623	B	重工業	zhònggōngyè
4624	B	重任	zhòngrèn
4625	B	重心	zhòngxīn
4626	B	重型	zhòngxíng
4627	B	重要性	zhòngyàoxìng
4628	B	眾	zhòng
4629	B	眾人	zhòngrén
4630	B	眾所周知	zhòngsuǒzhōuzhī
4631	B	種地	zhòngdì
4632	B	周刊	zhōukān
4633	B	周密	zhōumì
4634	B	周期	zhōuqī
4635	B	周歲	zhōusuì
4636	B	洲	zhōu
4637	B	軸承	zhóuchéng
4638	B	晝夜	zhòuyè
4639	B	皺	zhòu
4640	B	皺紋	zhòuwén
4641	B	珠寶	zhūbǎo
4642	B	竹	zhú
4643	B	竹子	zhúzi
4644	B	逐	zhú
4645	B	逐年	zhúnián
4646	B	逐一	zhúyī
4647	B	主	zhǔ
4648	B	主编	zhǔbiān
4649	B	主導	zhǔdǎo
4650	B	主角（兒）	zhǔjué(r)
4651	B	主流	zhǔliú
4652	B	主人翁	zhǔrénwēng
4653	B	主體	zhǔtǐ
4654	B	主席團	zhǔxítuán
4655	B	主義	zhǔyì
4656	B	拄	zhǔ
4657	B	矚目	zhǔmù
4658	B	住處	zhù•chù
4659	B	住宿	zhùsù
4660	B	住所	zhùsuǒ
4661	B	助	zhù
4662	B	助長	zhùzhǎng
4663	B	注目	zhùmù
4664	B	注入	zhùrù
4665	B	柱	zhù
4666	B	柱子	zhùzi
4667	B	祝福	zhùfú
4668	B	祝願	zhùyuàn
4669	B	註	zhù
4670	B	註冊	zhùcè
4671	B	註定	zhùdìng
4672	B	駐軍	zhùjūn
4673	B	駐守	zhùshǒu
4674	B	鑄	zhù
4675	B	鑄造	zhùzào
4676	B	抓獲	zhuāhuò
4677	B	拽	zhuài
4678	B	專案	zhuān’àn
4679	B	專長	zhuāncháng
4680	B	專車	zhuānchē
4681	B	專程	zhuānchéng
4682	B	專機	zhuānjī
4683	B	專科	zhuānkē
4684	B	專欄	zhuānlán

4685	B	專人	zhuānrén
4686	B	專心	zhuānxīn
4687	B	專業化	zhuānyèhuà
4688	B	專用	zhuānyòng
4689	B	專員	zhuānyuán
4690	B	專政	zhuānzhèng
4691	B	專職	zhuānzhí
4692	B	專制	zhuānzhì
4693	B	轉播	zhuǎnbō
4694	B	轉達	zhuǎndá
4695	B	轉動	zhuǎndòng
4696	B	轉告	zhuǎngào
4697	B	轉換	zhuǎnhuàn
4698	B	轉機	zhuǎnjī
4699	B	轉交	zhuǎnjiāo
4700	B	轉口	zhuǎnkǒu
4701	B	轉入	zhuǎnrù
4702	B	轉彎	zhuǎnwān
4703	B	轉折	zhuǎnzhé
4704	B	傳記	zhuànjì
4705	B	撰寫	zhuànxiě
4706	B	賺錢	zhuànqián
4707	B	莊	zhuāng
4708	B	裝甲車	zhuāngjiǎchē
4709	B	裝配	zhuāngpèi
4710	B	裝卸	zhuāngxiè
4711	B	壯觀	zhuàngguān
4712	B	壯麗	zhuànglì
4713	B	壯烈	zhuàngliè
4714	B	狀	zhuàng
4715	B	追查	zhuīchá
4716	B	追悼	zhuīdào
4717	B	追悼會	zhuīdàohuì
4718	B	追趕	zhuīgǎn
4719	B	追隨	zhuīsuí
4720	B	追問	zhuīwèn
4721	B	准	zhǔn
4722	B	准許	zhǔnxǔ
4723	B	準時	zhǔnshí
4724	B	準則	zhǔnzé
4725	B	着陸	zhuólù
4726	B	着想	zhuóxiǎng
4727	B	着眼	zhuóyǎn
4728	B	姿勢	zīshì
4729	B	滋味	zīwèi
4730	B	滋長	zīzhǎng
4731	B	資	zī
4732	B	資產階級	zīchǎnjiējí
4733	B	資歷	zīlì
4734	B	子弟	zǐdì
4735	B	子孫	zǐsūn
4736	B	姊妹	zǐmèi
4737	B	籽	zǐ
4738	B	紫	zǐ
4739	B	字母	zìmǔ
4740	B	字樣	zìyàng
4741	B	自稱	zìchēng
4742	B	自動化	zìdònghuà
4743	B	自發	zìfā
4744	B	自古	zìgǔ
4745	B	自覺性	zìjuéxìng
4746	B	自力更生	zìlìgēngshēng
4747	B	自立	zìlì
4748	B	自滿	zìmǎn
4749	B	自然界	zìránjiè
4750	B	自如	zìrú
4751	B	自殺	zìshā
4752	B	自私	zìsī
4753	B	自私自利	zìsīzìlì
4754	B	自衛	zìwèi
4755	B	自信	zìxìn
4756	B	自行	zìxíng
4757	B	自選	zìxuǎn
4758	B	自言自語	zìyánzìyǔ
4759	B	自由市場	zìyóushìchǎng
4760	B	自主權	zìzhǔquán
4761	B	宗	zōng
4762	B	綜合性	zōnghéxìng
4763	B	總裁	zǒngcái
4764	B	總的來說	zǒngdeláishuō
4765	B	總而言之	zǒng’éryánzhī
4766	B	總和	zǒnghé
4767	B	總計	zǒngjì
4768	B	總量	zǒngliàng
4769	B	總司令	zǒngsīlìng
4770	B	總體	zǒngtǐ
4771	B	縱橫	zònghéng
4772	B	縱容	zòngróng
4773	B	走訪	zǒufǎng
4774	B	走狗	zǒugǒu
4775	B	走廊	zǒuláng
4776	B	走路	zǒulù
4777	B	奏	zòu
4778	B	揍	zòu
4779	B	租賃	zūlìn
4780	B	阻擋	zǔdǎng
4781	B	阻攔	zǔlán
4782	B	阻撓	zǔnáo
4783	B	祖先	zǔxiān
4784	B	組建	zǔjiàn
4785	B	組裝	zǔzhuāng
4786	B	鑽石	zuànshí

4787	B	嘴巴	zuǐba
4788	B	嘴唇	zuǐchún
4789	B	最為	zuìwéi
4790	B	罪犯	zuìfàn
4791	B	罪名	zuìmíng
4792	B	罪狀	zuìzhuàng
4793	B	醉	zuì
4794	B	尊	zūn
4795	B	尊嚴	zūnyán
4796	B	遵照	zūnzhào
4797	B	琢磨	zuómo
4798	B	左邊	zuǒ•biān
4799	B	左派	zuǒpài
4800	B	作案	zuò'àn
4801	B	作廢	zuòfèi
4802	B	作物	zuòwù
4803	B	作戰	zuòzhàn
4804	B	作證	zuòzhèng
4805	B	坐班	zuòbān
4806	B	座談會	zuòtánhuì
4807	B	做飯	zuòfàn
4808	B	做工	zuògōng
4809	B	做客	zuòkè
4810	B	做夢	zuòmèng
4811	B	做人	zuòrén
4812	B	做事	zuòshì

C 級詞（5062）

1	C	阿拉伯語	Ālābóyǔ
2	C	矮小	ǎixiǎo
3	C	愛面子	àimiànzi
4	C	愛心	àixīn
5	C	礙事	àishì
6	C	安放	ānfàng
7	C	安分守己	ānfènshǒujǐ
8	C	安居樂業	ānjūlèyè
9	C	安樂死	ānlèsǐ
10	C	安然	ānrán
11	C	安危	ānwēi
12	C	安詳	ānxiáng
13	C	按揭	ànjiē
14	C	按金	ànjīn
15	C	按勞分配	ànláofēnpèi
16	C	按鈕	ànniǔ
17	C	按說	ànshuō
18	C	案例	ànlì
19	C	暗地裏	àndìli
20	C	暗箱操作	ànxiāngcāozuò
21	C	暗自	ànzì
22	C	骯髒	āngzāng
23	C	昂揚	ángyáng
24	C	凹	āo
25	C	熬夜	áoyè
26	C	奧妙	àomiào
27	C	奧運會	Àoyùnhuì
28	C	巴結	bājie
29	C	巴掌	bāzhang
30	C	叭	bā
31	C	疤痕	bāhén
32	C	拔河	báhé
33	C	拔尖（兒）	bájiān(r)
34	C	把柄	bǎbǐng
35	C	把持	bǎchí
36	C	把手	bǎshou
37	C	靶子	bǎzi
38	C	罷免	bàmiǎn
39	C	霸道	bàdào
40	C	霸權	bàquán
41	C	壩	bà
42	C	白話	báihuà
43	C	白金	báijīn
44	C	白酒	báijiǔ
45	C	白麵	báimiàn
46	C	白皮書	báipíshū
47	C	白薯	báishǔ
48	C	白糖	báitáng
49	C	白血球	báixuèqiú
50	C	白楊	báiyáng
51	C	白雲	báiyún
52	C	百般	bǎibān
53	C	百倍	bǎibèi
54	C	百分點	bǎifēndiǎn
55	C	百花齊放	bǎihuāqífàng
56	C	百家爭鳴	bǎijiāzhēngmíng
57	C	百年	bǎinián
58	C	柏樹	bǎishù
59	C	柏油	bǎiyóu
60	C	擺放	bǎifàng
61	C	擺賣	bǎimài
62	C	班車	bānchē
63	C	班組	bānzǔ
64	C	斑馬線	bānmǎxiàn
65	C	頒	bān
66	C	頒獎	bānjiǎng
67	C	板塊	bǎnkuài
68	C	版本	bǎnběn
69	C	版權	bǎnquán
70	C	版圖	bǎntú
71	C	半邊天	bànbiāntiān
72	C	半導體	bàndǎotǐ
73	C	半截	bànjié
74	C	半決賽	bànjuésài
75	C	半途而廢	bàntú'érfèi
76	C	伴侶	bànlǚ
77	C	辦公廳	bàngōngtīng
78	C	邦	bāng
79	C	邦交	bāngjiāo
80	C	幫工	bānggōng
81	C	幫派	bāngpài
82	C	幫手	bāngshou
83	C	榜首	bǎngshǒu
84	C	膀子	bǎngzi
85	C	棒子	bàngzi
86	C	鎊	bàng
87	C	包工	bāogōng
88	C	包涵	bāohan
89	C	包容	bāoróng
90	C	包紮	bāozā
91	C	雹子	báozi
92	C	薄餅	báobǐng
93	C	保費	bǎofèi
94	C	保潔	bǎojié

95	C	保釋	bǎoshì
96	C	保送	bǎosòng
97	C	保鮮	bǎoxiān
98	C	保用	bǎoyòng
99	C	保重	bǎozhòng
100	C	飽受	bǎoshòu
101	C	報表	bàobiǎo
102	C	報關	bàoguān
103	C	報館	bàoguǎn
104	C	報界	bàojiè
105	C	報業	bàoyè
106	C	報章	bàozhāng
107	C	暴發	bàofā
108	C	暴風雨	bàofēngyǔ
109	C	暴風驟雨	bàofēngzhòuyǔ
110	C	暴利	bàolì
111	C	暴徒	bàotú
112	C	暴漲	bàozhǎng
113	C	鮑魚	bàoyú
114	C	爆滿	bàomǎn
115	C	卑劣	bēiliè
116	C	北半球	běibànqiú
117	C	北極	běijí
118	C	北郊	běijiāo
119	C	北上	běishàng
120	C	北緯	běiwěi
121	C	背離	bèilí
122	C	倍數	bèishù
123	C	倍增	bèizēng
124	C	被捕	bèibǔ
125	C	備案	bèi’àn
126	C	備件	bèijiàn
127	C	備課	bèikè
128	C	備戰	bèizhàn
129	C	奔波	bēnbō
130	C	奔赴	bēnfù
131	C	奔走	bēnzǒu
132	C	本土	běntǔ
133	C	本文	běnwén
134	C	本質	běnzhì
135	C	笨蛋	bèndàn
136	C	笨拙	bènzhuō
137	C	繃帶	bēngdài
138	C	逼迫	bīpò
139	C	鼻孔	bíkǒng
140	C	比比皆是	bǐbǐjiēshì
141	C	比劃	bǐhua
142	C	比率	bǐlǜ
143	C	比擬	bǐnǐ
144	C	比數	bǐshù
145	C	彼岸	bǐ’àn
146	C	筆跡	bǐjì
147	C	鄙視	bǐshì
148	C	庇護	bìhù
149	C	幣	bì
150	C	壁報	bìbào
151	C	壁虎	bìhǔ
152	C	壁畫	bìhuà
153	C	壁球	bìqiú
154	C	避難	bìnàn
155	C	避孕	bìyùn
156	C	臂	bì
157	C	編導	biāndǎo
158	C	編劇	biānjù
159	C	編碼	biānmǎ
160	C	編配	biānpèi
161	C	編舞	biānwǔ
162	C	編者	biānzhě
163	C	編者按	biānzhě’àn
164	C	編織	biānzhī
165	C	編製	biānzhì
166	C	鞭	biān
167	C	邊遠	biānyuǎn
168	C	蝙蝠	biānfú
169	C	扁擔	biǎndan
170	C	扁豆	biǎndòu
171	C	貶低	biǎndī
172	C	貶義	biǎnyì
173	C	匾	biǎn
174	C	便道	biàndào
175	C	便捷	biànjié
176	C	便條	biàntiáo
177	C	便衣	biànyī
178	C	辨	biàn
179	C	辨證	biànzhèng
180	C	辮子	biànzi
181	C	辯證法	biànzhèngfǎ
182	C	變本加厲	biànběnjiālì
183	C	變法	biànfǎ
184	C	變化多端	biànhuàduōduān
185	C	變幻	biànhuàn
186	C	變色	biànsè
187	C	變態	biàntài
188	C	變通	biàntōng
189	C	變壓器	biànyāqì
190	C	變異	biànyì
191	C	標	biāo
192	C	標榜	biāobǎng
193	C	標記	biāojì
194	C	標明	biāomíng
195	C	標籤	biāoqiān
196	C	標槍	biāoqiāng

197	C	標致	biāozhì
198	C	飆升	biāoshēng
199	C	表弟	biǎodì
200	C	表哥	biǎogē
201	C	表姐	biǎojiě
202	C	表露	biǎolù
203	C	表妹	biǎomèi
204	C	表率	biǎoshuài
205	C	錶	biǎo
206	C	別出心裁	biéchūxīncái
207	C	別開生面	biékāishēngmiàn
208	C	別有用心	biéyǒuyòngxīn
209	C	別字	biézì
210	C	賓客	bīnkè
211	C	賓主	bīnzhǔ
212	C	瀕臨	bīnlín
213	C	殯葬	bìnzàng
214	C	冰雹	bīngbáo
215	C	冰川	bīngchuān
216	C	冰凍	bīngdòng
217	C	冰毒	bīngdú
218	C	冰激凌	bīngjīlíng
219	C	冰冷	bīnglěng
220	C	冰雪	bīngxuě
221	C	兵變	bīngbiàn
222	C	兵力	bīnglì
223	C	兵器	bīngqì
224	C	兵士	bīngshì
225	C	兵團	bīngtuán
226	C	並非	bìngfēi
227	C	並軌	bìngguǐ
228	C	並肩	bìngjiān
229	C	並舉	bìngjǔ
230	C	病蟲害	bìngchónghài
231	C	病號	bìnghào
232	C	病患	bìnghuàn
233	C	病假	bìngjià
234	C	病例	bìnglì
235	C	病歷	bìnglì
236	C	病逝	bìngshì
237	C	病痛	bìngtòng
238	C	病癥	bìngzhēng
239	C	病症	bìngzhèng
240	C	波	bō
241	C	波長	bōcháng
242	C	波段	bōduàn
243	C	波幅	bōfú
244	C	波及	bōjí
245	C	菠蘿	bōluó
246	C	播音	bōyīn
247	C	播映	bōyìng
248	C	播種	bōzhòng
249	C	伯父	bófù
250	C	伯母	bómǔ
251	C	泊	bó
252	C	泊位	bówèi
253	C	博愛	bó'ài
254	C	博導	bódǎo
255	C	博得	bódé
256	C	博士後	bóshìhòu
257	C	駁回	bóhuí
258	C	薄膜	bómó
259	C	不計其數	bújìqíshù
260	C	不力	búlì
261	C	不善	búshàn
262	C	不慎	búshèn
263	C	不勝	búshèng
264	C	不懈	búxiè
265	C	不振	búzhèn
266	C	不正之風	búzhèngzhīfēng
267	C	不致	búzhì
268	C	不至於	búzhìyú
269	C	哺乳	bǔrǔ
270	C	捕撈	bǔlāo
271	C	捕食	bǔshí
272	C	捕魚	bǔyú
273	C	補選	bǔxuǎn
274	C	不乏	bùfá
275	C	不甘	bùgān
276	C	不景氣	bùjǐngqì
277	C	不堪設想	bùkānshèxiǎng
278	C	不可或缺	bùkěhuòquē
279	C	不可思議	bùkěsīyì
280	C	不了了之	bùliǎoliǎozhī
281	C	不屈	bùqū
282	C	不忍	bùrěn
283	C	不俗	bùsú
284	C	不無	bùwú
285	C	不休	bùxiū
286	C	不言而喻	bùyán'éryù
287	C	不一	bùyī
288	C	不遺餘力	bùyíyúlì
289	C	不以為然	bùyǐwéirán
290	C	不約而同	bùyuē'értóng
291	C	不知所措	bùzhīsuǒcuò
292	C	布告	bùgào
293	C	布景	bùjǐng
294	C	布滿	bùmǎn
295	C	布匹	bùpǐ
296	C	步兵	bùbīng
297	C	步槍	bùqiāng
298	C	步入	bùrù

299	C	步行街	bùxíngjiē
300	C	埠	bù
301	C	部落	bùluò
302	C	部下	bùxià
303	C	才華	cáihuá
304	C	財源	cáiyuán
305	C	財政司	cáizhèngsī
306	C	裁剪	cáijiǎn
307	C	裁軍	cáijūn
308	C	彩	cǎi
309	C	彩電	cǎidiàn
310	C	彩虹	cǎihóng
311	C	彩禮	cǎilǐ
312	C	彩民	cǎimín
313	C	彩票	cǎipiào
314	C	採伐	cǎifá
315	C	採礦	cǎikuàng
316	C	綵排	cǎipái
317	C	菜單	càidān
318	C	菜刀	càidāo
319	C	菜地	càidì
320	C	菜花	càihuā
321	C	菜市場	càishìchǎng
322	C	參軍	cānjūn
323	C	參謀長	cānmóuzhǎng
324	C	參數	cānshù
325	C	參選	cānxuǎn
326	C	參議員	cānyìyuán
327	C	參議院	cānyìyuàn
328	C	參閱	cānyuè
329	C	參贊	cānzàn
330	C	參展	cānzhǎn
331	C	參戰	cānzhàn
332	C	參政	cānzhèng
333	C	餐車	cānchē
334	C	餐館	cānguǎn
335	C	殘疾人	cánjírén
336	C	殘忍	cánrěn
337	C	殘殺	cánshā
338	C	殘障	cánzhàng
339	C	蠶	cán
340	C	蠶繭	cánjiǎn
341	C	慘案	cǎn'àn
342	C	慘敗	cǎnbài
343	C	慘劇	cǎnjù
344	C	慘遭	cǎnzāo
345	C	慘重	cǎnzhòng
346	C	倉	cāng
347	C	操辦	cāobàn
348	C	操持	cāochí
349	C	操控	cāokòng
350	C	操勞	cāoláo
351	C	糙	cāo
352	C	槽	cáo
353	C	草場	cǎochǎng
354	C	草稿	cǎogǎo
355	C	草帽	cǎomào
356	C	草木	cǎomù
357	C	草皮	cǎopí
358	C	草書	cǎoshū
359	C	草率	cǎoshuài
360	C	側重	cèzhòng
361	C	策動	cèdòng
362	C	參差	cēncī
363	C	層面	céngmiàn
364	C	叉	chā
365	C	叉子	chāzi
366	C	插隊	chāduì
367	C	插曲	chāqǔ
368	C	插入	chārù
369	C	插頭	chātóu
370	C	插圖	chātú
371	C	插秧	chāyāng
372	C	插足	chāzú
373	C	插嘴	chāzuǐ
374	C	插座	chāzuò
375	C	查問	cháwèn
376	C	查詢	cháxún
377	C	茶餐廳	chácāntīng
378	C	茶點	chádiǎn
379	C	茶壺	cháhú
380	C	茶話會	cháhuàhuì
381	C	茶樓	chálóu
382	C	茶水	cháshuǐ
383	C	察覺	chájué
384	C	岔	chà
385	C	剎那	chànà
386	C	拆毀	chāihuǐ
387	C	拆遷	chāiqiān
388	C	拆息	chāixī
389	C	拆卸	chāixiè
390	C	差餉	chāixiǎng
391	C	柴油機	cháiyóujī
392	C	禪	chán
393	C	蟬	chán
394	C	蟬聯	chánlián
395	C	纏繞	chánrào
396	C	產假	chǎnjià
397	C	產科	chǎnkē
398	C	產權	chǎnquán
399	C	產銷	chǎnxiāo
400	C	鏟除	chǎnchú

401	C	昌盛	chāngshèng
402	C	長方形	chángfāngxíng
403	C	長工	chánggōng
404	C	長廊	chángláng
405	C	長篇	chángpiān
406	C	長線	chángxiàn
407	C	常設	chángshè
408	C	嫦娥	Cháng'é
409	C	償	cháng
410	C	場	cháng
411	C	場子	chǎngzi
412	C	廠礦	chǎngkuàng
413	C	倡導	chàngdǎo
414	C	唱戲	chàngxì
415	C	超標	chāobiāo
416	C	超產	chāochǎn
417	C	超導	chāodǎo
418	C	超短波	chāoduǎnbō
419	C	超前	chāoqián
420	C	超值	chāozhí
421	C	超重	chāozhòng
422	C	朝廷	cháotíng
423	C	吵鬧	chǎonào
424	C	炒菜	chǎocài
425	C	炒飯	chǎofàn
426	C	炒股	chǎogǔ
427	C	炒家	chǎojiā
428	C	車床	chēchuáng
429	C	車夫	chēfū
430	C	車行	chēháng
431	C	車皮	chēpí
432	C	車身	chēshēn
433	C	車速	chēsù
434	C	車位	chēwèi
435	C	撤換	chèhuàn
436	C	撤回	chèhuí
437	C	撤職	chèzhí
438	C	撤走	chèzǒu
439	C	沉寂	chénjì
440	C	沉迷	chénmí
441	C	沉沒	chénmò
442	C	沉睡	chénshuì
443	C	陳設	chénshè
444	C	塵埃	chén'āi
445	C	襯	chèn
446	C	成敗	chéngbài
447	C	成才	chéngcái
448	C	成材	chéngcái
449	C	成家	chéngjiā
450	C	成交量	chéngjiāoliàng
451	C	成年人	chéngniánrén
452	C	成群	chéngqún
453	C	成人教育	chéngrénjiàoyù
454	C	成事	chéngshì
455	C	成衣	chéngyī
456	C	成因	chéngyīn
457	C	成災	chéngzāi
458	C	呈交	chéngjiāo
459	C	承	chéng
460	C	承接	chéngjiē
461	C	城堡	chéngbǎo
462	C	城樓	chénglóu
463	C	城門	chéngmén
464	C	乘搭	chéngdā
465	C	乘涼	chéngliáng
466	C	程式	chéngshì
467	C	誠	chéng
468	C	誠然	chéngrán
469	C	誠摯	chéngzhì
470	C	橙汁	chéngzhī
471	C	懲	chéng
472	C	懲處	chéngchǔ
473	C	懲治	chéngzhì
474	C	吃香	chīxiāng
475	C	池子	chízi
476	C	持有	chíyǒu
477	C	持之以恒	chízhīyǐhéng
478	C	馳騁	chíchěng
479	C	馳名	chímíng
480	C	遲鈍	chídùn
481	C	遲早	chízǎo
482	C	尺度	chǐdù
483	C	尺子	chǐzi
484	C	恥辱	chǐrǔ
485	C	斥責	chìzé
486	C	赤腳	chìjiǎo
487	C	熾熱	chìrè
488	C	充斥	chōngchì
489	C	充飢	chōngjī
490	C	沖刷	chōngshuā
491	C	憧憬	chōngjǐng
492	C	衝	chōng
493	C	衝刺	chōngcì
494	C	衝動	chōngdòng
495	C	衝鋒	chōngfēng
496	C	衝破	chōngpò
497	C	重播	chóngbō
498	C	重唱	chóngchàng
499	C	重返	chóngfǎn
500	C	重建	chóngjiàn
501	C	重溫	chóngwēn
502	C	重現	chóngxiàn

503	C	重演	chóngyǎn
504	C	重陽節	chóngyángjié
505	C	重整	chóngzhěng
506	C	重組	chóngzǔ
507	C	崇敬	chóngjìng
508	C	寵愛	chǒng'ài
509	C	寵物	chǒngwù
510	C	沖	chòng
511	C	抽查	chōuchá
512	C	抽獎	chōujiǎng
513	C	抽空	chōukòng
514	C	抽籤	chōuqiān
515	C	抽取	chōuqǔ
516	C	抽屜	chōu•tì
517	C	酬勞	chóuláo
518	C	綢子	chóuzi
519	C	籌措	chóucuò
520	C	籌款	chóukuǎn
521	C	醜陋	chǒulòu
522	C	醜聞	chǒuwén
523	C	臭氧層	chòuyǎngcéng
524	C	出版物	chūbǎnwù
525	C	出殯	chūbìn
526	C	出兵	chūbīng
527	C	出車	chūchē
528	C	出錯	chūcuò
529	C	出道	chūdào
530	C	出海	chūhǎi
531	C	出乎意料	chūhūyìliào
532	C	出擊	chūjī
533	C	出局	chūjú
534	C	出類拔萃	chūlèibácuì
535	C	出爐	chūlú
536	C	出沒	chūmò
537	C	出納	chūnà
538	C	出難題	chūnántí
539	C	出勤	chūqín
540	C	出神	chūshén
541	C	出示	chūshì
542	C	出手	chūshǒu
543	C	出台	chūtái
544	C	出庭	chūtíng
545	C	出土	chūtǔ
546	C	出線	chūxiàn
547	C	出洋相	chūyángxiàng
548	C	出診	chūzhěn
549	C	出征	chūzhēng
550	C	出眾	chūzhòng
551	C	出資	chūzī
552	C	出走	chūzǒu
553	C	初次	chūcì
554	C	初稿	chūgǎo
555	C	初賽	chūsài
556	C	初時	chūshí
557	C	齣	chū
558	C	除此之外	chúcǐzhīwài
559	C	除去	chúqù
560	C	鋤	chú
561	C	雛形	chúxíng
562	C	櫥窗	chúchuāng
563	C	處死	chǔsǐ
564	C	儲量	chǔliàng
565	C	儲值	chǔzhí
566	C	觸動	chùdòng
567	C	觸發	chùfā
568	C	觸覺	chùjué
569	C	矗立	chùlì
570	C	揣	chuāi
571	C	揣測	chuǎicè
572	C	川流不息	chuānliúbùxī
573	C	穿插	chuānchā
574	C	穿戴	chuāndài
575	C	穿小鞋（兒）	chuānxiǎoxié(r)
576	C	船艙	chuáncāng
577	C	傳呼機	chuánhūjī
578	C	傳奇	chuánqí
579	C	傳入	chuánrù
580	C	傳輸	chuánshū
581	C	傳訊	chuánxùn
582	C	傳言	chuányán
583	C	傳宗接代	chuánzōngjiēdài
584	C	喘息	chuǎnxī
585	C	窗台	chuāngtái
586	C	瘡	chuāng
587	C	創傷	chuāngshāng
588	C	床鋪	chuángpù
589	C	創匯	chuànghuì
590	C	創舉	chuàngjǔ
591	C	創意	chuàngyì
592	C	吹風（兒）	chuīfēng(r)
593	C	吹了	chuīle
594	C	吹牛	chuīniú
595	C	吹捧	chuīpěng
596	C	炊事員	chuīshìyuán
597	C	捶	chuí
598	C	錘	chuí
599	C	春風	chūnfēng
600	C	春耕	chūngēng
601	C	純淨	chúnjìng
602	C	純樸	chúnpǔ
603	C	純熟	chúnshú
604	C	純真	chúnzhēn

605	C	純正	chúnzhèng
606	C	醇	chún
607	C	蠢	chǔn
608	C	輟學	chuòxué
609	C	詞組	cízǔ
610	C	慈愛	cí' ài
611	C	慈悲	cíbēi
612	C	慈善	císhàn
613	C	磁	cí
614	C	磁場	cíchǎng
615	C	磁碟	cídié
616	C	磁鐵	cítiě
617	C	次品	cìpǐn
618	C	次日	cìrì
619	C	刺猬	cìwei
620	C	刺繡	cìxiù
621	C	賜	cì
622	C	蔥	cōng
623	C	從簡	cóngjiǎn
624	C	從速	cóngsù
625	C	從未	cóngwèi
626	C	從嚴	cóngyán
627	C	叢	cóng
628	C	叢林	cónglín
629	C	叢生	cóngshēng
630	C	叢書	cóngshū
631	C	湊巧	còuqiǎo
632	C	粗糧	cūliáng
633	C	粗魯	cūlǔ
634	C	粗略	cūlüè
635	C	粗細	cūxì
636	C	粗心大意	cūxīndàyì
637	C	粗野	cūyě
638	C	促請	cùqǐng
639	C	促銷	cùxiāo
640	C	簇	cù
641	C	催促	cuīcù
642	C	璀璨	cuǐcàn
643	C	村落	cūnluò
644	C	村長	cūnzhǎng
645	C	存戶	cúnhù
646	C	存貨	cúnhuò
647	C	存摺	cúnzhé
648	C	撮	cuō
649	C	措辭	cuòcí
650	C	錯字	cuòzì
651	C	錯綜複雜	cuòzōngfùzá
652	C	搭檔	dādàng
653	C	答卷	dájuàn
654	C	答謝	dáxiè
655	C	達標	dábiāo
656	C	達致	dázhì
657	C	打	dá
658	C	打點滴	dădiăndī
659	C	打動	dădòng
660	C	打鬥	dădòu
661	C	打法	dăfă
662	C	打黑	dăhēi
663	C	打火機	dăhuŏjī
664	C	打卡	dăkă
665	C	打瞌睡	dăkēshuì
666	C	打撈	dălāo
667	C	打亂	dăluàn
668	C	打響	dăxiăng
669	C	打壓	dăyā
670	C	打印機	dăyìnjī
671	C	打折	dăzhé
672	C	大壩	dàbà
673	C	大包大攬	dàbāodàlăn
674	C	大筆	dàbĭ
675	C	大車	dàchē
676	C	大大小小	dàdàxiăoxiăo
677	C	大道理	dàdào•lĭ
678	C	大敵	dàdí
679	C	大抵	dàdĭ
680	C	大典	dàdiăn
681	C	大殿	dàdiàn
682	C	大都會	dàdūhuì
683	C	大幅	dàfú
684	C	大公無私	dàgōngwúsī
685	C	大姑娘	dàgūniang
686	C	大鍋飯	dàguōfàn
687	C	大漢	dàhàn
688	C	大會堂	dàhuìtáng
689	C	大計	dàjì
690	C	大件	dàjiàn
691	C	大將	dàjiàng
692	C	大齡	dàlíng
693	C	大律師	dàlǜshī
694	C	大滿貫	dàmănguàn
695	C	大娘	dàniáng
696	C	大排檔	dàpáidàng
697	C	大氣	dàqì
698	C	大氣候	dàqìhòu
699	C	大嫂	dàsăo
700	C	大使館	dàshĭguăn
701	C	大市	dàshì
702	C	大叔	dàshū
703	C	大水	dàshuĭ
704	C	大踏步	dàtàbù
705	C	大堂	dàtáng
706	C	大同	dàtóng

707	C	大同小異	dàtóngxiǎoyì
708	C	大腿	dàtuǐ
709	C	大王	dàwáng
710	C	大無畏	dàwúwèi
711	C	大行其道	dàxíngqídào
712	C	大雁	dàyàn
713	C	大業	dàyè
714	C	大有可為	dàyǒukěwéi
715	C	大宗	dàzōng
716	C	呆滯	dāizhì
717	C	代理商	dàilǐshāng
718	C	代培	dàipéi
719	C	代銷	dàixiāo
720	C	待崗	dàigǎng
721	C	待人接物	dàirénjiēwù
722	C	怠工	dàigōng
723	C	怠慢	dàimàn
724	C	帶魚	dàiyú
725	C	帶子	dàizi
726	C	丹	dān
727	C	單產	dānchǎn
728	C	單詞	dāncí
729	C	單單	dāndān
730	C	單杠	dāngàng
731	C	單親	dānqīn
732	C	單人	dānrén
733	C	單行線	dānxíngxiàn
734	C	單字	dānzì
735	C	膽固醇	dǎngùchún
736	C	膽量	dǎnliàng
737	C	但願	dànyuàn
738	C	淡薄	dànbó
739	C	淡出	dànchū
740	C	蛋黃（兒）	dànhuáng(r)
741	C	蛋撻	dàntà
742	C	彈弓	dàngōng
743	C	彈頭	dàntóu
744	C	彈藥	dànyào
745	C	當兵	dāngbīng
746	C	當紅	dānghóng
747	C	當即	dāngjí
748	C	當權	dāngquán
749	C	當頭	dāngtóu
750	C	當心	dāngxīn
751	C	當眾	dāngzhòng
752	C	黨魁	dǎngkuí
753	C	黨務	dǎngwù
754	C	蕩	dàng
755	C	檔次	dàngcì
756	C	檔期	dàngqī
757	C	刀刃	dāorèn
758	C	叨嘮	dāolao
759	C	倒賣	dǎomài
760	C	倒臥	dǎowò
761	C	搗毀	dǎohuǐ
762	C	導播	dǎobō
763	C	導出	dǎochū
764	C	導電	dǎodiàn
765	C	導購	dǎogòu
766	C	導管	dǎoguǎn
767	C	導入	dǎorù
768	C	導體	dǎotǐ
769	C	到訪	dàofǎng
770	C	到時	dàoshí
771	C	到頭來	dàotóulái
772	C	到位	dàowèi
773	C	倒掛	dàoguà
774	C	倒計時	dàojìshí
775	C	倒映	dàoyìng
776	C	道士	dàoshi
777	C	道義	dàoyì
778	C	稻草	dàocǎo
779	C	稻穀	dàogǔ
780	C	稻米	dàomǐ
781	C	稻田	dàotián
782	C	稻子	dàozi
783	C	得不償失	débùchángshī
784	C	得逞	déchěng
785	C	得分	défēn
786	C	得手	déshǒu
787	C	得體	détǐ
788	C	得天獨厚	détiāndúhòu
789	C	得悉	déxī
790	C	得心應手	déxīnyìngshǒu
791	C	得益	déyì
792	C	得知	dézhī
793	C	得主	dézhǔ
794	C	德	dé
795	C	德行	déxíng
796	C	德語	Déyǔ
797	C	登場	dēngchǎng
798	C	登山	dēngshān
799	C	燈飾	dēngshì
800	C	燈塔	dēngtǎ
801	C	等同	děngtóng
802	C	低產	dīchǎn
803	C	低潮	dīcháo
804	C	低沉	dīchén
805	C	低檔	dīdàng
806	C	低調	dīdiào
807	C	低估	dīgū
808	C	低谷	dīgǔ

809	C	低廉	dīlián
810	C	低劣	dīliè
811	C	低位	dīwèi
812	C	低音	dīyīn
813	C	提防	dīfang
814	C	迪斯科	dísīkē
815	C	敵軍	díjūn
816	C	底層	dǐcéng
817	C	底線	dǐxiàn
818	C	底子	dǐzi
819	C	抵觸	dǐchù
820	C	抵消	dǐxiāo
821	C	地表	dìbiǎo
822	C	地層	dìcéng
823	C	地產	dìchǎn
824	C	地段	dìduàn
825	C	地方	dìfāng
826	C	地雷	dìléi
827	C	地利	dìlì
828	C	地殼	dìqiào
829	C	地域	dìyù
830	C	地獄	dìyù
831	C	地主	dìzhǔ
832	C	弟妹	dìmèi
833	C	弟子	dìzǐ
834	C	帝國	dìguó
835	C	帝王	dìwáng
836	C	第二職業	dì'èrzhíyè
837	C	典雅	diǎnyǎ
838	C	點滴	diǎndī
839	C	點擊	diǎnjī
840	C	點頭	diǎntóu
841	C	碘	diǎn
842	C	殿堂	diàntáng
843	C	電廠	diànchǎng
844	C	電動機	diàndòngjī
845	C	電鍍	diàndù
846	C	電焊	diànhàn
847	C	電量	diànliàng
848	C	電鈴	diànlíng
849	C	電能	diànnéng
850	C	電鈕	diànniǔ
851	C	電容	diànróng
852	C	電文	diànwén
853	C	電信	diànxìn
854	C	電站	diànzhàn
855	C	電子信箱	diànzǐxìnxiāng
856	C	電子郵件	diànzǐyóujiàn
857	C	電阻	diànzǔ
858	C	刁	diāo
859	C	刁難	diāonàn
860	C	雕	diāo
861	C	雕像	diāoxiàng
862	C	吊車	diàochē
863	C	吊銷	diàoxiāo
864	C	掉頭	diàotóu
865	C	調撥	diàobō
866	C	調換	diàohuàn
867	C	調集	diàojí
868	C	調子	diàozi
869	C	跌幅	diēfú
870	C	跌勢	diēshì
871	C	碟	dié
872	C	叮	dīng
873	C	頂多	dǐngduō
874	C	頂級	dǐngjí
875	C	定案	dìng'àn
876	C	定局	dìngjú
877	C	定禮	dìnglǐ
878	C	定時	dìngshí
879	C	定位	dìngwèi
880	C	定型	dìngxíng
881	C	定性	dìngxìng
882	C	訂單	dìngdān
883	C	訂定	dìngdìng
884	C	訂婚	dìnghūn
885	C	訂貨	dìnghuò
886	C	訂金	dìngjīn
887	C	訂親	dìngqīn
888	C	訂閱	dìngyuè
889	C	丟掉	diūdiào
890	C	丟棄	diūqì
891	C	丟人	diūrén
892	C	冬泳	dōngyǒng
893	C	東奔西走	dōngbēnxīzǒu
894	C	東家	dōngjia
895	C	懂行	dǒngháng
896	C	動不動	dòngbudòng
897	C	動感	dònggǎn
898	C	動彈	dòngtan
899	C	動武	dòngwǔ
900	C	動議	dòngyì
901	C	動輒	dòngzhé
902	C	棟樑	dòngliáng
903	C	斗	dǒu
904	C	陡峭	dǒuqiào
905	C	豆腐腦（兒）	dòufunǎo(r)
906	C	豆角	dòujiǎo
907	C	豆芽（兒）	dòuyá(r)
908	C	豆子	dòuzi
909	C	逗留	dòuliú
910	C	都會	dūhuì

911 C 督察 dūchá
912 C 督導 dūdǎo
913 C 毒打 dúdǎ
914 C 毒素 dúsù
915 C 獨家 dújiā
916 C 獨立自主 dúlìzìzhǔ
917 C 獨生子女 dúshēngzǐnǚ
918 C 獨一無二 dúyīwú'èr
919 C 獨有 dúyǒu
920 C 肚子 dǔzi
921 C 堵車 dǔchē
922 C 堵截 dǔjié
923 C 賭場 dǔchǎng
924 C 賭氣 dǔqì
925 C 杜鵑 dùjuān
926 C 度數 dùshu
927 C 渡船 dùchuán
928 C 渡輪 dùlún
929 C 端詳 duānxiáng
930 C 短處 duǎn•chù
931 C 短促 duǎncù
932 C 短線 duǎnxiàn
933 C 緞子 duànzi
934 C 斷然 duànrán
935 C 斷子絕孫 duànzǐjuésūn
936 C 堆放 duīfàng
937 C 堆填 duītián
938 C 隊友 duìyǒu
939 C 對白 duìbái
940 C 對壘 duìlěi
941 C 對流 duìliú
942 C 對路 duìlù
943 C 對頭 duìtóu
944 C 對症下藥 duìzhèngxiàyào
945 C 對準 duìzhǔn
946 C 蹲點 dūndiǎn
947 C 燉 dùn
948 C 多變 duōbiàn
949 C 多黨制 duōdǎngzhì
950 C 多方 duōfāng
951 C 多勞多得 duōláoduōdé
952 C 多事 duōshì
953 C 多種多樣 duōzhǒngduōyàng
954 C 多姿多彩 duōzīduōcǎi
955 C 奪標 duóbiāo
956 C 奪魁 duókuí
957 C 奪目 duómù
958 C 躲藏 duǒcáng
959 C 舵 duò
960 C 訛 é
961 C 訛詐 ézhà
962 C 俄語 Éyǔ
963 C 蛾子 ézi
964 C 額 é
965 C 扼殺 èshā
966 C 惡補 èbǔ
967 C 惡果 èguǒ
968 C 惡評 èpíng
969 C 惡習 èxí
970 C 遏止 èzhǐ
971 C 鱷魚 èyú
972 C 恩愛 ēn'ài
973 C 恩情 ēnqíng
974 C 恩人 ēnrén
975 C 恩怨 ēnyuàn
976 C 兒科 érkē
977 C 兒媳婦（兒） érxífu(r)
978 C 耳環 ěrhuán
979 C 耳鳴 ěrmíng
980 C 耳目一新 ěrmùyìxīn
981 C 耳熟能詳 ěrshúnéngxiáng
982 C 耳聞 ěrwén
983 C 二胡 èrhú
984 C 二人世界 èrrénshìjiè
985 C 二手 èrshǒu
986 C 二線 èrxiàn
987 C 發案 fā'àn
988 C 發病率 fābìnglǜ
989 C 發電機 fādiànjī
990 C 發奮圖強 fāfèntúqiáng
991 C 發光 fāguāng
992 C 發酵 fājiào
993 C 發亮 fāliàng
994 C 發牌 fāpái
995 C 發胖 fāpàng
996 C 發聲 fāshēng
997 C 發售 fāshòu
998 C 發問 fāwèn
999 C 發芽 fāyá
1000 C 發言權 fāyánquán
1001 C 發揚光大 fāyángguāngdà
1002 C 發源地 fāyuándì
1003 C 發展商 fāzhǎnshāng
1004 C 乏 fá
1005 C 乏力 fálì
1006 C 伐 fá
1007 C 閥門 fámén
1008 C 法例 fǎlì
1009 C 法盲 fǎmáng
1010 C 法西斯 Fǎxīsī
1011 C 法學 fǎxué
1012 C 法語 Fǎyǔ

1013	C	髮型	fàxíng
1014	C	帆布	fānbù
1015	C	番茄	fānqié
1016	C	翻版	fānbǎn
1017	C	翻蓋	fāngài
1018	C	翻閱	fānyuè
1019	C	凡事	fánshì
1020	C	煩悶	fánmèn
1021	C	煩躁	fánzào
1022	C	繁	fán
1023	C	繁複	fánfù
1024	C	繁瑣	fánsuǒ
1025	C	繁體字	fántǐzì
1026	C	繁衍	fányǎn
1027	C	反差	fǎnchā
1028	C	反觀	fǎnguān
1029	C	反饋	fǎnkuì
1030	C	反撲	fǎnpū
1031	C	反傾銷	fǎnqīngxiāo
1032	C	反彈	fǎntán
1033	C	反響	fǎnxiǎng
1034	C	反之	fǎnzhī
1035	C	犯病	fànbìng
1036	C	犯規	fànguī
1037	C	犯渾	fànhún
1038	C	泛	fàn
1039	C	飯盒（兒）	fànhé(r)
1040	C	方便麵	fāngbiànmiàn
1041	C	方程式	fāngchéngshì
1042	C	芳香	fāngxiāng
1043	C	防暴	fángbào
1044	C	防盜	fángdào
1045	C	防洪	fánghóng
1046	C	防護林	fánghùlín
1047	C	防身	fángshēn
1048	C	防偽	fángwěi
1049	C	防務	fángwù
1050	C	防汛	fángxùn
1051	C	防疫站	fángyìzhàn
1052	C	房車	fángchē
1053	C	房錢	fángqián
1054	C	房展	fángzhǎn
1055	C	房主	fángzhǔ
1056	C	仿效	fǎngxiào
1057	C	仿照	fǎngzhào
1058	C	仿真	fǎngzhēn
1059	C	放緩	fànghuǎn
1060	C	放開	fàngkāi
1061	C	放慢	fàngmàn
1062	C	放牧	fàngmù
1063	C	放權	fàngquán
1064	C	放任	fàngrèn
1065	C	放肆	fàngsì
1066	C	放置	fàngzhì
1067	C	非但	fēidàn
1068	C	非得	fēiděi
1069	C	非凡	fēifán
1070	C	非金屬	fēijīnshǔ
1071	C	非禮	fēilǐ
1072	C	飛奔	fēibēn
1073	C	飛馳	fēichí
1074	C	飛揚	fēiyáng
1075	C	飛越	fēiyuè
1076	C	緋聞	fēiwén
1077	C	肺結核	fèijiéhé
1078	C	肺炎	fèiyán
1079	C	費勁	fèijìn
1080	C	廢水	fèishuǐ
1081	C	廢渣	fèizhā
1082	C	廢止	fèizhǐ
1083	C	廢紙	fèizhǐ
1084	C	分辯	fēnbiàn
1085	C	分寸	fēncun
1086	C	分發	fēnfā
1087	C	分管	fēnguǎn
1088	C	分行	fēnháng
1089	C	分會	fēnhuì
1090	C	分母	fēnmǔ
1091	C	分批	fēnpī
1092	C	分手	fēnshǒu
1093	C	分頭	fēntóu
1094	C	分文	fēnwén
1095	C	芬芳	fēnfāng
1096	C	紛飛	fēnfēi
1097	C	紛爭	fēnzhēng
1098	C	焚化爐	fénhuàlú
1099	C	墳地	féndì
1100	C	粉紅	fěnhóng
1101	C	粉末	fěnmò
1102	C	份子	fènzǐ
1103	C	憤恨	fènhèn
1104	C	奮不顧身	fènbúgùshēn
1105	C	奮力	fènlì
1106	C	奮起	fènqǐ
1107	C	封建主義	fēngjiànzhǔyì
1108	C	封面	fēngmiàn
1109	C	封殺	fēngshā
1110	C	風範	fēngfàn
1111	C	風景區	fēngjǐngqū
1112	C	風流	fēngliú
1113	C	風靡	fēngmǐ
1114	C	風情	fēngqíng

1115	C	風球	fēngqiú
1116	C	風濕	fēngshī
1117	C	風水	fēng•shuǐ
1118	C	風速	fēngsù
1119	C	風頭	fēngtou
1120	C	風土人情	fēngtǔrénqíng
1121	C	風行	fēngxíng
1122	C	風雨	fēngyǔ
1123	C	烽火	fēnghuǒ
1124	C	蜂	fēng
1125	C	蜂蜜	fēngmì
1126	C	蜂擁	fēngyōng
1127	C	豐厚	fēnghòu
1128	C	逢年過節	féngniánguòjié
1129	C	縫隙	fèngxì
1130	C	夫	fū
1131	C	敷	fū
1132	C	敷衍	fū•yǎn
1133	C	膚淺	fūqiǎn
1134	C	孵化	fūhuà
1135	C	伏	fú
1136	C	扶貧	fúpín
1137	C	扶植	fúzhí
1138	C	服務器	fúwùqì
1139	C	服役	fúyì
1140	C	浮雕	fúdiāo
1141	C	浮現	fúxiàn
1142	C	幅員	fúyuán
1143	C	福利房	fúlìfáng
1144	C	福音	fúyīn
1145	C	斧子	fǔzi
1146	C	俯首	fǔshǒu
1147	C	撫育	fǔyù
1148	C	付運	fùyùn
1149	C	附和	fùhè
1150	C	附加值	fùjiāzhí
1151	C	附件	fùjiàn
1152	C	附設	fùshè
1153	C	附小	fùxiǎo
1154	C	附中	fùzhōng
1155	C	負面	fùmiàn
1156	C	負增長	fùzēngzhǎng
1157	C	負資產	fùzīchǎn
1158	C	副本	fùběn
1159	C	副食品	fùshípǐn
1160	C	婦	fù
1161	C	婦產科	fùchǎnkē
1162	C	婦孺	fùrú
1163	C	婦幼	fùyòu
1164	C	富貴	fùguì
1165	C	富豪	fùháo
1166	C	富翁	fùwēng
1167	C	復辟	fùbì
1168	C	復出	fùchū
1169	C	復發	fùfā
1170	C	復工	fùgōng
1171	C	復活節	Fùhuójié
1172	C	復交	fùjiāo
1173	C	復賽	fùsài
1174	C	復員	fùyuán
1175	C	腹部	fùbù
1176	C	腹地	fùdì
1177	C	複	fù
1178	C	複式	fùshì
1179	C	賦	fù
1180	C	賦稅	fùshuì
1181	C	咖喱	gālí
1182	C	改版	gǎibǎn
1183	C	改動	gǎidòng
1184	C	改行	gǎiháng
1185	C	改邪歸正	gǎixiéguīzhèng
1186	C	改選	gǎixuǎn
1187	C	改用	gǎiyòng
1188	C	改裝	gǎizhuāng
1189	C	概	gài
1190	C	概述	gàishù
1191	C	甘	gān
1192	C	杆	gān
1193	C	肝臟	gānzàng
1194	C	竿	gān
1195	C	尷尬	gāngà
1196	C	稈	gǎn
1197	C	感化	gǎnhuà
1198	C	感嘆	gǎntàn
1199	C	感性	gǎnxìng
1200	C	感應	gǎnyìng
1201	C	趕車	gǎnchē
1202	C	趕赴	gǎnfù
1203	C	趕走	gǎnzǒu
1204	C	缸	gāng
1205	C	剛好	gānghǎo
1206	C	剛巧	gāngqiǎo
1207	C	鋼板	gāngbǎn
1208	C	鋼筋	gāngjīn
1209	C	鋼絲	gāngsī
1210	C	港姐	gǎngjiě
1211	C	港人	gǎngrén
1212	C	高地	gāodì
1213	C	高幹	gāogàn
1214	C	高跟（兒）鞋	gāogēn(r)xié
1215	C	高官	gāoguān
1216	C	高舉	gāojǔ

1217	C	高考	gāokǎo
1218	C	高利貸	gāolìdài
1219	C	高粱	gāoliang
1220	C	高能	gāonéng
1221	C	高蹺	gāoqiāo
1222	C	高聲	gāoshēng
1223	C	高手	gāoshǒu
1224	C	高位	gāowèi
1225	C	高息	gāoxī
1226	C	高下	gāoxià
1227	C	高小	gāoxiǎo
1228	C	高效	gāoxiào
1229	C	高校	gāoxiào
1230	C	高壓鍋	gāoyāguō
1231	C	高雅	gāoyǎ
1232	C	高音	gāoyīn
1233	C	搞定	gǎodìng
1234	C	搞對象	gǎoduìxiàng
1235	C	搞鬼	gǎoguǐ
1236	C	搞笑	gǎoxiào
1237	C	稿件	gǎojiàn
1238	C	稿紙	gǎozhǐ
1239	C	告急	gàojí
1240	C	告示	gào•shì
1241	C	告知	gàozhī
1242	C	哥們（兒）	gēmen(r)
1243	C	歌迷	gēmí
1244	C	歌聲	gēshēng
1245	C	歌壇	gētán
1246	C	歌謠	gēyáo
1247	C	革	gé
1248	C	格格不入	gégébúrù
1249	C	格式	gé•shì
1250	C	隔音	géyīn
1251	C	各奔前程	gèbènqiánchéng
1252	C	各別	gèbié
1253	C	各行其道	gèxíngqídào
1254	C	各種各樣	gèzhǒnggèyàng
1255	C	個案	gè’àn
1256	C	個體戶	gètǐhù
1257	C	根基	gēnjī
1258	C	根據地	gēnjùdì
1259	C	根深蒂固	gēnshēndìgù
1260	C	根治	gēnzhì
1261	C	跟進	gēnjìn
1262	C	跟前	gēnqián
1263	C	更正	gēngzhèng
1264	C	耕	gēng
1265	C	耕耘	gēngyún
1266	C	耕作	gēngzuò
1267	C	梗	gěng
1268	C	工場	gōngchǎng
1269	C	工潮	gōngcháo
1270	C	工讀	gōngdú
1271	C	工段	gōngduàn
1272	C	工具書	gōngjùshū
1273	C	工礦	gōngkuàng
1274	C	工期	gōngqī
1275	C	工人階級	gōngrénjiējí
1276	C	工傷	gōngshāng
1277	C	工作服	gōngzuòfú
1278	C	工作組	gōngzuòzǔ
1279	C	公安局	gōng’ānjú
1280	C	公德	gōngdé
1281	C	公噸	gōngdūn
1282	C	公公	gōnggong
1283	C	公害	gōnghài
1284	C	公雞	gōngjī
1285	C	公積金	gōngjījīn
1286	C	公僕	gōngpú
1287	C	公升	gōngshēng
1288	C	公署	gōngshǔ
1289	C	公私	gōngsī
1290	C	公文	gōngwén
1291	C	公屋	gōngwū
1292	C	公益	gōngyì
1293	C	公營	gōngyíng
1294	C	公債	gōngzhài
1295	C	公職	gōngzhí
1296	C	公眾人物	gōngzhòngrénwù
1297	C	功臣	gōngchén
1298	C	功勳	gōngxūn
1299	C	攻破	gōngpò
1300	C	攻佔	gōngzhàn
1301	C	供電	gōngdiàn
1302	C	供樓	gōnglóu
1303	C	供求	gōngqiú
1304	C	供銷	gōngxiāo
1305	C	供應商	gōngyìngshāng
1306	C	恭喜	gōngxǐ
1307	C	共存	gòngcún
1308	C	共和	gònghé
1309	C	共事	gòngshì
1310	C	共同體	gòngtóngtǐ
1311	C	共享	gòngxiǎng
1312	C	共性	gòngxìng
1313	C	共用	gòngyòng
1314	C	篝火	gōuhuǒ
1315	C	勾當	gòu•dàng
1316	C	構件	gòujiàn
1317	C	構建	gòujiàn
1318	C	構圖	gòutú

1319	C	購銷	gòuxiāo
1320	C	估	gū
1321	C	估價	gūjià
1322	C	估量	gū•liáng
1323	C	姑媽	gūmā
1324	C	姑且	gūqiě
1325	C	孤兒	gū'ér
1326	C	沽	gū
1327	C	沽盤	gūpán
1328	C	沽售	gūshòu
1329	C	古董	gǔdǒng
1330	C	古今	gǔjīn
1331	C	古文	gǔwén
1332	C	股份制	gǔfènzhì
1333	C	股價	gǔjià
1334	C	股民	gǔmín
1335	C	股權	gǔquán
1336	C	股息	gǔxī
1337	C	骨骼	gǔgé
1338	C	骨灰	gǔhuī
1339	C	骨髓	gǔsuǐ
1340	C	骨折	gǔzhé
1341	C	穀物	gǔwù
1342	C	穀子	gǔzi
1343	C	固	gù
1344	C	故此	gùcǐ
1345	C	僱主	gùzhǔ
1346	C	顧名思義	gùmíngsīyì
1347	C	顧全大局	gùquándàjú
1348	C	刮目相看	guāmùxiāngkàn
1349	C	掛零	guàlíng
1350	C	掛念	guàniàn
1351	C	掛帥	guàshuài
1352	C	掛職	guàzhí
1353	C	乖巧	guāiqiǎo
1354	C	枴杖	guǎizhàng
1355	C	怪物	guàiwu
1356	C	官兵	guānbīng
1357	C	官吏	guānlì
1358	C	官僚主義	guānliáozhǔyì
1359	C	官司	guānsi
1360	C	官職	guānzhí
1361	C	關乎	guānhū
1362	C	關節	guānjié
1363	C	關口	guānkǒu
1364	C	關聯	guānlián
1365	C	關貿	guānmào
1366	C	關照	guānzhào
1367	C	觀察員	guānchályuán
1368	C	觀感	guāngǎn
1369	C	觀摩	guānmó
1370	C	觀音	Guānyīn
1371	C	管家	guǎn•jiā
1372	C	管教	guǎnjiào
1373	C	管事	guǎnshì
1374	C	管弦樂	guǎnxiányuè
1375	C	管用	guǎnyòng
1376	C	管治	guǎnzhì
1377	C	冠	guàn
1378	C	貫通	guàntōng
1379	C	慣性	guànxìng
1380	C	慣用語	guànyòngyǔ
1381	C	灌木	guànmù
1382	C	光標	guāngbiāo
1383	C	光碟	guāngdié
1384	C	光顧	guānggù
1385	C	光景	guāngjǐng
1386	C	光纜	guānglǎn
1387	C	光臨	guānglín
1388	C	光纖	guāngxiān
1389	C	光學	guāngxué
1390	C	光陰	guāngyīn
1391	C	光澤	guāngzé
1392	C	光照	guāngzhào
1393	C	廣義	guǎngyì
1394	C	規程	guīchéng
1395	C	瑰寶	guībǎo
1396	C	龜	guī
1397	C	歸根結底	guīgēnjiédǐ
1398	C	歸功	guīgōng
1399	C	歸國	guīguó
1400	C	歸化	guīhuà
1401	C	歸咎	guījiù
1402	C	歸僑	guīqiáo
1403	C	硅	guī
1404	C	軌	guǐ
1405	C	劊子手	guìzishǒu
1406	C	滾蛋	gǔndàn
1407	C	鍋爐	guōlú
1408	C	國標	guóbiāo
1409	C	國貨	guóhuò
1410	C	國際法	guójìfǎ
1411	C	國際主義	guójìzhǔyì
1412	C	國家隊	guójiāduì
1413	C	國界	guójiè
1414	C	國境	guójìng
1415	C	國立	guólì
1416	C	國民經濟	guómínjīngjì
1417	C	國企	guóqǐ
1418	C	國事	guóshì
1419	C	國是	guóshì
1420	C	國王	guówáng

1421	C	國務卿	guówùqīng
1422	C	果	guǒ
1423	C	果真	guǒzhēn
1424	C	果汁	guǒzhī
1425	C	過不去	guò•bùqù
1426	C	過道	guòdào
1427	C	過得去	guòdeqù
1428	C	過渡期	guòdùqī
1429	C	過戶	guòhù
1430	C	過境	guòjìng
1431	C	過量	guòliàng
1432	C	過敏	guòmǐn
1433	C	過熱	guòrè
1434	C	過往	guòwǎng
1435	C	過夜	guòyè
1436	C	過癮	guòyǐn
1437	C	海島	hǎidǎo
1438	C	海歸	hǎiguī
1439	C	海浪	hǎilàng
1440	C	海洛因	hǎiluòyīn
1441	C	海鷗	hǎi'ōu
1442	C	海棠	hǎitáng
1443	C	海豚	hǎitún
1444	C	海員	hǎiyuán
1445	C	海藻	hǎizǎo
1446	C	害羞	hàixiū
1447	C	駭人聽聞	hàiréntīngwén
1448	C	含金量	hánjīnliàng
1449	C	含蓄	hánxù
1450	C	函	hán
1451	C	函件	hánjiàn
1452	C	涵蓋	hángài
1453	C	寒風	hánfēng
1454	C	寒暄	hánxuān
1455	C	罕有	hǎnyǒu
1456	C	汗衫	hànshān
1457	C	汗水	hànshuǐ
1458	C	焊接	hànjiē
1459	C	漢奸	hànjiān
1460	C	漢子	hànzi
1461	C	漢族	Hànzú
1462	C	航程	hángchéng
1463	C	毫不	háobù
1464	C	毫克	háokè
1465	C	毫升	háoshēng
1466	C	好歹	hǎodǎi
1467	C	好過	hǎoguò
1468	C	好話	hǎohuà
1469	C	好受	hǎoshòu
1470	C	好笑	hǎoxiào
1471	C	好意	hǎoyì
1472	C	好動	hàodòng
1473	C	好客	hàokè
1474	C	好奇心	hàoqíxīn
1475	C	好學	hàoxué
1476	C	耗資	hàozī
1477	C	號角	hàojiǎo
1478	C	禾苗	hémiáo
1479	C	合辦	hébàn
1480	C	合得來	hédelái
1481	C	合同工	hétonggōng
1482	C	合影	héyǐng
1483	C	合用	héyòng
1484	C	合約	héyuē
1485	C	合照	hézhào
1486	C	合著	hézhù
1487	C	何嘗	hécháng
1488	C	何止	hézhǐ
1489	C	和平共處	hepínggòngchǔ
1490	C	河床	héchuáng
1491	C	核查	héchá
1492	C	核電	hédiàn
1493	C	核對	héduì
1494	C	核實	héshí
1495	C	核准	hézhǔn
1496	C	盒子	hézi
1497	C	荷爾蒙	hé'ěrméng
1498	C	荷葉	héyè
1499	C	喝彩	hècǎi
1500	C	賀電	hèdiàn
1501	C	賀卡	hèkǎ
1502	C	黑客	hēikè
1503	C	黑馬	hēimǎ
1504	C	黑色收入	hēisèshōurù
1505	C	黑社會	hēishèhuì
1506	C	狠毒	hěndú
1507	C	恨不能	hènbunéng
1508	C	恒星	héngxīng
1509	C	橫貫	héngguàn
1510	C	橫掃	héngsǎo
1511	C	橫	hèng
1512	C	烘乾	hōnggān
1513	C	哄動	hōngdòng
1514	C	轟隆	hōnglōng
1515	C	轟炸機	hōngzhàjī
1516	C	洪峰	hóngfēng
1517	C	紅包（兒）	hóngbāo(r)
1518	C	紅茶	hóngchá
1519	C	紅豆	hóngdòu
1520	C	紅花	hónghuā
1521	C	紅牌	hóngpái
1522	C	紅十字	hóngshízì

1523	C	紅外線	hóngwàixiàn
1524	C	紅星	hóngxīng
1525	C	紅眼病	hóngyǎnbìng
1526	C	紅葉	hóngyè
1527	C	鴻圖	hóngtú
1528	C	後盾	hòudùn
1529	C	後防	hòufáng
1530	C	後顧之憂	hòugùzhīyōu
1531	C	後勁	hòujìn
1532	C	後進	hòujìn
1533	C	後門（兒）	hòumén(r)
1534	C	後人	hòurén
1535	C	後世	hòushì
1536	C	後台	hòutái
1537	C	後衛	hòuwèi
1538	C	後續	hòuxù
1539	C	後裔	hòuyì
1540	C	後者	hòuzhě
1541	C	候車	hòuchē
1542	C	呼喊	hūhǎn
1543	C	呼呼	hūhū
1544	C	呼喚	hūhuàn
1545	C	呼機	hūjī
1546	C	呼叫	hūjiào
1547	C	呼應	hūyìng
1548	C	忽	hū
1549	C	胡來	húlái
1550	C	胡蘿蔔	húluóbo
1551	C	胡鬧	húnào
1552	C	胡說八道	húshuōbādào
1553	C	湖泊	húpō
1554	C	葫蘆	húlu
1555	C	糊口	húkǒu
1556	C	鬍鬚	húxū
1557	C	核（兒）	hú(r)
1558	C	互動	hùdòng
1559	C	互訪	hùfǎng
1560	C	互惠	hùhuì
1561	C	戶籍	hùjí
1562	C	戶外	hùwài
1563	C	戶主	hùzhǔ
1564	C	滬	hù
1565	C	護髮	hùfà
1566	C	護航	hùháng
1567	C	護士長	hùshizhǎng
1568	C	護送	hùsòng
1569	C	護衛員	hùwèiyuán
1570	C	花瓣	huābàn
1571	C	花草	huācǎo
1572	C	花車	huāchē
1573	C	花燈	huādēng
1574	C	花粉	huāfěn
1575	C	花紅	huāhóng
1576	C	花椒	huājiāo
1577	C	花轎	huājiào
1578	C	花木	huāmù
1579	C	花盆	huāpén
1580	C	花瓶	huāpíng
1581	C	花旗參	huāqíshēn
1582	C	花圈	huāquān
1583	C	花招（兒）	huāzhāo(r)
1584	C	滑落	huáluò
1585	C	滑梯	huátī
1586	C	滑行	huáxíng
1587	C	化合	huàhé
1588	C	化解	huàjiě
1589	C	畫冊	huàcè
1590	C	畫廊	huàláng
1591	C	畫蛇添足	huàshétiānzú
1592	C	話說	huàshuō
1593	C	話筒	huàtǒng
1594	C	話語	huàyǔ
1595	C	劃時代	huàshídài
1596	C	槐樹	huáishù
1597	C	懷抱	huáibào
1598	C	懷舊	huáijiù
1599	C	壞事	huàishì
1600	C	歡	huān
1601	C	歡度	huāndù
1602	C	歡快	huānkuài
1603	C	歡騰	huānténg
1604	C	歡欣	huānxīn
1605	C	還擊	huánjī
1606	C	還債	huánzhài
1607	C	緩解	huǎnjiě
1608	C	患病	huànbìng
1609	C	喚	huàn
1610	C	喚起	huànqǐ
1611	C	煥發	huànfā
1612	C	煥然一新	huànrányìxīn
1613	C	荒廢	huāngfèi
1614	C	荒山	huāngshān
1615	C	荒唐	huāng•táng
1616	C	慌亂	huāngluàn
1617	C	皇宮	huánggōng
1618	C	皇后	huánghòu
1619	C	皇家	huángjiā
1620	C	皇上	huángshang
1621	C	皇室	huángshì
1622	C	皇太后	huángtàihòu
1623	C	黃豆	huángdòu
1624	C	黃花魚	huánghuāyú

1625	C	黃牌	huángpái
1626	C	黃油	huángyóu
1627	C	蝗蟲	huángchóng
1628	C	謊言	huǎngyán
1629	C	晃動	huàngdòng
1630	C	晃悠	huàngyou
1631	C	灰色	huīsè
1632	C	灰色收入	huīsèshōurù
1633	C	揮動	huīdòng
1634	C	揮手	huīshǒu
1635	C	揮舞	huīwǔ
1636	C	回報	huíbào
1637	C	回潮	huícháo
1638	C	回覆	huífù
1639	C	回饋	huíkuì
1640	C	回禮	huílǐ
1641	C	回聲	huíshēng
1642	C	回味	huíwèi
1643	C	回鄉證	huíxiāngzhèng
1644	C	回憶錄	huíyìlù
1645	C	回音	huíyīn
1646	C	回應	huíyìng
1647	C	回轉	huízhuǎn
1648	C	迴旋	huíxuán
1649	C	悔	huǐ
1650	C	悔恨	huǐhèn
1651	C	匯合	huìhé
1652	C	匯款	huìkuǎn
1653	C	匯演	huìyǎn
1654	C	會客	huìkè
1655	C	會期	huìqī
1656	C	會堂	huìtáng
1657	C	會員卡	huìyuánkǎ
1658	C	會戰	huìzhàn
1659	C	會診	huìzhěn
1660	C	諱言	huìyán
1661	C	繪製	huìzhì
1662	C	薈萃	huìcuì
1663	C	婚期	hūnqī
1664	C	婚喪嫁娶	hūnsāngjiàqǔ
1665	C	婚紗	hūnshā
1666	C	婚姻法	hūnyīnfǎ
1667	C	渾	hún
1668	C	餛飩	húntun
1669	C	混紡	hùnfǎng
1670	C	混雜	hùnzá
1671	C	混戰	hùnzhàn
1672	C	混濁	hùnzhuó
1673	C	豁	huō
1674	C	活佛	huófó
1675	C	活塞	huósāi
1676	C	活生生	huóshēngshēng
1677	C	活性	huóxìng
1678	C	活用	huóyòng
1679	C	火車頭	huǒchētóu
1680	C	火光	huǒguāng
1681	C	火鍋	huǒguō
1682	C	火化	huǒhuà
1683	C	火爐	huǒlú
1684	C	火氣	huǒqì
1685	C	火熱	huǒrè
1686	C	火星	huǒxīng
1687	C	火葬	huǒzàng
1688	C	火葬場	huǒzàngchǎng
1689	C	火種	huǒzhǒng
1690	C	貨場	huòchǎng
1691	C	貨船	huòchuán
1692	C	貨櫃	huòguì
1693	C	貨款	huòkuǎn
1694	C	貨品	huòpǐn
1695	C	貨位	huòwèi
1696	C	禍害	huòhai
1697	C	獲釋	huòshì
1698	C	獲准	huòzhǔn
1699	C	豁免	huòmiǎn
1700	C	基	jī
1701	C	基本法	jīběnfǎ
1702	C	基督	Jīdū
1703	C	基石	jīshí
1704	C	基數	jīshù
1705	C	基準	jīzhǔn
1706	C	機票	jīpiào
1707	C	機器人	jī•qìrén
1708	C	機體	jītǐ
1709	C	機翼	jīyì
1710	C	激活	jīhuó
1711	C	激流	jīliú
1712	C	激怒	jīnù
1713	C	激增	jīzēng
1714	C	積存	jīcún
1715	C	積澱	jīdiàn
1716	C	積肥	jīféi
1717	C	積聚	jījù
1718	C	積木	jīmù
1719	C	積蓄	jīxù
1720	C	積雪	jīxuě
1721	C	擊斃	jībì
1722	C	擊毀	jīhuǐ
1723	C	擊落	jīluò
1724	C	擊退	jītuì
1725	C	擊中	jīzhòng
1726	C	羈留	jīliú

1727	C	吉	jí
1728	C	吉利	jílì
1729	C	吉普車	jípǔchē
1730	C	吉他	jítā
1731	C	即日	jírì
1732	C	即時	jíshí
1733	C	急病	jíbìng
1734	C	急促	jícù
1735	C	急挫	jícuò
1736	C	急救	jíjiù
1737	C	急速	jísù
1738	C	急診	jízhěn
1739	C	疾苦	jíkǔ
1740	C	棘手	jíshǒu
1741	C	集成	jíchéng
1742	C	集思廣益	jísīguǎngyì
1743	C	集裝箱	jízhuāngxiāng
1744	C	極點	jídiǎn
1745	C	極品	jípǐn
1746	C	極權	jíquán
1747	C	輯	jí
1748	C	藉	jí
1749	C	籍	jí
1750	C	籍貫	jíguàn
1751	C	己	jǐ
1752	C	脊樑	jǐliang
1753	C	擠壓	jǐyā
1754	C	忌	jì
1755	C	忌妒	jìdu
1756	C	技	jì
1757	C	技師	jìshī
1758	C	季風	jìfēng
1759	C	季軍	jìjūn
1760	C	紀檢	jìjiǎn
1761	C	紀錄片	jìlùpiàn
1762	C	紀要	jìyào
1763	C	計量	jìliàng
1764	C	計數	jìshù
1765	C	記名	jìmíng
1766	C	記事（兒）	jìshì(r)
1767	C	記敍	jìxù
1768	C	寄生	jìshēng
1769	C	寄予	jìyǔ
1770	C	祭	jì
1771	C	祭祀	jìsì
1772	C	暨	jì
1773	C	際	jì
1774	C	劑	jì
1775	C	繼任	jìrèn
1776	C	加點	jiādiǎn
1777	C	加幅	jiāfú
1778	C	加急	jiājí
1779	C	加密	jiāmì
1780	C	加派	jiāpài
1781	C	加熱	jiārè
1782	C	加息	jiāxī
1783	C	佳話	jiāhuà
1784	C	佳績	jiājì
1785	C	佳麗	jiālì
1786	C	家畜	jiāchù
1787	C	家電	jiādiàn
1788	C	家訪	jiāfǎng
1789	C	家規	jiāguī
1790	C	家境	jiājìng
1791	C	家居	jiājū
1792	C	家門	jiāmén
1793	C	家禽	jiāqín
1794	C	家事	jiāshì
1795	C	家務事	jiāwùshì
1796	C	家喻戶曉	jiāyùhùxiǎo
1797	C	家園	jiāyuán
1798	C	嘉年華	jiāniánhuá
1799	C	頰	jiá
1800	C	鉀	jiǎ
1801	C	假唱	jiǎchàng
1802	C	架構	jiàgòu
1803	C	架空	jiàkōng
1804	C	架設	jiàshè
1805	C	假日經濟	jiàrìjīngjì
1806	C	嫁妝	jiàzhuang
1807	C	價位	jiàwèi
1808	C	駕臨	jiàlín
1809	C	駕校	jiàxiào
1810	C	駕馭	jiàyù
1811	C	兼備	jiānbèi
1812	C	兼併	jiānbìng
1813	C	兼容	jiānróng
1814	C	堅韌	jiānrèn
1815	C	堅守	jiānshǒu
1816	C	堅挺	jiāntǐng
1817	C	堅貞不屈	jiānzhēnbùqū
1818	C	監測	jiāncè
1819	C	監護	jiānhù
1820	C	監控	jiānkòng
1821	C	監製	jiānzhì
1822	C	艱辛	jiānxīn
1823	C	減肥	jiǎnféi
1824	C	減負	jiǎnfù
1825	C	減緩	jiǎnhuǎn
1826	C	減息	jiǎnxī
1827	C	減災	jiǎnzāi
1828	C	儉樸	jiǎnpǔ

1829	C	檢察官	jiǎncháguān
1830	C	檢察院	jiǎncháyuàn
1831	C	檢獲	jiǎnhuò
1832	C	檢控	jiǎnkòng
1833	C	檢索	jiǎnsuǒ
1834	C	檢閱	jiǎnyuè
1835	C	簡報	jiǎnbào
1836	C	簡化字	jiǎnhuàzì
1837	C	簡潔	jiǎnjié
1838	C	簡介	jiǎnjiè
1839	C	簡歷	jiǎnlì
1840	C	簡體字	jiǎntǐzì
1841	C	簡訊	jiǎnxùn
1842	C	繭	jiǎn
1843	C	見證	jiànzhèng
1844	C	健將	jiànjiàng
1845	C	間歇	jiànxiē
1846	C	箭頭	jiàntóu
1847	C	鍵	jiàn
1848	C	艦隊	jiànduì
1849	C	艦艇	jiàntǐng
1850	C	鑒賞	jiànshǎng
1851	C	江河	jiānghé
1852	C	江湖	jiānghú
1853	C	江山	jiāngshān
1854	C	將就	jiāngjiu
1855	C	僵化	jiānghuà
1856	C	僵局	jiāngjú
1857	C	僵硬	jiāngyìng
1858	C	漿	jiāng
1859	C	槳	jiǎng
1860	C	獎杯	jiǎngbēi
1861	C	獎券	jiǎngquàn
1862	C	獎項	jiǎngxiàng
1863	C	獎章	jiǎngzhāng
1864	C	講授	jiǎngshòu
1865	C	講台	jiǎngtái
1866	C	講學	jiǎngxué
1867	C	講者	jiǎngzhě
1868	C	降價	jiàngjià
1869	C	降臨	jiànglín
1870	C	降水	jiàngshuǐ
1871	C	降雨	jiàngyǔ
1872	C	將士	jiàngshì
1873	C	強	jiàng
1874	C	交道	jiāodào
1875	C	交點	jiāodiǎn
1876	C	交鋒	jiāofēng
1877	C	交還	jiāohuán
1878	C	交接	jiāojiē
1879	C	交納	jiāonà
1880	C	交情	jiāoqing
1881	C	交手	jiāoshǒu
1882	C	交織	jiāozhī
1883	C	郊	jiāo
1884	C	郊野	jiāoyě
1885	C	焦慮	jiāolǜ
1886	C	嬌慣	jiāoguàn
1887	C	嬌生慣養	jiāoshēngguànyǎng
1888	C	澆灌	jiāoguàn
1889	C	膠水	jiāoshuǐ
1890	C	膠紙	jiāozhǐ
1891	C	礁石	jiāoshí
1892	C	驕人	jiāorén
1893	C	嚼	jiáo
1894	C	角膜	jiǎomó
1895	C	絞	jiǎo
1896	C	腳下	jiǎoxià
1897	C	僥倖	jiǎoxìng
1898	C	矯正	jiǎozhèng
1899	C	繳付	jiǎofù
1900	C	繳獲	jiǎohuò
1901	C	繳交	jiǎojiāo
1902	C	叫好	jiàohǎo
1903	C	叫聲	jiàoshēng
1904	C	叫囂	jiàoxiāo
1905	C	教誨	jiàohuì
1906	C	教具	jiàojù
1907	C	教齡	jiàolíng
1908	C	教士	jiàoshì
1909	C	教唆	jiàosuō
1910	C	轎子	jiàozi
1911	C	皆	jiē
1912	C	接到	jiēdào
1913	C	接二連三	jiē’èrliánsān
1914	C	接獲	jiēhuò
1915	C	接口	jiēkǒu
1916	C	接壤	jiērǎng
1917	C	接任	jiērèn
1918	C	接應	jiēyìng
1919	C	接種	jiēzhòng
1920	C	揭曉	jiēxiǎo
1921	C	階梯	jiētī
1922	C	劫案	jié’àn
1923	C	劫機	jiéjī
1924	C	結伴	jiébàn
1925	C	結成	jiéchéng
1926	C	結核	jiéhé
1927	C	結交	jiéjiāo
1928	C	結盟	jiéméng
1929	C	結石	jiéshí
1930	C	結尾	jiéwěi

1931	C	節儉	jiéjiǎn
1932	C	節慶	jiéqìng
1933	C	節食	jiéshí
1934	C	節制	jiézhì
1935	C	截獲	jiéhuò
1936	C	潔淨	jiéjìng
1937	C	潔具	jiéjù
1938	C	姐夫	jiěfu
1939	C	解凍	jiědòng
1940	C	解救	jiějiù
1941	C	解說	jiěshuō
1942	C	解體	jiětǐ
1943	C	解脫	jiětuō
1944	C	介乎	jièhū
1945	C	介入	jièrù
1946	C	介紹信	jièshàoxìn
1947	C	介意	jièyì
1948	C	戒	jiè
1949	C	戒毒	jièdú
1950	C	屆滿	jièmǎn
1951	C	界定	jièdìng
1952	C	借貸	jièdài
1953	C	借款	jièkuǎn
1954	C	藉以	jièyǐ
1955	C	藉着	jièzhe
1956	C	今宵	jīnxiāo
1957	C	金幣	jīnbì
1958	C	金礦	jīnkuàng
1959	C	金曲	jīnqǔ
1960	C	金融界	jīnróngjiè
1961	C	金色	jīnsè
1962	C	金市	jīnshì
1963	C	金子	jīnzi
1964	C	筋	jīn
1965	C	緊湊	jǐncòu
1966	C	緊俏	jǐnqiào
1967	C	緊貼	jǐntiē
1968	C	儘可能	jǐnkěnéng
1969	C	錦標	jǐnbiāo
1970	C	錦上添花	jǐnshàngtiānhuā
1971	C	錦繡	jǐnxiù
1972	C	謹	jǐn
1973	C	近處	jìnchù
1974	C	近乎	jìnhū
1975	C	勁頭	jìntóu
1976	C	晉級	jìnjí
1977	C	晉身	jìnshēn
1978	C	進出	jìnchū
1979	C	進場	jìnchǎng
1980	C	進發	jìnfā
1981	C	進價	jìnjià
1982	C	進食	jìnshí
1983	C	進行曲	jìnxíngqǔ
1984	C	進賬	jìnzhàng
1985	C	禁毒	jìndú
1986	C	禁放	jìnfàng
1987	C	禁錮	jìngù
1988	C	禁運	jìnyùn
1989	C	禁制	jìnzhì
1990	C	盡頭	jìntóu
1991	C	晶體	jīngtǐ
1992	C	晶瑩	jīngyíng
1993	C	經改	jīnggǎi
1994	C	經紀	jīngjì
1995	C	經銷商	jīngxiāoshāng
1996	C	經營權	jīngyíngquán
1997	C	精打細算	jīngdǎxìsuàn
1998	C	精幹	jīnggàn
1999	C	精良	jīngliáng
2000	C	精靈	jīng•líng
2001	C	精明	jīngmíng
2002	C	精湛	jīngzhàn
2003	C	精製	jīngzhì
2004	C	驚詫	jīngchà
2005	C	驚惶	jīnghuáng
2006	C	驚嘆	jīngtàn
2007	C	驚喜	jīngxǐ
2008	C	驚險	jīngxiǎn
2009	C	驚醒	jīngxǐng
2010	C	景氣	jǐngqì
2011	C	警	jǐng
2012	C	警備	jǐngbèi
2013	C	警隊	jǐngduì
2014	C	警官	jǐngguān
2015	C	警覺	jǐngjué
2016	C	警力	jǐnglì
2017	C	警示	jǐngshì
2018	C	警署	jǐngshǔ
2019	C	警司	jǐngsī
2020	C	警務	jǐngwù
2021	C	警員	jǐngyuán
2022	C	警長	jǐngzhǎng
2023	C	警鐘	jǐngzhōng
2024	C	勁旅	jìnglǚ
2025	C	敬而遠之	jìng'éryuǎnzhī
2026	C	敬酒	jìngjiǔ
2027	C	敬佩	jìngpèi
2028	C	敬意	jìngyì
2029	C	境內	jìngnèi
2030	C	境外	jìngwài
2031	C	靜電	jìngdiàn
2032	C	靜悄悄	jìngqiāoqiāo

2033	C	靜止	jìngzhǐ
2034	C	靜坐	jìngzuò
2035	C	鏡	jìng
2036	C	鏡面	jìngmiàn
2037	C	鏡片	jìngpiàn
2038	C	競標	jìngbiāo
2039	C	競猜	jìngcāi
2040	C	競技	jìngjì
2041	C	競拍	jìngpāi
2042	C	競聘	jìngpìn
2043	C	競投	jìngtóu
2044	C	競逐	jìngzhú
2045	C	競走	jìngzǒu
2046	C	糾纏	jiūchán
2047	C	酒吧	jiǔbā
2048	C	酒鬼	jiǔguǐ
2049	C	酒家	jiǔjiā
2050	C	酒廊	jiǔláng
2051	C	酒樓	jiǔlóu
2052	C	酒席	jiǔxí
2053	C	救火	jiùhuǒ
2054	C	救命	jiùmìng
2055	C	救星	jiùxīng
2056	C	救助	jiùzhù
2057	C	就餐	jiùcān
2058	C	就此	jiùcǐ
2059	C	就讀	jiùdú
2060	C	就任	jiùrèn
2061	C	就緒	jiùxù
2062	C	就學	jiùxué
2063	C	舅媽	jiùmā
2064	C	舊式	jiùshì
2065	C	舊址	jiùzhǐ
2066	C	居多	jūduō
2067	C	居留	jūliú
2068	C	居所	jūsuǒ
2069	C	拘捕	jūbǔ
2070	C	拘束	jūshù
2071	C	橘子	júzi
2072	C	焗油	júyóu
2073	C	舉世	jǔshì
2074	C	舉世聞名	jǔshìwénmíng
2075	C	舉世矚目	jǔshìzhǔmù
2076	C	舉止	jǔzhǐ
2077	C	舉重	jǔzhòng
2078	C	舉足輕重	jǔzúqīngzhòng
2079	C	巨	jù
2080	C	巨變	jùbiàn
2081	C	巨浪	jùlàng
2082	C	巨人	jùrén
2083	C	巨無霸	jùwúbà
2084	C	巨響	jùxiǎng
2085	C	巨星	jùxīng
2086	C	巨著	jùzhù
2087	C	俱	jù
2088	C	聚合	jùhé
2089	C	劇目	jùmù
2090	C	劇情	jùqíng
2091	C	劇作	jùzuò
2092	C	據稱	jùchēng
2093	C	據知	jùzhī
2094	C	捐助	juānzhù
2095	C	捲土重來	juǎntǔchónglái
2096	C	卷子	juànzi
2097	C	絹	juàn
2098	C	圈	juàn
2099	C	決裂	juéliè
2100	C	絕境	juéjìng
2101	C	絕育	juéyù
2102	C	絕緣	juéyuán
2103	C	絕種	juézhǒng
2104	C	爵士	juéshì
2105	C	攫取	juéqǔ
2106	C	君主	jūnzhǔ
2107	C	君子	jūnzǐ
2108	C	軍閥	jūnfá
2109	C	軍費	jūnfèi
2110	C	軍工	jūngōng
2111	C	軍國主義	jūnguózhǔyì
2112	C	軍力	jūnlì
2113	C	軍士	jūnshì
2114	C	軍屬	jūnshǔ
2115	C	軍銜	jūnxián
2116	C	軍政	jūnzhèng
2117	C	俊	jùn
2118	C	駿馬	jùnmǎ
2119	C	卡通	kǎtōng
2120	C	開春	kāichūn
2121	C	開刀	kāidāo
2122	C	開端	kāiduān
2123	C	開國	kāiguó
2124	C	開花	kāihuā
2125	C	開荒	kāihuāng
2126	C	開墾	kāikěn
2127	C	開路	kāilù
2128	C	開啟	kāiqǐ
2129	C	開竅（兒）	kāiqiào(r)
2130	C	開市	kāishì
2131	C	開天闢地	kāitiānpìdì
2132	C	開庭	kāitíng
2133	C	開銷	kāixiāo
2134	C	開演	kāiyǎn

2135	C	開夜車	kāiyèchē
2136	C	開張	kāizhāng
2137	C	楷模	kǎimó
2138	C	刊	kān
2139	C	看管	kānguǎn
2140	C	勘察	kānchá
2141	C	堪稱	kānchēng
2142	C	坎坷	kǎnkě
2143	C	砍伐	kǎnfá
2144	C	看成	kànchéng
2145	C	看淡	kàndàn
2146	C	看點	kàndiǎn
2147	C	看好	kànhǎo
2148	C	看齊	kànqí
2149	C	看起來	kàn•qǐ•lái
2150	C	康樂	kānglè
2151	C	抗旱	kànghàn
2152	C	抗衡	kànghéng
2153	C	抗洪	kànghóng
2154	C	抗戰	kàngzhàn
2155	C	抗爭	kàngzhēng
2156	C	炕	kàng
2157	C	考究	kǎo•jiū
2158	C	考勤	kǎoqín
2159	C	考研	kǎoyán
2160	C	拷貝	kǎobèi
2161	C	靠邊	kàobiān
2162	C	靠山	kàoshān
2163	C	科長	kēzhǎng
2164	C	苛刻	kēkè
2165	C	蝌蚪	kēdǒu
2166	C	顆粒	kēlì
2167	C	可持續發展	kěchíxùfāzhǎn
2168	C	可恥	kěchǐ
2169	C	可歌可泣	kěgēkěqì
2170	C	可氣	kěqì
2171	C	可取	kěqǔ
2172	C	可圈可點	kěquānkědiǎn
2173	C	可想而知	kěxiǎng’érzhī
2174	C	可心	kěxīn
2175	C	可信	kěxìn
2176	C	可行性	kěxíngxìng
2177	C	刻畫	kèhuà
2178	C	刻意	kèyì
2179	C	客串	kèchuàn
2180	C	客房	kèfáng
2181	C	客流	kèliú
2182	C	客商	kèshāng
2183	C	課業	kèyè
2184	C	懇求	kěnqiú
2185	C	坑坑窪窪	kēngkengwāwā
2186	C	空難	kōngnàn
2187	C	空手	kōngshǒu
2188	C	空襲	kōngxí
2189	C	空置	kōngzhì
2190	C	恐	kǒng
2191	C	恐慌	kǒnghuāng
2192	C	恐龍	kǒnglóng
2193	C	空地	kòngdì
2194	C	空缺	kòngquē
2195	C	空位	kòngwèi
2196	C	空閒	kòngxián
2197	C	控罪	kòngzuì
2198	C	口碑	kǒubēi
2199	C	口才	kǒucái
2200	C	口紅	kǒuhóng
2201	C	口角	kǒujiǎo
2202	C	口糧	kǒuliáng
2203	C	口腔	kǒuqiāng
2204	C	口水	kǒushuǐ
2205	C	口味	kǒuwèi
2206	C	口吻	kǒuwěn
2207	C	口音	kǒuyīn
2208	C	口罩（兒）	kǒuzhào(r)
2209	C	扣人心弦	kòurénxīnxián
2210	C	枯竭	kūjié
2211	C	哭泣	kūqì
2212	C	苦處	kǔchu
2213	C	苦幹	kǔgàn
2214	C	苦功	kǔgōng
2215	C	苦澀	kǔsè
2216	C	苦心	kǔxīn
2217	C	苦戰	kǔzhàn
2218	C	苦衷	kǔzhōng
2219	C	酷熱	kùrè
2220	C	酷暑	kùshǔ
2221	C	誇大	kuādà
2222	C	誇獎	kuājiǎng
2223	C	誇耀	kuāyào
2224	C	跨越	kuàyuè
2225	C	快遞	kuàidì
2226	C	快攻	kuàigōng
2227	C	快捷	kuàijié
2228	C	快慢	kuàimàn
2229	C	膾炙人口	kuàizhìrénkǒu
2230	C	寬帶	kuāndài
2231	C	寬容	kuānróng
2232	C	寬恕	kuānshù
2233	C	寬鬆	kuānsōng
2234	C	寬裕	kuānyù
2235	C	款式	kuǎnshì
2236	C	款爺	kuǎnyé

2237	C	狂歡	kuánghuān
2238	C	狂熱	kuángrè
2239	C	狂人	kuángrén
2240	C	狂妄	kuángwàng
2241	C	曠工	kuànggōng
2242	C	曠課	kuàngkè
2243	C	礦產	kuàngchǎn
2244	C	礦工	kuànggōng
2245	C	礦井	kuàngjǐng
2246	C	礦區	kuàngqū
2247	C	礦山	kuàngshān
2248	C	礦物	kuàngwù
2249	C	礦物質	kuàngwùzhì
2250	C	窺視	kuīshì
2251	C	虧待	kuīdài
2252	C	虧蝕	kuīshí
2253	C	葵花	kuíhuā
2254	C	傀儡	kuǐlěi
2255	C	困惑	kùnhuò
2256	C	括號	kuòhào
2257	C	擴	kuò
2258	C	拉扯	lāche
2259	C	拉攏	lā•lǒng
2260	C	拉鎖（兒）	lāsuǒ(r)
2261	C	喇嘛	lǎma
2262	C	臘月	làyuè
2263	C	蠟	là
2264	C	來到	láidào
2265	C	來電	láidiàn
2266	C	來函	láihán
2267	C	來勁（兒）	láijìn(r)
2268	C	來料	láiliào
2269	C	來勢	láishì
2270	C	闌尾炎	lánwěiyán
2271	C	藍籌股	lánchóugǔ
2272	C	藍領	lánlǐng
2273	C	藍天	lántiān
2274	C	藍圖	lántú
2275	C	攔截	lánjié
2276	C	蘭花	lánhuā
2277	C	懶得	lǎnde
2278	C	攬	lǎn
2279	C	濫	làn
2280	C	爛攤子	làntānzi
2281	C	爛尾樓	lànwěilóu
2282	C	浪花	lànghuā
2283	C	浪頭	làngtou
2284	C	勞保	láobǎo
2285	C	勞動節	Láodòngjié
2286	C	勞改	láogǎi
2287	C	勞教	láojiào
2288	C	勞碌	láolù
2289	C	勞模	láomó
2290	C	勞務	láowù
2291	C	勞作	láozuò
2292	C	老伯	lǎobó
2293	C	老成	lǎochéng
2294	C	老大難	lǎodànán
2295	C	老爹	lǎodiē
2296	C	老姑娘	lǎogūniang
2297	C	老將	lǎojiàng
2298	C	老農	lǎonóng
2299	C	老爺爺	lǎoyéye
2300	C	老早	lǎozǎo
2301	C	姥爺	lǎoye
2302	C	烙餅	làobǐng
2303	C	澇	lào
2304	C	樂於	lèyú
2305	C	累積	lěijī
2306	C	肋骨	lèigǔ
2307	C	淚水	lèishuǐ
2308	C	擂台賽	lèitáisài
2309	C	棱	léng
2310	C	冷藏	lěngcáng
2311	C	冷凍	lěngdòng
2312	C	冷汗	lěnghàn
2313	C	冷庫	lěngkù
2314	C	冷落	lěngluò
2315	C	冷門	lěngmén
2316	C	冷漠	lěngmò
2317	C	冷水	lěngshuǐ
2318	C	犁	lí
2319	C	罹難	línàn
2320	C	釐定	lídìng
2321	C	離別	líbié
2322	C	離島	lídǎo
2323	C	離境	líjìng
2324	C	離譜（兒）	lípǔ(r)
2325	C	離去	líqù
2326	C	離心	líxīn
2327	C	離休	líxiū
2328	C	離職	lízhí
2329	C	籬笆	líba
2330	C	里程	lǐchéng
2331	C	里程碑	lǐchéngbēi
2332	C	理財	lǐcái
2333	C	理睬	lǐcǎi
2334	C	理工科	lǐgōngkē
2335	C	理念	lǐniàn
2336	C	理應	lǐyīng
2337	C	禮服	lǐfú
2338	C	禮儀	lǐyí

2339	C	裏外	lǐwài
2340	C	鯉魚	lǐyú
2341	C	力所能及	lìsuǒnéngjí
2342	C	力學	lìxué
2343	C	立案	lì'àn
2344	C	立法會	lìfǎhuì
2345	C	立交橋	lìjiāoqiáo
2346	C	立體聲	lìtǐshēng
2347	C	立憲	lìxiàn
2348	C	立項	lìxiàng
2349	C	利弊	lìbì
2350	C	利好	lìhǎo
2351	C	利市	lìshì
2352	C	利稅	lìshuì
2353	C	例會	lìhuì
2354	C	例行	lìxíng
2355	C	例證	lìzhèng
2356	C	蒞臨	lìlín
2357	C	歷任	lìrèn
2358	C	隸屬	lìshǔ
2359	C	瀝青	lìqīng
2360	C	連串	liánchuàn
2361	C	連滾帶爬	liángǔndàipá
2362	C	連環	liánhuán
2363	C	連結	liánjié
2364	C	連任	liánrèn
2365	C	連鎖	liánsuǒ
2366	C	連長	liánzhǎng
2367	C	蓮花	liánhuā
2368	C	蓮子	liánzǐ
2369	C	聯防	liánfáng
2370	C	聯合國	Liánhéguó
2371	C	聯結	liánjié
2372	C	聯手	liánshǒu
2373	C	聯席	liánxí
2374	C	聯誼會	liányìhuì
2375	C	煉油	liànyóu
2376	C	鏈子	liànzi
2377	C	戀人	liànrén
2378	C	良機	liángjī
2379	C	良性	liángxìng
2380	C	良種	liángzhǒng
2381	C	涼鞋	liángxié
2382	C	量度	liángdù
2383	C	兩岸	liǎng'àn
2384	C	兩側	liǎngcè
2385	C	兩面	liǎngmiàn
2386	C	兩樣	liǎngyàng
2387	C	亮點	liàngdiǎn
2388	C	亮光	liàngguāng
2389	C	靚麗	liànglì
2390	C	嘹亮	liáoliàng
2391	C	療法	liáofǎ
2392	C	療養院	liáoyǎngyuàn
2393	C	潦草	liáocǎo
2394	C	了不得	liǎo•bù•dé
2395	C	料子	liàozi
2396	C	列強	lièqiáng
2397	C	劣勢	lièshì
2398	C	劣質	lièzhì
2399	C	烈日	lièrì
2400	C	裂縫	lièfèng
2401	C	獵物	lièwù
2402	C	林海	línhǎi
2403	C	林立	línlì
2404	C	林木	línmù
2405	C	林區	línqū
2406	C	淋巴	línbā
2407	C	淋浴	línyù
2408	C	鄰	lín
2409	C	鄰邦	línbāng
2410	C	鄰里	línlǐ
2411	C	磷	lín
2412	C	臨行	línxíng
2413	C	伶俐	líng•lì
2414	C	玲瓏	línglóng
2415	C	凌駕	língjià
2416	C	聆聽	língtīng
2417	C	聆訊	língxùn
2418	C	羚羊	língyáng
2419	C	零點	língdiǎn
2420	C	零距離	língjùlí
2421	C	零散	língsǎn
2422	C	零食	língshí
2423	C	零售額	língshòu'é
2424	C	零下	língxià
2425	C	零用	língyòng
2426	C	齡	líng
2427	C	領帶	lǐngdài
2428	C	領導權	lǐngdǎoquán
2429	C	領空	lǐngkōng
2430	C	領略	lǐnglüè
2431	C	領悟	lǐngwù
2432	C	領子	lǐngzi
2433	C	另類	lìnglèi
2434	C	另行	lìngxíng
2435	C	溜冰	liūbīng
2436	C	溜達	liūda
2437	C	流產	liúchǎn
2438	C	流暢	liúchàng
2439	C	流程	liúchéng
2440	C	流竄	liúcuàn

2441	C	流放	liúfàng
2442	C	流感	liúgǎn
2443	C	流寇	liúkòu
2444	C	流落	liúluò
2445	C	流氓	liúmáng
2446	C	流氣	liú•qì
2447	C	流行曲	liúxíngqǔ
2448	C	留成	liúchéng
2449	C	留級	liújí
2450	C	留神	liúshén
2451	C	留言	liúyán
2452	C	硫酸	liúsuān
2453	C	瘤子	liúzi
2454	C	瀏覽	liúlǎn
2455	C	六合彩	liùhécǎi
2456	C	遛	liù
2457	C	隆隆	lónglóng
2458	C	龍舟	lóngzhōu
2459	C	籠	lóng
2460	C	聾啞人	lóngyǎrén
2461	C	攏	lǒng
2462	C	籠統	lǒngtǒng
2463	C	樓盤	lóupán
2464	C	樓市	lóushì
2465	C	樓宇	lóuyǔ
2466	C	鹵水	lǔshuǐ
2467	C	魯莽	lǔmǎng
2468	C	陸戰隊	lùzhànduì
2469	C	鹿	lù
2470	C	路燈	lùdēng
2471	C	路段	lùduàn
2472	C	路費	lùfèi
2473	C	路軌	lùguǐ
2474	C	路徑	lùjìng
2475	C	路況	lùkuàng
2476	C	路牌	lùpái
2477	C	路人	lùrén
2478	C	路途	lùtú
2479	C	路向	lùxiàng
2480	C	錄像機	lùxiàngjī
2481	C	錄音帶	lùyīndài
2482	C	露宿	lùsù
2483	C	旅程	lǚchéng
2484	C	旅行社	lǚxíngshè
2485	C	縷	lǚ
2486	C	律政司	lǜzhèngsī
2487	C	氯氣	lǜqì
2488	C	綠燈	lǜdēng
2489	C	綠地	lǜdì
2490	C	綠豆	lǜdòu
2491	C	濾	lǜ
2492	C	掠	lüè
2493	C	略為	lüèwéi
2494	C	掄	lūn
2495	C	倫理	lúnlǐ
2496	C	淪陷	lúnxiàn
2497	C	輪候	lúnhòu
2498	C	輪換	lúnhuàn
2499	C	輪胎	lúntāi
2500	C	輪椅	lúnyǐ
2501	C	論處	lùnchǔ
2502	C	論調	lùndiào
2503	C	論斷	lùnduàn
2504	C	蘿蔔	luóbo
2505	C	螺絲	luósī
2506	C	螺絲釘	luósīdīng
2507	C	羅列	luóliè
2508	C	籮筐	luókuāng
2509	C	裸體	luǒtǐ
2510	C	落空	luòkōng
2511	C	落水	luòshuǐ
2512	C	落葉	luòyè
2513	C	抹布	mābù
2514	C	馬不停蹄	mǎbùtíngtí
2515	C	馬克	mǎkè
2516	C	馬匹	mǎpǐ
2517	C	馬桶	mǎtǒng
2518	C	嗎啡	mǎfēi
2519	C	埋伏	mái•fú
2520	C	買斷	mǎiduàn
2521	C	買家	mǎijiā
2522	C	買盤	mǎipán
2523	C	買主	mǎizhǔ
2524	C	賣力	màilì
2525	C	賣淫	màiyín
2526	C	賣座	màizuò
2527	C	蠻橫	mánhèng
2528	C	滿面	mǎnmiàn
2529	C	滿座	mǎnzuò
2530	C	漫	màn
2531	C	漫步	mànbù
2532	C	漫遊	mànyóu
2533	C	芒果	mángguǒ
2534	C	盲從	mángcóng
2535	C	茫然	mángrán
2536	C	貓頭鷹	māotóuyīng
2537	C	毛毯	máotǎn
2538	C	矛頭	máotóu
2539	C	茅台酒	máotáijiǔ
2540	C	冒進	màojìn
2541	C	貿易額	màoyì'é
2542	C	沒錯	méicuò

2543	C	沒勁	méijìn
2544	C	沒說的	méishuōde
2545	C	沒完沒了	méiwánméiliǎo
2546	C	沒意思	méiyìsi
2547	C	沒準（兒）	méizhǔn(r)
2548	C	梅	méi
2549	C	煤田	méitián
2550	C	煤油	méiyóu
2551	C	每當	měidāng
2552	C	每逢	měiféng
2553	C	美德	měidé
2554	C	美景	měijǐng
2555	C	美人	měirén
2556	C	美容	měiróng
2557	C	美食	měishí
2558	C	美味	měiwèi
2559	C	美學	měixué
2560	C	美育	měiyù
2561	C	鎂	měi
2562	C	魅力	mèilì
2563	C	門當戶對	méndānghùduì
2564	C	門道	méndao
2565	C	門戶	ménhù
2566	C	門將	ménjiàng
2567	C	門牌	ménpái
2568	C	門市	ménshì
2569	C	萌生	méngshēng
2570	C	盟友	méngyǒu
2571	C	朦朧	ménglóng
2572	C	蒙受	méngshòu
2573	C	夢幻	mènghuàn
2574	C	迷糊	míhu
2575	C	迷惑	míhuò
2576	C	迷失	míshī
2577	C	謎	mí
2578	C	秘訣	mìjué
2579	C	密布	mìbù
2580	C	密碼	mìmǎ
2581	C	密密麻麻	mìmimámá
2582	C	棉襖	mián'ǎo
2583	C	棉被	miánbèi
2584	C	棉紡	miánfǎng
2585	C	棉紗	miánshā
2586	C	棉田	miántián
2587	C	免不了	miǎnbuliǎo
2588	C	免職	miǎnzhí
2589	C	緬懷	miǎnhuái
2590	C	面面俱到	miànmiànjùdào
2591	C	面世	miànshì
2592	C	苗條	miáotiao
2593	C	苗頭	miáotou
2594	C	瞄準	miáozhǔn
2595	C	渺茫	miǎománg
2596	C	渺小	miǎoxiǎo
2597	C	廟會	miàohuì
2598	C	滅火	mièhuǒ
2599	C	蔑視	mièshì
2600	C	民辦	mínbàn
2601	C	民兵	mínbīng
2602	C	民工	míngōng
2603	C	民居	mínjū
2604	C	民權	mínquán
2605	C	民心	mínxīn
2606	C	民選	mínxuǎn
2607	C	民營企業	mínyíngqǐyè
2608	C	民運	mínyùn
2609	C	民主派	mínzhǔpài
2610	C	名將	míngjiàng
2611	C	名模	míngmó
2612	C	名目	míngmù
2613	C	名片	míngpiàn
2614	C	名曲	míngqǔ
2615	C	名校	míngxiào
2616	C	名著	míngzhù
2617	C	明媚	míngmèi
2618	C	明目張膽	míngmùzhāngdǎn
2619	C	明文	míngwén
2620	C	明信片	míngxìnpiàn
2621	C	明月	míngyuè
2622	C	命脈	mìngmài
2623	C	模特（兒）	mótè(r)
2624	C	磨合	móhé
2625	C	磨練	móliàn
2626	C	抹殺	mǒshā
2627	C	末端	mòduān
2628	C	末年	mònián
2629	C	茉莉	mò•lì
2630	C	莫大	mòdà
2631	C	漠視	mòshì
2632	C	墨水	mòshuǐ
2633	C	默契	mòqì
2634	C	牟利	móulì
2635	C	謀取	móuqǔ
2636	C	謀生	móushēng
2637	C	模具	mújù
2638	C	模子	múzi
2639	C	母語	mǔyǔ
2640	C	母子	mǔzǐ
2641	C	畝產	mǔchǎn
2642	C	拇指	mǔzhǐ
2643	C	木板	mùbǎn
2644	C	木瓜	mùguā

2645	C	木偶	mù'ǒu
2646	C	目	mù
2647	C	目的地	mùdìdì
2648	C	目瞪口呆	mùdèngkǒudāi
2649	C	目擊	mùjī
2650	C	目中無人	mùzhōngwúrén
2651	C	沐浴	mùyù
2652	C	牧草	mùcǎo
2653	C	牧區	mùqū
2654	C	牧師	mùshī
2655	C	牧業	mùyè
2656	C	睦鄰	mùlín
2657	C	墓地	mùdì
2658	C	墓葬	mùzàng
2659	C	穆斯林	Mùsīlín
2660	C	拿手	náshǒu
2661	C	吶喊	nàhǎn
2662	C	納米	nàmǐ
2663	C	納稅人	nàshuìrén
2664	C	鈉	nà
2665	C	乃至	nǎizhì
2666	C	奶粉	nǎifěn
2667	C	奶油	nǎiyóu
2668	C	奈何	nàihé
2669	C	耐力	nàilì
2670	C	耐磨	nàimó
2671	C	男方	nánfāng
2672	C	男女老少	nánnǚlǎoshào
2673	C	男朋友	nánpéngyou
2674	C	男士	nánshì
2675	C	男友	nányǒu
2676	C	南半球	nánbànqiú
2677	C	南瓜	nán•guā
2678	C	南極	nánjí
2679	C	南下	nánxià
2680	C	難能可貴	nánnéngkěguì
2681	C	難聽	nántīng
2682	C	難為	nánwei
2683	C	囊括	nángkuò
2684	C	撓頭	náotóu
2685	C	惱火	nǎohuǒ
2686	C	腦海	nǎohǎi
2687	C	腦血栓	nǎoxuèshuān
2688	C	鬧市	nàoshì
2689	C	鬧笑話	nàoxiàohua
2690	C	鬧鐘	nàozhōng
2691	C	內存	nèicún
2692	C	內涵	nèihán
2693	C	內陸	nèilù
2694	C	內亂	nèiluàn
2695	C	內幕	nèimù
2696	C	內勤	nèiqín
2697	C	內燃機	nèiránjī
2698	C	內外	nèiwài
2699	C	內線	nèixiàn
2700	C	內銷	nèixiāo
2701	C	內需	nèixū
2702	C	內臟	nèizàng
2703	C	內置	nèizhì
2704	C	能動	néngdòng
2705	C	能否	néngfǒu
2706	C	能歌善舞	nénggēshànwǔ
2707	C	尼龍	nílóng
2708	C	泥沙	níshā
2709	C	霓虹燈	níhóngdēng
2710	C	匿名	nìmíng
2711	C	逆流	nìliú
2712	C	逆轉	nìzhuǎn
2713	C	溺愛	nì'ài
2714	C	年報	niánbào
2715	C	年份	niánfèn
2716	C	年糕	niángāo
2717	C	年期	niánqī
2718	C	年月	niányue
2719	C	黏土	niántǔ
2720	C	輾	niǎn
2721	C	念叨	niàndao
2722	C	念經	niànjīng
2723	C	釀造	niàngzào
2724	C	檸檬	níngméng
2725	C	擰	nìng
2726	C	寧肯	nìngkěn
2727	C	牛皮	niúpí
2728	C	扭曲	niǔqū
2729	C	紐扣	niǔkòu
2730	C	農夫	nóngfū
2731	C	農家	nóngjiā
2732	C	農曆	nónglì
2733	C	農奴	nóngnú
2734	C	農莊	nóngzhuāng
2735	C	濃密	nóngmì
2736	C	濃縮	nóngsuō
2737	C	濃郁	nóngyù
2738	C	怒吼	nùhǒu
2739	C	怒火	nùhuǒ
2740	C	女方	nǚfāng
2741	C	女朋友	nǚpéngyou
2742	C	女神	nǚshén
2743	C	女王	nǚwáng
2744	C	女友	nǚyǒu
2745	C	暖壺	nuǎnhú
2746	C	挪動	nuó•dòng

2747	C	挪用	nuóyòng
2748	C	歐元	ōuyuán
2749	C	嘔吐	ǒutù
2750	C	藕	ǒu
2751	C	扒手	páshǒu
2752	C	爬行	páxíng
2753	C	拍板	pāibǎn
2754	C	拍片	pāipiàn
2755	C	拍手	pāishǒu
2756	C	拍戲	pāixì
2757	C	排版	páibǎn
2758	C	排行	páiháng
2759	C	排行榜	páihángbǎng
2760	C	排擠	páijǐ
2761	C	排練	páiliàn
2762	C	排名	páimíng
2763	C	排水	páishuǐ
2764	C	排泄	páixiè
2765	C	排長	páizhǎng
2766	C	牌樓	páilou
2767	C	派出所	pàichūsuǒ
2768	C	派對	pàiduì
2769	C	派發	pàifā
2770	C	派系	pàixì
2771	C	派駐	pàizhù
2772	C	攀升	pānshēng
2773	C	盤點	pándiǎn
2774	C	盤問	pánwèn
2775	C	叛國	pànguó
2776	C	叛軍	pànjūn
2777	C	畔	pàn
2778	C	旁觀	pángguān
2779	C	旁人	pángrén
2780	C	旁聽	pángtīng
2781	C	螃蟹	pángxiè
2782	C	胖子	pàngzi
2783	C	拋售	pāoshòu
2784	C	咆哮	páoxiào
2785	C	炮製	páozhì
2786	C	泡吧	pàobā
2787	C	泡沫經濟	pàomòjīngjì
2788	C	炮兵	pàobīng
2789	C	胚胎	pēitāi
2790	C	陪伴	péibàn
2791	C	配搭	pèidā
2792	C	配戴	pèidài
2793	C	配額	pèi’é
2794	C	配件	pèijiàn
2795	C	配角	pèijué
2796	C	配售	pèishòu
2797	C	配置	pèizhì
2798	C	配製	pèizhì
2799	C	噴泉	pēnquán
2800	C	盆景	pénjǐng
2801	C	砰	pēng
2802	C	澎湃	péngpài
2803	C	捧場	pěngchǎng
2804	C	碰釘子	pèngdīngzi
2805	C	碰撞	pèngzhuàng
2806	C	批覆	pīfù
2807	C	批量	pīliàng
2808	C	皮筋（兒）	píjīn(r)
2809	C	皮具	píjù
2810	C	皮毛	pímáo
2811	C	疲軟	píruǎn
2812	C	疲弱	píruò
2813	C	屁	pì
2814	C	偏愛	piān’ài
2815	C	偏差	piānchā
2816	C	偏離	piānlí
2817	C	篇章	piānzhāng
2818	C	片酬	piànchóu
2819	C	片段	piànduàn
2820	C	漂	piāo
2821	C	漂浮	piāofú
2822	C	票房	piàofáng
2823	C	票價	piàojià
2824	C	撇	piē
2825	C	瞥	piē
2826	C	拼搏	pīnbó
2827	C	拼圖	pīntú
2828	C	貧民窟	pínmínkū
2829	C	頻道	píndào
2830	C	品嘗	pǐncháng
2831	C	品格	pǐngé
2832	C	品牌	pǐnpái
2833	C	品位	pǐnwèi
2834	C	品味	pǐnwèi
2835	C	品行	pǐnxíng
2836	C	聘任	pìnrèn
2837	C	平地	píngdì
2838	C	平反	píngfǎn
2839	C	平分	píngfēn
2840	C	平和	pínghé
2841	C	平衡木	pínghéngmù
2842	C	平滑	pínghuá
2843	C	平米	píngmǐ
2844	C	平平	píngpíng
2845	C	平手	píngshǒu
2846	C	萍水相逢	píngshuǐxiāngféng
2847	C	評語	píngyǔ
2848	C	憑藉	píngjiè

2849	C	憑着	píngzhe
2850	C	坡度	pōdù
2851	C	婆家	pójia
2852	C	迫	pò
2853	C	破案	pò'àn
2854	C	破碎	pòsuì
2855	C	破綻	pòzhàn
2856	C	魄力	pòlì
2857	C	剖析	pōuxī
2858	C	鋪設	pūshè
2859	C	鋪張	pūzhāng
2860	C	菩薩	pú•sà
2861	C	僕人	púrén
2862	C	普照	pǔzhào
2863	C	譜曲	pǔqǔ
2864	C	譜寫	pǔxiě
2865	C	七嘴八舌	qīzuǐbāshé
2866	C	妻	qī
2867	C	淒慘	qīcǎn
2868	C	淒涼	qīliáng
2869	C	期貨	qīhuò
2870	C	期末	qīmò
2871	C	棲息	qīxī
2872	C	其後	qíhòu
2873	C	奇觀	qíguān
2874	C	奇花異草	qíhuāyìcǎo
2875	C	奇景	qíjǐng
2876	C	奇異	qíyì
2877	C	祈禱	qídǎo
2878	C	祈盼	qípàn
2879	C	崎嶇	qíqū
2880	C	棋盤	qípán
2881	C	棋手	qíshǒu
2882	C	旗下	qíxià
2883	C	齊聲	qíshēng
2884	C	齊心	qíxīn
2885	C	齊心協力	qíxīnxiélì
2886	C	騎士	qíshì
2887	C	乞丐	qǐgài
2888	C	乞求	qǐqiú
2889	C	企鵝	qǐ'é
2890	C	豈	qǐ
2891	C	豈不	qǐbù
2892	C	豈有此理	qǐyǒucǐlǐ
2893	C	起程	qǐchéng
2894	C	起火	qǐhuǒ
2895	C	起家	qǐjiā
2896	C	起價	qǐjià
2897	C	起居	qǐjū
2898	C	起跑	qǐpǎo
2899	C	起色	qǐsè
2900	C	起因	qǐyīn
2901	C	起重機	qǐzhòngjī
2902	C	啟	qǐ
2903	C	啟事	qǐshì
2904	C	啟用	qǐyòng
2905	C	汽缸	qìgāng
2906	C	汽油彈	qìyóudàn
2907	C	契機	qìjī
2908	C	氣喘	qìchuǎn
2909	C	氣管炎	qìguǎnyán
2910	C	氣派	qìpài
2911	C	氣泡	qìpào
2912	C	氣魄	qìpò
2913	C	氣槍	qìqiāng
2914	C	氣質	qìzhì
2915	C	棄置	qìzhì
2916	C	器	qì
2917	C	器皿	qìmǐn
2918	C	器重	qìzhòng
2919	C	恰到好處	qiàdàohǎochù
2920	C	恰巧	qiàqiǎo
2921	C	恰如其分	qiàrúqífèn
2922	C	千軍萬馬	qiānjūnwànmǎ
2923	C	千克	qiānkè
2924	C	千千萬萬	qiānqiānwànwàn
2925	C	牽動	qiāndòng
2926	C	牽手	qiānshǒu
2927	C	謙讓	qiānràng
2928	C	謙遜	qiānxùn
2929	C	前程	qiánchéng
2930	C	前鋒	qiánfēng
2931	C	前赴後繼	qiánfùhòujì
2932	C	前日	qiánrì
2933	C	前哨	qiánshào
2934	C	前衛	qiánwèi
2935	C	前沿	qiányán
2936	C	虔誠	qiánchéng
2937	C	乾坤	qiánkūn
2938	C	鉗子	qiánzi
2939	C	潛能	qiánnéng
2940	C	潛入	qiánrù
2941	C	潛水	qiánshuǐ
2942	C	潛艇	qiántǐng
2943	C	潛質	qiánzhì
2944	C	欠款	qiànkuǎn
2945	C	嵌	qiàn
2946	C	槍擊	qiāngjī
2947	C	槍殺	qiāngshā
2948	C	槍械	qiāngxiè
2949	C	槍戰	qiāngzhàn
2950	C	槍支	qiāngzhī

2951	C	強國	qiángguó
2952	C	強姦	qiángjiān
2953	C	強力	qiánglì
2954	C	強權	qiángquán
2955	C	強人	qiángrén
2956	C	強弱	qiángruò
2957	C	強盛	qiángshèng
2958	C	強勢	qiángshì
2959	C	強心針	qiángxīnzhēn
2960	C	牆報	qiángbào
2961	C	強求	qiǎngqiú
2962	C	搶手	qiǎngshǒu
2963	C	搶灘	qiǎngtān
2964	C	搶先	qiǎngxiān
2965	C	搶險	qiǎngxiǎn
2966	C	嗆	qiàng
2967	C	敲擊	qiāojī
2968	C	敲詐	qiāozhà
2969	C	鍬	qiāo
2970	C	喬	qiáo
2971	C	喬裝	qiáozhuāng
2972	C	僑民	qiáomín
2973	C	瞧不起	qiáo•bùqǐ
2974	C	瞧見	qiáo•jiàn
2975	C	巧合	qiǎohé
2976	C	巧克力	qiǎokèlì
2977	C	撬	qiào
2978	C	切磋	qiēcuō
2979	C	切割	qiēgē
2980	C	切面	qiēmiàn
2981	C	竊	qiè
2982	C	竊聽	qiètīng
2983	C	侵襲	qīnxí
2984	C	親近	qīnjìn
2985	C	親情	qīnqíng
2986	C	親王	qīnwáng
2987	C	芹菜	qíncài
2988	C	勤懇	qínkěn
2989	C	禽	qín
2990	C	青草	qīngcǎo
2991	C	青春期	qīngchūnqī
2992	C	青霉素	qīngméisù
2993	C	青山	qīngshān
2994	C	青天	qīngtiān
2995	C	氫	qīng
2996	C	氫彈	qīngdàn
2997	C	氫氣	qīngqì
2998	C	清白	qīngbái
2999	C	清澈	qīngchè
3000	C	清脆	qīngcuì
3001	C	清涼	qīngliáng
3002	C	清貧	qīngpín
3003	C	清掃	qīngsǎo
3004	C	清談	qīngtán
3005	C	清洗	qīngxǐ
3006	C	清香	qīngxiāng
3007	C	傾倒	qīngdǎo
3008	C	傾銷	qīngxiāo
3009	C	輕而易舉	qīng'éryìjǔ
3010	C	輕軌	qīngguǐ
3011	C	輕快	qīngkuài
3012	C	輕巧	qīng•qiǎo
3013	C	輕聲	qīngshēng
3014	C	輕型	qīngxíng
3015	C	輕盈	qīngyíng
3016	C	輕重	qīngzhòng
3017	C	情調	qíngdiào
3018	C	情懷	qínghuái
3019	C	情境	qíngjìng
3020	C	情趣	qíngqù
3021	C	情人	qíngrén
3022	C	情誼	qíngyì
3023	C	情願	qíngyuàn
3024	C	晴朗	qínglǎng
3025	C	請安	qǐng'ān
3026	C	請柬	qǐngjiǎn
3027	C	請帖	qǐngtiě
3028	C	慶典	qìngdiǎn
3029	C	慶幸	qìngxìng
3030	C	丘	qiū
3031	C	秋風	qiūfēng
3032	C	秋千	qiūqiān
3033	C	秋收	qiūshōu
3034	C	蚯蚓	qiūyǐn
3035	C	囚	qiú
3036	C	囚犯	qiúfàn
3037	C	囚禁	qiújìn
3038	C	求救	qiújiù
3039	C	求學	qiúxué
3040	C	求證	qiúzhèng
3041	C	求助	qiúzhù
3042	C	酋長	qiúzhǎng
3043	C	球類	qiúlèi
3044	C	球拍	qiúpāi
3045	C	球星	qiúxīng
3046	C	球員	qiúyuán
3047	C	屈居	qūjū
3048	C	軀體	qūtǐ
3049	C	趨同	qūtóng
3050	C	驅車	qūchē
3051	C	驅動	qūdòng
3052	C	驅動器	qūdòngqì

3053	C	驅使	qūshǐ
3054	C	曲目	qǔmù
3055	C	取材	qǔcái
3056	C	取而代之	qǔ'érdàizhī
3057	C	取決	qǔjué
3058	C	取捨	qǔshě
3059	C	取向	qǔxiàng
3060	C	取笑	qǔxiào
3061	C	娶親	qǔqīn
3062	C	去處	qùchù
3063	C	去向	qùxiàng
3064	C	圈套	quāntào
3065	C	全方位	quánfāngwèi
3066	C	全權	quánquán
3067	C	全然	quánrán
3068	C	全天候	quántiānhòu
3069	C	全職	quánzhí
3070	C	拳王	quánwáng
3071	C	痊癒	quányù
3072	C	犬	quǎn
3073	C	勸解	quànjiě
3074	C	勸諭	quànyù
3075	C	雀躍	quèyuè
3076	C	燃	rán
3077	C	燃油	rányóu
3078	C	嚷嚷	rāngrang
3079	C	讓座	ràngzuò
3080	C	繞彎（兒）	ràowān(r)
3081	C	惹事	rěshì
3082	C	熱忱	rèchén
3083	C	熱誠	rèchéng
3084	C	熱浪	rèlàng
3085	C	熱淚盈眶	rèlèiyíngkuàng
3086	C	熱力	rèlì
3087	C	熱能	rènéng
3088	C	熱氣	rèqì
3089	C	熱身	rèshēn
3090	C	熱線	rèxiàn
3091	C	熱銷	rèxiāo
3092	C	人才濟濟	réncáijǐjǐ
3093	C	人潮	réncháo
3094	C	人際	rénjì
3095	C	人居	rénjū
3096	C	人力車	rénlìchē
3097	C	人流	rénliú
3098	C	人品	rénpǐn
3099	C	人情味	rénqíngwèi
3100	C	人山人海	rénshānrénhǎi
3101	C	人生觀	rénshēngguān
3102	C	人壽	rénshòu
3103	C	人頭稅	réntóushuì
3104	C	人心惶惶	rénxīnhuánghuáng
3105	C	人行道	rénxíngdào
3106	C	人影（兒）	rényǐng(r)
3107	C	人緣（兒）	rényuán(r)
3108	C	仁慈	réncí
3109	C	忍不住	rěn•búzhù
3110	C	忍無可忍	rěnwúkěrěn
3111	C	忍心	rěnxīn
3112	C	任勞任怨	rènláorènyuàn
3113	C	任免	rènmiǎn
3114	C	任用	rènyòng
3115	C	認購	rèngòu
3116	C	認股	rèngǔ
3117	C	認清	rènqīng
3118	C	認同	rèntóng
3119	C	認罪	rènzuì
3120	C	日出	rìchū
3121	C	日曆	rìlì
3122	C	日內	rìnèi
3123	C	日趨	rìqū
3124	C	日新月異	rìxīnyuèyì
3125	C	日語	Rìyǔ
3126	C	容貌	róngmào
3127	C	熔	róng
3128	C	熔化	rónghuà
3129	C	融會	rónghuì
3130	C	融資	róngzī
3131	C	肉體	ròutǐ
3132	C	肉眼	ròuyǎn
3133	C	如痴如醉	rúchīrúzuì
3134	C	如實	rúshí
3135	C	如是	rúshì
3136	C	如願以償	rúyuànyǐcháng
3137	C	乳	rǔ
3138	C	乳汁	rǔzhī
3139	C	辱罵	rǔmà
3140	C	入場	rùchǎng
3141	C	入場券	rùchǎngquàn
3142	C	入冬	rùdōng
3143	C	入讀	rùdú
3144	C	入關	rùguān
3145	C	入伙	rùhuǒ
3146	C	入夥	rùhuǒ
3147	C	入殮	rùliàn
3148	C	入市	rùshì
3149	C	入手	rùshǒu
3150	C	入睡	rùshuì
3151	C	入託	rùtuō
3152	C	入網	rùwǎng
3153	C	入圍	rùwéi
3154	C	入伍	rùwǔ

3155	C	入選	rùxuǎn
3156	C	入獄	rùyù
3157	C	褥子	rùzi
3158	C	軟科學	ruǎnkēxué
3159	C	瑞雪	ruìxuě
3160	C	銳減	ruìjiǎn
3161	C	閏月	rùnyuè
3162	C	潤滑	rùnhuá
3163	C	潤滑油	rùnhuáyóu
3164	C	若非	ruòfēi
3165	C	若是	ruòshì
3166	C	弱能	ruònéng
3167	C	弱勢	ruòshì
3168	C	弱小	ruòxiǎo
3169	C	弱智	ruòzhì
3170	C	撒謊	sāhuǎng
3171	C	塞車	sāichē
3172	C	腮	sāi
3173	C	塞外	sàiwài
3174	C	賽場	sàichǎng
3175	C	賽車	sàichē
3176	C	三番五次	sānfānwǔcì
3177	C	三角形	sānjiǎoxíng
3178	C	三軍	sānjūn
3179	C	三輪車	sānlúnchē
3180	C	三明治	sānmíngzhì
3181	C	三文魚	sānwényú
3182	C	桑拿	sāngná
3183	C	喪葬	sāngzàng
3184	C	嗓音	sǎngyīn
3185	C	騷動	sāodòng
3186	C	騷擾	sāorǎo
3187	C	掃黃	sǎohuáng
3188	C	掃描	sǎomiáo
3189	C	掃興	sǎoxìng
3190	C	色調	sèdiào
3191	C	色情	sèqíng
3192	C	色素	sèsù
3193	C	色澤	sèzé
3194	C	澀	sè
3195	C	僧侶	sēnglǚ
3196	C	沙塵暴	shāchénbào
3197	C	沙丘	shāqiū
3198	C	剎	shā
3199	C	砂	shā
3200	C	砂糖	shātáng
3201	C	殺菌	shājūn
3202	C	殺手	shāshǒu
3203	C	鯊	shā
3204	C	傻瓜	shǎguā
3205	C	篩選	shāixuǎn
3206	C	山城	shānchéng
3207	C	山川	shānchuān
3208	C	山岡	shāngāng
3209	C	山溝	shāngōu
3210	C	山林	shānlín
3211	C	山嶺	shānlǐng
3212	C	山路	shānlù
3213	C	山南海北	shānnánhǎiběi
3214	C	山坡	shānpō
3215	C	山羊	shānyáng
3216	C	山野	shānyě
3217	C	山楂	shānzhā
3218	C	山寨	shānzhài
3219	C	山莊	shānzhuāng
3220	C	刪除	shānchú
3221	C	煽	shān
3222	C	閃亮	shǎnliàng
3223	C	閃閃	shǎnshǎn
3224	C	善款	shànkuǎn
3225	C	善意	shànyì
3226	C	贍養	shànyǎng
3227	C	商船	shāngchuán
3228	C	商定	shāngdìng
3229	C	商戶	shānghù
3230	C	商界	shāngjiè
3231	C	商品房	shāngpǐnfáng
3232	C	商榷	shāngquè
3233	C	商戰	shāngzhàn
3234	C	傷風	shāngfēng
3235	C	傷腦筋	shāngnǎojīn
3236	C	傷勢	shāngshì
3237	C	傷者	shāngzhě
3238	C	賞識	shǎngshí
3239	C	賞心悅目	shǎngxīnyuèmù
3240	C	上報	shàngbào
3241	C	上場	shàngchǎng
3242	C	上火	shànghuǒ
3243	C	上將	shàngjiàng
3244	C	上馬	shàngmǎ
3245	C	上前	shàngqián
3246	C	上身	shàngshēn
3247	C	上司	shàngsi
3248	C	上天	shàngtiān
3249	C	上揚	shàngyáng
3250	C	上議院	shàngyìyuàn
3251	C	上癮	shàngyǐn
3252	C	上陣	shàngzhèn
3253	C	上座	shàngzuò
3254	C	梢	shāo
3255	C	稍稍	shāoshāo
3256	C	稍為	shāowéi

3257	C	燒餅	shāobing
3258	C	燒火	shāohuǒ
3259	C	燒烤	shāokǎo
3260	C	燒傷	shāoshāng
3261	C	少不了	shǎo•bùliǎo
3262	C	少許	shǎoxǔ
3263	C	少有	shǎoyǒu
3264	C	少將	shàojiàng
3265	C	少爺	shàoye
3266	C	哨子	shàozi
3267	C	奢侈	shēchǐ
3268	C	折	shé
3269	C	社工	shègōng
3270	C	社區	shèqū
3271	C	社團	shètuán
3272	C	社員	shèyuán
3273	C	射程	shèchéng
3274	C	射箭	shèjiàn
3275	C	射線	shèxiàn
3276	C	涉嫌	shèxián
3277	C	設定	shèdìng
3278	C	設宴	shèyàn
3279	C	攝取	shèqǔ
3280	C	攝像機	shèxiàngjī
3281	C	攝製	shèzhì
3282	C	申明	shēnmíng
3283	C	申請書	shēnqǐngshū
3284	C	申述	shēnshù
3285	C	伸縮	shēnsuō
3286	C	伸張	shēnzhāng
3287	C	身段	shēnduàn
3288	C	身高	shēngāo
3289	C	身後	shēnhòu
3290	C	身軀	shēnqū
3291	C	身世	shēnshì
3292	C	身手	shēnshǒu
3293	C	身影	shēnyǐng
3294	C	深奧	shēn’ào
3295	C	深淺	shēnqiǎn
3296	C	深秋	shēnqiū
3297	C	深入淺出	shēnrùqiǎnchū
3298	C	深山	shēnshān
3299	C	深受	shēnshòu
3300	C	深淵	shēnyuān
3301	C	紳士	shēnshì
3302	C	神父	shénfù
3303	C	神經病	shénjīngbìng
3304	C	神州	Shénzhōu
3305	C	審計	shěnjì
3306	C	審美	shěnměi
3307	C	審慎	shěnshèn
3308	C	嬸子	shěnzi
3309	C	滲入	shènrù
3310	C	升幅	shēngfú
3311	C	升降機	shēngjiàngjī
3312	C	升任	shēngrèn
3313	C	升勢	shēngshì
3314	C	升值	shēngzhí
3315	C	生財	shēngcái
3316	C	生辰	shēngchén
3317	C	生詞	shēngcí
3318	C	生還	shēnghuán
3319	C	生計	shēngjì
3320	C	生平	shēngpíng
3321	C	生疏	shēngshū
3322	C	生物工程	shēngwùgōngchéng
3323	C	生肖	shēngxiào
3324	C	生長點	shēngzhǎngdiǎn
3325	C	牲畜	shēngchù
3326	C	牲口	shēngkou
3327	C	聲浪	shēnglàng
3328	C	聲母	shēngmǔ
3329	C	聲討	shēngtǎo
3330	C	聲望	shēngwàng
3331	C	聲響	shēngxiǎng
3332	C	聲學	shēngxué
3333	C	聲言	shēngyán
3334	C	聲援	shēngyuán
3335	C	繩	shéng
3336	C	繩索	shéngsuǒ
3337	C	省略	shěnglüè
3338	C	盛況	shèngkuàng
3339	C	盛名	shèngmíng
3340	C	盛情	shèngqíng
3341	C	盛事	shèngshì
3342	C	盛裝	shèngzhuāng
3343	C	勝出	shèngchū
3344	C	勝仗	shèngzhàng
3345	C	聖火	shènghuǒ
3346	C	聖經	shèngjīng
3347	C	失利	shīlì
3348	C	失靈	shīlíng
3349	C	失落	shīluò
3350	C	失眠	shīmián
3351	C	失明	shīmíng
3352	C	失約	shīyuē
3353	C	失真	shīzhēn
3354	C	失職	shīzhí
3355	C	施	shī
3356	C	施肥	shīféi
3357	C	施壓	shīyā
3358	C	施用	shīyòng

3359	C	詩句	shījù
3360	C	十字架	shízìjià
3361	C	十字路口	shízìlùkǒu
3362	C	石膏	shígāo
3363	C	石棉	shímián
3364	C	石器	shíqì
3365	C	石英	shíyīng
3366	C	食糧	shíliáng
3367	C	食宿	shísù
3368	C	食鹽	shíyán
3369	C	食指	shízhǐ
3370	C	時辰	shíchen
3371	C	時段	shíduàn
3372	C	時間差	shíjiānchā
3373	C	時局	shíjú
3374	C	時髦	shímáo
3375	C	時尚	shíshàng
3376	C	時速	shísù
3377	C	時下	shíxià
3378	C	時興	shíxīng
3379	C	時鐘	shízhōng
3380	C	實例	shílì
3381	C	實權	shíquán
3382	C	實事	shíshì
3383	C	史無前例	shǐwúqiánlì
3384	C	世家	shìjiā
3385	C	世界杯	shìjièbēi
3386	C	世人	shìrén
3387	C	市道	shìdào
3388	C	市價	shìjià
3389	C	市況	shìkuàng
3390	C	市容	shìróng
3391	C	市值	shìzhí
3392	C	示	shì
3393	C	示弱	shìruò
3394	C	示意	shìyì
3395	C	示意圖	shìyìtú
3396	C	事半功倍	shìbàngōngbèi
3397	C	事發	shìfā
3398	C	事假	shìjià
3399	C	事業心	shìyèxīn
3400	C	視聽	shìtīng
3401	C	視網膜	shìwǎngmó
3402	C	嗜好	shìhào
3403	C	試車	shìchē
3404	C	試卷	shìjuàn
3405	C	試探	shìtan
3406	C	試問	shìwèn
3407	C	飾物	shìwù
3408	C	飾演	shìyǎn
3409	C	適量	shìliàng
3410	C	適齡	shìlíng
3411	C	適時	shìshí
3412	C	適於	shìyú
3413	C	適中	shìzhōng
3414	C	收工	shōugōng
3415	C	收據	shōujù
3416	C	收錄	shōulù
3417	C	收盤	shōupán
3418	C	收市	shōushì
3419	C	收視	shōushì
3420	C	收受	shōushòu
3421	C	手臂	shǒubì
3422	C	手冊	shǒucè
3423	C	手電筒	shǒudiàntǒng
3424	C	手風琴	shǒufēngqín
3425	C	手工業	shǒugōngyè
3426	C	手巾	shǒujīn
3427	C	手絹（兒）	shǒujuàn(r)
3428	C	手榴彈	shǒuliúdàn
3429	C	手提	shǒutí
3430	C	手腕	shǒuwàn
3431	C	手掌	shǒuzhǎng
3432	C	手指頭	shǒuzhǐtou
3433	C	守門員	shǒuményuán
3434	C	守則	shǒuzé
3435	C	首當其衝	shǒudāngqíchōng
3436	C	首批	shǒupī
3437	C	首期	shǒuqī
3438	C	首屈一指	shǒuqūyìzhǐ
3439	C	首選	shǒuxuǎn
3440	C	首演	shǒuyǎn
3441	C	受不了	shòu•bùliǎo
3442	C	受挫	shòucuò
3443	C	受惠	shòuhuì
3444	C	受累	shòulèi
3445	C	受命	shòumìng
3446	C	受氣	shòuqì
3447	C	受災	shòuzāi
3448	C	受阻	shòuzǔ
3449	C	狩獵	shòuliè
3450	C	售賣	shòumài
3451	C	授	shòu
3452	C	壽辰	shòuchén
3453	C	瘦肉	shòuròu
3454	C	抒發	shūfā
3455	C	抒情	shūqíng
3456	C	書房	shūfáng
3457	C	書目	shūmù
3458	C	書籤	shūqiān
3459	C	書市	shūshì
3460	C	書院	shūyuàn

3461	C	書展	shūzhǎn
3462	C	梳理	shūlǐ
3463	C	梳洗	shūxǐ
3464	C	梳子	shūzi
3465	C	殊	shū
3466	C	殊榮	shūróng
3467	C	疏導	shūdǎo
3468	C	疏鬆	shūsōng
3469	C	疏通	shūtōng
3470	C	疏遠	shūyuǎn
3471	C	舒緩	shūhuǎn
3472	C	舒展	shūzhǎn
3473	C	輸電	shūdiàn
3474	C	輸血	shūxuè
3475	C	熟人	shúrén
3476	C	熟睡	shúshuì
3477	C	熟知	shúzhī
3478	C	贖	shú
3479	C	暑	shǔ
3480	C	暑期	shǔqī
3481	C	署	shǔ
3482	C	署理	shǔlǐ
3483	C	署長	shǔzhǎng
3484	C	曙光	shǔguāng
3485	C	屬下	shǔxià
3486	C	漱	shù
3487	C	漱口	shùkǒu
3488	C	數據庫	shùjùkù
3489	C	數值	shùzhí
3490	C	樹葉	shùyè
3491	C	樹蔭	shùyīn
3492	C	樹枝	shùzhī
3493	C	樹脂	shùzhī
3494	C	樹種	shùzhǒng
3495	C	刷新	shuāxīn
3496	C	衰落	shuāiluò
3497	C	帥	shuài
3498	C	帥哥	shuàigē
3499	C	涮	shuàn
3500	C	雙層	shuāngcéng
3501	C	雙軌	shuāngguǐ
3502	C	雙親	shuāngqīn
3503	C	雙手	shuāngshǒu
3504	C	雙雙	shuāngshuāng
3505	C	雙語	shuāngyǔ
3506	C	雙職工	shuāngzhígōng
3507	C	爽	shuǎng
3508	C	爽朗	shuǎnglǎng
3509	C	水泵	shuǐbèng
3510	C	水草	shuǐcǎo
3511	C	水池	shuǐchí
3512	C	水稻	shuǐdào
3513	C	水滴	shuǐdī
3514	C	水溝	shuǐgōu
3515	C	水管	shuǐguǎn
3516	C	水壺	shuǐhú
3517	C	水晶	shuǐjīng
3518	C	水警	shuǐjǐng
3519	C	水流	shuǐliú
3520	C	水路	shuǐlù
3521	C	水上	shuǐshàng
3522	C	水手	shuǐshǒu
3523	C	水塘	shuǐtáng
3524	C	水田	shuǐtián
3525	C	水文	shuǐwén
3526	C	水仙	shuǐxiān
3527	C	水箱	shuǐxiāng
3528	C	水銀	shuǐyín
3529	C	水運	shuǐyùn
3530	C	水蒸氣	shuǐzhēngqì
3531	C	稅款	shuìkuǎn
3532	C	稅利	shuìlì
3533	C	稅務局	shuìwùjú
3534	C	稅項	shuìxiàng
3535	C	稅制	shuìzhì
3536	C	睡衣	shuìyī
3537	C	順差	shùnchā
3538	C	順理成章	shùnlǐchéngzhāng
3539	C	順心	shùnxīn
3540	C	順應	shùnyìng
3541	C	說道	shuōdào
3542	C	說謊	shuōhuǎng
3543	C	說情	shuōqíng
3544	C	司空見慣	sīkōngjiànguàn
3545	C	司儀	sīyí
3546	C	私家	sījiā
3547	C	私利	sīlì
3548	C	私生子	sīshēngzǐ
3549	C	私下	sīxià
3550	C	思路	sīlù
3551	C	思前想後	sīqiánxiǎnghòu
3552	C	思緒	sīxù
3553	C	斯文	sīwén
3554	C	絲帶	sīdài
3555	C	死活	sǐhuó
3556	C	死機	sǐjī
3557	C	死難	sǐnàn
3558	C	死傷	sǐshāng
3559	C	死屍	sǐshī
3560	C	四合院	sìhéyuàn
3561	C	四面	sìmiàn
3562	C	四通八達	sìtōngbādá

3563	C	寺廟	sìmiào
3564	C	伺機	sìjī
3565	C	似是而非	sìshì'érfēi
3566	C	似笑非笑	sìxiàofēixiào
3567	C	肆意	sìyì
3568	C	松鼠	sōngshǔ
3569	C	鬆散	sōngsǎn
3570	C	鬆懈	sōngxiè
3571	C	聳	sǒng
3572	C	送交	sòngjiāo
3573	C	送葬	sòngzàng
3574	C	搜捕	sōubǔ
3575	C	蘇醒	sūxǐng
3576	C	俗	sú
3577	C	俗稱	súchēng
3578	C	俗語	súyǔ
3579	C	素材	sùcái
3580	C	素來	sùlái
3581	C	素描	sùmiáo
3582	C	素食	sùshí
3583	C	宿	sù
3584	C	宿營	sùyíng
3585	C	肅穆	sùmù
3586	C	訴說	sùshuō
3587	C	塑	sù
3588	C	塑像	sùxiàng
3589	C	算計	suàn•jì
3590	C	算命	suànmìng
3591	C	算式	suànshì
3592	C	算數	suànshù
3593	C	算賬	suànzhàng
3594	C	蒜	suàn
3595	C	隨處	suíchù
3596	C	隨和	suíhe
3597	C	隨機	suíjī
3598	C	隨時隨地	suíshísuídì
3599	C	隨心所欲	suíxīnsuǒyù
3600	C	碎片	suìpiàn
3601	C	遂	suì
3602	C	穗	suì
3603	C	筍	sǔn
3604	C	損毀	sǔnhuǐ
3605	C	損人利己	sǔnrénlìjǐ
3606	C	所能	suǒnéng
3607	C	所有制	suǒyǒuzhì
3608	C	所在地	suǒzàidì
3609	C	索賠	suǒpéi
3610	C	鎖定	suǒdìng
3611	C	台商	táishāng
3612	C	抬高	táigāo
3613	C	太監	tàijiàn
3614	C	太平間	tàipíngjiān
3615	C	太子	tàizǐ
3616	C	泰然	tàirán
3617	C	貪婪	tānlán
3618	C	攤（兒）	tān(r)
3619	C	攤販	tānfàn
3620	C	攤位	tānwèi
3621	C	彈力	tánlì
3622	C	談及	tánjí
3623	C	談天	tántiān
3624	C	坦誠	tǎnchéng
3625	C	坦然	tǎnrán
3626	C	坦言	tǎnyán
3627	C	探測器	tàncèqì
3628	C	探訪	tànfǎng
3629	C	探頭探腦	tàntóutànnǎo
3630	C	探險	tànxiǎn
3631	C	嘆息	tànxī
3632	C	堂皇	tánghuáng
3633	C	糖尿病	tángniàobìng
3634	C	滔滔不絕	tāotāobùjué
3635	C	逃命	táomìng
3636	C	逃難	táonàn
3637	C	逃生	táoshēng
3638	C	逃脫	táotuō
3639	C	淘	táo
3640	C	陶冶	táoyě
3641	C	陶醉	táozuì
3642	C	討好	tǎohǎo
3643	C	套房	tàofáng
3644	C	套票	tàopiào
3645	C	套裝	tàozhuāng
3646	C	特此	tècǐ
3647	C	特惠	tèhuì
3648	C	特級	tèjí
3649	C	特輯	tèjí
3650	C	特技	tèjì
3651	C	特價	tèjià
3652	C	特赦	tèshè
3653	C	特效	tèxiào
3654	C	特許	tèxǔ
3655	C	特約	tèyuē
3656	C	特製	tèzhì
3657	C	疼愛	téng'ài
3658	C	藤	téng
3659	C	騰空	téngkōng
3660	C	梯形	tīxíng
3661	C	提包	tíbāo
3662	C	提成	tíchéng
3663	C	提請	tíqǐng
3664	C	提神	tíshén

3665	C	提速	tísù
3666	C	蹄	tí
3667	C	題詞	tící
3668	C	題庫	tíkù
3669	C	體裁	tǐcái
3670	C	體檢	tǐjiǎn
3671	C	體能	tǐnéng
3672	C	體弱	tǐruò
3673	C	體壇	tǐtán
3674	C	體形	tǐxíng
3675	C	體型	tǐxíng
3676	C	替換	tìhuàn
3677	C	天邊	tiānbiān
3678	C	天長地久	tiānchángdìjiǔ
3679	C	天鵝	tiān'é
3680	C	天賦	tiānfù
3681	C	天花板	tiānhuābǎn
3682	C	天價	tiānjià
3683	C	天亮	tiānliàng
3684	C	天時	tiānshí
3685	C	天使	tiānshǐ
3686	C	天體	tiāntǐ
3687	C	天主教	Tiānzhǔjiào
3688	C	天子	tiānzǐ
3689	C	田鼠	tiánshǔ
3690	C	田園	tiányuán
3691	C	甜美	tiánměi
3692	C	甜蜜	tiánmì
3693	C	填充	tiánchōng
3694	C	挑剔	tiāo•tī
3695	C	條紋	tiáowén
3696	C	條形碼	tiáoxíngmǎ
3697	C	調校	tiáojiào
3698	C	調控	tiáokòng
3699	C	調停	tiáotíng
3700	C	挑	tiǎo
3701	C	眺望	tiàowàng
3702	C	跳槽	tiàocáo
3703	C	跳馬	tiàomǎ
3704	C	跳棋	tiàoqí
3705	C	跳繩	tiàoshéng
3706	C	貼切	tiēqiè
3707	C	鐵礦	tiěkuàng
3708	C	鐵人	tiěrén
3709	C	聽覺	tīngjué
3710	C	聽課	tīngkè
3711	C	聽證	tīngzhèng
3712	C	庭	tíng
3713	C	庭院	tíngyuàn
3714	C	停辦	tíngbàn
3715	C	停戰	tíngzhàn
3716	C	挺身而出	tǐngshēn'érchū
3717	C	艇	tǐng
3718	C	通牒	tōngdié
3719	C	通話	tōnghuà
3720	C	通貨膨脹	tōnghuòpéngzhàng
3721	C	通緝	tōngjī
3722	C	通情達理	tōngqíngdálǐ
3723	C	通識教育	tōngshíjiàoyù
3724	C	通順	tōngshùn
3725	C	通縮	tōngsuō
3726	C	通往	tōngwǎng
3727	C	通宵	tōngxiāo
3728	C	通行證	tōngxíngzhèng
3729	C	通訊員	tōngxùnyuán
3730	C	通脹	tōngzhàng
3731	C	同夥	tónghuǒ
3732	C	同居	tóngjū
3733	C	同僚	tóngliáo
3734	C	同齡	tónglíng
3735	C	同屋	tóngwū
3736	C	同鄉	tóngxiāng
3737	C	同心	tóngxīn
3738	C	同心同德	tóngxīntóngdé
3739	C	同性戀	tóngxìngliàn
3740	C	銅像	tóngxiàng
3741	C	統稱	tǒngchēng
3742	C	統帥	tǒngshuài
3743	C	痛哭	tòngkū
3744	C	偷渡	tōudù
3745	C	偷渡客	tōudùkè
3746	C	投保	tóubǎo
3747	C	投奔	tóubèn
3748	C	投機倒把	tóujīdǎobǎ
3749	C	投注	tóuzhù
3750	C	投資額	tóuzī'é
3751	C	頭頂	tóudǐng
3752	C	頭目	tóumù
3753	C	頭皮	tóupí
3754	C	頭疼	tóuténg
3755	C	頭天	tóutiān
3756	C	頭暈	tóuyūn
3757	C	透鏡	tòujìng
3758	C	透亮（兒）	tòuliàng(r)
3759	C	凸	tū
3760	C	禿	tū
3761	C	禿頭	tūtóu
3762	C	突	tū
3763	C	突變	tūbiàn
3764	C	突飛猛進	tūfēiměngjìn
3765	C	突圍	tūwéi
3766	C	徒步	túbù

3767	C	徒工	túgōng
3768	C	途經	tújīng
3769	C	塗改	túgǎi
3770	C	圖章	túzhāng
3771	C	土層	tǔcéng
3772	C	土產	tǔchǎn
3773	C	土豆	tǔdòu
3774	C	土話	tǔhuà
3775	C	土語	tǔyǔ
3776	C	土葬	tǔzàng
3777	C	團拜	tuánbài
3778	C	團夥	tuánhuǒ
3779	C	團團	tuántuán
3780	C	推崇	tuīchóng
3781	C	推斷	tuīduàn
3782	C	推介	tuījiè
3783	C	推舉	tuījǔ
3784	C	推論	tuīlùn
3785	C	推卸	tuīxiè
3786	C	推展	tuīzhǎn
3787	C	頹廢	tuífèi
3788	C	退步	tuìbù
3789	C	退化	tuìhuà
3790	C	退伍	tuìwǔ
3791	C	退學	tuìxué
3792	C	退役	tuìyì
3793	C	吞吐量	tūntǔliàng
3794	C	托兒所	tuō'érsuǒ
3795	C	託付	tuōfù
3796	C	拖拉機	tuōlājī
3797	C	拖累	tuōlěi
3798	C	拖欠	tuōqiàn
3799	C	拖鞋	tuōxié
3800	C	脫困	tuōkùn
3801	C	脫貧	tuōpín
3802	C	脫險	tuōxiǎn
3803	C	脫穎而出	tuōyǐng'érchū
3804	C	橢圓	tuǒyuán
3805	C	拓展	tuòzhǎn
3806	C	唾沫	tuòmo
3807	C	窪	wā
3808	C	外調	wàidiào
3809	C	外公	wàigōng
3810	C	外間	wàijiān
3811	C	外景	wàijǐng
3812	C	外殼	wàiké
3813	C	外勞	wàiláo
3814	C	外力	wàilì
3815	C	外賣	wàimài
3816	C	外貌	wàimào
3817	C	外婆	wàipó
3818	C	外企	wàiqǐ
3819	C	外勤	wàiqín
3820	C	外甥	wàisheng
3821	C	外甥女	wàishengnǚ
3822	C	外孫女	wàisūnnǚ
3823	C	外孫子	wàisūnzi
3824	C	外逃	wàitáo
3825	C	外套	wàitào
3826	C	外相	wàixiàng
3827	C	外在	wàizài
3828	C	豌豆	wāndòu
3829	C	丸子	wánzi
3830	C	完蛋	wándàn
3831	C	完結	wánjié
3832	C	完事	wánshì
3833	C	玩耍	wánshuǎ
3834	C	玩意（兒）	wányì(r)
3835	C	頑皮	wánpí
3836	C	挽留	wǎnliú
3837	C	晚班	wǎnbān
3838	C	晚輩	wǎnbèi
3839	C	晚點	wǎndiǎn
3840	C	晚婚	wǎnhūn
3841	C	晚期	wǎnqī
3842	C	晚宴	wǎnyàn
3843	C	萬古長青	wàngǔchángqīng
3844	C	萬國	wànguó
3845	C	萬能	wànnéng
3846	C	萬物	wànwù
3847	C	汪洋	wāngyáng
3848	C	王后	wánghòu
3849	C	網頁	wǎngyè
3850	C	網友	wǎngyǒu
3851	C	網站	wǎngzhàn
3852	C	網址	wǎngzhǐ
3853	C	忘掉	wàngdiào
3854	C	忘懷	wànghuái
3855	C	忘我	wàngwǒ
3856	C	危房	wēifáng
3857	C	危及	wēijí
3858	C	威武	wēiwǔ
3859	C	微波	wēibō
3860	C	微量	wēiliàng
3861	C	微妙	wēimiào
3862	C	微弱	wēiruò
3863	C	微生物	wēishēngwù
3864	C	微微	wēiwēi
3865	C	巍峨	wēi'é
3866	C	為人	wéirén
3867	C	桅杆	wéigān
3868	C	唯恐	wéikǒng

3869	C	唯物論	wéiwùlùn
3870	C	唯物主義	wéiwùzhǔyì
3871	C	唯心論	wéixīnlùn
3872	C	唯心主義	wéixīnzhǔyì
3873	C	唯有	wéiyǒu
3874	C	惟	wéi
3875	C	圍觀	wéiguān
3876	C	圍困	wéikùn
3877	C	違法亂紀	wéifǎluànjì
3878	C	違規	wéiguī
3879	C	違紀	wéijì
3880	C	維新	wéixīn
3881	C	尾聲	wěishēng
3882	C	委派	wěipài
3883	C	偽科學	wěikēxué
3884	C	偽劣	wěiliè
3885	C	偉人	wěirén
3886	C	畏	wèi
3887	C	畏懼	wèijù
3888	C	胃口	wèikǒu
3889	C	胃酸	wèisuān
3890	C	尉官	wèiguān
3891	C	衛隊	wèiduì
3892	C	衛冕	wèimiǎn
3893	C	衛士	wèishì
3894	C	衛星電視	wèixīngdiànshì
3895	C	謂	wèi
3896	C	溫飽	wēnbǎo
3897	C	溫差	wēnchā
3898	C	溫度計	wēndùjì
3899	C	溫馨	wēnxīn
3900	C	瘟疫	wēnyì
3901	C	文本	wénběn
3902	C	文革	wéngé
3903	C	文化宮	wénhuàgōng
3904	C	文具	wénjù
3905	C	文秘	wénmì
3906	C	文壇	wéntán
3907	C	文雅	wényǎ
3908	C	文員	wényuán
3909	C	文職	wénzhí
3910	C	紊亂	wěnluàn
3911	C	穩重	wěnzhòng
3912	C	問及	wènjí
3913	C	問卷	wènjuàn
3914	C	問責	wènzé
3915	C	嗡	wēng
3916	C	窩囊	wōnang
3917	C	窩頭	wōtóu
3918	C	蝸牛	wōniú
3919	C	臥車	wòchē
3920	C	臥鋪	wòpù
3921	C	斡旋	wòxuán
3922	C	巫婆	wūpó
3923	C	屋頂	wūdǐng
3924	C	烏	wū
3925	C	烏龜	wūguī
3926	C	嗚	wū
3927	C	誣衊	wūmiè
3928	C	梧桐	wútóng
3929	C	無敵	wúdí
3930	C	無動於衷	wúdòngyúzhōng
3931	C	無端	wúduān
3932	C	無軌	wúguǐ
3933	C	無害	wúhài
3934	C	無話可說	wúhuàkěshuō
3935	C	無家可歸	wújiākěguī
3936	C	無可奉告	wúkěfènggào
3937	C	無賴	wúlài
3938	C	無論如何	wúlùnrúhé
3939	C	無奈	wúnài
3940	C	無期	wúqī
3941	C	無情無義	wúqíngwúyì
3942	C	無聲	wúshēng
3943	C	無視	wúshì
3944	C	無私	wúsī
3945	C	無所適從	wúsuǒshìcóng
3946	C	無所作為	wúsuǒzuòwéi
3947	C	無誤	wúwù
3948	C	無心	wúxīn
3949	C	無異	wúyì
3950	C	無憂無慮	wúyōuwúlǜ
3951	C	無緣	wúyuán
3952	C	毋須	wúxū
3953	C	五彩繽紛	wǔcǎibīnfēn
3954	C	五光十色	wǔguāngshísè
3955	C	五花八門	wǔhuābāmén
3956	C	五金	wǔjīn
3957	C	五星	wǔxīng
3958	C	午	wǔ
3959	C	午餐	wǔcān
3960	C	午覺	wǔjiào
3961	C	午夜	wǔyè
3962	C	武	wǔ
3963	C	武斷	wǔduàn
3964	C	武官	wǔguān
3965	C	武士	wǔshì
3966	C	舞弊	wǔbì
3967	C	舞劇	wǔjù
3968	C	舞廳	wǔtīng
3969	C	物產	wùchǎn
3970	C	物件	wùjiàn

3971	C	物色	wùsè
3972	C	悟	wù
3973	C	務	wù
3974	C	務農	wùnóng
3975	C	務求	wùqiú
3976	C	務實	wùshí
3977	C	誤導	wùdǎo
3978	C	誤點	wùdiǎn
3979	C	夕陽	xīyáng
3980	C	西餐	xīcān
3981	C	西式	xīshì
3982	C	西藥	xīyào
3983	C	西裝	xīzhuāng
3984	C	吸納	xīnà
3985	C	吸食	xīshí
3986	C	息息相關	xīxīxiāngguān
3987	C	悉心	xīxīn
3988	C	惜	xī
3989	C	稀薄	xībó
3990	C	稀奇	xīqí
3991	C	稀疏	xīshū
3992	C	稀有	xīyǒu
3993	C	犀牛	xīniú
3994	C	溪流	xīliú
3995	C	蜥蜴	xīyì
3996	C	錫	xī
3997	C	蟋蟀	xīshuài
3998	C	犧牲品	xīshēngpǐn
3999	C	席捲	xíjuǎn
4000	C	習題	xítí
4001	C	洗錢	xǐqián
4002	C	洗衣粉	xǐyīfěn
4003	C	喜劇	xǐjù
4004	C	喜氣	xǐqì
4005	C	喜慶	xǐqìng
4006	C	喜訊	xǐxùn
4007	C	系	xì
4008	C	系數	xìshù
4009	C	細化	xìhuà
4010	C	細膩	xìnì
4011	C	細微	xìwēi
4012	C	戲服	xìfú
4013	C	戲說	xìshuō
4014	C	瞎話	xiāhuà
4015	C	瞎鬧	xiānào
4016	C	蝦子	xiāzǐ
4017	C	峽	xiá
4018	C	狹小	xiáxiǎo
4019	C	狹義	xiáyì
4020	C	轄下	xiáxià
4021	C	霞	xiá
4022	C	下層	xiàcéng
4023	C	下挫	xiàcuò
4024	C	下地	xiàdì
4025	C	下馬	xiàmǎ
4026	C	下屬	xiàshǔ
4027	C	下水道	xiàshuǐdào
4028	C	下榻	xiàtà
4029	C	下文	xiàwén
4030	C	下議院	xiàyìyuàn
4031	C	下肢	xiàzhī
4032	C	夏糧	xiàliáng
4033	C	夏日	xiàrì
4034	C	嚇唬	xiàhu
4035	C	仙境	xiānjìng
4036	C	仙女	xiānnǚ
4037	C	先河	xiānhé
4038	C	先烈	xiānliè
4039	C	先驅	xiānqū
4040	C	先天	xiāntiān
4041	C	鮮美	xiānměi
4042	C	弦樂	xiányuè
4043	C	閒散	xiánsǎn
4044	C	閒事	xiánshì
4045	C	閒暇	xiánxiá
4046	C	賢惠	xiánhuì
4047	C	鮮為人知	xiǎnwéirénzhī
4048	C	顯出	xiǎnchū
4049	C	顯示器	xiǎnshìqì
4050	C	顯微鏡	xiǎnwēijìng
4051	C	顯現	xiǎnxiàn
4052	C	現代舞	xiàndàiwǔ
4053	C	現匯	xiànhuì
4054	C	現貨	xiànhuò
4055	C	現款	xiànkuǎn
4056	C	現役	xiànyì
4057	C	陷害	xiànhài
4058	C	陷阱	xiànjǐng
4059	C	憲制	xiànzhì
4060	C	縣城	xiànchéng
4061	C	餡（兒）	xiàn(r)
4062	C	相傳	xiāngchuán
4063	C	相仿	xiāngfǎng
4064	C	相輔相成	xiāngfǔxiāngchéng
4065	C	相隔	xiānggé
4066	C	相見	xiāngjiàn
4067	C	相鄰	xiānglín
4068	C	相容	xiāngróng
4069	C	相若	xiāngruò
4070	C	相提並論	xiāngtíbìnglùn
4071	C	相遇	xiāngyù
4072	C	香菜	xiāngcài

4073	C	香腸（兒）	xiāngcháng(r)
4074	C	香料	xiāngliào
4075	C	香水	xiāngshuǐ
4076	C	香甜	xiāngtián
4077	C	香油	xiāngyóu
4078	C	香皂	xiāngzào
4079	C	鄉間	xiāngjiān
4080	C	鄉親	xiāngqīn
4081	C	鑲嵌	xiāngqiàn
4082	C	享福	xiǎngfú
4083	C	想不到	xiǎng•búdào
4084	C	向日葵	xiàngrìkuí
4085	C	向陽	xiàngyáng
4086	C	相聲	xiàngsheng
4087	C	項鏈	xiàngliàn
4088	C	宵禁	xiāojìn
4089	C	逍遙	xiāoyáo
4090	C	消防員	xiāofángyuán
4091	C	消退	xiāotuì
4092	C	消閒	xiāoxián
4093	C	消腫	xiāozhǒng
4094	C	硝酸	xiāosuān
4095	C	蕭	xiāo
4096	C	瀟灑	xiāosǎ
4097	C	小巴	xiǎobā
4098	C	小輩	xiǎobèi
4099	C	小吃	xiǎochī
4100	C	小丑	xiǎochǒu
4101	C	小兒科	xiǎo’érkē
4102	C	小姑娘	xiǎogūniang
4103	C	小鬼	xiǎoguǐ
4104	C	小節	xiǎojié
4105	C	小路	xiǎolù
4106	C	小輪	xiǎolún
4107	C	小買賣	xiǎomǎimai
4108	C	小米	xiǎomǐ
4109	C	小蜜	xiǎomì
4110	C	小妞（兒）	xiǎoniū(r)
4111	C	小品	xiǎopǐn
4112	C	小曲（兒）	xiǎoqǔ(r)
4113	C	小人	xiǎorén
4114	C	小數	xiǎoshù
4115	C	小數點	xiǎoshùdiǎn
4116	C	小童	xiǎotóng
4117	C	孝	xiào
4118	C	孝敬	xiàojìng
4119	C	孝心	xiàoxīn
4120	C	哮喘	xiàochuǎn
4121	C	效	xiào
4122	C	效用	xiàoyòng
4123	C	校服	xiàofú
4124	C	校徽	xiàohuī
4125	C	校友	xiàoyǒu
4126	C	笑臉	xiàoliǎn
4127	C	笑聲	xiàoshēng
4128	C	蠍子	xiēzi
4129	C	協力	xiélì
4130	C	協同	xiétóng
4131	C	斜坡	xiépō
4132	C	寫法	xiě•fǎ
4133	C	寫生	xiěshēng
4134	C	寫意	xiěyì
4135	C	寫照	xiězhào
4136	C	寫真	xiězhēn
4137	C	寫字樓	xiězìlóu
4138	C	寫字枱	xiězìtái
4139	C	洩漏	xièlòu
4140	C	洩露	xièlòu
4141	C	洩氣	xièqì
4142	C	屑	xiè
4143	C	瀉	xiè
4144	C	心腸	xīncháng
4145	C	心地	xīndì
4146	C	心急	xīnjí
4147	C	心境	xīnjìng
4148	C	心滿意足	xīnmǎnyìzú
4149	C	心聲	xīnshēng
4150	C	心態	xīntài
4151	C	心跳	xīntiào
4152	C	心胸	xīnxiōng
4153	C	辛勞	xīnláo
4154	C	辛酸	xīnsuān
4155	C	欣然	xīnrán
4156	C	芯片	xīnpiàn
4157	C	新潮	xīncháo
4158	C	新股	xīngǔ
4159	C	新居	xīnjū
4160	C	新款	xīnkuǎn
4161	C	新奇	xīnqí
4162	C	新手	xīnshǒu
4163	C	新聞社	xīnwénshè
4164	C	新意	xīnyì
4165	C	鋅	xīn
4166	C	薪	xīn
4167	C	薪酬	xīnchóu
4168	C	薪俸	xīnfèng
4169	C	薪級	xīnjí
4170	C	信奉	xìnfèng
4171	C	信服	xìnfú
4172	C	信徒	xìntú
4173	C	信箱	xìnxiāng
4174	C	星光	xīngguāng

4175	C	星球	xīngqiú
4176	C	星座	xīngzuò
4177	C	猩猩	xīngxing
4178	C	腥	xīng
4179	C	興隆	xīnglóng
4180	C	興盛	xīngshèng
4181	C	刑警	xíngjǐng
4182	C	行劫	xíngjié
4183	C	行進	xíngjìn
4184	C	行銷	xíngxiāo
4185	C	行兇	xíngxiōng
4186	C	行醫	xíngyī
4187	C	行蹤	xíngzōng
4188	C	形而上學	xíng'érshàngxué
4189	C	醒目	xǐngmù
4190	C	幸	xìng
4191	C	幸而	xìng'ér
4192	C	性感	xìnggǎn
4193	C	性行為	xìngxíngwéi
4194	C	性子	xìngzi
4195	C	杏仁（兒）	xìngrén(r)
4196	C	兄妹	xiōngmèi
4197	C	兇殘	xiōngcán
4198	C	兇狠	xiōnghěn
4199	C	兇猛	xiōngměng
4200	C	兇手	xiōngshǒu
4201	C	熊熊	xióngxióng
4202	C	休會	xiūhuì
4203	C	修補	xiūbǔ
4204	C	修讀	xiūdú
4205	C	修好	xiūhǎo
4206	C	修剪	xiūjiǎn
4207	C	修配	xiūpèi
4208	C	修正案	xiūzhèng'àn
4209	C	羞	xiū
4210	C	宿	xiǔ
4211	C	秀	xiù
4212	C	秀才	xiùcai
4213	C	袖子	xiùzi
4214	C	嗅	xiù
4215	C	繡花	xiùhuā
4216	C	虛構	xūgòu
4217	C	虛線	xūxiàn
4218	C	栩栩如生	xǔxǔrúshēng
4219	C	許久	xǔjiǔ
4220	C	許可證	xǔkězhèng
4221	C	旭日	xùrì
4222	C	序	xù
4223	C	畜牧	xùmù
4224	C	敍談	xùtán
4225	C	酗酒	xùjiǔ
4226	C	絮叨	xù•dāo
4227	C	蓄	xù
4228	C	蓄水	xùshuǐ
4229	C	續集	xùjí
4230	C	續約	xùyuē
4231	C	宣	xuān
4232	C	宣戰	xuānzhàn
4233	C	喧譁	xuānhuá
4234	C	漩渦	xuánwō
4235	C	懸念	xuánniàn
4236	C	選美	xuǎnměi
4237	C	選派	xuǎnpài
4238	C	選址	xuǎnzhǐ
4239	C	炫耀	xuànyào
4240	C	旋風	xuànfēng
4241	C	渲染	xuànrǎn
4242	C	絢麗	xuànlì
4243	C	靴子	xuēzi
4244	C	穴	xué
4245	C	穴位	xuéwèi
4246	C	學潮	xuécháo
4247	C	學額	xué'é
4248	C	學分制	xuéfēnzhì
4249	C	學府	xuéfǔ
4250	C	學好	xuéhǎo
4251	C	學壞	xuéhuài
4252	C	學齡	xuélíng
4253	C	學前	xuéqián
4254	C	學時	xuéshí
4255	C	學識	xuéshí
4256	C	學士	xuéshì
4257	C	學童	xuétóng
4258	C	學系	xuéxì
4259	C	學運	xuéyùn
4260	C	雪藏	xuěcáng
4261	C	雪糕	xuěgāo
4262	C	雪人	xuěrén
4263	C	雪山	xuěshān
4264	C	血糖	xuètáng
4265	C	血統	xuètǒng
4266	C	血型	xuèxíng
4267	C	勛章	xūnzhāng
4268	C	巡視	xúnshì
4269	C	巡遊	xúnyóu
4270	C	尋覓	xúnmì
4271	C	循	xún
4272	C	迅即	xùnjí
4273	C	訊號	xùnhào
4274	C	馴	xùn
4275	C	遜色	xùnsè
4276	C	押後	yāhòu

4277	C	押韻	yāyùn
4278	C	鴉片	yāpiàn
4279	C	壓低	yādī
4280	C	壓歲錢	yāsuìqián
4281	C	壓縮機	yāsuōjī
4282	C	壓軸	yāzhòu
4283	C	牙膏	yágāo
4284	C	牙刷	yáshuā
4285	C	崖	yá
4286	C	啞巴	yǎba
4287	C	亞熱帶	yàrèdài
4288	C	煙囪	yāncōng
4289	C	煙花	yānhuā
4290	C	煙火	yānhuǒ
4291	C	煙火	yānhuo
4292	C	煙葉	yānyè
4293	C	言談	yántán
4294	C	延遲	yánchí
4295	C	延誤	yánwù
4296	C	沿用	yányòng
4297	C	研究員	yánjiūyuán
4298	C	顏料	yánliào
4299	C	嚴防	yánfáng
4300	C	鹽酸	yánsuān
4301	C	眼福	yǎnfú
4302	C	眼花繚亂	yǎnhuāliáoluàn
4303	C	眼力	yǎnlì
4304	C	眼球	yǎnqiú
4305	C	眼色	yǎnsè
4306	C	眼神	yǎnshén
4307	C	眼珠	yǎnzhū
4308	C	演化	yǎnhuà
4309	C	演技	yǎnjì
4310	C	演示	yǎnshì
4311	C	演算	yǎnsuàn
4312	C	演戲	yǎnxì
4313	C	演繹	yǎnyì
4314	C	演藝	yǎnyì
4315	C	宴席	yànxí
4316	C	艷麗	yànlì
4317	C	厭	yàn
4318	C	厭倦	yànjuàn
4319	C	燕窩	yànwō
4320	C	諺語	yànyǔ
4321	C	驗算	yànsuàn
4322	C	央行	yāngháng
4323	C	秧	yāng
4324	C	洋人	yángrén
4325	C	洋娃娃	yángwáwa
4326	C	洋洋	yángyáng
4327	C	洋溢	yángyì
4328	C	揚聲器	yángshēngqì
4329	C	陽台	yángtái
4330	C	氧	yǎng
4331	C	氧化物	yǎnghuàwù
4332	C	養病	yǎngbìng
4333	C	養育	yǎngyù
4334	C	癢	yǎng
4335	C	樣本	yàngběn
4336	C	樣式	yàngshì
4337	C	夭折	yāozhé
4338	C	妖怪	yāoguài
4339	C	腰帶	yāodài
4340	C	搖動	yáodòng
4341	C	搖籃	yáolán
4342	C	搖搖欲墜	yáoyáoyùzhuì
4343	C	窯洞	yáodòng
4344	C	舀	yǎo
4345	C	要不是	yào•bú•shì
4346	C	要飯	yàofàn
4347	C	要領	yàolǐng
4348	C	藥劑	yàojì
4349	C	藥檢	yàojiǎn
4350	C	耶穌	Yēsū
4351	C	椰子	yēzi
4352	C	爺	yé
4353	C	冶煉	yěliàn
4354	C	夜大	yèdà
4355	C	夜空	yèkōng
4356	C	夜色	yèsè
4357	C	夜市	yèshì
4358	C	夜鶯	yèyīng
4359	C	夜總會	yèzǒnghuì
4360	C	液	yè
4361	C	液晶	yèjīng
4362	C	業界	yèjiè
4363	C	業已	yèyǐ
4364	C	業者	yèzhě
4365	C	業主	yèzhǔ
4366	C	葉片	yèpiàn
4367	C	伊斯蘭教	Yīsīlánjiào
4368	C	衣物	yīwù
4369	C	衣着	yīzhuó
4370	C	醫保	yībǎo
4371	C	醫德	yīdé
4372	C	醫護	yīhù
4373	C	醫術	yīshù
4374	C	一併	yíbìng
4375	C	一概而論	yígài'érlùn
4376	C	一技之長	yíjìzhīcháng
4377	C	一路平安	yílùpíng'ān
4378	C	一路順風	yílùshùnfēng

No.	Level	Word	Pinyin
4379	C	一目瞭然	yímùliǎorán
4380	C	一氣呵成	yíqìhēchéng
4381	C	一世	yíshì
4382	C	一視同仁	yíshìtóngrén
4383	C	胰島素	yídǎosù
4384	C	疑	yí
4385	C	儀表	yíbiǎo
4386	C	遺	yí
4387	C	遺棄	yíqì
4388	C	遺體	yítǐ
4389	C	遺忘	yíwàng
4390	C	遺囑	yízhǔ
4391	C	已知	yǐzhī
4392	C	以東	yǐdōng
4393	C	倚	yǐ
4394	C	一乾二淨	yìgān'èrjìng
4395	C	一國兩制	yìguóliǎngzhì
4396	C	一哄而散	yìhōng'érsàn
4397	C	一家子	yìjiāzi
4398	C	一口	yìkǒu
4399	C	一毛不拔	yìmáobùbá
4400	C	一米線	yìmǐxiàn
4401	C	一模一樣	yìmúyíyàng
4402	C	一如既往	yìrújìwǎng
4403	C	一絲不苟	yìsībùgǒu
4404	C	一無所知	yìwúsuǒzhī
4405	C	一心一意	yìxīnyíyì
4406	C	屹立	yìlì
4407	C	役	yì
4408	C	抑鬱	yìyù
4409	C	疫苗	yìmiáo
4410	C	異地	yìdì
4411	C	異口同聲	yìkǒutóngshēng
4412	C	異同	yìtóng
4413	C	異性	yìxìng
4414	C	翌日	yìrì
4415	C	意境	yìjìng
4416	C	意念	yìniàn
4417	C	義工	yìgōng
4418	C	憶	yì
4419	C	藝名	yìmíng
4420	C	藝員	yìyuán
4421	C	議決	yìjué
4422	C	議事	yìshì
4423	C	因地制宜	yīndìzhìyí
4424	C	因果	yīnguǒ
4425	C	因人而異	yīnrén'éryì
4426	C	因應	yīnyìng
4427	C	音調	yīndiào
4428	C	音符	yīnfú
4429	C	音色	yīnsè
4430	C	音域	yīnyù
4431	C	音樂家	yīnyuèjiā
4432	C	殷勤	yīnqín
4433	C	陰曆	yīnlì
4434	C	陰雨	yīnyǔ
4435	C	吟	yín
4436	C	銀河	yínhé
4437	C	引渡	yǐndù
4438	C	引述	yǐnshù
4439	C	引致	yǐnzhì
4440	C	飲酒	yǐnjiǔ
4441	C	飲品	yǐnpǐn
4442	C	飲用	yǐnyòng
4443	C	隱患	yǐnhuàn
4444	C	隱居	yǐnjū
4445	C	隱私	yǐnsī
4446	C	隱形	yǐnxíng
4447	C	隱憂	yǐnyōu
4448	C	癮	yǐn
4449	C	印花	yìnhuā
4450	C	印製	yìnzhì
4451	C	英鎊	yīngbàng
4452	C	英尺	yīngchǐ
4453	C	英寸	yīngcùn
4454	C	英俊	yīngjùn
4455	C	英里	yīnglǐ
4456	C	應有盡有	yīngyǒujìnyǒu
4457	C	鸚鵡	yīngwǔ
4458	C	迎風	yíngfēng
4459	C	迎合	yínghé
4460	C	迎送	yíngsòng
4461	C	盈虧	yíngkuī
4462	C	熒光屏	yíngguāngpíng
4463	C	螢火蟲	yínghuǒchóng
4464	C	營地	yíngdì
4465	C	營救	yíngjiù
4466	C	營銷	yíngxiāo
4467	C	營業額	yíngyè'é
4468	C	營運	yíngyùn
4469	C	營長	yíngzhǎng
4470	C	影	yǐng
4471	C	影后	yǐnghòu
4472	C	影迷	yǐngmí
4473	C	影視	yǐngshì
4474	C	影壇	yǐngtán
4475	C	影星	yǐngxīng
4476	C	影展	yǐngzhǎn
4477	C	映	yìng
4478	C	硬幣	yìngbì
4479	C	硬度	yìngdù
4480	C	硬化	yìnghuà

4481	C	硬盤	yìngpán
4482	C	應對	yìngduì
4483	C	應急	yìngjí
4484	C	應考	yìngkǎo
4485	C	應聘	yìngpìn
4486	C	應聲	yìngshēng
4487	C	應戰	yìngzhàn
4488	C	應徵	yìngzhēng
4489	C	擁堵	yōngdǔ
4490	C	臃腫	yōngzhǒng
4491	C	永垂不朽	yǒngchuíbùxiǔ
4492	C	永恒	yǒnghéng
4493	C	永生	yǒngshēng
4494	C	泳	yǒng
4495	C	泳裝	yǒngzhuāng
4496	C	勇士	yǒngshì
4497	C	湧入	yǒngrù
4498	C	用不着	yòng•bùzháo
4499	C	用量	yòngliàng
4500	C	用以	yòngyǐ
4501	C	用語	yòngyǔ
4502	C	佣金	yòngjīn
4503	C	悠閒	yōuxián
4504	C	憂	yōu
4505	C	憂患	yōuhuàn
4506	C	憂鬱	yōuyù
4507	C	優厚	yōuhòu
4508	C	優化	yōuhuà
4509	C	優生	yōushēng
4510	C	優雅	yōuyǎ
4511	C	由此	yóucǐ
4512	C	由來	yóulái
4513	C	由衷	yóuzhōng
4514	C	油菜	yóucài
4515	C	油輪	yóulún
4516	C	油脂	yóuzhī
4517	C	猶	yóu
4518	C	郵	yóu
4519	C	郵包	yóubāo
4520	C	郵戳	yóuchuō
4521	C	郵購	yóugòu
4522	C	遊船	yóuchuán
4523	C	遊擊戰	yóujīzhàn
4524	C	遊牧	yóumù
4525	C	遊山玩水	yóushānwánshuǐ
4526	C	遊說	yóushuì
4527	C	遊戲機	yóuxìjī
4528	C	遊園	yóuyuán
4529	C	鈾	yóu
4530	C	友善	yǒushàn
4531	C	有別	yǒubié
4532	C	有償	yǒucháng
4533	C	有感	yǒugǎn
4534	C	有機物	yǒujīwù
4535	C	有口無心	yǒukǒuwúxīn
4536	C	有目共睹	yǒumùgòngdǔ
4537	C	有聲有色	yǒushēngyǒusè
4538	C	有望	yǒuwàng
4539	C	有線	yǒuxiàn
4540	C	有助	yǒuzhù
4541	C	右側	yòucè
4542	C	右派	yòupài
4543	C	幼蟲	yòuchóng
4544	C	幼小	yòuxiǎo
4545	C	柚子	yòuzi
4546	C	誘	yòu
4547	C	誘發	yòufā
4548	C	誘人	yòurén
4549	C	誘因	yòuyīn
4550	C	迂迴	yūhuí
4551	C	娛樂圈	yúlèquān
4552	C	魚翅	yúchì
4553	C	榆樹	yúshù
4554	C	逾	yú
4555	C	漁夫	yúfū
4556	C	餘熱	yúrè
4557	C	餘數	yúshù
4558	C	輿論界	yúlùnjiè
4559	C	羽絨服	yǔróngfú
4560	C	雨點	yǔdiǎn
4561	C	雨傘	yǔsǎn
4562	C	與時俱進	yǔshíjùjìn
4563	C	語錄	yǔlù
4564	C	育種	yùzhǒng
4565	C	浴場	yùchǎng
4566	C	浴缸	yùgāng
4567	C	寓	yù
4568	C	遇難	yùnàn
4569	C	預示	yùshì
4570	C	預選	yùxuǎn
4571	C	預祝	yùzhù
4572	C	淵源	yuānyuán
4573	C	元帥	yuánshuài
4574	C	元月	yuányuè
4575	C	原地	yuándì
4576	C	原煤	yuánméi
4577	C	原野	yuányě
4578	C	原意	yuányì
4579	C	原著	yuánzhù
4580	C	援	yuán
4581	C	援引	yuányǐn
4582	C	園藝	yuányì

4583	C	圓形	yuánxíng
4584	C	圓周	yuánzhōu
4585	C	猿人	yuánrén
4586	C	緣	yuán
4587	C	遠程教育	yuǎnchéngjiàoyù
4588	C	遠古	yuǎngǔ
4589	C	遠見	yuǎnjiàn
4590	C	遠離	yuǎnlí
4591	C	遠洋	yuǎnyáng
4592	C	遠遠	yuǎnyuǎn
4593	C	遠征	yuǎnzhēng
4594	C	院士	yuànshì
4595	C	院線	yuànxiàn
4596	C	約定	yuēdìng
4597	C	約會	yuēhuì
4598	C	約見	yuējiàn
4599	C	月報	yuèbào
4600	C	月份	yuèfèn
4601	C	月季	yuèjì
4602	C	月刊	yuèkān
4603	C	月色	yuèsè
4604	C	月台	yuètái
4605	C	月薪	yuèxīn
4606	C	岳父	yuèfù
4607	C	岳母	yuèmǔ
4608	C	悅耳	yuè’ěr
4609	C	悅目	yuèmù
4610	C	越劇	yuèjù
4611	C	越野	yuèyě
4612	C	粵劇	yuèjù
4613	C	粵曲	yuèqǔ
4614	C	粵語	Yuèyǔ
4615	C	樂壇	yuètán
4616	C	樂章	yuèzhāng
4617	C	閱	yuè
4618	C	閱覽	yuèlǎn
4619	C	躍	yuè
4620	C	躍進	yuèjìn
4621	C	雲層	yúncéng
4622	C	雲集	yúnjí
4623	C	孕婦	yùnfù
4624	C	孕育	yùnyù
4625	C	韻母	yùnmǔ
4626	C	運動場	yùndòngchǎng
4627	C	運費	yùnfèi
4628	C	運銷	yùnxiāo
4629	C	運營	yùnyíng
4630	C	運作	yùnzuò
4631	C	暈車	yùnchē
4632	C	熨斗	yùndǒu
4633	C	蘊含	yùnhán
4634	C	雜費	záfèi
4635	C	雜交	zájiāo
4636	C	雜亂	záluàn
4637	C	雜物	záwù
4638	C	災禍	zāihuò
4639	C	災情	zāiqíng
4640	C	災區	zāiqū
4641	C	栽種	zāizhòng
4642	C	宰客	zǎikè
4643	C	宰相	zǎixiàng
4644	C	再接再厲	zàijiēzàilì
4645	C	再生紙	zàishēngzhǐ
4646	C	再者	zàizhě
4647	C	在位	zàiwèi
4648	C	在野	zàiyě
4649	C	暫緩	zànhuǎn
4650	C	暫且	zànqiě
4651	C	暫停	zàntíng
4652	C	讚許	zànxǔ
4653	C	讚譽	zànyù
4654	C	遭殃	zāoyāng
4655	C	早班	zǎobān
4656	C	早餐	zǎocān
4657	C	早操	zǎocāo
4658	C	早茶	zǎochá
4659	C	早稻	zǎodào
4660	C	早市	zǎoshì
4661	C	早退	zǎotuì
4662	C	棗	zǎo
4663	C	灶	zào
4664	C	造福	zàofú
4665	C	造林	zàolín
4666	C	造勢	zàoshì
4667	C	造詣	zàoyì
4668	C	燥	zào
4669	C	責	zé
4670	C	責成	zéchéng
4671	C	責怪	zéguài
4672	C	責任感	zérèngǎn
4673	C	責任制	zérènzhì
4674	C	增兵	zēngbīng
4675	C	增高	zēnggāo
4676	C	增收	zēngshōu
4677	C	增長點	zēngzhǎngdiǎn
4678	C	增值	zēngzhí
4679	C	憎惡	zēngwù
4680	C	扎根	zhāgēn
4681	C	渣	zhā
4682	C	閘門	zhámén
4683	C	眨	zhǎ
4684	C	榨	zhà

4685	C	摘取	zhāiqǔ
4686	C	寨	zhài
4687	C	沾光	zhānguāng
4688	C	斬草除根	zhǎncǎochúgēn
4689	C	斬釘截鐵	zhǎndīngjiétiě
4690	C	輾轉	zhǎnzhuǎn
4691	C	站崗	zhàngǎng
4692	C	站立	zhànlì
4693	C	站台	zhàntái
4694	C	站長	zhànzhǎng
4695	C	戰備	zhànbèi
4696	C	戰車	zhànchē
4697	C	戰地	zhàndì
4698	C	戰鬥機	zhàndòujī
4699	C	戰俘	zhànfú
4700	C	戰果	zhànguǒ
4701	C	戰亂	zhànluàn
4702	C	戰事	zhànshì
4703	C	張羅	zhāngluo
4704	C	蟑螂	zhāngláng
4705	C	長者	zhǎngzhě
4706	C	長子	zhǎngzǐ
4707	C	掌管	zhǎngguǎn
4708	C	掌櫃	zhǎngguì
4709	C	掌權	zhǎngquán
4710	C	漲錢	zhǎngqián
4711	C	賬戶	zhànghù
4712	C	招募	zhāomù
4713	C	招致	zhāozhì
4714	C	朝三暮四	zhāosānmùsì
4715	C	着火	zháohuǒ
4716	C	爪	zhǎo
4717	C	找茬（兒）	zhǎochá(r)
4718	C	找麻煩	zhǎomáfan
4719	C	找錢	zhǎoqián
4720	C	找事	zhǎoshì
4721	C	沼氣	zhǎoqì
4722	C	沼澤	zhǎozé
4723	C	召喚	zhàohuàn
4724	C	召集人	zhàojírén
4725	C	召見	zhàojiàn
4726	C	遮蓋	zhēgài
4727	C	折射	zhéshè
4728	C	折衷	zhézhōng
4729	C	哲理	zhélǐ
4730	C	轍	zhé
4731	C	這般	zhèbān
4732	C	珍寶	zhēnbǎo
4733	C	珍稀	zhēnxī
4734	C	真切	zhēnqiè
4735	C	真情	zhēnqíng
4736	C	真摯	zhēnzhì
4737	C	針織	zhēnzhī
4738	C	偵探	zhēntàn
4739	C	斟	zhēn
4740	C	斟酌	zhēnzhuó
4741	C	枕	zhěn
4742	C	診治	zhěnzhì
4743	C	振	zhèn
4744	C	陣腳	zhènjiǎo
4745	C	陣容	zhènróng
4746	C	陣雨	zhènyǔ
4747	C	賑災	zhènzāi
4748	C	征途	zhēngtú
4749	C	爭光	zhēngguāng
4750	C	爭氣	zhēngqì
4751	C	蒸餾水	zhēngliúshuǐ
4752	C	徵集	zhēngjí
4753	C	徵文	zhēngwén
4754	C	徵詢	zhēngxún
4755	C	癥結	zhēngjié
4756	C	拯救	zhěngjiù
4757	C	整改	zhěnggǎi
4758	C	整合	zhěnghé
4759	C	整數	zhěngshù
4760	C	整套	zhěngtào
4761	C	整治	zhěngzhì
4762	C	正比	zhèngbǐ
4763	C	正方形	zhèngfāngxíng
4764	C	正路	zhènglù
4765	C	正門	zhèngmén
4766	C	正巧	zhèngqiǎo
4767	C	正午	zhèngwǔ
4768	C	正值	zhèngzhí
4769	C	正中	zhèngzhōng
4770	C	正宗	zhèngzōng
4771	C	政法	zhèngfǎ
4772	C	政改	zhènggǎi
4773	C	政工	zhènggōng
4774	C	政客	zhèngkè
4775	C	政壇	zhèngtán
4776	C	政務司	zhèngwùsī
4777	C	政制	zhèngzhì
4778	C	之所以	zhīsuǒyǐ
4779	C	枝葉	zhīyè
4780	C	知會	zhīhuì
4781	C	知名度	zhīmíngdù
4782	C	知情	zhīqíng
4783	C	知識產權	zhīshichǎnquán
4784	C	知悉	zhīxī
4785	C	知心	zhīxīn
4786	C	知音	zhīyīn

4787	C	知足	zhīzú
4788	C	肢體	zhītǐ
4789	C	織物	zhīwù
4790	C	直航	zhíháng
4791	C	直覺	zhíjué
4792	C	直屬	zhíshǔ
4793	C	直通車	zhítōngchē
4794	C	直系	zhíxì
4795	C	直選	zhíxuǎn
4796	C	值勤	zhíqín
4797	C	執導	zhídǎo
4798	C	執委	zhíwěi
4799	C	執政黨	zhízhèngdǎng
4800	C	執着	zhízhuó
4801	C	植	zhí
4802	C	植樹	zhíshù
4803	C	植物園	zhíwùyuán
4804	C	殖民主義	zhímínzhǔyì
4805	C	職稱	zhíchēng
4806	C	職級	zhíjí
4807	C	侄女	zhí•nǚ
4808	C	侄子	zhízi
4809	C	指稱	zhǐchēng
4810	C	指揮員	zhǐhuīyuán
4811	C	指使	zhǐshǐ
4812	C	指手劃腳	zhǐshǒuhuàjiǎo
4813	C	指紋	zhǐwén
4814	C	指向	zhǐxiàng
4815	C	指戰員	zhǐzhànyuán
4816	C	紙錢	zhǐqián
4817	C	紙條	zhǐtiáo
4818	C	紙箱	zhǐxiāng
4819	C	至此	zhìcǐ
4820	C	至多	zhìduō
4821	C	至上	zhìshàng
4822	C	志同道合	zhìtóngdàohé
4823	C	志向	zhìxiàng
4824	C	志願軍	zhìyuànjūn
4825	C	治癒	zhìyù
4826	C	致命	zhìmìng
4827	C	致意	zhìyì
4828	C	智育	zhìyù
4829	C	智障	zhìzhàng
4830	C	置評	zhìpíng
4831	C	置身	zhìshēn
4832	C	置於	zhìyú
4833	C	滯銷	zhìxiāo
4834	C	製	zhì
4835	C	製成品	zhìchéngpǐn
4836	C	製片	zhìpiàn
4837	C	製片廠	zhìpiànchǎng
4838	C	製造商	zhìzàoshāng
4839	C	質變	zhìbiàn
4840	C	質地	zhìdì
4841	C	質樸	zhìpǔ
4842	C	質問	zhìwèn
4843	C	質詢	zhìxún
4844	C	質疑	zhìyí
4845	C	中班	zhōngbān
4846	C	中餐	zhōngcān
4847	C	中產	zhōngchǎn
4848	C	中場	zhōngchǎng
4849	C	中和	zhōnghé
4850	C	中間人	zhōngjiānrén
4851	C	中將	zhōngjiàng
4852	C	中介	zhōngjiè
4853	C	中式	zhōngshì
4854	C	中樞	zhōngshū
4855	C	中校	zhōngxiào
4856	C	中葉	zhōngyè
4857	C	中音	zhōngyīn
4858	C	中原	Zhōngyuán
4859	C	中資	zhōngzī
4860	C	忠	zhōng
4861	C	忠貞	zhōngzhēn
4862	C	終端	zhōngduān
4863	C	終日	zhōngrì
4864	C	終審	zhōngshěn
4865	C	中毒	zhòngdú
4866	C	中風	zhòngfēng
4867	C	中肯	zhòngkěn
4868	C	重擔	zhòngdàn
4869	C	重力	zhònglì
4870	C	重量級	zhòngliàngjí
4871	C	重傷	zhòngshāng
4872	C	重物	zhòngwù
4873	C	重鎮	zhòngzhèn
4874	C	眾議院	zhòngyìyuàn
4875	C	州長	zhōuzhǎng
4876	C	舟	zhōu
4877	C	周邊	zhōubiān
4878	C	周全	zhōuquán
4879	C	周日	zhōurì
4880	C	周詳	zhōuxiáng
4881	C	周旋	zhōuxuán
4882	C	周折	zhōuzhé
4883	C	軸	zhóu
4884	C	驟然	zhòurán
4885	C	珠子	zhūzi
4886	C	諸	zhū
4887	C	諸多	zhūduō
4888	C	諸如此類	zhūrúcǐlèi

4889	C	諸位	zhūwèi
4890	C	竹筍	zhúsǔn
4891	C	燭光	zhúguāng
4892	C	主辦權	zhǔbànquán
4893	C	主場	zhǔchǎng
4894	C	主持人	zhǔchírén
4895	C	主婦	zhǔfù
4896	C	主機	zhǔjī
4897	C	主講	zhǔjiǎng
4898	C	主將	zhǔjiàng
4899	C	主教	zhǔjiào
4900	C	主修	zhǔxiū
4901	C	主演	zhǔyǎn
4902	C	主因	zhǔyīn
4903	C	主宰	zhǔzǎi
4904	C	囑託	zhǔtuō
4905	C	住客	zhùkè
4906	C	住址	zhùzhǐ
4907	C	助產士	zhùchǎnshì
4908	C	助學金	zhùxuéjīn
4909	C	助養	zhùyǎng
4910	C	註解	zhùjiě
4911	C	註明	zhùmíng
4912	C	註釋	zhùshì
4913	C	貯藏	zhùcáng
4914	C	貯存	zhùcún
4915	C	駐地	zhùdì
4916	C	駐紮	zhùzhā
4917	C	鑄件	zhùjiàn
4918	C	鑄鐵	zhùtiě
4919	C	築	zhù
4920	C	爪子	zhuǎzi
4921	C	專輯	zhuānjí
4922	C	專賣店	zhuānmàidiàn
4923	C	專線	zhuānxiàn
4924	C	專項	zhuānxiàng
4925	C	專業戶	zhuānyèhù
4926	C	專營	zhuānyíng
4927	C	專責	zhuānzé
4928	C	專注	zhuānzhù
4929	C	專著	zhuānzhù
4930	C	轉軌	zhuǎnguǐ
4931	C	轉會	zhuǎnhuì
4932	C	轉嫁	zhuǎnjià
4933	C	轉身	zhuǎnshēn
4934	C	轉型	zhuǎnxíng
4935	C	轉學	zhuǎnxué
4936	C	轉眼	zhuǎnyǎn
4937	C	轉運	zhuǎnyùn
4938	C	撰文	zhuànwén
4939	C	賺取	zhuànqǔ
4940	C	轉	zhuàn
4941	C	轉動	zhuàndòng
4942	C	轉向	zhuànxiàng
4943	C	轉悠	zhuànyou
4944	C	莊稼	zhuāngjia
4945	C	莊園	zhuāngyuán
4946	C	莊重	zhuāngzhòng
4947	C	裝扮	zhuāngbàn
4948	C	裝飾品	zhuāngshìpǐn
4949	C	裝修	zhuāngxiū
4950	C	裝載	zhuāngzài
4951	C	樁	zhuāng
4952	C	壯年	zhuàngnián
4953	C	壯志	zhuàngzhì
4954	C	狀元	zhuàngyuan
4955	C	撞車	zhuàngchē
4956	C	撞擊	zhuàngjī
4957	C	追捕	zhuībǔ
4958	C	追擊	zhuījī
4959	C	追加	zhuījiā
4960	C	追星族	zhuīxīngzú
4961	C	追尋	zhuīxún
4962	C	追逐	zhuīzhú
4963	C	追蹤	zhuīzōng
4964	C	墜	zhuì
4965	C	捉摸	zhuōmō
4966	C	桌面	zhuōmiàn
4967	C	卓	zhuó
4968	C	卓著	zhuózhù
4969	C	茁壯	zhuózhuàng
4970	C	酌情	zhuóqíng
4971	C	啄	zhuó
4972	C	着力	zhuólì
4973	C	着實	zhuóshí
4974	C	滋擾	zīrǎo
4975	C	滋潤	zīrùn
4976	C	滋事	zīshì
4977	C	資方	zīfāng
4978	C	資深	zīshēn
4979	C	資訊	zīxùn
4980	C	子弟兵	zǐdìbīng
4981	C	紫荊花	zǐjīnghuā
4982	C	紫羅蘭	zǐluólán
4983	C	紫外線	zǐwàixiàn
4984	C	字畫	zìhuà
4985	C	字句	zìjù
4986	C	字幕	zìmù
4987	C	字體	zìtǐ
4988	C	字帖	zìtiè
4989	C	字形	zìxíng
4990	C	自卑	zìbēi

4991	C	自悲	zìbēi
4992	C	自負盈虧	zìfùyíngkuī
4993	C	自給	zìjǐ
4994	C	自家	zìjiā
4995	C	自居	zìjū
4996	C	自理	zìlǐ
4997	C	自律	zìlǜ
4998	C	自然科學	zìránkēxué
4999	C	自始至終	zìshǐzhìzhōng
5000	C	自首	zìshǒu
5001	C	自習	zìxí
5002	C	自信心	zìxìnxīn
5003	C	自修	zìxiū
5004	C	自用	zìyòng
5005	C	自由化	zìyóuhuà
5006	C	自幼	zìyòu
5007	C	自在	zìzai
5008	C	自治縣	zìzhìxiàn
5009	C	自治州	zìzhìzhōu
5010	C	自製	zìzhì
5011	C	自尊	zìzūn
5012	C	宗派	zōngpài
5013	C	棕	zōng
5014	C	綜藝	zōngyì
5015	C	綜援	zōngyuán
5016	C	總督	zǒngdū
5017	C	總分	zǒngfēn
5018	C	總歸	zǒngguī
5019	C	總監	zǒngjiān
5020	C	總書記	zǒngshūjì
5021	C	總署	zǒngshǔ
5022	C	總統府	zǒngtǒngfǔ
5023	C	總務	zǒngwù
5024	C	總站	zǒngzhàn
5025	C	粽子	zòngzi
5026	C	縱隊	zòngduì
5027	C	縱觀	zòngguān
5028	C	縱然	zòngrán
5029	C	縱使	zòngshǐ
5030	C	走紅	zǒuhóng
5031	C	走後門（兒）	zǒuhòumén(r)
5032	C	走漏	zǒulòu
5033	C	走勢	zǒushì
5034	C	走穴	zǒuxué
5035	C	奏效	zòuxiào
5036	C	租用	zūyòng
5037	C	足跡	zújì
5038	C	足球熱	zúqiúrè
5039	C	卒	zú
5040	C	阻	zǔ
5041	C	阻嚇	zǔhè
5042	C	阻塞	zǔsè
5043	C	組閣	zǔgé
5044	C	鑽井	zuànjǐng
5045	C	攥	zuàn
5046	C	最惠國	zuìhuìguó
5047	C	最佳	zuìjiā
5048	C	罪案	zuì'àn
5049	C	尊貴	zūnguì
5050	C	左側	zuǒcè
5051	C	左翼	zuǒyì
5052	C	作答	zuòdá
5053	C	作供	zuògòng
5054	C	作怪	zuòguài
5055	C	作曲	zuòqǔ
5056	C	作息	zuòxī
5057	C	作秀	zuòxiù
5058	C	作主	zuòzhǔ
5059	C	坐席	zuòxí
5060	C	座駕	zuòjià
5061	C	座右銘	zuòyòumíng
5062	C	做買賣	zuòmǎimai

按音序排列的詞匯等級大綱（14713）

1	B	阿	ā
2	C	阿拉伯語	Ālābóyǔ
3	A	阿姨	āyí
4	A	啊	ā
5	B	哀悼	āidào
6	B	哀求	āiqiú
7	A	哎	āi
8	A	哎呀	āiyā
9	A	唉	āi
10	A	挨	āi
11	A	挨	ái
12	A	癌	ái
13	A	矮	ǎi
14	C	矮小	ǎixiǎo
15	B	艾滋病	àizībìng
16	A	愛	ài
17	B	愛戴	àidài
18	A	愛國	àiguó
19	B	愛國主義	àiguózhǔyì
20	A	愛好	àihào
21	A	愛護	àihù
22	C	愛面子	àimiànzi
23	A	愛情	àiqíng
24	A	愛人	àiren
25	B	愛惜	àixī
26	C	愛心	àixīn
27	C	礙事	àishì
28	A	安	ān
29	A	安定	āndìng
30	C	安放	ānfàng
31	C	安分守己	ānfènshǒujǐ
32	A	安靜	ānjìng
33	B	安居	ānjū
34	C	安居樂業	ānjūlèyè
35	C	安樂死	ānlèsǐ
36	B	安寧	ānníng
37	A	安排	ānpái
38	A	安全	ānquán
39	C	安然	ānrán
40	C	安危	ānwēi
41	A	安慰	ānwèi
42	B	安穩	ānwěn
43	C	安詳	ānxiáng
44	A	安心	ānxīn
45	A	安置	ānzhì
46	A	安裝	ānzhuāng
47	A	岸	àn
48	A	按	àn
49	C	按揭	ànjiē
50	C	按金	ànjīn
51	C	按勞分配	ànláofēnpèi
52	B	按摩	ànmó
53	C	按鈕	ànniǔ
54	B	按期	ànqī
55	B	按時	ànshí
56	C	按說	ànshuō
57	A	按照	ànzhào
58	A	案	àn
59	A	案件	ànjiàn
60	C	案例	ànlì
61	B	案情	ànqíng
62	B	案子	ànzi
63	A	暗	àn
64	B	暗暗	àn'àn
65	B	暗淡	àndàn
66	C	暗地裏	àndìli
67	B	暗殺	ànshā
68	B	暗示	ànshì
69	C	暗箱操作	ànxiāngcāozuò
70	B	暗中	ànzhōng
71	C	暗自	ànzì
72	C	骯髒	āngzāng
73	B	昂貴	ángguì
74	C	昂揚	ángyáng
75	C	凹	āo
76	A	熬	āo
77	A	熬	áo
78	C	熬夜	áoyè
79	B	奧秘	àomì
80	C	奧妙	àomiào
81	C	奧運會	Àoyùnhuì
82	B	澳元	àoyuán
83	A	八	bā
84	B	八達通	bādátōng
85	C	巴結	bājie
86	A	巴士	bāshì
87	C	巴掌	bāzhang
88	C	叭	bā
89	B	吧	bā
90	A	扒	bā
91	B	芭蕾舞	bālěiwǔ
92	C	疤痕	bāhén
93	A	拔	bá
94	C	拔河	báhé

95	C	拔尖（兒）	bájiān(r)
96	A	把	bǎ
97	C	把柄	bǎbǐng
98	C	把持	bǎchí
99	B	把關	bǎguān
100	C	把手	bǎshou
101	A	把握	bǎwò
102	B	把戲	bǎxì
103	C	靶子	bǎzi
104	A	爸爸	bàba
105	B	罷	bà
106	A	罷工	bàgōng
107	B	罷了	bàle
108	C	罷免	bàmiǎn
109	B	霸	bà
110	C	霸道	bàdào
111	C	霸權	bàquán
112	B	霸佔	bàzhàn
113	C	壩	bà
114	A	吧	ba
115	A	白	bái
116	B	白白	báibái
117	A	白菜	báicài
118	B	白髮	báifà
119	C	白話	báihuà
120	C	白金	báijīn
121	C	白酒	báijiǔ
122	B	白領	báilǐng
123	C	白麵	báimiàn
124	C	白皮書	báipíshū
125	B	白人	báirén
126	B	白色	báisè
127	C	白薯	báishǔ
128	C	白糖	báitáng
129	A	白天	bái•tiān
130	C	白血球	báixuèqiú
131	C	白楊	báiyáng
132	B	白銀	báiyín
133	C	白雲	báiyún
134	A	百	bǎi
135	C	百般	bǎibān
136	C	百倍	bǎibèi
137	B	百分比	bǎifēnbǐ
138	C	百分點	bǎifēndiǎn
139	C	百花齊放	bǎihuāqífàng
140	A	百貨	bǎihuò
141	C	百家爭鳴	bǎijiāzhēngmíng
142	C	百年	bǎinián
143	C	柏樹	bǎishù
144	C	柏油	bǎiyóu
145	A	擺	bǎi
146	B	擺動	bǎidòng
147	C	擺放	bǎifàng
148	C	擺賣	bǎimài
149	B	擺設	bǎishe
150	A	擺脫	bǎituō
151	B	拜	bài
152	A	拜訪	bàifǎng
153	B	拜會	bàihuì
154	B	拜年	bàinián
155	A	敗	bài
156	B	敗壞	bàihuài
157	A	班	bān
158	C	班車	bānchē
159	B	班次	bāncì
160	B	班機	bānjī
161	B	班級	bānjí
162	A	班長	bānzhǎng
163	B	班主任	bānzhǔrèn
164	B	班子	bānzi
165	C	班組	bānzǔ
166	B	斑	bān
167	C	斑馬線	bānmǎxiàn
168	A	搬	bān
169	B	搬家	bānjiā
170	B	搬遷	bānqiān
171	B	搬運	bānyùn
172	C	頒	bān
173	A	頒布	bānbù
174	A	頒發	bānfā
175	C	頒獎	bānjiǎng
176	A	板	bǎn
177	B	板凳	bǎndèng
178	C	板塊	bǎnkuài
179	A	版	bǎn
180	C	版本	bǎnběn
181	C	版權	bǎnquán
182	C	版圖	bǎntú
183	A	半	bàn
184	C	半邊天	bànbiāntiān
185	A	半島	bàndǎo
186	C	半導體	bàndǎotǐ
187	C	半截	bànjié
188	B	半徑	bànjìng
189	C	半決賽	bànjuésài
190	B	半路	bànlù
191	B	半數	bànshù
192	A	半天	bàntiān
193	C	半途而廢	bàntú’érfèi
194	A	半夜	bànyè
195	B	伴	bàn
196	C	伴侶	bànlǚ

197	B	伴隨	bànsuí
198	B	伴奏	bànzòu
199	B	扮	bàn
200	B	扮演	bànyǎn
201	B	拌	bàn
202	A	辦	bàn
203	B	辦案	bàn'àn
204	A	辦法	bànfǎ
205	A	辦公	bàngōng
206	A	辦公室	bàngōngshì
207	C	辦公廳	bàngōngtīng
208	A	辦理	bànlǐ
209	A	辦事	bànshì
210	A	辦事處	bànshìchù
211	B	辦學	bànxué
212	B	瓣	bàn
213	C	邦	bāng
214	C	邦交	bāngjiāo
215	A	幫	bāng
216	C	幫工	bānggōng
217	A	幫忙	bāngmáng
218	C	幫派	bāngpài
219	C	幫手	bāngshou
220	A	幫助	bāngzhù
221	A	綁	bǎng
222	B	綁架	bǎngjià
223	B	榜	bǎng
224	C	榜首	bǎngshǒu
225	A	榜樣	bǎngyàng
226	C	膀子	bǎngzi
227	A	傍晚	bàngwǎn
228	A	棒	bàng
229	C	棒子	bàngzi
230	A	磅	bàng
231	C	鎊	bàng
232	A	包	bāo
233	B	包辦	bāobàn
234	B	包袱	bāofu
235	B	包乾（兒）	bāogān(r)
236	C	包工	bāogōng
237	B	包裹	bāoguǒ
238	A	包含	bāohán
239	C	包涵	bāohan
240	A	包括	bāokuò
241	C	包容	bāoróng
242	A	包圍	bāowéi
243	C	包紮	bāozā
244	A	包裝	bāozhuāng
245	A	包子	bāozi
246	A	剝	bāo
247	C	雹子	báozi
248	A	薄	báo
249	C	薄餅	báobǐng
250	A	保	bǎo
251	B	保安	bǎo'ān
252	A	保持	bǎochí
253	A	保存	bǎocún
254	C	保費	bǎofèi
255	B	保管	bǎoguǎn
256	A	保護	bǎohù
257	A	保健	bǎojiàn
258	C	保潔	bǎojié
259	A	保留	bǎoliú
260	A	保密	bǎomì
261	B	保姆	bǎomǔ
262	C	保釋	bǎoshì
263	A	保守	bǎoshǒu
264	C	保送	bǎosòng
265	A	保衛	bǎowèi
266	B	保溫	bǎowēn
267	C	保鮮	bǎoxiān
268	A	保險	bǎoxiǎn
269	A	保養	bǎoyǎng
270	C	保用	bǎoyòng
271	B	保祐	bǎoyòu
272	A	保障	bǎozhàng
273	A	保證	bǎozhèng
274	B	保值	bǎozhí
255	C	保重	bǎozhòng
276	B	堡壘	bǎolěi
277	A	飽	bǎo
278	B	飽和	bǎohé
279	B	飽滿	bǎomǎn
280	C	飽受	bǎoshòu
281	A	寶	bǎo
282	B	寶貝	bǎobèi
283	A	寶貴	bǎoguì
284	B	寶劍	bǎojiàn
285	B	寶庫	bǎokù
286	B	寶石	bǎoshí
287	B	寶玉	bǎoyù
288	B	寶藏	bǎozàng
289	B	寶座	bǎozuò
290	A	抱	bào
291	B	抱負	bàofù
292	B	抱歉	bàoqiàn
293	B	抱怨	bào•yuàn
294	B	豹	bào
295	A	報	bào
296	C	報表	bàobiǎo
297	B	報仇	bàochóu
298	A	報酬	bàochou

299	B	報答	bàodá
300	A	報到	bàodào
301	A	報道	bàodào
302	A	報復	bào•fù
303	A	報告	bàogào
304	C	報關	bàoguān
305	C	報館	bàoguǎn
306	C	報界	bàojiè
307	B	報警	bàojǐng
308	A	報刊	bàokān
309	B	報考	bàokǎo
310	A	報名	bàomíng
311	A	報社	bàoshè
312	B	報銷	bàoxiāo
313	C	報業	bàoyè
314	C	報章	bàozhāng
315	A	報紙	bàozhǐ
316	B	暴	bào
317	B	暴動	bàodòng
318	C	暴發	bàofā
319	C	暴風雨	bàofēngyǔ
320	C	暴風驟雨	bàofēngzhòuyǔ
321	A	暴力	bàolì
322	C	暴利	bàolì
323	A	暴露	bàolù
324	B	暴亂	bàoluàn
325	C	暴徒	bàotú
326	B	暴行	bàoxíng
327	A	暴雨	bàoyǔ
328	C	暴漲	bàozhǎng
329	C	鮑魚	bàoyú
330	B	曝光	bàoguāng
331	B	爆	bào
332	A	爆發	bàofā
333	C	爆滿	bàomǎn
334	B	爆破	bàopò
335	A	爆炸	bàozhà
336	B	爆竹	bàozhú
337	B	卑鄙	bēibǐ
338	C	卑劣	bēiliè
339	A	杯	bēi
340	B	杯子	bēizi
341	B	悲哀	bēi'āi
342	B	悲慘	bēicǎn
343	B	悲憤	bēifèn
344	A	悲觀	bēiguān
345	B	悲劇	bēijù
346	B	悲傷	bēishāng
347	B	悲痛	bēitòng
348	B	碑	bēi
349	B	背	bēi
350	B	背包	bēibāo
351	A	北	běi
352	C	北半球	běibànqiú
353	A	北邊	běi•biān
354	B	北部	běibù
355	A	北方	běifāng
356	C	北極	běijí
357	C	北郊	běijiāo
358	B	北面	běi•miàn
359	C	北上	běishàng
360	C	北緯	běiwěi
361	A	背	bèi
362	A	背後	bèihòu
363	A	背景	bèijǐng
364	C	背離	bèilí
365	B	背面	bèimiàn
366	B	背叛	bèipàn
367	B	背誦	bèisòng
368	A	背心	bèixīn
369	B	貝殼	bèiké
370	A	倍	bèi
371	C	倍數	bèishù
372	C	倍增	bèizēng
373	A	被	bèi
374	C	被捕	bèibǔ
375	A	被動	bèidòng
376	B	被告	bèigào
377	A	被迫	bèipò
378	A	被子	bèizi
379	B	備	bèi
380	C	備案	bèi'àn
381	C	備件	bèijiàn
382	C	備課	bèikè
383	B	備忘錄	bèiwànglù
384	B	備用	bèiyòng
385	C	備戰	bèizhàn
386	A	輩	bèi
387	A	奔	bēn
388	C	奔波	bēnbō
389	B	奔馳	bēnchí
390	C	奔赴	bēnfù
391	B	奔跑	bēnpǎo
392	B	奔騰	bēnténg
393	C	奔走	bēnzǒu
394	A	本	běn
395	A	本地	běndì
396	B	本科	běnkē
397	A	本來	běnlái
398	A	本領	běnlǐng
399	B	本能	běnnéng
400	B	本錢	běn•qián

401	A	本人	běnrén
402	B	本色	běnsè
403	A	本身	běnshēn
404	A	本事	běnshi
405	C	本土	běntǔ
406	C	本文	běnwén
407	B	本性	běnxìng
408	B	本職	běnzhí
409	C	本質	běnzhì
410	A	本子	běnzi
411	A	奔	bèn
412	A	笨	bèn
413	C	笨蛋	bèndàn
414	B	笨重	bènzhòng
415	C	笨拙	bènzhuō
416	B	崩潰	bēngkuì
417	B	繃	bēng
418	C	繃帶	bēngdài
419	B	蹦	bèng
420	A	逼	bī
421	B	逼近	bījìn
422	C	逼迫	bīpò
423	B	逼真	bīzhēn
424	C	鼻孔	bíkǒng
425	B	鼻涕	bítì
426	A	鼻子	bízi
427	A	比	bǐ
428	C	比比皆是	bǐbǐjiēshì
429	A	比方	bǐfang
430	B	比分	bǐfēn
431	C	比劃	bǐhua
432	B	比價	bǐjià
433	A	比較	bǐjiào
434	A	比例	bǐlì
435	C	比率	bǐlǜ
436	C	比擬	bǐnǐ
437	A	比如	bǐrú
438	A	比賽	bǐsài
439	C	比數	bǐshù
440	B	比喻	bǐyù
441	A	比重	bǐzhòng
442	B	彼	bǐ
443	C	彼岸	bǐ'àn
444	A	彼此	bǐcǐ
445	A	筆	bǐ
446	B	筆記	bǐjì
447	B	筆記本電腦	bǐjìběndiànnǎo
448	C	筆跡	bǐjì
449	B	筆試	bǐshì
450	B	筆直	bǐzhí
451	C	鄙視	bǐshì
452	A	必	bì
453	A	必定	bìdìng
454	B	必將	bìjiāng
455	A	必然	bìrán
456	B	必修	bìxiū
457	A	必須	bìxū
458	A	必需	bìxū
459	B	必需品	bìxūpǐn
460	A	必要	bìyào
461	C	庇護	bìhù
462	B	畢	bì
463	A	畢竟	bìjìng
464	B	畢生	bìshēng
465	A	畢業	bìyè
466	A	畢業生	bìyèshēng
467	A	閉	bì
468	A	閉幕	bìmù
469	B	閉幕式	bìmùshì
470	B	閉塞	bìsè
471	C	弊	bì
472	B	弊病	bìbìng
473	B	弊端	bìduān
474	B	碧綠	bìlǜ
475	B	壁	bì
476	C	壁報	bìbào
477	C	壁虎	bìhǔ
478	C	壁畫	bìhuà
479	C	壁球	bìqiú
480	A	避	bì
481	A	避免	bìmiǎn
482	C	避難	bìnàn
483	B	避暑	bìshǔ
484	C	避孕	bìyùn
485	C	臂	bì
486	A	編	biān
487	C	編導	biāndǎo
488	B	編號	biānhào
489	A	編輯	biānjí
490	C	編劇	biānjù
491	C	編碼	biānmǎ
492	B	編排	biānpái
493	C	編配	biānpèi
494	C	編舞	biānwǔ
495	A	編寫	biānxiě
496	C	編者	biānzhě
497	C	編者按	biānzhě'àn
498	C	編織	biānzhī
499	A	編制	biānzhì
500	C	編製	biānzhì
501	C	鞭	biān
502	B	鞭策	biāncè

503	B	鞭炮	biānpào
504	B	鞭子	biānzi
505	A	邊	biān
506	B	邊防	biānfáng
507	A	邊疆	biānjiāng
508	A	邊界	biānjiè
509	A	邊境	biānjìng
510	B	邊緣	biānyuán
511	C	邊遠	biānyuǎn
512	C	蝙蝠	biānfú
513	B	扁	biǎn
514	C	扁擔	biǎndan
515	C	扁豆	biǎndòu
516	C	貶低	biǎndī
517	C	貶義	biǎnyì
518	B	貶值	biǎnzhí
519	C	匾	biǎn
520	A	便	biàn
521	C	便道	biàndào
522	C	便捷	biànjié
523	A	便利	biànlì
524	A	便利店	biànlìdiàn
525	C	便條	biàntiáo
526	C	便衣	biànyī
527	A	便於	biànyú
528	A	遍	biàn
529	B	遍布	biànbù
530	B	遍地	biàndì
531	B	遍及	biànjí
532	C	辨	biàn
533	B	辨別	biànbié
534	B	辨認	biànrèn
535	C	辨證	biànzhèng
536	C	辮子	biànzi
537	B	辯護	biànhù
538	B	辯解	biànjiě
539	A	辯論	biànlùn
540	C	辯證法	biànzhèngfǎ
541	A	變	biàn
542	C	變本加厲	biànběnjiālì
543	A	變成	biànchéng
544	A	變動	biàndòng
545	C	變法	biànfǎ
546	A	變革	biàngé
547	B	變更	biàngēng
548	A	變化	biànhuà
549	C	變化多端	biànhuàduōduān
550	C	變幻	biànhuàn
551	B	變換	biànhuàn
552	B	變遷	biànqiān
553	C	變色	biànsè
554	C	變態	biàntài
555	C	變通	biàntōng
556	B	變相	biànxiàng
557	B	變形	biànxíng
558	C	變壓器	biànyāqì
559	C	變異	biànyì
560	B	變質	biànzhì
561	C	標	biāo
562	C	標榜	biāobǎng
563	B	標本	biāoběn
564	B	標點	biāodiǎn
565	C	標記	biāojì
566	C	標明	biāomíng
567	C	標籤	biāoqiān
568	C	標槍	biāoqiāng
569	B	標題	biāotí
570	A	標語	biāoyǔ
571	C	標致	biāozhì
572	A	標誌	biāozhì
573	A	標準	biāozhǔn
574	B	標準化	biāozhǔnhuà
575	C	飆升	biāoshēng
576	A	表	biǎo
577	A	表達	biǎodá
578	C	表弟	biǎodì
579	C	表哥	biǎogē
580	B	表格	biǎogé
581	C	表姐	biǎojiě
582	B	表決	biǎojué
583	C	表露	biǎolù
584	C	表妹	biǎomèi
585	A	表面	biǎomiàn
586	A	表明	biǎomíng
587	B	表情	biǎoqíng
588	A	表示	biǎoshì
589	C	表率	biǎoshuài
590	B	表態	biǎotài
591	A	表現	biǎoxiàn
592	A	表演	biǎoyǎn
593	A	表揚	biǎoyáng
594	B	表彰	biǎozhāng
595	C	錶	biǎo
596	B	憋	biē
597	A	別	bié
598	C	別出心裁	biéchūxīncái
599	A	別處	biéchù
600	A	別的	biéde
601	C	別開生面	biékāishēngmiàn
602	A	別人	biéren
603	B	別墅	biéshù
604	C	別有用心	biéyǒuyòngxīn

605	B	別致	biézhì
606	C	別字	biézì
607	B	彆扭	bièniu
608	A	賓館	bīnguǎn
609	C	賓客	bīnkè
610	C	賓主	bīnzhǔ
611	C	瀕臨	bīnlín
612	C	殯葬	bìnzàng
613	A	冰	bīng
614	C	冰雹	bīngbáo
615	B	冰茶	bīngchá
616	C	冰川	bīngchuān
617	C	冰凍	bīngdòng
618	C	冰毒	bīngdú
619	A	冰棍（兒）	bīnggùn(r)
620	C	冰激凌	bīngjīlíng
621	C	冰冷	bīnglěng
622	A	冰箱	bīngxiāng
623	C	冰雪	bīngxuě
624	A	兵	bīng
625	C	兵變	bīngbiàn
626	C	兵力	bīnglì
627	C	兵器	bīngqì
628	C	兵士	bīngshì
629	C	兵團	bīngtuán
630	B	丙	bǐng
631	B	秉性	bǐngxìng
632	B	柄	bǐng
633	B	餅	bǐng
634	B	餅乾	bǐnggān
635	A	並	bìng
636	B	並存	bìngcún
637	C	並非	bìngfēi
638	C	並軌	bìngguǐ
639	C	並肩	bìngjiān
640	C	並舉	bìngjǔ
641	B	並列	bìngliè
642	B	並排	bìngpái
643	A	並且	bìngqiě
644	B	並用	bìngyòng
645	A	病	bìng
646	C	病蟲害	bìngchónghài
647	B	病床	bìngchuáng
648	B	病毒	bìngdú
649	A	病房	bìngfáng
650	C	病號	bìnghào
651	C	病患	bìnghuàn
652	C	病假	bìngjià
653	B	病菌	bìngjūn
654	C	病例	bìnglì
655	C	病歷	bìnglì
656	A	病情	bìngqíng
657	A	病人	bìngrén
658	C	病逝	bìngshì
659	C	病痛	bìngtòng
660	C	病癥	bìngzhēng
661	C	病症	bìngzhèng
662	C	波	bō
663	C	波長	bōcháng
664	A	波動	bōdòng
665	C	波段	bōduàn
666	C	波幅	bōfú
667	C	波及	bōjí
668	B	波浪	bōlàng
669	B	波濤	bōtāo
670	B	波折	bōzhé
671	A	玻璃	bōli
672	A	剝	bō
673	B	剝奪	bōduó
674	A	剝削	bōxuē
675	B	菠菜	bōcài
676	C	菠蘿	bōluó
677	A	撥	bō
678	B	撥款	bōkuǎn
679	A	播	bō
680	B	播出	bōchū
681	B	播放	bōfàng
682	B	播送	bōsòng
683	C	播音	bōyīn
684	C	播映	bōyìng
685	B	播種	bōzhǒng
686	C	播種	bōzhòng
687	B	伯伯	bóbo
688	C	伯父	bófù
689	C	伯母	bómǔ
690	C	泊	bó
691	C	泊位	bówèi
692	A	脖子	bózi
693	C	博愛	bó'ài
694	C	博導	bódǎo
695	C	博得	bódé
696	B	博覽會	bólǎnhuì
697	A	博士	bóshì
698	C	博士後	bóshìhòu
699	A	博物館	bówùguǎn
700	B	搏鬥	bódòu
701	B	駁	bó
702	B	駁斥	bóchì
703	C	駁回	bóhuí
704	C	薄膜	bómó
705	A	薄弱	bóruò
706	A	不必	búbì

707	A	不便	búbiàn
708	A	不錯	búcuò
709	A	不大	búdà
710	A	不但	búdàn
711	B	不當	búdàng
712	B	不定	búdìng
713	A	不斷	búduàn
714	A	不對	búduì
715	A	不夠	búgòu
716	A	不顧	búgù
717	A	不過	búguò
718	C	不計其數	bújìqíshù
719	A	不見	bújiàn
720	A	不見得	bújiàn•dé
721	B	不快	búkuài
722	B	不愧	búkuì
723	C	不力	búlì
724	A	不利	búlì
725	B	不料	búliào
726	A	不論	búlùn
727	B	不怕	búpà
728	C	不善	búshàn
729	C	不慎	búshèn
730	C	不勝	búshèng
731	B	不像話	búxiànghuà
732	C	不懈	búxiè
733	A	不幸	búxìng
734	A	不要	búyào
735	B	不要緊	búyàojǐn
736	B	不易	búyì
737	A	不用	búyòng
738	B	不願	búyuàn
739	B	不再	búzài
740	B	不在	búzài
741	A	不在乎	búzàihu
742	C	不振	búzhèn
743	C	不正之風	búzhèngzhīfēng
744	C	不致	búzhì
745	C	不至於	búzhìyú
746	A	不住	búzhù
747	C	哺乳	bǔrǔ
748	A	捕	bǔ
749	B	捕獲	bǔhuò
750	C	捕撈	bǔlāo
751	C	捕食	bǔshí
752	C	捕魚	bǔyú
753	B	捕捉	bǔzhuō
754	A	補	bǔ
755	B	補償	bǔcháng
756	A	補充	bǔchōng
757	B	補救	bǔjiù
758	B	補課	bǔkè
759	A	補貼	bǔtiē
760	A	補習	bǔxí
761	C	補選	bǔxuǎn
762	B	補助	bǔzhù
763	A	不	bù
764	A	不安	bù'ān
765	B	不比	bùbǐ
766	B	不曾	bùcéng
767	A	不成	bùchéng
768	A	不單	bùdān
769	A	不得	bùdé
770	A	不得不	bùdébù
771	A	不得了	bùdéliǎo
772	B	不得已	bùdéyǐ
773	B	不等	bùděng
774	C	不乏	bùfá
775	B	不法	bùfǎ
776	B	不妨	bùfáng
777	B	不符	bùfú
778	B	不服	bùfú
779	C	不甘	bùgān
780	A	不敢當	bùgǎndāng
781	B	不公	bùgōng
782	A	不管	bùguǎn
783	B	不光	bùguāng
784	A	不好意思	bùhǎoyìsi
785	B	不合	bùhé
786	B	不和	bùhé
787	B	不及	bùjí
788	B	不解	bùjiě
789	A	不禁	bùjīn
790	A	不僅	bùjǐn
791	C	不景氣	bùjǐngqì
792	A	不久	bùjiǔ
793	B	不堪	bùkān
794	C	不堪設想	bùkānshèxiǎng
795	A	不可	bùkě
796	C	不可或缺	bùkěhuòquē
797	C	不可思議	bùkěsīyì
798	A	不良	bùliáng
799	C	不了了之	bùliǎoliǎozhī
800	A	不滿	bùmǎn
801	A	不免	bùmiǎn
802	B	不明	bùmíng
803	B	不平	bùpíng
804	C	不屈	bùqū
805	A	不然	bùrán
806	C	不忍	bùrěn
807	A	不容	bùróng
808	A	不如	bùrú

809	A	不少	bùshǎo
810	A	不時	bùshí
811	C	不俗	bùsú
812	B	不通	bùtōng
813	A	不同	bùtóng
814	C	不無	bùwú
815	B	不惜	bùxī
816	A	不行	bùxíng
817	C	不休	bùxiū
818	B	不朽	bùxiǔ
819	A	不許	bùxǔ
820	C	不言而喻	bùyán'éryù
821	C	不一	bùyī
822	A	不一定	bùyídìng
823	B	不宜	bùyí
824	C	不遺餘力	bùyíyúlì
825	C	不以為然	bùyǐwéirán
826	B	不由得	bùyóude
827	C	不約而同	bùyuē'értóng
828	B	不知不覺	bùzhībùjué
829	C	不知所措	bùzhīsuǒcuò
830	A	不止	bùzhǐ
831	A	不只	bùzhǐ
832	B	不准	bùzhǔn
833	A	不足	bùzú
834	A	布	bù
835	C	布告	bùgào
836	C	布景	bùjǐng
837	B	布局	bùjú
838	C	布滿	bùmǎn
839	C	布匹	bùpǐ
840	A	布置	bùzhì
841	A	步	bù
842	C	步兵	bùbīng
843	A	步伐	bùfá
844	C	步槍	bùqiāng
845	C	步入	bùrù
846	B	步行	bùxíng
847	C	步行街	bùxíngjiē
848	A	步驟	bùzhòu
849	B	步子	bùzi
850	C	埠	bù
851	A	部	bù
852	A	部隊	bùduì
853	A	部分	bùfen
854	B	部件	bùjiàn
855	C	部落	bùluò
856	A	部門	bùmén
857	A	部署	bùshǔ
858	B	部位	bùwèi
859	C	部下	bùxià
860	A	部長	bùzhǎng
861	A	擦	cā
862	A	猜	cāi
863	B	猜測	cāicè
864	B	猜想	cāixiǎng
865	A	才	cái
866	B	才幹	cáigàn
867	C	才華	cáihuá
868	A	才能	cáinéng
869	B	才智	cáizhì
870	A	材料	cáiliào
871	A	財	cái
872	A	財產	cáichǎn
873	A	財富	cáifù
874	A	財經	cáijīng
875	B	財力	cáilì
876	B	財貿	cáimào
877	B	財團	cáituán
878	B	財物	cáiwù
879	A	財務	cáiwù
880	C	財源	cáiyuán
881	A	財政	cáizhèng
882	B	財政部	cáizhèngbù
883	C	財政司	cáizhèngsī
884	B	裁	cái
885	B	裁定	cáidìng
886	B	裁縫	cáifeng
887	C	裁剪	cáijiǎn
888	B	裁減	cáijiǎn
889	B	裁決	cáijué
890	C	裁軍	cáijūn
891	A	裁判	cáipàn
892	A	采	cǎi
893	C	彩	cǎi
894	C	彩電	cǎidiàn
895	C	彩虹	cǎihóng
896	C	彩禮	cǎilǐ
897	C	彩民	cǎimín
898	C	彩票	cǎipiào
899	A	彩色	cǎisè
900	A	採	cǎi
901	C	採伐	cǎifá
902	A	採訪	cǎifǎng
903	A	採購	cǎigòu
904	B	採集	cǎijí
905	C	採礦	cǎikuàng
906	B	採納	cǎinà
907	A	採取	cǎiqǔ
908	A	採用	cǎiyòng
909	C	綵排	cǎipái
910	A	踩	cǎi

911	A	菜	cài
912	C	菜單	càidān
913	C	菜刀	càidāo
914	C	菜地	càidì
915	C	菜花	càihuā
916	C	菜市場	càishìchǎng
917	B	參	cān
918	A	參觀	cānguān
919	A	參加	cānjiā
920	C	參軍	cānjūn
921	A	參考	cānkǎo
922	A	參謀	cānmóu
923	C	參謀長	cānmóuzhǎng
924	A	參賽	cānsài
925	C	參數	cānshù
926	C	參選	cānxuǎn
927	C	參議員	cānyìyuán
928	C	參議院	cānyìyuàn
929	A	參與	cānyù
930	C	參閱	cānyuè
931	C	參贊	cānzàn
932	C	參展	cānzhǎn
933	C	參戰	cānzhàn
934	B	參照	cānzhào
935	C	參政	cānzhèng
936	B	餐	cān
937	C	餐車	cānchē
938	C	餐館	cānguǎn
939	A	餐廳	cāntīng
940	B	殘	cán
941	B	殘暴	cánbào
942	B	殘廢	cánfèi
943	B	殘疾	cánjí
944	C	殘疾人	cánjírén
945	A	殘酷	cánkù
946	C	殘忍	cánrěn
947	C	殘殺	cánshā
948	B	殘餘	cányú
949	C	殘障	cánzhàng
950	B	慚愧	cánkuì
951	C	蠶	cán
952	C	蠶繭	cánjiǎn
953	A	慘	cǎn
954	C	慘案	cǎn'àn
955	C	慘敗	cǎnbài
956	C	慘劇	cǎnjù
957	C	慘遭	cǎnzāo
958	C	慘重	cǎnzhòng
959	A	燦爛	cànlàn
960	C	倉	cāng
961	B	倉促	cāngcù
962	A	倉庫	cāngkù
963	B	蒼白	cāngbái
964	B	蒼蠅	cāngying
965	B	艙	cāng
966	A	藏	cáng
967	A	操	cāo
968	C	操辦	cāobàn
969	A	操場	cāochǎng
970	C	操持	cāochí
971	C	操控	cāokòng
972	C	操勞	cāoláo
973	B	操練	cāoliàn
974	B	操心	cāoxīn
975	A	操縱	cāozòng
976	A	操作	cāozuò
977	C	糙	cāo
978	C	槽	cáo
979	A	草	cǎo
980	A	草案	cǎo'àn
981	C	草場	cǎochǎng
982	A	草地	cǎodì
983	C	草稿	cǎogǎo
984	C	草帽	cǎomào
985	B	草莓	cǎoméi
986	C	草木	cǎomù
987	B	草擬	cǎonǐ
988	C	草皮	cǎopí
989	B	草坪	cǎopíng
990	C	草書	cǎoshū
991	C	草率	cǎoshuài
992	A	草原	cǎoyuán
993	A	冊	cè
994	A	側	cè
995	B	側面	cèmiàn
996	C	側重	cèzhòng
997	A	廁所	cèsuǒ
998	A	測	cè
999	B	測定	cèdìng
1000	A	測量	cèliáng
1001	A	測試	cèshì
1002	B	測算	cèsuàn
1003	A	測驗	cèyàn
1004	C	策動	cèdòng
1005	B	策劃	cèhuà
1006	B	策略	cèlüè
1007	C	參差	cēncī
1008	A	曾	céng
1009	A	曾經	céngjīng
1010	A	層	céng
1011	B	層出不窮	céngchūbùqióng
1012	A	層次	céngcì

1013	C	層面	céngmiàn
1014	C	叉	chā
1015	C	叉子	chāzi
1016	A	差	chā
1017	A	差別	chābié
1018	B	差錯	chācuò
1019	B	差額	chā'é
1020	B	差價	chājià
1021	A	差距	chājù
1022	B	差異	chāyì
1023	A	插	chā
1024	C	插隊	chāduì
1025	C	插曲	chāqǔ
1026	C	插入	chārù
1027	B	插手	chāshǒu
1028	C	插頭	chātóu
1029	C	插圖	chātú
1030	C	插秧	chāyāng
1031	C	插足	chāzú
1032	C	插嘴	chāzuǐ
1033	C	插座	chāzuò
1034	A	查	chá
1035	B	查處	cháchǔ
1036	B	查獲	cháhuò
1037	B	查看	chákàn
1038	B	查明	chámíng
1039	C	查問	cháwèn
1040	C	查詢	cháxún
1041	B	查閱	cháyuè
1042	A	茶	chá
1043	C	茶餐廳	chácāntīng
1044	C	茶點	chádiǎn
1045	C	茶壺	cháhú
1046	C	茶話會	cháhuàhuì
1047	C	茶樓	chálóu
1048	C	茶水	cháshuǐ
1049	A	茶葉	cháyè
1050	C	察覺	chájué
1051	B	察看	chákàn
1052	C	岔	chà
1053	C	刹那	chànà
1054	A	差	chà
1055	A	差不多	chà•bùduō
1056	B	差勁	chàjìn
1057	A	差點（兒）	chàdiǎn(r)
1058	B	詫異	chàyì
1059	A	拆	chāi
1060	B	拆除	chāichú
1061	C	拆毀	chāihuǐ
1062	C	拆遷	chāiqiān
1063	C	拆息	chāixī
1064	C	拆卸	chāixiè
1065	C	差餉	chāixiǎng
1066	B	柴	chái
1067	B	柴油	cháiyóu
1068	C	柴油機	cháiyóujī
1069	B	摻	chān
1070	B	攙	chān
1071	C	禪	chán
1072	C	蟬	chán
1073	C	蟬聯	chánlián
1074	B	纏	chán
1075	C	纏繞	chánrào
1076	B	饞	chán
1077	A	產	chǎn
1078	B	產地	chǎndì
1079	B	產婦	chǎnfù
1080	C	產假	chǎnjià
1081	C	產科	chǎnkē
1082	A	產量	chǎnliàng
1083	A	產品	chǎnpǐn
1084	B	產區	chǎnqū
1085	C	產權	chǎnquán
1086	A	產生	chǎnshēng
1087	A	產物	chǎnwù
1088	C	產銷	chǎnxiāo
1089	A	產業	chǎnyè
1090	A	產值	chǎnzhí
1091	A	鏟	chǎn
1092	C	鏟除	chǎnchú
1093	B	闡明	chǎnmíng
1094	B	闡述	chǎnshù
1095	B	顫	chàn
1096	B	顫動	chàndòng
1097	B	顫抖	chàndǒu
1098	C	昌盛	chāngshèng
1099	B	猖獗	chāngjué
1100	B	猖狂	chāngkuáng
1101	A	長	cháng
1102	B	長城	Chángchéng
1103	B	長處	cháng•chù
1104	A	長度	chángdù
1105	B	長短	chángduǎn
1106	C	長方形	chángfāngxíng
1107	C	長工	chánggōng
1108	B	長假	chángjià
1109	B	長久	chángjiǔ
1110	C	長廊	chángláng
1111	B	長年	chángnián
1112	B	長跑	chángpǎo
1113	C	長篇	chángpiān
1114	A	長期	chángqī

1115	B	長壽	chángshòu
1116	A	長途	chángtú
1117	C	長線	chángxiàn
1118	A	長遠	chángyuǎn
1119	B	長征	chángzhēng
1120	A	常	cháng
1121	A	常常	chángcháng
1122	B	常規	chángguī
1123	B	常見	chángjiàn
1124	B	常年	chángnián
1125	B	常任	chángrèn
1126	C	常設	chángshè
1127	A	常識	chángshí
1128	B	常委	chángwěi
1129	A	常務	chángwù
1130	B	常用	chángyòng
1131	B	常駐	chángzhù
1132	B	腸	cháng
1133	A	嘗	cháng
1134	B	嘗試	chángshì
1135	A	嚐	cháng
1136	C	嫦娥	Cháng'é
1137	C	償	cháng
1138	B	償還	chánghuán
1139	C	場	cháng
1140	A	場	chǎng
1141	A	場地	chǎngdì
1142	A	場合	chǎnghé
1143	A	場面	chǎngmiàn
1144	A	場所	chǎngsuǒ
1145	C	場子	chǎngzi
1146	B	敞開	chǎngkāi
1147	A	廠	chǎng
1148	A	廠房	chǎngfáng
1149	B	廠家	chǎngjiā
1150	C	廠礦	chǎngkuàng
1151	B	廠商	chǎngshāng
1152	A	廠長	chǎngzhǎng
1153	C	倡導	chàngdǎo
1154	B	倡議	chàngyì
1155	A	唱	chàng
1156	A	唱歌	chànggē
1157	B	唱片	chàngpiàn
1158	C	唱戲	chàngxì
1159	B	暢談	chàngtán
1160	B	暢通	chàngtōng
1161	B	暢銷	chàngxiāo
1162	A	抄	chāo
1163	B	抄寫	chāoxiě
1164	A	超	chāo
1165	C	超標	chāobiāo
1166	C	超產	chāochǎn
1167	B	超出	chāochū
1168	C	超導	chāodǎo
1169	C	超短波	chāoduǎnbō
1170	A	超額	chāo'é
1171	A	超過	chāoguò
1172	A	超級	chāojí
1173	A	超級市場	chāojíshìchǎng
1174	C	超前	chāoqián
1175	B	超越	chāoyuè
1176	C	超值	chāozhí
1177	C	超重	chāozhòng
1178	B	鈔票	chāopiào
1179	A	朝	cháo
1180	B	朝代	cháodài
1181	C	朝廷	cháotíng
1182	B	嘲笑	cháoxiào
1183	A	潮	cháo
1184	B	潮流	cháoliú
1185	B	潮濕	cháoshī
1186	B	巢	cháo
1187	A	吵	chǎo
1188	A	吵架	chǎojià
1189	C	吵鬧	chǎonào
1190	B	吵嘴	chǎozuǐ
1191	A	炒	chǎo
1192	C	炒菜	chǎocài
1193	C	炒飯	chǎofàn
1194	C	炒股	chǎogǔ
1195	C	炒家	chǎojiā
1196	B	炒作	chǎozuò
1197	A	車	chē
1198	C	車床	chēchuáng
1199	A	車隊	chēduì
1200	B	車費	chēfèi
1201	C	車夫	chēfū
1202	C	車行	chēháng
1203	B	車禍	chēhuò
1204	B	車間	chējiān
1205	A	車輛	chēliàng
1206	B	車輪	chēlún
1207	C	車皮	chēpí
1208	A	車票	chēpiào
1209	C	車身	chēshēn
1210	C	車速	chēsù
1211	C	車位	chēwèi
1212	A	車廂	chēxiāng
1213	A	車站	chēzhàn
1214	B	車主	chēzhǔ
1215	B	車子	chēzi
1216	A	扯	chě

1217	A	徹底	chèdǐ
1218	A	撤	chè
1219	C	撤換	chèhuàn
1220	C	撤回	chèhuí
1221	A	撤軍	chèjūn
1222	B	撤離	chèlí
1223	B	撤退	chètuì
1224	B	撤銷	chèxiāo
1225	C	撤職	chèzhí
1226	C	撤走	chèzǒu
1227	A	沉	chén
1228	B	沉澱	chéndiàn
1229	B	沉積	chénjī
1230	C	沉寂	chénjì
1231	B	沉靜	chénjìng
1232	B	沉悶	chénmèn
1233	C	沉迷	chénmí
1234	C	沉沒	chénmò
1235	B	沉默	chénmò
1236	C	沉睡	chénshuì
1237	B	沉思	chénsī
1238	B	沉痛	chéntòng
1239	A	沉重	chénzhòng
1240	B	沉着	chénzhuó
1241	B	陳舊	chénjiù
1242	A	陳列	chénliè
1243	C	陳設	chénshè
1244	B	陳述	chénshù
1245	C	塵埃	chén'āi
1246	B	塵土	chéntǔ
1247	A	趁	chèn
1248	B	趁機	chènjī
1249	B	稱	chèn
1250	B	稱心	chènxīn
1251	B	稱職	chènzhí
1252	C	襯	chèn
1253	A	襯衫	chènshān
1254	B	襯托	chèntuō
1255	B	襯衣	chènyī
1256	A	稱	chēng
1257	B	稱號	chēnghào
1258	A	稱呼	chēnghu
1259	B	稱為	chēngwéi
1260	A	稱讚	chēngzàn
1261	A	撐	chēng
1262	A	成	chéng
1263	C	成敗	chéngbài
1264	A	成本	chéngběn
1265	C	成才	chéngcái
1266	C	成材	chéngcái
1267	A	成分	chéng•fèn
1268	A	成功	chénggōng
1269	A	成果	chéngguǒ
1270	A	成績	chéngjì
1271	B	成績單	chéngjìdān
1272	C	成家	chéngjiā
1273	B	成交	chéngjiāo
1274	C	成交量	chéngjiāoliàng
1275	A	成就	chéngjiù
1276	A	成立	chénglì
1277	B	成年	chéngnián
1278	C	成年人	chéngniánrén
1279	B	成品	chéngpǐn
1280	B	成千上萬	chéngqiānshàngwàn
1281	C	成群	chéngqún
1282	A	成人	chéngrén
1283	C	成人教育	chéngrénjiàoyù
1284	C	成事	chéngshì
1285	A	成熟	chéngshú
1286	B	成套	chéngtào
1287	A	成天	chéngtiān
1288	A	成為	chéngwéi
1289	A	成效	chéngxiào
1290	B	成心	chéngxīn
1291	C	成衣	chéngyī
1292	C	成因	chéngyīn
1293	B	成語	chéngyǔ
1294	A	成員	chéngyuán
1295	C	成災	chéngzāi
1296	A	成長	chéngzhǎng
1297	A	呈	chéng
1298	C	呈交	chéngjiāo
1299	A	呈現	chéngxiàn
1300	C	承	chéng
1301	B	承辦	chéngbàn
1302	B	承包	chéngbāo
1303	A	承擔	chéngdān
1304	C	承接	chéngjiē
1305	B	承諾	chéngnuò
1306	A	承認	chéngrèn
1307	A	承受	chéngshòu
1308	A	城	chéng
1309	C	城堡	chéngbǎo
1310	C	城樓	chénglóu
1311	C	城門	chéngmén
1312	B	城牆	chéngqiáng
1313	B	城區	chéngqū
1314	A	城市	chéngshì
1315	B	城鄉	chéngxiāng
1316	B	城鎮	chéngzhèn
1317	A	乘	chéng
1318	B	乘車	chéngchē

1319	C	乘搭	chéngdā
1320	B	乘機	chéngjī
1321	A	乘客	chéngkè
1322	C	乘涼	chéngliáng
1323	B	乘務員	chéngwùyuán
1324	B	乘坐	chéngzuò
1325	A	盛	chéng
1326	B	程	chéng
1327	A	程度	chéngdù
1328	C	程式	chéngshì
1329	A	程序	chéngxù
1330	C	誠	chéng
1331	B	誠懇	chéngkěn
1332	C	誠然	chéngrán
1333	B	誠實	chéng•shí
1334	B	誠心誠意	chéngxīnchéngyì
1335	B	誠意	chéngyì
1336	C	誠摯	chéngzhì
1337	B	澄清	chéngqīng
1338	B	橙子	chéngzi
1339	C	橙汁	chéngzhī
1340	C	懲	chéng
1341	B	懲辦	chéngbàn
1342	C	懲處	chéngchǔ
1343	A	懲罰	chéngfá
1344	C	懲治	chéngzhì
1345	B	秤	chèng
1346	A	吃	chī
1347	A	吃飯	chīfàn
1348	B	吃驚	chījīng
1349	A	吃苦	chīkǔ
1350	A	吃虧	chīkuī
1351	A	吃力	chīlì
1352	C	吃香	chīxiāng
1353	B	池	chí
1354	B	池塘	chítáng
1355	C	池子	chízi
1356	B	持	chí
1357	A	持久	chíjiǔ
1358	A	持續	chíxù
1359	C	持有	chíyǒu
1360	C	持之以恒	chízhīyǐhéng
1361	C	馳騁	chíchěng
1362	C	馳名	chímíng
1363	A	遲	chí
1364	A	遲到	chídào
1365	C	遲鈍	chídùn
1366	B	遲緩	chíhuǎn
1367	B	遲疑	chíyí
1368	C	遲早	chízǎo
1369	A	尺	chǐ
1370	C	尺度	chǐdù
1371	A	尺寸	chǐ•cùn
1372	C	尺子	chǐzi
1373	C	恥辱	chǐrǔ
1374	B	齒輪	chǐlún
1375	C	斥責	chìzé
1376	B	赤	chì
1377	B	赤道	chìdào
1378	C	赤腳	chìjiǎo
1379	B	赤字	chìzì
1380	A	翅膀	chìbǎng
1381	C	熾熱	chìrè
1382	B	充	chōng
1383	C	充斥	chōngchì
1384	B	充當	chōngdāng
1385	B	充電	chōngdiàn
1386	A	充分	chōngfèn
1387	C	充飢	chōngjī
1388	A	充滿	chōngmǎn
1389	B	充沛	chōngpèi
1390	A	充實	chōngshí
1391	B	充裕	chōngyù
1392	A	充足	chōngzú
1393	C	沖刷	chōngshuā
1394	B	沖洗	chōngxǐ
1395	C	憧憬	chōngjǐng
1396	C	衝	chōng
1397	C	衝刺	chōngcì
1398	C	衝動	chōngdòng
1399	C	衝鋒	chōngfēng
1400	A	衝擊	chōngjī
1401	C	衝破	chōngpò
1402	A	衝突	chōngtū
1403	A	重	chóng
1404	C	重播	chóngbō
1405	C	重唱	chóngchàng
1406	B	重重	chóngchóng
1407	B	重疊	chóngdié
1408	C	重返	chóngfǎn
1409	A	重複	chóngfù
1410	C	重建	chóngjiàn
1411	A	重申	chóngshēn
1412	C	重溫	chóngwēn
1413	C	重現	chóngxiàn
1414	A	重新	chóngxīn
1415	C	重演	chóngyǎn
1416	C	重陽節	chóngyángjié
1417	C	重整	chóngzhěng
1418	C	重組	chóngzǔ
1419	B	崇拜	chóngbài
1420	A	崇高	chónggāo

1421	C	崇敬	chóngjìng
1422	B	蟲	chóng
1423	C	寵愛	chǒng'ài
1424	C	寵物	chǒngwù
1425	C	沖	chòng
1426	A	抽	chōu
1427	C	抽查	chōuchá
1428	B	抽調	chōudiào
1429	C	抽獎	chōujiǎng
1430	C	抽空	chōukòng
1431	C	抽籤	chōuqiān
1432	C	抽取	chōuqǔ
1433	C	抽屜	chōu•tì
1434	A	抽象	chōuxiàng
1435	B	抽煙	chōuyān
1436	B	抽樣	chōuyàng
1437	B	仇	chóu
1438	B	仇恨	chóuhèn
1439	C	酬勞	chóuláo
1440	A	愁	chóu
1441	B	稠密	chóumì
1442	C	綢子	chóuzi
1443	B	籌	chóu
1444	B	籌辦	chóubàn
1445	A	籌備	chóubèi
1446	C	籌措	chóucuò
1447	B	籌劃	chóuhuà
1448	B	籌集	chóují
1449	B	籌建	chóujiàn
1450	C	籌款	chóukuǎn
1451	B	醜	chǒu
1452	B	醜惡	chǒu'è
1453	C	醜陋	chǒulòu
1454	C	醜聞	chǒuwén
1455	B	瞅	chǒu
1456	A	臭	chòu
1457	C	臭氧層	chòuyǎngcéng
1458	A	出	chū
1459	A	出版	chūbǎn
1460	A	出版社	chūbǎnshè
1461	C	出版物	chūbǎnwù
1462	C	出殯	chūbìn
1463	C	出兵	chūbīng
1464	B	出差	chūchāi
1465	B	出產	chūchǎn
1466	B	出場	chūchǎng
1467	B	出廠	chūchǎng
1468	C	出車	chūchē
1469	C	出錯	chūcuò
1470	C	出道	chūdào
1471	A	出動	chūdòng
1472	A	出發	chūfā
1473	B	出發點	chūfādiǎn
1474	B	出訪	chūfǎng
1475	A	出國	chūguó
1476	C	出海	chūhǎi
1477	C	出乎意料	chūhūyìliào
1478	C	出擊	chūjī
1479	B	出嫁	chūjià
1480	B	出境	chūjìng
1481	C	出局	chūjú
1482	A	出口	chūkǒu
1483	A	出來	chū•lái
1484	C	出類拔萃	chūlèibácuì
1485	B	出力	chūlì
1486	C	出爐	chūlú
1487	A	出路	chūlù
1488	A	出賣	chūmài
1489	A	出門	chūmén
1490	B	出面	chūmiàn
1491	B	出名	chūmíng
1492	C	出沒	chūmò
1493	C	出納	chūnà
1494	C	出難題	chūnántí
1495	B	出品	chūpǐn
1496	C	出勤	chūqín
1497	A	出去	chū•qù
1498	B	出任	chūrèn
1499	B	出入	chūrù
1500	A	出色	chūsè
1501	A	出身	chūshēn
1502	C	出神	chūshén
1503	A	出生	chūshēng
1504	B	出世	chūshì
1505	C	出示	chūshì
1506	A	出事	chūshì
1507	C	出手	chūshǒu
1508	A	出售	chūshòu
1509	C	出台	chūtái
1510	C	出庭	chūtíng
1511	B	出頭	chūtóu
1512	C	出土	chūtǔ
1513	B	出外	chūwài
1514	A	出席	chūxí
1515	B	出息	chūxi
1516	A	出現	chūxiàn
1517	C	出線	chūxiàn
1518	C	出洋相	chūyángxiàng
1519	A	出於	chūyú
1520	A	出院	chūyuàn
1521	C	出診	chūzhěn
1522	C	出征	chūzhēng

1523	C	出眾	chūzhòng
1524	C	出資	chūzī
1525	C	出走	chūzǒu
1526	A	出租	chūzū
1527	A	出租車	chūzūchē
1528	A	初	chū
1529	A	初步	chūbù
1530	C	初次	chūcì
1531	C	初稿	chūgǎo
1532	A	初級	chūjí
1533	A	初期	chūqī
1534	C	初賽	chūsài
1535	C	初時	chūshí
1536	A	初中	chūzhōng
1537	C	齣	chū
1538	A	除	chú
1539	C	除此之外	chúcǐzhīwài
1540	A	除非	chúfēi
1541	A	除了	chúle
1542	C	除去	chúqù
1543	B	除外	chúwài
1544	B	除夕	chúxī
1545	A	廚房	chúfáng
1546	B	廚師	chúshī
1547	C	鋤	chú
1548	C	雛形	chúxíng
1549	C	櫥窗	chúchuāng
1550	B	處罰	chǔfá
1551	B	處方	chǔfāng
1552	A	處分	chǔfèn
1553	A	處境	chǔjìng
1554	B	處決	chǔjué
1555	A	處理	chǔlǐ
1556	C	處死	chǔsǐ
1557	A	處於	chǔyú
1558	B	處置	chǔzhì
1559	B	儲備	chǔbèi
1560	B	儲藏	chǔcáng
1561	B	儲存	chǔcún
1562	C	儲量	chǔliàng
1563	A	儲蓄	chǔxù
1564	C	儲值	chǔzhí
1565	A	處	chù
1566	A	處處	chùchù
1567	A	處長	chùzhǎng
1568	B	觸	chù
1569	C	觸動	chùdòng
1570	C	觸發	chùfā
1571	B	觸犯	chùfàn
1572	B	觸及	chùjí
1573	C	觸覺	chùjué
1574	C	矗立	chùlì
1575	C	揣	chuāi
1576	C	揣測	chuǎicè
1577	C	川流不息	chuānliúbùxī
1578	A	穿	chuān
1579	C	穿插	chuānchā
1580	C	穿戴	chuāndài
1581	B	穿梭	chuānsuō
1582	C	穿小鞋（兒）	chuānxiǎoxié(r)
1583	B	穿着	chuānzhuó
1584	A	船	chuán
1585	B	船舶	chuánbó
1586	C	船艙	chuáncāng
1587	B	船隊	chuánduì
1588	B	船員	chuányuán
1589	B	船長	chuánzhǎng
1590	A	船隻	chuánzhī
1591	A	傳	chuán
1592	A	傳播	chuánbō
1593	A	傳達	chuándá
1594	B	傳單	chuándān
1595	B	傳遞	chuándì
1596	B	傳動	chuándòng
1597	C	傳呼機	chuánhūjī
1598	B	傳媒	chuánméi
1599	C	傳奇	chuánqí
1600	B	傳染	chuánrǎn
1601	B	傳染病	chuánrǎnbìng
1602	C	傳入	chuánrù
1603	B	傳授	chuánshòu
1604	C	傳輸	chuánshū
1605	A	傳說	chuánshuō
1606	B	傳送	chuánsòng
1607	A	傳統	chuántǒng
1608	B	傳聞	chuánwén
1609	C	傳訊	chuánxùn
1610	C	傳言	chuányán
1611	B	傳真	chuánzhēn
1612	B	傳真機	chuánzhēnjī
1613	C	傳宗接代	chuánzōngjiēdài
1614	B	喘	chuǎn
1615	C	喘息	chuǎnxī
1616	A	串	chuàn
1617	A	窗	chuāng
1618	A	窗戶	chuānghu
1619	A	窗口	chuāngkǒu
1620	B	窗簾	chuānglián
1621	C	窗台	chuāngtái
1622	C	瘡	chuāng
1623	C	創傷	chuāngshāng
1624	A	床	chuáng

1625	B	床單	chuángdān
1626	C	床鋪	chuángpù
1627	B	床位	chuángwèi
1628	B	闖	chuǎng
1629	A	創	chuàng
1630	A	創辦	chuàngbàn
1631	C	創匯	chuànghuì
1632	B	創建	chuàngjiàn
1633	C	創舉	chuàngjǔ
1634	A	創立	chuànglì
1635	A	創新	chuàngxīn
1636	B	創業	chuàngyè
1637	C	創意	chuàngyì
1638	A	創造	chuàngzào
1639	A	創作	chuàngzuò
1640	A	吹	chuī
1641	C	吹風（兒）	chuīfēng(r)
1642	C	吹了	chuīle
1643	C	吹牛	chuīniú
1644	C	吹捧	chuīpěng
1645	C	炊事員	chuīshìyuán
1646	B	垂	chuí
1647	B	垂直	chuízhí
1648	C	捶	chuí
1649	C	錘	chuí
1650	A	春	chūn
1651	C	春風	chūnfēng
1652	C	春耕	chūngēng
1653	A	春季	chūnjì
1654	A	春節	Chūnjié
1655	B	春秋	chūnqiū
1656	A	春天	chūntiān
1657	A	純	chún
1658	A	純粹	chúncuì
1659	B	純潔	chúnjié
1660	C	純淨	chúnjìng
1661	C	純樸	chúnpǔ
1662	C	純熟	chúnshú
1663	C	純真	chúnzhēn
1664	C	純正	chúnzhèng
1665	C	醇	chún
1666	C	蠢	chǔn
1667	C	輟學	chuòxué
1668	B	瓷	cí
1669	B	瓷器	cíqì
1670	A	詞	cí
1671	A	詞典	cídiǎn
1672	B	詞匯	cíhuì
1673	B	詞語	cíyǔ
1674	C	詞組	cízǔ
1675	C	慈愛	cí' ài
1676	C	慈悲	cíbēi
1677	C	慈善	císhàn
1678	B	慈祥	cíxiáng
1679	C	磁	cí
1680	C	磁場	cíchǎng
1681	B	磁帶	cídài
1682	C	磁碟	cídié
1683	B	磁卡	cíkǎ
1684	A	磁盤	cípán
1685	C	磁鐵	cítiě
1686	B	雌	cí
1687	A	辭	cí
1688	B	辭退	cítuì
1689	A	辭職	cízhí
1690	A	此	cǐ
1691	A	此後	cǐhòu
1692	B	此刻	cǐkè
1693	A	此時	cǐshí
1694	A	此外	cǐwài
1695	A	次	cì
1696	C	次品	cìpǐn
1697	C	次日	cìrì
1698	A	次數	cìshù
1699	B	次序	cìxù
1700	A	次要	cìyào
1701	B	伺候	cìhou
1702	A	刺	cì
1703	A	刺激	cìjī
1704	C	刺猬	cìwei
1705	C	刺繡	cìxiù
1706	C	賜	cì
1707	B	匆匆	cōngcōng
1708	B	匆忙	cōngmáng
1709	C	蔥	cōng
1710	B	聰明	cōng•míng
1711	A	從	cóng
1712	A	從此	cóngcǐ
1713	A	從而	cóng'ér
1714	C	從簡	cóngjiǎn
1715	A	從來	cónglái
1716	A	從前	cóngqián
1717	B	從容	cóngróng
1718	B	從容不迫	cóngróngbúpò
1719	A	從事	cóngshì
1720	C	從速	cóngsù
1721	B	從頭	cóngtóu
1722	C	從未	cóngwèi
1723	A	從小	cóngxiǎo
1724	C	從嚴	cóngyán
1725	A	從中	cóngzhōng
1726	C	叢	cóng

1727	C	叢林	cónglín
1728	C	叢生	cóngshēng
1729	C	叢書	cóngshū
1730	A	湊	còu
1731	B	湊合	còuhe
1732	C	湊巧	còuqiǎo
1733	A	粗	cū
1734	B	粗暴	cūbào
1735	B	粗糙	cūcāo
1736	C	粗糧	cūliáng
1737	C	粗魯	cūlǔ
1738	C	粗略	cūlüè
1739	C	粗細	cūxì
1740	B	粗心	cūxīn
1741	C	粗心大意	cūxīndàyì
1742	C	粗野	cūyě
1743	B	促	cù
1744	B	促成	cùchéng
1745	A	促進	cùjìn
1746	C	促請	cùqǐng
1747	A	促使	cùshǐ
1748	C	促銷	cùxiāo
1749	A	醋	cù
1750	C	簇	cù
1751	B	竄	cuàn
1752	A	催	cuī
1753	C	催促	cuīcù
1754	B	摧殘	cuīcán
1755	A	摧毀	cuīhuǐ
1756	C	璀璨	cuǐcàn
1757	B	脆	cuì
1758	B	脆弱	cuìruò
1759	B	翠綠	cuìlǜ
1760	A	村	cūn
1761	C	村落	cūnluò
1762	B	村民	cūnmín
1763	C	村長	cūnzhǎng
1764	B	村莊	cūnzhuāng
1765	B	村子	cūnzi
1766	A	存	cún
1767	B	存放	cúnfàng
1768	C	存戶	cúnhù
1769	C	存貨	cúnhuò
1770	A	存款	cúnkuǎn
1771	B	存盤	cúnpán
1772	A	存在	cúnzài
1773	C	存摺	cúnzhé
1774	A	寸	cùn
1775	B	搓	cuō
1776	C	撮	cuō
1777	B	磋商	cuōshāng
1778	B	挫敗	cuòbài
1779	A	挫折	cuòzhé
1780	C	措辭	cuòcí
1781	A	措施	cuòshī
1782	A	錯	cuò
1783	B	錯過	cuòguò
1784	A	錯誤	cuòwù
1785	C	錯字	cuòzì
1786	C	錯綜複雜	cuòzōngfùzá
1787	A	搭	dā
1788	C	搭檔	dādàng
1789	B	搭配	dāpèi
1790	A	答應	dāying
1791	A	答	dá
1792	A	答案	dá'àn
1793	B	答辯	dábiàn
1794	A	答覆	dá•fù
1795	C	答卷	dájuàn
1796	C	答謝	dáxiè
1797	A	達	dá
1798	C	達標	dábiāo
1799	A	達成	dáchéng
1800	A	達到	dádào
1801	C	達致	dázhì
1802	C	打	dá
1803	A	打	dǎ
1804	A	打敗	dǎbài
1805	A	打扮	dǎban
1806	A	打車	dǎchē
1807	A	打倒	dǎdǎo
1808	B	打的	dǎdí
1809	C	打點滴	dǎdiǎndī
1810	C	打動	dǎdòng
1811	C	打鬥	dǎdòu
1812	B	打發	dǎfa
1813	C	打法	dǎfǎ
1814	A	打工	dǎgōng
1815	C	打黑	dǎhēi
1816	C	打火機	dǎhuǒjī
1817	A	打擊	dǎjī
1818	B	打假	dǎjiǎ
1819	A	打架	dǎjià
1820	A	打交道	dǎjiāodao
1821	C	打卡	dǎkǎ
1822	A	打開	dǎkāi
1823	C	打瞌睡	dǎkēshuì
1824	C	打撈	dǎlāo
1825	B	打量	dǎliang
1826	B	打獵	dǎliè
1827	C	打亂	dǎluàn
1828	A	打破	dǎpò

1829	B	打球	dǎqiú
1830	B	打擾	dǎrǎo
1831	A	打掃	dǎsǎo
1832	A	打算	dǎ•suàn
1833	A	打聽	dǎting
1834	C	打響	dǎxiǎng
1835	C	打壓	dǎyā
1836	B	打印	dǎyìn
1837	C	打印機	dǎyìnjī
1838	A	打仗	dǎzhàng
1839	B	打招呼	dǎzhāohu
1840	C	打折	dǎzhé
1841	A	打針	dǎzhēn
1842	B	打字	dǎzì
1843	A	大	dà
1844	C	大壩	dàbà
1845	B	大半	dàbàn
1846	C	大包大攬	dàbāodàlǎn
1847	C	大筆	dàbǐ
1848	B	大便	dàbiàn
1849	B	大伯	dàbó
1850	B	大潮	dàcháo
1851	C	大車	dàchē
1852	B	大臣	dàchén
1853	A	大大	dàdà
1854	C	大大小小	dàdàxiǎoxiǎo
1855	A	大膽	dàdǎn
1856	A	大道	dàdào
1857	C	大道理	dàdào•lǐ
1858	C	大敵	dàdí
1859	C	大抵	dàdǐ
1860	A	大地	dàdì
1861	C	大典	dàdiǎn
1862	C	大殿	dàdiàn
1863	A	大都	dàdōu
1864	C	大都會	dàdūhuì
1865	A	大隊	dàduì
1866	A	大多	dàduō
1867	A	大多數	dàduōshù
1868	B	大方	dàfang
1869	C	大幅	dàfú
1870	A	大概	dàgài
1871	B	大綱	dàgāng
1872	A	大哥	dàgē
1873	C	大公無私	dàgōngwúsī
1874	C	大姑娘	dàgūniang
1875	C	大鍋飯	dàguōfàn
1876	B	大海	dàhǎi
1877	C	大漢	dàhàn
1878	B	大好	dàhǎo
1879	B	大戶	dàhù
1880	A	大會	dàhuì
1881	C	大會堂	dàhuìtáng
1882	A	大夥（兒）	dàhuǒ(r)
1883	C	大計	dàjì
1884	A	大家	dàjiā
1885	B	大家庭	dàjiātíng
1886	C	大件	dàjiàn
1887	B	大獎賽	dàjiǎngsài
1888	C	大將	dàjiàng
1889	A	大街	dàjiē
1890	B	大街小巷	dàjiēxiǎoxiàng
1891	B	大姐	dàjiě
1892	A	大局	dàjú
1893	B	大舉	dàjǔ
1894	B	大軍	dàjūn
1895	B	大理石	dàlǐshí
1896	A	大力	dàlì
1897	A	大量	dàliàng
1898	C	大齡	dàlíng
1899	B	大樓	dàlóu
1900	A	大陸	dàlù
1901	C	大律師	dàlǜshī
1902	A	大媽	dàmā
1903	C	大滿貫	dàmǎnguàn
1904	A	大門	dàmén
1905	A	大米	dàmǐ
1906	B	大拇指	dàmǔzhǐ
1907	B	大腦	dànǎo
1908	C	大娘	dàniáng
1909	C	大排檔	dàpáidàng
1910	B	大炮	dàpào
1911	A	大批	dàpī
1912	C	大氣	dàqì
1913	B	大氣層	dàqìcéng
1914	C	大氣候	dàqìhòu
1915	B	大氣壓	dàqìyā
1916	B	大橋	dàqiáo
1917	B	大權	dàquán
1918	A	大人	dàrén
1919	B	大賽	dàsài
1920	C	大嫂	dàsǎo
1921	A	大廈	dàshà
1922	B	大聲	dàshēng
1923	B	大師	dàshī
1924	A	大使	dàshǐ
1925	C	大使館	dàshǐguǎn
1926	C	大市	dàshì
1927	B	大事	dàshì
1928	C	大叔	dàshū
1929	C	大水	dàshuǐ
1930	B	大肆	dàsì

1931	C	大踏步	dàtàbù
1932	C	大堂	dàtáng
1933	A	大體	dàtǐ
1934	B	大廳	dàtīng
1935	C	大同	dàtóng
1936	C	大同小異	dàtóngxiǎoyì
1937	C	大腿	dàtuǐ
1938	B	大腕（兒）	dàwàn(r)
1939	C	大王	dàwáng
1940	C	大無畏	dàwúwèi
1941	B	大象	dàxiàng
1942	A	大小	dàxiǎo
1943	A	大型	dàxíng
1944	C	大行其道	dàxíngqídào
1945	B	大熊貓	dàxióngmāo
1946	A	大選	dàxuǎn
1947	A	大學	dàxué
1948	A	大學生	dàxuéshēng
1949	C	大雁	dàyàn
1950	B	大爺	dàyé
1951	B	大爺	dàye
1952	C	大業	dàyè
1953	A	大衣	dàyī
1954	B	大意	dàyì
1955	B	大意	dàyi
1956	C	大有可為	dàyǒukěwéi
1957	B	大於	dàyú
1958	A	大約	dàyuē
1959	A	大戰	dàzhàn
1960	A	大致	dàzhì
1961	A	大眾	dàzhòng
1962	A	大專	dàzhuān
1963	B	大字	dàzì
1964	B	大字報	dàzìbào
1965	A	大自然	dàzìrán
1966	C	大宗	dàzōng
1967	A	呆	dāi
1968	C	呆滯	dāizhì
1969	A	待	dāi
1970	B	歹徒	dǎitú
1971	B	逮	dǎi
1972	A	大夫	dàifu
1973	A	代	dài
1974	A	代辦	dàibàn
1975	A	代表	dàibiǎo
1976	B	代表性	dàibiǎoxìng
1977	B	代號	dàihào
1978	A	代價	dàijià
1979	A	代理	dàilǐ
1980	B	代理人	dàilǐrén
1981	C	代理商	dàilǐshāng
1982	C	代培	dàipéi
1983	B	代數	dàishù
1984	A	代替	dàitì
1985	C	代銷	dàixiāo
1986	C	待崗	dàigǎng
1987	C	待人接物	dàirénjiēwù
1988	B	待業	dàiyè
1989	A	待遇	dàiyù
1990	C	怠工	dàigōng
1991	C	怠慢	dàimàn
1992	A	帶	dài
1993	A	帶動	dàidòng
1994	B	帶勁	dàijìn
1995	A	帶領	dàilǐng
1996	A	帶頭	dàitóu
1997	C	帶魚	dàiyú
1998	C	帶子	dàizi
1999	A	袋	dài
2000	B	貸	dài
2001	A	貸款	dàikuǎn
2002	A	逮捕	dàibǔ
2003	A	戴	dài
2004	C	丹	dān
2005	A	耽誤	dānwu
2006	A	單	dān
2007	B	單薄	dānbó
2008	C	單產	dānchǎn
2009	A	單純	dānchún
2010	C	單詞	dāncí
2011	B	單打	dāndǎ
2012	C	單單	dāndān
2013	A	單調	dāndiào
2014	A	單獨	dāndú
2015	B	單方面	dānfāngmiàn
2016	C	單杠	dāngàng
2017	C	單親	dānqīn
2018	C	單人	dānrén
2019	B	單身	dānshēn
2020	A	單位	dānwèi
2021	B	單項	dānxiàng
2022	C	單行線	dānxíngxiàn
2023	A	單一	dānyī
2024	A	單元	dānyuán
2025	C	單字	dānzì
2026	A	擔	dān
2027	B	擔保	dānbǎo
2028	A	擔當	dāndāng
2029	A	擔負	dānfù
2030	A	擔任	dānrèn
2031	A	擔心	dānxīn
2032	B	擔憂	dānyōu

2033	A	膽	dǎn
2034	C	膽固醇	dǎngùchún
2035	C	膽量	dǎnliàng
2036	B	膽怯	dǎnqiè
2037	B	膽子	dǎnzi
2038	A	但	dàn
2039	A	但是	dànshì
2040	C	但願	dànyuàn
2041	A	淡	dàn
2042	C	淡薄	dànbó
2043	C	淡出	dànchū
2044	B	淡季	dànjì
2045	B	淡水	dànshuǐ
2046	A	蛋	dàn
2047	B	蛋白	dànbái
2048	A	蛋白質	dànbáizhì
2049	B	蛋糕	dàngāo
2050	C	蛋黃（兒）	dànhuáng(r)
2051	C	蛋撻	dàntà
2052	A	彈	dàn
2053	C	彈弓	dàngōng
2054	C	彈頭	dàntóu
2055	C	彈藥	dànyào
2056	B	誕辰	dànchén
2057	A	誕生	dànshēng
2058	A	擔	dàn
2059	B	擔子	dànzi
2060	A	當	dāng
2061	C	當兵	dāngbīng
2062	B	當場	dāngchǎng
2063	A	當初	dāngchū
2064	A	當代	dāngdài
2065	A	當地	dāngdì
2066	C	當紅	dānghóng
2067	C	當即	dāngjí
2068	A	當家	dāngjiā
2069	B	當今	dāngjīn
2070	A	當局	dāngjú
2071	B	當面	dāngmiàn
2072	B	當年	dāngnián
2073	A	當前	dāngqián
2074	C	當權	dāngquán
2075	A	當然	dāngrán
2076	B	當日	dāngrì
2077	A	當時	dāngshí
2078	B	當事人	dāngshìrén
2079	B	當天	dāngtiān
2080	C	當頭	dāngtóu
2081	B	當務之急	dāngwùzhījí
2082	C	當心	dāngxīn
2083	A	當選	dāngxuǎn
2084	A	當中	dāngzhōng
2085	C	當眾	dāngzhòng
2086	A	擋	dǎng
2087	A	黨	dǎng
2088	C	黨魁	dǎngkuí
2089	A	黨派	dǎngpài
2090	C	黨務	dǎngwù
2091	B	黨員	dǎngyuán
2092	B	當成	dàngchéng
2093	A	當年	dàngnián
2094	A	當天	dàngtiān
2095	B	當作	dàngzuò
2096	C	蕩	dàng
2097	B	檔	dàng
2098	A	檔案	dàng'àn
2099	C	檔次	dàngcì
2100	C	檔期	dàngqī
2101	A	刀	dāo
2102	C	刀刃	dāorèn
2103	A	刀子	dāozi
2104	C	叨嘮	dāolao
2105	A	倒	dǎo
2106	B	倒閉	dǎobì
2107	C	倒賣	dǎomài
2108	A	倒霉	dǎoméi
2109	B	倒塌	dǎotā
2110	C	倒臥	dǎowò
2111	A	島	dǎo
2112	A	島嶼	dǎoyǔ
2113	B	搗	dǎo
2114	B	搗蛋	dǎodàn
2115	C	搗毀	dǎohuǐ
2116	B	搗亂	dǎoluàn
2117	C	導播	dǎobō
2118	C	導出	dǎochū
2119	A	導彈	dǎodàn
2120	C	導電	dǎodiàn
2121	C	導購	dǎogòu
2122	C	導管	dǎoguǎn
2123	B	導航	dǎoháng
2124	C	導入	dǎorù
2125	B	導師	dǎoshī
2126	C	導體	dǎotǐ
2127	B	導向	dǎoxiàng
2128	A	導演	dǎoyǎn
2129	B	導遊	dǎoyóu
2130	A	導致	dǎozhì
2131	A	到	dào
2132	A	到處	dàochù
2133	A	到達	dàodá
2134	A	到底	dàodǐ

2135	C	到訪	dàofǎng
2136	B	到家	dàojiā
2137	B	到來	dàolái
2138	B	到期	dàoqī
2139	C	到時	dàoshí
2140	B	到手	dàoshǒu
2141	C	到頭來	dàotóulái
2142	C	到位	dàowèi
2143	A	倒	dào
2144	C	倒掛	dàoguà
2145	C	倒計時	dàojìshí
2146	A	倒是	dàoshì
2147	B	倒退	dàotuì
2148	C	倒映	dàoyìng
2149	B	悼念	dàoniàn
2150	B	盜	dào
2151	B	盜版	dàobǎn
2152	B	盜竊	dàoqiè
2153	A	道	dào
2154	A	道德	dàodé
2155	A	道理	dào•lǐ
2156	A	道路	dàolù
2157	A	道歉	dàoqiàn
2158	C	道士	dàoshi
2159	C	道義	dàoyì
2160	C	稻草	dàocǎo
2161	C	稻穀	dàogǔ
2162	C	稻米	dàomǐ
2163	C	稻田	dàotián
2164	C	稻子	dàozi
2165	A	得	dé
2166	C	得不償失	débùchángshī
2167	C	得逞	déchěng
2168	B	得當	dédàng
2169	A	得到	dédào
2170	C	得分	défēn
2171	A	得了	déle
2172	B	得力	délì
2173	B	得失	déshī
2174	C	得手	déshǒu
2175	C	得體	détǐ
2176	C	得天獨厚	détiāndúhòu
2177	C	得悉	déxī
2178	C	得心應手	déxīnyìngshǒu
2179	B	得以	déyǐ
2180	C	得益	déyì
2181	B	得意	déyì
2182	C	得知	dézhī
2183	C	得主	dézhǔ
2184	B	得罪	dé•zuì
2185	C	德	dé
2186	C	德行	déxíng
2187	C	德語	Déyǔ
2188	B	德育	déyù
2189	A	地	de
2190	A	的	de
2191	A	得	de
2192	B	得	děi
2193	A	登	dēng
2194	C	登場	dēngchǎng
2195	A	登記	dēngjì
2196	B	登陸	dēnglù
2197	C	登山	dēngshān
2198	B	登台	dēngtái
2199	A	燈	dēng
2200	A	燈光	dēngguāng
2201	B	燈火	dēnghuǒ
2202	B	燈籠	dēnglong
2203	B	燈泡	dēngpào
2204	C	燈飾	dēngshì
2205	C	燈塔	dēngtǎ
2206	B	蹬	dēng
2207	A	等	děng
2208	A	等待	děngdài
2209	A	等到	děngdào
2210	A	等候	děnghòu
2211	A	等級	děngjí
2212	C	等同	děngtóng
2213	A	等於	děngyú
2214	B	凳子	dèngzi
2215	B	瞪	dèng
2216	A	低	dī
2217	C	低產	dīchǎn
2218	C	低潮	dīcháo
2219	C	低沉	dīchén
2220	C	低檔	dīdàng
2221	C	低調	dīdiào
2222	C	低估	dīgū
2223	C	低谷	dīgǔ
2224	B	低級	dījí
2225	C	低廉	dīlián
2226	C	低劣	dīliè
2227	B	低落	dīluò
2228	B	低頭	dītóu
2229	C	低位	dīwèi
2230	B	低溫	dīwēn
2231	B	低下	dīxià
2232	C	低音	dīyīn
2233	B	堤	dī
2234	C	提防	dīfang
2235	A	滴	dī
2236	A	的確	díquè

2237	A	的士	díshì
2238	C	迪斯科	dísīkē
2239	B	笛子	dízi
2240	B	敵	dí
2241	A	敵對	díduì
2242	C	敵軍	díjūn
2243	A	敵人	dírén
2244	B	敵視	díshì
2245	A	底	dǐ
2246	C	底層	dǐcéng
2247	B	底片	dǐpiàn
2248	A	底下	dǐ•xià
2249	C	底線	dǐxiàn
2250	C	底子	dǐzi
2251	A	抵	dǐ
2252	C	抵觸	dǐchù
2253	A	抵達	dǐdá
2254	A	抵抗	dǐkàng
2255	C	抵消	dǐxiāo
2256	B	抵押	dǐyā
2257	B	抵禦	dǐyù
2258	A	抵制	dǐzhì
2259	A	地	dì
2260	B	地板	dìbǎn
2261	C	地表	dìbiǎo
2262	A	地步	dìbù
2263	C	地層	dìcéng
2264	C	地產	dìchǎn
2265	A	地帶	dìdài
2266	B	地道	dìdào
2267	B	地道	dìdao
2268	A	地點	dìdiǎn
2269	C	地段	dìduàn
2270	C	地方	dìfāng
2271	A	地方	dìfang
2272	B	地基	dìjī
2273	C	地雷	dìléi
2274	A	地理	dìlǐ
2275	C	地利	dìlì
2276	A	地面	dìmiàn
2277	B	地盤	dìpán
2278	B	地皮	dìpí
2279	C	地殼	dìqiào
2280	A	地球	dìqiú
2281	A	地區	dìqū
2282	A	地上	dìshang
2283	A	地勢	dìshì
2284	B	地毯	dìtǎn
2285	A	地鐵	dìtiě
2286	A	地圖	dìtú
2287	A	地位	dìwèi
2288	A	地下	dìxià
2289	A	地下	dìxia
2290	B	地形	dìxíng
2291	C	地域	dìyù
2292	C	地獄	dìyù
2293	A	地震	dìzhèn
2294	A	地址	dìzhǐ
2295	A	地質	dìzhì
2296	C	地主	dìzhǔ
2297	A	弟弟	dìdi
2298	C	弟妹	dìmèi
2299	A	弟兄	dìxiong
2300	C	弟子	dìzǐ
2301	C	帝國	dìguó
2302	C	帝王	dìwáng
2303	A	第	dì
2304	C	第二職業	dì'èrzhíyè
2305	B	第三產業	dìsānchǎnyè
2306	B	第三者	dìsānzhě
2307	B	遞	dì
2308	B	遞交	dìjiāo
2309	B	遞增	dìzēng
2310	B	締結	dìjié
2311	B	締造	dìzào
2312	B	顛	diān
2313	B	顛倒	diāndǎo
2314	B	顛覆	diānfù
2315	B	典範	diǎnfàn
2316	A	典禮	diǎnlǐ
2317	A	典型	diǎnxíng
2318	C	典雅	diǎnyǎ
2319	A	點	diǎn
2320	C	點滴	diǎndī
2321	B	點火	diǎnhuǒ
2322	C	點擊	diǎnjī
2323	B	點名	diǎnmíng
2324	B	點燃	diǎnrán
2325	C	點頭	diǎntóu
2326	A	點心	diǎnxin
2327	A	點鐘	diǎnzhōng
2328	B	點綴	diǎn•zhuì
2329	B	點子	diǎnzi
2330	C	碘	diǎn
2331	A	店	diàn
2332	B	店鋪	diànpù
2333	B	店員	diànyuán
2334	B	惦記	diàn•jì
2335	A	奠定	diàndìng
2336	B	殿	diàn
2337	C	殿堂	diàntáng
2338	A	電	diàn

2339 A 電報 diànbào
2340 C 電廠 diànchǎng
2341 A 電車 diànchē
2342 B 電池 diànchí
2343 A 電燈 diàndēng
2344 B 電動 diàndòng
2345 C 電動機 diàndòngjī
2346 C 電鍍 diàndù
2347 B 電工 diàngōng
2348 C 電焊 diànhàn
2349 A 電話 diànhuà
2350 A 電話卡 diànhuàkǎ
2351 A 電機 diànjī
2352 B 電纜 diànlǎn
2353 A 電力 diànlì
2354 C 電量 diànliàng
2355 C 電鈴 diànlíng
2356 A 電流 diànliú
2357 B 電爐 diànlú
2358 B 電路 diànlù
2359 A 電腦 diànnǎo
2360 C 電能 diànnéng
2361 C 電鈕 diànniǔ
2362 A 電器 diànqì
2363 B 電氣 diànqì
2364 B 電氣化 diànqìhuà
2365 C 電容 diànróng
2366 B 電扇 diànshàn
2367 A 電視 diànshì
2368 A 電視機 diànshìjī
2369 B 電視劇 diànshìjù
2370 A 電視台 diànshìtái
2371 A 電台 diàntái
2372 A 電梯 diàntī
2373 C 電文 diànwén
2374 B 電線 diànxiàn
2375 C 電信 diànxìn
2376 B 電訊 diànxùn
2377 A 電壓 diànyā
2378 A 電影 diànyǐng
2379 A 電影院 diànyǐngyuàn
2380 B 電源 diànyuán
2381 C 電站 diànzhàn
2382 A 電子 diànzǐ
2383 C 電子信箱 diànzǐxìnxiāng
2384 C 電子郵件 diànzǐyóujiàn
2385 C 電阻 diànzǔ
2386 A 墊 diàn
2387 B 澱粉 diànfěn
2388 C 刁 diāo
2389 C 刁難 diāonàn
2390 B 叼 diāo
2391 C 雕 diāo
2392 B 雕刻 diāokè
2393 B 雕塑 diāosù
2394 C 雕像 diāoxiàng
2395 B 吊 diào
2396 C 吊車 diàochē
2397 C 吊銷 diàoxiāo
2398 A 掉 diào
2399 C 掉頭 diàotóu
2400 A 釣 diào
2401 B 釣魚 diàoyú
2402 A 調 diào
2403 C 調撥 diàobō
2404 A 調查 diàochá
2405 A 調動 diàodòng
2406 B 調度 diàodù
2407 C 調換 diàohuàn
2408 C 調集 diàojí
2409 B 調配 diàopèi
2410 C 調子 diàozi
2411 B 爹 diē
2412 A 跌 diē
2413 C 跌幅 diēfú
2414 C 跌勢 diēshì
2415 C 碟 dié
2416 B 疊 dié
2417 A 丁 dīng
2418 C 叮 dīng
2419 B 叮囑 dīngzhǔ
2420 A 盯 dīng
2421 A 釘 dīng
2422 A 頂 dǐng
2423 B 頂點 dǐngdiǎn
2424 B 頂端 dǐngduān
2425 C 頂多 dǐngduō
2426 B 頂峰 dǐngfēng
2427 C 頂級 dǐngjí
2428 A 定 dìng
2429 C 定案 dìng'àn
2430 B 定點 dìngdiǎn
2431 A 定額 dìng'é
2432 B 定價 dìngjià
2433 B 定居 dìngjū
2434 C 定局 dìngjú
2435 B 定理 dìnglǐ
2436 C 定禮 dìnglǐ
2437 B 定量 dìngliàng
2438 B 定律 dìnglǜ
2439 A 定期 dìngqī
2440 C 定時 dìngshí

2441	C	定位	dìngwèi
2442	B	定向	dìngxiàng
2443	C	定型	dìngxíng
2444	C	定性	dìngxìng
2445	B	定義	dìngyì
2446	A	訂	dìng
2447	C	訂單	dìngdān
2448	C	訂定	dìngdìng
2449	B	訂購	dìnggòu
2450	C	訂婚	dìnghūn
2451	C	訂貨	dìnghuò
2452	C	訂金	dìngjīn
2453	B	訂立	dìnglì
2454	C	訂親	dìngqīn
2455	C	訂閱	dìngyuè
2456	A	釘	dìng
2457	A	丟	diū
2458	C	丟掉	diūdiào
2459	C	丟棄	diūqì
2460	C	丟人	diūrén
2461	B	丟失	diūshī
2462	A	冬	dōng
2463	B	冬瓜	dōng•guā
2464	A	冬季	dōngjì
2465	A	冬天	dōngtiān
2466	C	冬泳	dōngyǒng
2467	A	東	dōng
2468	A	東北	dōngběi
2469	C	東奔西走	dōngbēnxīzǒu
2470	A	東邊	dōng•biān
2471	A	東部	dōngbù
2472	B	東道主	dōngdàozhǔ
2473	A	東方	dōngfāng
2474	B	東風	dōngfēng
2475	C	東家	dōngjia
2476	B	東面	dōng•miàn
2477	A	東南	dōngnán
2478	A	東西	dōngxi
2479	B	董事	dǒngshì
2480	B	董事會	dǒngshìhuì
2481	B	董事長	dǒngshìzhǎng
2482	A	懂	dǒng
2483	A	懂得	dǒngde
2484	C	懂行	dǒngháng
2485	B	懂事	dǒngshì
2486	A	洞	dòng
2487	A	凍	dòng
2488	B	凍結	dòngjié
2489	A	動	dòng
2490	C	動不動	dòngbudòng
2491	B	動盪	dòngdàng
2492	C	動感	dònggǎn
2493	B	動工	dònggōng
2494	B	動畫	dònghuà
2495	A	動機	dòngjī
2496	B	動靜	dòngjing
2497	A	動力	dònglì
2498	B	動亂	dòngluàn
2499	B	動脈	dòngmài
2500	A	動人	dòngrén
2501	B	動身	dòngshēn
2502	A	動手	dòngshǒu
2503	B	動態	dòngtài
2504	C	動彈	dòngtan
2505	B	動聽	dòngtīng
2506	C	動武	dòngwǔ
2507	A	動物	dòngwù
2508	A	動物園	dòngwùyuán
2509	B	動向	dòngxiàng
2510	A	動搖	dòngyáo
2511	C	動議	dòngyì
2512	B	動用	dòngyòng
2513	A	動員	dòngyuán
2514	C	動輒	dòngzhé
2515	A	動作	dòngzuò
2516	B	棟	dòng
2517	C	棟樑	dòngliáng
2518	A	都	dōu
2519	B	兜（兒）	dōu(r)
2520	C	斗	dǒu
2521	B	抖	dǒu
2522	B	陡	dǒu
2523	C	陡峭	dǒuqiào
2524	A	豆腐	dòufu
2525	C	豆腐腦（兒）	dòufunǎo(r)
2526	B	豆漿	dòujiāng
2527	C	豆角	dòujiǎo
2528	C	豆芽（兒）	dòuyá(r)
2529	C	豆子	dòuzi
2530	A	鬥	dòu
2531	A	鬥爭	dòuzhēng
2532	B	鬥志	dòuzhì
2533	A	逗	dòu
2534	C	逗留	dòuliú
2535	C	都會	dūhuì
2536	A	都市	dūshì
2537	C	督察	dūchá
2538	B	督促	dūcù
2539	C	督導	dūdǎo
2540	A	毒	dú
2541	C	毒打	dúdǎ
2542	B	毒害	dúhài

2543	A	毒品	dúpǐn
2544	C	毒素	dúsù
2545	B	毒性	dúxìng
2546	B	獨	dú
2547	B	獨裁	dúcái
2548	B	獨唱	dúchàng
2549	C	獨家	dújiā
2550	A	獨立	dúlì
2551	C	獨立自主	dúlìzìzhǔ
2552	C	獨生子女	dúshēngzǐnǚ
2553	A	獨特	dútè
2554	C	獨一無二	dúyīwú'èr
2555	C	獨有	dúyǒu
2556	B	獨自	dúzì
2557	B	獨奏	dúzòu
2558	A	讀	dú
2559	A	讀書	dúshū
2560	B	讀物	dúwù
2561	A	讀者	dúzhě
2562	C	肚子	dǔzi
2563	A	堵	dǔ
2564	C	堵車	dǔchē
2565	C	堵截	dǔjié
2566	B	堵塞	dǔsè
2567	B	賭	dǔ
2568	B	賭博	dǔbó
2569	C	賭場	dǔchǎng
2570	C	賭氣	dǔqì
2571	C	杜鵑	dùjuān
2572	B	杜絕	dùjué
2573	A	肚子	dùzi
2574	A	度	dù
2575	A	度過	dùguò
2576	B	度假	dùjià
2577	B	度假村	dùjiàcūn
2578	C	度數	dùshu
2579	A	渡	dù
2580	C	渡船	dùchuán
2581	B	渡口	dùkǒu
2582	C	渡輪	dùlún
2583	B	鍍	dù
2584	A	端	duān
2585	B	端午節	Duānwǔjié
2586	C	端詳	duānxiáng
2587	B	端正	duānzhèng
2588	A	短	duǎn
2589	C	短處	duǎn•chù
2590	C	短促	duǎncù
2591	B	短跑	duǎnpǎo
2592	A	短期	duǎnqī
2593	B	短缺	duǎnquē
2594	C	短線	duǎnxiàn
2595	B	短暫	duǎnzàn
2596	A	段	duàn
2597	B	段落	duànluò
2598	C	緞子	duànzi
2599	A	鍛煉	duànliàn
2600	A	斷	duàn
2601	B	斷定	duàndìng
2602	B	斷斷續續	duànduànxùxù
2603	B	斷絕	duànjué
2604	C	斷然	duànrán
2605	B	斷言	duànyán
2606	C	斷子絕孫	duànzǐjuésūn
2607	A	堆	duī
2608	C	堆放	duīfàng
2609	B	堆積	duījī
2610	C	堆填	duītián
2611	B	兌	duì
2612	A	兌換	duìhuàn
2613	B	兌現	duìxiàn
2614	A	隊	duì
2615	A	隊伍	duìwu
2616	C	隊友	duìyǒu
2617	A	隊員	duìyuán
2618	A	隊長	duìzhǎng
2619	A	對	duì
2620	B	對岸	duì'àn
2621	C	對白	duìbái
2622	A	對比	duìbǐ
2623	A	對不起	duì•bùqǐ
2624	B	對策	duìcè
2625	B	對稱	duìchèn
2626	A	對待	duìdài
2627	B	對得起	duìdeqǐ
2628	A	對方	duìfāng
2629	A	對付	duìfu
2630	A	對話	duìhuà
2631	A	對抗	duìkàng
2632	B	對口	duìkǒu
2633	B	對了	duìle
2634	C	對壘	duìlěi
2635	A	對立	duìlì
2636	B	對聯	duìlián
2637	C	對流	duìliú
2638	C	對路	duìlù
2639	B	對門	duìmén
2640	A	對面	duìmiàn
2641	A	對手	duìshǒu
2642	C	對頭	duìtóu
2643	B	對頭	duìtou
2644	B	對外	duìwài

2645	A	對象	duìxiàng
2646	B	對應	duìyìng
2647	A	對於	duìyú
2648	A	對照	duìzhào
2649	C	對症下藥	duìzhèngxiàyào
2650	B	對峙	duìzhì
2651	C	對準	duìzhǔn
2652	B	敦促	dūncù
2653	A	噸	dūn
2654	A	蹲	dūn
2655	C	蹲點	dūndiǎn
2656	A	頓	dùn
2657	B	頓時	dùnshí
2658	C	燉	dùn
2659	A	多	duō
2660	A	多半	duōbàn
2661	B	多邊	duōbiān
2662	C	多變	duōbiàn
2663	C	多黨制	duōdǎngzhì
2664	C	多方	duōfāng
2665	B	多久	duōjiǔ
2666	B	多虧	duōkuī
2667	C	多勞多得	duōláoduōdé
2668	A	多麼	duōme
2669	A	多媒體	duōméitǐ
2670	A	多少	duōshǎo
2671	A	多少	duōshao
2672	C	多事	duōshì
2673	A	多數	duōshù
2674	A	多樣	duōyàng
2675	B	多樣化	duōyànghuà
2676	A	多餘	duōyú
2677	B	多元化	duōyuánhuà
2678	C	多種多樣	duōzhǒngduōyàng
2679	C	多姿多彩	duōzīduōcǎi
2680	B	哆嗦	duōsuo
2681	A	奪	duó
2682	C	奪標	duóbiāo
2683	B	奪得	duódé
2684	C	奪魁	duókuí
2685	C	奪目	duómù
2686	A	奪取	duóqǔ
2687	A	朵	duǒ
2688	A	躲	duǒ
2689	B	躲避	duǒbì
2690	C	躲藏	duǒcáng
2691	C	舵	duò
2692	B	墮落	duòluò
2693	C	訛	é
2694	C	訛詐	ézhà
2695	C	俄語	Éyǔ
2696	C	蛾子	ézi
2697	C	額	é
2698	A	額外	éwài
2699	A	鵝	é
2700	B	噁心	ěxin
2701	C	扼殺	èshā
2702	B	惡	è
2703	C	惡補	èbǔ
2704	B	惡毒	èdú
2705	C	惡果	èguǒ
2706	A	惡化	èhuà
2707	A	惡劣	èliè
2708	C	惡評	èpíng
2709	C	惡習	èxí
2710	A	惡性	èxìng
2711	C	遏止	èzhǐ
2712	A	餓	è
2713	C	鱷魚	èyú
2714	B	恩	ēn
2715	C	恩愛	ēn'ài
2716	C	恩情	ēnqíng
2717	C	恩人	ēnrén
2718	C	恩怨	ēnyuàn
2719	A	而	ér
2720	A	而且	érqiě
2721	A	而已	éryǐ
2722	B	兒	ér
2723	B	兒歌	érgē
2724	C	兒科	érkē
2725	A	兒女	érnǚ
2726	A	兒童	értóng
2727	C	兒媳婦（兒）	érxífu(r)
2728	A	兒子	érzi
2729	B	耳	ěr
2730	A	耳朵	ěrduo
2731	C	耳環	ěrhuán
2732	C	耳鳴	ěrmíng
2733	C	耳目一新	ěrmùyìxīn
2734	C	耳熟能詳	ěrshúnéngxiáng
2735	C	耳聞	ěrwén
2736	A	二	èr
2737	C	二胡	èrhú
2738	C	二人世界	èrrénshìjiè
2739	C	二手	èrshǒu
2740	C	二線	èrxiàn
2741	B	二氧化碳	èryǎnghuàtàn
2742	A	發	fā
2743	C	發案	fā'àn
2744	A	發表	fābiǎo
2745	B	發病	fābìng
2746	C	發病率	fābìnglǜ

2747 A 發布 fābù
2748 B 發財 fācái
2749 B 發愁 fāchóu
2750 A 發出 fāchū
2751 A 發達 fādá
2752 A 發電 fādiàn
2753 C 發電機 fādiànjī
2754 A 發動 fādòng
2755 B 發抖 fādǒu
2756 A 發放 fāfàng
2757 C 發奮圖強 fāfèntúqiáng
2758 C 發光 fāguāng
2759 A 發揮 fāhuī
2760 B 發火（兒） fāhuǒ(r)
2761 C 發酵 fājiào
2762 B 發掘 fājué
2763 A 發覺 fājué
2764 C 發亮 fāliàng
2765 A 發明 fāmíng
2766 C 發牌 fāpái
2767 C 發胖 fāpàng
2768 B 發脾氣 fāpíqi
2769 B 發票 fāpiào
2770 A 發起 fāqǐ
2771 B 發球 fāqiú
2772 B 發熱 fārè
2773 A 發燒 fāshāo
2774 B 發燒友 fāshāoyǒu
2775 A 發射 fāshè
2776 A 發生 fāshēng
2777 C 發聲 fāshēng
2778 B 發誓 fāshì
2779 C 發售 fāshòu
2780 B 發送 fāsòng
2781 C 發問 fāwèn
2782 A 發現 fāxiàn
2783 A 發行 fāxíng
2784 C 發芽 fāyá
2785 A 發言 fāyán
2786 C 發言權 fāyánquán
2787 A 發言人 fāyánrén
2788 B 發炎 fāyán
2789 A 發揚 fāyáng
2790 C 發揚光大 fāyángguāngdà
2791 B 發音 fāyīn
2792 A 發育 fāyù
2793 C 發源地 fāyuándì
2794 A 發展 fāzhǎn
2795 C 發展商 fāzhǎnshāng
2796 B 發作 fāzuò
2797 C 乏 fá
2798 C 乏力 fálì
2799 C 伐 fá
2800 A 罰 fá
2801 A 罰款 fákuǎn
2802 C 閥門 fámén
2803 B 法 fǎ
2804 B 法案 fǎ'àn
2805 B 法定 fǎdìng
2806 A 法官 fǎguān
2807 A 法規 fǎguī
2808 B 法郎 fǎláng
2809 C 法例 fǎlì
2810 A 法令 fǎlìng
2811 A 法律 fǎlǜ
2812 C 法盲 fǎmáng
2813 B 法人 fǎrén
2814 A 法庭 fǎtíng
2815 C 法西斯 Fǎxīsī
2816 C 法學 fǎxué
2817 C 法語 Fǎyǔ
2818 A 法院 fǎyuàn
2819 B 法則 fǎzé
2820 A 法制 fǎzhì
2821 B 法治 fǎzhì
2822 B 法子 fǎzi
2823 B 髮廊 fàláng
2824 C 髮型 fàxíng
2825 B 帆 fān
2826 C 帆布 fānbù
2827 B 帆船 fānchuán
2828 A 番 fān
2829 C 番茄 fānqié
2830 A 翻 fān
2831 C 翻版 fānbǎn
2832 C 翻蓋 fāngài
2833 A 翻身 fānshēn
2834 A 翻譯 fānyì
2835 C 翻閱 fānyuè
2836 A 凡 fán
2837 C 凡事 fánshì
2838 A 凡是 fánshì
2839 A 煩 fán
2840 C 煩悶 fánmèn
2841 B 煩惱 fánnǎo
2842 C 煩躁 fánzào
2843 C 繁 fán
2844 B 繁多 fánduō
2845 C 繁複 fánfù
2846 B 繁華 fánhuá
2847 B 繁忙 fánmáng
2848 A 繁榮 fánróng

2849	C	繁瑣	fánsuǒ
2850	C	繁體字	fántǐzì
2851	C	繁衍	fányǎn
2852	A	繁殖	fánzhí
2853	B	繁重	fánzhòng
2854	A	反	fǎn
2855	B	反駁	fǎnbó
2856	C	反差	fǎnchā
2857	B	反常	fǎncháng
2858	B	反倒	fǎndào
2859	A	反對	fǎnduì
2860	B	反對黨	fǎnduìdǎng
2861	A	反而	fǎn'ér
2862	B	反腐倡廉	fǎnfǔchànglián
2863	A	反覆	fǎnfù
2864	B	反感	fǎngǎn
2865	B	反攻	fǎngōng
2866	C	反觀	fǎnguān
2867	B	反過來	fǎn•guò•lái
2868	A	反擊	fǎnjī
2869	A	反抗	fǎnkàng
2870	B	反恐	fǎnkǒng
2871	C	反饋	fǎnkuì
2872	B	反面	fǎnmiàn
2873	C	反撲	fǎnpū
2874	C	反傾銷	fǎnqīngxiāo
2875	B	反射	fǎnshè
2876	B	反思	fǎnsī
2877	C	反彈	fǎntán
2878	B	反問	fǎnwèn
2879	C	反響	fǎnxiǎng
2880	B	反省	fǎnxǐng
2881	A	反映	fǎnyìng
2882	A	反應	fǎnyìng
2883	A	反正	fǎn•zhèng
2884	C	反之	fǎnzhī
2885	A	返	fǎn
2886	A	返回	fǎnhuí
2887	A	犯	fàn
2888	C	犯病	fànbìng
2889	B	犯法	fànfǎ
2890	C	犯規	fànguī
2891	C	犯渾	fànhún
2892	A	犯人	fàn•rén
2893	A	犯罪	fànzuì
2894	C	泛	fàn
2895	A	泛濫	fànlàn
2896	B	販毒	fàndú
2897	B	販賣	fànmài
2898	B	販運	fànyùn
2899	A	飯	fàn
2900	A	飯店	fàndiàn
2901	A	飯館（兒）	fànguǎn(r)
2902	C	飯盒（兒）	fànhé(r)
2903	B	飯碗	fànwǎn
2904	B	範疇	fànchóu
2905	B	範例	fànlì
2906	A	範圍	fànwéi
2907	A	方	fāng
2908	A	方案	fāng'àn
2909	A	方便	fāngbiàn
2910	C	方便麵	fāngbiànmiàn
2911	B	方程	fāngchéng
2912	C	方程式	fāngchéngshì
2913	A	方法	fāngfǎ
2914	A	方面	fāngmiàn
2915	A	方式	fāngshì
2916	A	方向	fāngxiàng
2917	B	方言	fāngyán
2918	B	方圓	fāngyuán
2919	A	方針	fāngzhēn
2920	C	芳香	fāngxiāng
2921	A	妨礙	fáng'ài
2922	A	防	fáng
2923	C	防暴	fángbào
2924	C	防盜	fángdào
2925	B	防範	fángfàn
2926	C	防洪	fánghóng
2927	B	防護	fánghù
2928	C	防護林	fánghùlín
2929	B	防火	fánghuǒ
2930	C	防身	fángshēn
2931	A	防守	fángshǒu
2932	C	防偽	fángwěi
2933	B	防衛	fángwèi
2934	C	防務	fángwù
2935	B	防線	fángxiàn
2936	C	防汛	fángxùn
2937	B	防疫	fángyì
2938	C	防疫站	fángyìzhàn
2939	B	防禦	fángyù
2940	A	防止	fángzhǐ
2941	A	防治	fángzhì
2942	A	房	fáng
2943	B	房產	fángchǎn
2944	C	房車	fángchē
2945	B	房地產	fángdìchǎn
2946	B	房東	fángdōng
2947	A	房間	fángjiān
2948	B	房客	fángkè
2949	C	房錢	fángqián
2950	A	房屋	fángwū

2951	C	房展	fángzhǎn
2952	C	房主	fángzhǔ
2953	A	房子	fángzi
2954	B	房租	fángzū
2955	B	仿	fǎng
2956	C	仿效	fǎngxiào
2957	C	仿照	fǎngzhào
2958	C	仿真	fǎngzhēn
2959	A	彷彿	fǎngfú
2960	B	紡	fǎng
2961	A	紡織	fǎngzhī
2962	B	紡織品	fǎngzhīpǐn
2963	A	訪	fǎng
2964	A	訪問	fǎngwèn
2965	A	放	fàng
2966	A	放大	fàngdà
2967	C	放緩	fànghuǎn
2968	B	放火	fànghuǒ
2969	A	放假	fàngjià
2970	C	放開	fàngkāi
2971	B	放寬	fàngkuān
2972	C	放慢	fàngmàn
2973	C	放牧	fàngmù
2974	A	放棄	fàngqì
2975	C	放權	fàngquán
2976	C	放任	fàngrèn
2977	B	放射	fàngshè
2978	B	放射性	fàngshèxìng
2979	A	放手	fàngshǒu
2980	C	放肆	fàngsì
2981	A	放鬆	fàngsōng
2982	A	放心	fàngxīn
2983	A	放學	fàngxué
2984	A	放映	fàngyìng
2985	C	放置	fàngzhì
2986	A	非	fēi
2987	A	非常	fēicháng
2988	C	非但	fēidàn
2989	C	非得	fēiděi
2990	A	非法	fēifǎ
2991	C	非凡	fēifán
2992	C	非金屬	fēijīnshǔ
2993	C	非禮	fēilǐ
2994	A	飛	fēi
2995	C	飛奔	fēibēn
2996	C	飛馳	fēichí
2997	B	飛船	fēichuán
2998	A	飛機	fēijī
2999	B	飛快	fēikuài
3000	B	飛速	fēisù
3001	B	飛舞	fēiwǔ
3002	B	飛翔	fēixiáng
3003	A	飛行	fēixíng
3004	B	飛行員	fēixíngyuán
3005	C	飛揚	fēiyáng
3006	C	飛越	fēiyuè
3007	A	飛躍	fēiyuè
3008	C	緋聞	fēiwén
3009	B	菲傭	fēiyōng
3010	A	肥	féi
3011	B	肥大	féidà
3012	B	肥料	féiliào
3013	B	肥胖	féipàng
3014	B	肥沃	féiwò
3015	A	肥皂	féizào
3016	B	匪徒	fěitú
3017	B	誹謗	fěibàng
3018	B	沸騰	fèiténg
3019	A	肺	fèi
3020	C	肺結核	fèijiéhé
3021	C	肺炎	fèiyán
3022	A	費	fèi
3023	C	費勁	fèijìn
3024	B	費力	fèilì
3025	A	費用	fèiyong
3026	A	廢	fèi
3027	A	廢除	fèichú
3028	B	廢話	fèihuà
3029	B	廢料	fèiliào
3030	B	廢品	fèipǐn
3031	B	廢氣	fèiqì
3032	C	廢水	fèishuǐ
3033	B	廢物	fèiwù
3034	B	廢墟	fèixū
3035	C	廢渣	fèizhā
3036	C	廢止	fèizhǐ
3037	C	廢紙	fèizhǐ
3038	A	分	fēn
3039	B	分辨	fēnbiàn
3040	C	分辯	fēnbiàn
3041	A	分別	fēnbié
3042	A	分布	fēnbù
3043	B	分成	fēnchéng
3044	C	分寸	fēncun
3045	B	分擔	fēndān
3046	B	分隊	fēnduì
3047	C	分發	fēnfā
3048	A	分割	fēngē
3049	A	分工	fēngōng
3050	C	分管	fēnguǎn
3051	C	分行	fēnháng
3052	B	分紅	fēnhóng

3053	B	分化	fēnhuà
3054	C	分會	fēnhuì
3055	B	分家	fēnjiā
3056	A	分解	fēnjiě
3057	B	分居	fēnjū
3058	B	分局	fēnjú
3059	A	分開	fēnkāi
3060	A	分類	fēnlèi
3061	A	分離	fēnlí
3062	A	分裂	fēnliè
3063	B	分流	fēnliú
3064	B	分泌	fēnmì
3065	A	分明	fēnmíng
3066	C	分母	fēnmǔ
3067	A	分配	fēnpèi
3068	C	分批	fēnpī
3069	B	分期	fēnqī
3070	A	分歧	fēnqí
3071	B	分清	fēnqīng
3072	A	分散	fēnsàn
3073	C	分手	fēnshǒu
3074	A	分數	fēnshù
3075	C	分頭	fēntóu
3076	C	分文	fēnwén
3077	A	分析	fēnxī
3078	B	分享	fēnxiǎng
3079	B	分支	fēnzhī
3080	A	分鐘	fēnzhōng
3081	A	分子	fēnzǐ
3082	B	分組	fēnzǔ
3083	B	吩咐	fēn•fù
3084	C	芬芳	fēnfāng
3085	C	紛飛	fēnfēi
3086	A	紛紛	fēnfēn
3087	C	紛爭	fēnzhēng
3088	C	焚化爐	fénhuàlú
3089	B	焚燒	fénshāo
3090	A	墳	fén
3091	C	墳地	féndì
3092	B	墳墓	fénmù
3093	A	粉	fěn
3094	B	粉筆	fěnbǐ
3095	C	粉紅	fěnhóng
3096	C	粉末	fěnmò
3097	A	粉碎	fěnsuì
3098	B	分外	fènwài
3099	C	分子	fènzǐ
3100	A	份	fèn
3101	A	份量	fèn•liàng
3102	C	憤恨	fènhèn
3103	B	憤慨	fènkǎi
3104	A	憤怒	fènnù
3105	C	奮不顧身	fènbúgùshēn
3106	A	奮鬥	fèndòu
3107	C	奮力	fènlì
3108	C	奮起	fènqǐ
3109	B	奮勇	fènyǒng
3110	B	奮戰	fènzhàn
3111	A	糞	fèn
3112	B	糞便	fènbiàn
3113	A	封	fēng
3114	A	封閉	fēngbì
3115	B	封建	fēngjiàn
3116	C	封建主義	fēngjiànzhǔyì
3117	C	封面	fēngmiàn
3118	C	封殺	fēngshā
3119	A	封鎖	fēngsuǒ
3120	A	風	fēng
3121	B	風暴	fēngbào
3122	B	風波	fēngbō
3123	B	風采	fēngcǎi
3124	B	風度	fēngdù
3125	C	風範	fēngfàn
3126	A	風格	fēnggé
3127	B	風光	fēngguāng
3128	B	風化	fēnghuà
3129	A	風景	fēngjǐng
3130	C	風景區	fēngjǐngqū
3131	B	風浪	fēnglàng
3132	A	風力	fēnglì
3133	C	風流	fēngliú
3134	B	風貌	fēngmào
3135	C	風靡	fēngmǐ
3136	A	風氣	fēngqì
3137	C	風情	fēngqíng
3138	C	風球	fēngqiú
3139	B	風趣	fēngqù
3140	B	風沙	fēngshā
3141	B	風尚	fēngshàng
3142	C	風濕	fēngshī
3143	C	風水	fēng•shuǐ
3144	A	風俗	fēngsú
3145	C	風速	fēngsù
3146	C	風頭	fēngtou
3147	C	風土人情	fēngtǔrénqíng
3148	B	風味	fēngwèi
3149	A	風險	fēngxiǎn
3150	C	風行	fēngxíng
3151	C	風雨	fēngyǔ
3152	B	風雲	fēngyún
3153	B	風箏	fēngzheng
3154	B	峰會	fēnghuì

3155	C	烽火	fēnghuǒ
3156	C	蜂	fēng
3157	C	蜂蜜	fēngmì
3158	C	蜂擁	fēngyōng
3159	B	瘋	fēng
3160	A	瘋狂	fēngkuáng
3161	B	瘋牛病	fēngniúbìng
3162	B	瘋子	fēngzi
3163	B	鋒利	fēnglì
3164	B	豐產	fēngchǎn
3165	A	豐富	fēngfù
3166	B	豐富多彩	fēngfùduōcǎi
3167	C	豐厚	fēnghòu
3168	B	豐滿	fēngmǎn
3169	B	豐盛	fēngshèng
3170	A	豐收	fēngshōu
3171	A	逢	féng
3172	C	逢年過節	féngniánguòjié
3173	A	縫	féng
3174	B	縫紉	féngrèn
3175	B	諷刺	fěngcì
3176	B	奉	fèng
3177	B	奉命	fèngmìng
3178	B	奉獻	fèngxiàn
3179	B	奉行	fèngxíng
3180	B	鳳凰	fènghuáng
3181	C	縫隙	fèngxì
3182	B	佛	fó
3183	B	佛教	Fójiào
3184	B	否	fǒu
3185	A	否定	fǒudìng
3186	B	否決	fǒujué
3187	A	否認	fǒurèn
3188	A	否則	fǒuzé
3189	C	夫	fū
3190	A	夫婦	fūfù
3191	A	夫妻	fūqī
3192	A	夫人	fū•rén
3193	C	敷	fū
3194	C	敷衍	fū•yǎn
3195	C	膚淺	fūqiǎn
3196	C	孵化	fūhuà
3197	C	伏	fú
3198	A	扶	fú
3199	B	扶持	fúchí
3200	C	扶貧	fúpín
3201	C	扶植	fúzhí
3202	A	服	fú
3203	A	服從	fúcóng
3204	B	服氣	fúqì
3205	B	服飾	fúshì
3206	A	服務	fúwù
3207	C	服務器	fúwùqì
3208	B	服務員	fúwùyuán
3209	C	服役	fúyì
3210	B	服用	fúyòng
3211	A	服裝	fúzhuāng
3212	B	俘虜	fúlǔ
3213	A	浮	fú
3214	C	浮雕	fúdiāo
3215	B	浮動	fúdòng
3216	C	浮現	fúxiàn
3217	B	符號	fúhào
3218	A	符合	fúhé
3219	A	幅	fú
3220	A	幅度	fúdù
3221	C	幅員	fúyuán
3222	B	福	fú
3223	A	福利	fúlì
3224	C	福利房	fúlìfáng
3225	B	福氣	fúqi
3226	C	福音	fúyīn
3227	B	輻射	fúshè
3228	B	府	fǔ
3229	C	斧子	fǔzi
3230	C	俯首	fǔshǒu
3231	B	腐敗	fǔbài
3232	B	腐化	fǔhuà
3233	B	腐爛	fǔlàn
3234	A	腐蝕	fǔshí
3235	A	腐朽	fǔxiǔ
3236	A	輔導	fǔdǎo
3237	B	輔導員	fǔdǎoyuán
3238	A	輔助	fǔzhù
3239	B	撫養	fǔyǎng
3240	C	撫育	fǔyù
3241	B	父	fù
3242	A	父母	fùmǔ
3243	A	父親	fù•qīn
3244	A	付	fù
3245	A	付出	fùchū
3246	B	付款	fùkuǎn
3247	C	付運	fùyùn
3248	B	附	fù
3249	B	附帶	fùdài
3250	C	附和	fùhè
3251	B	附加	fùjiā
3252	C	附加值	fùjiāzhí
3253	C	附件	fùjiàn
3254	A	附近	fùjìn
3255	C	附設	fùshè
3256	B	附屬	fùshǔ

3257	C	附小	fùxiǎo
3258	C	附中	fùzhōng
3259	A	負	fù
3260	A	負擔	fùdān
3261	B	負荷	fùhè
3262	C	負面	fùmiàn
3263	B	負傷	fùshāng
3264	B	負於	fùyú
3265	A	負責	fùzé
3266	A	負責人	fùzérén
3267	C	負增長	fùzēngzhǎng
3268	B	負債	fùzhài
3269	C	負資產	fùzīchǎn
3270	B	赴	fù
3271	A	副	fù
3272	C	副本	fùběn
3273	B	副產品	fùchǎnpǐn
3274	A	副食	fùshí
3275	C	副食品	fùshípǐn
3276	B	副業	fùyè
3277	B	副作用	fùzuòyòng
3278	C	婦	fù
3279	C	婦產科	fùchǎnkē
3280	A	婦女	fùnǚ
3281	A	婦人	fùrén
3282	C	婦孺	fùrú
3283	C	婦幼	fùyòu
3284	A	富	fù
3285	C	富貴	fùguì
3286	C	富豪	fùháo
3287	B	富強	fùqiáng
3288	C	富翁	fùwēng
3289	A	富有	fùyǒu
3290	A	富裕	fùyù
3291	B	富餘	fùyu
3292	C	復辟	fùbì
3293	B	復查	fùchá
3294	C	復出	fùchū
3295	C	復發	fùfā
3296	C	復工	fùgōng
3297	B	復核	fùhé
3298	B	復活	fùhuó
3299	C	復活節	Fùhuójié
3300	C	復交	fùjiāo
3301	C	復賽	fùsài
3302	B	復述	fùshù
3303	B	復蘇	fùsū
3304	B	復興	fùxīng
3305	C	復員	fùyuán
3306	B	腹	fù
3307	C	腹部	fùbù
3308	C	腹地	fùdì
3309	C	複	fù
3310	B	複合	fùhé
3311	C	複式	fùshì
3312	A	複習	fùxí
3313	B	複印	fùyìn
3314	B	複印機	fùyìnjī
3315	A	複雜	fùzá
3316	B	複製	fùzhì
3317	C	賦	fù
3318	C	賦稅	fùshuì
3319	B	賦予	fùyǔ
3320	B	覆蓋	fùgài
3321	C	咖喱	gālí
3322	A	該	gāi
3323	A	改	gǎi
3324	C	改版	gǎibǎn
3325	A	改編	gǎibiān
3326	A	改變	gǎibiàn
3327	C	改動	gǎidòng
3328	A	改革	gǎigé
3329	B	改觀	gǎiguān
3330	C	改行	gǎiháng
3331	A	改建	gǎijiàn
3332	A	改進	gǎijìn
3333	A	改良	gǎiliáng
3334	A	改善	gǎishàn
3335	C	改邪歸正	gǎixiéguīzhèng
3336	B	改寫	gǎixiě
3337	C	改選	gǎixuǎn
3338	C	改用	gǎiyòng
3339	A	改造	gǎizào
3340	A	改正	gǎizhèng
3341	C	改裝	gǎizhuāng
3342	A	改組	gǎizǔ
3343	B	鈣	gài
3344	C	概	gài
3345	B	概況	gàikuàng
3346	A	概括	gàikuò
3347	A	概念	gàiniàn
3348	C	概述	gàishù
3349	A	蓋	gài
3350	B	蓋（兒）	gài(r)
3351	B	蓋子	gàizi
3352	A	干擾	gānrǎo
3353	A	干涉	gānshè
3354	B	干預	gānyù
3355	C	甘	gān
3356	B	甘心	gānxīn
3357	B	甘蔗	gānzhe
3358	C	杆	gān

3359	A	肝	gān
3360	B	肝炎	gānyán
3361	C	肝臟	gānzàng
3362	B	柑	gān
3363	C	竿	gān
3364	A	乾	gān
3365	B	乾杯	gānbēi
3366	A	乾脆	gāncuì
3367	A	乾旱	gānhàn
3368	A	乾淨	gānjìng
3369	A	乾燥	gānzào
3370	C	尷尬	gāngà
3371	A	桿	gǎn
3372	A	敢	gǎn
3373	A	敢於	gǎnyú
3374	C	稈	gǎn
3375	A	感	gǎn
3376	B	感觸	gǎnchù
3377	A	感到	gǎndào
3378	A	感動	gǎndòng
3379	C	感化	gǎnhuà
3380	A	感激	gǎnjī
3381	A	感覺	gǎnjué
3382	B	感慨	gǎnkǎi
3383	A	感冒	gǎnmào
3384	A	感情	gǎnqíng
3385	A	感染	gǎnrǎn
3386	B	感人	gǎnrén
3387	A	感受	gǎnshòu
3388	C	感嘆	gǎntàn
3389	A	感想	gǎnxiǎng
3390	A	感謝	gǎnxiè
3391	C	感性	gǎnxìng
3392	A	感興趣	gǎnxìngqù
3393	C	感應	gǎnyìng
3394	A	趕	gǎn
3395	C	趕車	gǎnchē
3396	B	趕到	gǎndào
3397	C	趕赴	gǎnfù
3398	A	趕緊	gǎnjǐn
3399	A	趕快	gǎnkuài
3400	B	趕忙	gǎnmáng
3401	A	趕上	gǎnshang
3402	C	趕走	gǎnzǒu
3403	A	幹	gàn
3404	B	幹部	gànbù
3405	A	幹活（兒）	gànhuó(r)
3406	A	幹勁	gànjìn
3407	B	幹警	gànjǐng
3408	B	幹事	gànshi
3409	B	幹線	gànxiàn
3410	C	缸	gāng
3411	A	剛	gāng
3412	A	剛才	gāngcái
3413	A	剛剛	gānggāng
3414	C	剛好	gānghǎo
3415	C	剛巧	gāngqiǎo
3416	B	綱	gāng
3417	A	綱領	gānglǐng
3418	B	綱要	gāngyào
3419	A	鋼	gāng
3420	C	鋼板	gāngbǎn
3421	A	鋼筆	gāngbǐ
3422	B	鋼材	gāngcái
3423	C	鋼筋	gāngjīn
3424	A	鋼琴	gāngqín
3425	C	鋼絲	gāngsī
3426	A	鋼鐵	gāngtiě
3427	B	崗	gǎng
3428	A	崗位	gǎngwèi
3429	A	港	gǎng
3430	A	港幣	gǎngbì
3431	C	港姐	gǎngjiě
3432	A	港口	gǎngkǒu
3433	C	港人	gǎngrén
3434	A	港元	gǎngyuán
3435	A	杠	gàng
3436	B	杠桿	gànggǎn
3437	A	高	gāo
3438	B	高昂	gāo’áng
3439	B	高層	gāocéng
3440	B	高產	gāochǎn
3441	B	高超	gāochāo
3442	A	高潮	gāocháo
3443	A	高大	gāodà
3444	B	高檔	gāodàng
3445	A	高等	gāoděng
3446	B	高低	gāodī
3447	C	高地	gāodì
3448	A	高度	gāodù
3449	A	高峰	gāofēng
3450	C	高幹	gāogàn
3451	C	高跟（兒）鞋	gāogēn(r)xié
3452	C	高官	gāoguān
3453	B	高貴	gāoguì
3454	B	高呼	gāohū
3455	A	高級	gāojí
3456	B	高價	gāojià
3457	C	高舉	gāojǔ
3458	C	高考	gāokǎo
3459	B	高科技	gāokējì
3460	B	高空	gāokōng

3461	C	高利貸	gāolìdài
3462	C	高粱	gāoliang
3463	B	高齡	gāolíng
3464	B	高明	gāomíng
3465	C	高能	gāonéng
3466	C	高蹺	gāoqiāo
3467	A	高尚	gāoshàng
3468	B	高燒	gāoshāo
3469	C	高聲	gāoshēng
3470	C	高手	gāoshǒu
3471	A	高速	gāosù
3472	C	高位	gāowèi
3473	B	高溫	gāowēn
3474	C	高息	gāoxī
3475	C	高下	gāoxià
3476	C	高小	gāoxiǎo
3477	C	高效	gāoxiào
3478	C	高校	gāoxiào
3479	B	高薪	gāoxīn
3480	A	高興	gāoxìng
3481	B	高血壓	gāoxuèyā
3482	A	高壓	gāoyā
3483	C	高壓鍋	gāoyāguō
3484	C	高雅	gāoyǎ
3485	C	高音	gāoyīn
3486	A	高原	gāoyuán
3487	B	高漲	gāozhǎng
3488	A	高中	gāozhōng
3489	B	糕點	gāodiǎn
3490	A	搞	gǎo
3491	C	搞定	gǎodìng
3492	C	搞對象	gǎoduìxiàng
3493	C	搞鬼	gǎoguǐ
3494	B	搞活	gǎohuó
3495	C	搞笑	gǎoxiào
3496	A	稿	gǎo
3497	C	稿件	gǎojiàn
3498	C	稿紙	gǎozhǐ
3499	B	稿子	gǎozi
3500	A	告	gào
3501	A	告別	gàobié
3502	B	告辭	gàocí
3503	C	告急	gàojí
3504	B	告誡	gàojiè
3505	C	告示	gào•shì
3506	A	告訴	gàosu
3507	C	告知	gàozhī
3508	B	告狀	gàozhuàng
3509	A	哥哥	gēge
3510	C	哥們（兒）	gēmen(r)
3511	A	胳膊	gēbo
3512	A	割	gē
3513	A	歌	gē
3514	A	歌唱	gēchàng
3515	B	歌詞	gēcí
3516	A	歌劇	gējù
3517	C	歌迷	gēmí
3518	A	歌曲	gēqǔ
3519	C	歌聲	gēshēng
3520	B	歌手	gēshǒu
3521	A	歌頌	gēsòng
3522	C	歌壇	gētán
3523	B	歌舞	gēwǔ
3524	B	歌星	gēxīng
3525	C	歌謠	gēyáo
3526	B	歌詠	gēyǒng
3527	A	擱	gē
3528	B	擱置	gēzhì
3529	A	鴿子	gēzi
3530	C	革	gé
3531	A	革命	gémìng
3532	A	革新	géxīn
3533	A	格	gé
3534	B	格調	gédiào
3535	C	格格不入	gégébúrù
3536	B	格局	géjú
3537	C	格式	gé•shì
3538	A	格外	géwài
3539	A	隔	gé
3540	A	隔壁	gébì
3541	B	隔閡	géhé
3542	B	隔絕	géjué
3543	B	隔離	gélí
3544	C	隔音	géyīn
3545	B	閣下	géxià
3546	A	各	gè
3547	C	各奔前程	gèbènqiánchéng
3548	C	各別	gèbié
3549	B	各處	gèchù
3550	B	各地	gèdì
3551	B	各式各樣	gèshìgèyàng
3552	C	各行其道	gèxíngqídào
3553	C	各種各樣	gèzhǒnggèyàng
3554	A	各自	gèzì
3555	A	個	gè
3556	C	個案	gè'àn
3557	A	個別	gèbié
3558	A	個（兒）	gè(r)
3559	A	個人	gèrén
3560	A	個體	gètǐ
3561	C	個體戶	gètǐhù
3562	A	個性	gèxìng

3563	B	個子	gèzi
3564	A	給	gěi
3565	B	給以	gěiyǐ
3566	A	根	gēn
3567	A	根本	gēnběn
3568	C	根基	gēnjī
3569	A	根據	gēnjù
3570	C	根據地	gēnjùdì
3571	C	根深蒂固	gēnshēndìgù
3572	A	根源	gēnyuán
3573	C	根治	gēnzhì
3574	A	跟	gēn
3575	B	跟從	gēncóng
3576	C	跟進	gēnjìn
3577	C	跟前	gēnqián
3578	B	跟隨	gēnsuí
3579	B	跟頭	gēntou
3580	A	跟着	gēnzhe
3581	B	跟蹤	gēnzōng
3582	B	更改	gēnggǎi
3583	B	更換	gēnghuàn
3584	B	更新	gēngxīn
3585	C	更正	gēngzhèng
3586	C	耕	gēng
3587	A	耕地	gēngdì
3588	C	耕耘	gēngyún
3589	B	耕種	gēngzhòng
3590	C	耕作	gēngzuò
3591	C	梗	gěng
3592	A	更	gèng
3593	A	更加	gèngjiā
3594	A	工	gōng
3595	C	工場	gōngchǎng
3596	A	工廠	gōngchǎng
3597	C	工潮	gōngcháo
3598	A	工程	gōngchéng
3599	A	工程師	gōngchéngshī
3600	A	工地	gōngdì
3601	C	工讀	gōngdú
3602	C	工段	gōngduàn
3603	A	工夫	gōngfu
3604	A	工會	gōnghuì
3605	A	工具	gōngjù
3606	C	工具書	gōngjùshū
3607	C	工礦	gōngkuàng
3608	A	工齡	gōnglíng
3609	C	工期	gōngqī
3610	A	工人	gōng•rén
3611	C	工人階級	gōngrénjiējí
3612	B	工商界	gōngshāngjiè
3613	B	工商業	gōngshāngyè
3614	C	工傷	gōngshāng
3615	B	工時	gōngshí
3616	B	工薪階層	gōngxīnjiēcéng
3617	A	工序	gōngxù
3618	A	工業	gōngyè
3619	B	工業化	gōngyèhuà
3620	B	工藝	gōngyì
3621	B	工藝品	gōngyìpǐn
3622	B	工友	gōngyǒu
3623	B	工種	gōngzhǒng
3624	A	工資	gōngzī
3625	A	工作	gōngzuò
3626	B	工作餐	gōngzuòcān
3627	C	工作服	gōngzuòfú
3628	B	工作量	gōngzuòliàng
3629	C	工作組	gōngzuòzǔ
3630	B	工作者	gōngzuòzhě
3631	A	弓	gōng
3632	A	公	gōng
3633	B	公安	gōng'ān
3634	C	公安局	gōng'ānjú
3635	A	公報	gōngbào
3636	A	公布	gōngbù
3637	B	公尺	gōngchǐ
3638	B	公道	gōngdào
3639	C	公德	gōngdé
3640	C	公噸	gōngdūn
3641	A	公費	gōngfèi
3642	B	公分	gōngfēn
3643	B	公告	gōnggào
3644	C	公公	gōnggong
3645	A	公共	gōnggòng
3646	A	公共汽車	gōnggòngqìchē
3647	B	公關	gōngguān
3648	C	公害	gōnghài
3649	B	公會	gōnghuì
3650	C	公雞	gōngjī
3651	C	公積金	gōngjījīn
3652	B	公家	gōng•jiā
3653	A	公斤	gōngjīn
3654	A	公開	gōngkāi
3655	B	公開賽	gōngkāisài
3656	B	公款	gōngkuǎn
3657	A	公里	gōnglǐ
3658	B	公立	gōnglì
3659	A	公路	gōnglù
3660	A	公民	gōngmín
3661	A	公平	gōng•píng
3662	C	公僕	gōngpú
3663	A	公頃	gōngqǐng
3664	B	公然	gōngrán

3665	B	公認	gōngrèn
3666	C	公升	gōngshēng
3667	A	公式	gōngshì
3668	B	公事	gōngshì
3669	C	公署	gōngshǔ
3670	A	公司	gōngsī
3671	C	公私	gōngsī
3672	C	公文	gōngwén
3673	C	公屋	gōngwū
3674	B	公務	gōngwù
3675	B	公務員	gōngwùyuán
3676	C	公益	gōngyì
3677	C	公營	gōngyíng
3678	A	公用	gōngyòng
3679	B	公有	gōngyǒu
3680	B	公有制	gōngyǒuzhì
3681	B	公寓	gōngyù
3682	A	公元	gōngyuán
3683	A	公園	gōngyuán
3684	A	公約	gōngyuē
3685	C	公債	gōngzhài
3686	B	公正	gōngzhèng
3687	B	公證	gōngzhèng
3688	C	公職	gōngzhí
3689	B	公眾	gōngzhòng
3690	C	公眾人物	gōngzhòngrénwù
3691	B	公主	gōngzhǔ
3692	B	功	gōng
3693	C	功臣	gōngchén
3694	A	功夫	gōngfu
3695	B	功績	gōngjì
3696	A	功課	gōngkè
3697	B	功勞	gōngláo
3698	B	功率	gōnglǜ
3699	A	功能	gōngnéng
3700	B	功效	gōngxiào
3701	C	功勳	gōngxūn
3702	B	功用	gōngyòng
3703	A	攻	gōng
3704	B	攻讀	gōngdú
3705	B	攻關	gōngguān
3706	A	攻擊	gōngjī
3707	B	攻克	gōngkè
3708	C	攻破	gōngpò
3709	B	攻勢	gōngshì
3710	C	攻佔	gōngzhàn
3711	A	供	gōng
3712	B	供不應求	gōngbúyìngqiú
3713	C	供電	gōngdiàn
3714	A	供給	gōngjǐ
3715	C	供樓	gōnglóu
3716	C	供求	gōngqiú
3717	C	供銷	gōngxiāo
3718	B	供養	gōngyǎng
3719	A	供應	gōngyìng
3720	C	供應商	gōngyìngshāng
3721	B	宮	gōng
3722	B	宮殿	gōngdiàn
3723	B	宮廷	gōngtíng
3724	B	恭敬	gōngjìng
3725	C	恭喜	gōngxǐ
3726	B	拱	gǒng
3727	A	鞏固	gǒnggù
3728	A	共	gòng
3729	B	共處	gòngchǔ
3730	C	共存	gòngcún
3731	C	共和	gònghé
3732	B	共和國	gònghéguó
3733	B	共計	gòngjì
3734	B	共鳴	gòngmíng
3735	B	共識	gòngshí
3736	C	共事	gòngshì
3737	A	共同	gòngtóng
3738	C	共同體	gòngtóngtǐ
3739	C	共享	gòngxiǎng
3740	C	共性	gòngxìng
3741	C	共用	gòngyòng
3742	B	共有	gòngyǒu
3743	A	貢獻	gòngxiàn
3744	B	勾	gōu
3745	A	勾結	gōujié
3746	A	溝	gōu
3747	B	溝通	gōutōng
3748	B	鈎	gōu
3749	C	篝火	gōuhuǒ
3750	A	狗	gǒu
3751	C	勾當	gòu•dàng
3752	A	夠	gòu
3753	B	夠嗆	gòuqiàng
3754	A	構成	gòuchéng
3755	C	構件	gòujiàn
3756	C	構建	gòujiàn
3757	B	構思	gòusī
3758	C	構圖	gòutú
3759	B	構想	gòuxiǎng
3760	A	構造	gòuzào
3761	A	購	gòu
3762	A	購買	gòumǎi
3763	B	購物	gòuwù
3764	C	購銷	gòuxiāo
3765	B	購置	gòuzhì
3766	C	估	gū

3767	A	估計	gūjì
3768	C	估價	gūjià
3769	C	估量	gū•liáng
3770	B	姑父	gūfu
3771	B	姑姑	gūgu
3772	C	姑媽	gūmā
3773	A	姑娘	gūniang
3774	C	姑且	gūqiě
3775	B	孤單	gūdān
3776	B	孤獨	gūdú
3777	C	孤兒	gū'ér
3778	A	孤立	gūlì
3779	C	沽	gū
3780	C	沽盤	gūpán
3781	C	沽售	gūshòu
3782	B	辜負	gūfù
3783	A	古	gǔ
3784	B	古城	gǔchéng
3785	A	古代	gǔdài
3786	A	古典	gǔdiǎn
3787	C	古董	gǔdǒng
3788	B	古怪	gǔguài
3789	A	古跡	gǔjì
3790	C	古今	gǔjīn
3791	A	古老	gǔlǎo
3792	B	古人	gǔrén
3793	C	古文	gǔwén
3794	A	股	gǔ
3795	B	股東	gǔdōng
3796	B	股份	gǔfèn
3797	C	股份制	gǔfènzhì
3798	C	股價	gǔjià
3799	C	股民	gǔmín
3800	A	股票	gǔpiào
3801	C	股權	gǔquán
3802	B	股市	gǔshì
3803	C	股息	gǔxī
3804	B	骨	gǔ
3805	A	骨幹	gǔgàn
3806	C	骨骼	gǔgé
3807	C	骨灰	gǔhuī
3808	B	骨肉	gǔròu
3809	C	骨髓	gǔsuǐ
3810	A	骨頭	gǔtou
3811	C	骨折	gǔzhé
3812	A	鼓	gǔ
3813	B	鼓吹	gǔchuī
3814	B	鼓動	gǔdòng
3815	A	鼓勵	gǔlì
3816	A	鼓舞	gǔwǔ
3817	A	鼓掌	gǔzhǎng
3818	C	穀物	gǔwù
3819	C	穀子	gǔzi
3820	C	固	gù
3821	A	固定	gùdìng
3822	A	固然	gùrán
3823	B	固體	gùtǐ
3824	B	固有	gùyǒu
3825	B	固執	gùzhi
3826	A	故	gù
3827	C	故此	gùcǐ
3828	A	故事	gùshi
3829	A	故鄉	gùxiāng
3830	A	故意	gùyì
3831	B	故障	gùzhàng
3832	B	僱	gù
3833	B	僱用	gùyòng
3834	B	僱員	gùyuán
3835	C	僱主	gùzhǔ
3836	A	顧	gù
3837	B	顧及	gùjí
3838	A	顧客	gùkè
3839	B	顧慮	gùlǜ
3840	C	顧名思義	gùmíngsīyì
3841	C	顧全大局	gùquándàjú
3842	A	顧問	gùwèn
3843	A	瓜	guā
3844	B	瓜分	guāfēn
3845	B	瓜子（兒）	guāzǐ(r)
3846	A	刮	guā
3847	C	刮目相看	guāmùxiāngkàn
3848	B	寡婦	guǎfu
3849	A	掛	guà
3850	B	掛鈎	guàgōu
3851	A	掛號	guàhào
3852	C	掛零	guàlíng
3853	C	掛念	guàniàn
3854	C	掛帥	guàshuài
3855	C	掛職	guàzhí
3856	B	乖	guāi
3857	C	乖巧	guāiqiǎo
3858	A	拐	guǎi
3859	A	拐彎	guǎiwān
3860	C	枴杖	guǎizhàng
3861	A	怪	guài
3862	B	怪不得	guàibude
3863	C	怪物	guàiwu
3864	A	官	guān
3865	C	官兵	guānbīng
3866	A	官方	guānfāng
3867	C	官吏	guānlì
3868	B	官僚	guānliáo

3869	C	官僚主義	guānliáozhǔyì
3870	C	官司	guānsi
3871	A	官員	guānyuán
3872	C	官職	guānzhí
3873	B	棺材	guāncai
3874	A	關	guān
3875	A	關閉	guānbì
3876	C	關乎	guānhū
3877	A	關懷	guānhuái
3878	A	關鍵	guānjiàn
3879	C	關節	guānjié
3880	B	關節炎	guānjiéyán
3881	C	關口	guānkǒu
3882	C	關聯	guānlián
3883	C	關貿	guānmào
3884	B	關門	guānmén
3885	B	關切	guānqiè
3886	B	關稅	guānshuì
3887	B	關頭	guāntóu
3888	A	關係	guān•xì
3889	B	關係戶	guān•xìhù
3890	A	關心	guānxīn
3891	A	關於	guānyú
3892	C	關照	guānzhào
3893	A	關注	guānzhù
3894	B	觀	guān
3895	A	觀測	guāncè
3896	A	觀察	guānchá
3897	B	觀察家	guānchájiā
3898	C	觀察員	guāncháyuán
3899	A	觀點	guāndiǎn
3900	C	觀感	guāngǎn
3901	B	觀光	guānguāng
3902	A	觀看	guānkàn
3903	C	觀摩	guānmó
3904	A	觀念	guānniàn
3905	B	觀賞	guānshǎng
3906	B	觀望	guānwàng
3907	C	觀音	Guānyīn
3908	A	觀眾	guānzhòng
3909	A	管	guǎn
3910	A	管道	guǎndào
3911	C	管家	guǎn•jiā
3912	C	管教	guǎnjiào
3913	A	管理	guǎnlǐ
3914	B	管理局	guǎnlǐjú
3915	C	管事	guǎnshì
3916	B	管轄	guǎnxiá
3917	C	管弦樂	guǎnxiányuè
3918	C	管用	guǎnyòng
3919	B	管制	guǎnzhì
3920	C	管治	guǎnzhì
3921	B	管子	guǎnzi
3922	B	館	guǎn
3923	C	冠	guàn
3924	A	冠軍	guànjūn
3925	A	貫徹	guànchè
3926	B	貫穿	guànchuān
3927	C	貫通	guàntōng
3928	A	慣	guàn
3929	B	慣例	guànlì
3930	C	慣性	guànxìng
3931	C	慣用語	guànyòngyǔ
3932	B	灌	guàn
3933	B	灌溉	guàngài
3934	C	灌木	guànmù
3935	B	灌輸	guànshū
3936	A	罐	guàn
3937	A	罐頭	guàntou
3938	A	光	guāng
3939	C	光標	guāngbiāo
3940	A	光彩	guāngcǎi
3941	C	光碟	guāngdié
3942	C	光顧	guānggù
3943	B	光滑	guānghuá
3944	A	光輝	guānghuī
3945	C	光景	guāngjǐng
3946	C	光纜	guānglǎn
3947	B	光亮	guāngliàng
3948	C	光臨	guānglín
3949	B	光芒	guāngmáng
3950	A	光明	guāngmíng
3951	B	光盤	guāngpán
3952	A	光榮	guāngróng
3953	C	光纖	guāngxiān
3954	A	光線	guāngxiàn
3955	C	光學	guāngxué
3956	C	光陰	guāngyīn
3957	C	光澤	guāngzé
3958	C	光照	guāngzhào
3959	A	廣	guǎng
3960	A	廣播	guǎngbō
3961	A	廣場	guǎngchǎng
3962	A	廣大	guǎngdà
3963	A	廣泛	guǎngfàn
3964	A	廣告	guǎnggào
3965	A	廣闊	guǎngkuò
3966	C	廣義	guǎngyì
3967	A	逛	guàng
3968	C	規程	guīchéng
3969	A	規定	guīdìng
3970	B	規範	guīfàn

3971	B	規格	guīgé
3972	A	規劃	guīhuà
3973	A	規矩	guīju
3974	A	規律	guīlǜ
3975	A	規模	guīmó
3976	A	規則	guīzé
3977	B	規章	guīzhāng
3978	B	閨女	guīnü
3979	C	瑰寶	guībǎo
3980	C	龜	guī
3981	A	歸	guī
3982	C	歸根結底	guīgēnjiédǐ
3983	C	歸功	guīgōng
3984	C	歸國	guīguó
3985	C	歸化	guīhuà
3986	B	歸還	guīhuán
3987	B	歸結	guījié
3988	C	歸咎	guījiù
3989	B	歸來	guīlái
3990	B	歸納	guīnà
3991	C	歸僑	guīqiáo
3992	C	硅	guī
3993	C	軌	guǐ
3994	A	軌道	guǐdào
3995	A	鬼	guǐ
3996	B	鬼子	guǐzi
3997	B	桂冠	guìguān
3998	A	貴	guì
3999	A	貴賓	guìbīn
4000	B	貴姓	guìxìng
4001	B	貴重	guìzhòng
4002	B	貴族	guìzú
4003	A	跪	guì
4004	C	劊子手	guìzishǒu
4005	B	櫃	guì
4006	A	櫃台	guìtái
4007	B	櫃員機	guìyuánjī
4008	B	櫃子	guìzi
4009	A	滾	gǔn
4010	C	滾蛋	gǔndàn
4011	B	滾動	gǔndòng
4012	B	滾滾	gǔngǔn
4013	A	棍	gùn
4014	A	鍋	guō
4015	C	鍋爐	guōlú
4016	A	國	guó
4017	C	國標	guóbiāo
4018	B	國策	guócè
4019	A	國產	guóchǎn
4020	B	國法	guófǎ
4021	A	國防	guófáng
4022	B	國防部	guófángbù
4023	B	國歌	guógē
4024	B	國畫	guóhuà
4025	B	國會	guóhuì
4026	C	國貨	guóhuò
4027	A	國籍	guójí
4028	A	國際	guójì
4029	C	國際法	guójìfǎ
4030	B	國際性	guójìxìng
4031	C	國際主義	guójìzhǔyì
4032	A	國家	guójiā
4033	C	國家隊	guójiāduì
4034	C	國界	guójiè
4035	C	國境	guójìng
4036	B	國庫券	guókùquàn
4037	B	國力	guólì
4038	C	國立	guólì
4039	A	國民	guómín
4040	C	國民經濟	guómínjīngjì
4041	A	國旗	guóqí
4042	C	國企	guóqǐ
4043	B	國情	guóqíng
4044	B	國慶節	Guóqìngjié
4045	B	國慶日	Guóqìngrì
4046	B	國人	guórén
4047	C	國事	guóshì
4048	C	國是	guóshì
4049	B	國土	guótǔ
4050	C	國王	guówáng
4051	B	國務	guówù
4052	C	國務卿	guówùqīng
4053	A	國務院	guówùyuàn
4054	A	國營	guóyíng
4055	B	國有	guóyǒu
4056	A	國語	guóyǔ
4057	C	果	guǒ
4058	B	果斷	guǒduàn
4059	B	果品	guǒpǐn
4060	A	果然	guǒrán
4061	A	果實	guǒshí
4062	A	果樹	guǒshù
4063	B	果園	guǒyuán
4064	C	果真	guǒzhēn
4065	C	果汁	guǒzhī
4066	B	裹	guǒ
4067	A	過	guò
4068	C	過不去	guò•bùqù
4069	A	過程	guòchéng
4070	C	過道	guòdào
4071	C	過得去	guòdeqù
4072	B	過度	guòdù

4073	A	過渡	guòdù
4074	C	過渡期	guòdùqī
4075	B	過多	guòduō
4076	A	過分	guòfèn
4077	B	過關	guòguān
4078	B	過後	guòhòu
4079	C	過戶	guòhù
4080	B	過節	guòjié
4081	C	過境	guòjìng
4082	A	過來	guò•lái
4083	C	過量	guòliàng
4084	B	過路	guòlù
4085	B	過濾	guòlǜ
4086	C	過敏	guòmǐn
4087	A	過年	guònián
4088	A	過去	guòqù
4089	A	過去	guò•qu
4090	C	過熱	guòrè
4091	B	過日子	guòrìzi
4092	B	過剩	guòshèng
4093	B	過失	guòshī
4094	B	過時	guòshí
4095	B	過頭	guòtóu
4096	C	過往	guòwǎng
4097	B	過問	guòwèn
4098	C	過夜	guòyè
4099	C	過癮	guòyǐn
4100	A	過於	guòyú
4101	B	過重	guòzhòng
4102	A	過	guo
4103	A	哈哈	hāhā
4104	A	咳	hāi
4105	A	孩子	háizi
4106	A	還	hái
4107	A	還是	háishi
4108	A	海	hǎi
4109	B	海岸	hǎi'àn
4110	A	海拔	hǎibá
4111	B	海報	hǎibào
4112	B	海濱	hǎibīn
4113	C	海島	hǎidǎo
4114	B	海底	hǎidǐ
4115	B	海防	hǎifáng
4116	B	海港	hǎigǎng
4117	A	海關	hǎiguān
4118	C	海歸	hǎiguī
4119	B	海景	hǎijǐng
4120	A	海軍	hǎijūn
4121	C	海浪	hǎilàng
4122	C	海洛因	hǎiluòyīn
4123	A	海面	hǎimiàn
4124	B	海內外	hǎinèiwài
4125	C	海鷗	hǎi'ōu
4126	B	海上	hǎi•shàng
4127	B	海水	hǎishuǐ
4128	B	海灘	hǎitān
4129	C	海棠	hǎitáng
4130	C	海豚	hǎitún
4131	A	海外	hǎiwài
4132	A	海灣	hǎiwān
4133	A	海峽	hǎixiá
4134	B	海鮮	hǎixiān
4135	A	海洋	hǎiyáng
4136	B	海域	hǎiyù
4137	C	海員	hǎiyuán
4138	B	海運	hǎiyùn
4139	C	海藻	hǎizǎo
4140	B	海蜇	hǎizhé
4141	A	害	hài
4142	B	害蟲	hàichóng
4143	B	害處	hài•chù
4144	A	害怕	hàipà
4145	C	害羞	hàixiū
4146	C	駭人聽聞	hàiréntīngwén
4147	A	含	hán
4148	B	含糊	hánhu
4149	C	含金量	hánjīnliàng
4150	A	含量	hánliàng
4151	C	含蓄	hánxù
4152	B	含義	hányì
4153	B	含有	hányǒu
4154	C	函	hán
4155	C	函件	hánjiàn
4156	B	函授	hánshòu
4157	C	涵蓋	hángài
4158	B	寒	hán
4159	C	寒風	hánfēng
4160	A	寒假	hánjià
4161	A	寒冷	hánlěng
4162	C	寒暄	hánxuān
4163	B	罕見	hǎnjiàn
4164	C	罕有	hǎnyǒu
4165	A	喊	hǎn
4166	B	喊叫	hǎnjiào
4167	A	汗	hàn
4168	C	汗衫	hànshān
4169	C	汗水	hànshuǐ
4170	A	旱	hàn
4171	B	旱災	hànzāi
4172	B	捍衛	hànwèi
4173	B	焊	hàn
4174	C	焊接	hànjiē

4175	C	漢奸	hànjiān
4176	A	漢語	Hànyǔ
4177	A	漢字	Hànzì
4178	C	漢子	hànzi
4179	C	漢族	Hànzú
4180	A	行	háng
4181	B	行家	háng•jiā
4182	A	行列	hángliè
4183	B	行情	hángqíng
4184	A	行業	hángyè
4185	B	行長	hángzhǎng
4186	B	航班	hángbān
4187	C	航程	hángchéng
4188	B	航道	hángdào
4189	B	航海	hánghǎi
4190	A	航空	hángkōng
4191	B	航天	hángtiān
4192	B	航線	hángxiàn
4193	A	航行	hángxíng
4194	B	航運	hángyùn
4195	B	毫	háo
4196	C	毫不	háobù
4197	C	毫克	háokè
4198	B	毫米	háomǐ
4199	C	毫升	háoshēng
4200	A	毫無	háowú
4201	B	豪華	háohuá
4202	B	豪宅	háozhái
4203	A	好	hǎo
4204	A	好比	hǎobǐ
4205	A	好吃	hǎochī
4206	A	好處	hǎo•chù
4207	C	好歹	hǎodǎi
4208	B	好感	hǎogǎn
4209	C	好過	hǎoguò
4210	C	好話	hǎohuà
4211	B	好壞	hǎohuài
4212	B	好久	hǎojiǔ
4213	A	好看	hǎokàn
4214	B	好評	hǎopíng
4215	B	好人	hǎorén
4216	A	好容易	hǎoróngyì
4217	B	好事	hǎoshì
4218	B	好手	hǎoshǒu
4219	C	好受	hǎoshòu
4220	B	好說	hǎoshuō
4221	B	好似	hǎosì
4222	A	好聽	hǎotīng
4223	A	好玩（兒）	hǎowán(r)
4224	A	好像	hǎoxiàng
4225	C	好笑	hǎoxiào
4226	A	好些	hǎoxiē
4227	B	好心	hǎoxīn
4228	B	好樣的	hǎoyàngde
4229	C	好意	hǎoyì
4230	B	好在	hǎozài
4231	A	好轉	hǎozhuǎn
4232	A	好	hào
4233	C	好動	hàodòng
4234	C	好客	hàokè
4235	A	好奇	hàoqí
4236	C	好奇心	hàoqíxīn
4237	C	好學	hàoxué
4238	B	浩浩蕩蕩	hàohàodàngdàng
4239	A	耗	hào
4240	B	耗費	hàofèi
4241	C	耗資	hàozī
4242	A	號	hào
4243	B	號稱	hàochēng
4244	C	號角	hàojiǎo
4245	A	號碼	hàomǎ
4246	A	號召	hàozhào
4247	B	呵	hē
4248	A	喝	hē
4249	C	禾苗	hémiáo
4250	A	合	hé
4251	C	合辦	hébàn
4252	A	合併	hébìng
4253	A	合唱	héchàng
4254	A	合成	héchéng
4255	C	合得來	hédelái
4256	A	合法	héfǎ
4257	A	合格	hégé
4258	A	合乎	héhū
4259	B	合夥	héhuǒ
4260	B	合計	héjì
4261	B	合金	héjīn
4262	A	合理	hélǐ
4263	B	合力	hélì
4264	B	合情合理	héqínghélǐ
4265	A	合適	héshì
4266	B	合算	hésuàn
4267	A	合同	hétong
4268	C	合同工	hétonggōng
4269	B	合營	héyíng
4270	C	合影	héyǐng
4271	C	合用	héyòng
4272	C	合約	héyuē
4273	C	合照	hézhào
4274	C	合著	hézhù
4275	A	合資	hézī
4276	A	合作	hézuò

4277 A 何 hé
4278 B 何必 hébì
4279 C 何嘗 hécháng
4280 B 何等 héděng
4281 A 何況 hékuàng
4282 B 何時 héshí
4283 B 何以 héyǐ
4284 C 何止 hézhǐ
4285 A 和 hé
4286 B 和藹 hé'ǎi
4287 A 和解 héjiě
4288 B 和睦 hémù
4289 A 和平 hépíng
4290 C 和平共處 hepínggòngchǔ
4291 B 和氣 hé•qì
4292 B 和尚 héshang
4293 B 和談 hétán
4294 A 和諧 héxié
4295 B 和約 héyuē
4296 A 河 hé
4297 C 河床 héchuáng
4298 B 河道 hédào
4299 A 河流 héliú
4300 B 河山 héshān
4301 B 核 hé
4302 C 核查 héchá
4303 C 核電 hédiàn
4304 B 核電站 hédiànzhàn
4305 C 核對 héduì
4306 C 核實 héshí
4307 B 核算 hésuàn
4308 B 核桃 hétao
4309 B 核武器 héwǔqì
4310 A 核心 héxīn
4311 C 核准 hézhǔn
4312 A 盒 hé
4313 C 盒子 hézi
4314 C 荷爾蒙 hé'ěrméng
4315 B 荷花 héhuā
4316 C 荷葉 héyè
4317 C 喝彩 hècǎi
4318 B 賀辭 hècí
4319 C 賀電 hèdiàn
4320 C 賀卡 hèkǎ
4321 B 鶴 hè
4322 A 黑 hēi
4323 A 黑暗 hēi'àn
4324 B 黑白 hēibái
4325 A 黑板 hēibǎn
4326 B 黑幫 hēibāng
4327 C 黑客 hēikè
4328 C 黑馬 hēimǎ
4329 A 黑人 hēirén
4330 B 黑色 hēisè
4331 C 黑色收入 hēisèshōurù
4332 C 黑社會 hēishèhuì
4333 B 黑市 hēishì
4334 A 黑夜 hēiyè
4335 A 嘿 hēi
4336 B 痕 hén
4337 B 痕跡 hénjì
4338 A 很 hěn
4339 A 狠 hěn
4340 C 狠毒 hěndú
4341 B 狠心 hěnxīn
4342 A 恨 hèn
4343 A 恨不得 hènbude
4344 C 恨不能 hènbunéng
4345 A 哼 hēng
4346 C 恒星 héngxīng
4347 A 横 héng
4348 C 横貫 héngguàn
4349 B 横跨 héngkuà
4350 C 横掃 héngsǎo
4351 B 横向 héngxiàng
4352 B 横行 héngxíng
4353 A 衡量 héngliáng
4354 C 横 hèng
4355 B 烘 hōng
4356 C 烘乾 hōnggān
4357 B 哄 hōng
4358 C 哄動 hōngdòng
4359 B 轟 hōng
4360 B 轟動 hōngdòng
4361 B 轟轟烈烈 hōnghōnglièliè
4362 C 轟隆 hōnglōng
4363 B 轟炸 hōngzhà
4364 C 轟炸機 hōngzhàjī
4365 B 宏大 hóngdà
4366 B 宏觀 hóngguān
4367 A 宏偉 hóngwěi
4368 C 洪峰 hóngfēng
4369 A 洪水 hóngshuǐ
4370 B 弘揚 hóngyáng
4371 A 紅 hóng
4372 C 紅包（兒） hóngbāo(r)
4373 C 紅茶 hóngchá
4374 B 紅燈 hóngdēng
4375 C 紅豆 hóngdòu
4376 C 紅花 hónghuā
4377 B 紅綠燈 hónglǜdēng
4378 C 紅牌 hóngpái

4379	B	紅旗	hóngqí
4380	B	紅色	hóngsè
4381	C	紅十字	hóngshízì
4382	C	紅外線	hóngwàixiàn
4383	C	紅星	hóngxīng
4384	C	紅眼病	hóngyǎnbìng
4385	C	紅葉	hóngyè
4386	C	鴻圖	hóngtú
4387	B	哄	hǒng
4388	B	喉嚨	hóu•lóng
4389	A	猴子	hóuzi
4390	B	吼	hǒu
4391	A	厚	hòu
4392	B	厚度	hòudù
4393	A	後	hòu
4394	B	後備	hòubèi
4395	A	後邊	hòu•biān
4396	A	後代	hòudài
4397	C	後盾	hòudùn
4398	A	後方	hòufāng
4399	C	後防	hòufáng
4400	C	後顧之憂	hòugùzhīyōu
4401	A	後果	hòuguǒ
4402	A	後悔	hòuhuǐ
4403	C	後勁	hòujìn
4404	C	後進	hòujìn
4405	A	後來	hòulái
4406	C	後門（兒）	hòumén(r)
4407	A	後面	hòu•miàn
4408	A	後期	hòuqī
4409	B	後勤	hòuqín
4410	C	後人	hòurén
4411	C	後世	hòushì
4412	C	後台	hòutái
4413	A	後天	hòutiān
4414	A	後頭	hòutou
4415	B	後退	hòutuì
4416	C	後衛	hòuwèi
4417	C	後續	hòuxù
4418	B	後遺症	hòuyízhèng
4419	C	後裔	hòuyì
4420	C	後者	hòuzhě
4421	B	候補	hòubǔ
4422	C	候車	hòuchē
4423	B	候選	hòuxuǎn
4424	A	候選人	hòuxuǎnrén
4425	A	呼	hū
4426	C	呼喊	hūhǎn
4427	C	呼呼	hūhū
4428	C	呼喚	hūhuàn
4429	C	呼機	hūjī
4430	C	呼叫	hūjiào
4431	B	呼聲	hūshēng
4432	A	呼吸	hūxī
4433	B	呼嘯	hūxiào
4434	C	呼應	hūyìng
4435	A	呼籲	hūyù
4436	C	忽	hū
4437	B	忽略	hūlüè
4438	A	忽然	hūrán
4439	A	忽視	hūshì
4440	B	狐狸	húli
4441	C	胡來	húlái
4442	B	胡亂	húluàn
4443	C	胡蘿蔔	húluóbo
4444	C	胡鬧	húnào
4445	B	胡說	húshuō
4446	C	胡說八道	húshuōbādào
4447	A	胡同（兒）	hútòng(r)
4448	A	壺	hú
4449	A	湖	hú
4450	C	湖泊	húpō
4451	C	葫蘆	húlu
4452	B	糊	hú
4453	C	糊口	húkǒu
4454	A	糊塗	hútu
4455	A	蝴蝶	húdié
4456	C	鬍鬚	húxū
4457	A	鬍子	húzi
4458	C	核（兒）	hú(r)
4459	A	虎	hǔ
4460	A	互	hù
4461	C	互動	hùdòng
4462	C	互訪	hùfǎng
4463	C	互惠	hùhuì
4464	B	互利	hùlì
4465	B	互聯網	hùliánwǎng
4466	A	互相	hùxiāng
4467	A	互助	hùzhù
4468	B	戶	hù
4469	C	戶籍	hùjí
4470	A	戶口	hùkǒu
4471	C	戶外	hùwài
4472	C	戶主	hùzhǔ
4473	C	滬	hù
4474	A	護	hù
4475	C	護髮	hùfà
4476	C	護航	hùháng
4477	A	護理	hùlǐ
4478	A	護士	hùshi
4479	C	護士長	hùshizhǎng
4480	C	護送	hùsòng

4481	C	護衛員	hùwèiyuán
4482	A	護照	hùzhào
4483	A	花	huā
4484	C	花瓣	huābàn
4485	C	花草	huācǎo
4486	C	花車	huāchē
4487	C	花燈	huādēng
4488	B	花朵	huāduǒ
4489	A	花費	huāfèi
4490	C	花粉	huāfěn
4491	C	花紅	huāhóng
4492	B	花卉	huāhuì
4493	C	花椒	huājiāo
4494	C	花轎	huājiào
4495	C	花木	huāmù
4496	C	花盆	huāpén
4497	C	花瓶	huāpíng
4498	C	花旗參	huāqíshēn
4499	B	花錢	huāqián
4500	C	花圈	huāquān
4501	B	花色	huāsè
4502	A	花生	huāshēng
4503	B	花市	huāshì
4504	B	花紋	huāwén
4505	B	花樣	huāyàng
4506	A	花園	huāyuán
4507	C	花招（兒）	huāzhāo(r)
4508	B	華麗	huálì
4509	A	華僑	huáqiáo
4510	A	華人	Huárén
4511	A	滑	huá
4512	A	滑冰	huábīng
4513	B	滑稽	huá•jī
4514	C	滑落	huáluò
4515	B	滑坡	huápō
4516	C	滑梯	huátī
4517	C	滑行	huáxíng
4518	B	滑雪	huáxuě
4519	A	划	huá
4520	A	化	huà
4521	B	化肥	huàféi
4522	A	化工	huàgōng
4523	C	化合	huàhé
4524	B	化合物	huàhéwù
4525	C	化解	huàjiě
4526	B	化石	huàshí
4527	B	化纖	huàxiān
4528	A	化學	huàxué
4529	A	化驗	huàyàn
4530	B	化妝	huàzhuāng
4531	B	化妝品	huàzhuāngpǐn
4532	A	畫	huà
4533	B	畫報	huàbào
4534	C	畫冊	huàcè
4535	A	畫家	huàjiā
4536	C	畫廊	huàláng
4537	A	畫面	huàmiàn
4538	C	畫蛇添足	huàshétiānzú
4539	B	畫像	huàxiàng
4540	B	畫展	huàzhǎn
4541	A	話	huà
4542	A	話劇	huàjù
4543	C	話說	huàshuō
4544	B	話題	huàtí
4545	C	話筒	huàtǒng
4546	C	話語	huàyǔ
4547	A	劃	huà
4548	B	劃分	huàfēn
4549	B	劃清	huàqīng
4550	C	劃時代	huàshídài
4551	C	槐樹	huáishù
4552	A	懷	huái
4553	C	懷抱	huáibào
4554	C	懷舊	huáijiù
4555	A	懷念	huáiniàn
4556	A	懷疑	huáiyí
4557	A	懷孕	huáiyùn
4558	A	壞	huài
4559	B	壞處	huàichu
4560	B	壞蛋	huàidàn
4561	B	壞人	huàirén
4562	C	壞事	huàishì
4563	C	歡	huān
4564	C	歡度	huāndù
4565	A	歡呼	huānhū
4566	C	歡快	huānkuài
4567	A	歡樂	huānlè
4568	B	歡送	huānsòng
4569	C	歡騰	huānténg
4570	B	歡喜	huānxǐ
4571	B	歡笑	huānxiào
4572	C	歡欣	huānxīn
4573	A	歡迎	huānyíng
4574	A	環	huán
4575	B	環保	huánbǎo
4576	A	環節	huánjié
4577	A	環境	huánjìng
4578	B	環繞	huánrào
4579	A	還	huán
4580	C	還擊	huánjī
4581	B	還原	huányuán
4582	C	還債	huánzhài

4583	B	緩	huǎn
4584	A	緩和	huǎnhé
4585	C	緩解	huǎnjiě
4586	A	緩慢	huǎnmàn
4587	B	幻燈	huàndēng
4588	A	幻想	huànxiǎng
4589	A	患	huàn
4590	C	患病	huànbìng
4591	A	患者	huànzhě
4592	C	喚	huàn
4593	C	喚起	huànqǐ
4594	B	喚醒	huànxǐng
4595	A	換	huàn
4596	B	換取	huànqǔ
4597	C	煥發	huànfā
4598	C	煥然一新	huànrányìxīn
4599	B	荒	huāng
4600	B	荒地	huāngdì
4601	C	荒廢	huāngfèi
4602	B	荒涼	huāngliáng
4603	B	荒謬	huāngmiù
4604	C	荒山	huāngshān
4605	C	荒唐	huāng•táng
4606	A	慌	huāng
4607	C	慌亂	huāngluàn
4608	B	慌忙	huāngmáng
4609	B	慌張	huāng•zhāng
4610	A	皇帝	huángdì
4611	C	皇宮	huánggōng
4612	C	皇后	huánghòu
4613	C	皇家	huángjiā
4614	C	皇上	huángshang
4615	C	皇室	huángshì
4616	C	皇太后	huángtàihòu
4617	A	黃	huáng
4618	C	黃豆	huángdòu
4619	A	黃瓜	huáng•guā
4620	C	黃花魚	huánghuāyú
4621	A	黃昏	huánghūn
4622	A	黃金	huángjīn
4623	B	黃金周	huángjīnzhōu
4624	C	黃牌	huángpái
4625	A	黃色	huángsè
4626	B	黃土	huángtǔ
4627	C	黃油	huángyóu
4628	C	蝗蟲	huángchóng
4629	C	謊言	huǎngyán
4630	B	晃	huǎng
4631	B	晃	huàng
4632	C	晃動	huàngdòng
4633	C	晃悠	huàngyou
4634	A	灰	huī
4635	B	灰塵	huīchén
4636	C	灰色	huīsè
4637	C	灰色收入	huīsèshōurù
4638	B	灰心	huīxīn
4639	A	恢復	huīfù
4640	B	揮	huī
4641	C	揮動	huīdòng
4642	B	揮霍	huīhuò
4643	C	揮手	huīshǒu
4644	C	揮舞	huīwǔ
4645	B	輝煌	huīhuáng
4646	A	回	huí
4647	C	回報	huíbào
4648	C	回潮	huícháo
4649	A	回答	huídá
4650	C	回覆	huífù
4651	A	回顧	huígù
4652	B	回歸	huíguī
4653	B	回合	huíhé
4654	B	回擊	huíjī
4655	B	回家	huíjiā
4656	C	回饋	huíkuì
4657	A	回來	huí•lái
4658	C	回禮	huílǐ
4659	B	回落	huíluò
4660	A	回去	huí•qù
4661	A	回升	huíshēng
4662	C	回聲	huíshēng
4663	A	回收	huíshōu
4664	A	回頭	huítóu
4665	C	回味	huíwèi
4666	B	回鄉	huíxiāng
4667	C	回鄉證	huíxiāngzhèng
4668	A	回想	huíxiǎng
4669	B	回信	huíxìn
4670	A	回憶	huíyì
4671	C	回憶錄	huíyìlù
4672	C	回音	huíyīn
4673	C	回應	huíyìng
4674	C	回轉	huízhuǎn
4675	B	迴避	huíbì
4676	C	迴旋	huíxuán
4677	C	悔	huǐ
4678	B	悔改	huǐgǎi
4679	C	悔恨	huǐhèn
4680	A	毀	huǐ
4681	B	毀壞	huǐhuài
4682	B	毀滅	huǐmiè
4683	B	彗星	huìxīng
4684	B	匯	huì

4685	A	匯報	huìbào
4686	C	匯合	huìhé
4687	B	匯集	huìjí
4688	B	匯價	huìjià
4689	C	匯款	huìkuǎn
4690	B	匯率	huìlǜ
4691	C	匯演	huìyǎn
4692	A	會	huì
4693	A	會場	huìchǎng
4694	B	會話	huìhuà
4695	A	會見	huìjiàn
4696	B	會考	huìkǎo
4697	C	會客	huìkè
4698	B	會面	huìmiàn
4699	C	會期	huìqī
4700	A	會談	huìtán
4701	C	會堂	huìtáng
4702	B	會同	huìtóng
4703	A	會晤	huìwù
4704	A	會議	huìyì
4705	A	會員	huìyuán
4706	C	會員卡	huìyuánkǎ
4707	C	會戰	huìzhàn
4708	B	會長	huìzhǎng
4709	C	會診	huìzhěn
4710	B	賄賂	huìlù
4711	C	諱言	huìyán
4712	B	繪	huì
4713	A	繪畫	huìhuà
4714	B	繪圖	huìtú
4715	C	繪製	huìzhì
4716	C	薈萃	huìcuì
4717	B	昏	hūn
4718	B	昏迷	hūnmí
4719	B	婚	hūn
4720	A	婚禮	hūnlǐ
4721	C	婚期	hūnqī
4722	C	婚喪嫁娶	hūnsāngjiàqǔ
4723	C	婚紗	hūnshā
4724	B	婚事	hūnshì
4725	B	婚姻	hūnyīn
4726	C	婚姻法	hūnyīnfǎ
4727	C	渾	hún
4728	A	渾身	húnshēn
4729	C	餛飩	húntun
4730	B	魂	hún
4731	A	混	hùn
4732	C	混紡	hùnfǎng
4733	A	混合	hùnhé
4734	B	混合物	hùnhéwù
4735	A	混亂	hùnluàn
4736	B	混凝土	hùnníngtǔ
4737	B	混淆	hùnxiáo
4738	C	混雜	hùnzá
4739	C	混戰	hùnzhàn
4740	C	混濁	hùnzhuó
4741	C	豁	huō
4742	A	活	huó
4743	A	活動	huódòng
4744	C	活佛	huófó
4745	B	活該	huógāi
4746	A	活力	huólì
4747	A	活潑	huó•pō
4748	C	活塞	huósāi
4749	C	活生生	huóshēngshēng
4750	C	活性	huóxìng
4751	C	活用	huóyòng
4752	A	活躍	huóyuè
4753	A	火	huǒ
4754	B	火把	huǒbǎ
4755	A	火柴	huǒchái
4756	A	火車	huǒchē
4757	C	火車頭	huǒchētóu
4758	B	火車站	huǒchēzhàn
4759	C	火光	huǒguāng
4760	C	火鍋	huǒguō
4761	B	火花	huǒhuā
4762	C	火化	huǒhuà
4763	A	火箭	huǒjiàn
4764	B	火警	huǒjǐng
4765	B	火炬	huǒjù
4766	B	火力	huǒlì
4767	C	火爐	huǒlú
4768	C	火氣	huǒqì
4769	C	火熱	huǒrè
4770	B	火山	huǒshān
4771	C	火星	huǒxīng
4772	B	火焰	huǒyàn
4773	B	火藥	huǒyào
4774	B	火災	huǒzāi
4775	C	火葬	huǒzàng
4776	C	火葬場	huǒzàngchǎng
4777	C	火種	huǒzhǒng
4778	A	伙食	huǒ•shí
4779	A	夥	huǒ
4780	A	夥伴	huǒbàn
4781	B	夥計	huǒji
4782	A	或	huò
4783	B	或多或少	huòduōhuòshǎo
4784	B	或是	huòshì
4785	B	或許	huòxǔ
4786	A	或者	huòzhě

4787	A	貨	huò
4788	A	貨幣	huòbì
4789	C	貨場	huòchǎng
4790	B	貨車	huòchē
4791	C	貨船	huòchuán
4792	C	貨櫃	huòguì
4793	C	貨款	huòkuǎn
4794	B	貨輪	huòlún
4795	C	貨品	huòpǐn
4796	C	貨位	huòwèi
4797	A	貨物	huòwù
4798	B	貨源	huòyuán
4799	B	貨運	huòyùn
4800	B	禍	huò
4801	C	禍害	huòhai
4802	A	獲	huò
4803	A	獲得	huòdé
4804	B	獲獎	huòjiǎng
4805	B	獲利	huòlì
4806	B	獲取	huòqǔ
4807	B	獲勝	huòshèng
4808	C	獲釋	huòshì
4809	B	獲悉	huòxī
4810	C	獲准	huòzhǔn
4811	C	豁免	huòmiǎn
4812	A	肌肉	jīròu
4813	B	飢餓	jī'è
4814	C	基	jī
4815	A	基本	jīběn
4816	C	基本法	jīběnfǎ
4817	B	基本功	jīběngōng
4818	A	基本上	jīběn•shàng
4819	A	基層	jīcéng
4820	A	基礎	jīchǔ
4821	A	基地	jīdì
4822	C	基督	Jīdū
4823	B	基督教	Jīdūjiào
4824	A	基建	jījiàn
4825	A	基金	jījīn
4826	B	基金會	jījīnhuì
4827	C	基石	jīshí
4828	C	基數	jīshù
4829	B	基因	jīyīn
4830	B	基於	jīyú
4831	C	基準	jīzhǔn
4832	A	幾乎	jīhū
4833	B	畸形	jīxíng
4834	A	機	jī
4835	A	機場	jīchǎng
4836	A	機車	jīchē
4837	B	機床	jīchuáng
4838	B	機電	jīdiàn
4839	A	機動	jīdòng
4840	A	機構	jīgòu
4841	A	機關	jīguān
4842	A	機會	jī•huì
4843	B	機靈	jīling
4844	B	機密	jīmì
4845	B	機能	jīnéng
4846	C	機票	jīpiào
4847	A	機器	jī•qì
4848	C	機器人	jī•qìrén
4849	B	機槍	jīqiāng
4850	B	機身	jīshēn
4851	C	機體	jītǐ
4852	A	機械	jīxiè
4853	B	機械化	jīxièhuà
4854	C	機翼	jīyì
4855	B	機遇	jīyù
4856	A	機制	jīzhì
4857	B	機智	jīzhì
4858	B	機組	jīzǔ
4859	B	激	jī
4860	A	激動	jīdòng
4861	B	激發	jīfā
4862	B	激光	jīguāng
4863	B	激化	jīhuà
4864	C	激活	jīhuó
4865	B	激進	jījìn
4866	B	激勵	jīlì
4867	A	激烈	jīliè
4868	C	激流	jīliú
4869	C	激怒	jīnù
4870	B	激起	jīqǐ
4871	B	激情	jīqíng
4872	A	激素	jīsù
4873	C	激增	jīzēng
4874	B	激戰	jīzhàn
4875	B	積	jī
4876	C	積存	jīcún
4877	C	積澱	jīdiàn
4878	C	積肥	jīféi
4879	B	積分	jīfēn
4880	A	積極	jījí
4881	A	積極性	jījíxìng
4882	C	積聚	jījù
4883	A	積累	jīlěi
4884	C	積木	jīmù
4885	B	積水	jīshuǐ
4886	C	積蓄	jīxù
4887	C	積雪	jīxuě
4888	B	積壓	jīyā

4889	B	擊	jī
4890	A	擊敗	jībài
4891	C	擊斃	jībì
4892	C	擊毀	jīhuǐ
4893	C	擊落	jīluò
4894	C	擊退	jītuì
4895	C	擊中	jīzhòng
4896	A	雞	jī
4897	A	雞蛋	jīdàn
4898	B	譏笑	jīxiào
4899	B	饑荒	jī•huāng
4900	C	羈留	jīliú
4901	A	及	jí
4902	A	及格	jígé
4903	A	及時	jíshí
4904	B	及早	jízǎo
4905	C	吉	jí
4906	C	吉利	jílì
4907	C	吉普車	jípǔchē
4908	C	吉他	jítā
4909	B	吉祥	jíxiáng
4910	A	即	jí
4911	B	即便	jíbiàn
4912	A	即將	jíjiāng
4913	C	即日	jírì
4914	C	即時	jíshí
4915	A	即使	jíshǐ
4916	A	急	jí
4917	C	急病	jíbìng
4918	C	急促	jícù
4919	C	急挫	jícuò
4920	C	急救	jíjiù
4921	A	急劇	jíjù
4922	A	急忙	jímáng
4923	B	急切	jíqiè
4924	C	急速	jísù
4925	B	急性	jíxìng
4926	B	急需	jíxū
4927	B	急於	jíyú
4928	A	急躁	jízào
4929	C	急診	jízhěn
4930	A	疾病	jíbìng
4931	C	疾苦	jíkǔ
4932	A	級	jí
4933	A	級別	jíbié
4934	C	棘手	jíshǒu
4935	A	集	jí
4936	C	集成	jíchéng
4937	A	集合	jíhé
4938	A	集會	jíhuì
4939	B	集結	jíjié
4940	C	集思廣益	jísīguǎngyì
4941	B	集市	jíshì
4942	A	集體	jítǐ
4943	A	集團	jítuán
4944	B	集訓	jíxùn
4945	B	集郵	jíyóu
4946	A	集中	jízhōng
4947	C	集裝箱	jízhuāngxiāng
4948	A	集資	jízī
4949	A	極	jí
4950	C	極點	jídiǎn
4951	B	極度	jídù
4952	A	極端	jíduān
4953	B	極力	jílì
4954	C	極品	jípǐn
4955	A	極其	jíqí
4956	C	極權	jíquán
4957	A	極為	jíwéi
4958	B	極限	jíxiàn
4959	C	輯	jí
4960	C	藉	jí
4961	C	籍	jí
4962	C	籍貫	jíguàn
4963	C	己	jǐ
4964	C	脊樑	jǐliang
4965	A	幾	jǐ
4966	B	幾何	jǐhé
4967	A	給予	jǐyǔ
4968	A	擠	jǐ
4969	C	擠壓	jǐyā
4970	C	忌	jì
4971	C	忌妒	jìdu
4972	C	技	jì
4973	B	技工	jìgōng
4974	B	技能	jìnéng
4975	A	技巧	jìqiǎo
4976	C	技師	jìshī
4977	A	技術	jìshù
4978	B	技術員	jìshùyuán
4979	B	技藝	jìyì
4980	A	季	jì
4981	A	季度	jìdù
4982	C	季風	jìfēng
4983	A	季節	jìjié
4984	B	季節性	jìjiéxìng
4985	C	季軍	jìjūn
4986	A	既	jì
4987	B	既定	jìdìng
4988	A	既然	jìrán
4989	B	既是	jìshì
4990	C	紀檢	jìjiǎn

4991	A	紀錄	jìlù
4992	C	紀錄片	jìlùpiàn
4993	A	紀律	jìlǜ
4994	A	紀念	jìniàn
4995	B	紀念碑	jìniànbēi
4996	B	紀念品	jìniànpǐn
4997	C	紀要	jìyào
4998	A	計	jì
4999	A	計劃	jìhuà
5000	B	計劃生育	jìhuàshēngyù
5001	B	計較	jìjiào
5002	C	計量	jìliàng
5003	C	計數	jìshù
5004	A	計算	jìsuàn
5005	A	計算機	jìsuànjī
5006	A	記	jì
5007	A	記得	jì•dé
5008	B	記號	jìhao
5009	A	記錄	jìlù
5010	C	記名	jìmíng
5011	C	記事（兒）	jìshì(r)
5012	B	記性	jìxing
5013	C	記敘	jìxù
5014	A	記憶	jìyì
5015	A	記載	jìzǎi
5016	A	記者	jìzhě
5017	B	記住	jìzhù
5018	A	寄	jì
5019	C	寄生	jìshēng
5020	B	寄託	jìtuō
5021	C	寄予	jìyǔ
5022	B	寂靜	jìjìng
5023	B	寂寞	jìmò
5024	C	祭	jì
5025	C	祭祀	jìsì
5026	B	跡象	jìxiàng
5027	C	暨	jì
5028	C	際	jì
5029	C	劑	jì
5030	A	繫	jì
5031	B	繼	jì
5032	A	繼承	jìchéng
5033	B	繼而	jì’ér
5034	C	繼任	jìrèn
5035	A	繼續	jìxù
5036	A	加	jiā
5037	B	加班	jiābān
5038	B	加倍	jiābèi
5039	C	加點	jiādiǎn
5040	C	加幅	jiāfú
5041	A	加工	jiāgōng
5042	B	加固	jiāgù
5043	C	加急	jiājí
5044	B	加價	jiājià
5045	A	加緊	jiājǐn
5046	A	加劇	jiājù
5047	A	加快	jiākuài
5048	B	加盟	jiāméng
5049	C	加密	jiāmì
5050	C	加派	jiāpài
5051	A	加強	jiāqiáng
5052	C	加熱	jiārè
5053	A	加入	jiārù
5054	A	加上	jiā•shàng
5055	A	加深	jiāshēn
5056	A	加速	jiāsù
5057	C	加息	jiāxī
5058	B	加薪	jiāxīn
5059	A	加以	jiāyǐ
5060	B	加油（兒）	jiāyóu(r)
5061	B	加重	jiāzhòng
5062	A	夾	jiā
5063	B	夾雜	jiāzá
5064	B	夾子	jiāzi
5065	A	佳	jiā
5066	C	佳話	jiāhuà
5067	C	佳績	jiājì
5068	B	佳節	jiājié
5069	C	佳麗	jiālì
5070	A	家	jiā
5071	B	家常	jiācháng
5072	C	家畜	jiāchù
5073	C	家電	jiādiàn
5074	C	家訪	jiāfǎng
5075	C	家規	jiāguī
5076	B	家教	jiājiào
5077	C	家境	jiājìng
5078	C	家居	jiājū
5079	A	家具	jiā•jù
5080	C	家門	jiāmén
5081	C	家禽	jiāqín
5082	A	家人	jiārén
5083	C	家事	jiāshì
5084	A	家屬	jiāshǔ
5085	A	家庭	jiātíng
5086	B	家務	jiāwù
5087	C	家務事	jiāwùshì
5088	A	家鄉	jiāxiāng
5089	B	家用	jiāyòng
5090	C	家喻戶曉	jiāyùhùxiǎo
5091	C	家園	jiāyuán
5092	A	家長	jiāzhǎng

5093	B	家族	jiāzú
5094	A	傢伙	jiāhuo
5095	B	嘉賓	jiābīn
5096	B	嘉獎	jiājiǎng
5097	C	嘉年華	jiāniánhuá
5098	C	頰	jiá
5099	A	甲	jiǎ
5100	B	甲板	jiǎbǎn
5101	C	鉀	jiǎ
5102	A	假	jiǎ
5103	C	假唱	jiǎchàng
5104	B	假定	jiǎdìng
5105	B	假冒	jiǎmào
5106	A	假如	jiǎrú
5107	A	假若	jiǎruò
5108	B	假設	jiǎshè
5109	B	假使	jiǎshǐ
5110	B	假裝	jiǎzhuāng
5111	A	架	jià
5112	C	架構	jiàgòu
5113	C	架空	jiàkōng
5114	C	架設	jiàshè
5115	B	架子	jiàzi
5116	A	假	jià
5117	A	假期	jiàqī
5118	B	假日	jiàrì
5119	C	假日經濟	jiàrìjīngjì
5120	B	假條	jiàtiáo
5121	A	嫁	jià
5122	C	嫁妝	jiàzhuang
5123	A	價	jià
5124	A	價格	jiàgé
5125	A	價錢	jià•qián
5126	C	價位	jiàwèi
5127	A	價值	jiàzhí
5128	B	駕	jià
5129	C	駕臨	jiàlín
5130	A	駕駛	jiàshǐ
5131	B	駕駛員	jiàshǐyuán
5132	C	駕校	jiàxiào
5133	C	駕馭	jiàyù
5134	B	奸	jiān
5135	A	尖	jiān
5136	B	尖端	jiānduān
5137	A	尖銳	jiānruì
5138	B	尖子	jiānzi
5139	A	肩	jiān
5140	B	肩膀	jiānbǎng
5141	B	肩負	jiānfù
5142	A	兼	jiān
5143	C	兼備	jiānbèi
5144	C	兼併	jiānbìng
5145	B	兼顧	jiāngù
5146	B	兼任	jiānrèn
5147	C	兼容	jiānróng
5148	B	兼職	jiānzhí
5149	A	堅持	jiānchí
5150	A	堅定	jiāndìng
5151	B	堅固	jiāngù
5152	A	堅決	jiānjué
5153	A	堅強	jiānqiáng
5154	C	堅韌	jiānrèn
5155	B	堅實	jiānshí
5156	C	堅守	jiānshǒu
5157	C	堅挺	jiāntǐng
5158	B	堅信	jiānxìn
5159	B	堅硬	jiānyìng
5160	C	堅貞不屈	jiānzhēnbùqū
5161	B	間	jiān
5162	B	煎	jiān
5163	C	監測	jiāncè
5164	A	監察	jiānchá
5165	A	監督	jiāndū
5166	B	監管	jiānguǎn
5167	C	監護	jiānhù
5168	B	監禁	jiānjìn
5169	C	監控	jiānkòng
5170	A	監視	jiānshì
5171	A	監獄	jiānyù
5172	C	監製	jiānzhì
5173	A	艱巨	jiānjù
5174	A	艱苦	jiānkǔ
5175	A	艱難	jiānnán
5176	B	艱險	jiānxiǎn
5177	C	艱辛	jiānxīn
5178	B	殲滅	jiānmiè
5179	A	剪	jiǎn
5180	B	剪綵	jiǎncǎi
5181	B	剪刀	jiǎndāo
5182	A	揀	jiǎn
5183	A	減	jiǎn
5184	B	減產	jiǎnchǎn
5185	B	減低	jiǎndī
5186	C	減肥	jiǎnféi
5187	C	減負	jiǎnfù
5188	C	減緩	jiǎnhuǎn
5189	B	減免	jiǎnmiǎn
5190	A	減輕	jiǎnqīng
5191	B	減弱	jiǎnruò
5192	A	減少	jiǎnshǎo
5193	C	減息	jiǎnxī
5194	C	減災	jiǎnzāi

No.	Level	Word	Pinyin
5195	C	儉樸	jiǎnpǔ
5196	A	撿	jiǎn
5197	A	檢	jiǎn
5198	B	檢測	jiǎncè
5199	A	檢查	jiǎnchá
5200	B	檢察	jiǎnchá
5201	C	檢察官	jiǎncháguān
5202	C	檢察院	jiǎncháyuàn
5203	C	檢獲	jiǎnhuò
5204	B	檢舉	jiǎnjǔ
5205	C	檢控	jiǎnkòng
5206	C	檢索	jiǎnsuǒ
5207	A	檢討	jiǎntǎo
5208	B	檢修	jiǎnxiū
5209	A	檢驗	jiǎnyàn
5210	C	檢閱	jiǎnyuè
5211	B	簡	jiǎn
5212	C	簡報	jiǎnbào
5213	B	簡便	jiǎnbiàn
5214	B	簡稱	jiǎnchēng
5215	A	簡單	jiǎndān
5216	B	簡短	jiǎnduǎn
5217	B	簡化	jiǎnhuà
5218	C	簡化字	jiǎnhuàzì
5219	C	簡潔	jiǎnjié
5220	C	簡介	jiǎnjiè
5221	C	簡歷	jiǎnlì
5222	B	簡陋	jiǎnlòu
5223	B	簡明	jiǎnmíng
5224	C	簡體字	jiǎntǐzì
5225	C	簡訊	jiǎnxùn
5226	B	簡要	jiǎnyào
5227	B	簡易	jiǎnyì
5228	A	簡直	jiǎnzhí
5229	C	繭	jiǎn
5230	B	碱	jiǎn
5231	A	件	jiàn
5232	A	見	jiàn
5233	A	見解	jiànjiě
5234	A	見面	jiànmiàn
5235	B	見識	jiànshi
5236	B	見聞	jiànwén
5237	B	見效	jiànxiào
5238	C	見證	jiànzhèng
5239	A	建	jiàn
5240	B	建材	jiàncái
5241	B	建國	jiànguó
5242	A	建交	jiànjiāo
5243	A	建立	jiànlì
5244	A	建設	jiànshè
5245	B	建設性	jiànshèxìng
5246	A	建議	jiànyì
5247	A	建造	jiànzào
5248	A	建築	jiànzhù
5249	B	建築物	jiànzhùwù
5250	B	健兒	jiàn'ér
5251	C	健將	jiànjiàng
5252	A	健康	jiànkāng
5253	B	健美	jiànměi
5254	A	健全	jiànquán
5255	B	健身	jiànshēn
5256	B	健壯	jiànzhuàng
5257	B	間諜	jiàndié
5258	B	間斷	jiànduàn
5259	B	間隔	jiàngé
5260	A	間接	jiànjiē
5261	C	間歇	jiànxiē
5262	A	漸	jiàn
5263	A	漸漸	jiànjiàn
5264	B	劍	jiàn
5265	A	箭	jiàn
5266	C	箭頭	jiàntóu
5267	B	賤	jiàn
5268	B	踐踏	jiàntà
5269	C	鍵	jiàn
5270	B	鍵盤	jiànpán
5271	B	濺	jiàn
5272	C	艦隊	jiànduì
5273	C	艦艇	jiàntǐng
5274	B	鑒別	jiànbié
5275	A	鑒定	jiàndìng
5276	C	鑒賞	jiànshǎng
5277	A	鑒於	jiànyú
5278	A	江	jiāng
5279	C	江河	jiānghé
5280	C	江湖	jiānghú
5281	C	江山	jiāngshān
5282	A	薑	jiāng
5283	A	將	jiāng
5284	A	將近	jiāngjìn
5285	C	將就	jiāngjiu
5286	A	將軍	jiāngjūn
5287	A	將來	jiānglái
5288	A	將要	jiāngyào
5289	B	僵	jiāng
5290	C	僵化	jiānghuà
5291	C	僵局	jiāngjú
5292	C	僵硬	jiāngyìng
5293	C	漿	jiāng
5294	C	槳	jiǎng
5295	A	獎	jiǎng
5296	C	獎杯	jiǎngbēi

5297	A	獎金	jiǎngjīn
5298	A	獎勵	jiǎnglì
5299	B	獎牌	jiǎngpái
5300	B	獎品	jiǎngpǐn
5301	C	獎券	jiǎngquàn
5302	C	獎項	jiǎngxiàng
5303	B	獎學金	jiǎngxuéjīn
5304	C	獎章	jiǎngzhāng
5305	B	獎狀	jiǎngzhuàng
5306	A	講	jiǎng
5307	A	講話	jiǎnghuà
5308	B	講解	jiǎngjiě
5309	A	講究	jiǎng•jiū
5310	A	講課	jiǎngkè
5311	B	講理	jiǎnglǐ
5312	B	講求	jiǎngqiú
5313	B	講師	jiǎngshī
5314	C	講授	jiǎngshòu
5315	B	講述	jiǎngshù
5316	C	講台	jiǎngtái
5317	C	講學	jiǎngxué
5318	B	講演	jiǎngyǎn
5319	B	講義	jiǎngyì
5320	C	講者	jiǎngzhě
5321	A	講座	jiǎngzuò
5322	A	降	jiàng
5323	A	降低	jiàngdī
5324	C	降價	jiàngjià
5325	C	降臨	jiànglín
5326	B	降落	jiàngluò
5327	C	降水	jiàngshuǐ
5328	B	降溫	jiàngwēn
5329	C	降雨	jiàngyǔ
5330	B	將領	jiànglǐng
5331	C	將士	jiàngshì
5332	A	醬	jiàng
5333	A	醬油	jiàngyóu
5334	C	強	jiàng
5335	A	交	jiāo
5336	B	交叉	jiāochā
5337	B	交錯	jiāocuò
5338	A	交代	jiāodài
5339	C	交道	jiāodào
5340	C	交點	jiāodiǎn
5341	C	交鋒	jiāofēng
5342	B	交付	jiāofù
5343	A	交給	jiāogěi
5344	C	交還	jiāohuán
5345	A	交換	jiāohuàn
5346	B	交際	jiāojì
5347	C	交接	jiāojiē
5348	B	交界	jiāojiè
5349	A	交流	jiāoliú
5350	C	交納	jiāonà
5351	C	交情	jiāoqing
5352	B	交涉	jiāoshè
5353	C	交手	jiāoshǒu
5354	A	交談	jiāotán
5355	B	交替	jiāotì
5356	A	交通	jiāotōng
5357	A	交往	jiāowǎng
5358	B	交響樂	jiāoxiǎngyuè
5359	A	交易	jiāoyì
5360	B	交易所	jiāoyìsuǒ
5361	B	交戰	jiāozhàn
5362	C	交織	jiāozhī
5363	C	郊	jiāo
5364	A	郊區	jiāoqū
5365	B	郊外	jiāowài
5366	C	郊野	jiāoyě
5367	A	教	jiāo
5368	B	教書	jiāoshū
5369	A	教學	jiāoxué
5370	B	焦	jiāo
5371	B	焦點	jiāodiǎn
5372	B	焦急	jiāojí
5373	C	焦慮	jiāolǜ
5374	B	焦炭	jiāotàn
5375	B	嬌	jiāo
5376	C	嬌慣	jiāoguàn
5377	B	嬌氣	jiāo•qì
5378	C	嬌生慣養	jiāoshēngguànyǎng
5379	A	澆	jiāo
5380	C	澆灌	jiāoguàn
5381	B	膠	jiāo
5382	B	膠卷	jiāojuǎn
5383	B	膠片	jiāopiàn
5384	C	膠水	jiāoshuǐ
5385	C	膠紙	jiāozhǐ
5386	C	礁石	jiāoshí
5387	A	驕傲	jiāo'ào
5388	C	驕人	jiāorén
5389	C	嚼	jiáo
5390	A	角	jiǎo
5391	A	角度	jiǎodù
5392	B	角落	jiǎoluò
5393	C	角膜	jiǎomó
5394	B	狡猾	jiǎohuá
5395	C	絞	jiǎo
5396	A	腳	jiǎo
5397	B	腳步	jiǎobù
5398	C	腳下	jiǎoxià

5399	C	僥倖	jiǎoxìng
5400	A	餃子	jiǎozi
5401	C	矯正	jiǎozhèng
5402	B	繳	jiǎo
5403	C	繳付	jiǎofù
5404	C	繳獲	jiǎohuò
5405	C	繳交	jiǎojiāo
5406	B	繳納	jiǎonà
5407	B	攪	jiǎo
5408	B	攪拌	jiǎobàn
5409	A	叫	jiào
5410	B	叫喊	jiàohǎn
5411	C	叫好	jiàohǎo
5412	B	叫喚	jiàohuan
5413	B	叫嚷	jiàorǎng
5414	C	叫聲	jiàoshēng
5415	C	叫囂	jiàoxiāo
5416	A	叫做	jiàozuò
5417	A	教	jiào
5418	A	教材	jiàocái
5419	A	教導	jiàodǎo
5420	A	教會	jiàohuì
5421	C	教誨	jiàohuì
5422	C	教具	jiàojù
5423	B	教科書	jiàokēshū
5424	A	教練	jiàoliàn
5425	C	教齡	jiàolíng
5426	A	教師	jiàoshī
5427	B	教師節	Jiàoshījié
5428	C	教士	jiàoshì
5429	A	教室	jiàoshì
5430	A	教授	jiàoshòu
5431	C	教唆	jiàosuō
5432	A	教堂	jiàotáng
5433	B	教條	jiàotiáo
5434	B	教徒	jiàotú
5435	A	教學	jiàoxué
5436	A	教訓	jiàoxun
5437	B	教養	jiàoyǎng
5438	A	教育	jiàoyù
5439	B	教育部	jiàoyùbù
5440	A	教育界	jiàoyùjiè
5441	A	教員	jiàoyuán
5442	B	校	jiào
5443	A	較	jiào
5444	B	較量	jiàoliàng
5445	A	較為	jiàowéi
5446	B	轎	jiào
5447	B	轎車	jiàochē
5448	C	轎子	jiàozi
5449	A	覺	jiào
5450	C	皆	jiē
5451	A	接	jiē
5452	B	接班	jiēbān
5453	B	接班人	jiēbānrén
5454	A	接觸	jiēchù
5455	A	接待	jiēdài
5456	C	接到	jiēdào
5457	C	接二連三	jiē'èrliánsān
5458	B	接管	jiēguǎn
5459	B	接軌	jiēguǐ
5460	C	接獲	jiēhuò
5461	B	接機	jiējī
5462	A	接見	jiējiàn
5463	A	接近	jiējìn
5464	C	接口	jiēkǒu
5465	B	接力	jiēlì
5466	A	接連	jiēlián
5467	B	接納	jiēnà
5468	B	接洽	jiēqià
5469	C	接壤	jiērǎng
5470	C	接任	jiērèn
5471	A	接收	jiēshōu
5472	A	接受	jiēshòu
5473	B	接送	jiēsòng
5474	B	接替	jiētì
5475	C	接應	jiēyìng
5476	A	接着	jiēzhe
5477	C	接種	jiēzhòng
5478	B	揭	jiē
5479	B	揭發	jiēfā
5480	B	揭開	jiēkāi
5481	A	揭露	jiēlù
5482	B	揭幕	jiēmù
5483	B	揭示	jiēshì
5484	C	揭曉	jiēxiǎo
5485	A	結實	jiēshi
5486	A	街	jiē
5487	A	街道	jiēdào
5488	B	街坊	jiēfang
5489	B	街市	jiēshì
5490	A	街頭	jiētóu
5491	A	階層	jiēcéng
5492	A	階段	jiēduàn
5493	A	階級	jiējí
5494	C	階梯	jiētī
5495	B	劫	jié
5496	C	劫案	jié'àn
5497	B	劫持	jiéchí
5498	C	劫機	jiéjī
5499	A	傑出	jiéchū
5500	B	傑作	jiézuò

5501	A	結	jié
5502	C	結伴	jiébàn
5503	C	結成	jiéchéng
5504	A	結構	jiégòu
5505	A	結果	jiéguǒ
5506	A	結合	jiéhé
5507	C	結核	jiéhé
5508	A	結婚	jiéhūn
5509	C	結交	jiéjiāo
5510	B	結晶	jiéjīng
5511	B	結局	jiéjú
5512	A	結論	jiélùn
5513	C	結盟	jiéméng
5514	C	結石	jiéshí
5515	B	結識	jiéshí
5516	A	結束	jiéshù
5517	B	結算	jiésuàn
5518	C	結尾	jiéwěi
5519	B	結業	jiéyè
5520	A	節	jié
5521	B	節假日	jiéjiàrì
5522	C	節儉	jiéjiǎn
5523	A	節目	jiémù
5524	B	節能	jiénéng
5525	C	節慶	jiéqìng
5526	A	節日	jiérì
5527	A	節省	jiéshěng
5528	C	節食	jiéshí
5529	B	節育	jiéyù
5530	A	節約	jiéyuē
5531	C	節制	jiézhì
5532	A	節奏	jiézòu
5533	A	截	jié
5534	C	截獲	jiéhuò
5535	B	截然	jiérán
5536	B	截止	jiézhǐ
5537	B	截至	jiézhì
5538	B	竭盡	jiéjìn
5539	A	竭力	jiélì
5540	B	潔白	jiébái
5541	C	潔淨	jiéjìng
5542	C	潔具	jiéjù
5543	C	姐夫	jiěfu
5544	A	姐姐	jiějie
5545	B	姐妹	jiěmèi
5546	A	解	jiě
5547	A	解除	jiěchú
5548	B	解答	jiědá
5549	C	解凍	jiědòng
5550	A	解放	jiěfàng
5551	B	解放軍	jiěfàngjūn
5552	B	解僱	jiěgù
5553	C	解救	jiějiù
5554	A	解決	jiějué
5555	B	解開	jiěkāi
5556	B	解剖	jiěpōu
5557	A	解散	jiěsàn
5558	A	解釋	jiěshì
5559	C	解說	jiěshuō
5560	C	解體	jiětǐ
5561	C	解脫	jiětuō
5562	C	介乎	jièhū
5563	C	介入	jièrù
5564	A	介紹	jièshào
5565	C	介紹信	jièshàoxìn
5566	C	介意	jièyì
5567	C	戒	jiè
5568	B	戒備	jièbèi
5569	C	戒毒	jièdú
5570	A	戒嚴	jièyán
5571	B	戒指	jièzhi
5572	A	屆	jiè
5573	C	屆滿	jièmǎn
5574	B	屆時	jièshí
5575	A	界	jiè
5576	C	界定	jièdìng
5577	B	界限	jièxiàn
5578	A	界線	jièxiàn
5579	A	借	jiè
5580	C	借貸	jièdài
5581	B	借鑒	jièjiàn
5582	C	借款	jièkuǎn
5583	B	借用	jièyòng
5584	B	借助	jièzhù
5585	A	藉口	jièkǒu
5586	C	藉以	jièyǐ
5587	C	藉着	jièzhe
5588	A	今	jīn
5589	A	今後	jīnhòu
5590	A	今年	jīnnián
5591	A	今日	jīnrì
5592	A	今天	jīntiān
5593	C	今宵	jīnxiāo
5594	A	斤	jīn
5595	A	金	jīn
5596	C	金幣	jīnbì
5597	A	金額	jīn'é
5598	B	金黃	jīnhuáng
5599	C	金礦	jīnkuàng
5600	A	金牌	jīnpái
5601	A	金錢	jīnqián
5602	C	金曲	jīnqǔ

5603	A	金融	jīnróng
5604	C	金融界	jīnróngjiè
5605	C	金色	jīnsè
5606	C	金市	jīnshì
5607	A	金屬	jīnshǔ
5608	B	金魚	jīnyú
5609	C	金子	jīnzi
5610	B	津津有味	jīnjīnyǒuwèi
5611	A	津貼	jīntiē
5612	C	筋	jīn
5613	B	禁不住	jīn•búzhù
5614	A	僅	jǐn
5615	A	僅僅	jǐnjǐn
5616	A	緊	jǐn
5617	C	緊湊	jǐncòu
5618	A	緊急	jǐnjí
5619	A	緊密	jǐnmì
5620	B	緊迫	jǐnpò
5621	C	緊俏	jǐnqiào
5622	B	緊缺	jǐnquē
5623	B	緊縮	jǐnsuō
5624	C	緊貼	jǐntiē
5625	A	緊張	jǐnzhāng
5626	A	儘管	jǐnguǎn
5627	C	儘可能	jǐnkěnéng
5628	B	儘快	jǐnkuài
5629	A	儘量	jǐnliàng
5630	B	儘早	jǐnzǎo
5631	C	錦標	jǐnbiāo
5632	A	錦標賽	jǐnbiāosài
5633	C	錦上添花	jǐnshàngtiānhuā
5634	C	錦繡	jǐnxiù
5635	C	謹	jǐn
5636	A	謹慎	jǐnshèn
5637	A	近	jìn
5638	C	近處	jìnchù
5639	A	近代	jìndài
5640	C	近乎	jìnhū
5641	B	近郊	jìnjiāo
5642	A	近來	jìnlái
5643	B	近年	jìnnián
5644	A	近期	jìnqī
5645	A	近日	jìnrì
5646	B	近視	jìn•shì
5647	B	近似	jìnsì
5648	A	勁	jìn
5649	C	勁頭	jìntóu
5650	C	晉級	jìnjí
5651	C	晉身	jìnshēn
5652	B	晉升	jìnshēng
5653	B	浸	jìn
5654	A	進	jìn
5655	A	進步	jìnbù
5656	C	進場	jìnchǎng
5657	A	進程	jìnchéng
5658	C	進出	jìnchū
5659	B	進出口	jìnchūkǒu
5660	B	進度	jìndù
5661	B	進而	jìn’ér
5662	C	進發	jìnfā
5663	A	進攻	jìngōng
5664	B	進化	jìnhuà
5665	B	進貨	jìnhuò
5666	C	進價	jìnjià
5667	A	進軍	jìnjūn
5668	A	進口	jìnkǒu
5669	A	進來	jìn•lái
5670	B	進取	jìnqǔ
5671	A	進去	jìn•qù
5672	A	進入	jìnrù
5673	C	進食	jìnshí
5674	A	進行	jìnxíng
5675	C	進行曲	jìnxíngqǔ
5676	A	進修	jìnxiū
5677	A	進一步	jìnyíbù
5678	A	進展	jìnzhǎn
5679	C	進賬	jìnzhàng
5680	B	進駐	jìnzhù
5681	B	禁	jìn
5682	C	禁毒	jìndú
5683	C	禁放	jìnfàng
5684	C	禁錮	jìngù
5685	B	禁令	jìnlìng
5686	B	禁區	jìnqū
5687	C	禁運	jìnyùn
5688	A	禁止	jìnzhǐ
5689	C	禁制	jìnzhì
5690	A	盡	jìn
5691	A	盡力	jìnlì
5692	B	盡量	jìnliàng
5693	B	盡情	jìnqíng
5694	C	盡頭	jìntóu
5695	B	京城	jīngchéng
5696	B	京劇	jīngjù
5697	B	莖	jīng
5698	C	晶體	jīngtǐ
5699	C	晶瑩	jīngyíng
5700	A	經	jīng
5701	A	經常	jīngcháng
5702	B	經典	jīngdiǎn
5703	A	經費	jīngfèi
5704	C	經改	jīnggǎi

5705	A	經過	jīngguò
5706	C	經紀	jīngjì
5707	A	經濟	jīngjì
5708	B	經濟特區	jīngjìtèqū
5709	B	經濟學	jīngjìxué
5710	A	經理	jīnglǐ
5711	A	經歷	jīnglì
5712	B	經貿	jīngmào
5713	B	經商	jīngshāng
5714	B	經受	jīngshòu
5715	B	經銷	jīngxiāo
5716	C	經銷商	jīngxiāoshāng
5717	A	經驗	jīngyàn
5718	A	經營	jīngyíng
5719	C	經營權	jīngyíngquán
5720	B	經由	jīngyóu
5721	B	兢兢業業	jīngjīngyèyè
5722	A	精	jīng
5723	A	精彩	jīngcǎi
5724	C	精打細算	jīngdǎxìsuàn
5725	C	精幹	jīnggàn
5726	B	精華	jīnghuá
5727	B	精簡	jīngjiǎn
5728	A	精力	jīnglì
5729	C	精良	jīngliáng
5730	C	精靈	jīng•líng
5731	B	精美	jīngměi
5732	A	精密	jīngmì
5733	C	精明	jīngmíng
5734	B	精品	jīngpǐn
5735	B	精巧	jīngqiǎo
5736	B	精確	jīngquè
5737	A	精神	jīngshén
5738	A	精神	jīngshen
5739	B	精神病	jīngshénbìng
5740	B	精通	jīngtōng
5741	A	精細	jīngxì
5742	A	精心	jīngxīn
5743	B	精選	jīngxuǎn
5744	B	精益求精	jīngyìqiújīng
5745	B	精英	jīngyīng
5746	C	精湛	jīngzhàn
5747	C	精製	jīngzhì
5748	B	精緻	jīngzhì
5749	B	鯨	jīng
5750	A	驚	jīng
5751	C	驚詫	jīngchà
5752	B	驚動	jīngdòng
5753	B	驚慌	jīnghuāng
5754	C	驚惶	jīnghuáng
5755	B	驚奇	jīngqí
5756	A	驚人	jīngrén
5757	C	驚嘆	jīngtàn
5758	C	驚喜	jīngxǐ
5759	C	驚險	jīngxiǎn
5760	C	驚醒	jīngxǐng
5761	B	驚訝	jīngyà
5762	B	驚異	jīngyì
5763	A	井	jǐng
5764	B	頸椎	jǐngzhuī
5765	B	景	jǐng
5766	B	景點	jǐngdiǎn
5767	B	景觀	jǐngguān
5768	C	景氣	jǐngqì
5769	A	景色	jǐngsè
5770	A	景物	jǐngwù
5771	A	景象	jǐngxiàng
5772	C	警	jǐng
5773	B	警報	jǐngbào
5774	C	警備	jǐngbèi
5775	A	警察	jǐngchá
5776	C	警隊	jǐngduì
5777	A	警方	jǐngfāng
5778	A	警告	jǐnggào
5779	C	警官	jǐngguān
5780	B	警戒	jǐngjiè
5781	C	警覺	jǐngjué
5782	C	警力	jǐnglì
5783	C	警示	jǐngshì
5784	C	警署	jǐngshǔ
5785	C	警司	jǐngsī
5786	A	警惕	jǐngtì
5787	B	警衛	jǐngwèi
5788	C	警務	jǐngwù
5789	C	警員	jǐngyuán
5790	C	警長	jǐngzhǎng
5791	C	警鐘	jǐngzhōng
5792	A	勁	jìng
5793	C	勁旅	jìnglǚ
5794	B	淨	jìng
5795	B	淨化	jìnghuà
5796	A	竟	jìng
5797	A	竟然	jìngrán
5798	B	敬	jìng
5799	B	敬愛	jìng'ài
5800	C	敬而遠之	jìng'éryuǎnzhī
5801	C	敬酒	jìngjiǔ
5802	B	敬禮	jìnglǐ
5803	C	敬佩	jìngpèi
5804	C	敬意	jìngyì
5805	B	境	jìng
5806	B	境地	jìngdì

5807	B	境界	jìngjiè
5808	C	境內	jìngnèi
5809	C	境外	jìngwài
5810	A	靜	jìng
5811	C	靜電	jìngdiàn
5812	C	靜悄悄	jìngqiāoqiāo
5813	C	靜止	jìngzhǐ
5814	C	靜坐	jìngzuò
5815	C	鏡	jìng
5816	C	鏡面	jìngmiàn
5817	C	鏡片	jìngpiàn
5818	B	鏡頭	jìngtóu
5819	B	鏡子	jìngzi
5820	C	競標	jìngbiāo
5821	C	競猜	jìngcāi
5822	C	競技	jìngjì
5823	C	競拍	jìngpāi
5824	C	競聘	jìngpìn
5825	A	競賽	jìngsài
5826	C	競投	jìngtóu
5827	A	競選	jìngxuǎn
5828	A	競爭	jìngzhēng
5829	C	競逐	jìngzhú
5830	C	競走	jìngzǒu
5831	B	究	jiū
5832	A	究竟	jiūjìng
5833	C	糾纏	jiūchán
5834	A	糾紛	jiūfēn
5835	A	糾正	jiūzhèng
5836	B	揪	jiū
5837	A	九	jiǔ
5838	A	久	jiǔ
5839	B	韮菜	jiǔcài
5840	A	酒	jiǔ
5841	C	酒吧	jiǔbā
5842	A	酒店	jiǔdiàn
5843	C	酒鬼	jiǔguǐ
5844	B	酒會	jiǔhuì
5845	C	酒家	jiǔjiā
5846	B	酒精	jiǔjīng
5847	C	酒廊	jiǔláng
5848	C	酒樓	jiǔlóu
5849	C	酒席	jiǔxí
5850	A	救	jiù
5851	B	救國	jiùguó
5852	B	救護	jiùhù
5853	C	救火	jiùhuǒ
5854	B	救濟	jiùjì
5855	C	救命	jiùmìng
5856	C	救星	jiùxīng
5857	B	救援	jiùyuán
5858	B	救災	jiùzāi
5859	C	救助	jiùzhù
5860	A	就	jiù
5861	C	就餐	jiùcān
5862	C	就此	jiùcǐ
5863	B	就地	jiùdì
5864	C	就讀	jiùdú
5865	B	就近	jiùjìn
5866	C	就任	jiùrèn
5867	A	就是	jiùshì
5868	A	就算	jiùsuàn
5869	C	就緒	jiùxù
5870	C	就學	jiùxué
5871	A	就業	jiùyè
5872	B	就職	jiùzhí
5873	A	舅舅	jiùjiu
5874	C	舅媽	jiùmā
5875	A	舊	jiù
5876	C	舊式	jiùshì
5877	C	舊址	jiùzhǐ
5878	A	居	jū
5879	C	居多	jūduō
5880	C	居留	jūliú
5881	A	居民	jūmín
5882	A	居然	jūrán
5883	B	居室	jūshì
5884	C	居所	jūsuǒ
5885	A	居住	jūzhù
5886	B	拘	jū
5887	C	拘捕	jūbǔ
5888	B	拘留	jūliú
5889	C	拘束	jūshù
5890	B	鞠躬	jūgōng
5891	A	局	jú
5892	A	局部	júbù
5893	A	局面	júmiàn
5894	A	局勢	júshì
5895	B	局限	júxiàn
5896	A	局長	júzhǎng
5897	B	菊花	júhuā
5898	C	橘子	júzi
5899	C	焗油	júyóu
5900	A	舉	jǔ
5901	A	舉辦	jǔbàn
5902	B	舉報	jǔbào
5903	B	舉動	jǔdòng
5904	B	舉例	jǔlì
5905	C	舉世	jǔshì
5906	C	舉世聞名	jǔshìwénmíng
5907	C	舉世矚目	jǔshìzhǔmù
5908	A	舉行	jǔxíng

5909	C	舉止	jǔzhǐ
5910	C	舉重	jǔzhòng
5911	C	舉足輕重	jǔzúqīngzhòng
5912	A	句	jù
5913	A	句子	jùzi
5914	C	巨	jù
5915	C	巨變	jùbiàn
5916	A	巨大	jùdà
5917	B	巨額	jù'é
5918	C	巨浪	jùlàng
5919	C	巨人	jùrén
5920	C	巨無霸	jùwúbà
5921	C	巨響	jùxiǎng
5922	C	巨星	jùxīng
5923	B	巨型	jùxíng
5924	C	巨著	jùzhù
5925	B	具	jù
5926	A	具備	jùbèi
5927	A	具體	jùtǐ
5928	A	具有	jùyǒu
5929	B	拒	jù
5930	A	拒絕	jùjué
5931	B	拒載	jùzài
5932	C	俱	jù
5933	A	俱樂部	jùlèbù
5934	B	距	jù
5935	A	距離	jùlí
5936	A	聚	jù
5937	B	聚餐	jùcān
5938	C	聚合	jùhé
5939	B	聚會	jùhuì
5940	A	聚集	jùjí
5941	B	聚精會神	jùjīnghuìshén
5942	B	聚居	jùjū
5943	A	劇	jù
5944	B	劇本	jùběn
5945	A	劇場	jùchǎng
5946	A	劇烈	jùliè
5947	C	劇目	jùmù
5948	C	劇情	jùqíng
5949	B	劇團	jùtuán
5950	A	劇院	jùyuàn
5951	C	劇作	jùzuò
5952	A	據	jù
5953	C	據稱	jùchēng
5954	B	據點	jùdiǎn
5955	A	據說	jùshuō
5956	A	據悉	jùxī
5957	C	據知	jùzhī
5958	B	鋸	jù
5959	B	捐	juān
5960	B	捐款	juānkuǎn
5961	B	捐獻	juānxiàn
5962	B	捐贈	juānzèng
5963	C	捐助	juānzhù
5964	A	捲	juǎn
5965	B	捲入	juǎnrù
5966	C	捲土重來	juǎntǔchónglái
5967	A	卷	juàn
5968	C	卷子	juànzi
5969	C	絹	juàn
5970	C	圈	juàn
5971	B	抉擇	juézé
5972	B	決	jué
5973	B	決不	juébù
5974	A	決策	juécè
5975	A	決定	juédìng
5976	B	決口	juékǒu
5977	C	決裂	juéliè
5978	A	決賽	juésài
5979	B	決算	juésuàn
5980	A	決心	juéxīn
5981	A	決議	juéyì
5982	B	決戰	juézhàn
5983	B	角色	juésè
5984	B	角逐	juézhú
5985	B	崛起	juéqǐ
5986	B	掘	jué
5987	B	絕	jué
5988	B	絕不	juébù
5989	A	絕對	juéduì
5990	C	絕境	juéjìng
5991	B	絕食	juéshí
5992	B	絕望	juéwàng
5993	C	絕育	juéyù
5994	C	絕緣	juéyuán
5995	C	絕種	juézhǒng
5996	C	爵士	juéshì
5997	B	覺察	juéchá
5998	A	覺得	juéde
5999	A	覺悟	juéwù
6000	B	覺醒	juéxǐng
6001	C	攫取	juéqǔ
6002	B	君	jūn
6003	C	君主	jūnzhǔ
6004	C	君子	jūnzǐ
6005	B	均	jūn
6006	B	均衡	jūnhéng
6007	A	均勻	jūnyún
6008	B	軍	jūn
6009	A	軍備	jūnbèi
6010	A	軍隊	jūnduì

6011	C	軍閥	jūnfá
6012	B	軍方	jūnfāng
6013	C	軍費	jūnfèi
6014	C	軍工	jūngōng
6015	A	軍官	jūnguān
6016	C	軍國主義	jūnguózhǔyì
6017	B	軍火	jūnhuǒ
6018	A	軍艦	jūnjiàn
6019	B	軍警	jūnjǐng
6020	C	軍力	jūnlì
6021	B	軍民	jūnmín
6022	A	軍區	jūnqū
6023	A	軍人	jūnrén
6024	C	軍士	jūnshì
6025	A	軍事	jūnshì
6026	C	軍屬	jūnshǔ
6027	C	軍銜	jūnxián
6028	B	軍醫	jūnyī
6029	B	軍營	jūnyíng
6030	B	軍用	jūnyòng
6031	C	軍政	jūnzhèng
6032	B	軍裝	jūnzhuāng
6033	B	菌	jūn
6034	C	俊	jùn
6035	B	竣工	jùngōng
6036	C	駿馬	jùnmǎ
6037	B	咖啡	kāfēi
6038	A	卡	kǎ
6039	A	卡車	kǎchē
6040	B	卡拉 OK	kǎlā OK
6041	B	卡片	kǎpiàn
6042	C	卡通	kǎtōng
6043	A	開	kāi
6044	A	開辦	kāibàn
6045	B	開採	kāicǎi
6046	A	開除	kāichú
6047	B	開創	kāichuàng
6048	C	開春	kāichūn
6049	C	開刀	kāidāo
6050	A	開動	kāidòng
6051	C	開端	kāiduān
6052	A	開發	kāifā
6053	B	開發區	kāifāqū
6054	B	開飯	kāifàn
6055	A	開放	kāifàng
6056	B	開工	kāigōng
6057	B	開關	kāiguān
6058	C	開國	kāiguó
6059	C	開花	kāihuā
6060	B	開化	kāihuà
6061	C	開荒	kāihuāng
6062	A	開會	kāihuì
6063	B	開火	kāihuǒ
6064	B	開課	kāikè
6065	C	開墾	kāikěn
6066	B	開口	kāikǒu
6067	B	開闊	kāikuò
6068	B	開朗	kāilǎng
6069	C	開路	kāilù
6070	B	開門	kāimén
6071	B	開明	kāimíng
6072	A	開幕	kāimù
6073	B	開幕式	kāimùshì
6074	B	開闢	kāipì
6075	C	開啟	kāiqǐ
6076	C	開竅（兒）	kāiqiào(r)
6077	A	開設	kāishè
6078	A	開始	kāishǐ
6079	C	開市	kāishì
6080	B	開水	kāishuǐ
6081	C	開天闢地	kāitiānpìdì
6082	C	開庭	kāitíng
6083	B	開通	kāi•tōng
6084	B	開頭	kāitóu
6085	A	開拓	kāituò
6086	A	開玩笑	kāiwánxiào
6087	C	開銷	kāixiāo
6088	A	開心	kāixīn
6089	A	開學	kāixué
6090	C	開演	kāiyǎn
6091	B	開業	kāiyè
6092	C	開夜車	kāiyèchē
6093	A	開展	kāizhǎn
6094	B	開戰	kāizhàn
6095	C	開張	kāizhāng
6096	A	開支	kāizhī
6097	B	凱旋	kǎixuán
6098	C	楷模	kǎimó
6099	C	刊	kān
6100	A	刊登	kāndēng
6101	A	刊物	kānwù
6102	B	刊載	kānzǎi
6103	A	看	kān
6104	C	看管	kānguǎn
6105	B	看守	kānshǒu
6106	C	勘察	kānchá
6107	B	勘探	kāntàn
6108	C	堪稱	kānchēng
6109	C	坎坷	kǎnkě
6110	B	侃	kǎn
6111	A	砍	kǎn
6112	C	砍伐	kǎnfá

6113	A	看	kàn
6114	A	看病	kànbìng
6115	A	看不起	kàn•bùqǐ
6116	C	看成	kànchéng
6117	A	看待	kàndài
6118	C	看淡	kàndàn
6119	C	看點	kàndiǎn
6120	A	看法	kànfǎ
6121	C	看好	kànhǎo
6122	A	看見	kàn•jiàn
6123	A	看來	kànlái
6124	C	看齊	kànqí
6125	C	看起來	kàn•qǐ•lái
6126	B	看台	kàntái
6127	A	看望	kàn•wàng
6128	B	看樣子	kànyàngzi
6129	B	看作	kànzuò
6130	B	康復	kāngfù
6131	C	康樂	kānglè
6132	B	慷慨	kāngkǎi
6133	A	扛	káng
6134	B	抗	kàng
6135	C	抗旱	kànghàn
6136	C	抗衡	kànghéng
6137	C	抗洪	kànghóng
6138	B	抗擊	kàngjī
6139	B	抗拒	kàngjù
6140	A	抗議	kàngyì
6141	C	抗戰	kàngzhàn
6142	C	抗爭	kàngzhēng
6143	C	炕	kàng
6144	A	考	kǎo
6145	A	考察	kǎochá
6146	B	考古	kǎogǔ
6147	A	考核	kǎohé
6148	C	考究	kǎo•jiū
6149	A	考慮	kǎolǜ
6150	C	考勤	kǎoqín
6151	B	考取	kǎoqǔ
6152	B	考生	kǎoshēng
6153	A	考試	kǎoshì
6154	C	考研	kǎoyán
6155	A	考驗	kǎoyàn
6156	C	拷貝	kǎobèi
6157	A	烤	kǎo
6158	A	靠	kào
6159	C	靠邊	kàobiān
6160	A	靠近	kàojìn
6161	B	靠攏	kàolǒng
6162	C	靠山	kàoshān
6163	A	科	kē
6164	A	科技	kējì
6165	B	科目	kēmù
6166	B	科普	kēpǔ
6167	B	科室	kēshì
6168	A	科學	kēxué
6169	A	科學家	kēxuéjiā
6170	A	科學院	kēxuéyuàn
6171	A	科研	kēyán
6172	C	科長	kēzhǎng
6173	C	苛刻	kēkè
6174	A	棵	kē
6175	B	磕	kē
6176	B	磕頭	kētóu
6177	C	蝌蚪	kēdǒu
6178	A	顆	kē
6179	C	顆粒	kēlì
6180	A	咳	ké
6181	A	咳嗽	késou
6182	B	殼	ké
6183	A	可	kě
6184	A	可愛	kě’ài
6185	A	可不是	kě•búshì
6186	C	可持續發展	kěchíxùfāzhǎn
6187	C	可恥	kěchǐ
6188	C	可歌可泣	kěgēkěqì
6189	B	可觀	kěguān
6190	B	可貴	kěguì
6191	A	可見	kějiàn
6192	A	可靠	kěkào
6193	B	可口	kěkǒu
6194	A	可憐	kělián
6195	A	可能	kěnéng
6196	A	可能性	kěnéngxìng
6197	A	可怕	kěpà
6198	C	可氣	kěqì
6199	C	可取	kěqǔ
6200	C	可圈可點	kěquānkědiǎn
6201	A	可是	kěshì
6202	B	可謂	kěwèi
6203	B	可惡	kěwù
6204	A	可惜	kěxī
6205	B	可喜	kěxǐ
6206	C	可想而知	kěxiǎng’érzhī
6207	A	可笑	kěxiào
6208	C	可心	kěxīn
6209	C	可信	kěxìn
6210	A	可行	kěxíng
6211	C	可行性	kěxíngxìng
6212	B	可疑	kěyí
6213	A	可以	kěyǐ
6214	A	渴	kě

6215	A	渴望	kěwàng
6216	A	克	kè
6217	A	克服	kèfú
6218	B	克隆	kèlóng
6219	B	克制	kèzhì
6220	A	刻	kè
6221	C	刻畫	kèhuà
6222	A	刻苦	kèkǔ
6223	C	刻意	kèyì
6224	A	客	kè
6225	B	客車	kèchē
6226	C	客串	kèchuàn
6227	C	客房	kèfáng
6228	A	客觀	kèguān
6229	B	客戶	kèhù
6230	B	客機	kèjī
6231	C	客流	kèliú
6232	A	客氣	kèqi
6233	A	客人	kè•rén
6234	C	客商	kèshāng
6235	B	客廳	kètīng
6236	B	客運	kèyùn
6237	A	課	kè
6238	A	課本	kèběn
6239	A	課程	kèchéng
6240	B	課時	kèshí
6241	A	課室	kèshì
6242	A	課堂	kètáng
6243	B	課題	kètí
6244	A	課外	kèwài
6245	A	課文	kèwén
6246	C	課業	kèyè
6247	B	課餘	kèyú
6248	A	肯	kěn
6249	A	肯定	kěndìng
6250	B	啃	kěn
6251	B	懇切	kěnqiè
6252	C	懇求	kěnqiú
6253	A	坑	kēng
6254	C	坑坑窪窪	kēngkengwāwā
6255	A	空	kōng
6256	B	空洞	kōngdòng
6257	B	空港	kōnggǎng
6258	B	空話	kōnghuà
6259	A	空間	kōngjiān
6260	B	空姐	kōngjiě
6261	A	空軍	kōngjūn
6262	C	空難	kōngnàn
6263	A	空氣	kōngqì
6264	A	空前	kōngqián
6265	C	空手	kōngshǒu
6266	B	空調	kōngtiáo
6267	C	空襲	kōngxí
6268	B	空想	kōngxiǎng
6269	B	空心	kōngxīn
6270	B	空虛	kōngxū
6271	B	空運	kōngyùn
6272	C	空置	kōngzhì
6273	A	空中	kōngzhōng
6274	A	孔	kǒng
6275	B	孔雀	kǒngquè
6276	C	恐	kǒng
6277	A	恐怖	kǒngbù
6278	B	恐嚇	kǒnghè
6279	C	恐慌	kǒnghuāng
6280	B	恐懼	kǒngjù
6281	C	恐龍	kǒnglóng
6282	A	恐怕	kǒngpà
6283	A	空	kòng
6284	B	空白	kòngbái
6285	C	空地	kòngdì
6286	C	空缺	kòngquē
6287	C	空位	kòngwèi
6288	B	空隙	kòngxì
6289	C	空閒	kòngxián
6290	B	控	kòng
6291	B	控告	kònggào
6292	B	控訴	kòngsù
6293	A	控制	kòngzhì
6294	C	控罪	kòngzuì
6295	B	摳	kōu
6296	A	口	kǒu
6297	B	口岸	kǒu'àn
6298	C	口碑	kǒubēi
6299	C	口才	kǒucái
6300	A	口袋	kǒudai
6301	A	口號	kǒuhào
6302	C	口紅	kǒuhóng
6303	C	口角	kǒujiǎo
6304	B	口徑	kǒujìng
6305	C	口糧	kǒuliáng
6306	B	口氣	kǒu•qì
6307	C	口腔	kǒuqiāng
6308	B	口試	kǒushì
6309	C	口水	kǒushuǐ
6310	A	口頭	kǒutóu
6311	C	口味	kǒuwèi
6312	C	口吻	kǒuwěn
6313	C	口音	kǒuyīn
6314	B	口語	kǒuyǔ
6315	C	口罩（兒）	kǒuzhào(r)
6316	B	口子	kǒuzi

6317	A	扣	kòu
6318	B	扣除	kòuchú
6319	B	扣留	kòuliú
6320	C	扣人心弦	kòurénxīnxián
6321	B	枯	kū
6322	C	枯竭	kūjié
6323	B	枯燥	kūzào
6324	A	哭	kū
6325	C	哭泣	kūqì
6326	B	窟窿	kūlong
6327	A	苦	kǔ
6328	C	苦處	kǔchu
6329	C	苦幹	kǔgàn
6330	C	苦功	kǔgōng
6331	B	苦難	kǔnàn
6332	B	苦惱	kǔnǎo
6333	C	苦澀	kǔsè
6334	C	苦心	kǔxīn
6335	C	苦戰	kǔzhàn
6336	C	苦衷	kǔzhōng
6337	B	庫	kù
6338	B	庫存	kùcún
6339	B	庫房	kùfáng
6340	B	酷	kù
6341	C	酷熱	kùrè
6342	C	酷暑	kùshǔ
6343	B	褲	kù
6344	A	褲子	kùzi
6345	A	誇	kuā
6346	C	誇大	kuādà
6347	C	誇獎	kuājiǎng
6348	C	誇耀	kuāyào
6349	B	誇張	kuāzhāng
6350	A	垮	kuǎ
6351	B	垮台	kuǎtái
6352	A	跨	kuà
6353	C	跨越	kuàyuè
6354	B	挎	kuà
6355	A	快	kuài
6356	B	快餐	kuàicān
6357	B	快車	kuàichē
6358	C	快遞	kuàidì
6359	C	快攻	kuàigōng
6360	B	快活	kuàihuo
6361	C	快捷	kuàijié
6362	A	快樂	kuàilè
6363	C	快慢	kuàimàn
6364	A	快速	kuàisù
6365	A	塊	kuài
6366	A	會計	kuài•jì
6367	B	會計師	kuàijìshī
6368	B	筷子	kuàizi
6369	C	膾炙人口	kuàizhìrénkǒu
6370	A	寬	kuān
6371	B	寬敞	kuān•chǎng
6372	B	寬大	kuāndà
6373	C	寬帶	kuāndài
6374	B	寬廣	kuānguǎng
6375	B	寬闊	kuānkuò
6376	C	寬容	kuānróng
6377	C	寬恕	kuānshù
6378	C	寬鬆	kuānsōng
6379	C	寬裕	kuānyù
6380	A	款	kuǎn
6381	B	款待	kuǎndài
6382	C	款式	kuǎnshì
6383	B	款項	kuǎnxiàng
6384	C	款爺	kuǎnyé
6385	A	筐	kuāng
6386	A	狂	kuáng
6387	B	狂風	kuángfēng
6388	C	狂歡	kuánghuān
6389	C	狂熱	kuángrè
6390	C	狂人	kuángrén
6391	C	狂妄	kuángwàng
6392	A	況且	kuàngqiě
6393	B	框	kuàng
6394	B	框框	kuàngkuang
6395	C	曠工	kuànggōng
6396	C	曠課	kuàngkè
6397	A	礦	kuàng
6398	B	礦藏	kuàngcáng
6399	C	礦產	kuàngchǎn
6400	C	礦工	kuànggōng
6401	C	礦井	kuàngjǐng
6402	C	礦區	kuàngqū
6403	A	礦泉水	kuàngquánshuǐ
6404	C	礦山	kuàngshān
6405	B	礦石	kuàngshí
6406	C	礦物	kuàngwù
6407	C	礦物質	kuàngwùzhì
6408	C	窺視	kuīshì
6409	B	虧	kuī
6410	C	虧待	kuīdài
6411	C	虧蝕	kuīshí
6412	A	虧損	kuīsǔn
6413	C	葵花	kuíhuā
6414	C	傀儡	kuǐlěi
6415	A	昆蟲	kūnchóng
6416	A	捆	kǔn
6417	A	困	kùn
6418	C	困惑	kùnhuò

6419	A	困境	kùnjìng
6420	B	困苦	kùnkǔ
6421	A	困難	kùnnan
6422	B	困擾	kùnrǎo
6423	C	括號	kuòhào
6424	A	闊	kuò
6425	C	擴	kuò
6426	B	擴充	kuòchōng
6427	A	擴大	kuòdà
6428	A	擴建	kuòjiàn
6429	B	擴散	kuòsàn
6430	A	擴展	kuòzhǎn
6431	B	擴張	kuòzhāng
6432	A	垃圾	lājī
6433	A	拉	lā
6434	C	拉扯	lāche
6435	C	拉攏	lā•lǒng
6436	C	拉鎖（兒）	lāsuǒ(r)
6437	A	喇叭	lǎba
6438	C	喇嘛	lǎma
6439	A	落	là
6440	B	辣	là
6441	B	辣椒	làjiāo
6442	C	臘月	làyuè
6443	C	蠟	là
6444	B	蠟燭	làzhú
6445	A	啦	la
6446	A	來	lái
6447	B	來賓	láibīn
6448	B	來不及	lái•bùjí
6449	C	來到	láidào
6450	B	來得及	láidejí
6451	C	來電	láidiàn
6452	B	來訪	láifǎng
6453	C	來函	láihán
6454	A	來回	láihuí
6455	C	來勁（兒）	láijìn(r)
6456	B	來客	láikè
6457	B	來歷	láilì
6458	C	來料	láiliào
6459	B	來臨	láilín
6460	B	來年	láinián
6461	B	來人	láirén
6462	C	來勢	láishì
6463	A	來往	láiwǎng
6464	A	來信	láixìn
6465	A	來源	láiyuán
6466	A	來自	láizì
6467	A	賴	lài
6468	C	闌尾炎	lánwěiyán
6469	A	藍	lán
6470	C	藍籌股	lánchóugǔ
6471	C	藍領	lánlǐng
6472	C	藍天	lántiān
6473	C	藍圖	lántú
6474	B	攔	lán
6475	C	攔截	lánjié
6476	A	籃球	lánqiú
6477	B	籃子	lánzi
6478	B	欄	lán
6479	B	欄杆	lángān
6480	C	蘭花	lánhuā
6481	A	懶	lǎn
6482	C	懶得	lǎnde
6483	B	懶惰	lǎnduò
6484	C	攬	lǎn
6485	C	濫	làn
6486	B	濫用	lànyòng
6487	A	爛	làn
6488	C	爛攤子	làntānzi
6489	C	爛尾樓	lànwěilóu
6490	A	狼	láng
6491	B	狼狽	lángbèi
6492	B	朗讀	lǎngdú
6493	A	朗誦	lǎngsòng
6494	A	浪	làng
6495	B	浪潮	làngcháo
6496	A	浪費	làngfèi
6497	C	浪花	lànghuā
6498	B	浪漫	làngmàn
6499	C	浪頭	làngtou
6500	A	撈	lāo
6501	B	牢	láo
6502	B	牢房	láofáng
6503	A	牢固	láogù
6504	B	牢記	láojì
6505	A	牢騷	láo•sāo
6506	B	勞	láo
6507	C	勞保	láobǎo
6508	A	勞動	láodòng
6509	C	勞動節	Láodòngjié
6510	A	勞動力	láodònglì
6511	B	勞動者	láodòngzhě
6512	C	勞改	láogǎi
6513	B	勞工	láogōng
6514	B	勞駕	láojià
6515	C	勞教	láojiào
6516	B	勞累	láolèi
6517	B	勞力	láolì
6518	C	勞碌	láolù
6519	C	勞模	láomó
6520	C	勞務	láowù

6521	B	勞務市場	láowùshìchǎng
6522	C	勞作	láozuò
6523	A	老	lǎo
6524	A	老百姓	lǎobǎixìng
6525	A	老闆	lǎobǎn
6526	B	老伴（兒）	lǎobàn(r)
6527	C	老伯	lǎobó
6528	C	老成	lǎochéng
6529	B	老大	lǎodà
6530	C	老大難	lǎodànán
6531	C	老爹	lǎodiē
6532	C	老姑娘	lǎogūniang
6533	B	老漢	lǎohàn
6534	A	老虎	lǎohǔ
6535	B	老化	lǎohuà
6536	B	老家	lǎojiā
6537	C	老將	lǎojiàng
6538	A	老年	lǎonián
6539	B	老年人	lǎoniánrén
6540	C	老農	lǎonóng
6541	A	老婆	lǎopo
6542	A	老人	lǎorén
6543	A	老人家	lǎo•rén•jiā
6544	B	老少	lǎoshào
6545	A	老師	lǎoshī
6546	B	老式	lǎoshì
6547	A	老是	lǎo•shì
6548	A	老實	lǎoshi
6549	B	老鼠	lǎoshǔ
6550	B	老太婆	lǎotàipó
6551	A	老太太	lǎotàitai
6552	B	老天爺	lǎotiānyé
6553	B	老頭（兒）	lǎotóu(r)
6554	B	老頭子	lǎotóuzi
6555	A	老外	lǎowài
6556	A	老鄉	lǎoxiāng
6557	B	老爺	lǎoye
6558	C	老爺爺	lǎoyéye
6559	B	老一輩	lǎoyíbèi
6560	C	老早	lǎozǎo
6561	A	姥姥	lǎolao
6562	C	姥爺	lǎoye
6563	C	烙餅	làobǐng
6564	C	澇	lào
6565	B	勒索	lèsuǒ
6566	A	樂	lè
6567	A	樂觀	lèguān
6568	A	樂趣	lèqù
6569	B	樂意	lèyì
6570	C	樂於	lèyú
6571	B	樂園	lèyuán
6572	A	了	le
6573	B	勒	lēi
6574	A	雷	léi
6575	B	雷達	léidá
6576	B	雷雨	léiyǔ
6577	C	累積	lěijī
6578	B	累計	lěijì
6579	B	壘	lěi
6580	C	肋骨	lèigǔ
6581	A	淚	lèi
6582	C	淚水	lèishuǐ
6583	A	累	lèi
6584	C	擂台賽	lèitáisài
6585	A	類	lèi
6586	B	類別	lèibié
6587	A	類似	lèisì
6588	A	類型	lèixíng
6589	C	棱	léng
6590	A	冷	lěng
6591	C	冷藏	lěngcáng
6592	B	冷淡	lěngdàn
6593	C	冷凍	lěngdòng
6594	C	冷汗	lěnghàn
6595	A	冷靜	lěngjìng
6596	C	冷庫	lěngkù
6597	C	冷落	lěngluò
6598	C	冷門	lěngmén
6599	C	冷漠	lěngmò
6600	B	冷氣	lěngqì
6601	A	冷卻	lěngquè
6602	C	冷水	lěngshuǐ
6603	B	冷飲	lěngyǐn
6604	B	冷戰	lěngzhàn
6605	A	愣	lèng
6606	A	梨	lí
6607	C	犁	lí
6608	B	黎明	límíng
6609	C	罹難	línàn
6610	C	釐定	lídìng
6611	A	釐米	límǐ
6612	A	離	lí
6613	C	離別	líbié
6614	C	離島	lídǎo
6615	A	離婚	líhūn
6616	C	離境	líjìng
6617	A	離開	líkāi
6618	C	離譜（兒）	lípǔ(r)
6619	C	離去	líqù
6620	C	離心	líxīn
6621	C	離休	líxiū
6622	C	離職	lízhí

6623	C	籬笆	líba
6624	A	里	lǐ
6625	C	里程	lǐchéng
6626	C	里程碑	lǐchéngbēi
6627	A	理	lǐ
6628	C	理財	lǐcái
6629	C	理睬	lǐcǎi
6630	A	理髮	lǐfà
6631	C	理工科	lǐgōngkē
6632	B	理會	lǐhuì
6633	A	理解	lǐjiě
6634	B	理科	lǐkē
6635	A	理論	lǐlùn
6636	C	理念	lǐniàn
6637	A	理事	lǐshì
6638	B	理事會	lǐshìhuì
6639	B	理順	lǐshùn
6640	B	理所當然	lǐsuǒdāngrán
6641	A	理想	lǐxiǎng
6642	B	理性	lǐxìng
6643	C	理應	lǐyīng
6644	A	理由	lǐyóu
6645	B	理直氣壯	lǐzhíqìzhuàng
6646	B	理智	lǐzhì
6647	A	禮	lǐ
6648	A	禮拜	lǐbài
6649	A	禮拜日	lǐbàirì
6650	C	禮服	lǐfú
6651	B	禮節	lǐjié
6652	A	禮貌	lǐmào
6653	B	禮品	lǐpǐn
6654	A	禮堂	lǐtáng
6655	A	禮物	lǐwù
6656	C	禮儀	lǐyí
6657	A	裏	lǐ
6658	A	裏邊	lǐ•biān
6659	A	裏面	lǐ•miàn
6660	A	裏頭	lǐtou
6661	C	裏外	lǐwài
6662	C	鯉魚	lǐyú
6663	A	力	lì
6664	A	力量	lì•liàng
6665	A	力氣	lìqi
6666	A	力求	lìqiú
6667	C	力所能及	lìsuǒnéngjí
6668	B	力圖	lìtú
6669	C	力學	lìxué
6670	A	力爭	lìzhēng
6671	A	立	lì
6672	C	立案	lì'àn
6673	A	立場	lìchǎng
6674	A	立法	lìfǎ
6675	C	立法會	lìfǎhuì
6676	B	立方	lìfāng
6677	B	立方米	lìfāngmǐ
6678	A	立即	lìjí
6679	C	立交橋	lìjiāoqiáo
6680	A	立刻	lìkè
6681	B	立體	lìtǐ
6682	C	立體聲	lìtǐshēng
6683	C	立憲	lìxiàn
6684	C	立項	lìxiàng
6685	B	立志	lìzhì
6686	B	立足	lìzú
6687	A	利	lì
6688	C	利弊	lìbì
6689	B	利害	lìhài
6690	C	利好	lìhǎo
6691	B	利落	lìluo
6692	B	利率	lìlǜ
6693	A	利潤	lìrùn
6694	C	利市	lìshì
6695	C	利稅	lìshuì
6696	B	利息	lìxī
6697	A	利益	lìyì
6698	A	利用	lìyòng
6699	A	例	lì
6700	C	例會	lìhuì
6701	A	例如	lìrú
6702	B	例外	lìwài
6703	C	例行	lìxíng
6704	C	例證	lìzhèng
6705	A	例子	lìzi
6706	B	栗子	lìzi
6707	B	荔枝	lìzhī
6708	A	粒	lì
6709	B	粒子	lìzǐ
6710	C	蒞臨	lìlín
6711	A	厲害	lìhai
6712	B	歷程	lìchéng
6713	B	歷次	lìcì
6714	B	歷代	lìdài
6715	B	歷屆	lìjiè
6716	A	歷來	lìlái
6717	B	歷年	lìnián
6718	C	歷任	lìrèn
6719	B	歷時	lìshí
6720	A	歷史	lìshǐ
6721	B	歷史性	lìshǐxìng
6722	C	隸屬	lìshǔ
6723	C	瀝青	lìqīng
6724	A	倆	liǎ

6725	A	連	lián
6726	C	連串	liánchuàn
6727	B	連帶	liándài
6728	B	連貫	liánguàn
6729	C	連滾帶爬	liángǔndàipá
6730	C	連環	liánhuán
6731	A	連接	liánjiē
6732	C	連結	liánjié
6733	B	連連	liánlián
6734	A	連忙	liánmáng
6735	B	連綿	liánmián
6736	B	連年	liánnián
6737	C	連任	liánrèn
6738	B	連日	liánrì
6739	B	連聲	liánshēng
6740	C	連鎖	liánsuǒ
6741	B	連鎖店	liánsuǒdiàn
6742	B	連同	liántóng
6743	A	連續	liánxù
6744	B	連續劇	liánxùjù
6745	B	連夜	liányè
6746	C	連長	liánzhǎng
6747	B	廉價	liánjià
6748	B	廉潔	liánjié
6749	B	廉政	liánzhèng
6750	C	蓮花	liánhuā
6751	C	蓮子	liánzǐ
6752	A	聯邦	liánbāng
6753	B	聯播	liánbō
6754	C	聯防	liánfáng
6755	A	聯合	liánhé
6756	C	聯合國	Liánhéguó
6757	A	聯歡	liánhuān
6758	B	聯歡會	liánhuānhuì
6759	C	聯結	liánjié
6760	B	聯軍	liánjūn
6761	A	聯絡	liánluò
6762	A	聯盟	liánméng
6763	B	聯名	liánmíng
6764	B	聯賽	liánsài
6765	C	聯手	liánshǒu
6766	A	聯網	liánwǎng
6767	C	聯席	liánxí
6768	A	聯繫	liánxì
6769	A	聯想	liánxiǎng
6770	C	聯誼會	liányìhuì
6771	B	聯營	liányíng
6772	A	臉	liǎn
6773	B	臉盆	liǎnpén
6774	B	臉色	liǎnsè
6775	A	煉	liàn
6776	C	煉油	liànyóu
6777	A	練	liàn
6778	B	練兵	liànbīng
6779	A	練習	liànxí
6780	C	鏈子	liànzi
6781	B	戀	liàn
6782	A	戀愛	liàn'ài
6783	C	戀人	liànrén
6784	B	良	liáng
6785	A	良好	liánghǎo
6786	C	良機	liángjī
6787	B	良心	liángxīn
6788	C	良性	liángxìng
6789	C	良種	liángzhǒng
6790	B	樑	liáng
6791	A	涼	liáng
6792	A	涼快	liángkuai
6793	B	涼爽	liángshuǎng
6794	B	涼水	liángshuǐ
6795	C	涼鞋	liángxié
6796	A	量	liáng
6797	C	量度	liángdù
6798	A	糧食	liángshi
6799	A	兩	liǎng
6800	C	兩岸	liǎng'àn
6801	C	兩側	liǎngcè
6802	B	兩極	liǎngjí
6803	C	兩面	liǎngmiàn
6804	A	兩旁	liǎngpáng
6805	B	兩手	liǎngshǒu
6806	C	兩樣	liǎngyàng
6807	A	亮	liàng
6808	C	亮點	liàngdiǎn
6809	C	亮光	liàngguāng
6810	B	亮麗	liànglì
6811	B	亮相	liàngxiàng
6812	B	晾	liàng
6813	A	量	liàng
6814	B	量化	liànghuà
6815	A	諒解	liàngjiě
6816	A	輛	liàng
6817	C	靚麗	liànglì
6818	A	聊	liáo
6819	A	聊天（兒）	liáotiān(r)
6820	C	嘹亮	liáoliàng
6821	B	遼闊	liáokuò
6822	C	療法	liáofǎ
6823	B	療效	liáoxiào
6824	B	療養	liáoyǎng
6825	C	療養院	liáoyǎngyuàn
6826	C	潦草	liáocǎo

6827	C	了不得	liǎo•bù•dé
6828	A	了不起	liǎo•bùqǐ
6829	A	了解	liǎojiě
6830	A	料	liào
6831	B	料理	liàolǐ
6832	C	料子	liàozi
6833	A	列	liè
6834	A	列車	lièchē
6835	B	列出	lièchū
6836	B	列舉	lièjǔ
6837	C	列強	lièqiáng
6838	B	列入	lièrù
6839	B	列席	lièxí
6840	B	劣	liè
6841	C	劣勢	lièshì
6842	C	劣質	lièzhì
6843	B	烈火	lièhuǒ
6844	C	烈日	lièrì
6845	A	烈士	lièshì
6846	A	裂	liè
6847	C	裂縫	lièfèng
6848	B	獵人	lièrén
6849	C	獵物	lièwù
6850	A	林	lín
6851	B	林場	línchǎng
6852	C	林海	línhǎi
6853	C	林立	línlì
6854	C	林木	línmù
6855	C	林區	línqū
6856	B	林業	línyè
6857	B	淋	lín
6858	C	淋巴	línbā
6859	C	淋浴	línyù
6860	C	鄰	lín
6861	C	鄰邦	línbāng
6862	B	鄰國	línguó
6863	B	鄰近	línjìn
6864	A	鄰居	línjū
6865	C	鄰里	línlǐ
6866	C	磷	lín
6867	A	臨	lín
6868	B	臨場	línchǎng
6869	A	臨床	línchuáng
6870	B	臨近	línjìn
6871	A	臨時	línshí
6872	B	臨時工	línshígōng
6873	C	臨行	línxíng
6874	C	伶俐	líng•lì
6875	C	玲瓏	línglóng
6876	A	凌晨	língchén
6877	C	凌駕	língjià
6878	C	聆聽	língtīng
6879	C	聆訊	língxùn
6880	C	羚羊	língyáng
6881	B	鈴	líng
6882	B	鈴聲	língshēng
6883	A	零	líng
6884	C	零點	língdiǎn
6885	A	零件	língjiàn
6886	C	零距離	língjùlí
6887	B	零錢	língqián
6888	C	零散	língsǎn
6889	C	零食	língshí
6890	A	零售	língshòu
6891	C	零售額	língshòu'é
6892	B	零碎	língsuì
6893	C	零下	língxià
6894	B	零星	língxīng
6895	C	零用	língyòng
6896	C	齡	líng
6897	B	靈	líng
6898	B	靈感	línggǎn
6899	A	靈魂	línghún
6900	A	靈活	línghuó
6901	B	靈敏	língmǐn
6902	B	靈巧	língqiǎo
6903	B	靈通	língtōng
6904	A	領	lǐng
6905	C	領帶	lǐngdài
6906	A	領導	lǐngdǎo
6907	C	領導權	lǐngdǎoquán
6908	A	領導人	lǐngdǎorén
6909	B	領隊	lǐngduì
6910	A	領會	lǐnghuì
6911	C	領空	lǐngkōng
6912	C	領略	lǐnglüè
6913	B	領取	lǐngqǔ
6914	B	領事	lǐngshì
6915	B	領事館	lǐngshìguǎn
6916	A	領土	lǐngtǔ
6917	C	領悟	lǐngwù
6918	A	領先	lǐngxiān
6919	A	領袖	lǐngxiù
6920	A	領域	lǐngyù
6921	C	領子	lǐngzi
6922	B	嶺	lǐng
6923	A	令	lìng
6924	A	另	lìng
6925	C	另類	lìnglèi
6926	A	另外	lìngwài
6927	C	另行	lìngxíng
6928	A	溜	liū

6929	C	溜冰	liūbīng
6930	C	溜達	liūda
6931	A	流	liú
6932	C	流產	liúchǎn
6933	C	流暢	liúchàng
6934	C	流程	liúchéng
6935	A	流傳	liúchuán
6936	C	流竄	liúcuàn
6937	A	流動	liúdòng
6938	B	流毒	liúdú
6939	C	流放	liúfàng
6940	C	流感	liúgǎn
6941	C	流寇	liúkòu
6942	B	流浪	liúlàng
6943	B	流利	liúlì
6944	A	流量	liúliàng
6945	B	流露	liúlù
6946	C	流落	liúluò
6947	C	流氓	liúmáng
6948	C	流氣	liú•qì
6949	B	流失	liúshī
6950	A	流水	liúshuǐ
6951	A	流通	liútōng
6952	B	流亡	liúwáng
6953	A	流行	liúxíng
6954	C	流行曲	liúxíngqǔ
6955	A	流血	liúxuè
6956	A	流域	liúyù
6957	A	留	liú
6958	C	留成	liúchéng
6959	C	留級	liújí
6960	B	留戀	liúliàn
6961	B	留念	liúniàn
6962	C	留神	liúshén
6963	B	留心	liúxīn
6964	A	留學	liúxué
6965	A	留學生	liúxuéshēng
6966	C	留言	liúyán
6967	B	留意	liúyì
6968	C	硫酸	liúsuān
6969	C	瘤子	liúzi
6970	C	瀏覽	liúlǎn
6971	B	柳樹	liǔshù
6972	A	六	liù
6973	C	六合彩	liùhécǎi
6974	C	遛	liù
6975	C	隆隆	lónglóng
6976	A	隆重	lóngzhòng
6977	A	龍	lóng
6978	B	龍門	lóngmén
6979	C	龍舟	lóngzhōu
6980	C	籠	lóng
6981	B	籠子	lóngzi
6982	B	聾	lóng
6983	C	聾啞人	lóngyǎrén
6984	A	壟斷	lǒngduàn
6985	C	攏	lǒng
6986	C	籠統	lǒngtǒng
6987	B	籠罩	lǒngzhào
6988	A	樓	lóu
6989	B	樓道	lóudào
6990	A	樓房	lóufáng
6991	B	樓花	lóuhuā
6992	C	樓盤	lóupán
6993	C	樓市	lóushì
6994	B	樓梯	lóutī
6995	C	樓宇	lóuyǔ
6996	B	摟	lǒu
6997	A	漏	lòu
6998	B	漏洞	lòudòng
6999	B	漏稅	lòushuì
7000	A	露	lòu
7001	B	露面	lòumiàn
7002	B	爐	lú
7003	A	爐子	lúzi
7004	C	鹵水	lǔshuǐ
7005	C	魯莽	lǔmǎng
7006	B	陸	lù
7007	B	陸地	lùdì
7008	A	陸軍	lùjūn
7009	A	陸續	lùxù
7010	C	陸戰隊	lùzhànduì
7011	C	鹿	lù
7012	A	路	lù
7013	B	路程	lùchéng
7014	C	路燈	lùdēng
7015	C	路段	lùduàn
7016	C	路費	lùfèi
7017	C	路軌	lùguǐ
7018	A	路過	lùguò
7019	C	路徑	lùjìng
7020	B	路口	lùkǒu
7021	C	路況	lùkuàng
7022	A	路面	lùmiàn
7023	C	路牌	lùpái
7024	C	路人	lùrén
7025	A	路上	lùshang
7026	C	路途	lùtú
7027	A	路線	lùxiàn
7028	C	路向	lùxiàng
7029	B	路子	lùzi
7030	A	錄	lù

7031	B	錄取	lùqǔ
7032	A	錄像	lùxiàng
7033	C	錄像機	lùxiàngjī
7034	A	錄音	lùyīn
7035	C	錄音帶	lùyīndài
7036	A	錄音機	lùyīnjī
7037	B	錄用	lùyòng
7038	A	露	lù
7039	B	露水	lù•shuǐ
7040	C	露宿	lùsù
7041	B	露天	lùtiān
7042	B	驢	lǘ
7043	B	旅	lǚ
7044	C	旅程	lǚchéng
7045	B	旅店	lǚdiàn
7046	A	旅館	lǚguǎn
7047	A	旅客	lǚkè
7048	B	旅途	lǚtú
7049	A	旅行	lǚxíng
7050	C	旅行社	lǚxíngshè
7051	A	旅遊	lǚyóu
7052	B	旅遊業	lǚyóuyè
7053	B	屢	lǚ
7054	B	屢次	lǚcì
7055	A	履行	lǚxíng
7056	B	鋁	lǚ
7057	C	縷	lǚ
7058	A	律師	lǜshī
7059	C	律政司	lǜzhèngsī
7060	C	氯氣	lǜqì
7061	A	綠	lǜ
7062	C	綠燈	lǜdēng
7063	C	綠地	lǜdì
7064	C	綠豆	lǜdòu
7065	A	綠化	lǜhuà
7066	A	綠卡	lǜkǎ
7067	A	綠色	lǜsè
7068	B	綠色食品	lǜsèshípǐn
7069	C	濾	lǜ
7070	B	卵	luǎn
7071	A	亂	luàn
7072	B	亂七八糟	luànqībāzāo
7073	C	掠	lüè
7074	B	掠奪	lüèduó
7075	A	略	lüè
7076	B	略微	lüèwēi
7077	C	略為	lüèwéi
7078	C	掄	lūn
7079	C	倫理	lúnlǐ
7080	C	淪陷	lúnxiàn
7081	A	輪	lún
7082	A	輪船	lúnchuán
7083	C	輪候	lúnhòu
7084	C	輪換	lúnhuàn
7085	B	輪廓	lúnkuò
7086	A	輪流	lúnliú
7087	C	輪胎	lúntāi
7088	C	輪椅	lúnyǐ
7089	B	輪子	lúnzi
7090	A	論	lùn
7091	C	論處	lùnchǔ
7092	B	論點	lùndiǎn
7093	C	論調	lùndiào
7094	C	論斷	lùnduàn
7095	B	論據	lùnjù
7096	B	論述	lùnshù
7097	B	論壇	lùntán
7098	A	論文	lùnwén
7099	B	論證	lùnzhèng
7100	C	蘿蔔	luóbo
7101	C	螺絲	luósī
7102	C	螺絲釘	luósīdīng
7103	C	羅列	luóliè
7104	A	邏輯	luóji
7105	C	籮筐	luókuāng
7106	B	鑼	luó
7107	C	裸體	luǒtǐ
7108	A	落	luò
7109	B	落成	luòchéng
7110	B	落地	luòdì
7111	A	落後	luòhòu
7112	B	落戶	luòhù
7113	C	落空	luòkōng
7114	A	落實	luòshí
7115	C	落水	luòshuǐ
7116	B	落選	luòxuǎn
7117	C	落葉	luòyè
7118	B	駱駝	luòtuo
7119	A	媽媽	māma
7120	B	抹	mā
7121	C	抹布	mābù
7122	B	麻	má
7123	B	麻痹	mábì
7124	B	麻袋	mádài
7125	A	麻煩	máfan
7126	B	麻將	májiàng
7127	B	麻木	mámù
7128	B	麻雀	máquè
7129	B	麻疹	mázhěn
7130	B	麻醉	mázuì
7131	A	馬	mǎ
7132	C	馬不停蹄	mǎbùtíngtí

7133	B	馬車	mǎchē
7134	B	馬達	mǎdá
7135	B	馬虎	mǎhu
7136	C	馬克	mǎkè
7137	B	馬拉松	mǎlāsōng
7138	B	馬力	mǎlì
7139	B	馬鈴薯	mǎlíngshǔ
7140	A	馬路	mǎlù
7141	C	馬匹	mǎpǐ
7142	A	馬上	mǎshàng
7143	C	馬桶	mǎtǒng
7144	B	馬戲	mǎxì
7145	C	嗎啡	mǎfēi
7146	B	碼	mǎ
7147	A	碼頭	mǎtou
7148	B	螞蟻	mǎyǐ
7149	A	罵	mà
7150	A	嗎	ma
7151	A	嘛	ma
7152	A	埋	mái
7153	C	埋伏	mái•fú
7154	B	埋沒	máimò
7155	B	埋頭	máitóu
7156	B	埋葬	máizàng
7157	A	買	mǎi
7158	B	買單	mǎidān
7159	C	買斷	mǎiduàn
7160	C	買家	mǎijiā
7161	A	買賣	mǎimài
7162	A	買賣	mǎimai
7163	C	買盤	mǎipán
7164	C	買主	mǎizhǔ
7165	B	脉搏	màibó
7166	A	賣	mài
7167	B	賣國	màiguó
7168	C	賣力	màilì
7169	C	賣淫	màiyín
7170	C	賣座	màizuò
7171	A	邁	mài
7172	B	邁進	màijìn
7173	B	埋怨	mányuàn
7174	B	瞞	mán
7175	B	饅頭	mántou
7176	C	蠻橫	mánhèng
7177	A	滿	mǎn
7178	B	滿懷	mǎnhuái
7179	C	滿面	mǎnmiàn
7180	B	滿腔	mǎnqiāng
7181	A	滿意	mǎnyì
7182	B	滿月	mǎnyuè
7183	B	滿載	mǎnzài
7184	A	滿足	mǎnzú
7185	C	滿座	mǎnzuò
7186	A	慢	màn
7187	B	慢性	mànxìng
7188	B	慢性病	mànxìngbìng
7189	C	漫	màn
7190	C	漫步	mànbù
7191	B	漫長	màncháng
7192	B	漫畫	mànhuà
7193	C	漫遊	mànyóu
7194	B	蔓延	mànyán
7195	A	忙	máng
7196	B	忙碌	mánglù
7197	C	芒果	mángguǒ
7198	C	盲從	mángcóng
7199	A	盲目	mángmù
7200	B	盲人	mángrén
7201	B	茫茫	mángmáng
7202	C	茫然	mángrán
7203	A	貓	māo
7204	C	貓頭鷹	māotóuyīng
7205	A	毛	máo
7206	B	毛筆	máobǐ
7207	A	毛病	máo•bìng
7208	A	毛巾	máojīn
7209	C	毛毯	máotǎn
7210	B	毛線	máoxiàn
7211	A	毛衣	máoyī
7212	A	矛盾	máodùn
7213	C	矛頭	máotóu
7214	C	茅台酒	máotáijiǔ
7215	A	冒	mào
7216	B	冒充	màochōng
7217	C	冒進	màojìn
7218	B	冒牌	màopái
7219	B	冒險	màoxiǎn
7220	B	茂密	màomì
7221	B	茂盛	màoshèng
7222	B	帽	mào
7223	A	帽子	màozi
7224	A	貿易	màoyì
7225	C	貿易額	màoyì'é
7226	A	沒	méi
7227	C	沒錯	méicuò
7228	B	沒法（兒）	méifǎ(r)
7229	A	沒關係	méiguānxi
7230	C	沒勁	méijìn
7231	A	沒甚麼	méishénme
7232	B	沒事	méishì
7233	C	沒說的	méishuōde
7234	C	沒完沒了	méiwánméiliǎo

7235	C	沒意思	méiyìsi
7236	A	沒用	méiyòng
7237	A	沒有	méiyǒu
7238	B	沒轍	méizhé
7239	C	沒準（兒）	méizhǔn(r)
7240	A	枚	méi
7241	B	玫瑰	méigui
7242	B	眉毛	méimao
7243	B	眉頭	méitóu
7244	C	梅	méi
7245	B	梅花	méihuā
7246	B	媒介	méijiè
7247	B	媒人	méiren
7248	A	媒體	méitǐ
7249	A	煤	méi
7250	B	煤礦	méikuàng
7251	A	煤氣	méiqì
7252	B	煤炭	méitàn
7253	C	煤田	méitián
7254	C	煤油	méiyóu
7255	B	霉	méi
7256	A	每	měi
7257	C	每當	měidāng
7258	C	每逢	měiféng
7259	A	美	měi
7260	C	美德	měidé
7261	A	美觀	měiguān
7262	A	美好	měihǎo
7263	B	美化	měihuà
7264	A	美金	měijīn
7265	C	美景	měijǐng
7266	A	美麗	měilì
7267	B	美滿	měimǎn
7268	B	美妙	měimiào
7269	C	美人	měirén
7270	C	美容	měiróng
7271	C	美食	měishí
7272	A	美術	měishù
7273	C	美味	měiwèi
7274	C	美學	měixué
7275	C	美育	měiyù
7276	A	美元	měiyuán
7277	B	美中不足	měizhōngbùzú
7278	C	鎂	měi
7279	A	妹妹	mèimei
7280	C	魅力	mèilì
7281	A	悶	mēn
7282	B	悶熱	mēnrè
7283	A	門	mén
7284	C	門當戶對	méndānghùduì
7285	C	門道	méndao
7286	C	門戶	ménhù
7287	C	門將	ménjiàng
7288	A	門口	ménkǒu
7289	B	門路	ménlu
7290	C	門牌	ménpái
7291	B	門票	ménpiào
7292	C	門市	ménshì
7293	B	門市部	ménshìbù
7294	A	門診	ménzhěn
7295	A	悶	mèn
7296	A	們	men
7297	C	萌生	méngshēng
7298	B	萌芽	méngyá
7299	B	盟國	méngguó
7300	C	盟友	méngyǒu
7301	C	朦朧	ménglóng
7302	A	蒙	méng
7303	C	蒙受	méngshòu
7304	A	猛	měng
7305	A	猛烈	měngliè
7306	B	猛然	měngrán
7307	A	夢	mèng
7308	C	夢幻	mènghuàn
7309	A	夢想	mèngxiǎng
7310	B	眯	mī
7311	B	迷	mí
7312	C	迷糊	míhu
7313	C	迷惑	míhuò
7314	B	迷人	mírén
7315	C	迷失	míshī
7316	A	迷信	míxìn
7317	A	彌補	míbǔ
7318	C	謎	mí
7319	B	謎語	míyǔ
7320	B	瀰漫	mímàn
7321	A	米	mǐ
7322	B	米飯	mǐfàn
7323	C	秘訣	mìjué
7324	A	秘密	mìmì
7325	A	秘書	mìshū
7326	A	秘書長	mìshūzhǎng
7327	A	密	mì
7328	C	密布	mìbù
7329	A	密度	mìdù
7330	B	密封	mìfēng
7331	B	密集	mìjí
7332	C	密碼	mìmǎ
7333	C	密密麻麻	mìmimámá
7334	A	密切	mìqiè
7335	B	蜜	mì
7336	A	蜜蜂	mìfēng

7337	B	棉	mián
7338	C	棉襖	mián'ǎo
7339	C	棉被	miánbèi
7340	B	棉布	miánbù
7341	C	棉紡	miánfǎng
7342	A	棉花	mián•huā
7343	C	棉紗	miánshā
7344	C	棉田	miántián
7345	B	棉衣	miányī
7346	A	免	miǎn
7347	C	免不了	miǎnbuliǎo
7348	B	免除	miǎnchú
7349	B	免得	miǎn•dé
7350	B	免費	miǎnfèi
7351	B	免稅	miǎnshuì
7352	B	免疫	miǎnyì
7353	C	免職	miǎnzhí
7354	B	勉勵	miǎnlì
7355	A	勉強	miǎnqiǎng
7356	C	緬懷	miǎnhuái
7357	A	面	miàn
7358	A	面對	miànduì
7359	A	面積	miànjī
7360	B	面孔	miànkǒng
7361	A	面臨	miànlín
7362	A	面貌	miànmào
7363	C	面面俱到	miànmiànjùdào
7364	B	面目	miànmù
7365	A	面前	miànqián
7366	B	面容	miànróng
7367	C	面世	miànshì
7368	B	面試	miànshì
7369	B	面向	miànxiàng
7370	A	面子	miànzi
7371	A	麵	miàn
7372	A	麵包	miànbāo
7373	B	麵包車	miànbāochē
7374	B	麵粉	miànfěn
7375	A	麵條	miàntiáo
7376	A	苗	miáo
7377	C	苗條	miáotiao
7378	C	苗頭	miáotou
7379	B	描	miáo
7380	B	描繪	miáohuì
7381	B	描述	miáoshù
7382	A	描寫	miáoxiě
7383	C	瞄準	miáozhǔn
7384	A	秒	miǎo
7385	C	渺茫	miǎománg
7386	C	渺小	miǎoxiǎo
7387	B	妙	miào
7388	A	廟	miào
7389	C	廟會	miàohuì
7390	A	滅	miè
7391	C	滅火	mièhuǒ
7392	B	滅亡	mièwáng
7393	C	蔑視	mièshì
7394	C	民辦	mínbàn
7395	C	民兵	mínbīng
7396	B	民歌	míngē
7397	C	民工	míngōng
7398	B	民國	Mínguó
7399	B	民航	mínháng
7400	A	民間	mínjiān
7401	B	民警	mínjǐng
7402	C	民居	mínjū
7403	C	民權	mínquán
7404	B	民生	mínshēng
7405	B	民事	mínshì
7406	A	民俗	mínsú
7407	C	民心	mínxīn
7408	C	民選	mínxuǎn
7409	B	民意	mínyì
7410	C	民營企業	mínyíngqǐyè
7411	A	民用	mínyòng
7412	C	民運	mínyùn
7413	B	民政	mínzhèng
7414	A	民眾	mínzhòng
7415	A	民主	mínzhǔ
7416	B	民主化	mínzhǔhuà
7417	C	民主派	mínzhǔpài
7418	A	民族	mínzú
7419	B	敏感	mǐngǎn
7420	B	敏捷	mǐnjié
7421	B	敏銳	mǐnruì
7422	A	名	míng
7423	A	名稱	míngchēng
7424	B	名次	míngcì
7425	A	名單	míngdān
7426	A	名額	míng'é
7427	B	名副其實	míngfùqíshí
7428	B	名貴	míngguì
7429	B	名家	míngjiā
7430	C	名將	míngjiàng
7431	C	名模	míngmó
7432	C	名目	míngmù
7433	A	名牌	míngpái
7434	C	名片	míngpiàn
7435	B	名氣	míng•qì
7436	C	名曲	míngqǔ
7437	B	名人	míngrén
7438	B	名聲	míngshēng

7439	A	名勝	míngshèng
7440	B	名勝古跡	míngshènggǔjì
7441	B	名堂	míngtang
7442	C	名校	míngxiào
7443	A	名義	míngyì
7444	B	名譽	míngyù
7445	C	名著	míngzhù
7446	A	名字	míngzi
7447	A	明	míng
7448	A	明白	míngbai
7449	B	明朗	mínglǎng
7450	A	明亮	míngliàng
7451	C	明媚	míngmèi
7452	A	明明	míngmíng
7453	C	明目張膽	míngmùzhāngdǎn
7454	A	明年	míngnián
7455	A	明確	míngquè
7456	B	明日	míngrì
7457	A	明天	míngtiān
7458	C	明文	míngwén
7459	A	明顯	míngxiǎn
7460	C	明信片	míngxìnpiàn
7461	B	明星	míngxīng
7462	C	明月	míngyuè
7463	B	明知	míngzhī
7464	B	明智	míngzhì
7465	B	明珠	míngzhū
7466	B	鳴	míng
7467	A	命	mìng
7468	A	命令	mìnglìng
7469	C	命脈	mìngmài
7470	B	命名	mìngmíng
7471	B	命題	mìngtí
7472	A	命運	mìngyùn
7473	B	謬論	miùlùn
7474	A	摸	mō
7475	B	摸索	mō•suǒ
7476	B	摩擦	mócā
7477	A	摩托車	mótuōchē
7478	A	模範	mófàn
7479	A	模仿	mófǎng
7480	A	模糊	móhu
7481	B	模擬	mónǐ
7482	A	模式	móshì
7483	C	模特（兒）	mótè(r)
7484	A	模型	móxíng
7485	B	膜	mó
7486	A	磨	mó
7487	C	磨合	móhé
7488	C	磨練	móliàn
7489	B	磨損	mósǔn
7490	B	蘑菇	mógu
7491	B	魔鬼	móguǐ
7492	B	魔術	móshù
7493	B	抹	mǒ
7494	C	抹殺	mǒshā
7495	A	末	mò
7496	C	末端	mòduān
7497	C	末年	mònián
7498	B	末期	mòqī
7499	C	茉莉	mò•lì
7500	B	沒落	mòluò
7501	B	沒收	mòshōu
7502	A	陌生	mòshēng
7503	B	莫	mò
7504	C	莫大	mòdà
7505	B	莫名其妙	mòmíngqímiào
7506	C	漠視	mòshì
7507	B	墨	mò
7508	C	墨水	mòshuǐ
7509	A	磨	mò
7510	B	默默	mòmò
7511	C	默契	mòqì
7512	C	牟利	móulì
7513	B	謀	móu
7514	B	謀求	móuqiú
7515	C	謀取	móuqǔ
7516	B	謀殺	móushā
7517	C	謀生	móushēng
7518	A	某	mǒu
7519	A	某些	mǒuxiē
7520	C	模具	mújù
7521	A	模樣	múyàng
7522	C	模子	múzi
7523	A	母	mǔ
7524	A	母親	mǔ•qīn
7525	C	母語	mǔyǔ
7526	C	母子	mǔzǐ
7527	B	牡丹	mǔ•dān
7528	A	畝	mǔ
7529	C	畝產	mǔchǎn
7530	C	拇指	mǔzhǐ
7531	A	木	mù
7532	C	木板	mùbǎn
7533	A	木材	mùcái
7534	B	木工	mùgōng
7535	C	木瓜	mùguā
7536	B	木匠	mùjiang
7537	C	木偶	mù’ǒu
7538	A	木頭	mùtou
7539	C	目	mù
7540	A	目標	mùbiāo

7541	C	目瞪口呆	mùdèngkǒudāi
7542	A	目的	mùdì
7543	C	目的地	mùdìdì
7544	B	目睹	mùdǔ
7545	A	目光	mùguāng
7546	C	目擊	mùjī
7547	B	目錄	mùlù
7548	A	目前	mùqián
7549	C	目中無人	mùzhōngwúrén
7550	C	沐浴	mùyù
7551	C	牧草	mùcǎo
7552	B	牧場	mùchǎng
7553	B	牧民	mùmín
7554	C	牧區	mùqū
7555	C	牧師	mùshī
7556	C	牧業	mùyè
7557	C	睦鄰	mùlín
7558	B	墓	mù
7559	C	墓地	mùdì
7560	C	墓葬	mùzàng
7561	A	幕	mù
7562	B	幕後	mùhòu
7563	C	穆斯林	Mùsīlín
7564	A	拿	ná
7565	C	拿手	náshǒu
7566	A	哪	nǎ
7567	A	哪個	nǎge
7568	A	哪裏	nǎ•lǐ
7569	A	哪怕	nǎpà
7570	A	哪（兒）	nǎ(r)
7571	A	哪些	nǎxiē
7572	A	哪樣	nǎyàng
7573	C	吶喊	nàhǎn
7574	A	那	nà
7575	A	那邊	nà•biān
7576	A	那個	nàge
7577	A	那裏	nà•lǐ
7578	A	那麼	nàme
7579	A	那（兒）	nà(r)
7580	B	那時	nàshí
7581	A	那些	nàxiē
7582	A	那樣	nàyàng
7583	B	納悶（兒）	nàmèn(r)
7584	C	納米	nàmǐ
7585	B	納入	nàrù
7586	B	納稅	nàshuì
7587	C	納稅人	nàshuìrén
7588	C	鈉	nà
7589	B	吶	na
7590	A	乃	nǎi
7591	C	乃至	nǎizhì
7592	A	奶	nǎi
7593	C	奶粉	nǎifěn
7594	A	奶奶	nǎinai
7595	C	奶油	nǎiyóu
7596	C	奈何	nàihé
7597	A	耐	nài
7598	B	耐煩	nàifán
7599	C	耐力	nàilì
7600	C	耐磨	nàimó
7601	A	耐心	nàixīn
7602	A	耐用	nàiyòng
7603	A	男	nán
7604	C	男方	nánfāng
7605	A	男孩（兒）	nánhái(r)
7606	A	男女	nánnǚ
7607	C	男女老少	nánnǚlǎoshào
7608	C	男朋友	nánpéngyou
7609	A	男人	nánrén
7610	B	男生	nánshēng
7611	C	男士	nánshì
7612	B	男性	nánxìng
7613	C	男友	nányǒu
7614	A	男子	nánzǐ
7615	A	南	nán
7616	C	南半球	nánbànqiú
7617	A	南邊	nán•biān
7618	B	南部	nánbù
7619	A	南方	nánfāng
7620	C	南瓜	nán•guā
7621	C	南極	nánjí
7622	B	南面	nán•miàn
7623	C	南下	nánxià
7624	A	難	nán
7625	B	難處	nánchu
7626	A	難道	nándào
7627	A	難得	nándé
7628	B	難度	nándù
7629	A	難怪	nánguài
7630	B	難關	nánguān
7631	A	難過	nánguò
7632	B	難堪	nánkān
7633	B	難看	nánkàn
7634	A	難免	nánmiǎn
7635	C	難能可貴	nánnéngkěguì
7636	A	難受	nánshòu
7637	B	難說	nánshuō
7638	A	難題	nántí
7639	C	難聽	nántīng
7640	B	難忘	nánwàng
7641	C	難為	nánwei
7642	A	難以	nányǐ

7643	A	難	nàn
7644	A	難民	nànmín
7645	C	囊括	nángkuò
7646	C	撓頭	náotóu
7647	C	惱火	nǎohuǒ
7648	B	腦	nǎo
7649	A	腦袋	nǎodai
7650	C	腦海	nǎohǎi
7651	A	腦筋	nǎojīn
7652	B	腦力	nǎolì
7653	C	腦血栓	nǎoxuèshuān
7654	A	腦子	nǎozi
7655	A	鬧	nào
7656	C	鬧市	nàoshì
7657	B	鬧事	nàoshì
7658	C	鬧笑話	nàoxiàohua
7659	C	鬧鐘	nàozhōng
7660	A	呢	ne
7661	A	內	nèi
7662	A	內部	nèibù
7663	C	內存	nèicún
7664	A	內地	nèidì
7665	A	內閣	nèigé
7666	C	內涵	nèihán
7667	B	內行	nèiháng
7668	A	內科	nèikē
7669	C	內陸	nèilù
7670	C	內亂	nèiluàn
7671	C	內幕	nèimù
7672	C	內勤	nèiqín
7673	C	內燃機	nèiránjī
7674	A	內容	nèiróng
7675	C	內外	nèiwài
7676	B	內務	nèiwù
7677	C	內線	nèixiàn
7678	B	內向	nèixiàng
7679	C	內銷	nèixiāo
7680	A	內心	nèixīn
7681	C	內需	nèixū
7682	B	內在	nèizài
7683	C	內臟	nèizàng
7684	A	內戰	nèizhàn
7685	A	內政	nèizhèng
7686	C	內置	nèizhì
7687	B	嫩	nèn
7688	A	能	néng
7689	C	能動	néngdòng
7690	C	能否	néngfǒu
7691	A	能幹	nénggàn
7692	C	能歌善舞	nénggēshànwǔ
7693	A	能夠	nénggòu
7694	A	能力	nénglì
7695	A	能量	néngliàng
7696	B	能耐	néngnai
7697	B	能手	néngshǒu
7698	A	能源	néngyuán
7699	C	尼龍	nílóng
7700	A	泥	ní
7701	C	泥沙	níshā
7702	A	泥土	nítǔ
7703	C	霓虹燈	níhóngdēng
7704	A	你	nǐ
7705	A	你們	nǐmen
7706	B	擬	nǐ
7707	B	擬訂	nǐdìng
7708	C	匿名	nìmíng
7709	B	逆差	nìchā
7710	C	逆流	nìliú
7711	C	逆轉	nìzhuǎn
7712	C	溺愛	nì'ài
7713	A	年	nián
7714	C	年報	niánbào
7715	A	年初	niánchū
7716	A	年代	niándài
7717	A	年底	niándǐ
7718	A	年度	niándù
7719	C	年份	niánfèn
7720	C	年糕	niángāo
7721	B	年會	niánhuì
7722	A	年級	niánjí
7723	A	年紀	niánjì
7724	B	年老	niánlǎo
7725	A	年齡	niánlíng
7726	C	年期	niánqī
7727	A	年青	niánqīng
7728	B	年青人	niánqīngrén
7729	A	年輕	niánqīng
7730	B	年輕人	niánqīngrén
7731	B	年歲	niánsuì
7732	B	年限	niánxiàn
7733	B	年薪	niánxīn
7734	C	年月	niányue
7735	B	年終	niánzhōng
7736	B	年資	niánzī
7737	C	黏土	niántǔ
7738	C	輾	niǎn
7739	B	攆	niǎn
7740	A	念	niàn
7741	C	念叨	niàndao
7742	C	念經	niànjīng
7743	A	念書	niànshū
7744	B	念頭	niàntou

7745	A	娘	niáng
7746	B	娘家	niángjia
7747	B	釀	niàng
7748	C	釀造	niàngzào
7749	A	鳥	niǎo
7750	B	尿	niào
7751	A	捏	niē
7752	B	捏造	niēzào
7753	A	您	nín
7754	B	寧靜	níngjìng
7755	B	凝固	nínggù
7756	B	凝結	níngjié
7757	B	凝聚	níngjù
7758	B	凝視	níngshì
7759	C	檸檬	níngméng
7760	B	擰	nǐng
7761	C	擰	nìng
7762	B	寧可	nìngkě
7763	C	寧肯	nìngkěn
7764	B	寧願	nìngyuàn
7765	A	牛	niú
7766	A	牛奶	niúnǎi
7767	C	牛皮	niúpí
7768	B	牛仔褲	niúzǎikù
7769	A	扭	niǔ
7770	C	扭曲	niǔqū
7771	A	扭轉	niǔzhuǎn
7772	C	紐扣	niǔkòu
7773	B	農	nóng
7774	A	農產品	nóngchǎnpǐn
7775	A	農場	nóngchǎng
7776	A	農村	nóngcūn
7777	C	農夫	nóngfū
7778	B	農戶	nónghù
7779	C	農家	nóngjiā
7780	B	農具	nóngjù
7781	C	農曆	nónglì
7782	A	農貿市場	nóngmàoshìchǎng
7783	A	農民	nóngmín
7784	C	農奴	nóngnú
7785	B	農田	nóngtián
7786	A	農藥	nóngyào
7787	A	農業	nóngyè
7788	C	農莊	nóngzhuāng
7789	A	農作物	nóngzuòwù
7790	A	濃	nóng
7791	B	濃度	nóngdù
7792	A	濃厚	nónghòu
7793	C	濃密	nóngmì
7794	C	濃縮	nóngsuō
7795	C	濃郁	nóngyù
7796	A	弄	nòng
7797	B	弄虛作假	nòngxūzuòjiǎ
7798	A	奴隸	núlì
7799	B	奴役	núyì
7800	A	努力	nǔlì
7801	B	怒	nù
7802	C	怒吼	nùhǒu
7803	C	怒火	nùhuǒ
7804	A	女	nǚ
7805	A	女兒	nǚ'ér
7806	C	女方	nǚfāng
7807	B	女工	nǚgōng
7808	A	女孩（兒）	nǚhái(r)
7809	C	女朋友	nǚpéngyou
7810	A	女人	nǚrén
7811	C	女神	nǚshén
7812	B	女生	nǚshēng
7813	A	女士	nǚshì
7814	C	女王	nǚwáng
7815	B	女性	nǚxìng
7816	B	女婿	nǚxu
7817	C	女友	nǚyǒu
7818	A	女子	nǚzǐ
7819	A	暖	nuǎn
7820	C	暖壺	nuǎnhú
7821	A	暖和	nuǎnhuo
7822	B	暖氣	nuǎnqì
7823	B	虐待	nüèdài
7824	B	挪	nuó
7825	C	挪動	nuó•dòng
7826	C	挪用	nuóyòng
7827	B	諾言	nuòyán
7828	A	噢	ō
7829	B	哦	ó
7830	C	歐元	ōuyuán
7831	B	毆打	ōudǎ
7832	A	偶爾	ǒu'ěr
7833	A	偶然	ǒurán
7834	B	偶像	ǒuxiàng
7835	C	嘔吐	ǒutù
7836	C	藕	ǒu
7837	A	趴	pā
7838	B	啪	pā
7839	C	扒手	páshǒu
7840	A	爬	pá
7841	C	爬行	páxíng
7842	A	怕	pà
7843	A	拍	pāi
7844	C	拍板	pāibǎn
7845	B	拍賣	pāimài
7846	C	拍片	pāipiàn

7847	A	拍攝	pāishè
7848	C	拍手	pāishǒu
7849	C	拍戲	pāixì
7850	B	拍照	pāizhào
7851	B	拍子	pāizi
7852	B	徘徊	páihuái
7853	A	排	pái
7854	C	排版	páibǎn
7855	B	排場	pái•chǎng
7856	B	排斥	páichì
7857	A	排除	páichú
7858	A	排隊	páiduì
7859	B	排放	páifàng
7860	C	排行	páiháng
7861	C	排行榜	páihángbǎng
7862	C	排擠	páijǐ
7863	C	排練	páiliàn
7864	A	排列	páiliè
7865	C	排名	páimíng
7866	A	排球	páiqiú
7867	C	排水	páishuǐ
7868	C	排泄	páixiè
7869	C	排長	páizhǎng
7870	A	牌	pái
7871	B	牌價	páijià
7872	C	牌樓	páilou
7873	B	牌照	páizhào
7874	A	牌子	páizi
7875	A	派	pài
7876	B	派別	pàibié
7877	C	派出所	pàichūsuǒ
7878	C	派對	pàiduì
7879	C	派發	pàifā
7880	A	派遣	pàiqiǎn
7881	C	派系	pàixì
7882	C	派駐	pàizhù
7883	B	攀	pān
7884	A	攀登	pāndēng
7885	C	攀升	pānshēng
7886	A	盤	pán
7887	C	盤點	pándiǎn
7888	C	盤問	pánwèn
7889	B	盤旋	pánxuán
7890	A	盤子	pánzi
7891	A	判	pàn
7892	B	判處	pànchǔ
7893	B	判定	pàndìng
7894	A	判斷	pànduàn
7895	A	判決	pànjué
7896	B	判刑	pànxíng
7897	B	叛變	pànbiàn
7898	C	叛國	pànguó
7899	C	叛軍	pànjūn
7900	B	叛亂	pànluàn
7901	B	叛徒	pàntú
7902	A	盼	pàn
7903	A	盼望	pànwàng
7904	C	畔	pàn
7905	A	旁	páng
7906	A	旁邊	pángbiān
7907	C	旁觀	pángguān
7908	C	旁人	pángrén
7909	C	旁聽	pángtīng
7910	C	螃蟹	pángxiè
7911	A	龐大	pángdà
7912	A	胖	pàng
7913	C	胖子	pàngzi
7914	A	拋	pāo
7915	B	拋棄	pāoqì
7916	C	拋售	pāoshòu
7917	B	泡	pāo
7918	C	咆哮	páoxiào
7919	C	炮製	páozhì
7920	A	跑	pǎo
7921	A	跑步	pǎobù
7922	B	跑車	pǎochē
7923	B	跑道	pǎodào
7924	A	泡	pào
7925	C	泡吧	pàobā
7926	B	泡沫	pàomò
7927	C	泡沫經濟	pàomòjīngjì
7928	A	炮	pào
7929	C	炮兵	pàobīng
7930	A	炮彈	pàodàn
7931	B	炮火	pàohuǒ
7932	C	胚胎	pēitāi
7933	A	培訓	péixùn
7934	A	培養	péiyǎng
7935	A	培育	péiyù
7936	B	培植	péizhí
7937	A	陪	péi
7938	C	陪伴	péibàn
7939	B	陪讀	péidú
7940	A	陪同	péitóng
7941	A	賠	péi
7942	A	賠償	péicháng
7943	B	賠款	péikuǎn
7944	B	佩服	pèi•fú
7945	A	配	pèi
7946	A	配備	pèibèi
7947	C	配搭	pèidā
7948	C	配戴	pèidài

7949	C	配額	pèi'é
7950	B	配方	pèifāng
7951	A	配合	pèihé
7952	C	配件	pèijiàn
7953	C	配角	pèijué
7954	B	配偶	pèi'ǒu
7955	C	配售	pèishòu
7956	B	配套	pèitào
7957	C	配置	pèizhì
7958	C	配製	pèizhì
7959	A	噴	pēn
7960	C	噴泉	pēnquán
7961	B	噴射	pēnshè
7962	A	盆	pén
7963	A	盆地	péndì
7964	C	盆景	pénjǐng
7965	B	抨擊	pēngjī
7966	C	砰	pēng
7967	B	烹飪	pēngrèn
7968	B	烹調	pēngtiáo
7969	A	朋友	péngyou
7970	A	棚	péng
7971	C	澎湃	péngpài
7972	A	蓬勃	péngbó
7973	A	膨脹	péngzhàng
7974	A	捧	pěng
7975	C	捧場	pěngchǎng
7976	A	碰	pèng
7977	B	碰壁	pèngbì
7978	C	碰釘子	pèngdīngzi
7979	A	碰見	pèng•jiàn
7980	B	碰頭	pèngtóu
7981	C	碰撞	pèngzhuàng
7982	A	批	pī
7983	A	批發	pīfā
7984	C	批覆	pīfù
7985	B	批改	pīgǎi
7986	C	批量	pīliàng
7987	A	批判	pīpàn
7988	A	批評	pīpíng
7989	B	批示	pīshì
7990	A	批准	pīzhǔn
7991	A	披	pī
7992	B	披露	pīlù
7993	B	劈	pī
7994	A	皮	pí
7995	B	皮帶	pídài
7996	A	皮膚	pífū
7997	B	皮革	pígé
7998	C	皮筋（兒）	píjīn(r)
7999	C	皮具	píjù
8000	C	皮毛	pímáo
8001	B	皮球	píqiú
8002	B	皮鞋	píxié
8003	B	疲乏	pífá
8004	B	疲倦	píjuàn
8005	A	疲勞	píláo
8006	C	疲軟	píruǎn
8007	C	疲弱	píruò
8008	A	啤酒	píjiǔ
8009	B	琵琶	pí•pá
8010	A	脾氣	píqi
8011	A	匹	pǐ
8012	C	屁	pì
8013	A	屁股	pìgu
8014	B	媲美	pìměi
8015	A	譬如	pìrú
8016	B	片子	piānzi
8017	A	偏	piān
8018	C	偏愛	piān'ài
8019	C	偏差	piānchā
8020	B	偏見	piānjiàn
8021	C	偏離	piānlí
8022	B	偏僻	piānpì
8023	B	偏偏	piānpiān
8024	B	偏向	piānxiàng
8025	B	偏重	piānzhòng
8026	A	篇	piān
8027	B	篇幅	piān•fú
8028	C	篇章	piānzhāng
8029	A	便宜	piányi
8030	A	片	piàn
8031	C	片酬	piànchóu
8032	C	片段	piànduàn
8033	B	片刻	piànkè
8034	A	片面	piànmiàn
8035	A	騙	piàn
8036	B	騙子	piànzi
8037	C	漂	piāo
8038	C	漂浮	piāofú
8039	A	飄	piāo
8040	B	飄揚	piāoyáng
8041	A	票	piào
8042	C	票房	piàofáng
8043	C	票價	piàojià
8044	B	票據	piàojù
8045	A	漂亮	piàoliang
8046	C	撇	piē
8047	C	瞥	piē
8048	B	拼	pīn
8049	C	拼搏	pīnbó
8050	A	拼命	pīnmìng

8051	C	拼圖	pīntú
8052	B	拼音	pīnyīn
8053	B	貧	pín
8054	B	貧乏	pínfá
8055	B	貧苦	pínkǔ
8056	B	貧困	pínkùn
8057	B	貧民	pínmín
8058	C	貧民窟	pínmínkū
8059	A	貧窮	pínqióng
8060	B	貧血	pínxuè
8061	C	頻道	píndào
8062	B	頻繁	pínfán
8063	B	頻率	pínlǜ
8064	B	頻頻	pínpín
8065	B	品	pǐn
8066	C	品嘗	pǐncháng
8067	B	品德	pǐndé
8068	C	品格	pǐngé
8069	C	品牌	pǐnpái
8070	C	品位	pǐnwèi
8071	C	品味	pǐnwèi
8072	C	品行	pǐnxíng
8073	A	品質	pǐnzhì
8074	A	品種	pǐnzhǒng
8075	B	聘	pìn
8076	A	聘請	pìnqǐng
8077	C	聘任	pìnrèn
8078	B	聘用	pìnyòng
8079	A	乒乓球	pīngpāngqiú
8080	A	平	píng
8081	B	平安	píng'ān
8082	A	平常	píngcháng
8083	B	平淡	píngdàn
8084	A	平等	píngděng
8085	C	平地	píngdì
8086	B	平凡	píngfán
8087	C	平反	píngfǎn
8088	A	平方	píngfāng
8089	A	平方米	píngfāngmǐ
8090	B	平房	píngfáng
8091	C	平分	píngfēn
8092	C	平和	pínghé
8093	A	平衡	pínghéng
8094	C	平衡木	pínghéngmù
8095	C	平滑	pínghuá
8096	A	平靜	píngjìng
8097	A	平均	píngjūn
8098	C	平米	píngmǐ
8099	B	平面	píngmiàn
8100	B	平民	píngmín
8101	C	平平	píngpíng
8102	B	平日	píngrì
8103	A	平時	píngshí
8104	C	平手	píngshǒu
8105	B	平台	píngtái
8106	B	平坦	píngtǎn
8107	A	平穩	píngwěn
8108	B	平息	píngxī
8109	B	平行	píngxíng
8110	A	平原	píngyuán
8111	B	平整	píngzhěng
8112	B	屏幕	píngmù
8113	B	屏障	píngzhàng
8114	A	瓶	píng
8115	A	瓶子	píngzi
8116	C	萍水相逢	píngshuǐxiāngféng
8117	A	評	píng
8118	B	評比	píngbǐ
8119	B	評定	píngdìng
8120	B	評分	píngfēn
8121	B	評估	pínggū
8122	A	評價	píngjià
8123	B	評劇	píngjù
8124	A	評論	pínglùn
8125	B	評論員	pínglùnyuán
8126	B	評判	píngpàn
8127	B	評審	píngshěn
8128	A	評選	píngxuǎn
8129	B	評議	píngyì
8130	C	評語	píngyǔ
8131	A	憑	píng
8132	C	憑藉	píngjiè
8133	B	憑證	píngzhèng
8134	C	憑着	píngzhe
8135	A	蘋果	píngguǒ
8136	A	坡	pō
8137	C	坡度	pōdù
8138	A	潑	pō
8139	B	頗	pō
8140	C	婆家	pójia
8141	B	婆婆	pópo
8142	C	迫	pò
8143	A	迫害	pòhài
8144	A	迫切	pòqiè
8145	A	迫使	pòshǐ
8146	A	破	pò
8147	C	破案	pò'àn
8148	A	破產	pòchǎn
8149	B	破除	pòchú
8150	A	破壞	pòhuài
8151	B	破獲	pòhuò
8152	B	破舊	pòjiù

8153	B	破爛	pòlàn
8154	B	破裂	pòliè
8155	C	破碎	pòsuì
8156	C	破綻	pòzhàn
8157	C	魄力	pòlì
8158	C	剖析	pōuxī
8159	A	撲	pū
8160	B	撲克	pūkè
8161	B	撲滅	pūmiè
8162	A	鋪	pū
8163	C	鋪設	pūshè
8164	C	鋪張	pūzhāng
8165	C	菩薩	pú•sà
8166	A	葡萄	pú•táo
8167	B	葡萄糖	pú•táotáng
8168	C	僕人	púrén
8169	A	普遍	pǔbiàn
8170	A	普查	pǔchá
8171	A	普及	pǔjí
8172	A	普通	pǔtōng
8173	A	普通話	Pǔtōnghuà
8174	C	普照	pǔzhào
8175	B	樸實	pǔshí
8176	A	樸素	pǔsù
8177	B	譜	pǔ
8178	C	譜曲	pǔqǔ
8179	C	譜寫	pǔxiě
8180	A	鋪	pù
8181	B	鋪子	pùzi
8182	B	瀑布	pùbù
8183	A	七	qī
8184	C	七嘴八舌	qīzuǐbāshé
8185	C	妻	qī
8186	A	妻子	qī•zǐ
8187	C	淒慘	qīcǎn
8188	C	淒涼	qīliáng
8189	A	期	qī
8190	B	期待	qīdài
8191	C	期貨	qīhuò
8192	A	期間	qījiān
8193	B	期刊	qīkān
8194	B	期滿	qīmǎn
8195	C	期末	qīmò
8196	A	期望	qīwàng
8197	A	期限	qīxiàn
8198	C	棲息	qīxī
8199	A	欺負	qīfu
8200	A	欺騙	qīpiàn
8201	B	漆	qī
8202	B	漆黑	qīhēi
8203	B	沏	qī
8204	A	其	qí
8205	A	其次	qícì
8206	C	其後	qíhòu
8207	B	其間	qíjiān
8208	A	其實	qíshí
8209	A	其他	qítā
8210	A	其餘	qíyú
8211	A	其中	qízhōng
8212	B	奇	qí
8213	A	奇怪	qíguài
8214	C	奇觀	qíguān
8215	C	奇花異草	qíhuāyìcǎo
8216	A	奇跡	qíjì
8217	C	奇景	qíjǐng
8218	B	奇妙	qímiào
8219	B	奇特	qítè
8220	C	奇異	qíyì
8221	B	歧視	qíshì
8222	C	祈禱	qídǎo
8223	C	祈盼	qípàn
8224	C	崎嶇	qíqū
8225	A	棋	qí
8226	C	棋盤	qípán
8227	C	棋手	qíshǒu
8228	B	旗	qí
8229	B	旗號	qíhào
8230	B	旗袍	qípáo
8231	C	旗下	qíxià
8232	A	旗幟	qízhì
8233	B	旗子	qízi
8234	A	齊	qí
8235	B	齊全	qíquán
8236	C	齊聲	qíshēng
8237	C	齊心	qíxīn
8238	C	齊心協力	qíxīnxiélì
8239	A	騎	qí
8240	C	騎士	qíshì
8241	C	乞丐	qǐgài
8242	C	乞求	qǐqiú
8243	C	企鵝	qǐ'é
8244	A	企圖	qǐtú
8245	A	企業	qǐyè
8246	B	企業家	qǐyèjiā
8247	C	豈	qǐ
8248	C	豈不	qǐbù
8249	C	豈有此理	qǐyǒucǐlǐ
8250	A	起	qǐ
8251	B	起步	qǐbù
8252	A	起草	qǐcǎo
8253	C	起程	qǐchéng
8254	B	起初	qǐchū

8255	A	起床	qǐchuáng
8256	B	起點	qǐdiǎn
8257	A	起飛	qǐfēi
8258	B	起伏	qǐfú
8259	B	起哄	qǐhòng
8260	C	起火	qǐhuǒ
8261	C	起家	qǐjiā
8262	C	起價	qǐjià
8263	B	起見	qǐjiàn
8264	B	起勁	qǐjìn
8265	C	起居	qǐjū
8266	A	起來	qǐ•lái
8267	B	起立	qǐlì
8268	A	起碼	qǐmǎ
8269	C	起跑	qǐpǎo
8270	C	起色	qǐsè
8271	B	起身	qǐshēn
8272	B	起訴	qǐsù
8273	B	起義	qǐyì
8274	C	起因	qǐyīn
8275	A	起源	qǐyuán
8276	C	起重機	qǐzhòngjī
8277	C	啟	qǐ
8278	B	啟程	qǐchéng
8279	B	啟動	qǐdòng
8280	A	啟發	qǐfā
8281	B	啟蒙	qǐméng
8282	B	啟示	qǐshì
8283	C	啟事	qǐshì
8284	C	啟用	qǐyòng
8285	B	汽	qì
8286	A	汽車	qìchē
8287	C	汽缸	qìgāng
8288	A	汽水	qìshuǐ
8289	A	汽油	qìyóu
8290	C	汽油彈	qìyóudàn
8291	B	迄今	qìjīn
8292	C	契機	qìjī
8293	B	契約	qìyuē
8294	B	砌	qì
8295	A	氣	qì
8296	C	氣喘	qìchuǎn
8297	A	氣氛	qìfēn
8298	B	氣憤	qìfèn
8299	B	氣概	qìgài
8300	B	氣功	qìgōng
8301	C	氣管炎	qìguǎnyán
8302	A	氣候	qìhòu
8303	B	氣力	qìlì
8304	B	氣流	qìliú
8305	C	氣派	qìpài
8306	C	氣泡	qìpào
8307	C	氣魄	qìpò
8308	C	氣槍	qìqiāng
8309	B	氣球	qìqiú
8310	B	氣勢	qìshì
8311	A	氣體	qìtǐ
8312	B	氣味	qìwèi
8313	A	氣溫	qìwēn
8314	B	氣息	qìxī
8315	A	氣象	qìxiàng
8316	B	氣壓	qìyā
8317	C	氣質	qìzhì
8318	B	棄權	qìquán
8319	C	棄置	qìzhì
8320	C	器	qì
8321	A	器材	qìcái
8322	A	器官	qìguān
8323	B	器具	qìjù
8324	C	器皿	qìmǐn
8325	B	器械	qìxiè
8326	C	器重	qìzhòng
8327	B	掐	qiā
8328	B	卡	qiǎ
8329	A	恰當	qiàdàng
8330	C	恰到好處	qiàdàohǎochù
8331	B	恰好	qiàhǎo
8332	B	恰恰	qiàqià
8333	C	恰巧	qiàqiǎo
8334	C	恰如其分	qiàrúqífèn
8335	B	洽談	qiàtán
8336	A	千	qiān
8337	A	千方百計	qiānfāngbǎijì
8338	C	千軍萬馬	qiānjūnwànmǎ
8339	C	千克	qiānkè
8340	C	千千萬萬	qiānqiānwànwàn
8341	B	千瓦	qiānwǎ
8342	A	千萬	qiānwàn
8343	B	牽	qiān
8344	B	牽扯	qiānchě
8345	C	牽動	qiāndòng
8346	B	牽連	qiānlián
8347	B	牽涉	qiānshè
8348	C	牽手	qiānshǒu
8349	B	牽引	qiānyǐn
8350	B	牽制	qiānzhì
8351	B	鉛	qiān
8352	A	鉛筆	qiānbǐ
8353	B	鉛球	qiānqiú
8354	A	遷	qiān
8355	B	遷就	qiānjiù
8356	B	遷移	qiānyí

8357	C	謙讓	qiānràng
8358	B	謙虛	qiānxū
8359	C	謙遜	qiānxùn
8360	A	簽	qiān
8361	A	簽訂	qiāndìng
8362	B	簽發	qiānfā
8363	B	簽名	qiānmíng
8364	A	簽署	qiānshǔ
8365	B	簽約	qiānyuē
8366	B	簽證	qiānzhèng
8367	B	簽字	qiānzì
8368	A	前	qián
8369	B	前輩	qiánbèi
8370	A	前邊	qián•biān
8371	C	前程	qiánchéng
8372	B	前方	qiánfāng
8373	C	前鋒	qiánfēng
8374	C	前赴後繼	qiánfùhòujì
8375	A	前後	qiánhòu
8376	A	前進	qiánjìn
8377	A	前景	qiánjǐng
8378	B	前來	qiánlái
8379	B	前列	qiánliè
8380	A	前面	qiánmian
8381	A	前年	qiánnián
8382	B	前期	qiánqī
8383	B	前人	qiánrén
8384	B	前任	qiánrèn
8385	C	前日	qiánrì
8386	C	前哨	qiánshào
8387	B	前身	qiánshēn
8388	B	前所未有	qiánsuǒwèiyǒu
8389	A	前提	qiántí
8390	A	前天	qiántiān
8391	A	前頭	qiántou
8392	A	前途	qiántú
8393	A	前往	qiánwǎng
8394	C	前衛	qiánwèi
8395	A	前夕	qiánxī
8396	B	前線	qiánxiàn
8397	C	前沿	qiányán
8398	C	虔誠	qiánchéng
8399	C	乾坤	qiánkūn
8400	C	鉗子	qiánzi
8401	B	潛伏	qiánfú
8402	A	潛力	qiánlì
8403	C	潛能	qiánnéng
8404	C	潛入	qiánrù
8405	C	潛水	qiánshuǐ
8406	C	潛艇	qiántǐng
8407	B	潛在	qiánzài
8408	C	潛質	qiánzhì
8409	A	錢	qián
8410	B	錢包	qiánbāo
8411	B	錢幣	qiánbì
8412	A	淺	qiǎn
8413	B	遣返	qiǎnfǎn
8414	B	譴責	qiǎnzé
8415	A	欠	qiàn
8416	C	欠款	qiànkuǎn
8417	B	欠缺	qiànquē
8418	C	嵌	qiàn
8419	B	歉意	qiànyì
8420	B	腔	qiāng
8421	A	槍	qiāng
8422	B	槍斃	qiāngbì
8423	C	槍擊	qiāngjī
8424	C	槍殺	qiāngshā
8425	C	槍械	qiāngxiè
8426	C	槍戰	qiāngzhàn
8427	C	槍支	qiāngzhī
8428	A	強	qiáng
8429	A	強大	qiángdà
8430	B	強盜	qiángdào
8431	A	強調	qiángdiào
8432	A	強度	qiángdù
8433	C	強國	qiángguó
8434	B	強化	qiánghuà
8435	C	強姦	qiángjiān
8436	B	強勁	qiángjìng
8437	C	強力	qiánglì
8438	A	強烈	qiángliè
8439	C	強權	qiángquán
8440	C	強人	qiángrén
8441	C	強弱	qiángruò
8442	C	強盛	qiángshèng
8443	C	強勢	qiángshì
8444	C	強心針	qiángxīnzhēn
8445	B	強行	qiángxíng
8446	B	強硬	qiángyìng
8447	B	強制	qiángzhì
8448	B	強壯	qiángzhuàng
8449	A	牆	qiáng
8450	C	牆報	qiángbào
8451	B	牆壁	qiángbì
8452	A	強迫	qiǎngpò
8453	C	強求	qiǎngqiú
8454	A	搶	qiǎng
8455	B	搶購	qiǎnggòu
8456	B	搶劫	qiǎngjié
8457	A	搶救	qiǎngjiù
8458	C	搶手	qiǎngshǒu

8459	C	搶灘	qiǎngtān
8460	C	搶先	qiǎngxiān
8461	C	搶險	qiǎngxiǎn
8462	B	搶修	qiǎngxiū
8463	C	嗆	qiàng
8464	B	悄悄	qiāoqiāo
8465	A	敲	qiāo
8466	C	敲擊	qiāojī
8467	C	敲詐	qiāozhà
8468	C	鍬	qiāo
8469	C	喬	qiáo
8470	C	喬裝	qiáozhuāng
8471	B	僑胞	qiáobāo
8472	C	僑民	qiáomín
8473	A	橋	qiáo
8474	B	橋樑	qiáoliáng
8475	A	瞧	qiáo
8476	C	瞧不起	qiáo•bùqǐ
8477	C	瞧見	qiáo•jiàn
8478	B	巧	qiǎo
8479	C	巧合	qiǎohé
8480	C	巧克力	qiǎokèlì
8481	B	巧妙	qiǎomiào
8482	C	撬	qiào
8483	B	翹	qiào
8484	A	切	qiē
8485	C	切磋	qiēcuō
8486	C	切割	qiēgē
8487	C	切面	qiēmiàn
8488	B	茄子	qiézi
8489	A	且	qiě
8490	B	切合	qièhé
8491	B	切身	qièshēn
8492	A	切實	qièshí
8493	C	竊	qiè
8494	B	竊取	qièqǔ
8495	C	竊聽	qiètīng
8496	B	侵	qīn
8497	A	侵犯	qīnfàn
8498	B	侵害	qīnhài
8499	A	侵略	qīnlüè
8500	A	侵入	qīnrù
8501	B	侵蝕	qīnshí
8502	C	侵襲	qīnxí
8503	B	侵佔	qīnzhàn
8504	B	欽佩	qīnpèi
8505	A	親	qīn
8506	B	親愛	qīn'ài
8507	B	親筆	qīnbǐ
8508	C	親近	qīnjìn
8509	B	親臨	qīnlín
8510	B	親密	qīnmì
8511	B	親戚	qīnqi
8512	A	親切	qīnqiè
8513	C	親情	qīnqíng
8514	B	親熱	qīnrè
8515	A	親人	qīnrén
8516	B	親身	qīnshēn
8517	B	親生	qīnshēng
8518	B	親手	qīnshǒu
8519	B	親屬	qīnshǔ
8520	C	親王	qīnwáng
8521	A	親眼	qīnyǎn
8522	B	親友	qīnyǒu
8523	A	親自	qīnzì
8524	C	芹菜	qíncài
8525	A	琴	qín
8526	B	勤	qín
8527	B	勤奮	qínfèn
8528	B	勤工儉學	qíngōngjiǎnxué
8529	B	勤儉	qínjiǎn
8530	C	勤懇	qínkěn
8531	B	勤勞	qínláo
8532	C	禽	qín
8533	A	青	qīng
8534	B	青菜	qīngcài
8535	C	青草	qīngcǎo
8536	A	青春	qīngchūn
8537	C	青春期	qīngchūnqī
8538	B	青黃不接	qīnghuángbùjiē
8539	C	青霉素	qīngméisù
8540	A	青年	qīngnián
8541	B	青年人	qīngniánrén
8542	C	青山	qīngshān
8543	A	青少年	qīngshàonián
8544	C	青天	qīngtiān
8545	A	青蛙	qīngwā
8546	C	氫	qīng
8547	C	氫彈	qīngdàn
8548	C	氫氣	qīngqì
8549	A	清	qīng
8550	C	清白	qīngbái
8551	B	清查	qīngchá
8552	C	清澈	qīngchè
8553	A	清晨	qīngchén
8554	A	清除	qīngchú
8555	A	清楚	qīngchu
8556	C	清脆	qīngcuì
8557	A	清潔	qīngjié
8558	B	清靜	qīngjìng
8559	A	清理	qīnglǐ
8560	C	清涼	qīngliáng

8561	B	清明節	Qīngmíngjié
8562	C	清貧	qīngpín
8563	C	清掃	qīngsǎo
8564	C	清談	qīngtán
8565	A	清晰	qīngxī
8566	C	清洗	qīngxǐ
8567	C	清香	qīngxiāng
8568	B	清新	qīngxīn
8569	A	清醒	qīngxǐng
8570	B	清早	qīngzǎo
8571	B	清真寺	qīngzhēnsì
8572	C	傾倒	qīngdǎo
8573	B	傾聽	qīngtīng
8574	A	傾向	qīngxiàng
8575	C	傾銷	qīngxiāo
8576	B	傾斜	qīngxié
8577	B	蜻蜓	qīngtíng
8578	A	輕	qīng
8579	B	輕便	qīngbiàn
8580	C	輕而易舉	qīng'éryìjǔ
8581	B	輕工業	qīnggōngyè
8582	C	輕軌	qīngguǐ
8583	C	輕快	qīngkuài
8584	C	輕巧	qīng•qiǎo
8585	C	輕聲	qīngshēng
8586	B	輕視	qīngshì
8587	A	輕鬆	qīngsōng
8588	B	輕鐵	qīngtiě
8589	B	輕微	qīngwēi
8590	C	輕型	qīngxíng
8591	A	輕易	qīngyì
8592	C	輕盈	qīngyíng
8593	C	輕重	qīngzhòng
8594	A	情	qíng
8595	A	情報	qíngbào
8596	B	情操	qíngcāo
8597	C	情調	qíngdiào
8598	B	情感	qínggǎn
8599	C	情懷	qínghuái
8600	A	情節	qíngjié
8601	A	情景	qíngjǐng
8602	C	情境	qíngjìng
8603	A	情況	qíngkuàng
8604	B	情理	qínglǐ
8605	C	情趣	qíngqù
8606	C	情人	qíngrén
8607	A	情形	qíngxing
8608	A	情緒	qíngxù
8609	C	情誼	qíngyì
8610	C	情願	qíngyuàn
8611	B	晴	qíng
8612	C	晴朗	qínglǎng
8613	B	晴天	qíngtiān
8614	A	請	qǐng
8615	C	請安	qǐng'ān
8616	A	請假	qǐngjià
8617	C	請柬	qǐngjiǎn
8618	B	請教	qǐngjiào
8619	A	請客	qǐngkè
8620	A	請求	qǐngqiú
8621	A	請示	qǐngshì
8622	C	請帖	qǐngtiě
8623	B	請問	qǐngwèn
8624	B	請願	qǐngyuàn
8625	C	慶典	qìngdiǎn
8626	B	慶賀	qìnghè
8627	C	慶幸	qìngxìng
8628	A	慶祝	qìngzhù
8629	A	窮	qióng
8630	B	窮苦	qióngkǔ
8631	A	窮人	qióngrén
8632	C	丘	qiū
8633	B	丘陵	qiūlíng
8634	A	秋	qiū
8635	C	秋風	qiūfēng
8636	A	秋季	qiūjì
8637	C	秋千	qiūqiān
8638	C	秋收	qiūshōu
8639	A	秋天	qiūtiān
8640	C	蚯蚓	qiūyǐn
8641	C	囚	qiú
8642	C	囚犯	qiúfàn
8643	C	囚禁	qiújìn
8644	A	求	qiú
8645	B	求得	qiúdé
8646	C	求救	qiújiù
8647	C	求學	qiúxué
8648	C	求證	qiúzhèng
8649	C	求助	qiúzhù
8650	C	酋長	qiúzhǎng
8651	A	球	qiú
8652	A	球場	qiúchǎng
8653	B	球隊	qiúduì
8654	C	球類	qiúlèi
8655	B	球迷	qiúmí
8656	C	球拍	qiúpāi
8657	B	球賽	qiúsài
8658	C	球星	qiúxīng
8659	C	球員	qiúyuán
8660	B	曲線	qūxiàn
8661	A	曲折	qūzhé
8662	B	屈	qū

8663	B	屈服	qūfú
8664	C	屈居	qūjū
8665	A	區	qū
8666	A	區別	qūbié
8667	B	區分	qūfēn
8668	A	區域	qūyù
8669	C	軀體	qūtǐ
8670	B	趨	qū
8671	A	趨勢	qūshì
8672	C	趨同	qūtóng
8673	A	趨向	qūxiàng
8674	B	趨於	qūyú
8675	C	驅車	qūchē
8676	C	驅動	qūdòng
8677	C	驅動器	qūdòngqì
8678	B	驅散	qūsàn
8679	C	驅使	qūshǐ
8680	B	驅逐	qūzhú
8681	B	渠	qú
8682	A	渠道	qúdào
8683	B	曲	qǔ
8684	C	曲目	qǔmù
8685	B	曲藝	qǔyì
8686	B	曲子	qǔzi
8687	A	取	qǔ
8688	C	取材	qǔcái
8689	B	取代	qǔdài
8690	A	取得	qǔdé
8691	B	取締	qǔdì
8692	C	取而代之	qǔ’érdàizhī
8693	C	取決	qǔjué
8694	C	取捨	qǔshě
8695	B	取勝	qǔshèng
8696	C	取向	qǔxiàng
8697	A	取消	qǔxiāo
8698	C	取笑	qǔxiào
8699	A	娶	qǔ
8700	C	娶親	qǔqīn
8701	A	去	qù
8702	C	去處	qùchù
8703	A	去年	qùnián
8704	A	去世	qùshì
8705	C	去向	qùxiàng
8706	A	趣味	qùwèi
8707	A	圈	quān
8708	C	圈套	quāntào
8709	B	圈子	quānzi
8710	A	全	quán
8711	A	全部	quánbù
8712	B	全長	quáncháng
8713	B	全程	quánchéng
8714	B	全都	quándōu
8715	C	全方位	quánfāngwèi
8716	A	全國	quánguó
8717	B	全會	quánhuì
8718	B	全集	quánjí
8719	A	全局	quánjú
8720	A	全力	quánlì
8721	B	全力以赴	quánlìyǐfù
8722	A	全面	quánmiàn
8723	A	全民	quánmín
8724	B	全能	quánnéng
8725	B	全盤	quánpán
8726	A	全球	quánqiú
8727	C	全權	quánquán
8728	C	全然	quánrán
8729	B	全日制	quánrìzhì
8730	B	全身	quánshēn
8731	B	全勝	quánshèng
8732	A	全體	quántǐ
8733	C	全天候	quántiānhòu
8734	B	全線	quánxiàn
8735	B	全心全意	quánxīnquányì
8736	B	全新	quánxīn
8737	C	全職	quánzhí
8738	B	泉	quán
8739	B	泉水	quánshuǐ
8740	B	拳	quán
8741	B	拳擊	quánjī
8742	B	拳頭	quán•tóu
8743	C	拳王	quánwáng
8744	C	痊癒	quányù
8745	A	權	quán
8746	A	權力	quánlì
8747	A	權利	quánlì
8748	A	權威	quánwēi
8749	B	權限	quánxiàn
8750	A	權益	quányì
8751	C	犬	quǎn
8752	B	券	quàn
8753	A	勸	quàn
8754	B	勸告	quàngào
8755	C	勸解	quànjiě
8756	B	勸說	quànshuō
8757	C	勸諭	quànyù
8758	B	勸阻	quànzǔ
8759	A	缺	quē
8760	A	缺點	quēdiǎn
8761	A	缺乏	quēfá
8762	B	缺口	quēkǒu
8763	A	缺少	quēshǎo
8764	B	缺席	quēxí

8765	B	缺陷	quēxiàn
8766	B	瘸	qué
8767	A	卻	què
8768	C	雀躍	quèyuè
8769	A	確	què
8770	A	確保	quèbǎo
8771	A	確定	quèdìng
8772	B	確立	quèlì
8773	B	確切	quèqiè
8774	B	確認	quèrèn
8775	A	確實	quèshí
8776	B	確信	quèxìn
8777	B	確鑿	quèzáo
8778	A	群	qún
8779	A	群島	qúndǎo
8780	B	群體	qúntǐ
8781	A	群眾	qúnzhòng
8782	A	裙子	qúnzi
8783	A	然而	rán’ér
8784	A	然後	ránhòu
8785	C	燃	rán
8786	A	燃料	ránliào
8787	A	燃燒	ránshāo
8788	C	燃油	rányóu
8789	A	染	rǎn
8790	B	染料	rǎnliào
8791	C	嚷嚷	rāngrang
8792	A	嚷	rǎng
8793	A	讓	ràng
8794	B	讓步	ràngbù
8795	C	讓座	ràngzuò
8796	B	饒	ráo
8797	B	擾亂	rǎoluàn
8798	A	繞	rào
8799	C	繞彎（兒）	ràowān(r)
8800	A	惹	rě
8801	C	惹事	rěshì
8802	A	熱	rè
8803	A	熱愛	rè’ài
8804	A	熱潮	rècháo
8805	C	熱忱	rèchén
8806	C	熱誠	rèchéng
8807	A	熱帶	rèdài
8808	C	熱浪	rèlàng
8809	A	熱淚	rèlèi
8810	C	熱淚盈眶	rèlèiyíngkuàng
8811	C	熱力	rèlì
8812	A	熱量	rèliàng
8813	A	熱烈	rèliè
8814	B	熱門	rèmén
8815	A	熱鬧	rènao
8816	C	熱能	rènéng
8817	C	熱氣	rèqì
8818	A	熱情	rèqíng
8819	C	熱身	rèshēn
8820	B	熱水	rèshuǐ
8821	B	熱水瓶	rèshuǐpíng
8822	C	熱線	rèxiàn
8823	C	熱銷	rèxiāo
8824	A	熱心	rèxīn
8825	A	熱血	rèxuè
8826	B	熱衷	rèzhōng
8827	A	人	rén
8828	A	人才	réncái
8829	C	人才濟濟	réncáijǐjǐ
8830	C	人潮	réncháo
8831	B	人次	réncì
8832	B	人道	réndào
8833	B	人道主義	réndàozhǔyì
8834	B	人格	réngé
8835	A	人工	réngōng
8836	C	人際	rénjì
8837	A	人家	rénjiā
8838	A	人家	rénjia
8839	A	人間	rénjiān
8840	C	人居	rénjū
8841	B	人均	rénjūn
8842	A	人口	rénkǒu
8843	A	人類	rénlèi
8844	A	人力	rénlì
8845	C	人力車	rénlìchē
8846	C	人流	rénliú
8847	B	人馬	rénmǎ
8848	A	人們	rénmen
8849	A	人民	rénmín
8850	A	人民幣	rénmínbì
8851	B	人命	rénmìng
8852	C	人品	rénpǐn
8853	B	人情	rénqíng
8854	C	人情味	rénqíngwèi
8855	A	人權	rénquán
8856	A	人群	rénqún
8857	C	人山人海	rénshānrénhǎi
8858	A	人身	rénshēn
8859	B	人參	rénshēn
8860	A	人生	rénshēng
8861	C	人生觀	rénshēngguān
8862	A	人士	rénshì
8863	A	人事	rénshì
8864	B	人手	rénshǒu
8865	C	人壽	rénshòu
8866	A	人數	rénshù

8867	A	人體	réntǐ
8868	C	人頭稅	réntóushuì
8869	A	人為	rénwéi
8870	B	人文	rénwén
8871	A	人物	rénwù
8872	A	人心	rénxīn
8873	C	人心惶惶	rénxīnhuánghuáng
8874	C	人行道	rénxíngdào
8875	B	人性	rénxìng
8876	B	人選	rénxuǎn
8877	C	人影（兒）	rényǐng(r)
8878	A	人員	rényuán
8879	C	人緣（兒）	rényuán(r)
8880	A	人造	rénzào
8881	B	人質	rénzhì
8882	C	仁慈	réncí
8883	A	忍	rěn
8884	C	忍不住	rěn•búzhù
8885	B	忍耐	rěnnài
8886	A	忍受	rěnshòu
8887	C	忍無可忍	rěnwúkěrěn
8888	C	忍心	rěnxīn
8889	A	任	rèn
8890	A	任何	rènhé
8891	B	任教	rènjiào
8892	C	任勞任怨	rènláorènyuàn
8893	C	任免	rènmiǎn
8894	A	任命	rènmìng
8895	B	任期	rènqī
8896	A	任務	rènwu
8897	B	任性	rènxìng
8898	A	任意	rènyì
8899	C	任用	rènyòng
8900	B	任職	rènzhí
8901	A	認	rèn
8902	A	認得	rènde
8903	B	認定	rèndìng
8904	C	認購	rèngòu
8905	C	認股	rèngǔ
8906	B	認可	rènkě
8907	C	認清	rènqīng
8908	A	認識	rènshi
8909	C	認同	rèntóng
8910	A	認為	rènwéi
8911	A	認真	rènzhēn
8912	C	認罪	rènzuì
8913	A	扔	rēng
8914	A	仍	réng
8915	B	仍舊	réngjiù
8916	A	仍然	réngrán
8917	A	日	rì
8918	A	日報	rìbào
8919	A	日常	rìcháng
8920	B	日程	rìchéng
8921	C	日出	rìchū
8922	B	日光	rìguāng
8923	B	日後	rìhòu
8924	B	日記	rìjì
8925	B	日漸	rìjiàn
8926	C	日曆	rìlì
8927	C	日內	rìnèi
8928	A	日期	rìqī
8929	A	日前	rìqián
8930	C	日趨	rìqū
8931	C	日新月異	rìxīnyuèyì
8932	A	日夜	rìyè
8933	A	日益	rìyì
8934	A	日用	rìyòng
8935	B	日用品	rìyòngpǐn
8936	C	日語	Rìyǔ
8937	B	日元	rìyuán
8938	A	日子	rìzi
8939	A	容	róng
8940	B	容積	róngjī
8941	A	容量	róngliàng
8942	C	容貌	róngmào
8943	B	容納	róngnà
8944	B	容器	róngqì
8945	B	容忍	róngrěn
8946	A	容許	róngxǔ
8947	A	容易	róngyì
8948	B	絨	róng
8949	B	溶	róng
8950	B	溶化	rónghuà
8951	B	溶解	róngjiě
8952	B	溶液	róngyè
8953	B	榕樹	róngshù
8954	B	榮獲	rónghuò
8955	B	榮幸	róngxìng
8956	A	榮譽	róngyù
8957	C	熔	róng
8958	C	熔化	rónghuà
8959	B	融合	rónghé
8960	B	融化	rónghuà
8961	C	融會	rónghuì
8962	B	融洽	róngqià
8963	C	融資	róngzī
8964	B	柔道	róudào
8965	B	柔和	róuhé
8966	B	柔軟	róuruǎn
8967	B	揉	róu
8968	A	肉	ròu

8969	B	肉類	ròulèi
8970	C	肉體	ròutǐ
8971	C	肉眼	ròuyǎn
8972	A	如	rú
8973	C	如痴如醉	rúchīrúzuì
8974	A	如此	rúcǐ
8975	A	如果	rúguǒ
8976	A	如何	rúhé
8977	A	如今	rújīn
8978	B	如期	rúqī
8979	C	如實	rúshí
8980	C	如是	rúshì
8981	B	如同	rútóng
8982	A	如下	rúxià
8983	B	如意	rúyì
8984	C	如願以償	rúyuànyǐcháng
8985	C	乳	rǔ
8986	C	乳汁	rǔzhī
8987	C	辱罵	rǔmà
8988	A	入	rù
8989	C	入場	rùchǎng
8990	C	入場券	rùchǎngquàn
8991	C	入冬	rùdōng
8992	C	入讀	rùdú
8993	C	入關	rùguān
8994	C	入伙	rùhuǒ
8995	C	入夥	rùhuǒ
8996	B	入境	rùjìng
8997	B	入口	rùkǒu
8998	C	入殮	rùliàn
8999	A	入侵	rùqīn
9000	B	入世	rùshì
9001	C	入市	rùshì
9002	C	入手	rùshǒu
9003	C	入睡	rùshuì
9004	C	入託	rùtuō
9005	C	入網	rùwǎng
9006	C	入圍	rùwéi
9007	C	入伍	rùwǔ
9008	C	入選	rùxuǎn
9009	A	入學	rùxué
9010	C	入獄	rùyù
9011	C	褥子	rùzi
9012	A	軟	ruǎn
9013	B	軟件	ruǎnjiàn
9014	C	軟科學	ruǎnkēxué
9015	B	軟盤	ruǎnpán
9016	B	軟弱	ruǎnruò
9017	C	瑞雪	ruìxuě
9018	C	銳減	ruìjiǎn
9019	B	銳利	ruìlì
9020	C	閏月	rùnyuè
9021	C	潤滑	rùnhuá
9022	C	潤滑油	rùnhuáyóu
9023	A	若	ruò
9024	C	若非	ruòfēi
9025	A	若干	ruògān
9026	C	若是	ruòshì
9027	A	弱	ruò
9028	B	弱點	ruòdiǎn
9029	C	弱能	ruònéng
9030	C	弱勢	ruòshì
9031	C	弱小	ruòxiǎo
9032	C	弱智	ruòzhì
9033	C	撒謊	sāhuǎng
9034	A	撒	sǎ
9035	B	灑	sǎ
9036	A	塞	sāi
9037	C	塞車	sāichē
9038	C	腮	sāi
9039	A	塞	sài
9040	C	塞外	sàiwài
9041	A	賽	sài
9042	C	賽場	sàichǎng
9043	C	賽車	sàichē
9044	B	賽馬	sàimǎ
9045	B	賽跑	sàipǎo
9046	B	賽事	sàishì
9047	A	三	sān
9048	C	三番五次	sānfānwǔcì
9049	B	三角	sānjiǎo
9050	C	三角形	sānjiǎoxíng
9051	B	三角洲	sānjiǎozhōu
9052	C	三軍	sānjūn
9053	C	三輪車	sānlúnchē
9054	C	三明治	sānmíngzhì
9055	C	三文魚	sānwényú
9056	A	傘	sǎn
9057	A	散	sǎn
9058	B	散漫	sǎnmàn
9059	B	散文	sǎnwén
9060	A	散	sàn
9061	A	散布	sànbù
9062	A	散步	sànbù
9063	B	散發	sànfā
9064	B	桑	sāng
9065	C	桑拿	sāngná
9066	B	喪	sāng
9067	B	喪事	sāngshì
9068	C	喪葬	sāngzàng
9069	C	嗓音	sǎngyīn
9070	A	嗓子	sǎngzi

9071	B	喪生	sàngshēng
9072	A	喪失	sàngshī
9073	C	騷動	sāodòng
9074	B	騷亂	sāoluàn
9075	C	騷擾	sāorǎo
9076	A	掃	sǎo
9077	B	掃除	sǎochú
9078	B	掃蕩	sǎodàng
9079	B	掃地	sǎodì
9080	C	掃黃	sǎohuáng
9081	B	掃盲	sǎománg
9082	C	掃描	sǎomiáo
9083	C	掃興	sǎoxìng
9084	B	嫂子	sǎozi
9085	A	色	sè
9086	A	色彩	sècǎi
9087	C	色調	sèdiào
9088	C	色情	sèqíng
9089	C	色素	sèsù
9090	C	色澤	sèzé
9091	C	澀	sè
9092	A	森林	sēnlín
9093	C	僧侶	sēnglǚ
9094	A	沙	shā
9095	C	沙塵暴	shāchénbào
9096	A	沙發	shāfā
9097	A	沙漠	shāmò
9098	C	沙丘	shāqiū
9099	B	沙灘	shātān
9100	B	沙土	shātǔ
9101	A	沙子	shāzi
9102	C	剎	shā
9103	B	剎車	shāchē
9104	C	砂	shā
9105	C	砂糖	shātáng
9106	A	紗	shā
9107	A	殺	shā
9108	B	殺害	shāhài
9109	C	殺菌	shājūn
9110	C	殺手	shāshǒu
9111	C	鯊	shā
9112	B	啥	shá
9113	A	傻	shǎ
9114	C	傻瓜	shǎguā
9115	B	傻子	shǎzi
9116	B	篩	shāi
9117	C	篩選	shāixuǎn
9118	B	篩子	shāizi
9119	B	曬	shài
9120	A	山	shān
9121	C	山城	shānchéng
9122	C	山川	shānchuān
9123	B	山地	shāndì
9124	B	山頂	shāndǐng
9125	B	山峰	shānfēng
9126	C	山岡	shāngāng
9127	C	山溝	shāngōu
9128	B	山谷	shāngǔ
9129	B	山河	shānhé
9130	B	山腳	shānjiǎo
9131	C	山林	shānlín
9132	C	山嶺	shānlǐng
9133	C	山路	shānlù
9134	A	山脈	shānmài
9135	C	山南海北	shānnánhǎiběi
9136	C	山坡	shānpō
9137	A	山區	shānqū
9138	B	山水	shānshuǐ
9139	B	山頭	shāntóu
9140	C	山羊	shānyáng
9141	B	山腰	shānyāo
9142	C	山野	shānyě
9143	C	山楂	shānzhā
9144	C	山寨	shānzhài
9145	C	山莊	shānzhuāng
9146	B	刪	shān
9147	C	刪除	shānchú
9148	B	珊瑚	shānhú
9149	C	煽	shān
9150	A	閃	shǎn
9151	B	閃電	shǎndiàn
9152	C	閃亮	shǎnliàng
9153	C	閃閃	shǎnshǎn
9154	B	閃爍	shǎnshuò
9155	B	閃耀	shǎnyào
9156	B	扇	shàn
9157	B	扇子	shànzi
9158	B	善	shàn
9159	B	善後	shànhòu
9160	C	善款	shànkuǎn
9161	B	善良	shànliáng
9162	C	善意	shànyì
9163	A	善於	shànyú
9164	B	擅長	shàncháng
9165	B	擅自	shànzì
9166	C	贍養	shànyǎng
9167	A	商	shāng
9168	B	商標	shāngbiāo
9169	A	商場	shāngchǎng
9170	C	商船	shāngchuán
9171	A	商店	shāngdiàn
9172	C	商定	shāngdìng

9173	B	商販	shāngfàn
9174	C	商戶	shānghù
9175	B	商會	shānghuì
9176	C	商界	shāngjiè
9177	A	商量	shāngliang
9178	A	商品	shāngpǐn
9179	C	商品房	shāngpǐnfáng
9180	C	商榷	shāngquè
9181	A	商人	shāngrén
9182	B	商談	shāngtán
9183	B	商討	shāngtǎo
9184	B	商務	shāngwù
9185	A	商業	shāngyè
9186	B	商議	shāngyì
9187	C	商戰	shāngzhàn
9188	A	傷	shāng
9189	B	傷殘	shāngcán
9190	C	傷風	shāngfēng
9191	A	傷害	shānghài
9192	B	傷痕	shānghén
9193	B	傷口	shāngkǒu
9194	C	傷腦筋	shāngnǎojīn
9195	C	傷勢	shāngshì
9196	B	傷亡	shāngwáng
9197	A	傷心	shāngxīn
9198	B	傷員	shāngyuán
9199	C	傷者	shāngzhě
9200	B	賞	shǎng
9201	C	賞識	shǎngshí
9202	C	賞心悅目	shǎngxīnyuèmù
9203	A	上	shàng
9204	A	上班	shàngbān
9205	C	上報	shàngbào
9206	A	上邊	shàng•biān
9207	B	上層	shàngcéng
9208	C	上場	shàngchǎng
9209	A	上當	shàngdàng
9210	B	上等	shàngděng
9211	B	上帝	Shàngdì
9212	C	上火	shànghuǒ
9213	A	上級	shàngjí
9214	C	上將	shàngjiàng
9215	B	上交	shàngjiāo
9216	B	上繳	shàngjiǎo
9217	B	上街	shàngjiē
9218	B	上進	shàngjìn
9219	A	上課	shàngkè
9220	A	上空	shàngkōng
9221	A	上來	shàng•lái
9222	B	上路	shànglù
9223	C	上馬	shàngmǎ
9224	B	上門	shàngmén
9225	A	上面	shàng•miàn
9226	C	上前	shàngqián
9227	A	上去	shàng•qù
9228	B	上任	shàngrèn
9229	C	上身	shàngshēn
9230	A	上升	shàngshēng
9231	B	上市	shàngshì
9232	A	上述	shàngshù
9233	C	上司	shàngsi
9234	B	上訴	shàngsù
9235	B	上台	shàngtái
9236	C	上天	shàngtiān
9237	A	上頭	shàngtou
9238	A	上網	shàngwǎng
9239	A	上午	shàngwǔ
9240	A	上下	shàngxià
9241	B	上下班	shàngxiàbān
9242	B	上校	shàngxiào
9243	A	上學	shàngxué
9244	A	上旬	shàngxún
9245	B	上演	shàngyǎn
9246	C	上揚	shàngyáng
9247	B	上衣	shàngyī
9248	C	上議院	shàngyìyuàn
9249	C	上癮	shàngyǐn
9250	B	上映	shàngyìng
9251	A	上游	shàngyóu
9252	A	上漲	shàngzhǎng
9253	C	上陣	shàngzhèn
9254	C	上座	shàngzuò
9255	B	尚	shàng
9256	B	捎	shāo
9257	C	梢	shāo
9258	A	稍	shāo
9259	B	稍後	shāohòu
9260	C	稍稍	shāoshāo
9261	A	稍微	shāowēi
9262	C	稍為	shāowéi
9263	A	燒	shāo
9264	C	燒餅	shāobing
9265	B	燒毀	shāohuǐ
9266	C	燒火	shāohuǒ
9267	C	燒烤	shāokǎo
9268	C	燒傷	shāoshāng
9269	B	勺子	sháozi
9270	A	少	shǎo
9271	C	少不了	shǎo•bùliǎo
9272	B	少見	shǎojiàn
9273	B	少量	shǎoliàng
9274	A	少數	shǎoshù

9275	B	少數民族	shǎoshùmínzú
9276	C	少許	shǎoxǔ
9277	C	少有	shǎoyǒu
9278	C	少將	shàojiàng
9279	A	少年	shàonián
9280	A	少女	shàonǚ
9281	C	少爺	shàoye
9282	B	哨	shào
9283	C	哨子	shàozi
9284	C	奢侈	shēchǐ
9285	B	舌頭	shétou
9286	C	折	shé
9287	B	蛇	shé
9288	B	捨	shě
9289	A	捨不得	shě•bù•dé
9290	B	捨得	shěde
9291	A	社	shè
9292	C	社工	shègōng
9293	A	社會	shèhuì
9294	A	社會主義	shèhuìzhǔyì
9295	B	社交	shèjiāo
9296	A	社論	shèlùn
9297	C	社區	shèqū
9298	C	社團	shètuán
9299	C	社員	shèyuán
9300	B	社長	shèzhǎng
9301	A	射	shè
9302	C	射程	shèchéng
9303	A	射擊	shèjī
9304	C	射箭	shèjiàn
9305	B	射門	shèmén
9306	C	射線	shèxiàn
9307	A	涉及	shèjí
9308	B	涉外	shèwài
9309	C	涉嫌	shèxián
9310	A	設	shè
9311	A	設備	shèbèi
9312	C	設定	shèdìng
9313	A	設法	shèfǎ
9314	A	設計	shèjì
9315	A	設立	shèlì
9316	A	設施	shèshī
9317	A	設想	shèxiǎng
9318	C	設宴	shèyàn
9319	A	設置	shèzhì
9320	B	攝	shè
9321	C	攝取	shèqǔ
9322	B	攝氏	shèshì
9323	C	攝像機	shèxiàngjī
9324	A	攝影	shèyǐng
9325	C	攝製	shèzhì
9326	A	誰	shéi
9327	B	申辦	shēnbàn
9328	B	申報	shēnbào
9329	C	申明	shēnmíng
9330	A	申請	shēnqǐng
9331	C	申請書	shēnqǐngshū
9332	C	申述	shēnshù
9333	B	申訴	shēnsù
9334	A	伸	shēn
9335	B	伸手	shēnshǒu
9336	C	伸縮	shēnsuō
9337	B	伸展	shēnzhǎn
9338	C	伸張	shēnzhāng
9339	A	身	shēn
9340	A	身邊	shēnbiān
9341	B	身材	shēncái
9342	C	身段	shēnduàn
9343	A	身份	shēnfen
9344	B	身份證	shēnfènzhèng
9345	C	身高	shēngāo
9346	C	身後	shēnhòu
9347	B	身價	shēnjià
9348	C	身軀	shēnqū
9349	A	身上	shēnshang
9350	C	身世	shēnshì
9351	C	身手	shēnshǒu
9352	A	身體	shēntǐ
9353	B	身心	shēnxīn
9354	C	身影	shēnyǐng
9355	A	身子	shēnzi
9356	B	呻吟	shēnyín
9357	A	深	shēn
9358	C	深奧	shēn’ào
9359	B	深沉	shēnchén
9360	B	深處	shēnchù
9361	A	深度	shēndù
9362	A	深厚	shēnhòu
9363	A	深化	shēnhuà
9364	A	深刻	shēnkè
9365	C	深淺	shēnqiǎn
9366	B	深切	shēnqiè
9367	B	深情	shēnqíng
9368	C	深秋	shēnqiū
9369	A	深入	shēnrù
9370	C	深入淺出	shēnrùqiǎnchū
9371	C	深山	shēnshān
9372	C	深受	shēnshòu
9373	B	深思	shēnsī
9374	B	深信	shēnxìn
9375	A	深夜	shēnyè
9376	C	深淵	shēnyuān

9377	B	深遠	shēnyuǎn
9378	B	深造	shēnzào
9379	B	深重	shēnzhòng
9380	C	紳士	shēnshì
9381	A	甚麼	shénme
9382	A	神	shén
9383	C	神父	shénfù
9384	B	神話	shénhuà
9385	A	神經	shénjīng
9386	C	神經病	shénjīngbìng
9387	A	神秘	shénmì
9388	B	神奇	shénqí
9389	B	神氣	shén•qì
9390	B	神情	shénqíng
9391	B	神色	shénsè
9392	B	神聖	shénshèng
9393	B	神態	shéntài
9394	B	神仙	shén•xiān
9395	C	神州	Shénzhōu
9396	B	審	shěn
9397	A	審查	shěnchá
9398	B	審定	shěndìng
9399	B	審核	shěnhé
9400	C	審計	shěnjì
9401	B	審理	shěnlǐ
9402	C	審美	shěnměi
9403	B	審判	shěnpàn
9404	B	審批	shěnpī
9405	C	審慎	shěnshèn
9406	B	審訊	shěnxùn
9407	A	審議	shěnyì
9408	C	嬸子	shěnzi
9409	A	甚	shèn
9410	A	甚至	shènzhì
9411	B	腎	shèn
9412	B	腎炎	shènyán
9413	B	慎重	shènzhòng
9414	B	滲	shèn
9415	C	滲入	shènrù
9416	B	滲透	shèntòu
9417	A	升	shēng
9418	C	升幅	shēngfú
9419	B	升高	shēnggāo
9420	B	升級	shēngjí
9421	B	升降	shēngjiàng
9422	C	升降機	shēngjiàngjī
9423	B	升旗	shēngqí
9424	C	升任	shēngrèn
9425	C	升勢	shēngshì
9426	B	升學	shēngxué
9427	C	升值	shēngzhí
9428	A	生	shēng
9429	A	生病	shēngbìng
9430	C	生財	shēngcái
9431	A	生產	shēngchǎn
9432	A	生產力	shēngchǎnlì
9433	B	生產率	shēngchǎnlǜ
9434	C	生辰	shēngchén
9435	C	生詞	shēngcí
9436	A	生存	shēngcún
9437	A	生動	shēngdòng
9438	C	生還	shēnghuán
9439	A	生活	shēnghuó
9440	B	生機	shēngjī
9441	C	生計	shēngjì
9442	A	生理	shēnglǐ
9443	B	生猛	shēngměng
9444	A	生命	shēngmìng
9445	B	生命力	shēngmìnglì
9446	B	生怕	shēngpà
9447	C	生平	shēngpíng
9448	A	生氣	shēngqì
9449	B	生前	shēngqián
9450	B	生人	shēngrén
9451	A	生日	shēng•rì
9452	C	生疏	shēngshū
9453	A	生態	shēngtài
9454	B	生態旅遊	shēngtàilǚyóu
9455	A	生物	shēngwù
9456	C	生物工程	shēngwùgōngchéng
9457	C	生肖	shēngxiào
9458	B	生效	shēngxiào
9459	B	生涯	shēngyá
9460	A	生意	shēngyi
9461	B	生硬	shēngyìng
9462	A	生育	shēngyù
9463	A	生長	shēngzhǎng
9464	C	生長點	shēngzhǎngdiǎn
9465	B	生殖	shēngzhí
9466	B	生字	shēngzì
9467	C	牲畜	shēngchù
9468	C	牲口	shēngkou
9469	A	聲	shēng
9470	B	聲稱	shēngchēng
9471	B	聲調	shēngdiào
9472	C	聲浪	shēnglàng
9473	A	聲明	shēngmíng
9474	C	聲母	shēngmǔ
9475	B	聲勢	shēngshì
9476	C	聲討	shēngtǎo
9477	C	聲望	shēngwàng
9478	C	聲響	shēngxiǎng

9479	C	聲學	shēngxué
9480	C	聲言	shēngyán
9481	A	聲音	shēngyīn
9482	B	聲譽	shēngyù
9483	C	聲援	shēngyuán
9484	B	聲樂	shēngyuè
9485	C	繩	shéng
9486	C	繩索	shéngsuǒ
9487	B	繩子	shéngzi
9488	A	省	shěng
9489	A	省得	shěngde
9490	B	省份	shěngfèn
9491	B	省會	shěnghuì
9492	C	省略	shěnglüè
9493	B	省事	shěngshì
9494	B	省長	shěngzhǎng
9495	A	盛	shèng
9496	B	盛產	shèngchǎn
9497	B	盛大	shèngdà
9498	B	盛會	shènghuì
9499	B	盛開	shèngkāi
9500	C	盛況	shèngkuàng
9501	C	盛名	shèngmíng
9502	C	盛情	shèngqíng
9503	C	盛事	shèngshì
9504	B	盛行	shèngxíng
9505	C	盛裝	shèngzhuāng
9506	A	剩	shèng
9507	B	剩下	shèngxia
9508	A	剩餘	shèngyú
9509	A	勝	shèng
9510	C	勝出	shèngchū
9511	B	勝地	shèngdì
9512	B	勝負	shèngfù
9513	A	勝利	shènglì
9514	B	勝任	shèngrèn
9515	C	勝仗	shèngzhàng
9516	B	聖誕節	Shèngdànjié
9517	B	聖地	shèngdì
9518	C	聖火	shènghuǒ
9519	C	聖經	shèngjīng
9520	A	失	shī
9521	A	失敗	shībài
9522	B	失常	shīcháng
9523	B	失掉	shīdiào
9524	B	失火	shīhuǒ
9525	B	失控	shīkòng
9526	C	失利	shīlì
9527	C	失靈	shīlíng
9528	C	失落	shīluò
9529	C	失眠	shīmián
9530	C	失明	shīmíng
9531	A	失去	shīqù
9532	B	失事	shīshì
9533	B	失調	shītiáo
9534	A	失望	shīwàng
9535	A	失誤	shīwù
9536	B	失學	shīxué
9537	B	失效	shīxiào
9538	A	失業	shīyè
9539	B	失業率	shīyèlǜ
9540	C	失約	shīyuē
9541	C	失真	shīzhēn
9542	C	失職	shīzhí
9543	B	失蹤	shīzōng
9544	B	失足	shīzú
9545	B	屍	shī
9546	B	屍體	shītǐ
9547	C	施	shī
9548	C	施肥	shīféi
9549	A	施工	shīgōng
9550	B	施加	shījiā
9551	A	施行	shīxíng
9552	C	施壓	shīyā
9553	C	施用	shīyòng
9554	B	施展	shīzhǎn
9555	B	施政	shīzhèng
9556	A	師	shī
9557	A	師範	shīfàn
9558	B	師傅	shīfu
9559	B	師生	shīshēng
9560	B	師長	shīzhǎng
9561	B	師資	shīzī
9562	A	獅子	shīzi
9563	A	詩	shī
9564	B	詩歌	shīgē
9565	C	詩句	shījù
9566	A	詩人	shīrén
9567	B	詩意	shīyì
9568	A	濕	shī
9569	B	濕度	shīdù
9570	A	濕潤	shīrùn
9571	A	十	shí
9572	A	十分	shífēn
9573	B	十全十美	shíquánshíměi
9574	C	十字架	shízìjià
9575	C	十字路口	shízìlùkǒu
9576	B	十足	shízú
9577	B	石	shí
9578	C	石膏	shígāo
9579	B	石化	shíhuà
9580	B	石灰	shíhuī

9581	B	石窟	shíkū
9582	B	石塊	shíkuài
9583	C	石棉	shímián
9584	C	石器	shíqì
9585	A	石頭	shítou
9586	C	石英	shíyīng
9587	A	石油	shíyóu
9588	B	拾	shí
9589	A	食	shí
9590	C	食糧	shíliáng
9591	A	食品	shípǐn
9592	C	食宿	shísù
9593	B	食堂	shítáng
9594	A	食物	shíwù
9595	C	食鹽	shíyán
9596	B	食用	shíyòng
9597	B	食欲	shíyù
9598	C	食指	shízhǐ
9599	A	時	shí
9600	A	時常	shícháng
9601	C	時辰	shíchen
9602	A	時代	shídài
9603	C	時段	shíduàn
9604	B	時而	shí'ér
9605	B	時分	shífēn
9606	B	時光	shíguāng
9607	A	時候	shíhou
9608	A	時機	shíjī
9609	A	時間	shíjiān
9610	C	時間差	shíjiānchā
9611	B	時節	shíjié
9612	C	時局	shíjú
9613	A	時刻	shíkè
9614	C	時髦	shímáo
9615	A	時期	shíqī
9616	C	時尚	shíshàng
9617	A	時時	shíshí
9618	B	時事	shíshì
9619	C	時速	shísù
9620	C	時下	shíxià
9621	C	時興	shíxīng
9622	C	時鐘	shízhōng
9623	B	時裝	shízhuāng
9624	A	實	shí
9625	B	實地	shídì
9626	B	實幹	shígàn
9627	A	實話	shíhuà
9628	B	實惠	shíhuì
9629	A	實際	shíjì
9630	A	實踐	shíjiàn
9631	B	實況	shíkuàng
9632	A	實力	shílì
9633	C	實例	shílì
9634	C	實權	shíquán
9635	A	實施	shíshī
9636	C	實事	shíshì
9637	A	實事求是	shíshìqiúshì
9638	B	實體	shítǐ
9639	A	實物	shíwù
9640	A	實習	shíxí
9641	A	實現	shíxiàn
9642	B	實效	shíxiào
9643	A	實行	shíxíng
9644	A	實驗	shíyàn
9645	B	實驗室	shíyànshì
9646	B	實業	shíyè
9647	A	實用	shíyòng
9648	A	實在	shízài
9649	A	實在	shízai
9650	A	實質	shízhì
9651	A	識	shí
9652	B	識別	shíbié
9653	B	識字	shízì
9654	B	史	shǐ
9655	B	史料	shǐliào
9656	C	史無前例	shǐwúqiánlì
9657	A	使	shǐ
9658	A	使得	shǐde
9659	B	使節	shǐjié
9660	A	使勁	shǐjìn
9661	B	使命	shǐmìng
9662	A	使用	shǐyòng
9663	B	始	shǐ
9664	A	始終	shǐzhōng
9665	B	屎	shǐ
9666	A	駛	shǐ
9667	A	士兵	shìbīng
9668	B	士氣	shìqì
9669	A	世	shì
9670	B	世代	shìdài
9671	A	世紀	shìjì
9672	C	世家	shìjiā
9673	A	世界	shìjiè
9674	C	世界杯	shìjièbēi
9675	B	世界觀	shìjièguān
9676	C	世人	shìrén
9677	B	世上	shìshàng
9678	A	市	shì
9679	A	市場	shìchǎng
9680	C	市道	shìdào
9681	C	市價	shìjià
9682	B	市郊	shìjiāo

9683	C	市況	shìkuàng
9684	B	市面	shìmiàn
9685	A	市民	shìmín
9686	A	市區	shìqū
9687	C	市容	shìróng
9688	B	市長	shìzhǎng
9689	B	市鎮	shìzhèn
9690	B	市政	shìzhèng
9691	C	市值	shìzhí
9692	C	示	shì
9693	A	示範	shìfàn
9694	C	示弱	shìruò
9695	A	示威	shìwēi
9696	C	示意	shìyì
9697	C	示意圖	shìyìtú
9698	A	式	shì
9699	B	式樣	shìyàng
9700	A	似的	shìde
9701	A	事	shì
9702	C	事半功倍	shìbàngōngbèi
9703	B	事變	shìbiàn
9704	C	事發	shìfā
9705	A	事故	shìgù
9706	A	事跡	shìjì
9707	C	事假	shìjià
9708	A	事件	shìjiàn
9709	B	事例	shìlì
9710	A	事情	shìqing
9711	A	事實	shìshí
9712	B	事態	shìtài
9713	A	事物	shìwù
9714	A	事務	shìwù
9715	A	事先	shìxiān
9716	A	事項	shìxiàng
9717	A	事業	shìyè
9718	C	事業心	shìyèxīn
9719	B	事宜	shìyí
9720	B	事主	shìzhǔ
9721	B	侍候	shìhòu
9722	A	室	shì
9723	A	是	shì
9724	A	是的	shìde
9725	A	是非	shìfēi
9726	A	是否	shìfǒu
9727	B	柿子	shìzi
9728	A	逝世	shìshì
9729	B	視	shì
9730	B	視察	shìchá
9731	B	視覺	shìjué
9732	B	視力	shìlì
9733	C	視聽	shìtīng
9734	C	視網膜	shìwǎngmó
9735	B	視線	shìxiàn
9736	B	視野	shìyě
9737	B	勢	shì
9738	B	勢必	shìbì
9739	A	勢力	shì•lì
9740	B	勢頭	shì•tóu
9741	C	嗜好	shìhào
9742	A	試	shì
9743	C	試車	shìchē
9744	B	試點	shìdiǎn
9745	C	試卷	shìjuàn
9746	C	試探	shìtan
9747	B	試題	shìtí
9748	B	試圖	shìtú
9749	C	試問	shìwèn
9750	B	試行	shìxíng
9751	A	試驗	shìyàn
9752	B	試用	shìyòng
9753	B	試製	shìzhì
9754	C	飾物	shìwù
9755	C	飾演	shìyǎn
9756	B	誓言	shìyán
9757	B	適	shì
9758	A	適當	shìdàng
9759	B	適度	shìdù
9760	A	適合	shìhé
9761	C	適量	shìliàng
9762	C	適齡	shìlíng
9763	C	適時	shìshí
9764	A	適宜	shìyí
9765	A	適應	shìyìng
9766	A	適用	shìyòng
9767	C	適於	shìyú
9768	C	適中	shìzhōng
9769	A	釋放	shìfàng
9770	A	收	shōu
9771	B	收藏	shōucáng
9772	B	收成	shōucheng
9773	A	收到	shōudào
9774	B	收費	shōufèi
9775	B	收復	shōufù
9776	A	收割	shōugē
9777	C	收工	shōugōng
9778	A	收購	shōugòu
9779	A	收回	shōuhuí
9780	A	收穫	shōuhuò
9781	A	收集	shōují
9782	B	收繳	shōujiǎo
9783	C	收據	shōujù
9784	B	收看	shōukàn

9785	C	收錄	shōulù
9786	B	收買	shōumǎi
9787	C	收盤	shōupán
9788	B	收取	shōuqǔ
9789	B	收容	shōuróng
9790	A	收入	shōurù
9791	C	收市	shōushì
9792	C	收視	shōushì
9793	A	收拾	shōushi
9794	C	收受	shōushòu
9795	A	收縮	shōusuō
9796	B	收聽	shōutīng
9797	B	收效	shōuxiào
9798	B	收益	shōuyì
9799	A	收音機	shōuyīnjī
9800	B	收銀台	shōuyíntái
9801	A	收支	shōuzhī
9802	A	熟	shóu
9803	A	手	shǒu
9804	C	手臂	shǒubì
9805	A	手錶	shǒubiǎo
9806	C	手冊	shǒucè
9807	C	手電筒	shǒudiàntǒng
9808	A	手段	shǒuduàn
9809	A	手法	shǒufǎ
9810	C	手風琴	shǒufēngqín
9811	A	手工	shǒugōng
9812	C	手工業	shǒugōngyè
9813	A	手機	shǒujī
9814	B	手腳	shǒujiǎo
9815	C	手巾	shǒujīn
9816	C	手絹（兒）	shǒujuàn(r)
9817	C	手榴彈	shǒuliúdàn
9818	A	手槍	shǒuqiāng
9819	B	手勢	shǒushì
9820	A	手術	shǒushù
9821	A	手套	shǒutào
9822	C	手提	shǒutí
9823	C	手腕	shǒuwàn
9824	B	手下	shǒuxià
9825	A	手續	shǒuxù
9826	B	手藝	shǒuyì
9827	C	手掌	shǒuzhǎng
9828	A	手指	shǒuzhǐ
9829	C	手指頭	shǒuzhǐtou
9830	A	守	shǒu
9831	B	守法	shǒufǎ
9832	C	守門員	shǒuményuán
9833	B	守衛	shǒuwèi
9834	C	守則	shǒuzé
9835	A	首	shǒu
9836	B	首創	shǒuchuàng
9837	A	首次	shǒucì
9838	C	首當其衝	shǒudāngqíchōng
9839	A	首都	shǒudū
9840	B	首府	shǒufǔ
9841	B	首屆	shǒujiè
9842	B	首領	shǒulǐng
9843	A	首腦	shǒunǎo
9844	C	首批	shǒupī
9845	C	首期	shǒuqī
9846	C	首屈一指	shǒuqūyìzhǐ
9847	B	首飾	shǒu•shì
9848	B	首位	shǒuwèi
9849	B	首席	shǒuxí
9850	A	首先	shǒuxiān
9851	A	首相	shǒuxiàng
9852	C	首選	shǒuxuǎn
9853	C	首演	shǒuyǎn
9854	A	首要	shǒuyào
9855	A	首長	shǒuzhǎng
9856	A	受	shòu
9857	C	受不了	shòu•bùliǎo
9858	C	受挫	shòucuò
9859	A	受到	shòudào
9860	B	受害	shòuhài
9861	C	受惠	shòuhuì
9862	B	受賄	shòuhuì
9863	B	受苦	shòukǔ
9864	C	受累	shòulèi
9865	B	受理	shòulǐ
9866	C	受命	shòumìng
9867	B	受騙	shòupiàn
9868	C	受氣	shòuqì
9869	A	受傷	shòushāng
9870	B	受益	shòuyì
9871	C	受災	shòuzāi
9872	C	受阻	shòuzǔ
9873	B	受罪	shòuzuì
9874	C	狩獵	shòuliè
9875	A	售	shòu
9876	B	售貨	shòuhuò
9877	B	售貨員	shòuhuòyuán
9878	B	售價	shòujià
9879	C	售賣	shòumài
9880	B	售票	shòupiào
9881	B	售票員	shòupiàoyuán
9882	C	授	shòu
9883	B	授課	shòukè
9884	B	授權	shòuquán
9885	B	授予	shòuyǔ
9886	B	壽	shòu

9887	C	壽辰	shòuchén
9888	A	壽命	shòumìng
9889	A	瘦	shòu
9890	C	瘦肉	shòuròu
9891	B	獸醫	shòuyī
9892	C	抒發	shūfā
9893	C	抒情	shūqíng
9894	A	叔叔	shūshu
9895	A	書	shū
9896	A	書包	shūbāo
9897	A	書本	shūběn
9898	A	書店	shūdiàn
9899	A	書法	shūfǎ
9900	C	書房	shūfáng
9901	B	書畫	shūhuà
9902	A	書籍	shūjí
9903	A	書記	shūjì
9904	B	書架	shūjià
9905	B	書刊	shūkān
9906	A	書面	shūmiàn
9907	C	書目	shūmù
9908	C	書籤	shūqiān
9909	C	書市	shūshì
9910	B	書寫	shūxiě
9911	B	書信	shūxìn
9912	C	書院	shūyuàn
9913	C	書展	shūzhǎn
9914	B	書桌	shūzhuō
9915	A	梳	shū
9916	C	梳理	shūlǐ
9917	C	梳洗	shūxǐ
9918	C	梳子	shūzi
9919	C	殊	shū
9920	C	殊榮	shūróng
9921	C	疏導	shūdǎo
9922	B	疏忽	shūhu
9923	B	疏散	shūsàn
9924	C	疏鬆	shūsōng
9925	C	疏通	shūtōng
9926	C	疏遠	shūyuǎn
9927	B	舒	shū
9928	A	舒暢	shūchàng
9929	A	舒服	shūfu
9930	C	舒緩	shūhuǎn
9931	A	舒適	shūshì
9932	C	舒展	shūzhǎn
9933	B	樞紐	shūniǔ
9934	A	蔬菜	shūcài
9935	A	輸	shū
9936	A	輸出	shūchū
9937	C	輸電	shūdiàn
9938	A	輸入	shūrù
9939	B	輸送	shūsòng
9940	C	輸血	shūxuè
9941	A	熟	shú
9942	A	熟練	shúliàn
9943	C	熟人	shúrén
9944	C	熟睡	shúshuì
9945	A	熟悉	shú•xī
9946	C	熟知	shúzhī
9947	C	贖	shú
9948	C	暑	shǔ
9949	A	暑假	shǔjià
9950	C	暑期	shǔqī
9951	C	署	shǔ
9952	C	署理	shǔlǐ
9953	B	署名	shǔmíng
9954	C	署長	shǔzhǎng
9955	B	鼠標	shǔbiāo
9956	A	數	shǔ
9957	C	曙光	shǔguāng
9958	A	屬	shǔ
9959	B	屬實	shǔshí
9960	C	屬下	shǔxià
9961	A	屬於	shǔyú
9962	B	束	shù
9963	A	束縛	shùfù
9964	B	術語	shùyǔ
9965	C	漱	shù
9966	C	漱口	shùkǒu
9967	A	數	shù
9968	B	數額	shù'é
9969	A	數據	shùjù
9970	C	數據庫	shùjùkù
9971	A	數量	shùliàng
9972	B	數碼	shùmǎ
9973	A	數目	shùmù
9974	A	數學	shùxué
9975	C	數值	shùzhí
9976	A	數字	shùzì
9977	B	數字化	shùzìhuà
9978	B	豎	shù
9979	A	樹	shù
9980	A	樹立	shùlì
9981	A	樹林	shùlín
9982	A	樹木	shùmù
9983	C	樹葉	shùyè
9984	C	樹蔭	shùyīn
9985	C	樹枝	shùzhī
9986	C	樹脂	shùzhī
9987	C	樹種	shùzhǒng
9988	A	刷	shuā

9989	B	刷卡	shuākǎ
9990	C	刷新	shuāxīn
9991	B	刷子	shuāzi
9992	A	耍	shuǎ
9993	B	衰老	shuāilǎo
9994	C	衰落	shuāiluò
9995	B	衰弱	shuāiruò
9996	B	衰退	shuāituì
9997	A	摔	shuāi
9998	B	摔跤	shuāijiāo
9999	A	甩	shuǎi
10000	C	帥	shuài
10001	C	帥哥	shuàigē
10002	A	率	shuài
10003	A	率領	shuàilǐng
10004	B	率先	shuàixiān
10005	B	拴	shuān
10006	C	涮	shuàn
10007	B	霜	shuāng
10008	A	雙	shuāng
10009	B	雙邊	shuāngbiān
10010	C	雙層	shuāngcéng
10011	B	雙重	shuāngchóng
10012	B	雙打	shuāngdǎ
10013	A	雙方	shuāngfāng
10014	C	雙軌	shuāngguǐ
10015	C	雙親	shuāngqīn
10016	C	雙手	shuāngshǒu
10017	C	雙雙	shuāngshuāng
10018	B	雙向	shuāngxiàng
10019	B	雙休日	shuāngxiūrì
10020	B	雙贏	shuāngyíng
10021	C	雙語	shuāngyǔ
10022	C	雙職工	shuāngzhígōng
10023	C	爽	shuǎng
10024	B	爽快	shuǎngkuai
10025	C	爽朗	shuǎnglǎng
10026	A	誰	shuí
10027	A	水	shuǐ
10028	C	水泵	shuǐbèng
10029	C	水草	shuǐcǎo
10030	A	水產	shuǐchǎn
10031	C	水池	shuǐchí
10032	C	水稻	shuǐdào
10033	C	水滴	shuǐdī
10034	B	水電	shuǐdiàn
10035	A	水分	shuǐfèn
10036	C	水溝	shuǐgōu
10037	C	水管	shuǐguǎn
10038	A	水果	shuǐguǒ
10039	C	水壺	shuǐhú
10040	C	水晶	shuǐjīng
10041	C	水警	shuǐjǐng
10042	A	水庫	shuǐkù
10043	B	水力	shuǐlì
10044	A	水利	shuǐlì
10045	C	水流	shuǐliú
10046	B	水龍頭	shuǐlóngtóu
10047	C	水路	shuǐlù
10048	B	水面	shuǐmiàn
10049	A	水泥	shuǐní
10050	A	水平	shuǐpíng
10051	C	水上	shuǐshàng
10052	C	水手	shuǐshǒu
10053	C	水塘	shuǐtáng
10054	C	水田	shuǐtián
10055	B	水土	shuǐtǔ
10056	B	水位	shuǐwèi
10057	C	水文	shuǐwén
10058	C	水仙	shuǐxiān
10059	C	水箱	shuǐxiāng
10060	C	水銀	shuǐyín
10061	B	水域	shuǐyù
10062	B	水源	shuǐyuán
10063	C	水運	shuǐyùn
10064	B	水災	shuǐzāi
10065	C	水蒸氣	shuǐzhēngqì
10066	B	水質	shuǐzhì
10067	B	水準	shuǐzhǔn
10068	A	稅	shuì
10069	C	稅款	shuìkuǎn
10070	C	稅利	shuìlì
10071	B	稅率	shuìlǜ
10072	A	稅收	shuìshōu
10073	B	稅務	shuìwù
10074	C	稅務局	shuìwùjú
10075	C	稅項	shuìxiàng
10076	C	稅制	shuìzhì
10077	A	睡	shuì
10078	A	睡覺	shuìjiào
10079	A	睡眠	shuìmián
10080	C	睡衣	shuìyī
10081	A	順	shùn
10082	B	順便	shùnbiàn
10083	C	順差	shùnchā
10084	B	順暢	shùnchàng
10085	C	順理成章	shùnlǐchéngzhāng
10086	A	順利	shùnlì
10087	B	順手	shùnshǒu
10088	C	順心	shùnxīn
10089	A	順序	shùnxù
10090	C	順應	shùnyìng

10091	B	瞬間	shùnjiān
10092	A	說	shuō
10093	B	說不定	shuō•búdìng
10094	C	說道	shuōdào
10095	A	說法	shuō•fǎ
10096	A	說服	shuōfú
10097	A	說話	shuōhuà
10098	C	說謊	shuōhuǎng
10099	A	說明	shuōmíng
10100	C	說情	shuōqíng
10101	B	碩士	shuòshì
10102	B	司	sī
10103	A	司法	sīfǎ
10104	A	司機	sījī
10105	C	司空見慣	sīkōngjiànguàn
10106	A	司令	sīlìng
10107	B	司令員	sīlìngyuán
10108	C	司儀	sīyí
10109	B	司長	sīzhǎng
10110	A	私	sī
10111	C	私家	sījiā
10112	B	私立	sīlì
10113	C	私利	sīlì
10114	A	私人	sīrén
10115	C	私生子	sīshēngzǐ
10116	C	私下	sīxià
10117	A	私營	sīyíng
10118	B	私有	sīyǒu
10119	B	私有制	sīyǒuzhì
10120	B	私自	sīzì
10121	B	思	sī
10122	B	思潮	sīcháo
10123	A	思考	sīkǎo
10124	C	思路	sīlù
10125	B	思念	sīniàn
10126	C	思前想後	sīqiánxiǎnghòu
10127	B	思索	sīsuǒ
10128	A	思維	sīwéi
10129	A	思想	sīxiǎng
10130	C	思緒	sīxù
10131	C	斯文	sīwén
10132	A	絲	sī
10133	B	絲綢	sīchóu
10134	C	絲帶	sīdài
10135	A	絲毫	sīháo
10136	B	撕	sī
10137	A	死	sǐ
10138	C	死活	sǐhuó
10139	C	死機	sǐjī
10140	C	死難	sǐnàn
10141	C	死傷	sǐshāng
10142	C	死屍	sǐshī
10143	A	死亡	sǐwáng
10144	B	死亡率	sǐwánglǜ
10145	B	死刑	sǐxíng
10146	A	死者	sǐzhě
10147	A	四	sì
10148	B	四處	sìchù
10149	B	四方	sìfāng
10150	C	四合院	sìhéyuàn
10151	A	四季	sìjì
10152	C	四面	sìmiàn
10153	B	四面八方	sìmiànbāfāng
10154	C	四通八達	sìtōngbādá
10155	B	四肢	sìzhī
10156	A	四周	sìzhōu
10157	B	寺	sì
10158	C	寺廟	sìmiào
10159	C	伺機	sìjī
10160	A	似	sì
10161	A	似乎	sìhū
10162	C	似是而非	sìshì’érfēi
10163	C	似笑非笑	sìxiàofēixiào
10164	C	肆意	sìyì
10165	B	飼料	sìliào
10166	A	飼養	sìyǎng
10167	C	松鼠	sōngshǔ
10168	B	松樹	sōngshù
10169	A	鬆	sōng
10170	B	鬆弛	sōngchí
10171	C	鬆散	sōngsǎn
10172	C	鬆懈	sōngxiè
10173	C	聳	sǒng
10174	A	送	sòng
10175	C	送交	sòngjiāo
10176	A	送禮	sònglǐ
10177	A	送行	sòngxíng
10178	C	送葬	sòngzàng
10179	B	搜	sōu
10180	C	搜捕	sōubǔ
10181	B	搜查	sōuchá
10182	A	搜集	sōují
10183	B	搜索	sōusuǒ
10184	A	艘	sōu
10185	C	蘇醒	sūxǐng
10186	C	俗	sú
10187	C	俗稱	súchēng
10188	A	俗話	súhuà
10189	C	俗語	súyǔ
10190	B	素	sù
10191	C	素材	sùcái
10192	C	素來	sùlái

10193	C	素描	sùmiáo
10194	C	素食	sùshí
10195	A	素質	sùzhì
10196	C	宿	sù
10197	A	宿舍	sùshè
10198	C	宿營	sùyíng
10199	B	速	sù
10200	B	速成	sùchéng
10201	B	速遞	sùdì
10202	A	速度	sùdù
10203	C	肅穆	sùmù
10204	B	肅清	sùqīng
10205	C	訴說	sùshuō
10206	B	訴訟	sùsòng
10207	C	塑	sù
10208	A	塑料	sùliào
10209	C	塑像	sùxiàng
10210	B	塑造	sùzào
10211	A	酸	suān
10212	A	算	suàn
10213	C	算計	suàn•jì
10214	A	算了	suànle
10215	C	算命	suànmìng
10216	B	算盤	suànpán
10217	A	算是	suànshì
10218	C	算式	suànshì
10219	B	算術	suànshù
10220	C	算數	suànshù
10221	C	算賬	suànzhàng
10222	C	蒜	suàn
10223	A	雖	suī
10224	A	雖然	suīrán
10225	A	雖說	suīshuō
10226	A	隨	suí
10227	A	隨便	suíbiàn
10228	C	隨處	suíchù
10229	A	隨地	suídì
10230	C	隨和	suíhe
10231	A	隨後	suíhòu
10232	C	隨機	suíjī
10233	A	隨即	suíjí
10234	B	隨身	suíshēn
10235	B	隨身聽	suíshēntīng
10236	A	隨時	suíshí
10237	C	隨時隨地	suíshísuídì
10238	B	隨手	suíshǒu
10239	B	隨同	suítóng
10240	C	隨心所欲	suíxīnsuǒyù
10241	B	隨行	suíxíng
10242	A	隨意	suíyì
10243	A	隨着	suízhe
10244	A	歲	suì
10245	A	歲數	suìshu
10246	B	歲月	suìyuè
10247	A	碎	suì
10248	C	碎片	suìpiàn
10249	C	遂	suì
10250	A	隧道	suìdào
10251	C	穗	suì
10252	B	孫	sūn
10253	A	孫女	sūn•nǚ
10254	A	孫子	sūnzi
10255	C	筍	sǔn
10256	B	損	sǔn
10257	A	損害	sǔnhài
10258	B	損耗	sǔnhào
10259	A	損壞	sǔnhuài
10260	C	損毀	sǔnhuǐ
10261	C	損人利己	sǔnrénlìjǐ
10262	B	損傷	sǔnshāng
10263	A	損失	sǔnshī
10264	B	縮	suō
10265	A	縮短	suōduǎn
10266	B	縮減	suōjiǎn
10267	A	縮小	suōxiǎo
10268	A	所	suǒ
10269	A	所得	suǒdé
10270	B	所得稅	suǒdéshuì
10271	C	所能	suǒnéng
10272	A	所屬	suǒshǔ
10273	A	所謂	suǒwèi
10274	A	所以	suǒyǐ
10275	A	所有	suǒyǒu
10276	B	所有權	suǒyǒuquán
10277	C	所有制	suǒyǒuzhì
10278	A	所在	suǒzài
10279	C	所在地	suǒzàidì
10280	B	所長	suǒzhǎng
10281	C	索賠	suǒpéi
10282	B	索取	suǒqǔ
10283	B	索性	suǒxìng
10284	B	瑣碎	suǒsuì
10285	A	鎖	suǒ
10286	C	鎖定	suǒdìng
10287	B	T 恤	T xù
10288	A	他	tā
10289	A	他們	tāmen
10290	A	他人	tārén
10291	A	它	tā
10292	A	它們	tāmen
10293	A	她	tā
10294	A	她們	tāmen

10295	A	塌	tā
10296	A	踏實	tāshi
10297	A	塔	tǎ
10298	A	踏	tà
10299	B	胎	tāi
10300	B	胎兒	tāi'ér
10301	A	台	tái
10302	B	台階	táijiē
10303	C	台商	táishāng
10304	A	抬	tái
10305	C	抬高	táigāo
10306	B	抬頭	táitóu
10307	B	颱風	táifēng
10308	A	太	tài
10309	B	太極拳	tàijíquán
10310	C	太監	tàijiàn
10311	B	太空	tàikōng
10312	A	太平	tàipíng
10313	C	太平間	tàipíngjiān
10314	A	太太	tàitai
10315	A	太陽	tàiyáng
10316	B	太陽能	tàiyángnéng
10317	C	太子	tàizǐ
10318	C	泰然	tàirán
10319	A	態度	tài•dù
10320	B	貪	tān
10321	C	貪婪	tānlán
10322	A	貪污	tānwū
10323	A	攤	tān
10324	C	攤（兒）	tān(r)
10325	C	攤販	tānfàn
10326	C	攤位	tānwèi
10327	B	灘	tān
10328	B	癱瘓	tānhuàn
10329	B	痰	tán
10330	B	彈	tán
10331	B	彈簧	tánhuáng
10332	C	彈力	tánlì
10333	B	彈性	tánxìng
10334	B	潭	tán
10335	A	談	tán
10336	A	談話	tánhuà
10337	C	談及	tánjí
10338	A	談論	tánlùn
10339	A	談判	tánpàn
10340	C	談天	tántiān
10341	B	談心	tánxīn
10342	B	壇	tán
10343	B	坦白	tǎnbái
10344	C	坦誠	tǎnchéng
10345	A	坦克	tǎnkè
10346	C	坦然	tǎnrán
10347	B	坦率	tǎnshuài
10348	C	坦言	tǎnyán
10349	B	毯子	tǎnzi
10350	B	炭	tàn
10351	B	探	tàn
10352	B	探測	tàncè
10353	C	探測器	tàncèqì
10354	C	探訪	tànfǎng
10355	B	探究	tànjiū
10356	A	探親	tànqīn
10357	A	探索	tànsuǒ
10358	A	探討	tàntǎo
10359	C	探頭探腦	tàntóutànnǎo
10360	B	探望	tànwàng
10361	C	探險	tànxiǎn
10362	B	嘆	tàn
10363	B	嘆氣	tànqì
10364	C	嘆息	tànxī
10365	A	湯	tāng
10366	A	堂	táng
10367	C	堂皇	tánghuáng
10368	A	糖	táng
10369	B	糖果	tángguǒ
10370	C	糖尿病	tángniàobìng
10371	B	倘	tǎng
10372	A	倘若	tǎngruò
10373	B	淌	tǎng
10374	A	躺	tǎng
10375	A	趟	tàng
10376	A	燙	tàng
10377	A	掏	tāo
10378	C	滔滔不絕	tāotāobùjué
10379	B	桃	táo
10380	B	桃花	táohuā
10381	A	逃	táo
10382	B	逃避	táobì
10383	C	逃命	táomìng
10384	C	逃難	táonàn
10385	B	逃跑	táopǎo
10386	C	逃生	táoshēng
10387	C	逃脫	táotuō
10388	B	逃亡	táowáng
10389	B	逃走	táozǒu
10390	C	淘	táo
10391	B	淘氣	táoqì
10392	A	淘汰	táotài
10393	B	陶瓷	táocí
10394	B	陶器	táoqì
10395	C	陶冶	táoyě
10396	C	陶醉	táozuì

10397	B	討	tǎo
10398	C	討好	tǎohǎo
10399	B	討價還價	tǎojiàhuánjià
10400	A	討論	tǎolùn
10401	B	討厭	tǎoyàn
10402	A	套	tào
10403	A	套餐	tàocān
10404	C	套房	tàofáng
10405	C	套票	tàopiào
10406	C	套裝	tàozhuāng
10407	A	特	tè
10408	A	特別	tèbié
10409	B	特產	tèchǎn
10410	B	特長	tècháng
10411	C	特此	tècǐ
10412	B	特地	tèdì
10413	A	特點	tèdiǎn
10414	B	特定	tèdìng
10415	C	特惠	tèhuì
10416	C	特級	tèjí
10417	C	特輯	tèjí
10418	C	特技	tèjì
10419	C	特價	tèjià
10420	B	特快專遞	tèkuàizhuāndì
10421	A	特區	tèqū
10422	B	特權	tèquán
10423	A	特色	tèsè
10424	C	特赦	tèshè
10425	B	特使	tèshǐ
10426	B	特首	tèshǒu
10427	A	特殊	tèshū
10428	A	特務	tèwu
10429	C	特效	tèxiào
10430	B	特性	tèxìng
10431	C	特許	tèxǔ
10432	B	特意	tèyì
10433	B	特有	tèyǒu
10434	C	特約	tèyuē
10435	A	特徵	tèzhēng
10436	C	特製	tèzhì
10437	B	特種	tèzhǒng
10438	A	疼	téng
10439	C	疼愛	téng'ài
10440	B	疼痛	téngtòng
10441	C	藤	téng
10442	B	騰	téng
10443	C	騰空	téngkōng
10444	C	梯形	tīxíng
10445	A	踢	tī
10446	A	提	tí
10447	B	提案	tí'àn
10448	B	提拔	tí•bá
10449	C	提包	tíbāo
10450	A	提倡	tíchàng
10451	C	提成	tíchéng
10452	A	提出	tíchū
10453	B	提法	tífǎ
10454	B	提綱	tígāng
10455	A	提高	tígāo
10456	A	提供	tígōng
10457	B	提價	tíjià
10458	A	提交	tíjiāo
10459	B	提款機	tíkuǎnjī
10460	B	提煉	tíliàn
10461	B	提名	tímíng
10462	B	提起	tíqǐ
10463	A	提前	tíqián
10464	C	提請	tíqǐng
10465	B	提取	tíqǔ
10466	C	提神	tíshén
10467	A	提升	tíshēng
10468	B	提示	tíshì
10469	C	提速	tísù
10470	B	提問	tíwèn
10471	B	提心吊膽	tíxīndiàodǎn
10472	A	提醒	tíxǐng
10473	B	提要	tíyào
10474	A	提議	tíyì
10475	B	提早	tízǎo
10476	C	蹄	tí
10477	A	題	tí
10478	A	題材	tícái
10479	C	題詞	tící
10480	C	題庫	tíkù
10481	A	題目	tímù
10482	B	體	tǐ
10483	C	體裁	tǐcái
10484	A	體操	tǐcāo
10485	B	體格	tǐgé
10486	A	體會	tǐhuì
10487	A	體積	tǐjī
10488	C	體檢	tǐjiǎn
10489	A	體力	tǐlì
10490	B	體諒	tǐliàng
10491	B	體面	tǐmiàn
10492	C	體能	tǐnéng
10493	C	體弱	tǐruò
10494	C	體壇	tǐtán
10495	B	體貼	tǐtiē
10496	B	體溫	tǐwēn
10497	A	體系	tǐxì
10498	A	體現	tǐxiàn

10499	C	體形	tǐxíng
10500	C	體型	tǐxíng
10501	B	體驗	tǐyàn
10502	A	體育	tǐyù
10503	A	體育場	tǐyùchǎng
10504	A	體育館	tǐyùguǎn
10505	A	體制	tǐzhì
10506	B	體質	tǐzhì
10507	A	體重	tǐzhòng
10508	B	剃	tì
10509	A	替	tì
10510	B	替代	tìdài
10511	C	替換	tìhuàn
10512	A	天	tiān
10513	C	天邊	tiānbiān
10514	B	天才	tiāncái
10515	C	天長地久	tiānchángdìjiǔ
10516	B	天地	tiāndì
10517	C	天鵝	tiān'é
10518	C	天賦	tiānfù
10519	C	天花板	tiānhuābǎn
10520	C	天價	tiānjià
10521	A	天空	tiānkōng
10522	C	天亮	tiānliàng
10523	A	天氣	tiānqì
10524	B	天橋	tiānqiáo
10525	A	天然	tiānrán
10526	A	天然氣	tiānránqì
10527	B	天色	tiānsè
10528	A	天上	tiān•shàng
10529	B	天生	tiānshēng
10530	C	天時	tiānshí
10531	C	天使	tiānshǐ
10532	B	天堂	tiāntáng
10533	C	天體	tiāntǐ
10534	B	天文	tiānwén
10535	B	天文台	tiānwéntái
10536	A	天下	tiānxià
10537	B	天線	tiānxiàn
10538	B	天真	tiānzhēn
10539	C	天主教	Tiānzhǔjiào
10540	C	天子	tiānzǐ
10541	A	添	tiān
10542	B	添置	tiānzhì
10543	A	田	tián
10544	B	田地	tiándì
10545	B	田間	tiánjiān
10546	A	田徑	tiánjìng
10547	C	田鼠	tiánshǔ
10548	B	田野	tiányě
10549	C	田園	tiányuán
10550	A	甜	tián
10551	C	甜美	tiánměi
10552	C	甜蜜	tiánmì
10553	B	甜品	tiánpǐn
10554	A	填	tián
10555	B	填補	tiánbǔ
10556	C	填充	tiánchōng
10557	B	填寫	tiánxiě
10558	A	挑	tiāo
10559	C	挑剔	tiāo•tī
10560	A	挑選	tiāoxuǎn
10561	A	條	tiáo
10562	A	條件	tiáojiàn
10563	B	條款	tiáokuǎn
10564	B	條理	tiáolǐ
10565	A	條例	tiáolì
10566	B	條文	tiáowén
10567	C	條紋	tiáowén
10568	C	條形碼	tiáoxíngmǎ
10569	A	條約	tiáoyuē
10570	B	條子	tiáozi
10571	B	調	tiáo
10572	B	調和	tiáo•hé
10573	A	調劑	tiáojì
10574	B	調價	tiáojià
10575	C	調校	tiáojiào
10576	A	調節	tiáojié
10577	A	調解	tiáojiě
10578	C	調控	tiáokòng
10579	B	調皮	tiáopí
10580	C	調停	tiáotíng
10581	A	調整	tiáozhěng
10582	C	挑	tiǎo
10583	B	挑撥	tiǎobō
10584	B	挑釁	tiǎoxìn
10585	A	挑戰	tiǎozhàn
10586	C	眺望	tiàowàng
10587	A	跳	tiào
10588	B	跳板	tiàobǎn
10589	C	跳槽	tiàocáo
10590	B	跳動	tiàodòng
10591	B	跳高	tiàogāo
10592	C	跳馬	tiàomǎ
10593	C	跳棋	tiàoqí
10594	B	跳傘	tiàosǎn
10595	C	跳繩	tiàoshéng
10596	A	跳水	tiàoshuǐ
10597	A	跳舞	tiàowǔ
10598	B	跳遠	tiàoyuǎn
10599	B	跳躍	tiàoyuè
10600	A	貼	tiē

10601	C	貼切	tiēqiè
10602	A	鐵	tiě
10603	B	鐵道	tiědào
10604	B	鐵飯碗	tiěfànwǎn
10605	C	鐵礦	tiěkuàng
10606	A	鐵路	tiělù
10607	C	鐵人	tiěrén
10608	A	聽	tīng
10609	B	聽從	tīngcóng
10610	B	聽話	tīnghuà
10611	A	聽見	tīng•jiàn
10612	B	聽講	tīngjiǎng
10613	C	聽覺	tīngjué
10614	C	聽課	tīngkè
10615	B	聽力	tīnglì
10616	A	聽取	tīngqǔ
10617	A	聽說	tīngshuō
10618	B	聽寫	tīngxiě
10619	C	聽證	tīngzhèng
10620	B	聽眾	tīngzhòng
10621	A	廳	tīng
10622	B	亭子	tíngzi
10623	C	庭	tíng
10624	C	庭院	tíngyuàn
10625	A	停	tíng
10626	C	停辦	tíngbàn
10627	B	停泊	tíngbó
10628	B	停產	tíngchǎn
10629	B	停車	tíngchē
10630	A	停車場	tíngchēchǎng
10631	B	停頓	tíngdùn
10632	B	停工	tínggōng
10633	B	停火	tínghuǒ
10634	A	停留	tíngliú
10635	C	停戰	tíngzhàn
10636	A	停止	tíngzhǐ
10637	B	停滯	tíngzhì
10638	A	挺	tǐng
10639	B	挺拔	tǐngbá
10640	B	挺立	tǐnglì
10641	C	挺身而出	tǐngshēn’érchū
10642	C	艇	tǐng
10643	A	通	tōng
10644	B	通報	tōngbào
10645	A	通常	tōngcháng
10646	A	通車	tōngchē
10647	A	通道	tōngdào
10648	C	通牒	tōngdié
10649	B	通風	tōngfēng
10650	B	通告	tōnggào
10651	A	通過	tōngguò
10652	B	通航	tōngháng
10653	B	通紅	tōnghóng
10654	C	通話	tōnghuà
10655	C	通貨膨脹	tōnghuòpéngzhàng
10656	C	通緝	tōngjī
10657	C	通情達理	tōngqíngdálǐ
10658	B	通商	tōngshāng
10659	C	通識教育	tōngshíjiàoyù
10660	C	通順	tōngshùn
10661	B	通俗	tōngsú
10662	C	通縮	tōngsuō
10663	B	通通	tōngtōng
10664	C	通往	tōngwǎng
10665	C	通宵	tōngxiāo
10666	A	通信	tōngxìn
10667	B	通行	tōngxíng
10668	C	通行證	tōngxíngzhèng
10669	A	通訊	tōngxùn
10670	A	通訊社	tōngxùnshè
10671	C	通訊員	tōngxùnyuán
10672	A	通用	tōngyòng
10673	C	通脹	tōngzhàng
10674	A	通知	tōngzhī
10675	A	同	tóng
10676	B	同伴	tóngbàn
10677	A	同胞	tóngbāo
10678	B	同步	tóngbù
10679	B	同等	tóngděng
10680	B	同行	tóngháng
10681	C	同夥	tónghuǒ
10682	C	同居	tóngjū
10683	A	同類	tónglèi
10684	C	同僚	tóngliáo
10685	C	同齡	tónglíng
10686	A	同盟	tóngméng
10687	B	同年	tóngnián
10688	A	同期	tóngqī
10689	A	同情	tóngqíng
10690	A	同時	tóngshí
10691	A	同事	tóngshì
10692	C	同屋	tóngwū
10693	C	同鄉	tóngxiāng
10694	C	同心	tóngxīn
10695	C	同心同德	tóngxīntóngdé
10696	C	同性戀	tóngxìngliàn
10697	A	同學	tóngxué
10698	A	同樣	tóngyàng
10699	B	同業	tóngyè
10700	A	同一	tóngyī
10701	A	同意	tóngyì
10702	B	同志	tóngzhì

10703	B	童話	tónghuà
10704	B	童年	tóngnián
10705	A	銅	tóng
10706	B	銅牌	tóngpái
10707	C	銅像	tóngxiàng
10708	A	桶	tǒng
10709	B	統	tǒng
10710	C	統稱	tǒngchēng
10711	B	統籌	tǒngchóu
10712	A	統計	tǒngjì
10713	C	統帥	tǒngshuài
10714	A	統一	tǒngyī
10715	B	統戰	tǒngzhàn
10716	A	統治	tǒngzhì
10717	B	筒	tǒng
10718	B	捅	tǒng
10719	A	痛	tòng
10720	B	痛恨	tònghèn
10721	C	痛哭	tòngkū
10722	A	痛苦	tòngkǔ
10723	A	痛快	tòng•kuài
10724	B	痛心	tòngxīn
10725	A	偷	tōu
10726	C	偷渡	tōudù
10727	C	偷渡客	tōudùkè
10728	B	偷竊	tōuqiè
10729	B	偷稅	tōushuì
10730	B	偷偷	tōutōu
10731	A	投	tóu
10732	C	投保	tóubǎo
10733	C	投奔	tóubèn
10734	B	投標	tóubiāo
10735	A	投產	tóuchǎn
10736	B	投放	tóufàng
10737	A	投機	tóujī
10738	C	投機倒把	tóujīdǎobǎ
10739	A	投票	tóupiào
10740	A	投入	tóurù
10741	B	投身	tóushēn
10742	A	投訴	tóusù
10743	A	投降	tóuxiáng
10744	B	投擲	tóuzhì
10745	C	投注	tóuzhù
10746	A	投資	tóuzī
10747	C	投資額	tóuzī’é
10748	A	頭	tóu
10749	B	頭等	tóuděng
10750	C	頭頂	tóudǐng
10751	A	頭髮	tóufa
10752	B	頭號	tóuhào
10753	C	頭目	tóumù
10754	A	頭腦	tóunǎo
10755	C	頭皮	tóupí
10756	C	頭疼	tóuténg
10757	C	頭天	tóutiān
10758	B	頭痛	tóutòng
10759	C	頭暈	tóuyūn
10760	B	頭子	tóuzi
10761	A	透	tòu
10762	B	透徹	tòuchè
10763	B	透過	tòuguo
10764	C	透鏡	tòujìng
10765	C	透亮（兒）	tòuliàng(r)
10766	A	透露	tòulù
10767	A	透明	tòumíng
10768	B	透明度	tòumíngdù
10769	B	透視	tòushì
10770	C	凸	tū
10771	C	禿	tū
10772	C	禿頭	tūtóu
10773	C	突	tū
10774	C	突變	tūbiàn
10775	A	突出	tūchū
10776	C	突飛猛進	tūfēiměngjìn
10777	A	突擊	tūjī
10778	A	突破	tūpò
10779	A	突然	tūrán
10780	C	突圍	tūwéi
10781	C	徒步	túbù
10782	A	徒弟	tú•dì
10783	C	徒工	túgōng
10784	B	徒刑	túxíng
10785	B	屠殺	túshā
10786	B	途	tú
10787	C	途經	tújīng
10788	A	途徑	tújìng
10789	B	途中	túzhōng
10790	A	塗	tú
10791	C	塗改	túgǎi
10792	A	圖	tú
10793	A	圖案	tú’àn
10794	B	圖表	túbiǎo
10795	B	圖畫	túhuà
10796	B	圖片	túpiàn
10797	B	圖書	túshū
10798	A	圖書館	túshūguǎn
10799	B	圖像	túxiàng
10800	B	圖形	túxíng
10801	C	圖章	túzhāng
10802	B	圖紙	túzhǐ
10803	A	土	tǔ
10804	C	土層	tǔcéng

10805	C	土產	tǔchǎn
10806	A	土地	tǔdì
10807	C	土豆	tǔdòu
10808	C	土話	tǔhuà
10809	A	土壤	tǔrǎng
10810	C	土語	tǔyǔ
10811	C	土葬	tǔzàng
10812	A	吐	tǔ
10813	A	吐	tù
10814	B	兔子	tùzi
10815	A	團	tuán
10816	C	團拜	tuánbài
10817	C	團夥	tuánhuǒ
10818	A	團結	tuánjié
10819	B	團聚	tuánjù
10820	A	團體	tuántǐ
10821	B	團體賽	tuántǐsài
10822	C	團團	tuántuán
10823	A	團員	tuányuán
10824	B	團圓	tuányuán
10825	A	團長	tuánzhǎng
10826	A	推	tuī
10827	B	推測	tuīcè
10828	B	推遲	tuīchí
10829	C	推崇	tuīchóng
10830	A	推出	tuīchū
10831	B	推辭	tuīcí
10832	A	推動	tuīdòng
10833	C	推斷	tuīduàn
10834	A	推翻	tuīfān
10835	A	推廣	tuīguǎng
10836	A	推薦	tuījiàn
10837	C	推介	tuījiè
10838	A	推進	tuījìn
10839	C	推舉	tuījǔ
10840	B	推開	tuīkāi
10841	B	推理	tuīlǐ
10842	C	推論	tuīlùn
10843	B	推算	tuīsuàn
10844	B	推銷	tuīxiāo
10845	C	推卸	tuīxiè
10846	A	推行	tuīxíng
10847	B	推選	tuīxuǎn
10848	C	推展	tuīzhǎn
10849	C	頹廢	tuífèi
10850	A	腿	tuǐ
10851	A	退	tuì
10852	C	退步	tuìbù
10853	A	退出	tuìchū
10854	C	退化	tuìhuà
10855	B	退還	tuìhuán
10856	B	退回	tuìhuí
10857	C	退伍	tuìwǔ
10858	A	退休	tuìxiū
10859	B	退休金	tuìxiūjīn
10860	C	退學	tuìxué
10861	C	退役	tuìyì
10862	B	吞	tūn
10863	B	吞併	tūnbìng
10864	C	吞吐量	tūntǔliàng
10865	B	屯	tún
10866	A	托	tuō
10867	C	托兒所	tuō’érsuǒ
10868	A	託福	tuōfú
10869	C	託付	tuōfù
10870	A	拖	tuō
10871	C	拖拉機	tuōlājī
10872	C	拖累	tuōlěi
10873	C	拖欠	tuōqiàn
10874	C	拖鞋	tuōxié
10875	B	拖延	tuōyán
10876	A	脫	tuō
10877	B	脫產	tuōchǎn
10878	B	脫節	tuōjié
10879	C	脫困	tuōkùn
10880	A	脫離	tuōlí
10881	B	脫落	tuōluò
10882	C	脫貧	tuōpín
10883	C	脫險	tuōxiǎn
10884	C	脫穎而出	tuōyǐng’érchū
10885	A	馱	tuó
10886	B	妥	tuǒ
10887	B	妥當	tuǒdang
10888	A	妥善	tuǒshàn
10889	A	妥協	tuǒxié
10890	C	橢圓	tuǒyuán
10891	C	拓展	tuòzhǎn
10892	C	唾沫	tuòmo
10893	A	哇	wā
10894	A	挖	wā
10895	B	挖掘	wājué
10896	C	窪	wā
10897	B	娃娃	wáwa
10898	B	瓦	wǎ
10899	B	瓦解	wǎjiě
10900	B	襪子	wàzi
10901	A	歪	wāi
10902	B	歪曲	wāiqū
10903	A	外	wài
10904	B	外幣	wàibì
10905	A	外邊	wài•biān
10906	B	外表	wàibiǎo

10907	B	外賓	wàibīn
10908	A	外部	wàibù
10909	B	外出	wàichū
10910	A	外地	wàidì
10911	B	外電	wàidiàn
10912	C	外調	wàidiào
10913	C	外公	wàigōng
10914	B	外觀	wàiguān
10915	A	外國	wàiguó
10916	B	外行	wàiháng
10917	A	外匯	wàihuì
10918	B	外籍	wàijí
10919	C	外間	wàijiān
10920	A	外交	wàijiāo
10921	A	外交部	wàijiāobù
10922	B	外交官	wàijiāoguān
10923	A	外界	wàijiè
10924	C	外景	wàijǐng
10925	A	外科	wàikē
10926	C	外殼	wàiké
10927	A	外來	wàilái
10928	C	外勞	wàiláo
10929	C	外力	wàilì
10930	B	外流	wàiliú
10931	C	外賣	wàimài
10932	A	外貿	wàimào
10933	C	外貌	wàimào
10934	A	外面	wài•miàn
10935	C	外婆	wàipó
10936	C	外企	wàiqǐ
10937	C	外勤	wàiqín
10938	B	外人	wàirén
10939	A	外商	wàishāng
10940	C	外甥	wàisheng
10941	C	外甥女	wàishengnǚ
10942	B	外事	wàishì
10943	C	外孫女	wàisūnnǚ
10944	C	外孫子	wàisūnzi
10945	C	外逃	wàitáo
10946	C	外套	wàitào
10947	A	外頭	wàitou
10948	B	外圍	wàiwéi
10949	B	外文	wàiwén
10950	B	外向	wàixiàng
10951	B	外向型	wàixiàngxíng
10952	C	外相	wàixiàng
10953	B	外銷	wàixiāo
10954	B	外形	wàixíng
10955	B	外型	wàixíng
10956	B	外衣	wàiyī
10957	B	外語	wàiyǔ
10958	C	外在	wàizài
10959	B	外債	wàizhài
10960	A	外長	wàizhǎng
10961	A	外資	wàizī
10962	C	豌豆	wāndòu
10963	A	彎	wān
10964	B	彎曲	wānqū
10965	B	灣	wān
10966	B	丸	wán
10967	C	丸子	wánzi
10968	A	完	wán
10969	B	完備	wánbèi
10970	A	完畢	wánbì
10971	A	完成	wánchéng
10972	C	完蛋	wándàn
10973	B	完工	wángōng
10974	C	完結	wánjié
10975	B	完美	wánměi
10976	A	完全	wánquán
10977	A	完善	wánshàn
10978	C	完事	wánshì
10979	A	完整	wánzhěng
10980	A	玩（兒）	wán(r)
10981	A	玩具	wánjù
10982	B	玩弄	wánnòng
10983	C	玩耍	wánshuǎ
10984	A	玩笑	wánxiào
10985	C	玩意（兒）	wányì(r)
10986	A	頑固	wángù
10987	C	頑皮	wánpí
10988	A	頑強	wánqiáng
10989	B	挽	wǎn
10990	B	挽回	wǎnhuí
10991	A	挽救	wǎnjiù
10992	C	挽留	wǎnliú
10993	B	惋惜	wǎnxī
10994	A	晚	wǎn
10995	C	晚班	wǎnbān
10996	A	晚報	wǎnbào
10997	C	晚輩	wǎnbèi
10998	B	晚餐	wǎncān
10999	C	晚點	wǎndiǎn
11000	A	晚飯	wǎnfàn
11001	A	晚會	wǎnhuì
11002	C	晚婚	wǎnhūn
11003	B	晚間	wǎnjiān
11004	B	晚年	wǎnnián
11005	C	晚期	wǎnqī
11006	A	晚上	wǎnshang
11007	C	晚宴	wǎnyàn
11008	A	碗	wǎn

11009	A	萬	wàn
11010	A	萬分	wànfēn
11011	C	萬古長青	wàngǔchángqīng
11012	C	萬國	wànguó
11013	C	萬能	wànnéng
11014	B	萬歲	wànsuì
11015	B	萬萬	wànwàn
11016	C	萬物	wànwù
11017	A	萬一	wànyī
11018	B	汪	wāng
11019	C	汪洋	wāngyáng
11020	B	亡	wáng
11021	A	王	wáng
11022	B	王朝	wángcháo
11023	A	王國	wángguó
11024	C	王后	wánghòu
11025	B	王子	wángzǐ
11026	A	往	wǎng
11027	B	往常	wǎngcháng
11028	B	往返	wǎngfǎn
11029	B	往後	wǎnghòu
11030	A	往來	wǎnglái
11031	A	往年	wǎngnián
11032	B	往日	wǎngrì
11033	B	往事	wǎngshì
11034	A	往往	wǎngwǎng
11035	A	網	wǎng
11036	B	網吧	wǎngbā
11037	B	網點	wǎngdiǎn
11038	B	網絡	wǎngluò
11039	B	網民	wǎngmín
11040	A	網球	wǎngqiú
11041	B	網上購物	wǎngshànggòuwù
11042	C	網頁	wǎngyè
11043	C	網友	wǎngyǒu
11044	C	網站	wǎngzhàn
11045	C	網址	wǎngzhǐ
11046	B	妄圖	wàngtú
11047	B	妄想	wàngxiǎng
11048	A	忘	wàng
11049	C	忘掉	wàngdiào
11050	C	忘懷	wànghuái
11051	A	忘記	wàngjì
11052	B	忘卻	wàngquè
11053	C	忘我	wàngwǒ
11054	B	旺	wàng
11055	B	旺季	wàngjì
11056	B	旺盛	wàngshèng
11057	A	望	wàng
11058	B	望遠鏡	wàngyuǎnjìng
11059	C	危房	wēifáng
11060	A	危害	wēihài
11061	A	危機	wēijī
11062	C	危及	wēijí
11063	B	危急	wēijí
11064	A	危險	wēixiǎn
11065	B	威風	wēifēng
11066	B	威力	wēilì
11067	B	威望	wēiwàng
11068	C	威武	wēiwǔ
11069	A	威脅	wēixié
11070	B	威信	wēixìn
11071	C	微波	wēibō
11072	B	微不足道	wēibùzúdào
11073	B	微觀	wēiguān
11074	C	微量	wēiliàng
11075	C	微妙	wēimiào
11076	C	微弱	wēiruò
11077	C	微生物	wēishēngwù
11078	C	微微	wēiwēi
11079	B	微小	wēixiǎo
11080	A	微笑	wēixiào
11081	B	微型	wēixíng
11082	C	巍峨	wēi'é
11083	A	為	wéi
11084	A	為難	wéinán
11085	A	為期	wéiqī
11086	C	為人	wéirén
11087	A	為首	wéishǒu
11088	B	為數	wéishù
11089	A	為止	wéizhǐ
11090	A	為主	wéizhǔ
11091	C	桅杆	wéigān
11092	C	唯恐	wéikǒng
11093	C	唯物論	wéiwùlùn
11094	C	唯物主義	wéiwùzhǔyì
11095	C	唯心論	wéixīnlùn
11096	C	唯心主義	wéixīnzhǔyì
11097	C	唯有	wéiyǒu
11098	C	惟	wéi
11099	B	惟獨	wéidú
11100	A	惟一	wéiyī
11101	A	圍	wéi
11102	B	圍攻	wéigōng
11103	C	圍觀	wéiguān
11104	B	圍巾	wéijīn
11105	C	圍困	wéikùn
11106	A	圍棋	wéiqí
11107	B	圍牆	wéiqiáng
11108	A	圍繞	wéirào
11109	A	違背	wéibèi
11110	A	違法	wéifǎ

11111	C	違法亂紀	wéifǎluànjì
11112	A	違反	wéifǎn
11113	B	違犯	wéifàn
11114	C	違規	wéiguī
11115	C	違紀	wéijì
11116	B	違章	wéizhāng
11117	A	維持	wéichí
11118	B	維和	wéihé
11119	A	維護	wéihù
11120	B	維生素	wéishēngsù
11121	B	維他命	wéitāmìng
11122	C	維新	wéixīn
11123	A	維修	wéixiū
11124	A	尾	wěi
11125	A	尾巴	wěiba
11126	C	尾聲	wěishēng
11127	C	委派	wěipài
11128	B	委屈	wěiqu
11129	B	委任	wěirèn
11130	A	委託	wěituō
11131	A	委員	wěiyuán
11132	B	委員會	wěiyuánhuì
11133	C	偽科學	wěikēxué
11134	C	偽劣	wěiliè
11135	B	偽造	wěizào
11136	A	偉大	wěidà
11137	C	偉人	wěirén
11138	B	萎縮	wěisuō
11139	A	未	wèi
11140	A	未必	wèibì
11141	B	未曾	wèicéng
11142	A	未來	wèilái
11143	B	未免	wèimiǎn
11144	B	未知	wèizhī
11145	A	位	wèi
11146	A	位於	wèiyú
11147	A	位置	wèi•zhì
11148	B	味	wèi
11149	A	味道	wèi•dào
11150	B	味精	wèijīng
11151	A	為	wèi
11152	B	為何	wèihé
11153	A	為了	wèile
11154	A	為甚麼	wèishénme
11155	B	為着	wèizhe
11156	C	畏	wèi
11157	C	畏懼	wèijù
11158	A	胃	wèi
11159	B	胃病	wèibìng
11160	C	胃口	wèikǒu
11161	C	胃酸	wèisuān
11162	C	尉官	wèiguān
11163	A	喂	wèi
11164	A	慰問	wèiwèn
11165	C	衛隊	wèiduì
11166	C	衛冕	wèimiǎn
11167	A	衛生	wèishēng
11168	C	衛士	wèishì
11169	A	衛星	wèixīng
11170	C	衛星電視	wèixīngdiànshì
11171	C	謂	wèi
11172	A	餵	wèi
11173	A	溫	wēn
11174	C	溫飽	wēnbǎo
11175	C	溫差	wēnchā
11176	B	溫帶	wēndài
11177	A	溫度	wēndù
11178	C	溫度計	wēndùjì
11179	A	溫和	wēnhé
11180	A	溫暖	wēnnuǎn
11181	B	溫泉	wēnquán
11182	B	溫柔	wēnróu
11183	B	溫室	wēnshì
11184	B	溫習	wēnxí
11185	C	溫馨	wēnxīn
11186	C	瘟疫	wēnyì
11187	A	文	wén
11188	C	文本	wénběn
11189	B	文法	wénfǎ
11190	C	文革	wéngé
11191	A	文化	wénhuà
11192	C	文化宮	wénhuàgōng
11193	A	文件	wénjiàn
11194	B	文教	wénjiào
11195	C	文具	wénjù
11196	B	文科	wénkē
11197	B	文盲	wénmáng
11198	C	文秘	wénmì
11199	A	文明	wénmíng
11200	A	文憑	wénpíng
11201	B	文人	wénrén
11202	B	文書	wénshū
11203	C	文壇	wéntán
11204	B	文體	wéntǐ
11205	A	文物	wénwù
11206	B	文獻	wénxiàn
11207	A	文學	wénxué
11208	B	文學家	wénxuéjiā
11209	C	文雅	wényǎ
11210	B	文言	wényán
11211	A	文藝	wényì
11212	A	文娛	wényú

11213	C	文員	wényuán
11214	A	文章	wénzhāng
11215	C	文職	wénzhí
11216	A	文字	wénzì
11217	A	蚊子	wénzi
11218	A	聞	wén
11219	A	聞名	wénmíng
11220	B	聞訊	wénxùn
11221	B	吻	wěn
11222	B	吻合	wěnhé
11223	C	紊亂	wěnluàn
11224	A	穩	wěn
11225	B	穩步	wěnbù
11226	B	穩當	wěndang
11227	A	穩定	wěndìng
11228	B	穩固	wěngù
11229	B	穩健	wěnjiàn
11230	B	穩妥	wěntuǒ
11231	C	穩重	wěnzhòng
11232	A	問	wèn
11233	B	問答	wèndá
11234	B	問好	wènhǎo
11235	A	問候	wènhòu
11236	C	問及	wènjí
11237	C	問卷	wènjuàn
11238	B	問世	wènshì
11239	A	問題	wèntí
11240	C	問責	wènzé
11241	B	翁	wēng
11242	C	嗡	wēng
11243	A	窩	wō
11244	C	窩囊	wōnang
11245	C	窩頭	wōtóu
11246	C	蝸牛	wōniú
11247	A	我	wǒ
11248	A	我們	wǒmen
11249	B	臥	wò
11250	C	臥車	wòchē
11251	C	臥鋪	wòpù
11252	B	臥室	wòshì
11253	A	握	wò
11254	A	握手	wòshǒu
11255	C	斡旋	wòxuán
11256	A	污染	wūrǎn
11257	B	污水	wūshuǐ
11258	C	巫婆	wūpó
11259	A	屋	wū
11260	C	屋頂	wūdǐng
11261	A	屋子	wūzi
11262	C	烏	wū
11263	C	烏龜	wūguī
11264	B	烏鴉	wūyā
11265	B	烏雲	wūyún
11266	C	嗚	wū
11267	C	誣衊	wūmiè
11268	B	誣陷	wūxiàn
11269	C	梧桐	wútóng
11270	A	無	wú
11271	A	無比	wúbǐ
11272	B	無產階級	wúchǎnjiējí
11273	B	無償	wúcháng
11274	B	無恥	wúchǐ
11275	B	無從	wúcóng
11276	C	無敵	wúdí
11277	C	無動於衷	wúdòngyúzhōng
11278	C	無端	wúduān
11279	A	無法	wúfǎ
11280	B	無非	wúfēi
11281	B	無辜	wúgū
11282	B	無故	wúgù
11283	B	無關	wúguān
11284	C	無軌	wúguǐ
11285	C	無害	wúhài
11286	C	無話可說	wúhuàkěshuō
11287	C	無家可歸	wújiākěguī
11288	C	無可奉告	wúkěfènggào
11289	B	無可奈何	wúkěnàihé
11290	C	無賴	wúlài
11291	B	無理	wúlǐ
11292	B	無力	wúlì
11293	B	無聊	wúliáo
11294	A	無論	wúlùn
11295	C	無論如何	wúlùnrúhé
11296	C	無奈	wúnài
11297	B	無能	wúnéng
11298	B	無能為力	wúnéngwéilì
11299	C	無期	wúqī
11300	B	無情	wúqíng
11301	C	無情無義	wúqíngwúyì
11302	B	無窮	wúqióng
11303	C	無聲	wúshēng
11304	C	無視	wúshì
11305	A	無數	wúshù
11306	C	無私	wúsī
11307	C	無所適從	wúsuǒshìcóng
11308	A	無所謂	wúsuǒwèi
11309	C	無所作為	wúsuǒzuòwéi
11310	B	無條件	wútiáojiàn
11311	B	無微不至	wúwēibúzhì
11312	C	無誤	wúwù
11313	A	無限	wúxiàn
11314	B	無線	wúxiàn

11315	A	無線電	wúxiàndiàn
11316	B	無效	wúxiào
11317	C	無心	wúxīn
11318	B	無形	wúxíng
11319	B	無須	wúxū
11320	A	無疑	wúyí
11321	C	無異	wúyì
11322	B	無意	wúyì
11323	C	無憂無慮	wúyōuwúlǜ
11324	C	無緣	wúyuán
11325	B	無知	wúzhī
11326	C	毋須	wúxū
11327	A	五	wǔ
11328	C	五彩繽紛	wǔcǎibīnfēn
11329	C	五光十色	wǔguāngshísè
11330	C	五花八門	wǔhuābāmén
11331	C	五金	wǔjīn
11332	C	五星	wǔxīng
11333	C	午	wǔ
11334	C	午餐	wǔcān
11335	B	午飯	wǔfàn
11336	C	午覺	wǔjiào
11337	C	午夜	wǔyè
11338	C	武	wǔ
11339	B	武打	wǔdǎ
11340	C	武斷	wǔduàn
11341	C	武官	wǔguān
11342	B	武警	wǔjǐng
11343	A	武力	wǔlì
11344	A	武器	wǔqì
11345	C	武士	wǔshì
11346	A	武術	wǔshù
11347	B	武俠	wǔxiá
11348	A	武裝	wǔzhuāng
11349	B	侮辱	wǔrǔ
11350	B	捂	wǔ
11351	A	舞	wǔ
11352	C	舞弊	wǔbì
11353	A	舞蹈	wǔdǎo
11354	A	舞會	wǔhuì
11355	C	舞劇	wǔjù
11356	A	舞台	wǔtái
11357	C	舞廳	wǔtīng
11358	B	勿	wù
11359	A	物	wù
11360	C	物產	wùchǎn
11361	A	物價	wùjià
11362	C	物件	wùjiàn
11363	A	物理	wùlǐ
11364	B	物理學	wùlǐxué
11365	B	物力	wùlì
11366	B	物流	wùliú
11367	A	物品	wùpǐn
11368	C	物色	wùsè
11369	A	物體	wùtǐ
11370	A	物業	wùyè
11371	A	物質	wùzhì
11372	A	物資	wùzī
11373	C	悟	wù
11374	C	務	wù
11375	B	務必	wùbì
11376	C	務農	wùnóng
11377	C	務求	wùqiú
11378	C	務實	wùshí
11379	A	誤	wù
11380	B	誤差	wùchā
11381	C	誤導	wùdǎo
11382	C	誤點	wùdiǎn
11383	A	誤會	wùhuì
11384	B	誤解	wùjiě
11385	B	誤區	wùqū
11386	A	霧	wù
11387	C	夕陽	xīyáng
11388	A	西	xī
11389	A	西北	xīběi
11390	A	西邊	xī•biān
11391	A	西部	xībù
11392	C	西餐	xīcān
11393	A	西方	xīfāng
11394	A	西服	xīfú
11395	A	西瓜	xī•guā
11396	A	西紅柿	xīhóngshì
11397	B	西面	xī•miàn
11398	A	西南	xīnán
11399	C	西式	xīshì
11400	B	西洋	xīyáng
11401	C	西藥	xīyào
11402	A	西醫	xīyī
11403	C	西裝	xīzhuāng
11404	A	吸	xī
11405	B	吸毒	xīdú
11406	C	吸納	xīnà
11407	A	吸取	xīqǔ
11408	C	吸食	xīshí
11409	A	吸收	xīshōu
11410	A	吸煙	xīyān
11411	A	吸引	xīyǐn
11412	A	希望	xīwàng
11413	B	希望工程	xīwànggōngchéng
11414	B	昔日	xīrì
11415	B	息	xī
11416	C	息息相關	xīxīxiāngguān

11417	C	悉心	xīxīn
11418	C	惜	xī
11419	B	稀	xī
11420	C	稀薄	xībó
11421	C	稀奇	xīqí
11422	B	稀少	xīshǎo
11423	C	稀疏	xīshū
11424	C	稀有	xīyǒu
11425	C	犀牛	xīniú
11426	B	溪	xī
11427	C	溪流	xīliú
11428	C	蜥蜴	xīyì
11429	B	熄	xī
11430	B	熄滅	xīmiè
11431	B	膝蓋	xīgài
11432	C	錫	xī
11433	C	蟋蟀	xīshuài
11434	A	犧牲	xīshēng
11435	C	犧牲品	xīshēngpǐn
11436	A	席	xí
11437	C	席捲	xíjuǎn
11438	B	席位	xíwèi
11439	A	習慣	xíguàn
11440	B	習俗	xísú
11441	C	習題	xítí
11442	B	習作	xízuò
11443	A	媳婦	xífù
11444	A	襲擊	xíjī
11445	A	洗	xǐ
11446	B	洗滌	xǐdí
11447	C	洗錢	xǐqián
11448	A	洗手間	xǐshǒujiān
11449	C	洗衣粉	xǐyīfěn
11450	A	洗衣機	xǐyījī
11451	A	洗澡	xǐzǎo
11452	A	喜	xǐ
11453	A	喜愛	xǐ'ài
11454	B	喜好	xǐhào
11455	A	喜歡	xǐhuan
11456	C	喜劇	xǐjù
11457	C	喜氣	xǐqì
11458	C	喜慶	xǐqìng
11459	B	喜鵲	xǐ•què
11460	B	喜事	xǐshì
11461	C	喜訊	xǐxùn
11462	A	喜悅	xǐyuè
11463	C	系	xì
11464	A	系列	xìliè
11465	C	系數	xìshù
11466	A	系統	xìtǒng
11467	A	細	xì
11468	A	細胞	xìbāo
11469	C	細化	xìhuà
11470	B	細節	xìjié
11471	A	細菌	xìjūn
11472	C	細膩	xìnì
11473	C	細微	xìwēi
11474	B	細小	xìxiǎo
11475	B	細心	xìxīn
11476	B	細則	xìzé
11477	B	細緻	xìzhì
11478	A	戲	xì
11479	C	戲服	xìfú
11480	A	戲劇	xìjù
11481	B	戲曲	xìqǔ
11482	C	戲說	xìshuō
11483	B	戲院	xìyuàn
11484	A	瞎	xiā
11485	C	瞎話	xiāhuà
11486	C	瞎鬧	xiānào
11487	A	蝦	xiā
11488	C	蝦子	xiāzǐ
11489	C	峽	xiá
11490	B	峽谷	xiágǔ
11491	B	狹隘	xiá'ài
11492	C	狹小	xiáxiǎo
11493	C	狹義	xiáyì
11494	B	狹窄	xiázhǎi
11495	C	轄下	xiáxià
11496	C	霞	xiá
11497	A	下	xià
11498	A	下班	xiàbān
11499	A	下邊	xià•biān
11500	C	下層	xiàcéng
11501	B	下場	xiàchǎng
11502	C	下挫	xiàcuò
11503	B	下達	xiàdá
11504	C	下地	xiàdì
11505	B	下跌	xiàdiē
11506	B	下放	xiàfàng
11507	A	下崗	xiàgǎng
11508	A	下海	xiàhǎi
11509	B	下級	xiàjí
11510	A	下降	xiàjiàng
11511	A	下課	xiàkè
11512	A	下來	xià•lái
11513	A	下列	xiàliè
11514	A	下令	xiàlìng
11515	B	下落	xiàluò
11516	C	下馬	xiàmǎ
11517	A	下面	xià•miàn
11518	B	下棋	xiàqí

11519	A	下去	xià•qù
11520	B	下手	xiàshǒu
11521	C	下屬	xiàshǔ
11522	B	下水	xiàshuǐ
11523	C	下水道	xiàshuǐdào
11524	C	下榻	xiàtà
11525	B	下台	xiàtái
11526	B	下調	xiàtiáo
11527	C	下文	xiàwén
11528	A	下午	xiàwǔ
11529	A	下旬	xiàxún
11530	C	下議院	xiàyìyuàn
11531	B	下游	xiàyóu
11532	B	下載	xiàzài
11533	C	下肢	xiàzhī
11534	A	夏	xià
11535	A	夏季	xiàjì
11536	C	夏糧	xiàliáng
11537	B	夏令營	xiàlìngyíng
11538	C	夏日	xiàrì
11539	A	夏天	xiàtiān
11540	A	嚇	xià
11541	C	嚇唬	xiàhu
11542	B	仙	xiān
11543	C	仙境	xiānjìng
11544	C	仙女	xiānnǚ
11545	A	先	xiān
11546	B	先鋒	xiānfēng
11547	C	先河	xiānhé
11548	A	先後	xiānhòu
11549	A	先進	xiānjìn
11550	B	先例	xiānlì
11551	C	先烈	xiānliè
11552	B	先前	xiānqián
11553	C	先驅	xiānqū
11554	A	先生	xiānsheng
11555	C	先天	xiāntiān
11556	B	先天性	xiāntiānxìng
11557	B	先頭	xiāntóu
11558	B	先行	xiānxíng
11559	B	掀	xiān
11560	A	掀起	xiānqǐ
11561	A	鮮	xiān
11562	B	鮮紅	xiānhóng
11563	A	鮮花	xiānhuā
11564	C	鮮美	xiānměi
11565	A	鮮明	xiānmíng
11566	B	鮮血	xiānxuè
11567	A	鮮艷	xiānyàn
11568	A	纖維	xiānwéi
11569	B	弦	xián
11570	C	弦樂	xiányuè
11571	B	閒	xián
11572	B	閒話	xiánhuà
11573	C	閒散	xiánsǎn
11574	C	閒事	xiánshì
11575	C	閒暇	xiánxiá
11576	A	嫌	xián
11577	B	嫌疑	xiányí
11578	B	銜	xián
11579	B	銜接	xiánjiē
11580	C	賢惠	xiánhuì
11581	B	鹹	xián
11582	B	鹹菜	xiáncài
11583	B	險	xiǎn
11584	C	鮮為人知	xiǎnwéirénzhī
11585	A	顯	xiǎn
11586	C	顯出	xiǎnchū
11587	A	顯得	xiǎnde
11588	B	顯而易見	xiǎn'éryìjiàn
11589	B	顯露	xiǎnlù
11590	A	顯然	xiǎnrán
11591	A	顯示	xiǎnshì
11592	C	顯示器	xiǎnshìqì
11593	C	顯微鏡	xiǎnwēijìng
11594	C	顯現	xiǎnxiàn
11595	A	顯著	xiǎnzhù
11596	B	限	xiàn
11597	B	限額	xiàn'é
11598	A	限度	xiàndù
11599	B	限期	xiànqī
11600	B	限於	xiànyú
11601	A	限制	xiànzhì
11602	A	現	xiàn
11603	A	現場	xiànchǎng
11604	B	現成	xiànchéng
11605	B	現存	xiàncún
11606	A	現代	xiàndài
11607	A	現代化	xiàndàihuà
11608	C	現代舞	xiàndàiwǔ
11609	C	現匯	xiànhuì
11610	C	現貨	xiànhuò
11611	B	現今	xiànjīn
11612	A	現金	xiànjīn
11613	C	現款	xiànkuǎn
11614	B	現年	xiànnián
11615	B	現錢	xiànqián
11616	B	現任	xiànrèn
11617	B	現時	xiànshí
11618	A	現實	xiànshí
11619	A	現象	xiànxiàng
11620	A	現行	xiànxíng

11621	C	現役	xiànyì
11622	A	現有	xiànyǒu
11623	A	現在	xiànzài
11624	B	現狀	xiànzhuàng
11625	B	陷	xiàn
11626	C	陷害	xiànhài
11627	C	陷阱	xiànjǐng
11628	A	陷入	xiànrù
11629	B	陷於	xiànyú
11630	A	線	xiàn
11631	A	線路	xiànlù
11632	B	線索	xiànsuǒ
11633	B	線條	xiàntiáo
11634	A	憲法	xiànfǎ
11635	B	憲章	xiànzhāng
11636	C	憲制	xiànzhì
11637	A	縣	xiàn
11638	C	縣城	xiànchéng
11639	B	縣長	xiànzhǎng
11640	C	餡（兒）	xiàn(r)
11641	A	獻	xiàn
11642	B	獻身	xiànshēn
11643	A	羨慕	xiànmù
11644	B	相	xiāng
11645	A	相比	xiāngbǐ
11646	B	相差	xiāngchà
11647	B	相稱	xiāngchèn
11648	A	相處	xiāngchǔ
11649	C	相傳	xiāngchuán
11650	A	相當	xiāngdāng
11651	A	相等	xiāngděng
11652	A	相對	xiāngduì
11653	A	相反	xiāngfǎn
11654	C	相仿	xiāngfǎng
11655	B	相符	xiāngfú
11656	C	相輔相成	xiāngfǔxiāngchéng
11657	C	相隔	xiānggé
11658	B	相關	xiāngguān
11659	A	相互	xiānghù
11660	A	相繼	xiāngjì
11661	C	相見	xiāngjiàn
11662	B	相交	xiāngjiāo
11663	B	相近	xiāngjìn
11664	B	相距	xiāngjù
11665	B	相連	xiānglián
11666	C	相鄰	xiānglín
11667	C	相容	xiāngróng
11668	C	相若	xiāngruò
11669	B	相識	xiāngshí
11670	A	相似	xiāngsì
11671	C	相提並論	xiāngtíbìnglùn
11672	B	相通	xiāngtōng
11673	A	相同	xiāngtóng
11674	A	相信	xiāngxìn
11675	A	相應	xiāngyìng
11676	C	相遇	xiāngyù
11677	A	香	xiāng
11678	C	香菜	xiāngcài
11679	C	香腸（兒）	xiāngcháng(r)
11680	A	香港	Xiānggǎng
11681	A	香蕉	xiāngjiāo
11682	C	香料	xiāngliào
11683	C	香水	xiāngshuǐ
11684	C	香甜	xiāngtián
11685	B	香味	xiāngwèi
11686	A	香煙	xiāngyān
11687	C	香油	xiāngyóu
11688	C	香皂	xiāngzào
11689	A	鄉	xiāng
11690	A	鄉村	xiāngcūn
11691	C	鄉間	xiāngjiān
11692	C	鄉親	xiāngqīn
11693	B	鄉土	xiāngtǔ
11694	A	鄉下	xiāngxia
11695	A	鄉鎮	xiāngzhèn
11696	A	箱	xiāng
11697	A	箱子	xiāngzi
11698	B	鑲	xiāng
11699	C	鑲嵌	xiāngqiàn
11700	B	詳盡	xiángjìn
11701	B	詳情	xiángqíng
11702	A	詳細	xiángxì
11703	B	享	xiǎng
11704	C	享福	xiǎngfú
11705	B	享樂	xiǎnglè
11706	A	享受	xiǎngshòu
11707	B	享用	xiǎngyòng
11708	A	享有	xiǎngyǒu
11709	A	想	xiǎng
11710	C	想不到	xiǎng•búdào
11711	A	想法	xiǎngfǎ
11712	B	想方設法	xiǎngfāngshèfǎ
11713	B	想念	xiǎngniàn
11714	A	想像	xiǎngxiàng
11715	A	響	xiǎng
11716	B	響亮	xiǎngliàng
11717	B	響聲	xiǎngshēng
11718	A	響應	xiǎngyìng
11719	A	向	xiàng
11720	A	向來	xiànglái
11721	C	向日葵	xiàngrìkuí
11722	B	向上	xiàngshàng

11723	C	向陽	xiàngyáng
11724	B	向着	xiàngzhe
11725	B	巷	xiàng
11726	B	相機	xiàngjī
11727	A	相片	xiàngpiàn
11728	C	相聲	xiàngsheng
11729	A	象	xiàng
11730	B	象棋	xiàngqí
11731	B	象牙	xiàngyá
11732	A	象徵	xiàngzhēng
11733	A	項	xiàng
11734	C	項鏈	xiàngliàn
11735	A	項目	xiàngmù
11736	A	像	xiàng
11737	B	像樣	xiàngyàng
11738	B	橡膠	xiàngjiāo
11739	B	橡皮	xiàngpí
11740	B	嚮導	xiàngdǎo
11741	B	嚮往	xiàngwǎng
11742	B	削	xiāo
11743	C	宵禁	xiāojìn
11744	C	逍遙	xiāoyáo
11745	B	消	xiāo
11746	A	消除	xiāochú
11747	B	消毒	xiāodú
11748	B	消防	xiāofáng
11749	C	消防員	xiāofángyuán
11750	A	消費	xiāofèi
11751	B	消費品	xiāofèipǐn
11752	B	消費者	xiāofèizhě
11753	A	消耗	xiāohào
11754	A	消化	xiāohuà
11755	A	消極	xiāojí
11756	A	消滅	xiāomiè
11757	B	消遣	xiāoqiǎn
11758	A	消失	xiāoshī
11759	C	消退	xiāotuì
11760	A	消息	xiāoxi
11761	C	消閒	xiāoxián
11762	C	消腫	xiāozhǒng
11763	C	硝酸	xiāosuān
11764	B	銷	xiāo
11765	B	銷毀	xiāohuǐ
11766	B	銷量	xiāoliàng
11767	B	銷路	xiāolù
11768	A	銷售	xiāoshòu
11769	C	蕭	xiāo
11770	B	蕭條	xiāotiáo
11771	C	瀟灑	xiāosǎ
11772	A	小	xiǎo
11773	C	小巴	xiǎobā
11774	C	小輩	xiǎobèi
11775	B	小便	xiǎobiàn
11776	B	小冊子	xiǎocèzi
11777	B	小車	xiǎochē
11778	C	小吃	xiǎochī
11779	C	小丑	xiǎochǒu
11780	B	小隊	xiǎoduì
11781	C	小兒科	xiǎo’érkē
11782	A	小販	xiǎofàn
11783	C	小姑娘	xiǎogūniang
11784	C	小鬼	xiǎoguǐ
11785	A	小孩（兒）	xiǎohái(r)
11786	B	小孩子	xiǎoháizi
11787	A	小夥子	xiǎohuǒzi
11788	C	小節	xiǎojié
11789	A	小姐	xiǎo•jiě
11790	B	小康	xiǎokāng
11791	C	小路	xiǎolù
11792	C	小輪	xiǎolún
11793	C	小買賣	xiǎomǎimai
11794	A	小麥	xiǎomài
11795	C	小米	xiǎomǐ
11796	C	小蜜	xiǎomì
11797	C	小妞（兒）	xiǎoniū(r)
11798	A	小朋友	xiǎopéngyǒu
11799	C	小品	xiǎopǐn
11800	C	小曲（兒）	xiǎoqǔ(r)
11801	C	小人	xiǎorén
11802	A	小時	xiǎoshí
11803	B	小時工	xiǎoshígōng
11804	C	小數	xiǎoshù
11805	C	小數點	xiǎoshùdiǎn
11806	A	小說	xiǎoshuō
11807	B	小提琴	xiǎotíqín
11808	C	小童	xiǎotóng
11809	B	小偷	xiǎotōu
11810	B	小息	xiǎoxī
11811	A	小心	xiǎo•xīn
11812	B	小心翼翼	xiǎoxīnyìyì
11813	A	小型	xiǎoxíng
11814	A	小學	xiǎoxué
11815	B	小學生	xiǎoxuéshēng
11816	B	小子	xiǎozi
11817	A	小組	xiǎozǔ
11818	A	曉得	xiǎode
11819	C	孝	xiào
11820	C	孝敬	xiàojìng
11821	B	孝順	xiào•shùn
11822	C	孝心	xiàoxīn
11823	C	哮喘	xiàochuǎn
11824	C	效	xiào

11825	A	效果	xiàoguǒ
11826	B	效力	xiàolì
11827	A	效率	xiàolǜ
11828	B	效能	xiàonéng
11829	A	效益	xiàoyì
11830	B	效應	xiàoyìng
11831	C	效用	xiàoyòng
11832	A	校	xiào
11833	C	校服	xiàofú
11834	C	校徽	xiàohuī
11835	A	校舍	xiàoshè
11836	C	校友	xiàoyǒu
11837	B	校園	xiàoyuán
11838	A	校長	xiàozhǎng
11839	B	肖像	xiàoxiàng
11840	A	笑	xiào
11841	A	笑話	xiàohua
11842	C	笑臉	xiàoliǎn
11843	A	笑容	xiàoróng
11844	C	笑聲	xiàoshēng
11845	B	笑星	xiàoxīng
11846	A	些	xiē
11847	A	歇	xiē
11848	C	蠍子	xiēzi
11849	B	邪	xié
11850	A	協定	xiédìng
11851	A	協會	xiéhuì
11852	C	協力	xiélì
11853	A	協商	xiéshāng
11854	A	協調	xiétiáo
11855	C	協同	xiétóng
11856	A	協議	xiéyì
11857	A	協助	xiézhù
11858	A	協作	xiézuò
11859	B	挾持	xiéchí
11860	A	斜	xié
11861	C	斜坡	xiépō
11862	A	鞋	xié
11863	B	鞋帶（兒）	xiédài(r)
11864	A	攜帶	xiédài
11865	B	攜手	xiéshǒu
11866	A	血	xiě
11867	A	寫	xiě
11868	C	寫法	xiě•fǎ
11869	C	寫生	xiěshēng
11870	C	寫意	xiěyì
11871	C	寫照	xiězhào
11872	C	寫真	xiězhēn
11873	C	寫字樓	xiězìlóu
11874	C	寫字枱	xiězìtái
11875	A	寫作	xiězuò
11876	A	卸	xiè
11877	B	洩	xiè
11878	C	洩漏	xièlòu
11879	C	洩露	xièlòu
11880	C	洩氣	xièqì
11881	C	屑	xiè
11882	B	謝	xiè
11883	B	謝絕	xièjué
11884	A	謝謝	xièxie
11885	C	瀉	xiè
11886	A	心	xīn
11887	B	心愛	xīn'ài
11888	C	心腸	xīncháng
11889	B	心得	xīndé
11890	C	心地	xīndì
11891	C	心急	xīnjí
11892	C	心境	xīnjìng
11893	A	心理	xīnlǐ
11894	B	心理學	xīnlǐxué
11895	A	心裏	xīnli
11896	B	心裏話	xīnlihuà
11897	B	心靈	xīnlíng
11898	C	心滿意足	xīnmǎnyìzú
11899	B	心目	xīnmù
11900	A	心情	xīnqíng
11901	C	心聲	xīnshēng
11902	B	心事	xīnshì
11903	B	心思	xīnsi
11904	C	心態	xīntài
11905	B	心疼	xīnténg
11906	C	心跳	xīntiào
11907	B	心頭	xīntóu
11908	B	心想	xīnxiǎng
11909	C	心胸	xīnxiōng
11910	B	心血	xīnxuè
11911	B	心眼（兒）	xīnyǎn(r)
11912	B	心意	xīnyì
11913	B	心願	xīnyuàn
11914	A	心臟	xīnzàng
11915	B	心臟病	xīnzàngbìng
11916	A	辛苦	xīnkǔ
11917	C	辛勞	xīnláo
11918	B	辛勤	xīnqín
11919	C	辛酸	xīnsuān
11920	C	欣然	xīnrán
11921	A	欣賞	xīnshǎng
11922	B	欣慰	xīnwèi
11923	B	欣欣向榮	xīnxīnxiàngróng
11924	C	芯片	xīnpiàn
11925	A	新	xīn
11926	C	新潮	xīncháo

11927	B	新陳代謝	xīnchéndàixiè
11928	B	新春	xīnchūn
11929	B	新房	xīnfáng
11930	C	新股	xīngǔ
11931	B	新婚	xīnhūn
11932	A	新近	xīnjìn
11933	C	新居	xīnjū
11934	C	新款	xīnkuǎn
11935	B	新郎	xīnláng
11936	A	新年	xīnnián
11937	B	新娘	xīnniáng
11938	C	新奇	xīnqí
11939	B	新人	xīnrén
11940	B	新任	xīnrèn
11941	A	新生	xīnshēng
11942	A	新式	xīnshì
11943	C	新手	xīnshǒu
11944	A	新聞	xīnwén
11945	B	新聞界	xīnwénjiè
11946	C	新聞社	xīnwénshè
11947	A	新鮮	xīn•xiān
11948	A	新興	xīnxīng
11949	A	新型	xīnxíng
11950	B	新秀	xīnxiù
11951	C	新意	xīnyì
11952	B	新穎	xīnyǐng
11953	C	鋅	xīn
11954	C	薪	xīn
11955	C	薪酬	xīnchóu
11956	C	薪俸	xīnfèng
11957	C	薪級	xīnjí
11958	B	薪金	xīnjīn
11959	B	薪水	xīnshui
11960	A	信	xìn
11961	A	信貸	xìndài
11962	B	信封	xìnfēng
11963	C	信奉	xìnfèng
11964	C	信服	xìnfú
11965	A	信號	xìnhào
11966	A	信件	xìnjiàn
11967	B	信賴	xìnlài
11968	A	信念	xìnniàn
11969	A	信任	xìnrèn
11970	C	信徒	xìntú
11971	B	信託	xìntuō
11972	A	信息	xìnxī
11973	B	信息科學	xìnxīkēxué
11974	C	信箱	xìnxiāng
11975	A	信心	xìnxīn
11976	B	信仰	xìnyǎng
11977	B	信用	xìnyòng
11978	B	信用卡	xìnyòngkǎ
11979	B	信譽	xìnyù
11980	A	星	xīng
11981	C	星光	xīngguāng
11982	A	星期	xīngqī
11983	A	星期日	xīngqīrì
11984	A	星期天	xīngqītiān
11985	C	星球	xīngqiú
11986	A	星星	xīngxing
11987	C	星座	xīngzuò
11988	C	猩猩	xīngxing
11989	C	腥	xīng
11990	B	興	xīng
11991	B	興辦	xīngbàn
11992	A	興奮	xīngfèn
11993	A	興建	xīngjiàn
11994	C	興隆	xīnglóng
11995	A	興起	xīngqǐ
11996	C	興盛	xīngshèng
11997	A	興旺	xīngwàng
11998	B	刑	xíng
11999	B	刑罰	xíngfá
12000	B	刑法	xíngfǎ
12001	C	刑警	xíngjǐng
12002	A	刑事	xíngshì
12003	A	行	xíng
12004	B	行車	xíngchē
12005	B	行程	xíngchéng
12006	A	行動	xíngdòng
12007	B	行賄	xínghuì
12008	C	行劫	xíngjié
12009	C	行進	xíngjìn
12010	B	行徑	xíngjìng
12011	B	行軍	xíngjūn
12012	A	行李	xíngli
12013	A	行人	xíngrén
12014	B	行使	xíngshǐ
12015	A	行駛	xíngshǐ
12016	B	行事	xíngshì
12017	A	行為	xíngwéi
12018	C	行銷	xíngxiāo
12019	B	行星	xíngxīng
12020	C	行兇	xíngxiōng
12021	C	行醫	xíngyī
12022	A	行政	xíngzhèng
12023	B	行政區	xíngzhèngqū
12024	C	行蹤	xíngzōng
12025	B	行走	xíngzǒu
12026	B	形	xíng
12027	C	形而上學	xíng'érshàngxué
12028	A	形成	xíngchéng

12029	A	形容	xíngróng
12030	A	形式	xíngshì
12031	A	形勢	xíngshì
12032	A	形態	xíngtài
12033	B	形體	xíngtǐ
12034	B	形象	xíngxiàng
12035	A	形狀	xíngzhuàng
12036	A	型	xíng
12037	B	型號	xínghào
12038	A	醒	xǐng
12039	C	醒目	xǐngmù
12040	A	姓	xìng
12041	A	姓名	xìngmíng
12042	B	姓氏	xìngshì
12043	C	幸	xìng
12044	C	幸而	xìng'ér
12045	A	幸福	xìngfú
12046	B	幸好	xìnghǎo
12047	B	幸虧	xìngkuī
12048	A	幸運	xìngyùn
12049	A	性	xìng
12050	B	性別	xìngbié
12051	C	性感	xìnggǎn
12052	A	性格	xìnggé
12053	B	性命	xìngmìng
12054	A	性能	xìngnéng
12055	B	性情	xìngqíng
12056	C	性行為	xìngxíngwéi
12057	A	性質	xìngzhì
12058	C	性子	xìngzi
12059	B	興高采烈	xìnggāocǎiliè
12060	A	興趣	xìngqù
12061	B	興致勃勃	xìngzhìbóbó
12062	B	杏	xìng
12063	C	杏仁（兒）	xìngrén(r)
12064	B	兄	xiōng
12065	A	兄弟	xiōngdì
12066	C	兄妹	xiōngmèi
12067	B	兇	xiōng
12068	C	兇殘	xiōngcán
12069	B	兇惡	xiōng'è
12070	C	兇狠	xiōnghěn
12071	C	兇猛	xiōngměng
12072	C	兇手	xiōngshǒu
12073	B	洶湧	xiōngyǒng
12074	A	胸	xiōng
12075	B	胸懷	xiōnghuái
12076	B	胸膛	xiōngtáng
12077	B	雄	xióng
12078	B	雄厚	xiónghòu
12079	B	雄偉	xióngwěi
12080	B	雄壯	xióngzhuàng
12081	B	熊	xióng
12082	C	熊熊	xióngxióng
12083	B	休	xiū
12084	C	休會	xiūhuì
12085	B	休假	xiūjià
12086	A	休息	xiūxi
12087	B	休閒	xiūxián
12088	B	休養	xiūyǎng
12089	A	修	xiū
12090	C	修補	xiūbǔ
12091	B	修訂	xiūdìng
12092	C	修讀	xiūdú
12093	B	修復	xiūfù
12094	A	修改	xiūgǎi
12095	C	修好	xiūhǎo
12096	C	修剪	xiūjiǎn
12097	A	修建	xiūjiàn
12098	A	修理	xiūlǐ
12099	C	修配	xiūpèi
12100	B	修飾	xiūshì
12101	B	修養	xiūyǎng
12102	A	修正	xiūzhèng
12103	C	修正案	xiūzhèng'àn
12104	B	修築	xiūzhù
12105	C	羞	xiū
12106	B	羞恥	xiūchǐ
12107	C	宿	xiǔ
12108	C	秀	xiù
12109	C	秀才	xiùcai
12110	B	秀麗	xiùlì
12111	C	袖子	xiùzi
12112	C	嗅	xiù
12113	B	繡	xiù
12114	C	繡花	xiùhuā
12115	B	鏽	xiù
12116	B	虛	xū
12117	C	虛構	xūgòu
12118	B	虛假	xūjiǎ
12119	B	虛弱	xūruò
12120	B	虛偽	xūwěi
12121	C	虛線	xūxiàn
12122	B	虛心	xūxīn
12123	A	須	xū
12124	B	須知	xūzhī
12125	A	需	xū
12126	A	需求	xūqiú
12127	A	需要	xūyào
12128	C	栩栩如生	xǔxǔrúshēng
12129	A	許	xǔ
12130	A	許多	xǔduō

12131	C	許久	xǔjiǔ
12132	B	許可	xǔkě
12133	C	許可證	xǔkězhèng
12134	C	旭日	xùrì
12135	C	序	xù
12136	B	序幕	xùmù
12137	B	序言	xùyán
12138	C	畜牧	xùmù
12139	A	敍述	xùshù
12140	C	敍談	xùtán
12141	C	酗酒	xùjiǔ
12142	C	絮叨	xù•dāo
12143	C	蓄	xù
12144	C	蓄水	xùshuǐ
12145	B	蓄意	xùyì
12146	B	續	xù
12147	C	續集	xùjí
12148	C	續約	xùyuē
12149	C	宣	xuān
12150	A	宣布	xuānbù
12151	B	宣稱	xuānchēng
12152	A	宣傳	xuānchuán
12153	B	宣讀	xuāndú
12154	A	宣告	xuāngào
12155	B	宣判	xuānpàn
12156	B	宣誓	xuānshì
12157	A	宣言	xuānyán
12158	B	宣揚	xuānyáng
12159	C	宣戰	xuānzhàn
12160	C	喧譁	xuānhuá
12161	B	旋	xuán
12162	B	旋律	xuánlǜ
12163	A	旋轉	xuánzhuǎn
12164	C	漩渦	xuánwō
12165	B	懸	xuán
12166	B	懸掛	xuánguà
12167	C	懸念	xuánniàn
12168	B	懸殊	xuánshū
12169	B	懸崖	xuányá
12170	A	選	xuǎn
12171	B	選拔	xuǎnbá
12172	B	選定	xuǎndìng
12173	B	選購	xuǎngòu
12174	B	選集	xuǎnjí
12175	A	選舉	xuǎnjǔ
12176	C	選美	xuǎnměi
12177	B	選民	xuǎnmín
12178	C	選派	xuǎnpài
12179	B	選票	xuǎnpiào
12180	B	選取	xuǎnqǔ
12181	A	選手	xuǎnshǒu
12182	B	選修	xuǎnxiū
12183	A	選用	xuǎnyòng
12184	A	選擇	xuǎnzé
12185	C	選址	xuǎnzhǐ
12186	C	炫耀	xuànyào
12187	C	旋風	xuànfēng
12188	C	渲染	xuànrǎn
12189	C	絢麗	xuànlì
12190	B	削	xuē
12191	A	削減	xuējiǎn
12192	A	削弱	xuēruò
12193	C	靴子	xuēzi
12194	C	穴	xué
12195	C	穴位	xuéwèi
12196	A	學	xué
12197	C	學潮	xuécháo
12198	C	學額	xué’é
12199	A	學費	xuéfèi
12200	C	學分制	xuéfēnzhì
12201	C	學府	xuéfǔ
12202	C	學好	xuéhǎo
12203	C	學壞	xuéhuài
12204	A	學會	xuéhuì
12205	A	學科	xuékē
12206	B	學歷	xuélì
12207	C	學齡	xuélíng
12208	B	學年	xuénián
12209	B	學派	xuépài
12210	A	學期	xuéqī
12211	C	學前	xuéqián
12212	B	學生會	xuéshēnghuì
12213	A	學生	xuésheng
12214	C	學時	xuéshí
12215	C	學識	xuéshí
12216	C	學士	xuéshì
12217	A	學術	xuéshù
12218	A	學說	xuéshuō
12219	B	學堂	xuétáng
12220	C	學童	xuétóng
12221	B	學徒	xuétú
12222	A	學位	xuéwèi
12223	A	學問	xuéwen
12224	A	學習	xuéxí
12225	B	學習班	xuéxíbān
12226	C	學系	xuéxì
12227	A	學校	xuéxiào
12228	B	學業	xuéyè
12229	A	學員	xuéyuán
12230	A	學院	xuéyuàn
12231	C	學運	xuéyùn
12232	A	學者	xuézhě

12233	B	學制	xuézhì
12234	A	雪	xuě
12235	B	雪白	xuěbái
12236	C	雪藏	xuěcáng
12237	C	雪糕	xuěgāo
12238	B	雪花	xuěhuā
12239	C	雪人	xuěrén
12240	C	雪山	xuěshān
12241	A	血	xuè
12242	A	血管	xuèguǎn
12243	B	血汗	xuèhàn
12244	C	血糖	xuètáng
12245	C	血統	xuètǒng
12246	B	血腥	xuèxīng
12247	C	血型	xuèxíng
12248	B	血壓	xuèyā
12249	A	血液	xuèyè
12250	C	勛章	xūnzhāng
12251	B	熏	xūn
12252	B	巡迴	xúnhuí
12253	B	巡邏	xúnluó
12254	C	巡視	xúnshì
12255	C	巡遊	xúnyóu
12256	A	尋	xún
12257	B	尋常	xúncháng
12258	C	尋覓	xúnmì
12259	A	尋求	xúnqiú
12260	A	尋找	xúnzhǎo
12261	C	循	xún
12262	A	循環	xúnhuán
12263	B	循序漸進	xúnxùjiànjìn
12264	A	詢問	xúnwèn
12265	C	迅即	xùnjí
12266	A	迅速	xùnsù
12267	B	訊	xùn
12268	C	訊號	xùnhào
12269	A	訊息	xùnxī
12270	B	訓	xùn
12271	A	訓練	xùnliàn
12272	B	訓練班	xùnliànbān
12273	C	馴	xùn
12274	C	遜色	xùnsè
12275	A	呀	yā
12276	B	丫頭	yātou
12277	A	押	yā
12278	C	押後	yāhòu
12279	C	押韻	yāyùn
12280	C	鴉片	yāpiàn
12281	A	鴨子	yāzi
12282	A	壓	yā
12283	B	壓倒	yādǎo
12284	C	壓低	yādī
12285	A	壓力	yālì
12286	A	壓迫	yāpò
12287	C	壓歲錢	yāsuìqián
12288	A	壓縮	yāsuō
12289	C	壓縮機	yāsuōjī
12290	B	壓抑	yāyì
12291	B	壓制	yāzhì
12292	C	壓軸	yāzhòu
12293	A	牙	yá
12294	A	牙齒	yáchǐ
12295	C	牙膏	yágāo
12296	C	牙刷	yáshuā
12297	B	芽	yá
12298	C	崖	yá
12299	B	啞	yǎ
12300	C	啞巴	yǎba
12301	A	亞軍	yàjūn
12302	C	亞熱帶	yàrèdài
12303	B	軋	yà
12304	B	淹	yān
12305	B	淹沒	yānmò
12306	A	煙	yān
12307	B	煙草	yāncǎo
12308	C	煙囱	yāncōng
12309	C	煙花	yānhuā
12310	C	煙火	yānhuǒ
12311	C	煙火	yānhuo
12312	B	煙霧	yānwù
12313	C	煙葉	yānyè
12314	A	言	yán
12315	A	言論	yánlùn
12316	C	言談	yántán
12317	B	言行	yánxíng
12318	B	言語	yányǔ
12319	A	岩石	yánshí
12320	B	延	yán
12321	A	延長	yáncháng
12322	C	延遲	yánchí
12323	B	延緩	yánhuǎn
12324	B	延期	yánqī
12325	B	延伸	yánshēn
12326	C	延誤	yánwù
12327	B	延續	yánxù
12328	A	沿	yán
12329	B	沿岸	yán'àn
12330	A	沿海	yánhǎi
12331	B	沿途	yántú
12332	B	沿線	yánxiàn
12333	C	沿用	yányòng
12334	B	炎熱	yánrè

12335	A	研究	yánjiū
12336	A	研究生	yánjiūshēng
12337	A	研究所	yánjiūsuǒ
12338	C	研究員	yánjiūyuán
12339	B	研究院	yánjiūyuàn
12340	B	研討	yántǎo
12341	B	研討會	yántǎohuì
12342	A	研製	yánzhì
12343	C	顏料	yánliào
12344	A	顏色	yánsè
12345	A	嚴	yán
12346	B	嚴懲	yánchéng
12347	C	嚴防	yánfáng
12348	A	嚴格	yángé
12349	B	嚴寒	yánhán
12350	B	嚴謹	yánjǐn
12351	B	嚴禁	yánjìn
12352	A	嚴峻	yánjùn
12353	A	嚴厲	yánlì
12354	A	嚴密	yánmì
12355	A	嚴肅	yánsù
12356	B	嚴正	yánzhèng
12357	A	嚴重	yánzhòng
12358	A	鹽	yán
12359	C	鹽酸	yánsuān
12360	B	掩	yǎn
12361	A	掩蓋	yǎngài
12362	B	掩護	yǎnhù
12363	B	掩飾	yǎnshì
12364	A	眼	yǎn
12365	C	眼福	yǎnfú
12366	A	眼光	yǎnguāng
12367	C	眼花繚亂	yǎnhuāliáoluàn
12368	B	眼界	yǎnjiè
12369	A	眼睛	yǎnjing
12370	A	眼鏡	yǎnjìng
12371	A	眼看	yǎnkàn
12372	A	眼淚	yǎnlèi
12373	C	眼力	yǎnlì
12374	A	眼前	yǎnqián
12375	C	眼球	yǎnqiú
12376	C	眼色	yǎnsè
12377	C	眼神	yǎnshén
12378	B	眼下	yǎnxià
12379	C	眼珠	yǎnzhū
12380	A	演	yǎn
12381	A	演變	yǎnbiàn
12382	B	演唱	yǎnchàng
12383	A	演出	yǎnchū
12384	C	演化	yǎnhuà
12385	C	演技	yǎnjì
12386	B	演講	yǎnjiǎng
12387	C	演示	yǎnshì
12388	A	演說	yǎnshuō
12389	C	演算	yǎnsuàn
12390	B	演習	yǎnxí
12391	C	演戲	yǎnxì
12392	C	演繹	yǎnyì
12393	C	演藝	yǎnyì
12394	A	演員	yǎnyuán
12395	A	演奏	yǎnzòu
12396	B	咽	yàn
12397	A	宴會	yànhuì
12398	B	宴請	yànqǐng
12399	C	宴席	yànxí
12400	C	艷麗	yànlì
12401	C	厭	yàn
12402	C	厭倦	yànjuàn
12403	B	厭惡	yànwù
12404	C	燕窩	yànwō
12405	B	燕子	yànzi
12406	C	諺語	yànyǔ
12407	B	驗	yàn
12408	B	驗收	yànshōu
12409	C	驗算	yànsuàn
12410	B	驗證	yànzhèng
12411	C	央行	yāngháng
12412	B	央視	yāngshì
12413	C	秧	yāng
12414	A	羊	yáng
12415	B	羊毛	yángmáo
12416	A	洋	yáng
12417	C	洋人	yángrén
12418	C	洋娃娃	yángwáwa
12419	C	洋洋	yángyáng
12420	C	洋溢	yángyì
12421	B	揚	yáng
12422	C	揚聲器	yángshēngqì
12423	B	揚言	yángyán
12424	B	陽	yáng
12425	A	陽光	yángguāng
12426	C	陽台	yángtái
12427	B	楊樹	yángshù
12428	B	仰	yǎng
12429	C	氧	yǎng
12430	B	氧化	yǎnghuà
12431	C	氧化物	yǎnghuàwù
12432	A	氧氣	yǎngqì
12433	A	養	yǎng
12434	C	養病	yǎngbìng
12435	A	養成	yǎngchéng
12436	B	養份	yǎngfèn

12437	B	養活	yǎnghuo
12438	B	養老	yǎnglǎo
12439	B	養料	yǎngliào
12440	C	養育	yǎngyù
12441	B	養殖	yǎngzhí
12442	C	癢	yǎng
12443	A	樣	yàng
12444	C	樣本	yàngběn
12445	B	樣品	yàngpǐn
12446	C	樣式	yàngshì
12447	A	樣子	yàngzi
12448	C	夭折	yāozhé
12449	B	吆喝	yāohe
12450	C	妖怪	yāoguài
12451	A	要求	yāoqiú
12452	A	腰	yāo
12453	C	腰帶	yāodài
12454	B	邀	yāo
12455	A	邀請	yāoqǐng
12456	B	邀請賽	yāoqǐngsài
12457	A	搖	yáo
12458	B	搖擺	yáobǎi
12459	C	搖動	yáodòng
12460	B	搖晃	yáo•huàng
12461	C	搖籃	yáolán
12462	B	搖頭	yáotóu
12463	C	搖搖欲墜	yáoyáoyùzhuì
12464	B	遙控	yáokòng
12465	B	遙遠	yáoyuǎn
12466	B	窰	yáo
12467	C	窰洞	yáodòng
12468	B	謠言	yáoyán
12469	A	咬	yǎo
12470	C	舀	yǎo
12471	A	要	yào
12472	A	要不	yàobù
12473	A	要不然	yào•bùrán
12474	C	要不是	yào•bú•shì
12475	B	要點	yàodiǎn
12476	C	要飯	yàofàn
12477	B	要害	yàohài
12478	A	要好	yàohǎo
12479	A	要緊	yàojǐn
12480	C	要領	yàolǐng
12481	B	要麼	yàome
12482	B	要命	yàomìng
12483	B	要強	yàoqiáng
12484	A	要是	yàoshi
12485	B	要素	yàosù
12486	A	藥	yào
12487	B	藥材	yàocái
12488	B	藥方	yàofāng
12489	B	藥房	yàofáng
12490	C	藥劑	yàojì
12491	C	藥檢	yàojiǎn
12492	A	藥品	yàopǐn
12493	B	藥水	yàoshuǐ
12494	A	藥物	yàowù
12495	B	耀眼	yàoyǎn
12496	B	鑰匙	yàoshi
12497	C	耶穌	Yēsū
12498	C	椰子	yēzi
12499	C	爺	yé
12500	A	爺爺	yéye
12501	A	也	yě
12502	A	也許	yěxǔ
12503	A	冶金	yějīn
12504	C	冶煉	yěliàn
12505	A	野	yě
12506	B	野蠻	yěmán
12507	B	野生	yěshēng
12508	B	野獸	yěshòu
12509	B	野外	yěwài
12510	B	野心	yěxīn
12511	A	夜	yè
12512	B	夜班	yèbān
12513	C	夜大	yèdà
12514	A	夜間	yèjiān
12515	C	夜空	yèkōng
12516	A	夜裏	yè•lǐ
12517	C	夜色	yèsè
12518	C	夜市	yèshì
12519	B	夜晚	yèwǎn
12520	B	夜校	yèxiào
12521	C	夜鶯	yèyīng
12522	C	夜總會	yèzǒnghuì
12523	A	頁	yè
12524	C	液	yè
12525	C	液晶	yèjīng
12526	A	液體	yètǐ
12527	A	業	yè
12528	B	業績	yèjì
12529	C	業界	yèjiè
12530	A	業務	yèwù
12531	C	業已	yèyǐ
12532	A	業餘	yèyú
12533	C	業者	yèzhě
12534	C	業主	yèzhǔ
12535	A	葉	yè
12536	C	葉片	yèpiàn
12537	A	葉子	yèzi
12538	A	一	yī

12539	B	一流	yīliú
12540	B	一線	yīxiàn
12541	A	一一	yīyī
12542	C	伊斯蘭教	Yīsīlánjiào
12543	B	衣	yī
12544	A	衣服	yīfu
12545	A	衣裳	yīshang
12546	C	衣物	yīwù
12547	C	衣着	yīzhuó
12548	A	依	yī
12549	B	依次	yīcì
12550	B	依法	yīfǎ
12551	B	依舊	yījiù
12552	A	依據	yījù
12553	A	依靠	yīkào
12554	A	依賴	yīlài
12555	A	依然	yīrán
12556	A	依照	yīzhào
12557	B	醫	yī
12558	C	醫保	yībǎo
12559	C	醫德	yīdé
12560	C	醫護	yīhù
12561	B	醫科	yīkē
12562	A	醫療	yīliáo
12563	A	醫生	yīshēng
12564	B	醫師	yīshī
12565	C	醫術	yīshù
12566	A	醫務	yīwù
12567	B	醫務室	yīwùshì
12568	A	醫學	yīxué
12569	A	醫藥	yīyào
12570	A	醫院	yīyuàn
12571	B	醫治	yīzhì
12572	A	一半	yíbàn
12573	B	一輩子	yíbèizi
12574	C	一併	yíbìng
12575	A	一帶	yídài
12576	A	一旦	yídàn
12577	A	一道	yídào
12578	A	一定	yídìng
12579	A	一度	yídù
12580	B	一概	yígài
12581	C	一概而論	yígài’érlùn
12582	B	一個勁（兒）	yígejìn(r)
12583	A	一共	yígòng
12584	A	一貫	yíguàn
12585	A	一會（兒）	yíhuì(r)
12586	C	一技之長	yíjìzhīcháng
12587	B	一刻	yíkè
12588	A	一塊（兒）	yíkuài(r)
12589	A	一路	yílù
12590	C	一路平安	yílùpíng’ān
12591	B	一路上	yílùshang
12592	C	一路順風	yílùshùnfēng
12593	A	一律	yílǜ
12594	A	一面	yímiàn
12595	C	一目瞭然	yímùliǎorán
12596	B	一片	yípiàn
12597	B	一氣	yíqì
12598	C	一氣呵成	yíqìhēchéng
12599	A	一切	yíqiè
12600	C	一世	yíshì
12601	C	一視同仁	yíshìtóngrén
12602	B	一味	yíwèi
12603	A	一系列	yíxìliè
12604	A	一下	yíxià
12605	A	一下子	yíxiàzi
12606	A	一向	yíxiàng
12607	A	一樣	yíyàng
12608	A	一再	yízài
12609	A	一陣	yízhèn
12610	B	一陣子	yízhènzi
12611	A	一致	yízhì
12612	A	宜	yí
12613	A	姨	yí
12614	C	胰島素	yídǎosù
12615	A	移	yí
12616	A	移動	yídòng
12617	B	移交	yíjiāo
12618	B	移居	yíjū
12619	B	移民	yímín
12620	B	移植	yízhí
12621	C	疑	yí
12622	B	疑惑	yíhuò
12623	B	疑慮	yílǜ
12624	B	疑難	yínán
12625	A	疑問	yíwèn
12626	B	疑心	yíxīn
12627	C	儀表	yíbiǎo
12628	A	儀錶	yíbiǎo
12629	A	儀器	yíqì
12630	A	儀式	yíshì
12631	C	遺	yí
12632	A	遺產	yíchǎn
12633	B	遺傳	yíchuán
12634	A	遺憾	yíhàn
12635	B	遺跡	yíjì
12636	A	遺留	yíliú
12637	C	遺棄	yíqì
12638	B	遺失	yíshī
12639	C	遺體	yítǐ
12640	C	遺忘	yíwàng

12641	B	遺址	yízhǐ
12642	C	遺囑	yízhǔ
12643	A	乙	yǐ
12644	A	已	yǐ
12645	B	已故	yǐgù
12646	A	已經	yǐjīng
12647	B	已然	yǐrán
12648	C	已知	yǐzhī
12649	A	以	yǐ
12650	B	以北	yǐběi
12651	A	以便	yǐbiàn
12652	C	以東	yǐdōng
12653	A	以後	yǐhòu
12654	A	以及	yǐjí
12655	A	以來	yǐlái
12656	A	以免	yǐmiǎn
12657	B	以南	yǐnán
12658	A	以內	yǐnèi
12659	A	以前	yǐqián
12660	A	以上	yǐshàng
12661	B	以身作則	yǐshēnzuòzé
12662	A	以外	yǐwài
12663	A	以往	yǐwǎng
12664	A	以為	yǐwéi
12665	B	以西	yǐxī
12666	A	以下	yǐxià
12667	A	以至	yǐzhì
12668	A	以致	yǐzhì
12669	C	倚	yǐ
12670	A	椅子	yǐzi
12671	A	一般	yìbān
12672	A	一邊	yìbiān
12673	A	一點（兒）	yìdiǎn(r)
12674	B	一帆風順	yìfānfēngshùn
12675	B	一番	yìfān
12676	A	一方面	yìfāngmiàn
12677	C	一乾二淨	yìgān'èrjìng
12678	C	一國兩制	yìguóliǎngzhì
12679	C	一哄而散	yìhōng'érsàn
12680	C	一家子	yìjiāzi
12681	B	一經	yìjīng
12682	B	一舉	yìjǔ
12683	C	一口	yìkǒu
12684	B	一口氣	yìkǒuqì
12685	B	一勞永逸	yìláoyǒngyì
12686	A	一連	yìlián
12687	B	一連串	yìliánchuàn
12688	C	一毛不拔	yìmáobùbá
12689	C	一米線	yìmǐxiàn
12690	C	一模一樣	yìmúyíyàng
12691	B	一旁	yìpáng
12692	A	一齊	yìqí
12693	A	一起	yìqǐ
12694	C	一如既往	yìrújìwǎng
12695	A	一身	yìshēn
12696	A	一生	yìshēng
12697	A	一時	yìshí
12698	B	一手	yìshǒu
12699	C	一絲不苟	yìsībùgǒu
12700	B	一體	yìtǐ
12701	B	一體化	yìtǐhuà
12702	B	一天到晚	yìtiāndàowǎn
12703	A	一同	yìtóng
12704	B	一頭	yìtóu
12705	C	一無所知	yìwúsuǒzhī
12706	A	一些	yìxiē
12707	A	一心	yìxīn
12708	C	一心一意	yìxīnyíyì
12709	A	一行	yìxíng
12710	B	一早	yìzǎo
12711	A	一直	yìzhí
12712	B	亦	yì
12713	C	屹立	yìlì
12714	C	役	yì
12715	C	抑鬱	yìyù
12716	A	抑制	yìzhì
12717	A	易	yì
12718	C	疫苗	yìmiáo
12719	B	異	yì
12720	A	異常	yìcháng
12721	C	異地	yìdì
12722	C	異口同聲	yìkǒutóngshēng
12723	C	異同	yìtóng
12724	C	異性	yìxìng
12725	B	異議	yìyì
12726	C	翌日	yìrì
12727	B	意	yì
12728	A	意見	yì•jiàn
12729	C	意境	yìjìng
12730	B	意料	yìliào
12731	C	意念	yìniàn
12732	A	意識	yì•shí
12733	A	意思	yìsi
12734	B	意圖	yìtú
12735	A	意外	yìwài
12736	B	意味	yìwèi
12737	A	意味着	yìwèizhe
12738	B	意想不到	yìxiǎngbúdào
12739	B	意向	yìxiàng
12740	A	意義	yìyì
12741	B	意願	yìyuàn
12742	A	意志	yìzhì

12743	C	義工	yìgōng
12744	A	義務	yìwù
12745	A	億	yì
12746	B	億萬	yìwàn
12747	C	憶	yì
12748	A	毅力	yìlì
12749	B	毅然	yìrán
12750	B	翼	yì
12751	C	藝名	yìmíng
12752	A	藝人	yìrén
12753	A	藝術	yìshù
12754	B	藝術家	yìshùjiā
12755	C	藝員	yìyuán
12756	B	議	yì
12757	A	議案	yì'àn
12758	B	議程	yìchéng
12759	B	議定書	yìdìngshū
12760	A	議會	yìhuì
12761	B	議價	yìjià
12762	C	議決	yìjué
12763	A	議論	yìlùn
12764	C	議事	yìshì
12765	B	議題	yìtí
12766	B	議席	yìxí
12767	A	議員	yìyuán
12768	B	議長	yìzhǎng
12769	B	譯	yì
12770	A	因	yīn
12771	A	因此	yīncǐ
12772	C	因地制宜	yīndìzhìyí
12773	A	因而	yīn'ér
12774	C	因果	yīnguǒ
12775	C	因人而異	yīnrén'éryì
12776	A	因素	yīnsù
12777	B	因特網	yīntèwǎng
12778	A	因為	yīn•wèi
12779	C	因應	yīnyìng
12780	A	音	yīn
12781	C	音調	yīndiào
12782	C	音符	yīnfú
12783	C	音色	yīnsè
12784	B	音響	yīnxiǎng
12785	A	音像	yīnxiàng
12786	C	音域	yīnyù
12787	A	音樂	yīnyuè
12788	B	音樂會	yīnyuèhuì
12789	C	音樂家	yīnyuèjiā
12790	B	殷切	yīnqiè
12791	C	殷勤	yīnqín
12792	B	陰	yīn
12793	B	陰暗	yīn'àn
12794	C	陰曆	yīnlì
12795	A	陰謀	yīnmóu
12796	B	陰天	yīntiān
12797	B	陰影	yīnyǐng
12798	C	陰雨	yīnyǔ
12799	C	吟	yín
12800	B	淫穢	yínhuì
12801	A	銀	yín
12802	A	銀行	yínháng
12803	C	銀河	yínhé
12804	B	銀幕	yínmù
12805	B	銀牌	yínpái
12806	A	引	yǐn
12807	A	引導	yǐndǎo
12808	C	引渡	yǐndù
12809	B	引發	yǐnfā
12810	A	引進	yǐnjìn
12811	A	引起	yǐnqǐ
12812	B	引擎	yǐnqíng
12813	B	引人注目	yǐnrénzhùmù
12814	B	引入	yǐnrù
12815	C	引述	yǐnshù
12816	B	引用	yǐnyòng
12817	B	引誘	yǐnyòu
12818	C	引致	yǐnzhì
12819	B	飲	yǐn
12820	B	飲茶	yǐnchá
12821	C	飲酒	yǐnjiǔ
12822	A	飲料	yǐnliào
12823	C	飲品	yǐnpǐn
12824	A	飲食	yǐnshí
12825	B	飲水	yǐnshuǐ
12826	C	飲用	yǐnyòng
12827	B	隱蔽	yǐnbì
12828	B	隱藏	yǐncáng
12829	C	隱患	yǐnhuàn
12830	C	隱居	yǐnjū
12831	B	隱瞞	yǐnmán
12832	C	隱私	yǐnsī
12833	C	隱形	yǐnxíng
12834	C	隱憂	yǐnyōu
12835	B	隱約	yǐnyuē
12836	C	癮	yǐn
12837	A	印	yìn
12838	C	印花	yìnhuā
12839	B	印染	yìnrǎn
12840	A	印刷	yìnshuā
12841	A	印象	yìnxiàng
12842	C	印製	yìnzhì
12843	C	英鎊	yīngbàng
12844	C	英尺	yīngchǐ

12845	C	英寸	yīngcùn
12846	C	英俊	yīngjùn
12847	C	英里	yīnglǐ
12848	B	英明	yīngmíng
12849	A	英文	Yīngwén
12850	A	英雄	yīngxióng
12851	A	英勇	yīngyǒng
12852	A	英語	Yīngyǔ
12853	A	嬰兒	yīng'ér
12854	A	應	yīng
12855	A	應當	yīngdāng
12856	A	應該	yīnggāi
12857	C	應有盡有	yīngyǒujìnyǒu
12858	B	櫻花	yīnghuā
12859	B	鷹	yīng
12860	C	鸚鵡	yīngwǔ
12861	A	迎	yíng
12862	C	迎風	yíngfēng
12863	C	迎合	yínghé
12864	A	迎接	yíngjiē
12865	B	迎面	yíngmiàn
12866	B	迎刃而解	yíngrèn'érjiě
12867	C	迎送	yíngsòng
12868	B	迎戰	yíngzhàn
12869	C	盈虧	yíngkuī
12870	A	盈利	yínglì
12871	B	盈餘	yíngyú
12872	C	熒光屏	yíngguāngpíng
12873	C	螢火蟲	yínghuǒchóng
12874	A	營	yíng
12875	C	營地	yíngdì
12876	B	營房	yíngfáng
12877	C	營救	yíngjiù
12878	C	營銷	yíngxiāo
12879	A	營養	yíngyǎng
12880	A	營業	yíngyè
12881	C	營業額	yíngyè'é
12882	B	營業員	yíngyèyuán
12883	C	營運	yíngyùn
12884	B	營造	yíngzào
12885	C	營長	yíngzhǎng
12886	A	贏	yíng
12887	A	贏得	yíngdé
12888	C	影	yǐng
12889	B	影碟	yǐngdié
12890	C	影后	yǐnghòu
12891	C	影迷	yǐngmí
12892	A	影片	yǐngpiàn
12893	C	影視	yǐngshì
12894	C	影壇	yǐngtán
12895	A	影響	yǐngxiǎng
12896	B	影像	yǐngxiàng
12897	C	影星	yǐngxīng
12898	C	影展	yǐngzhǎn
12899	A	影子	yǐngzi
12900	C	映	yìng
12901	A	硬	yìng
12902	C	硬幣	yìngbì
12903	C	硬度	yìngdù
12904	C	硬化	yìnghuà
12905	B	硬件	yìngjiàn
12906	C	硬盤	yìngpán
12907	A	應	yìng
12908	B	應變	yìngbiàn
12909	B	應酬	yìngchou
12910	C	應對	yìngduì
12911	A	應付	yìng•fù
12912	C	應急	yìngjí
12913	C	應考	yìngkǎo
12914	C	應聘	yìngpìn
12915	C	應聲	yìngshēng
12916	A	應邀	yìngyāo
12917	A	應用	yìngyòng
12918	C	應戰	yìngzhàn
12919	C	應徵	yìngzhēng
12920	A	喲	yō
12921	B	傭人	yōngrén
12922	B	庸俗	yōngsú
12923	B	擁	yōng
12924	B	擁抱	yōngbào
12925	C	擁堵	yōngdǔ
12926	A	擁護	yōnghù
12927	A	擁擠	yōngjǐ
12928	A	擁有	yōngyǒu
12929	C	臃腫	yōngzhǒng
12930	B	永	yǒng
12931	C	永垂不朽	yǒngchuíbùxiǔ
12932	C	永恒	yǒnghéng
12933	B	永久	yǒngjiǔ
12934	C	永生	yǒngshēng
12935	A	永遠	yǒngyuǎn
12936	C	泳	yǒng
12937	C	泳裝	yǒngzhuāng
12938	B	勇	yǒng
12939	A	勇敢	yǒnggǎn
12940	A	勇氣	yǒngqì
12941	C	勇士	yǒngshì
12942	B	勇於	yǒngyú
12943	A	湧	yǒng
12944	C	湧入	yǒngrù
12945	B	湧現	yǒngxiàn
12946	B	踴躍	yǒngyuè

12947	A	用	yòng
12948	C	用不着	yòng•bùzháo
12949	A	用處	yòng•chù
12950	B	用法	yòngfǎ
12951	A	用功	yònggōng
12952	A	用戶	yònghù
12953	B	用具	yòngjù
12954	A	用力	yònglì
12955	C	用量	yòngliàng
12956	A	用品	yòngpǐn
12957	A	用途	yòngtú
12958	B	用心	yòngxīn
12959	C	用以	yòngyǐ
12960	B	用意	yòngyì
12961	C	用語	yòngyǔ
12962	C	佣金	yòngjīn
12963	B	幽靜	yōujìng
12964	B	幽默	yōumò
12965	A	悠久	yōujiǔ
12966	C	悠閒	yōuxián
12967	C	憂	yōu
12968	C	憂患	yōuhuàn
12969	B	憂慮	yōulǜ
12970	C	憂鬱	yōuyù
12971	B	優	yōu
12972	A	優待	yōudài
12973	A	優點	yōudiǎn
12974	C	優厚	yōuhòu
12975	C	優化	yōuhuà
12976	A	優惠	yōuhuì
12977	A	優良	yōuliáng
12978	A	優美	yōuměi
12979	C	優生	yōushēng
12980	A	優勝	yōushèng
12981	A	優勢	yōushì
12982	A	優先	yōuxiān
12983	A	優秀	yōuxiù
12984	C	優雅	yōuyǎ
12985	B	優異	yōuyì
12986	A	優越	yōuyuè
12987	B	優越性	yōuyuèxìng
12988	A	優質	yōuzhì
12989	B	尤	yóu
12990	A	尤其	yóuqí
12991	A	由	yóu
12992	C	由此	yóucǐ
12993	C	由來	yóulái
12994	A	由於	yóuyú
12995	C	由衷	yóuzhōng
12996	A	油	yóu
12997	C	油菜	yóucài
12998	B	油畫	yóuhuà
12999	B	油料	yóuliào
13000	C	油輪	yóulún
13001	B	油漆	yóuqī
13002	A	油田	yóutián
13003	C	油脂	yóuzhī
13004	A	游	yóu
13005	A	游泳	yóuyǒng
13006	B	游泳池	yóuyǒngchí
13007	C	猶	yóu
13008	B	猶如	yóurú
13009	B	猶豫	yóuyù
13010	C	郵	yóu
13011	C	郵包	yóubāo
13012	C	郵戳	yóuchuō
13013	B	郵電	yóudiàn
13014	C	郵購	yóugòu
13015	B	郵寄	yóujì
13016	B	郵件	yóujiàn
13017	A	郵局	yóujú
13018	A	郵票	yóupiào
13019	B	郵政	yóuzhèng
13020	A	遊	yóu
13021	C	遊船	yóuchuán
13022	B	遊擊	yóujī
13023	C	遊擊戰	yóujīzhàn
13024	A	遊客	yóukè
13025	A	遊覽	yóulǎn
13026	B	遊樂場	yóulèchǎng
13027	C	遊牧	yóumù
13028	A	遊人	yóurén
13029	C	遊山玩水	yóushānwánshuǐ
13030	C	遊說	yóushuì
13031	B	遊艇	yóutǐng
13032	B	遊玩	yóuwán
13033	A	遊戲	yóuxì
13034	C	遊戲機	yóuxìjī
13035	A	遊行	yóuxíng
13036	B	遊藝	yóuyì
13037	C	遊園	yóuyuán
13038	C	鈾	yóu
13039	B	友	yǒu
13040	B	友愛	yǒu'ài
13041	A	友好	yǒuhǎo
13042	B	友情	yǒuqíng
13043	B	友人	yǒurén
13044	C	友善	yǒushàn
13045	A	友誼	yǒuyì
13046	A	有	yǒu
13047	C	有別	yǒubié
13048	C	有償	yǒucháng

13049	B	有待	yǒudài
13050	A	有的	yǒude
13051	A	有的是	yǒudeshì
13052	A	有點（兒）	yǒudiǎn(r)
13053	C	有感	yǒugǎn
13054	A	有關	yǒuguān
13055	B	有害	yǒuhài
13056	A	有機	yǒujī
13057	C	有機物	yǒujīwù
13058	C	有口無心	yǒukǒuwúxīn
13059	B	有理	yǒulǐ
13060	A	有力	yǒulì
13061	A	有利	yǒulì
13062	A	有名	yǒumíng
13063	C	有目共睹	yǒumùgòngdǔ
13064	A	有趣	yǒuqù
13065	B	有如	yǒurú
13066	C	有聲有色	yǒushēngyǒusè
13067	A	有時	yǒushí
13068	A	有時候	yǒushíhou
13069	B	有數	yǒushù
13070	A	有所	yǒusuǒ
13071	C	有望	yǒuwàng
13072	A	有限	yǒuxiàn
13073	C	有線	yǒuxiàn
13074	A	有效	yǒuxiào
13075	A	有些	yǒuxiē
13076	B	有心	yǒuxīn
13077	B	有幸	yǒuxìng
13078	A	有益	yǒuyì
13079	A	有意	yǒuyì
13080	A	有意思	yǒuyìsi
13081	A	有用	yǒuyòng
13082	B	有餘	yǒuyú
13083	C	有助	yǒuzhù
13084	A	又	yòu
13085	A	右	yòu
13086	B	右邊	yòu•biān
13087	C	右側	yòucè
13088	C	右派	yòupài
13089	B	右翼	yòuyì
13090	B	幼	yòu
13091	C	幼蟲	yòuchóng
13092	B	幼兒	yòu'ér
13093	A	幼兒園	yòu'éryuán
13094	B	幼年	yòunián
13095	C	幼小	yòuxiǎo
13096	A	幼稚	yòuzhì
13097	A	幼稚園	yòuzhìyuán
13098	C	柚子	yòuzi
13099	C	誘	yòu
13100	C	誘發	yòufā
13101	B	誘惑	yòuhuò
13102	C	誘人	yòurén
13103	C	誘因	yòuyīn
13104	C	迂迴	yūhuí
13105	A	於	yú
13106	A	於是	yúshì
13107	A	娛樂	yúlè
13108	C	娛樂圈	yúlèquān
13109	A	魚	yú
13110	C	魚翅	yúchì
13111	B	魚類	yúlèi
13112	A	愉快	yúkuài
13113	B	愚蠢	yúchǔn
13114	B	愚昧	yúmèi
13115	C	榆樹	yúshù
13116	C	逾	yú
13117	B	漁船	yúchuán
13118	C	漁夫	yúfū
13119	A	漁民	yúmín
13120	B	漁業	yúyè
13121	A	餘	yú
13122	A	餘地	yúdì
13123	B	餘額	yú'é
13124	C	餘熱	yúrè
13125	C	餘數	yúshù
13126	B	餘下	yúxià
13127	A	輿論	yúlùn
13128	C	輿論界	yúlùnjiè
13129	A	予以	yǔyǐ
13130	A	宇宙	yǔzhòu
13131	B	羽毛	yǔmáo
13132	A	羽毛球	yǔmáoqiú
13133	C	羽絨服	yǔróngfú
13134	A	雨	yǔ
13135	C	雨點	yǔdiǎn
13136	B	雨季	yǔjì
13137	B	雨量	yǔliàng
13138	C	雨傘	yǔsǎn
13139	A	雨水	yǔshuǐ
13140	B	雨衣	yǔyī
13141	A	與	yǔ
13142	B	與其	yǔqí
13143	C	與時俱進	yǔshíjùjìn
13144	B	語	yǔ
13145	B	語調	yǔdiào
13146	A	語法	yǔfǎ
13147	C	語錄	yǔlù
13148	B	語氣	yǔqì
13149	A	語文	yǔwén
13150	A	語言	yǔyán

13151	A	語音	yǔyīn
13152	B	玉	yù
13153	B	玉米	yùmǐ
13154	C	育種	yùzhǒng
13155	C	浴場	yùchǎng
13156	C	浴缸	yùgāng
13157	B	浴室	yùshì
13158	B	欲	yù
13159	B	欲望	yùwàng
13160	C	寓	yù
13161	B	寓所	yùsuǒ
13162	B	寓言	yùyán
13163	B	愈	yù
13164	A	遇	yù
13165	A	遇見	yù•jiàn
13166	C	遇難	yùnàn
13167	A	預報	yùbào
13168	A	預備	yùbèi
13169	A	預測	yùcè
13170	A	預訂	yùdìng
13171	A	預定	yùdìng
13172	A	預防	yùfáng
13173	B	預告	yùgào
13174	A	預計	yùji
13175	B	預見	yùjiàn
13176	B	預料	yùliào
13177	B	預期	yùqī
13178	B	預賽	yùsài
13179	C	預示	yùshì
13180	A	預算	yùsuàn
13181	B	預習	yùxí
13182	B	預先	yùxiān
13183	C	預選	yùxuǎn
13184	B	預言	yùyán
13185	B	預約	yùyuē
13186	C	預祝	yùzhù
13187	A	與會	yùhuì
13188	B	冤	yuān
13189	B	冤枉	yuānwang
13190	C	淵源	yuānyuán
13191	A	元	yuán
13192	A	元旦	Yuándàn
13193	B	元首	yuánshǒu
13194	C	元帥	yuánshuài
13195	A	元素	yuánsù
13196	B	元宵	yuánxiāo
13197	C	元月	yuányuè
13198	A	原	yuán
13199	B	原本	yuánběn
13200	A	原材料	yuáncáiliào
13201	C	原地	yuándì
13202	B	原定	yuándìng
13203	B	原告	yuángào
13204	B	原籍	yuánjí
13205	A	原來	yuánlái
13206	A	原理	yuánlǐ
13207	A	原諒	yuánliàng
13208	A	原料	yuánliào
13209	C	原煤	yuánméi
13210	A	原始	yuánshǐ
13211	A	原先	yuánxiān
13212	C	原野	yuányě
13213	C	原意	yuányì
13214	A	原因	yuányīn
13215	A	原油	yuányóu
13216	B	原有	yuányǒu
13217	A	原則	yuánzé
13218	C	原著	yuánzhù
13219	B	原裝	yuánzhuāng
13220	B	原子	yuánzǐ
13221	B	原子彈	yuánzǐdàn
13222	B	原子能	yuánzǐnéng
13223	A	員	yuán
13224	B	員工	yuángōng
13225	C	援	yuán
13226	C	援引	yuányǐn
13227	A	援助	yuánzhù
13228	B	園	yuán
13229	B	園地	yuándì
13230	A	園林	yuánlín
13231	C	園藝	yuányì
13232	A	圓	yuán
13233	A	圓滿	yuánmǎn
13234	C	圓形	yuánxíng
13235	C	圓周	yuánzhōu
13236	B	圓珠筆	yuánzhūbǐ
13237	B	源	yuán
13238	B	源泉	yuánquán
13239	C	猿人	yuánrén
13240	C	緣	yuán
13241	A	緣故	yuángù
13242	A	遠	yuǎn
13243	C	遠程教育	yuǎnchéngjiàoyù
13244	B	遠處	yuǎnchù
13245	B	遠大	yuǎndà
13246	B	遠方	yuǎnfāng
13247	C	遠古	yuǎngǔ
13248	C	遠見	yuǎnjiàn
13249	B	遠近	yuǎnjìn
13250	B	遠景	yuǎnjǐng
13251	C	遠離	yuǎnlí
13252	C	遠洋	yuǎnyáng

13253	C	遠遠	yuǎnyuǎn
13254	C	遠征	yuǎnzhēng
13255	B	遠足	yuǎnzú
13256	A	怨	yuàn
13257	B	怨言	yuànyán
13258	A	院	yuàn
13259	C	院士	yuànshì
13260	C	院線	yuànxiàn
13261	A	院校	yuànxiào
13262	A	院長	yuànzhǎng
13263	A	院子	yuànzi
13264	A	願	yuàn
13265	A	願望	yuànwàng
13266	A	願意	yuàn•yì
13267	B	曰	yuē
13268	A	約	yuē
13269	C	約定	yuēdìng
13270	C	約會	yuēhuì
13271	C	約見	yuējiàn
13272	A	約束	yuēshù
13273	A	月	yuè
13274	C	月報	yuèbào
13275	B	月餅	yuèbing
13276	C	月份	yuèfèn
13277	B	月底	yuèdǐ
13278	B	月光	yuèguāng
13279	C	月季	yuèjì
13280	C	月刊	yuèkān
13281	A	月亮	yuèliang
13282	B	月球	yuèqiú
13283	C	月色	yuèsè
13284	C	月台	yuètái
13285	C	月薪	yuèxīn
13286	C	岳父	yuèfù
13287	C	岳母	yuèmǔ
13288	C	悅耳	yuè'ěr
13289	C	悅目	yuèmù
13290	A	越	yuè
13291	B	越冬	yuèdōng
13292	B	越過	yuèguò
13293	C	越劇	yuèjù
13294	C	越野	yuèyě
13295	C	粵劇	yuèjù
13296	C	粵曲	yuèqǔ
13297	C	粵語	Yuèyǔ
13298	A	樂	yuè
13299	B	樂隊	yuèduì
13300	A	樂器	yuèqì
13301	B	樂曲	yuèqǔ
13302	C	樂壇	yuètán
13303	B	樂團	yuètuán
13304	C	樂章	yuèzhāng
13305	C	閱	yuè
13306	A	閱讀	yuèdú
13307	C	閱覽	yuèlǎn
13308	C	躍	yuè
13309	C	躍進	yuèjìn
13310	A	暈	yūn
13311	B	勻	yún
13312	A	雲	yún
13313	B	雲彩	yúncai
13314	C	雲層	yúncéng
13315	C	雲集	yúnjí
13316	A	允許	yǔnxǔ
13317	C	孕婦	yùnfù
13318	C	孕育	yùnyù
13319	C	韻母	yùnmǔ
13320	A	運	yùn
13321	A	運動	yùndòng
13322	C	運動場	yùndòngchǎng
13323	A	運動會	yùndònghuì
13324	A	運動員	yùndòngyuán
13325	C	運費	yùnfèi
13326	B	運河	yùnhé
13327	B	運氣	yùnqì
13328	B	運氣	yùnqi
13329	A	運輸	yùnshū
13330	B	運輸機	yùnshūjī
13331	B	運送	yùnsòng
13332	B	運算	yùnsuàn
13333	C	運銷	yùnxiāo
13334	A	運行	yùnxíng
13335	C	運營	yùnyíng
13336	A	運用	yùnyòng
13337	B	運載	yùnzài
13338	A	運轉	yùnzhuǎn
13339	C	運作	yùnzuò
13340	C	暈車	yùnchē
13341	C	熨斗	yùndǒu
13342	B	醞釀	yùnniàng
13343	B	蘊藏	yùncáng
13344	C	蘊含	yùnhán
13345	A	砸	zá
13346	A	雜	zá
13347	C	雜費	záfèi
13348	B	雜技	zájì
13349	C	雜交	zájiāo
13350	C	雜亂	záluàn
13351	B	雜文	záwén
13352	C	雜物	záwù
13353	A	雜誌	zázhì
13354	B	雜質	zázhì

13355	A	災	zāi
13356	A	災害	zāihài
13357	B	災荒	zāihuāng
13358	C	災禍	zāihuò
13359	B	災民	zāimín
13360	A	災難	zāinàn
13361	C	災情	zāiqíng
13362	C	災區	zāiqū
13363	A	栽	zāi
13364	B	栽培	zāipéi
13365	C	栽種	zāizhòng
13366	B	宰	zǎi
13367	C	宰客	zǎikè
13368	C	宰相	zǎixiàng
13369	A	載	zǎi
13370	A	再	zài
13371	A	再次	zàicì
13372	B	再度	zàidù
13373	B	再見	zàijiàn
13374	C	再接再厲	zàijiēzàilì
13375	B	再三	zàisān
13376	B	再生	zàishēng
13377	B	再生產	zàishēngchǎn
13378	C	再生紙	zàishēngzhǐ
13379	A	再說	zàishuō
13380	B	再現	zàixiàn
13381	C	再者	zàizhě
13382	A	在	zài
13383	B	在場	zàichǎng
13384	B	在乎	zàihu
13385	B	在世	zàishì
13386	B	在外	zàiwài
13387	C	在位	zàiwèi
13388	C	在野	zàiyě
13389	B	在意	zàiyì
13390	A	在於	zàiyú
13391	B	在職	zàizhí
13392	B	在座	zàizuò
13393	A	載	zài
13394	B	載重	zàizhòng
13395	A	咱	zán
13396	A	咱們	zánmen
13397	B	攢	zǎn
13398	B	暫	zàn
13399	C	暫緩	zànhuǎn
13400	C	暫且	zànqiě
13401	A	暫時	zànshí
13402	C	暫停	zàntíng
13403	B	暫行	zànxíng
13404	A	贊成	zànchéng
13405	B	贊同	zàntóng
13406	B	贊助	zànzhù
13407	B	讚美	zànměi
13408	B	讚賞	zànshǎng
13409	B	讚嘆	zàntàn
13410	C	讚許	zànxǔ
13411	B	讚揚	zànyáng
13412	C	讚譽	zànyù
13413	A	髒	zāng
13414	B	葬	zàng
13415	B	葬禮	zànglǐ
13416	A	遭	zāo
13417	A	遭到	zāodào
13418	A	遭受	zāoshòu
13419	C	遭殃	zāoyāng
13420	A	遭遇	zāoyù
13421	B	糟	zāo
13422	B	糟糕	zāogāo
13423	B	糟蹋	zāo•tà
13424	B	鑿	záo
13425	A	早	zǎo
13426	C	早班	zǎobān
13427	C	早餐	zǎocān
13428	C	早操	zǎocāo
13429	C	早茶	zǎochá
13430	A	早晨	zǎo•chén
13431	C	早稻	zǎodào
13432	B	早點	zǎodiǎn
13433	A	早飯	zǎofàn
13434	B	早年	zǎonián
13435	A	早期	zǎoqī
13436	A	早日	zǎorì
13437	A	早上	zǎoshang
13438	C	早市	zǎoshì
13439	C	早退	zǎotuì
13440	A	早晚	zǎowǎn
13441	B	早先	zǎoxiān
13442	A	早已	zǎoyǐ
13443	C	棗	zǎo
13444	C	灶	zào
13445	A	造	zào
13446	A	造成	zàochéng
13447	B	造反	zàofǎn
13448	C	造福	zàofú
13449	B	造價	zàojià
13450	B	造就	zàojiù
13451	B	造句	zàojù
13452	C	造林	zàolín
13453	C	造勢	zàoshì
13454	A	造型	zàoxíng
13455	B	造謠	zàoyáo
13456	C	造詣	zàoyì

13457	B	噪音	zàoyīn
13458	C	燥	zào
13459	A	則	zé
13460	C	責	zé
13461	B	責備	zébèi
13462	C	責成	zéchéng
13463	C	責怪	zéguài
13464	A	責任	zérèn
13465	C	責任感	zérèngǎn
13466	B	責任心	zérènxīn
13467	C	責任制	zérènzhì
13468	B	擇優	zéyōu
13469	B	賊	zéi
13470	A	怎麼	zěnme
13471	A	怎麼樣	zěnmeyàng
13472	A	怎樣	zěnyàng
13473	A	增	zēng
13474	C	增兵	zēngbīng
13475	A	增產	zēngchǎn
13476	A	增多	zēngduō
13477	B	增幅	zēngfú
13478	C	增高	zēnggāo
13479	A	增加	zēngjiā
13480	A	增進	zēngjìn
13481	A	增強	zēngqiáng
13482	B	增設	zēngshè
13483	C	增收	zēngshōu
13484	A	增添	zēngtiān
13485	B	增援	zēngyuán
13486	A	增長	zēngzhǎng
13487	C	增長點	zēngzhǎngdiǎn
13488	B	增長率	zēngzhǎnglǜ
13489	C	增值	zēngzhí
13490	C	憎惡	zēngwù
13491	B	贈	zèng
13492	A	贈送	zèngsòng
13493	A	扎	zhā
13494	C	扎根	zhāgēn
13495	B	扎啤	zhāpí
13496	A	扎實	zhāshi
13497	A	紮	zhā
13498	C	渣	zhā
13499	A	炸	zhá
13500	B	閘	zhá
13501	C	閘門	zhámén
13502	C	眨	zhǎ
13503	A	炸	zhà
13504	A	炸彈	zhàdàn
13505	B	炸藥	zhàyào
13506	B	詐騙	zhàpiàn
13507	C	榨	zhà
13508	A	摘	zhāi
13509	C	摘取	zhāiqǔ
13510	B	摘要	zhāiyào
13511	A	窄	zhǎi
13512	B	債	zhài
13513	B	債權	zhàiquán
13514	B	債券	zhàiquàn
13515	A	債務	zhàiwù
13516	C	寨	zhài
13517	B	粘	zhān
13518	A	沾	zhān
13519	C	沾光	zhānguāng
13520	B	瞻仰	zhānyǎng
13521	B	展	zhǎn
13522	A	展出	zhǎnchū
13523	A	展開	zhǎnkāi
13524	A	展覽	zhǎnlǎn
13525	A	展覽會	zhǎnlǎnhuì
13526	B	展品	zhǎnpǐn
13527	B	展區	zhǎnqū
13528	A	展示	zhǎnshì
13529	B	展望	zhǎnwàng
13530	B	展現	zhǎnxiàn
13531	B	展銷	zhǎnxiāo
13532	B	展銷會	zhǎnxiāohuì
13533	B	斬	zhǎn
13534	C	斬草除根	zhǎncǎochúgēn
13535	C	斬釘截鐵	zhǎndīngjiétiě
13536	B	盞	zhǎn
13537	A	嶄新	zhǎnxīn
13538	C	輾轉	zhǎnzhuǎn
13539	A	佔	zhàn
13540	A	佔據	zhànjù
13541	A	佔領	zhànlǐng
13542	B	佔用	zhànyòng
13543	A	佔有	zhànyǒu
13544	A	站	zhàn
13545	C	站崗	zhàngǎng
13546	C	站立	zhànlì
13547	C	站台	zhàntái
13548	C	站長	zhànzhǎng
13549	B	戰	zhàn
13550	C	戰備	zhànbèi
13551	A	戰場	zhànchǎng
13552	C	戰車	zhànchē
13553	C	戰地	zhàndì
13554	A	戰鬥	zhàndòu
13555	C	戰鬥機	zhàndòujī
13556	C	戰俘	zhànfú
13557	C	戰果	zhànguǒ
13558	B	戰火	zhànhuǒ

13559	B	戰績	zhànjì
13560	C	戰亂	zhànluàn
13561	A	戰略	zhànlüè
13562	A	戰勝	zhànshèng
13563	B	戰時	zhànshí
13564	A	戰士	zhànshì
13565	C	戰事	zhànshì
13566	A	戰術	zhànshù
13567	B	戰線	zhànxiàn
13568	B	戰役	zhànyì
13569	B	戰友	zhànyǒu
13570	A	戰爭	zhànzhēng
13571	B	蘸	zhàn
13572	A	張	zhāng
13573	C	張羅	zhāngluo
13574	B	張貼	zhāngtiē
13575	B	張望	zhāngwàng
13576	A	章	zhāng
13577	B	章程	zhāngchéng
13578	C	蟑螂	zhāngláng
13579	A	長	zhǎng
13580	B	長輩	zhǎngbèi
13581	A	長大	zhǎngdà
13582	B	長官	zhǎngguān
13583	C	長者	zhǎngzhě
13584	C	長子	zhǎngzǐ
13585	B	掌	zhǎng
13586	C	掌管	zhǎngguǎn
13587	C	掌櫃	zhǎngguì
13588	C	掌權	zhǎngquán
13589	A	掌聲	zhǎngshēng
13590	A	掌握	zhǎngwò
13591	A	漲	zhǎng
13592	A	漲價	zhǎngjià
13593	C	漲錢	zhǎngqián
13594	B	丈	zhàng
13595	A	丈夫	zhàngfu
13596	A	仗	zhàng
13597	A	帳	zhàng
13598	B	帳篷	zhàngpeng
13599	B	脹	zhàng
13600	A	障礙	zhàng'ài
13601	A	漲	zhàng
13602	B	賬	zhàng
13603	C	賬戶	zhànghù
13604	B	賬目	zhàngmù
13605	A	招	zhāo
13606	B	招標	zhāobiāo
13607	A	招待	zhāodài
13608	A	招待會	zhāodàihuì
13609	B	招待所	zhāodàisuǒ
13610	B	招工	zhāogōng
13611	A	招呼	zhāohu
13612	B	招考	zhāokǎo
13613	C	招募	zhāomù
13614	B	招牌	zhāopai
13615	B	招聘	zhāopìn
13616	B	招商	zhāoshāng
13617	A	招生	zhāoshēng
13618	B	招收	zhāoshōu
13619	B	招手	zhāoshǒu
13620	C	招致	zhāozhì
13621	B	朝氣	zhāoqì
13622	B	朝氣蓬勃	zhāoqìpéngbó
13623	C	朝三暮四	zhāosānmùsì
13624	A	着	zháo
13625	C	着火	zháohuǒ
13626	A	着急	zháojí
13627	B	着涼	zháoliáng
13628	C	爪	zhǎo
13629	A	找	zhǎo
13630	C	找茬（兒）	zhǎochá(r)
13631	C	找麻煩	zhǎomáfan
13632	C	找錢	zhǎoqián
13633	C	找事	zhǎoshì
13634	B	找尋	zhǎoxún
13635	C	沼氣	zhǎoqì
13636	C	沼澤	zhǎozé
13637	C	召喚	zhàohuàn
13638	A	召集	zhàojí
13639	C	召集人	zhàojírén
13640	C	召見	zhàojiàn
13641	A	召開	zhàokāi
13642	B	兆	zhào
13643	A	照	zhào
13644	A	照常	zhàocháng
13645	A	照顧	zhào•gù
13646	B	照會	zhàohuì
13647	B	照舊	zhàojiù
13648	B	照例	zhàolì
13649	B	照料	zhàoliào
13650	B	照明	zhàomíng
13651	A	照片	zhàopiàn
13652	B	照射	zhàoshè
13653	A	照相	zhàoxiàng
13654	A	照相機	zhàoxiàngjī
13655	A	照樣	zhàoyàng
13656	B	照耀	zhàoyào
13657	B	照應	zhào•yìng
13658	B	罩	zhào
13659	B	肇事	zhàoshì
13660	B	折騰	zhēteng

13661	B	遮	zhē
13662	C	遮蓋	zhēgài
13663	A	折	zhé
13664	B	折合	zhéhé
13665	B	折扣	zhé•kòu
13666	B	折磨	zhé•mó
13667	C	折射	zhéshè
13668	C	折衷	zhézhōng
13669	C	哲理	zhélǐ
13670	A	哲學	zhéxué
13671	C	轍	zhé
13672	A	者	zhě
13673	A	這	zhè
13674	A	這（兒）	zhè(r)
13675	C	這般	zhèbān
13676	A	這邊	zhè•biān
13677	A	這個	zhège
13678	A	這裏	zhè•lǐ
13679	A	這麼	zhème
13680	A	這些	zhèxiē
13681	A	這樣	zhèyàng
13682	A	着	zhe
13683	C	珍寶	zhēnbǎo
13684	B	珍藏	zhēncáng
13685	A	珍貴	zhēnguì
13686	B	珍品	zhēnpǐn
13687	B	珍惜	zhēnxī
13688	C	珍稀	zhēnxī
13689	B	珍珠	zhēnzhū
13690	A	真	zhēn
13691	B	真誠	zhēnchéng
13692	B	真空	zhēnkōng
13693	A	真理	zhēnlǐ
13694	C	真切	zhēnqiè
13695	C	真情	zhēnqíng
13696	A	真實	zhēnshí
13697	A	真是	zhēnshi
13698	B	真相	zhēnxiàng
13699	B	真心	zhēnxīn
13700	A	真正	zhēnzhèng
13701	C	真摯	zhēnzhì
13702	B	針	zhēn
13703	A	針對	zhēnduì
13704	A	針灸	zhēnjiǔ
13705	C	針織	zhēnzhī
13706	B	偵查	zhēnchá
13707	B	偵察	zhēnchá
13708	C	偵探	zhēntàn
13709	C	斟	zhēn
13710	C	斟酌	zhēnzhuó
13711	C	枕	zhěn
13712	A	枕頭	zhěntou
13713	A	診斷	zhěnduàn
13714	B	診所	zhěnsuǒ
13715	C	診治	zhěnzhì
13716	C	振	zhèn
13717	B	振動	zhèndòng
13718	B	振奮	zhènfèn
13719	B	振興	zhènxīng
13720	A	陣	zhèn
13721	A	陣地	zhèndì
13722	C	陣腳	zhènjiǎo
13723	C	陣容	zhènróng
13724	A	陣線	zhènxiàn
13725	B	陣營	zhènyíng
13726	C	陣雨	zhènyǔ
13727	C	賑災	zhènzāi
13728	A	震	zhèn
13729	B	震盪	zhèndàng
13730	A	震動	zhèndòng
13731	B	震撼	zhènhàn
13732	B	震驚	zhènjīng
13733	A	鎮	zhèn
13734	B	鎮定	zhèndìng
13735	B	鎮靜	zhènjìng
13736	B	鎮壓	zhènyā
13737	B	正月	zhēngyuè
13738	A	征服	zhēngfú
13739	C	征途	zhēngtú
13740	A	爭	zhēng
13741	B	爭辯	zhēngbiàn
13742	B	爭吵	zhēngchǎo
13743	B	爭端	zhēngduān
13744	A	爭奪	zhēngduó
13745	C	爭光	zhēngguāng
13746	A	爭論	zhēnglùn
13747	C	爭氣	zhēngqì
13748	A	爭取	zhēngqǔ
13749	B	爭先恐後	zhēngxiānkǒnghòu
13750	B	爭相	zhēngxiāng
13751	B	爭議	zhēngyì
13752	B	爭執	zhēngzhí
13753	A	掙扎	zhēngzhá
13754	A	睜	zhēng
13755	B	蒸	zhēng
13756	B	蒸發	zhēngfā
13757	C	蒸餾水	zhēngliúshuǐ
13758	A	蒸氣	zhēngqì
13759	B	徵	zhēng
13760	C	徵集	zhēngjí
13761	A	徵求	zhēngqiú
13762	A	徵收	zhēngshōu

13763	C	徵文	zhēngwén
13764	C	徵詢	zhēngxún
13765	C	癥結	zhēngjié
13766	C	拯救	zhěngjiù
13767	A	整	zhěng
13768	A	整頓	zhěngdùn
13769	C	整改	zhěnggǎi
13770	A	整個	zhěnggè
13771	C	整合	zhěnghé
13772	B	整潔	zhěngjié
13773	A	整理	zhěnglǐ
13774	A	整齊	zhěngqí
13775	C	整數	zhěngshù
13776	C	整套	zhěngtào
13777	A	整體	zhěngtǐ
13778	B	整天	zhěngtiān
13779	B	整修	zhěngxiū
13780	A	整整	zhěngzhěng
13781	C	整治	zhěngzhì
13782	A	正	zhèng
13783	C	正比	zhèngbǐ
13784	A	正常	zhèngcháng
13785	B	正常化	zhèngchánghuà
13786	A	正當	zhèngdāng
13787	B	正當	zhèngdàng
13788	C	正方形	zhèngfāngxíng
13789	B	正規	zhèngguī
13790	A	正好	zhènghǎo
13791	C	正路	zhènglù
13792	C	正門	zhèngmén
13793	A	正面	zhèngmiàn
13794	B	正氣	zhèngqì
13795	C	正巧	zhèngqiǎo
13796	A	正確	zhèngquè
13797	B	正如	zhèngrú
13798	A	正式	zhèngshì
13799	B	正視	zhèngshì
13800	B	正統	zhèngtǒng
13801	C	正午	zhèngwǔ
13802	A	正義	zhèngyì
13803	A	正在	zhèngzài
13804	B	正直	zhèngzhí
13805	C	正值	zhèngzhí
13806	C	正中	zhèngzhōng
13807	C	正宗	zhèngzōng
13808	B	政	zhèng
13809	A	政變	zhèngbiàn
13810	A	政策	zhèngcè
13811	A	政黨	zhèngdǎng
13812	C	政法	zhèngfǎ
13813	A	政府	zhèngfǔ
13814	C	政改	zhènggǎi
13815	C	政工	zhènggōng
13816	B	政界	zhèngjiè
13817	B	政局	zhèngjú
13818	C	政客	zhèngkè
13819	A	政權	zhèngquán
13820	C	政壇	zhèngtán
13821	B	政務	zhèngwù
13822	C	政務司	zhèngwùsī
13823	B	政協	zhèngxié
13824	C	政制	zhèngzhì
13825	A	政治	zhèngzhì
13826	B	政治家	zhèngzhìjiā
13827	B	症	zhèng
13828	A	症狀	zhèngzhuàng
13829	A	掙	zhèng
13830	B	掙錢	zhèngqián
13831	B	鄭重	zhèngzhòng
13832	B	證	zhèng
13833	B	證件	zhèngjiàn
13834	A	證據	zhèngjù
13835	A	證明	zhèngmíng
13836	B	證券	zhèngquàn
13837	B	證人	zhèng•rén
13838	A	證實	zhèngshí
13839	A	證書	zhèngshū
13840	A	之	zhī
13841	A	之後	zhīhòu
13842	A	之間	zhījiān
13843	A	之內	zhīnèi
13844	A	之前	zhīqián
13845	A	之上	zhīshàng
13846	C	之所以	zhīsuǒyǐ
13847	A	之外	zhīwài
13848	A	之下	zhīxià
13849	A	之中	zhīzhōng
13850	A	支	zhī
13851	A	支部	zhībù
13852	B	支撐	zhīchēng
13853	A	支持	zhīchí
13854	A	支出	zhīchū
13855	A	支付	zhīfù
13856	A	支配	zhīpèi
13857	B	支票	zhīpiào
13858	A	支援	zhīyuán
13859	B	支柱	zhīzhù
13860	B	汁	zhī
13861	A	枝	zhī
13862	C	枝葉	zhīyè
13863	A	知	zhī
13864	A	知道	zhī•dào

13865	C	知會	zhīhuì
13866	B	知己	zhījǐ
13867	B	知覺	zhījué
13868	B	知名	zhīmíng
13869	C	知名度	zhīmíngdù
13870	C	知情	zhīqíng
13871	A	知識	zhīshi
13872	C	知識產權	zhīshichǎnquán
13873	A	知識份子	zhīshifènzǐ
13874	C	知悉	zhīxī
13875	C	知心	zhīxīn
13876	C	知音	zhīyīn
13877	C	知足	zhīzú
13878	C	肢體	zhītǐ
13879	B	芝麻	zhīma
13880	B	脂肪	zhīfáng
13881	A	隻	zhī
13882	B	蜘蛛	zhīzhū
13883	A	織	zhī
13884	C	織物	zhīwù
13885	A	直	zhí
13886	B	直播	zhíbō
13887	B	直達	zhídá
13888	A	直到	zhídào
13889	C	直航	zhíháng
13890	A	直接	zhíjiē
13891	A	直徑	zhíjìng
13892	C	直覺	zhíjué
13893	B	直升機	zhíshēngjī
13894	C	直屬	zhíshǔ
13895	C	直通車	zhítōngchē
13896	C	直系	zhíxì
13897	B	直轄市	zhíxiáshì
13898	B	直線	zhíxiàn
13899	B	直銷	zhíxiāo
13900	C	直選	zhíxuǎn
13901	B	直至	zhízhì
13902	A	值	zhí
13903	B	值班	zhíbān
13904	A	值得	zhíde
13905	B	值錢	zhíqián
13906	C	值勤	zhíqín
13907	B	執	zhí
13908	C	執導	zhídǎo
13909	A	執法	zhífǎ
13910	B	執勤	zhíqín
13911	C	執委	zhíwěi
13912	A	執行	zhíxíng
13913	B	執照	zhízhào
13914	A	執政	zhízhèng
13915	C	執政黨	zhízhèngdǎng
13916	C	執着	zhízhuó
13917	C	植	zhí
13918	C	植樹	zhíshù
13919	A	植物	zhíwù
13920	C	植物園	zhíwùyuán
13921	A	殖民地	zhímíndì
13922	C	殖民主義	zhímínzhǔyì
13923	B	職	zhí
13924	C	職稱	zhíchēng
13925	A	職工	zhígōng
13926	C	職級	zhíjí
13927	B	職能	zhínéng
13928	B	職權	zhíquán
13929	B	職位	zhíwèi
13930	A	職務	zhíwù
13931	A	職業	zhíyè
13932	A	職員	zhíyuán
13933	B	職責	zhízé
13934	C	侄女	zhí•nǚ
13935	C	侄子	zhízi
13936	A	止	zhǐ
13937	B	止境	zhǐjìng
13938	A	只	zhǐ
13939	A	只得	zhǐdé
13940	B	只顧	zhǐgù
13941	B	只管	zhǐguǎn
13942	A	只好	zhǐhǎo
13943	A	只能	zhǐnéng
13944	A	只是	zhǐshì
13945	A	只要	zhǐyào
13946	A	只有	zhǐyǒu
13947	B	旨在	zhǐzài
13948	A	指	zhǐ
13949	A	指標	zhǐbiāo
13950	C	指稱	zhǐchēng
13951	A	指出	zhǐchū
13952	A	指導	zhǐdǎo
13953	B	指點	zhǐdiǎn
13954	A	指定	zhǐdìng
13955	A	指揮	zhǐhuī
13956	C	指揮員	zhǐhuīyuán
13957	B	指甲	zhǐjia
13958	B	指控	zhǐkòng
13959	B	指令	zhǐlìng
13960	B	指明	zhǐmíng
13961	B	指南	zhǐnán
13962	B	指南針	zhǐnánzhēn
13963	C	指使	zhǐshǐ
13964	A	指示	zhǐshì
13965	C	指手劃腳	zhǐshǒuhuàjiǎo
13966	A	指數	zhǐshù

13967	B	指望	zhǐwang
13968	C	指紋	zhǐwén
13969	C	指向	zhǐxiàng
13970	A	指引	zhǐyǐn
13971	A	指責	zhǐzé
13972	C	指戰員	zhǐzhànyuán
13973	A	紙	zhǐ
13974	B	紙巾	zhǐjīn
13975	C	紙錢	zhǐqián
13976	C	紙條	zhǐtiáo
13977	C	紙箱	zhǐxiāng
13978	B	紙張	zhǐzhāng
13979	A	至	zhì
13980	C	至此	zhìcǐ
13981	C	至多	zhìduō
13982	A	至今	zhìjīn
13983	C	至上	zhìshàng
13984	A	至少	zhìshǎo
13985	A	至於	zhìyú
13986	B	志	zhì
13987	B	志氣	zhì•qì
13988	C	志同道合	zhìtóngdàohé
13989	C	志向	zhìxiàng
13990	A	志願	zhìyuàn
13991	C	志願軍	zhìyuànjūn
13992	A	制	zhì
13993	A	制裁	zhìcái
13994	A	制定	zhìdìng
13995	A	制訂	zhìdìng
13996	A	制度	zhìdù
13997	B	制服	zhìfú
13998	B	制約	zhìyuē
13999	A	制止	zhìzhǐ
14000	A	治	zhì
14001	A	治安	zhì'ān
14002	B	治病	zhìbìng
14003	A	治理	zhìlǐ
14004	A	治療	zhìliáo
14005	C	治癒	zhìyù
14006	A	致	zhì
14007	B	致辭	zhìcí
14008	B	致電	zhìdiàn
14009	B	致富	zhìfù
14010	B	致函	zhìhán
14011	B	致敬	zhìjìng
14012	B	致力	zhìlì
14013	C	致命	zhìmìng
14014	B	致使	zhìshǐ
14015	B	致死	zhìsǐ
14016	C	致意	zhìyì
14017	A	秩序	zhìxù
14018	B	窒息	zhìxī
14019	A	智慧	zhìhuì
14020	A	智力	zhìlì
14021	B	智能	zhìnéng
14022	B	智商	zhìshāng
14023	C	智育	zhìyù
14024	C	智障	zhìzhàng
14025	A	置	zhì
14026	C	置評	zhìpíng
14027	C	置身	zhìshēn
14028	C	置於	zhìyú
14029	B	滯留	zhìliú
14030	C	滯銷	zhìxiāo
14031	C	製	zhì
14032	C	製成品	zhìchéngpǐn
14033	C	製片	zhìpiàn
14034	C	製片廠	zhìpiànchǎng
14035	B	製品	zhìpǐn
14036	A	製造	zhìzào
14037	C	製造商	zhìzàoshāng
14038	A	製作	zhìzuò
14039	B	質	zhì
14040	C	質變	zhìbiàn
14041	C	質地	zhìdì
14042	A	質量	zhìliàng
14043	C	質樸	zhìpǔ
14044	C	質問	zhìwèn
14045	C	質詢	zhìxún
14046	C	質疑	zhìyí
14047	B	擲	zhì
14048	A	中	zhōng
14049	C	中班	zhōngbān
14050	A	中部	zhōngbù
14051	C	中餐	zhōngcān
14052	B	中層	zhōngcéng
14053	C	中產	zhōngchǎn
14054	C	中場	zhōngchǎng
14055	A	中等	zhōngděng
14056	A	中斷	zhōngduàn
14057	A	中國	Zhōngguó
14058	C	中和	zhōnghé
14059	A	中華	Zhōnghuá
14060	A	中華民族	Zhōnghuámínzú
14061	B	中級	zhōngjí
14062	A	中間	zhōngjiān
14063	C	中間人	zhōngjiānrén
14064	C	中將	zhōngjiàng
14065	C	中介	zhōngjiè
14066	B	中立	zhōnglì
14067	A	中年	zhōngnián
14068	B	中期	zhōngqī

14069	B	中秋節	Zhōngqiūjié
14070	C	中式	zhōngshì
14071	C	中樞	zhōngshū
14072	B	中途	zhōngtú
14073	A	中外	zhōngwài
14074	A	中文	Zhōngwén
14075	A	中午	zhōngwǔ
14076	C	中校	zhōngxiào
14077	A	中心	zhōngxīn
14078	B	中型	zhōngxíng
14079	A	中學	zhōngxué
14080	A	中學生	zhōngxuéshēng
14081	A	中旬	zhōngxún
14082	A	中央	zhōngyāng
14083	A	中藥	zhōngyào
14084	C	中葉	zhōngyè
14085	A	中醫	zhōngyī
14086	C	中音	zhōngyīn
14087	B	中游	zhōngyóu
14088	C	中原	Zhōngyuán
14089	B	中止	zhōngzhǐ
14090	B	中專	zhōngzhuān
14091	C	中資	zhōngzī
14092	C	忠	zhōng
14093	A	忠誠	zhōngchéng
14094	B	忠實	zhōngshí
14095	B	忠於	zhōngyú
14096	C	忠貞	zhōngzhēn
14097	A	衷心	zhōngxīn
14098	B	終點	zhōngdiǎn
14099	C	終端	zhōngduān
14100	B	終歸	zhōngguī
14101	B	終結	zhōngjié
14102	B	終究	zhōngjiū
14103	B	終年	zhōngnián
14104	C	終日	zhōngrì
14105	A	終身	zhōngshēn
14106	C	終審	zhōngshěn
14107	B	終生	zhōngshēng
14108	A	終於	zhōngyú
14109	B	終止	zhōngzhǐ
14110	A	鐘	zhōng
14111	B	鐘錶	zhōngbiǎo
14112	B	鐘點	zhōngdiǎn
14113	B	鐘點工	zhōngdiǎngōng
14114	A	鐘頭	zhōngtóu
14115	B	腫	zhǒng
14116	B	腫瘤	zhǒngliú
14117	A	種	zhǒng
14118	A	種類	zhǒnglèi
14119	A	種種	zhǒngzhǒng
14120	A	種子	zhǒngzi
14121	A	種族	zhǒngzú
14122	A	中	zhòng
14123	C	中毒	zhòngdú
14124	C	中風	zhòngfēng
14125	C	中肯	zhòngkěn
14126	B	仲裁	zhòngcái
14127	A	重	zhòng
14128	A	重大	zhòngdà
14129	C	重擔	zhòngdàn
14130	A	重點	zhòngdiǎn
14131	B	重工業	zhònggōngyè
14132	C	重力	zhònglì
14133	A	重量	zhòngliàng
14134	C	重量級	zhòngliàngjí
14135	B	重任	zhòngrèn
14136	C	重傷	zhòngshāng
14137	A	重視	zhòngshì
14138	C	重物	zhòngwù
14139	B	重心	zhòngxīn
14140	B	重型	zhòngxíng
14141	A	重要	zhòngyào
14142	B	重要性	zhòngyàoxìng
14143	C	重鎮	zhòngzhèn
14144	B	眾	zhòng
14145	A	眾多	zhòngduō
14146	B	眾人	zhòngrén
14147	B	眾所周知	zhòngsuǒzhōuzhī
14148	C	眾議院	zhòngyìyuàn
14149	A	種	zhòng
14150	B	種地	zhòngdì
14151	A	種植	zhòngzhí
14152	A	州	zhōu
14153	C	州長	zhōuzhǎng
14154	C	舟	zhōu
14155	A	周	zhōu
14156	C	周邊	zhōubiān
14157	A	周到	zhōu•dào
14158	B	周刊	zhōukān
14159	B	周密	zhōumì
14160	A	周末	zhōumò
14161	A	周年	zhōunián
14162	B	周期	zhōuqī
14163	C	周全	zhōuquán
14164	C	周日	zhōurì
14165	B	周歲	zhōusuì
14166	A	周圍	zhōuwéi
14167	C	周詳	zhōuxiáng
14168	C	周旋	zhōuxuán
14169	C	周折	zhōuzhé
14170	A	周轉	zhōuzhuǎn

14171	B	洲	zhōu
14172	A	粥	zhōu
14173	C	軸	zhóu
14174	B	軸承	zhóuchéng
14175	B	晝夜	zhòuyè
14176	B	皺	zhòu
14177	B	皺紋	zhòuwén
14178	C	驟然	zhòurán
14179	A	株	zhū
14180	B	珠寶	zhūbǎo
14181	C	珠子	zhūzi
14182	C	諸	zhū
14183	C	諸多	zhūduō
14184	C	諸如此類	zhūrúcǐlèi
14185	C	諸位	zhūwèi
14186	A	豬	zhū
14187	B	竹	zhú
14188	C	竹筍	zhúsǔn
14189	B	竹子	zhúzi
14190	C	燭光	zhúguāng
14191	B	逐	zhú
14192	A	逐步	zhúbù
14193	A	逐漸	zhújiàn
14194	B	逐年	zhúnián
14195	B	逐一	zhúyī
14196	B	主	zhǔ
14197	A	主辦	zhǔbàn
14198	C	主辦權	zhǔbànquán
14199	B	主編	zhǔbiān
14200	C	主場	zhǔchǎng
14201	A	主持	zhǔchí
14202	C	主持人	zhǔchírén
14203	B	主導	zhǔdǎo
14204	A	主動	zhǔdòng
14205	C	主婦	zhǔfù
14206	A	主觀	zhǔguān
14207	A	主管	zhǔguǎn
14208	C	主機	zhǔjī
14209	C	主講	zhǔjiǎng
14210	C	主將	zhǔjiàng
14211	C	主教	zhǔjiào
14212	B	主角（兒）	zhǔjué(r)
14213	A	主力	zhǔlì
14214	B	主流	zhǔliú
14215	A	主權	zhǔquán
14216	A	主人	zhǔ•rén
14217	B	主人翁	zhǔrénwēng
14218	A	主任	zhǔrèn
14219	A	主題	zhǔtí
14220	B	主體	zhǔtǐ
14221	A	主席	zhǔxí
14222	B	主席團	zhǔxítuán
14223	C	主修	zhǔxiū
14224	C	主演	zhǔyǎn
14225	A	主要	zhǔyào
14226	B	主義	zhǔyì
14227	A	主意	zhǔyi
14228	C	主因	zhǔyīn
14229	C	主宰	zhǔzǎi
14230	A	主張	zhǔzhāng
14231	B	拄	zhǔ
14232	A	煮	zhǔ
14233	A	囑咐	zhǔ•fù
14234	C	囑託	zhǔtuō
14235	B	矚目	zhǔmù
14236	A	住	zhù
14237	B	住處	zhù•chù
14238	A	住房	zhùfáng
14239	A	住戶	zhùhù
14240	C	住客	zhùkè
14241	B	住宿	zhùsù
14242	B	住所	zhùsuǒ
14243	A	住院	zhùyuàn
14244	A	住宅	zhùzhái
14245	C	住址	zhùzhǐ
14246	B	助	zhù
14247	C	助產士	zhùchǎnshì
14248	A	助理	zhùlǐ
14249	A	助手	zhùshǒu
14250	C	助學金	zhùxuéjīn
14251	C	助養	zhùyǎng
14252	B	助長	zhùzhǎng
14253	B	注目	zhùmù
14254	B	注入	zhùrù
14255	A	注射	zhùshè
14256	A	注視	zhùshì
14257	A	注意	zhùyì
14258	A	注重	zhùzhòng
14259	B	柱	zhù
14260	B	柱子	zhùzi
14261	A	祝	zhù
14262	B	祝福	zhùfú
14263	A	祝賀	zhùhè
14264	B	祝願	zhùyuàn
14265	A	著	zhù
14266	A	著名	zhùmíng
14267	A	著作	zhùzuò
14268	B	註	zhù
14269	B	註冊	zhùcè
14270	B	註定	zhùdìng
14271	C	註解	zhùjiě
14272	C	註明	zhùmíng

14273	C	註釋	zhùshì
14274	C	貯藏	zhùcáng
14275	C	貯存	zhùcún
14276	A	駐	zhù
14277	C	駐地	zhùdì
14278	B	駐軍	zhùjūn
14279	B	駐守	zhùshǒu
14280	C	駐紮	zhùzhā
14281	B	鑄	zhù
14282	C	鑄件	zhùjiàn
14283	C	鑄鐵	zhùtiě
14284	B	鑄造	zhùzào
14285	C	築	zhù
14286	A	抓	zhuā
14287	B	抓獲	zhuāhuò
14288	A	抓緊	zhuājǐn
14289	C	爪子	zhuǎzi
14290	B	拽	zhuài
14291	A	專	zhuān
14292	B	專案	zhuān’àn
14293	B	專長	zhuāncháng
14294	B	專車	zhuānchē
14295	B	專程	zhuānchéng
14296	B	專機	zhuānjī
14297	C	專輯	zhuānjí
14298	A	專家	zhuānjiā
14299	B	專科	zhuānkē
14300	B	專欄	zhuānlán
14301	A	專利	zhuānlì
14302	C	專賣店	zhuānmàidiàn
14303	A	專門	zhuānmén
14304	B	專人	zhuānrén
14305	A	專題	zhuāntí
14306	C	專線	zhuānxiàn
14307	C	專項	zhuānxiàng
14308	B	專心	zhuānxīn
14309	A	專業	zhuānyè
14310	C	專業戶	zhuānyèhù
14311	B	專業化	zhuānyèhuà
14312	C	專營	zhuānyíng
14313	B	專用	zhuānyòng
14314	B	專員	zhuānyuán
14315	C	專責	zhuānzé
14316	B	專政	zhuānzhèng
14317	B	專職	zhuānzhí
14318	B	專制	zhuānzhì
14319	C	專注	zhuānzhù
14320	C	專著	zhuānzhù
14321	A	磚	zhuān
14322	A	轉	zhuǎn
14323	A	轉變	zhuǎnbiàn
14324	B	轉播	zhuǎnbō
14325	B	轉達	zhuǎndá
14326	B	轉動	zhuǎndòng
14327	B	轉告	zhuǎngào
14328	C	轉軌	zhuǎnguǐ
14329	A	轉化	zhuǎnhuà
14330	B	轉換	zhuǎnhuàn
14331	C	轉會	zhuǎnhuì
14332	B	轉機	zhuǎnjī
14333	C	轉嫁	zhuǎnjià
14334	B	轉交	zhuǎnjiāo
14335	B	轉口	zhuǎnkǒu
14336	A	轉讓	zhuǎnràng
14337	B	轉入	zhuǎnrù
14338	C	轉身	zhuǎnshēn
14339	B	轉彎	zhuǎnwān
14340	A	轉向	zhuǎnxiàng
14341	C	轉型	zhuǎnxíng
14342	C	轉學	zhuǎnxué
14343	C	轉眼	zhuǎnyǎn
14344	A	轉移	zhuǎnyí
14345	C	轉運	zhuǎnyùn
14346	B	轉折	zhuǎnzhé
14347	B	傳記	zhuànjì
14348	C	撰文	zhuànwén
14349	B	撰寫	zhuànxiě
14350	A	賺	zhuàn
14351	B	賺錢	zhuànqián
14352	C	賺取	zhuànqǔ
14353	C	轉	zhuàn
14354	C	轉動	zhuàndòng
14355	C	轉向	zhuànxiàng
14356	C	轉悠	zhuànyou
14357	B	莊	zhuāng
14358	C	莊稼	zhuāngjia
14359	A	莊嚴	zhuāngyán
14360	C	莊園	zhuāngyuán
14361	C	莊重	zhuāngzhòng
14362	A	裝	zhuāng
14363	C	裝扮	zhuāngbàn
14364	A	裝備	zhuāngbèi
14365	B	裝甲車	zhuāngjiǎchē
14366	B	裝配	zhuāngpèi
14367	A	裝飾	zhuāngshì
14368	C	裝飾品	zhuāngshìpǐn
14369	B	裝卸	zhuāngxiè
14370	C	裝修	zhuāngxiū
14371	C	裝載	zhuāngzài
14372	A	裝置	zhuāngzhì
14373	C	樁	zhuāng
14374	A	壯	zhuàng

14375	A	壯大	zhuàngdà
14376	B	壯觀	zhuàngguān
14377	B	壯麗	zhuànglì
14378	B	壯烈	zhuàngliè
14379	C	壯年	zhuàngnián
14380	C	壯志	zhuàngzhì
14381	B	狀	zhuàng
14382	A	狀況	zhuàngkuàng
14383	A	狀態	zhuàngtài
14384	C	狀元	zhuàngyuan
14385	A	幢	zhuàng
14386	A	撞	zhuàng
14387	C	撞車	zhuàngchē
14388	C	撞擊	zhuàngjī
14389	A	追	zhuī
14390	C	追捕	zhuībǔ
14391	B	追查	zhuīchá
14392	B	追悼	zhuīdào
14393	B	追悼會	zhuīdàohuì
14394	B	追趕	zhuīgǎn
14395	C	追擊	zhuījī
14396	C	追加	zhuījiā
14397	A	追究	zhuījiū
14398	A	追求	zhuīqiú
14399	B	追隨	zhuīsuí
14400	B	追問	zhuīwèn
14401	C	追星族	zhuīxīngzú
14402	C	追尋	zhuīxún
14403	C	追逐	zhuīzhú
14404	C	追蹤	zhuīzōng
14405	C	墜	zhuì
14406	B	准	zhǔn
14407	B	准許	zhǔnxǔ
14408	A	準	zhǔn
14409	A	準備	zhǔnbèi
14410	A	準確	zhǔnquè
14411	B	準時	zhǔnshí
14412	B	準則	zhǔnzé
14413	A	捉	zhuō
14414	C	捉摸	zhuōmō
14415	C	桌面	zhuōmiàn
14416	A	桌子	zhuōzi
14417	C	卓	zhuó
14418	A	卓越	zhuóyuè
14419	C	卓著	zhuózhù
14420	C	茁壯	zhuózhuàng
14421	C	酌情	zhuóqíng
14422	C	啄	zhuó
14423	A	着	zhuó
14424	C	着力	zhuólì
14425	B	着陸	zhuólù
14426	C	着實	zhuóshí
14427	A	着手	zhuóshǒu
14428	B	着想	zhuóxiǎng
14429	B	着眼	zhuóyǎn
14430	A	着重	zhuózhòng
14431	B	姿勢	zīshì
14432	A	姿態	zītài
14433	C	滋擾	zīrǎo
14434	C	滋潤	zīrùn
14435	C	滋事	zīshì
14436	B	滋味	zīwèi
14437	B	滋長	zīzhǎng
14438	B	資	zī
14439	A	資本	zīběn
14440	A	資本家	zīběnjiā
14441	A	資本主義	zīběnzhǔyì
14442	A	資產	zīchǎn
14443	B	資產階級	zīchǎnjiējí
14444	C	資方	zīfāng
14445	A	資格	zīgé
14446	A	資金	zījīn
14447	B	資歷	zīlì
14448	A	資料	zīliào
14449	C	資深	zīshēn
14450	C	資訊	zīxùn
14451	A	資源	zīyuán
14452	A	資助	zīzhù
14453	A	諮詢	zīxún
14454	A	子	zǐ
14455	A	子彈	zǐdàn
14456	B	子弟	zǐdì
14457	C	子弟兵	zǐdìbīng
14458	A	子女	zǐnǚ
14459	B	子孫	zǐsūn
14460	A	仔細	zǐxì
14461	B	姊妹	zǐmèi
14462	B	籽	zǐ
14463	B	紫	zǐ
14464	C	紫荊花	zǐjīnghuā
14465	C	紫羅蘭	zǐluólán
14466	C	紫外線	zǐwàixiàn
14467	A	字	zì
14468	A	字典	zìdiǎn
14469	C	字畫	zìhuà
14470	C	字句	zìjù
14471	B	字母	zìmǔ
14472	C	字幕	zìmù
14473	C	字體	zìtǐ
14474	C	字帖	zìtiè
14475	C	字形	zìxíng
14476	B	字樣	zìyàng

14477	A	自	zì
14478	C	自卑	zìbēi
14479	C	自悲	zìbēi
14480	B	自稱	zìchēng
14481	A	自從	zìcóng
14482	A	自動	zìdòng
14483	B	自動化	zìdònghuà
14484	B	自發	zìfā
14485	A	自費	zìfèi
14486	C	自負盈虧	zìfùyíngkuī
14487	B	自古	zìgǔ
14488	A	自豪	zìháo
14489	A	自己	zìjǐ
14490	C	自給	zìjǐ
14491	C	自家	zìjiā
14492	C	自居	zìjū
14493	A	自覺	zìjué
14494	B	自覺性	zìjuéxìng
14495	A	自來水	zìláishuǐ
14496	C	自理	zìlǐ
14497	B	自力更生	zìlìgēngshēng
14498	B	自立	zìlì
14499	C	自律	zìlǜ
14500	B	自滿	zìmǎn
14501	A	自然	zìrán
14502	B	自然界	zìránjiè
14503	C	自然科學	zìránkēxué
14504	B	自如	zìrú
14505	B	自殺	zìshā
14506	A	自身	zìshēn
14507	C	自始至終	zìshǐzhìzhōng
14508	C	自首	zìshǒu
14509	B	自私	zìsī
14510	B	自私自利	zìsīzìlì
14511	B	自衛	zìwèi
14512	A	自我	zìwǒ
14513	C	自習	zìxí
14514	B	自信	zìxìn
14515	C	自信心	zìxìnxīn
14516	B	自行	zìxíng
14517	A	自行車	zìxíngchē
14518	C	自修	zìxiū
14519	B	自選	zìxuǎn
14520	A	自學	zìxué
14521	B	自言自語	zìyánzìyǔ
14522	C	自用	zìyòng
14523	A	自由	zìyóu
14524	C	自由化	zìyóuhuà
14525	B	自由市場	zìyóushìchǎng
14526	C	自幼	zìyòu
14527	A	自願	zìyuàn
14528	C	自在	zìzai
14529	A	自治	zìzhì
14530	A	自治區	zìzhìqū
14531	C	自治縣	zìzhìxiàn
14532	C	自治州	zìzhìzhōu
14533	C	自製	zìzhì
14534	A	自主	zìzhǔ
14535	B	自主權	zìzhǔquán
14536	A	自助	zìzhù
14537	A	自助餐	zìzhùcān
14538	C	自尊	zìzūn
14539	B	宗	zōng
14540	A	宗教	zōngjiào
14541	C	宗派	zōngpài
14542	A	宗旨	zōngzhǐ
14543	C	棕	zōng
14544	A	綜合	zōnghé
14545	B	綜合性	zōnghéxìng
14546	C	綜藝	zōngyì
14547	C	綜援	zōngyuán
14548	A	總	zǒng
14549	A	總部	zǒngbù
14550	B	總裁	zǒngcái
14551	B	總的來說	zǒngdeláishuō
14552	A	總得	zǒngděi
14553	C	總督	zǒngdū
14554	A	總額	zǒng'é
14555	B	總而言之	zǒng'éryánzhī
14556	C	總分	zǒngfēn
14557	A	總共	zǒnggòng
14558	C	總歸	zǒngguī
14559	B	總和	zǒnghé
14560	B	總計	zǒngjì
14561	C	總監	zǒngjiān
14562	A	總結	zǒngjié
14563	A	總理	zǒnglǐ
14564	B	總量	zǒngliàng
14565	A	總是	zǒngshì
14566	C	總書記	zǒngshūjì
14567	C	總署	zǒngshǔ
14568	A	總數	zǒngshù
14569	B	總司令	zǒngsīlìng
14570	A	總算	zǒngsuàn
14571	B	總體	zǒngtǐ
14572	A	總統	zǒngtǒng
14573	C	總統府	zǒngtǒngfǔ
14574	C	總務	zǒngwù
14575	C	總站	zǒngzhàn
14576	A	總之	zǒngzhī
14577	A	總值	zǒngzhí
14578	C	粽子	zòngzi

14579	C	縱隊	zòngduì
14580	C	縱觀	zòngguān
14581	B	縱橫	zònghéng
14582	C	縱然	zòngrán
14583	B	縱容	zòngróng
14584	C	縱使	zòngshǐ
14585	A	走	zǒu
14586	A	走道	zǒudào
14587	B	走訪	zǒufǎng
14588	B	走狗	zǒugǒu
14589	C	走紅	zǒuhóng
14590	C	走後門（兒）	zǒuhòumén(r)
14591	B	走廊	zǒuláng
14592	C	走漏	zǒulòu
14593	B	走路	zǒulù
14594	C	走勢	zǒushì
14595	A	走私	zǒusī
14596	A	走向	zǒuxiàng
14597	C	走穴	zǒuxué
14598	B	奏	zòu
14599	C	奏效	zòuxiào
14600	B	揍	zòu
14601	A	租	zū
14602	A	租金	zūjīn
14603	B	租賃	zūlìn
14604	C	租用	zūyòng
14605	A	足	zú
14606	A	足夠	zúgòu
14607	C	足跡	zújì
14608	A	足球	zúqiú
14609	C	足球熱	zúqiúrè
14610	A	足以	zúyǐ
14611	C	卒	zú
14612	A	族	zú
14613	C	阻	zǔ
14614	A	阻礙	zǔ'ài
14615	B	阻擋	zǔdǎng
14616	C	阻嚇	zǔhè
14617	B	阻攔	zǔlán
14618	A	阻力	zǔlì
14619	B	阻撓	zǔnáo
14620	C	阻塞	zǔsè
14621	A	阻止	zǔzhǐ
14622	A	祖父	zǔfù
14623	A	祖國	zǔguó
14624	A	祖母	zǔmǔ
14625	B	祖先	zǔxiān
14626	A	組	zǔ
14627	A	組成	zǔchéng
14628	C	組閣	zǔgé
14629	A	組合	zǔhé
14630	B	組建	zǔjiàn
14631	A	組長	zǔzhǎng
14632	A	組織	zǔzhī
14633	B	組裝	zǔzhuāng
14634	A	鑽	zuān
14635	A	鑽研	zuānyán
14636	A	鑽	zuàn
14637	C	鑽井	zuànjǐng
14638	B	鑽石	zuànshí
14639	C	攥	zuàn
14640	A	嘴	zuǐ
14641	B	嘴巴	zuǐba
14642	B	嘴唇	zuǐchún
14643	A	最	zuì
14644	A	最初	zuìchū
14645	A	最好	zuìhǎo
14646	A	最後	zuìhòu
14647	C	最惠國	zuìhuìguó
14648	C	最佳	zuìjiā
14649	A	最近	zuìjìn
14650	B	最為	zuìwéi
14651	A	最終	zuìzhōng
14652	A	罪	zuì
14653	C	罪案	zuì'àn
14654	A	罪惡	zuì'è
14655	B	罪犯	zuìfàn
14656	B	罪名	zuìmíng
14657	A	罪行	zuìxíng
14658	B	罪狀	zuìzhuàng
14659	B	醉	zuì
14660	B	尊	zūn
14661	C	尊貴	zūnguì
14662	A	尊敬	zūnjìng
14663	B	尊嚴	zūnyán
14664	A	尊重	zūnzhòng
14665	A	遵守	zūnshǒu
14666	B	遵照	zūnzhào
14667	A	昨天	zuótiān
14668	B	琢磨	zuómo
14669	A	左	zuǒ
14670	B	左邊	zuǒ•biān
14671	C	左側	zuǒcè
14672	B	左派	zuǒpài
14673	C	左翼	zuǒyì
14674	A	左右	zuǒyòu
14675	A	作	zuò
14676	B	作案	zuò'àn
14677	C	作答	zuòdá
14678	B	作廢	zuòfèi
14679	A	作風	zuòfēng
14680	C	作供	zuògòng

14681	C	作怪	zuòguài
14682	A	作家	zuòjiā
14683	A	作品	zuòpǐn
14684	C	作曲	zuòqǔ
14685	A	作為	zuòwéi
14686	A	作文	zuòwén
14687	B	作物	zuòwù
14688	C	作息	zuòxī
14689	C	作秀	zuòxiù
14690	A	作業	zuòyè
14691	A	作用	zuòyòng
14692	B	作戰	zuòzhàn
14693	A	作者	zuòzhě
14694	B	作證	zuòzhèng
14695	C	作主	zuòzhǔ
14696	A	坐	zuò
14697	B	坐班	zuòbān
14698	C	坐席	zuòxí
14699	A	座	zuò
14700	C	座駕	zuòjià
14701	A	座談	zuòtán
14702	B	座談會	zuòtánhuì
14703	A	座位	zuò•wèi
14704	C	座右銘	zuòyòumíng
14705	A	做	zuò
14706	A	做法	zuò•fǎ
14707	B	做飯	zuòfàn
14708	B	做工	zuògōng
14709	B	做客	zuòkè
14710	C	做買賣	zuòmǎimai
14711	B	做夢	zuòmèng
14712	B	做人	zuòrén
14713	B	做事	zuòshì

漢字表

① 本表共收錄 3366 個漢字。

② 其中按音序排列的漢字表共 3283 個。

③ 常見姓氏用字共 32 個，收錄在附錄一。

④ 常見人名地名用字共 51 個，收錄在附錄二。

按音序排列的漢字表（3283）

1	阿	ā
2	啊	ā
		a
3	哀	āi
4	哎	āi
5	唉	āi
6	埃	āi
7	挨	āi
		ái
8	癌	ái
9	矮	ǎi
10	藹	ǎi
11	艾	ài
12	愛	ài
13	隘	ài
14	礙	ài
15	安	ān
16	岸	àn
17	按	àn
18	案	àn
19	暗	àn
20	骯	āng
21	昂	áng
22	凹	āo
		(另見wā)
23	熬	āo
		áo
24	襖	ǎo
25	傲	ào
26	奧	ào
27	澳	ào
28	八	bā
29	巴	bā
30	叭	bā
31	芭	bā
32	疤	bā
33	笆	bā
34	扒	bā
		(另見pá)
35	吧	bā
		(另見ba)
36	拔	bá
37	靶	bǎ
38	把	bǎ
		bà
39	爸	bà
40	罷	bà
41	霸	bà
42	壩	bà
	吧	ba
		(另見bā)
43	白	bái
44	百	bǎi
45	柏	bǎi
46	擺	bǎi
47	拜	bài
48	敗	bài
49	班	bān
50	般	bān
51	斑	bān
52	搬	bān
53	頒	bān
54	板	bǎn
55	版	bǎn
56	闆	bǎn
57	半	bàn
58	伴	bàn
59	扮	bàn
60	拌	bàn
61	辦	bàn
62	瓣	bàn
63	邦	bāng
64	幫	bāng
65	綁	bǎng
66	榜	bǎng
67	膀	bǎng
		(另見páng)
68	傍	bàng
69	棒	bàng
70	磅	bàng
71	謗	bàng
72	鎊	bàng
73	包	bāo
74	胞	bāo
75	剝	bāo
		(另見bō)
76	雹	báo
77	薄	báo
		(另見bó)
		(另見bò)
78	保	bǎo
79	堡	bǎo
80	飽	bǎo
81	寶	bǎo
82	抱	bào
83	豹	bào
84	鮑	bào
85	報	bào
86	暴	bào
87	爆	bào
88	曝	bào
89	卑	bēi
90	杯	bēi
91	悲	bēi
92	碑	bēi
93	背	bēi
		(另見bèi)
94	北	běi
95	貝	bèi
96	倍	bèi
97	狽	bèi
98	被	bèi
99	備	bèi
100	輩	bèi
	背	bèi
		(另見bēi)
101	奔	bēn
		(另見bèn)
102	本	běn
103	笨	bèn
	奔	bèn
		(另見bēn)
104	崩	bēng
105	繃	bēng
106	泵	bèng
107	蹦	bèng
108	逼	bī
109	鼻	bí
110	比	bǐ
111	彼	bǐ
112	筆	bǐ
113	鄙	bǐ
114	必	bì
115	庇	bì
116	畢	bì
117	閉	bì
118	辟	bì
119	痹	bì
120	幣	bì
121	弊	bì
122	碧	bì
123	蔽	bì

124 壁 bì
125 斃 bì
126 臂 bì
127 避 bì
128 秘 bì
(另見mì)
129 編 biān
130 蝙 biān
131 鞭 biān
132 邊 biān
133 扁 biǎn
134 匾 biǎn
135 貶 biǎn
136 遍 biàn
137 辨 biàn
138 辮 biàn
139 辯 biàn
140 變 biàn
141 便 biàn
(另見pián)
142 標 biāo
143 飆 biāo
144 表 biǎo
145 錶 biǎo
146 憋 biē
147 別 bié
148 彆 biè
149 賓 bīn
150 濱 bīn
151 瀕 bīn
152 繽 bīn
153 殯 bìn
154 冰 bīng
155 兵 bīng
156 丙 bǐng
157 秉 bǐng
158 柄 bǐng
159 餅 bǐng
160 屏 bǐng
(另見píng)
161 並 bìng
162 併 bìng
163 病 bìng
164 波 bō
165 玻 bō
166 菠 bō
167 撥 bō
168 播 bō
剝 bō
(另見bāo)
169 伯 bó

170 勃 bó
171 脖 bó
172 舶 bó
173 博 bó
174 搏 bó
175 膊 bó
176 駁 bó
177 泊 bó
(另見pō)
薄 bó
bò
(另見báo)
178 蔔 bo
179 哺 bǔ
180 捕 bǔ
181 補 bǔ
182 不 bù
183 布 bù
184 步 bù
185 怖 bù
186 埠 bù
187 部 bù
188 擦 cā
189 猜 cāi
190 才 cái
191 材 cái
192 財 cái
193 裁 cái
194 采 cǎi
195 彩 cǎi
196 採 cǎi
197 睬 cǎi
198 綵 cǎi
199 踩 cǎi
200 菜 cài
201 餐 cān
202 參 cān
(另見cēn)
(另見shēn)
203 殘 cán
204 慚 cán
205 蠶 cán
206 慘 cǎn
207 燦 càn
208 璨 càn
209 倉 cāng
210 蒼 cāng
211 艙 cāng
212 藏 cáng
(另見zàng)
213 操 cāo

214 糙 cāo
215 槽 cáo
216 草 cǎo
217 冊 cè
218 側 cè
219 廁 cè
220 測 cè
221 策 cè
參 cēn
(另見cān)
(另見shēn)
222 曾 céng
(另見zēng)
223 層 céng
224 插 chā
225 叉 chā
(另見chà)
226 差 chā
(另見chà)
(另見chāi)
(另見cī)
227 查 chá
228 茶 chá
229 茬 chá
230 察 chá
231 岔 chà
232 詫 chà
233 剎 chà
(另見shā)
叉 chà
(另見chā)
差 chà
(另見chā)
(另見chāi)
(另見cī)
234 拆 chāi
差 chāi
(另見chā)
(另見chà)
(另見cī)
235 柴 chái
236 摻 chān
237 攙 chān
238 禪 chán
239 蟬 chán
240 纏 chán
241 饞 chán
242 產 chǎn
243 鏟 chǎn
244 闡 chǎn
245 顫 chàn

246	昌	chāng
247	猖	chāng
248	常	cháng
249	嫦	cháng
250	腸	cháng
251	嘗	cháng
252	嚐	cháng
253	償	cháng
254	長	cháng (另見zhǎng)
255	場	cháng chǎng
256	敞	chǎng
257	廠	chǎng
258	倡	chàng
259	唱	chàng
260	暢	chàng
261	抄	chāo
262	超	chāo
263	鈔	chāo
264	巢	cháo
265	嘲	cháo
266	潮	cháo
267	朝	cháo (另見zhāo)
268	吵	chǎo
269	炒	chǎo
270	車	chē (另見jū)
271	扯	chě
272	徹	chè
273	撤	chè
274	澈	chè
275	臣	chén
276	沉	chén
277	辰	chén
278	忱	chén
279	晨	chén
280	陳	chén
281	塵	chén
282	趁	chèn
283	襯	chèn
284	稱	chèn chēng
285	撐	chēng
286	成	chéng
287	呈	chéng
288	承	chéng
289	城	chéng
290	程	chéng
291	誠	chéng
292	澄	chéng
293	橙	chéng
294	懲	chéng
295	乘	chéng (另見shèng)
296	盛	chéng (另見shèng)
297	逞	chěng
298	騁	chěng
299	秤	chèng
300	吃	chī
301	痴	chī
302	弛	chí
303	池	chí
304	持	chí
305	馳	chí
306	遲	chí
307	匙	chí (另見shi)
308	尺	chǐ
309	侈	chǐ
310	恥	chǐ
311	齒	chǐ
312	斥	chì
313	赤	chì
314	翅	chì
315	熾	chì
316	充	chōng
317	憧	chōng
318	衝	chōng
319	沖	chōng (另見chòng)
320	崇	chóng
321	蟲	chóng
322	重	chóng (另見zhòng)
323	寵	chǒng
	沖	chòng (另見chōng)
324	抽	chōu
325	仇	chóu
326	愁	chóu
327	稠	chóu
328	酬	chóu
329	綢	chóu
330	疇	chóu
331	籌	chóu
332	丑	chǒu
333	瞅	chǒu
334	醜	chǒu
335	臭	chòu (另見xiù)
336	出	chū
337	初	chū
338	齣	chū
339	除	chú
340	廚	chú
341	鋤	chú
342	雛	chú
343	櫥	chú
344	楚	chǔ
345	儲	chǔ
346	礎	chǔ
347	處	chǔ chù
348	觸	chù
349	畜	chù (另見xù)
350	矗	chù
351	揣	chuāi chuǎi
352	川	chuān
353	穿	chuān
354	船	chuán
355	傳	chuán (另見zhuàn)
356	喘	chuǎn
357	串	chuàn
358	窗	chuāng
359	瘡	chuāng
360	創	chuāng (另見chuàng)
361	床	chuáng
362	闖	chuǎng
	創	chuàng (另見chuāng)
363	吹	chuī
364	炊	chuī
365	垂	chuí
366	捶	chuí
367	錘	chuí
368	春	chūn
369	唇	chún
370	純	chún
371	醇	chún
372	蠢	chǔn
373	戳	chuō
374	輟	chuò
	差	cī (另見chā) (另見chà) (另見chāi)

375	瓷	cí
376	詞	cí
377	慈	cí
378	磁	cí
379	雌	cí
380	辭	cí
381	此	cǐ
382	次	cì
383	刺	cì
384	賜	cì
385	伺	cì
		(另見sì)
386	匆	cōng
387	囪	cōng
388	蔥	cōng
389	聰	cōng
390	從	cóng
391	叢	cóng
392	湊	còu
393	粗	cū
394	促	cù
395	醋	cù
396	簇	cù
397	竄	cuàn
398	催	cuī
399	摧	cuī
400	璀	cuǐ
401	脆	cuì
402	萃	cuì
403	粹	cuì
404	翠	cuì
405	村	cūn
406	存	cún
407	寸	cùn
408	搓	cuō
409	撮	cuō
410	磋	cuō
411	挫	cuò
412	措	cuò
413	錯	cuò
414	搭	dā
415	答	dā
		dá
416	達	dá
417	打	dá
		dǎ
418	大	dà
		(另見dài)
419	呆	dāi
420	待	dāi
		(另見dài)
421	歹	dǎi
422	代	dài
423	怠	dài
424	帶	dài
425	袋	dài
426	貸	dài
427	逮	dài
428	戴	dài
	大	dài
		(另見dà)
	待	dài
		(另見dāi)
429	丹	dān
430	耽	dān
431	單	dān
		(另見shàn)
432	擔	dān
		(另見dàn)
433	膽	dǎn
434	旦	dàn
435	但	dàn
436	淡	dàn
437	蛋	dàn
438	誕	dàn
439	彈	dàn
		(另見tán)
	擔	dàn
		(另見dān)
440	當	dāng
		(另見dàng)
441	擋	dǎng
442	黨	dǎng
443	蕩	dàng
444	檔	dàng
445	盪	dàng
	當	dàng
		(另見dāng)
446	刀	dāo
447	叨	dāo
448	島	dǎo
449	搗	dǎo
450	導	dǎo
451	蹈	dǎo
452	禱	dǎo
453	倒	dǎo
		dào
454	到	dào
455	悼	dào
456	盜	dào
457	道	dào
458	稻	dào
459	德	dé
460	得	dé
		(另見de)
		(另見děi)
461	地	de
		(另見dì)
462	的	de
		(另見dí)
		(另見dì)
	得	de
		děi
		(另見dé)
463	登	dēng
464	燈	dēng
465	蹬	dēng
466	等	děng
467	凳	dèng
468	瞪	dèng
469	低	dī
470	堤	dī
471	滴	dī
472	提	dī
		(另見tí)
473	迪	dí
474	笛	dí
475	滌	dí
476	敵	dí
	的	dí
		(另見de)
		(另見dì)
477	底	dǐ
478	抵	dǐ
479	弟	dì
480	帝	dì
481	第	dì
482	蒂	dì
483	遞	dì
484	締	dì
	地	dì
		(另見de)
	的	dì
		(另見de)
		(另見dí)
485	顛	diān
486	典	diǎn
487	碘	diǎn
488	點	diǎn
489	店	diàn
490	惦	diàn
491	奠	diàn
492	殿	diàn

493	電	diàn
494	墊	diàn
495	澱	diàn
496	刁	diāo
497	叼	diāo
498	雕	diāo
499	吊	diào
500	掉	diào
501	釣	diào
502	調	diào
		(另見tiáo)
503	爹	diē
504	跌	diē
505	牒	dié
506	碟	dié
507	蝶	dié
508	諜	dié
509	疊	dié
510	丁	dīng
511	叮	dīng
512	盯	dīng
513	釘	dīng
		(另見dìng)
514	頂	dǐng
515	定	dìng
516	訂	dìng
	釘	dìng
		(另見dīng)
517	丟	diū
518	冬	dōng
519	東	dōng
520	董	dǒng
521	懂	dǒng
522	洞	dòng
523	凍	dòng
524	動	dòng
525	棟	dòng
526	兜	dōu
527	都	dōu
		(另見dū)
528	斗	dǒu
529	抖	dǒu
530	蚪	dǒu
531	陡	dǒu
532	豆	dòu
533	鬥	dòu
534	逗	dòu
535	督	dū
	都	dū
		(另見dōu)
536	毒	dú
537	獨	dú
538	讀	dú
539	堵	dǔ
540	睹	dǔ
541	賭	dǔ
542	肚	dǔ
		dù
543	妒	dù
544	杜	dù
545	渡	dù
546	鍍	dù
547	度	dù
		(另見duó)
548	端	duān
549	短	duǎn
550	段	duàn
551	緞	duàn
552	鍛	duàn
553	斷	duàn
554	堆	duī
555	兌	duì
556	隊	duì
557	對	duì
558	敦	dūn
559	噸	dūn
560	蹲	dūn
561	盾	dùn
562	鈍	dùn
563	頓	dùn
564	燉	dùn
565	多	duō
566	哆	duō
567	奪	duó
	度	duó
		(另見dù)
568	朵	duǒ
569	躲	duǒ
570	舵	duò
571	惰	duò
572	墮	duò
573	俄	é
574	峨	é
575	娥	é
576	訛	é
577	蛾	é
578	額	é
579	鵝	é
580	噁	ě
581	扼	è
582	遏	è
583	餓	è
584	鱷	è
585	惡	è
		(另見wù)
586	恩	ēn
587	而	ér
588	兒	ér
589	耳	ěr
590	爾	ěr
591	二	èr
592	發	fā
593	乏	fá
594	伐	fá
595	罰	fá
596	閥	fá
597	法	fǎ
598	髮	fà
599	帆	fān
600	翻	fān
601	番	fān
		(另見pān)
602	凡	fán
603	煩	fán
604	繁	fán
605	反	fǎn
606	返	fǎn
607	犯	fàn
608	泛	fàn
609	販	fàn
610	飯	fàn
611	範	fàn
612	方	fāng
613	芳	fāng
614	坊	fāng
		fáng
615	妨	fáng
616	防	fáng
617	房	fáng
618	肪	fáng
619	仿	fǎng
620	彷	fǎng
621	紡	fǎng
622	訪	fǎng
623	放	fàng
624	非	fēi
625	飛	fēi
626	啡	fēi
627	菲	fēi
628	緋	fēi
629	肥	féi
630	匪	fěi
631	誹	fěi

632	沸	fèi
633	肺	fèi
634	費	fèi
635	廢	fèi
636	吩	fēn
637	氛	fēn
638	芬	fēn
639	紛	fēn
640	分	fēn
		(另見fèn)
641	焚	fén
642	墳	fén
643	粉	fěn
644	份	fèn
645	憤	fèn
646	奮	fèn
647	糞	fèn
	分	fèn
		(另見fēn)
648	封	fēng
649	風	fēng
650	峰	fēng
651	烽	fēng
652	蜂	fēng
653	瘋	fēng
654	鋒	fēng
655	豐	fēng
656	逢	féng
657	縫	féng
		(另見fèng)
658	諷	fěng
659	奉	fèng
660	俸	fèng
661	鳳	fèng
	縫	fèng
		(另見féng)
662	佛	fó
663	否	fǒu
		(另見pǐ)
664	夫	fū
665	孵	fū
666	敷	fū
667	膚	fū
668	伏	fú
669	扶	fú
670	服	fú
671	彿	fú
672	俘	fú
673	浮	fú
674	符	fú
675	幅	fú
676	袱	fú
677	福	fú
678	蝠	fú
679	輻	fú
680	府	fǔ
681	斧	fǔ
682	俯	fǔ
683	腐	fǔ
684	輔	fǔ
685	撫	fǔ
686	父	fù
687	付	fù
688	咐	fù
689	附	fù
690	負	fù
691	赴	fù
692	副	fù
693	婦	fù
694	傅	fù
695	富	fù
696	復	fù
697	腹	fù
698	複	fù
699	賦	fù
700	縛	fù
701	覆	fù
702	咖	gā
		(另見kā)
703	尬	gà
704	該	gāi
705	改	gǎi
706	丐	gài
707	溉	gài
708	鈣	gài
709	概	gài
710	蓋	gài
711	干	gān
712	甘	gān
713	杆	gān
714	肝	gān
715	竿	gān
716	柑	gān
717	尷	gān
718	乾	gān
		(另見qián)
719	桿	gǎn
720	敢	gǎn
721	稈	gǎn
722	感	gǎn
723	趕	gǎn
724	幹	gàn
725	岡	gāng
726	缸	gāng
727	剛	gāng
728	綱	gāng
729	鋼	gāng
730	崗	gǎng
731	港	gǎng
732	槓	gàng
733	高	gāo
734	膏	gāo
735	糕	gāo
736	搞	gǎo
737	稿	gǎo
738	告	gào
739	哥	gē
740	胳	gē
741	割	gē
742	歌	gē
743	擱	gē
744	鴿	gē
745	革	gé
746	格	gé
747	隔	gé
748	閣	gé
749	骼	gé
750	各	gè
751	個	gè
752	給	gěi
		(另見jǐ)
753	根	gēn
754	跟	gēn
755	耕	gēng
756	更	gēng
		(另見gèng)
757	梗	gěng
	更	gèng
		(另見gēng)
758	工	gōng
759	弓	gōng
760	公	gōng
761	功	gōng
762	攻	gōng
763	宮	gōng
764	恭	gōng
765	躬	gōng
766	供	gōng
		(另見gòng)
767	拱	gǒng
768	鞏	gǒng
769	共	gòng
770	貢	gòng

	供	gòng (另見gōng)
771	溝	gōu
772	篝	gōu
773	鈎	gōu
774	勾	gōu (另見gòu)
775	狗	gǒu
776	苟	gǒu
777	夠	gòu
778	構	gòu
779	購	gòu
	勾	gòu (另見gōu)
780	估	gū
781	姑	gū
782	孤	gū
783	沽	gū
784	辜	gū
785	菇	gū
786	古	gǔ
787	谷	gǔ
788	股	gǔ
789	骨	gǔ
790	鼓	gǔ
791	穀	gǔ
792	固	gù
793	故	gù
794	僱	gù
795	錮	gù
796	顧	gù
797	瓜	guā
798	刮	guā
799	寡	guǎ
800	掛	guà
801	乖	guāi
802	拐	guǎi
803	柺	guǎi
804	怪	guài
805	官	guān
806	棺	guān
807	關	guān
808	觀	guān
809	冠	guān (另見guàn)
810	管	guǎn
811	館	guǎn
812	貫	guàn
813	慣	guàn
814	灌	guàn
815	罐	guàn
	冠	guàn (另見guān)
816	光	guāng
817	廣	guǎng
818	逛	guàng
819	規	guī
820	硅	guī
821	瑰	guī
822	閨	guī
823	龜	guī
824	歸	guī
825	軌	guǐ
826	鬼	guǐ
827	桂	guì
828	貴	guì
829	跪	guì
830	劊	guì
831	櫃	guì
832	滾	gǔn
833	棍	gùn
834	鍋	guō
835	國	guó
836	果	guǒ
837	裹	guǒ
838	過	guò
839	哈	hā hǎ
840	咳	hāi (另見ké)
841	孩	hái
842	還	hái (另見huán)
843	海	hǎi
844	害	hài
845	駭	hài
846	含	hán
847	函	hán
848	寒	hán
849	涵	hán
850	罕	hǎn
851	喊	hǎn
852	汗	hàn
853	旱	hàn
854	捍	hàn
855	焊	hàn
856	漢	hàn
857	憾	hàn
858	撼	hàn
859	航	háng
860	行	háng (另見xíng)
861	巷	hàng (另見xiàng)
862	毫	háo
863	豪	háo
864	好	hǎo hào
865	浩	hào
866	耗	hào
867	號	hào
868	呵	hē
869	喝	hē (另見hè)
870	禾	hé
871	合	hé
872	何	hé
873	河	hé
874	盒	hé
875	閡	hé
876	荷	hé (另見hè)
877	核	hé (另見hú)
878	和	hé (另見hè) (另見hú) (另見huo)
879	賀	hè
880	鶴	hè
881	嚇	hè (另見xià)
	喝	hè (另見hē)
	荷	hè (另見hé)
	和	hè (另見hé) (另見hú) (另見huo)
882	黑	hēi
883	嘿	hēi
884	痕	hén
885	很	hěn
886	狠	hěn
887	恨	hèn
888	哼	hēng
889	恒	héng
890	衡	héng
891	橫	héng hèng
892	烘	hōng
893	轟	hōng

894	哄	hōng
		(另見hǒng)
		(另見hòng)
895	弘	hóng
896	宏	hóng
897	洪	hóng
898	紅	hóng
899	虹	hóng
900	鴻	hóng
	哄	hǒng
		hòng
		(另見hōng)
901	喉	hóu
902	猴	hóu
903	吼	hǒu
904	后	hòu
905	厚	hòu
906	後	hòu
907	候	hòu
908	乎	hū
909	呼	hū
910	忽	hū
911	狐	hú
912	胡	hú
913	壺	hú
914	湖	hú
915	瑚	hú
916	葫	hú
917	糊	hú
918	蝴	hú
919	鬍	hú
	核	hú
		(另見hé)
	和	hú
		(另見hé)
		(另見hè)
		(另見huo)
920	虎	hǔ
921	唬	hǔ
922	互	hù
923	戶	hù
924	護	hù
925	滬	hù
926	花	huā
927	划	huá
928	滑	huá
929	猾	huá
930	譁	huá
931	華	huá
		huà
932	化	huà
933	畫	huà
934	話	huà
935	劃	huà
936	徊	huái
937	槐	huái
938	懷	huái
939	壞	huài
940	歡	huān
941	環	huán
	還	huán
		(另見hái)
942	緩	huǎn
943	幻	huàn
944	患	huàn
945	喚	huàn
946	換	huàn
947	煥	huàn
948	瘓	huàn
949	荒	huāng
950	慌	huāng
951	皇	huáng
952	凰	huáng
953	惶	huáng
954	黃	huáng
955	煌	huáng
956	蝗	huáng
957	簧	huáng
958	謊	huǎng
959	晃	huǎng
		huàng
960	灰	huī
961	恢	huī
962	揮	huī
963	輝	huī
964	徽	huī
965	回	huí
966	迴	huí
967	悔	huǐ
968	毀	huǐ
969	卉	huì
970	彗	huì
971	惠	huì
972	匯	huì
973	賄	huì
974	誨	huì
975	慧	huì
976	諱	huì
977	薈	huì
978	穢	huì
979	繪	huì
980	會	huì
		(另見kuài)
981	昏	hūn
982	婚	hūn
983	渾	hún
984	魂	hún
985	餛	hún
986	混	hún
		hùn
987	豁	huō
		(另見huò)
988	活	huó
989	火	huǒ
990	伙	huǒ
991	夥	huǒ
992	或	huò
993	貨	huò
994	惑	huò
995	禍	huò
996	霍	huò
997	獲	huò
998	穫	huò
	豁	huò
		(另見huō)
	和	huo
		(另見hé)
		(另見hè)
		(另見hú)
999	肌	jī
1000	圾	jī
1001	飢	jī
1002	基	jī
1003	畸	jī
1004	緝	jī
1005	稽	jī
1006	機	jī
1007	激	jī
1008	積	jī
1009	擊	jī
1010	雞	jī
1011	譏	jī
1012	饑	jī
1013	羈	jī
1014	幾	jī
		(另見jǐ)
1015	及	jí
1016	吉	jí
1017	即	jí
1018	急	jí
1019	疾	jí
1020	級	jí
1021	集	jí

1022	棘	jí
1023	極	jí
1024	輯	jí
1025	籍	jí
1026	藉	jí (另見jiè)
1027	己	jǐ
1028	脊	jǐ
1029	擠	jǐ
1030	濟	jǐ (另見jì)
	給	jǐ (另見gěi)
	幾	jǐ (另見jī)
1031	忌	jì
1032	技	jì
1033	季	jì
1034	既	jì
1035	紀	jì
1036	計	jì
1037	記	jì
1038	寄	jì
1039	寂	jì
1040	祭	jì
1041	跡	jì
1042	暨	jì
1043	際	jì
1044	劑	jì
1045	績	jì
1046	繼	jì
1047	繫	jì (另見xì)
	濟	jì (另見jǐ)
1048	加	jiā
1049	佳	jiā
1050	家	jiā
1051	傢	jiā
1052	嘉	jiā
1053	茄	jiā (另見qié)
1054	夾	jiā jiá
1055	頰	jiá
1056	甲	jiǎ
1057	鉀	jiǎ
1058	假	jiǎ jià
1059	架	jià
1060	嫁	jià
1061	價	jià
1062	稼	jià
1063	駕	jià
1064	奸	jiān
1065	尖	jiān
1066	肩	jiān
1067	姦	jiān
1068	兼	jiān
1069	堅	jiān
1070	煎	jiān
1071	監	jiān
1072	艱	jiān
1073	殲	jiān
1074	間	jiān (另見jiàn)
1075	柬	jiǎn
1076	剪	jiǎn
1077	揀	jiǎn
1078	減	jiǎn
1079	儉	jiǎn
1080	撿	jiǎn
1081	檢	jiǎn
1082	簡	jiǎn
1083	繭	jiǎn
1084	鹼	jiǎn
1085	件	jiàn
1086	見	jiàn
1087	建	jiàn
1088	健	jiàn
1089	漸	jiàn
1090	劍	jiàn
1091	箭	jiàn
1092	賤	jiàn
1093	踐	jiàn
1094	鍵	jiàn
1095	濺	jiàn
1096	薦	jiàn
1097	艦	jiàn
1098	鑒	jiàn
	間	jiàn (另見jiān)
1099	江	jiāng
1100	僵	jiāng
1101	漿	jiāng
1102	薑	jiāng
1103	疆	jiāng
1104	將	jiāng (另見jiàng)
1105	槳	jiǎng
1106	獎	jiǎng
1107	講	jiǎng
1108	匠	jiàng
1109	醬	jiàng
1110	降	jiàng (另見xiáng)
1111	強	jiàng (另見qiáng) (另見qiǎng)
	將	jiàng (另見jiāng)
1112	交	jiāo
1113	郊	jiāo
1114	椒	jiāo
1115	焦	jiāo
1116	跤	jiāo
1117	嬌	jiāo
1118	澆	jiāo
1119	膠	jiāo
1120	蕉	jiāo
1121	礁	jiāo
1122	驕	jiāo
1123	教	jiāo (另見jiào)
1124	嚼	jiáo (另見jué)
1125	狡	jiǎo
1126	絞	jiǎo
1127	腳	jiǎo
1128	僥	jiǎo
1129	餃	jiǎo
1130	矯	jiǎo
1131	繳	jiǎo
1132	攪	jiǎo
1133	角	jiǎo (另見jué)
1134	叫	jiào
1135	較	jiào
1136	酵	jiào
1137	轎	jiào
1138	覺	jiào (另見jué)
1139	校	jiào (另見xiào)
	教	jiào (另見jiāo)
1140	皆	jiē
1141	接	jiē
1142	揭	jiē
1143	街	jiē
1144	階	jiē
1145	結	jiē jié

1146	劫	jié
1147	捷	jié
1148	傑	jié
1149	節	jié
1150	截	jié
1151	竭	jié
1152	潔	jié
1153	姐	jiě
1154	解	jiě jiè (另見xiè)
1155	介	jiè
1156	戒	jiè
1157	屆	jiè
1158	界	jiè
1159	借	jiè
1160	誡	jiè
	藉	jiè (另見jí)
1161	巾	jīn
1162	今	jīn
1163	斤	jīn
1164	金	jīn
1165	津	jīn
1166	筋	jīn
1167	禁	jīn (另見jìn)
1168	僅	jǐn
1169	緊	jǐn
1170	錦	jǐn
1171	謹	jǐn
1172	儘	jǐn
1173	近	jìn
1174	晉	jìn
1175	浸	jìn
1176	進	jìn
1177	盡	jìn
1178	勁	jìn (另見jìng)
	禁	jìn (另見jīn)
1179	京	jīng
1180	荊	jīng
1181	莖	jīng
1182	晶	jīng
1183	睛	jīng
1184	經	jīng
1185	兢	jīng
1186	精	jīng
1187	鯨	jīng
1188	驚	jīng
1189	井	jǐng
1190	阱	jǐng
1191	景	jǐng
1192	憬	jǐng
1193	頸	jǐng
1194	警	jǐng
1195	徑	jìng
1196	淨	jìng
1197	竟	jìng
1198	敬	jìng
1199	境	jìng
1200	靜	jìng
1201	鏡	jìng
1202	競	jìng
	勁	jìng (另見jìn)
1203	究	jiū
1204	糾	jiū
1205	揪	jiū
1206	九	jiǔ
1207	久	jiǔ
1208	灸	jiǔ
1209	韭	jiǔ
1210	酒	jiǔ
1211	咎	jiù
1212	救	jiù
1213	就	jiù
1214	舅	jiù
1215	舊	jiù
1216	居	jū
1217	拘	jū
1218	鞠	jū
	車	jū (另見chē)
1219	局	jú
1220	焗	jú
1221	菊	jú
1222	橘	jú
1223	矩	jǔ
1224	舉	jǔ
1225	句	jù
1226	巨	jù
1227	具	jù
1228	拒	jù
1229	炬	jù
1230	俱	jù
1231	距	jù
1232	聚	jù
1233	劇	jù
1234	據	jù
1235	鋸	jù
1236	懼	jù
1237	捐	juān
1238	鵑	juān
1239	捲	juǎn
1240	卷	juǎn juàn
1241	倦	juàn
1242	絹	juàn
1243	圈	juàn (另見quān)
1244	抉	jué
1245	決	jué
1246	崛	jué
1247	掘	jué
1248	訣	jué
1249	絕	jué
1250	獗	jué
1251	爵	jué
1252	攫	jué
	角	jué (另見jiǎo)
	覺	jué (另見jiào)
	嚼	jué (另見jiáo)
1253	君	jūn
1254	均	jūn
1255	軍	jūn
1256	菌	jūn jùn
1257	俊	jùn
1258	峻	jùn
1259	竣	jùn
1260	駿	jùn
	咖	kā (另見gā)
1261	卡	kǎ (另見qiǎ)
1262	開	kāi
1263	凱	kǎi
1264	慨	kǎi
1265	楷	kǎi
1266	刊	kān
1267	勘	kān
1268	堪	kān
1269	看	kān (另見kàn)
1270	坎	kǎn
1271	侃	kǎn
1272	砍	kǎn
	看	kàn

(另見kān)
1273 康 kāng
1274 慷 kāng
1275 扛 káng
1276 抗 kàng
1277 炕 kàng
1278 考 kǎo
1279 拷 kǎo
1280 烤 kǎo
1281 靠 kào
1282 科 kē
1283 苛 kē
1284 棵 kē
1285 磕 kē
1286 瞌 kē
1287 蝌 kē
1288 顆 kē
1289 殼 ké
(另見qiào)
咳 ké
(另見hāi)
1290 可 kě
1291 坷 kě
1292 渴 kě
1293 克 kè
1294 刻 kè
1295 客 kè
1296 課 kè
1297 肯 kěn
1298 啃 kěn
1299 墾 kěn
1300 懇 kěn
1301 坑 kēng
1302 空 kōng
(另見kòng)
1303 孔 kǒng
1304 恐 kǒng
1305 控 kòng
空 kòng
(另見kōng)
1306 摳 kōu
1307 口 kǒu
1308 扣 kòu
1309 寇 kòu
1310 枯 kū
1311 哭 kū
1312 窟 kū
1313 苦 kǔ
1314 庫 kù
1315 酷 kù
1316 褲 kù

1317 誇 kuā
1318 垮 kuǎ
1319 挎 kuà
1320 跨 kuà
1321 快 kuài
1322 塊 kuài
1323 筷 kuài
1324 膾 kuài
會 kuài
(另見huì)
1325 寬 kuān
1326 款 kuǎn
1327 筐 kuāng
1328 狂 kuáng
1329 況 kuàng
1330 框 kuàng
1331 眶 kuàng
1332 曠 kuàng
1333 礦 kuàng
1334 窺 kuī
1335 虧 kuī
1336 葵 kuí
1337 魁 kuí
1338 傀 kuǐ
1339 愧 kuì
1340 潰 kuì
1341 饋 kuì
1342 昆 kūn
1343 坤 kūn
1344 捆 kǔn
1345 困 kùn
1346 括 kuò
1347 廓 kuò
1348 闊 kuò
1349 擴 kuò
1350 垃 lā
1351 拉 lā
(另見lá)
1352 啦 lā
(另見la)
1353 喇 lā
(另見lǎ)
拉 lá
(另見lā)
喇 lǎ
(另見lā)
1354 辣 là
1355 臘 là
1356 蠟 là
1357 落 là
(另見lào)

(另見luò)
啦 la
(另見lā)
1358 來 lái
1359 賴 lài
1360 婪 lán
1361 闌 lán
1362 藍 lán
1363 攔 lán
1364 籃 lán
1365 欄 lán
1366 蘭 lán
1367 懶 lǎn
1368 覽 lǎn
1369 攬 lǎn
1370 纜 lǎn
1371 濫 làn
1372 爛 làn
1373 郎 láng
1374 狼 láng
1375 廊 láng
1376 螂 láng
1377 朗 lǎng
1378 浪 làng
1379 撈 lāo
1380 牢 láo
1381 勞 láo
1382 嘮 láo
(另見lào)
1383 老 lǎo
1384 姥 lǎo
1385 烙 lào
1386 澇 lào
嘮 lào
(另見láo)
落 lào
(另見là)
(另見luò)
1387 勒 lè
(另見lēi)
1388 樂 lè
(另見yuè)
1389 了 le
(另見liǎo)
勒 lēi
(另見lè)
1390 雷 léi
1391 擂 léi
(另見lèi)
1392 儡 lěi
1393 蕾 lěi

1394	壘	lěi
1395	累	lěi
		lèi
1396	肋	lèi
1397	淚	lèi
1398	類	lèi
	擂	lèi
		(另見léi)
1399	棱	léng
1400	冷	lěng
1401	愣	lèng
1402	璃	lí
1403	狸	lí
1404	梨	lí
1405	犁	lí
1406	喱	lí
1407	黎	lí
1408	罹	lí
1409	釐	lí
1410	離	lí
1411	籬	lí
1412	李	lǐ
1413	里	lǐ
1414	理	lǐ
1415	裏	lǐ
1416	禮	lǐ
1417	鯉	lǐ
1418	力	lì
1419	立	lì
1420	吏	lì
1421	利	lì
1422	例	lì
1423	俐	lì
1424	栗	lì
1425	荔	lì
1426	粒	lì
1427	莉	lì
1428	蒞	lì
1429	厲	lì
1430	曆	lì
1431	歷	lì
1432	勵	lì
1433	隸	lì
1434	瀝	lì
1435	麗	lì
1436	倆	liǎ
		(另見liǎng)
1437	連	lián
1438	廉	lián
1439	憐	lián
1440	蓮	lián
1441	聯	lián
1442	簾	lián
1443	臉	liǎn
1444	煉	liàn
1445	練	liàn
1446	殮	liàn
1447	鏈	liàn
1448	戀	liàn
1449	良	liáng
1450	涼	liáng
1451	粱	liáng
1452	樑	liáng
1453	糧	liáng
1454	量	liáng
		(另見liàng)
1455	兩	liǎng
	倆	liǎng
		(另見liǎ)
1456	亮	liàng
1457	晾	liàng
1458	諒	liàng
1459	靚	liàng
1460	輛	liàng
	量	liàng
		(另見liáng)
1461	聊	liáo
1462	僚	liáo
1463	嘹	liáo
1464	潦	liáo
1465	遼	liáo
1466	療	liáo
1467	繚	liáo
1468	瞭	liǎo
		(另見liào)
	了	liǎo
		(另見le)
1469	料	liào
	瞭	liào
		(另見liǎo)
1470	列	liè
1471	劣	liè
1472	烈	liè
1473	裂	liè
1474	獵	liè
1475	林	lín
1476	淋	lín
1477	鄰	lín
1478	磷	lín
1479	臨	lín
1480	賃	lìn
1481	伶	líng
1482	玲	líng
1483	凌	líng
1484	羚	líng
1485	聆	líng
1486	陵	líng
1487	鈴	líng
1488	零	líng
1489	齡	líng
1490	靈	líng
1491	領	lǐng
1492	嶺	lǐng
1493	令	lìng
1494	另	lìng
1495	溜	liū
		(另見liù)
1496	流	liú
1497	留	liú
1498	硫	liú
1499	榴	liú
1500	瘤	liú
1501	餾	liú
1502	瀏	liú
1503	柳	liǔ
1504	六	liù
1505	遛	liù
	溜	liù
		(另見liū)
1506	隆	lóng
1507	龍	lóng
1508	窿	lóng
1509	嚨	lóng
1510	朧	lóng
1511	瓏	lóng
1512	聾	lóng
1513	籠	lóng
		lǒng
1514	壟	lǒng
1515	攏	lǒng
1516	弄	lòng
		(另見nòng)
1517	樓	lóu
1518	摟	lǒu
1519	陋	lòu
1520	漏	lòu
1521	露	lòu
		(另見lù)
1522	爐	lú
1523	蘆	lú
1524	鹵	lǔ
1525	虜	lǔ
1526	魯	lǔ

1527 陸 lù
1528 鹿 lù
1529 碌 lù
1530 賂 lù
1531 路 lù
1532 錄 lù
露 lù
(另見lòu)
1533 驢 lǘ
1534 侶 lǚ
1535 旅 lǚ
1536 縷 lǚ
1537 鋁 lǚ
1538 屢 lǚ
1539 履 lǚ
1540 律 lǜ
1541 氯 lǜ
1542 綠 lǜ
1543 慮 lǜ
1544 濾 lǜ
1545 率 lǜ
(另見shuài)
1546 卵 luǎn
1547 亂 luàn
1548 掠 lüè
1549 略 lüè
1550 掄 lūn
lún
1551 倫 lún
1552 淪 lún
1553 輪 lún
1554 論 lùn
1555 螺 luó
1556 羅 luó
1557 蘿 luó
1558 邏 luó
1559 籮 luó
1560 鑼 luó
1561 裸 luǒ
1562 洛 luò
1563 絡 luò
1564 駱 luò
落 luò
(另見là)
(另見lào)
1565 媽 mā
1566 抹 mā
(另見mǒ)
1567 麻 má
1568 馬 mǎ
1569 碼 mǎ
1570 螞 mǎ
1571 嗎 mǎ
(另見ma)
1572 罵 mà
1573 嘛 ma
嗎 ma
(另見mǎ)
1574 埋 mái
(另見mán)
1575 買 mǎi
1576 麥 mài
1577 賣 mài
1578 邁 mài
1579 脈 mài
(另見mò)
1580 瞞 mán
1581 饅 mán
1582 蠻 mán
埋 mán
(另見mái)
1583 滿 mǎn
1584 慢 màn
1585 漫 màn
1586 蔓 màn
1587 忙 máng
1588 芒 máng
1589 盲 máng
1590 茫 máng
1591 氓 máng
1592 莽 mǎng
1593 貓 māo
1594 毛 máo
1595 矛 máo
1596 茅 máo
1597 髦 máo
1598 冒 mào
1599 茂 mào
1600 帽 mào
1601 貿 mào
1602 貌 mào
1603 麼 me
(另見mó)
1604 枚 méi
1605 玫 méi
1606 眉 méi
1607 梅 méi
1608 莓 méi
1609 媒 méi
1610 煤 méi
1611 霉 méi
1612 沒 méi
(另見mò)
1613 每 měi
1614 美 měi
1615 鎂 měi
1616 妹 mèi
1617 昧 mèi
1618 媚 mèi
1619 魅 mèi
1620 悶 mēn
(另見mèn)
1621 門 mén
悶 mèn
(另見mēn)
1622 們 men
1623 萌 méng
1624 盟 méng
1625 朦 méng
1626 檬 méng
1627 蒙 méng
měng
1628 猛 měng
1629 夢 mèng
1630 迷 mí
1631 眯 mí
1632 彌 mí
1633 謎 mí
1634 瀰 mí
1635 靡 mí
mǐ
1636 米 mǐ
1637 泌 mì
1638 密 mì
1639 蜜 mì
1640 覓 mì
秘 mì
(另見bì)
1641 眠 mián
1642 棉 mián
1643 綿 mián
1644 免 miǎn
1645 勉 miǎn
1646 冕 miǎn
1647 緬 miǎn
1648 面 miàn
1649 麵 miàn
1650 苗 miáo
1651 描 miáo
1652 瞄 miáo
1653 渺 miǎo
1654 秒 miǎo
1655 妙 miào

1656	廟	miào
1657	滅	miè
1658	蔑	miè
1659	⿰山蔑	miè
1660	民	mín
1661	皿	mǐn
1662	敏	mǐn
1663	名	míng
1664	明	míng
1665	銘	míng
1666	鳴	míng
1667	命	mìng
1668	謬	miù
1669	摸	mō
1670	摩	mó
1671	膜	mó
1672	蘑	mó
1673	魔	mó
1674	模	mó
		(另見mú)
1675	磨	mó
		mò
	麼	mó
		(另見me)
	抹	mǒ
		(另見mā)
1676	末	mò
1677	沫	mò
1678	茉	mò
1679	陌	mò
1680	莫	mò
1681	寞	mò
1682	漠	mò
1683	墨	mò
1684	默	mò
	沒	mò
		(另見méi)
	脉	mò
		(另見mài)
1685	牟	móu
1686	謀	móu
1687	某	mǒu
	模	mú
		(另見mó)
1688	母	mǔ
1689	牡	mǔ
1690	姆	mǔ
1691	拇	mǔ
1692	畝	mǔ
1693	木	mù
1694	目	mù
1695	沐	mù
1696	牧	mù
1697	募	mù
1698	睦	mù
1699	墓	mù
1700	幕	mù
1701	慕	mù
1702	暮	mù
1703	穆	mù
1704	拿	ná
1705	哪	nǎ
		(另見něi)
1706	納	nà
1707	鈉	nà
1708	那	nà
		(另見nèi)
1709	吶	nà
		na
1710	乃	nǎi
1711	奶	nǎi
1712	奈	nài
1713	耐	nài
1714	男	nán
1715	南	nán
1716	難	nán
		nàn
1717	囊	náng
1718	撓	náo
1719	惱	nǎo
1720	腦	nǎo
1721	鬧	nào
1722	呢	ne
		(另見ní)
1723	內	nèi
	哪	něi
		(另見nǎ)
	那	nèi
		(另見nà)
1724	嫩	nèn
1725	能	néng
1726	尼	ní
1727	泥	ní
1728	霓	ní
	呢	ní
		(另見ne)
1729	你	nǐ
1730	擬	nǐ
1731	匿	nì
1732	逆	nì
1733	溺	nì
1734	膩	nì
1735	年	nián
1736	黏	nián
1737	攆	niǎn
1738	輾	niǎn
		(另見zhǎn)
1739	念	niàn
1740	娘	niáng
1741	釀	niàng
1742	鳥	niǎo
1743	尿	niào
1744	捏	niē
1745	您	nín
1746	凝	níng
1747	檸	níng
1748	寧	níng
		(另見nìng)
1749	擰	nǐng
		nìng
	寧	nìng
		(另見níng)
1750	妞	niū
1751	牛	niú
1752	扭	niǔ
1753	紐	niǔ
1754	鈕	niǔ
1755	農	nóng
1756	濃	nóng
	弄	nòng
		(另見lòng)
1757	奴	nú
1758	努	nǔ
1759	怒	nù
1760	女	nǚ
1761	暖	nuǎn
1762	虐	nüè
1763	挪	nuó
1764	諾	nuò
1765	噢	ō
1766	哦	ó
1767	歐	ōu
1768	毆	ōu
1769	鷗	ōu
1770	區	ōu
		(另見qū)
1771	偶	ǒu
1772	嘔	ǒu
1773	藕	ǒu
1774	趴	pā
1775	啪	pā
1776	爬	pá
1777	琶	pá

	扒	pá (另見bā)
1778	怕	pà
1779	拍	pāi
1780	徘	pái
1781	排	pái
1782	牌	pái
1783	派	pài
1784	湃	pài
1785	攀	pān
	番	pān (另見fān)
1786	盤	pán
1787	判	pàn
1788	叛	pàn
1789	盼	pàn
1790	畔	pàn
1791	乓	pāng
1792	旁	páng
1793	螃	páng
1794	龐	páng
	膀	páng (另見bǎng)
1795	胖	pàng
1796	抛	pāo
1797	泡	pāo (另見pào)
1798	咆	páo
1799	袍	páo
1800	炮	páo pào
1801	跑	pǎo
	泡	pào (另見pāo)
1802	胚	pēi
1803	培	péi
1804	陪	péi
1805	賠	péi
1806	沛	pèi
1807	佩	pèi
1808	配	pèi
1809	噴	pēn
1810	盆	pén
1811	抨	pēng
1812	砰	pēng
1813	烹	pēng
1814	朋	péng
1815	棚	péng
1816	澎	péng
1817	蓬	péng
1818	膨	péng
1819	篷	péng
1820	捧	pěng
1821	碰	pèng
1822	批	pī
1823	披	pī
1824	劈	pī
1825	皮	pí
1826	疲	pí
1827	啤	pí
1828	琵	pí
1829	脾	pí
1830	匹	pǐ
	否	pǐ (另見fǒu)
1831	屁	pì
1832	媲	pì
1833	僻	pì
1834	譬	pì
1835	闢	pì
1836	偏	piān
1837	篇	piān
1838	片	piān (另見piàn)
	便	pián (另見biàn)
1839	騙	piàn
	片	piàn (另見piān)
1840	飄	piāo
1841	漂	piāo (另見piǎo) (另見piào)
	漂	piǎo piào (另見piāo)
1842	票	piào
1843	瞥	piē
1844	撇	piē piě
1845	拼	pīn
1846	貧	pín
1847	頻	pín
1848	品	pǐn
1849	聘	pìn
1850	乒	pīng
1851	平	píng
1852	坪	píng
1853	瓶	píng
1854	萍	píng
1855	評	píng
1856	憑	píng
1857	蘋	píng
	屏	píng (另見bǐng)
1858	坡	pō
1859	頗	pō
1860	潑	pō
	泊	pō (另見bó)
1861	婆	pó
1862	迫	pò
1863	破	pò
1864	魄	pò
1865	剖	pōu
1866	撲	pū
1867	鋪	pū (另見pù)
1868	菩	pú
1869	葡	pú
1870	僕	pú
1871	普	pǔ
1872	樸	pǔ
1873	譜	pǔ
1874	瀑	pù
	鋪	pù (另見pū)
1875	七	qī
1876	沏	qī
1877	妻	qī
1878	戚	qī
1879	淒	qī
1880	期	qī
1881	棲	qī
1882	欺	qī
1883	漆	qī
1884	其	qí
1885	奇	qí
1886	歧	qí
1887	祈	qí
1888	崎	qí
1889	淇	qí
1890	棋	qí
1891	旗	qí
1892	齊	qí
1893	騎	qí
1894	乞	qǐ
1895	企	qǐ
1896	豈	qǐ
1897	起	qǐ
1898	啓	qǐ
1899	汽	qì
1900	迄	qì

1901	泣	qì
1902	契	qì
1903	砌	qì
1904	氣	qì
1905	棄	qì
1906	器	qì
1907	掐	qiā
	卡	qiǎ (另見kǎ)
1908	恰	qià
1909	洽	qià
1910	千	qiān
1911	牽	qiān
1912	鉛	qiān
1913	遷	qiān
1914	謙	qiān
1915	簽	qiān
1916	籤	qiān
1917	前	qián
1918	虔	qián
1919	鉗	qián
1920	潛	qián
1921	錢	qián
	乾	qián (另見gān)
1922	淺	qiǎn
1923	遣	qiǎn
1924	譴	qiǎn
1925	欠	qiàn
1926	嵌	qiàn
1927	歉	qiàn
1928	腔	qiāng
1929	槍	qiāng
1930	嗆	qiāng (另見qiàng)
1931	牆	qiáng
	強	qiáng
		qiǎng (另見jiàng)
1932	搶	qiǎng
	嗆	qiàng (另見qiāng)
1933	敲	qiāo
1934	鍬	qiāo
1935	蹺	qiāo
1936	悄	qiāo (另見qiǎo)
1937	喬	qiáo
1938	僑	qiáo
1939	橋	qiáo
1940	瞧	qiáo
1941	翹	qiáo (另見qiào)
1942	巧	qiǎo
	悄	qiǎo (另見qiāo)
1943	俏	qiào
1944	峭	qiào
1945	撬	qiào
1946	竅	qiào
	殼	qiào (另見ké)
	翹	qiào (另見qiáo)
1947	切	qiē
		qiè
	茄	qié (另見jiā)
1948	且	qiě
1949	怯	qiè
1950	竊	qiè
1951	侵	qīn
1952	欽	qīn
1953	親	qīn (另見qìng)
1954	芹	qín
1955	琴	qín
1956	勤	qín
1957	禽	qín
1958	青	qīng
1959	卿	qīng
1960	氫	qīng
1961	清	qīng
1962	傾	qīng
1963	蜻	qīng
1964	輕	qīng
1965	情	qíng
1966	晴	qíng
1967	擎	qíng
1968	頃	qǐng
1969	請	qǐng
1970	慶	qìng
	親	qìng (另見qīn)
1971	窮	qióng
1972	丘	qiū
1973	秋	qiū
1974	蚯	qiū
1975	囚	qiú
1976	求	qiú
1977	酋	qiú
1978	球	qiú
1979	屈	qū
1980	嶇	qū
1981	趨	qū
1982	軀	qū
1983	驅	qū
1984	曲	qū (另見qǔ)
	區	qū (另見ōu)
1985	渠	qú
1986	取	qǔ
1987	娶	qǔ
	曲	qǔ (另見qū)
1988	去	qù
1989	趣	qù
	圈	quān (另見juàn)
1990	全	quán
1991	泉	quán
1992	拳	quán
1993	痊	quán
1994	權	quán
1995	犬	quǎn
1996	券	quàn
1997	勸	quàn
1998	缺	quē
1999	瘸	qué
2000	卻	què
2001	雀	què
2002	榷	què
2003	確	què
2004	鵲	què
2005	群	qún
2006	裙	qún
2007	然	rán
2008	燃	rán
2009	染	rǎn
2010	嚷	rāng
		rǎng
2011	壤	rǎng
2012	讓	ràng
2013	饒	ráo
2014	擾	rǎo
2015	繞	rào
2016	惹	rě
2017	熱	rè
2018	人	rén
2019	仁	rén
2020	任	rén (另見rèn)

2021	忍	rěn
2022	刃	rèn
2023	紉	rèn
2024	韌	rèn
2025	飪	rèn
2026	認	rèn
	任	rèn
		(另見rén)
2027	扔	rēng
2028	仍	réng
2029	日	rì
2030	容	róng
2031	絨	róng
2032	溶	róng
2033	榮	róng
2034	熔	róng
2035	榕	róng
2036	融	róng
2037	柔	róu
2038	揉	róu
2039	肉	ròu
2040	如	rú
2041	孺	rú
2042	乳	rǔ
2043	辱	rǔ
2044	入	rù
2045	褥	rù
2046	軟	ruǎn
2047	瑞	ruì
2048	銳	ruì
2049	閏	rùn
2050	潤	rùn
2051	若	ruò
2052	弱	ruò
2053	撒	sā
		sǎ
2054	灑	sǎ
2055	薩	sà
2056	腮	sāi
2057	塞	sāi
		sài
		(另見sè)
2058	賽	sài
2059	三	sān
2060	傘	sǎn
2061	散	sǎn
		sàn
2062	桑	sāng
2063	喪	sāng
		(另見sàng)
2064	嗓	sǎng
	喪	sàng
		(另見sāng)
2065	騷	sāo
2066	嫂	sǎo
2067	掃	sǎo
		sào
2068	色	sè
2069	澀	sè
	塞	sè
		(另見sāi)
		(另見sài)
2070	森	sēn
2071	僧	sēng
2072	沙	shā
2073	砂	shā
2074	紗	shā
2075	殺	shā
2076	鯊	shā
	剎	shā
		(另見chà)
2077	啥	shá
2078	傻	shǎ
2079	廈	shà
		(另見xià)
2080	篩	shāi
2081	曬	shài
2082	山	shān
2083	刪	shān
2084	珊	shān
2085	衫	shān
2086	煽	shān
2087	閃	shǎn
2088	扇	shàn
2089	善	shàn
2090	擅	shàn
2091	贍	shàn
	單	shàn
		(另見dān)
2092	商	shāng
2093	傷	shāng
2094	賞	shǎng
2095	上	shǎng
		shàng
2096	尚	shàng
2097	裳	shang
2098	捎	shāo
2099	梢	shāo
2100	稍	shāo
2101	燒	shāo
2102	勺	sháo
2103	少	shǎo
		shào
2104	哨	shào
2105	紹	shào
2106	奢	shē
2107	舌	shé
2108	蛇	shé
2109	折	shé
		(另見zhē)
		(另見zhé)
2110	捨	shě
2111	社	shè
2112	舍	shè
2113	射	shè
2114	涉	shè
2115	設	shè
2116	赦	shè
2117	攝	shè
2118	誰	shéi
		(另見shuí)
2119	申	shēn
2120	伸	shēn
2121	身	shēn
2122	呻	shēn
2123	深	shēn
2124	紳	shēn
	參	shēn
		(另見cān)
		(另見cēn)
2125	神	shén
2126	甚	shén
		(另見shèn)
2127	審	shěn
2128	嬸	shěn
2129	腎	shèn
2130	慎	shèn
2131	滲	shèn
	甚	shèn
		(另見shén)
2132	升	shēng
2133	生	shēng
2134	牲	shēng
2135	甥	shēng
2136	聲	shēng
2137	繩	shéng
2138	省	shěng
		(另見xǐng)
2139	剩	shèng
2140	勝	shèng
2141	聖	shèng
	乘	shèng
		(另見chéng)

	盛	shèng
		(另見chéng)
2142	失	shī
2143	屍	shī
2144	施	shī
2145	師	shī
2146	獅	shī
2147	詩	shī
2148	濕	shī
2149	十	shí
2150	石	shí
2151	拾	shí
2152	食	shí
2153	時	shí
2154	實	shí
2155	蝕	shí
2156	識	shí
2157	史	shǐ
2158	使	shǐ
2159	始	shǐ
2160	屎	shǐ
2161	駛	shǐ
2162	士	shì
2163	氏	shì
2164	世	shì
2165	市	shì
2166	示	shì
2167	式	shì
2168	事	shì
2169	侍	shì
2170	室	shì
2171	是	shì
2172	柿	shì
2173	逝	shì
2174	視	shì
2175	勢	shì
2176	嗜	shì
2177	試	shì
2178	飾	shì
2179	誓	shì
2180	適	shì
2181	釋	shì
2182	似	shì
		(另見sì)
	匙	shi
		(另見chí)
2183	收	shōu
2184	熟	shóu
		(另見shú)
2185	手	shǒu
2186	守	shǒu
2187	首	shǒu
2188	受	shòu
2189	售	shòu
2190	狩	shòu
2191	授	shòu
2192	壽	shòu
2193	瘦	shòu
2194	獸	shòu
2195	抒	shū
2196	叔	shū
2197	書	shū
2198	梳	shū
2199	殊	shū
2200	疏	shū
2201	舒	shū
2202	樞	shū
2203	蔬	shū
2204	輸	shū
2205	贖	shú
	熟	shú
		(另見shóu)
2206	暑	shǔ
2207	署	shǔ
2208	鼠	shǔ
2209	曙	shǔ
2210	薯	shǔ
2211	屬	shǔ
2212	數	shǔ
		shù
2213	束	shù
2214	述	shù
2215	恕	shù
2216	術	shù
2217	墅	shù
2218	漱	shù
2219	豎	shù
2220	樹	shù
2221	刷	shuā
2222	耍	shuǎ
2223	衰	shuāi
2224	摔	shuāi
2225	甩	shuǎi
2226	帥	shuài
2227	蟀	shuài
	率	shuài
		(另見lǜ)
2228	拴	shuān
2229	栓	shuān
2230	涮	shuàn
2231	霜	shuāng
2232	雙	shuāng
2233	爽	shuǎng
	誰	shuí
		(另見shéi)
2234	水	shuǐ
2235	稅	shuì
2236	睡	shuì
2237	說	shuì
		(另見shuō)
2238	順	shùn
2239	瞬	shùn
	說	shuō
		(另見shuì)
2240	碩	shuò
2241	爍	shuò
2242	司	sī
2243	私	sī
2244	思	sī
2245	斯	sī
2246	絲	sī
2247	撕	sī
2248	死	sǐ
2249	四	sì
2250	寺	sì
2251	祀	sì
2252	肆	sì
2253	飼	sì
	伺	sì
		(另見cì)
	似	sì
		(另見shì)
2254	松	sōng
2255	鬆	sōng
2256	聳	sǒng
2257	送	sòng
2258	訟	sòng
2259	頌	sòng
2260	誦	sòng
2261	搜	sōu
2262	艘	sōu
2263	嗽	sòu
2264	穌	sū
2265	蘇	sū
2266	俗	sú
2267	素	sù
2268	速	sù
2269	肅	sù
2270	訴	sù
2271	塑	sù
2272	宿	sù
		(另見xiǔ)
2273	酸	suān

2274 算 suàn
2275 蒜 suàn
2276 雖 suī
2277 隨 suí
2278 遂 suí
(另見suì)
2279 髓 suǐ
2280 歲 suì
2281 碎 suì
2282 隧 suì
2283 穗 suì
遂 suì
(另見suí)
2284 孫 sūn
2285 筍 sǔn
2286 損 sǔn
2287 嗦 suō
2288 唆 suō
2289 梭 suō
2290 縮 suō
2291 所 suǒ
2292 索 suǒ
2293 瑣 suǒ
2294 鎖 suǒ
2295 他 tā
2296 它 tā
2297 她 tā
2298 塌 tā
2299 踏 tā
(另見tà)
2300 塔 tǎ
2301 榻 tà
2303 撻 tà
2302 蹋 tà
踏 tà
(另見tā)
2304 胎 tāi
2305 台 tái
2306 抬 tái
2307 枱 tái
2308 颱 tái
2309 太 tài
2310 汰 tài
2311 泰 tài
2312 態 tài
2313 貪 tān
2314 攤 tān
2315 灘 tān
2316 癱 tān
2317 痰 tán
2318 潭 tán
2319 談 tán
2320 壇 tán
彈 tán
(另見dàn)
2321 坦 tǎn
2322 毯 tǎn
2323 炭 tàn
2324 探 tàn
2325 嘆 tàn
2326 碳 tàn
2327 湯 tāng
2328 唐 táng
2329 堂 táng
2330 棠 táng
2331 塘 táng
2332 膛 táng
2333 糖 táng
2334 倘 tǎng
2335 淌 tǎng
2336 躺 tǎng
2337 趟 tàng
2338 燙 tàng
2339 掏 tāo
2340 滔 tāo
2341 濤 tāo
2342 桃 táo
2343 逃 táo
2344 淘 táo
2345 陶 táo
2346 萄 táo
2347 討 tǎo
2348 套 tào
2349 特 tè
2350 疼 téng
2351 藤 téng
2352 騰 téng
2353 剔 tī
2354 梯 tī
2355 踢 tī
2356 蹄 tí
2357 題 tí
提 tí
(另見dī)
2358 體 tǐ
2359 剃 tì
2360 涕 tì
2361 屜 tì
2362 惕 tì
2363 替 tì
2364 天 tiān
2365 添 tiān
2366 田 tián
2367 甜 tián
2368 填 tián
2369 挑 tiāo
(另見tiǎo)
2370 條 tiáo
調 tiáo
(另見diào)
挑 tiǎo
(另見tiāo)
2371 眺 tiào
2372 跳 tiào
2373 貼 tiē
2374 鐵 tiě
2375 帖 tiě
tiè
2376 聽 tīng
2377 廳 tīng
2378 廷 tíng
2379 亭 tíng
2380 庭 tíng
2381 停 tíng
2382 蜓 tíng
2383 挺 tǐng
2384 艇 tǐng
2385 通 tōng
(另見tòng)
2386 桐 tóng
2387 童 tóng
2388 銅 tóng
2389 同 tóng
(另見tòng)
2390 捅 tǒng
2391 桶 tǒng
2392 統 tǒng
2393 筒 tǒng
2394 痛 tòng
同 tòng
(另見tóng)
通 tòng
(另見tōng)
2395 偷 tōu
2396 投 tóu
2397 頭 tóu
2398 透 tòu
2399 凸 tū
2400 禿 tū
2401 突 tū
2402 徒 tú
2403 屠 tú
2404 途 tú

2405	塗	tú
2406	圖	tú
2407	土	tǔ
2408	吐	tǔ
		tù
2409	兔	tù
2410	團	tuán
2411	推	tuī
2412	頹	tuí
2413	腿	tuǐ
2414	退	tuì
2415	吞	tūn
2416	屯	tún
2417	豚	tún
2418	飩	tún
2419	托	tuō
2420	拖	tuō
2421	託	tuō
2422	脫	tuō
2423	馱	tuó
2424	駝	tuó
2425	妥	tuǒ
2426	橢	tuǒ
2427	拓	tuò
2428	唾	tuò
2429	挖	wā
2430	蛙	wā
2431	窪	wā
2432	哇	wā
		(另見wa)
	凹	wā
		(另見āo)
2433	娃	wá
2434	瓦	wǎ
2435	襪	wà
	哇	wa
		(另見wā)
2436	歪	wāi
2437	外	wài
2438	豌	wān
2439	彎	wān
2440	灣	wān
2441	丸	wán
2442	完	wán
2443	玩	wán
2444	頑	wán
2445	挽	wǎn
2446	惋	wǎn
2447	晚	wǎn
2448	碗	wǎn
2449	腕	wàn
2450	萬	wàn
2451	汪	wāng
2452	亡	wáng
2453	王	wáng
2454	往	wǎng
2455	枉	wǎng
2456	網	wǎng
2457	妄	wàng
2458	忘	wàng
2459	旺	wàng
2460	望	wàng
2461	危	wēi
2462	威	wēi
2463	微	wēi
2464	巍	wēi
2465	桅	wéi
2466	唯	wéi
2467	惟	wéi
2468	圍	wéi
2469	違	wéi
2470	維	wéi
2471	爲	wéi
		(另見wèi)
2472	尾	wěi
2473	委	wěi
2474	僞	wěi
2475	偉	wěi
2476	萎	wěi
2477	緯	wěi
2478	未	wèi
2479	位	wèi
2480	味	wèi
2481	畏	wèi
2482	胃	wèi
2483	猬	wèi
2484	喂	wèi
2485	尉	wèi
2486	慰	wèi
2487	衛	wèi
2488	餵	wèi
2489	謂	wèi
	爲	wèi
		(另見wéi)
2490	溫	wēn
2491	瘟	wēn
2492	文	wén
2493	紋	wén
2494	蚊	wén
2495	聞	wén
2496	吻	wěn
2497	紊	wěn
2498	穩	wěn
2499	問	wèn
2500	翁	wēng
2501	嗡	wēng
2502	渦	wō
2503	窩	wō
2504	蝸	wō
2505	我	wǒ
2506	沃	wò
2507	臥	wò
2508	握	wò
2509	斡	wò
2510	污	wū
2511	巫	wū
2512	屋	wū
2513	烏	wū
2514	嗚	wū
2515	誣	wū
2516	毋	wú
2517	梧	wú
2518	無	wú
2519	五	wǔ
2520	午	wǔ
2521	伍	wǔ
2522	武	wǔ
2523	侮	wǔ
2524	捂	wǔ
2525	舞	wǔ
2526	鵡	wǔ
2527	勿	wù
2528	物	wù
2529	悟	wù
2530	務	wù
2531	晤	wù
2532	誤	wù
2533	霧	wù
	惡	wù
		(另見è)
2534	夕	xī
2535	西	xī
2536	吸	xī
2537	希	xī
2538	昔	xī
2539	析	xī
2540	息	xī
2541	悉	xī
2542	惜	xī
2543	晰	xī
2544	稀	xī
2545	犀	xī
2546	蜥	xī

2547	熄	xī
2548	溪	xī
2549	膝	xī
2550	錫	xī
2551	蟋	xī
2552	犧	xī
2553	席	xí
2554	習	xí
2555	媳	xí
2556	襲	xí
2557	洗	xǐ
2558	喜	xǐ
2559	系	xì
2560	係	xì
2561	細	xì
2562	隙	xì
2563	戲	xì
	繫	xì (另見jì)
2564	瞎	xiā
2565	蝦	xiā
2566	俠	xiá
2567	峽	xiá
2568	狹	xiá
2569	暇	xiá
2570	轄	xiá
2571	霞	xiá
2572	下	xià
2573	夏	xià
	廈	xià (另見shà)
	嚇	xià (另見hè)
2574	仙	xiān
2575	先	xiān
2576	掀	xiān
2577	纖	xiān
2578	鮮	xiān (另見xiǎn)
2579	弦	xián
2580	閒	xián
2581	嫌	xián
2582	銜	xián
2583	賢	xián
2584	鹹	xián
2585	險	xiǎn
2586	顯	xiǎn
	鮮	xiǎn (另見xiān)
2587	限	xiàn
2588	現	xiàn
2589	陷	xiàn
2590	羨	xiàn
2591	線	xiàn
2592	憲	xiàn
2593	縣	xiàn
2594	餡	xiàn
2595	獻	xiàn
2596	香	xiāng
2597	廂	xiāng
2598	鄉	xiāng
2599	箱	xiāng
2600	鑲	xiāng
2601	相	xiāng (另見xiàng)
2602	祥	xiáng
2603	翔	xiáng
2604	詳	xiáng
	降	xiáng (另見jiàng)
2605	享	xiǎng
2606	想	xiǎng
2607	餉	xiǎng
2608	響	xiǎng
2609	向	xiàng
2610	象	xiàng
2611	項	xiàng
2612	像	xiàng
2613	橡	xiàng
2614	嚮	xiàng
	巷	xiàng (另見hàng)
	相	xiàng (另見xiāng)
2615	宵	xiāo
2616	消	xiāo
2617	逍	xiāo
2618	硝	xiāo
2619	銷	xiāo
2620	蕭	xiāo
2621	瀟	xiāo
2622	囂	xiāo
2623	削	xiāo (另見xuē)
2624	淆	xiáo
2625	小	xiǎo
2626	曉	xiǎo
2627	孝	xiào
2628	肖	xiào
2629	哮	xiào
2630	效	xiào
2631	笑	xiào
2632	嘯	xiào
	校	xiào (另見jiào)
2633	些	xiē
2634	歇	xiē
2635	蠍	xiē
2636	邪	xié
2637	協	xié
2638	挾	xié
2639	脅	xié
2640	斜	xié
2641	鞋	xié
2642	諧	xié
2643	攜	xié
2644	寫	xiě
2645	血	xiě (另見xuè)
2646	卸	xiè
2647	泄	xiè
2648	洩	xiè
2649	屑	xiè
2650	械	xiè
2651	懈	xiè
2652	謝	xiè
2653	瀉	xiè
2654	蟹	xiè
	解	xiè (另見jiě) (另見jiè)
2655	心	xīn
2656	辛	xīn
2657	欣	xīn
2658	芯	xīn
2659	新	xīn
2660	鋅	xīn
2661	薪	xīn
2662	馨	xīn
2663	信	xìn
2664	釁	xìn
2665	星	xīng
2666	猩	xīng
2667	腥	xīng
2668	興	xīng (另見xìng)
2669	刑	xíng
2670	形	xíng
2671	型	xíng
	行	xíng (另見háng)
2672	醒	xǐng
	省	xǐng

(另見shěng)
2673 杏 xìng
2674 姓 xìng
2675 幸 xìng
2676 性 xìng
2677 倖 xìng
興 xìng
(另見xīng)
2678 兄 xiōng
2679 兇 xiōng
2680 洶 xiōng
2681 胸 xiōng
2682 雄 xióng
2683 熊 xióng
2684 休 xiū
2685 修 xiū
2686 羞 xiū
2687 朽 xiǔ
宿 xiǔ
(另見sù)
2688 秀 xiù
2689 袖 xiù
2690 嗅 xiù
2691 繡 xiù
2692 鏽 xiù
臭 xiù
(另見chòu)
2693 虛 xū
2694 須 xū
2695 需 xū
2696 墟 xū
2697 鬚 xū
2698 栩 xǔ
2699 許 xǔ
2700 旭 xù
2701 序 xù
2702 恤 xù
2703 酗 xù
2704 婿 xù
2705 絮 xù
2706 緒 xù
2707 蓄 xù
2708 續 xù
2709 敍 xù
畜 xù
(另見chù)
2710 宣 xuān
2711 喧 xuān
2712 暄 xuān
2713 漩 xuán
2714 懸 xuán
2715 旋 xuán
(另見xuàn)
2716 選 xuǎn
2717 渲 xuàn
2718 炫 xuàn
2719 絢 xuàn
旋 xuàn
(另見xuán)
2720 靴 xuē
削 xuē
(另見xiāo)
2721 穴 xué
2722 學 xué
2723 雪 xuě
血 xuè
(另見xiě)
2724 勛 xūn
2725 熏 xūn
2726 勳 xūn
2727 旬 xún
2728 巡 xún
2729 尋 xún
2730 循 xún
2731 詢 xún
2732 汛 xùn
2733 迅 xùn
2734 訊 xùn
2735 訓 xùn
2736 馴 xùn
2737 遜 xùn
2738 丫 yā
2739 押 yā
2740 鴉 yā
2741 鴨 yā
2742 呀 yā
(另見ya)
2743 壓 yā
(另見yà)
2744 牙 yá
2745 芽 yá
2746 崖 yá
2747 涯 yá
2748 啞 yǎ
2749 雅 yǎ
2750 亞 yà
2751 訝 yà
2752 軋 yà
(另見zhá)
壓 yà
(另見yā)
呀 ya
(另見yā)
2753 淹 yān
2754 煙 yān
2755 燕 yān
(另見yàn)
2756 咽 yān
(另見yàn)
(另見yè)
2757 言 yán
2758 岩 yán
2759 延 yán
2760 沿 yán
2761 炎 yán
2762 研 yán
2763 顏 yán
2764 嚴 yán
2765 鹽 yán
2766 衍 yǎn
2767 掩 yǎn
2768 眼 yǎn
2769 演 yǎn
2770 宴 yàn
2771 焰 yàn
2772 雁 yàn
2773 厭 yàn
2774 諺 yàn
2775 驗 yàn
2776 艷 yàn
燕 yàn
(另見yān)
咽 yàn
(另見yān)
(另見yè)
2777 央 yāng
2778 殃 yāng
2779 秧 yāng
2780 羊 yáng
2781 洋 yáng
2782 揚 yáng
2783 陽 yáng
2784 楊 yáng
2785 仰 yǎng
2786 氧 yǎng
2787 養 yǎng
2788 癢 yǎng
2789 樣 yàng
2790 夭 yāo
2791 吆 yāo
2792 妖 yāo
2793 腰 yāo
2794 邀 yāo

2795	要	yāo (另見yào)
2796	搖	yáo
2797	遙	yáo
2798	窑	yáo
2799	謠	yáo
2800	咬	yǎo
2801	舀	yǎo
2802	藥	yào
2803	耀	yào
2804	鑰	yào
	要	yào (另見yāo)
2805	耶	yē
2806	椰	yē
2807	爺	yé
2808	也	yě
2809	冶	yě
2810	野	yě
2811	夜	yè
2812	頁	yè
2813	液	yè
2814	業	yè
2815	葉	yè
	咽	yè (另見yān) (另見yàn)
2816	一	yī
2817	伊	yī
2818	衣	yī
2819	依	yī
2820	醫	yī
2821	宜	yí
2822	姨	yí
2823	胰	yí
2824	移	yí
2825	疑	yí
2826	儀	yí
2827	遺	yí
2828	乙	yǐ
2829	已	yǐ
2830	以	yǐ
2831	倚	yǐ
2832	椅	yǐ
2833	蟻	yǐ
2834	亦	yì
2835	屹	yì
2836	役	yì
2837	抑	yì
2838	易	yì
2839	疫	yì
2840	益	yì
2841	異	yì
2842	翌	yì
2843	意	yì
2844	蜴	yì
2845	逸	yì
2846	溢	yì
2847	裔	yì
2848	義	yì
2849	詣	yì
2850	億	yì
2851	毅	yì
2852	誼	yì
2853	憶	yì
2854	翼	yì
2855	繹	yì
2856	藝	yì
2857	議	yì
2858	譯	yì
2859	因	yīn
2860	姻	yīn
2861	音	yīn
2862	殷	yīn
2863	陰	yīn
2864	蔭	yīn (另見yìn)
2865	吟	yín
2866	淫	yín
2867	銀	yín
2868	引	yǐn
2869	蚓	yǐn
2870	飲	yǐn
2871	隱	yǐn
2872	癮	yǐn
2873	印	yìn
	蔭	yìn (另見yīn)
2874	英	yīng
2875	嬰	yīng
2876	櫻	yīng
2877	鶯	yīng
2878	鷹	yīng
2879	鸚	yīng
2880	應	yīng (另見yìng)
2881	迎	yíng
2882	盈	yíng
2883	熒	yíng
2884	瑩	yíng
2885	螢	yíng
2886	營	yíng
2887	蠅	yíng
2888	贏	yíng
2889	影	yǐng
2890	穎	yǐng
2891	映	yìng
2892	硬	yìng
	應	yìng (另見yīng)
2893	喲	yo
2894	庸	yōng
2895	傭	yōng
2896	擁	yōng
2897	臃	yōng
2898	永	yǒng
2899	泳	yǒng
2900	勇	yǒng
2901	湧	yǒng
2902	詠	yǒng
2903	踴	yǒng
2904	用	yòng
2905	佣	yòng
2906	幽	yōu
2907	悠	yōu
2908	憂	yōu
2909	優	yōu
2910	尤	yóu
2911	由	yóu
2912	油	yóu
2913	游	yóu
2914	猶	yóu
2915	郵	yóu
2916	遊	yóu
2917	鈾	yóu
2918	柚	yóu (另見yòu)
2919	友	yǒu
2920	有	yǒu
2921	又	yòu
2922	右	yòu
2923	幼	yòu
2924	祐	yòu
2925	誘	yòu
	柚	yòu (另見yóu)
2926	迂	yū
2927	於	yú
2928	娛	yú
2929	魚	yú
2930	愉	yú
2931	愚	yú
2932	榆	yú

2933	逾	yú
2934	漁	yú
2935	餘	yú
2936	輿	yú
2937	予	yǔ
2938	宇	yǔ
2939	羽	yǔ
2940	雨	yǔ
2941	語	yǔ
2942	嶼	yǔ
2943	與	yǔ yù
2944	玉	yù
2945	育	yù
2946	郁	yù
2947	浴	yù
2948	域	yù
2949	欲	yù
2950	喻	yù
2951	寓	yù
2952	愈	yù
2953	裕	yù
2954	遇	yù
2955	預	yù
2956	獄	yù
2957	御	yù
2958	禦	yù
2959	諭	yù
2960	豫	yù
2961	癒	yù
2962	譽	yù
2963	鬱	yù
2964	籲	yù
2965	冤	yuān
2966	淵	yuān
2967	元	yuán
2968	原	yuán
2969	員	yuán
2970	援	yuán
2971	園	yuán
2972	圓	yuán
2973	源	yuán
2974	猿	yuán
2975	緣	yuán
2976	遠	yuǎn
2977	怨	yuàn
2978	院	yuàn
2979	願	yuàn
2980	曰	yuē
2981	約	yuē
2982	月	yuè

2983	岳	yuè
2984	悅	yuè
2985	越	yuè
2986	粵	yuè
2987	閱	yuè
2988	躍	yuè
	樂	yuè (另見lè)
2989	暈	yūn (另見yùn)
2990	勻	yún
2991	耘	yún
2992	雲	yún
2993	允	yǔn
2994	孕	yùn
2995	運	yùn
2996	熨	yùn
2997	醞	yùn
2998	韻	yùn
2999	蘊	yùn
	暈	yùn (另見yūn)
3000	扎	zā (另見zhā) (另見zhá)
3001	砸	zá
3002	雜	zá
3003	災	zāi
3004	栽	zāi
3005	宰	zǎi
3006	仔	zǎi (另見zǐ)
3007	載	zǎi zài
3008	再	zài
3009	在	zài
3010	咱	zán
3011	攢	zǎn
3012	暫	zàn
3013	贊	zàn
3014	讚	zàn
3015	髒	zāng
3016	葬	zàng
3017	臟	zàng
	藏	zàng (另見cáng)
3018	遭	zāo
3019	糟	zāo
3020	鑿	záo
3021	早	zǎo
3022	棗	zǎo

3023	澡	zǎo
3024	藻	zǎo
3025	灶	zào
3026	皂	zào
3027	造	zào
3028	噪	zào
3029	燥	zào
3030	躁	zào
3031	則	zé
3032	責	zé
3033	擇	zé
3034	澤	zé
3035	賊	zéi
3036	怎	zěn
3037	增	zēng
3038	憎	zēng
	曾	zēng (另見céng)
3039	贈	zèng
3040	紮	zhā
3041	渣	zhā
3042	楂	zhā
	扎	zhā zhá (另見zā)
3043	閘	zhá
3044	炸	zhá (另見zhà)
	軋	zhá (另見yà)
3045	眨	zhǎ
3046	詐	zhà
3047	榨	zhà
	炸	zhà (另見zhá)
3048	摘	zhāi
3049	宅	zhái
3050	窄	zhǎi
3051	債	zhài
3052	寨	zhài
3053	沾	zhān
3054	粘	zhān
3055	瞻	zhān
3056	展	zhǎn
3057	斬	zhǎn
3058	盞	zhǎn
3059	嶄	zhǎn
	輾	zhǎn (另見niǎn)
3060	佔	zhàn
3061	站	zhàn

3062	湛	zhàn
3063	綻	zhàn
3064	戰	zhàn
3065	蘸	zhàn
3066	張	zhāng
3067	章	zhāng
3068	彰	zhāng
3069	蟑	zhāng
3070	掌	zhǎng
3071	漲	zhǎng
		(另見zhàng)
	長	zhǎng
		(另見cháng)
3072	丈	zhàng
3073	仗	zhàng
3074	杖	zhàng
3075	帳	zhàng
3076	脹	zhàng
3077	障	zhàng
3078	賬	zhàng
	漲	zhàng
		(另見zhǎng)
3079	招	zhāo
	朝	zhāo
		(另見cháo)
3080	着	zhāo
		zháo
		(另見zhe)
		(另見zhuó)
3081	找	zhǎo
3082	沼	zhǎo
3083	爪	zhǎo
		(另見zhuǎ)
3084	召	zhào
3085	兆	zhào
3086	照	zhào
3087	罩	zhào
3088	肇	zhào
3089	遮	zhē
3090	蜇	zhē
		(另見zhé)
	折	zhē
		zhé
		(另見shé)
3091	哲	zhé
3092	摺	zhé
3093	輒	zhé
3094	轍	zhé
	蜇	zhé
		(另見zhē)
3095	者	zhě
3096	蔗	zhè
	這	zhè
		(另見zhèi)
	着	zhe
		(另見zhāo)
		(另見zháo)
		(另見zhuó)
	這	zhèi
		(另見zhè)
3097	珍	zhēn
3098	貞	zhēn
3099	真	zhēn
3100	針	zhēn
3101	偵	zhēn
3102	斟	zhēn
3103	枕	zhěn
3104	疹	zhěn
3105	診	zhěn
3106	振	zhèn
3107	陣	zhèn
3108	賑	zhèn
3109	震	zhèn
3110	鎮	zhèn
3111	征	zhēng
3112	爭	zhēng
3113	睜	zhēng
3114	箏	zhēng
3115	蒸	zhēng
3116	徵	zhēng
3117	癥	zhēng
3118	正	zhēng
		(另見zhèng)
3119	掙	zhēng
		(另見zhèng)
3120	拯	zhěng
3121	整	zhěng
3122	政	zhèng
3123	症	zhèng
3124	鄭	zhèng
3125	證	zhèng
	正	zhèng
		(另見zhēng)
	掙	zhèng
		(另見zhēng)
3126	之	zhī
3127	支	zhī
3128	汁	zhī
3129	枝	zhī
3130	知	zhī
3131	肢	zhī
3132	芝	zhī
3133	脂	zhī
3134	隻	zhī
3135	蜘	zhī
3136	織	zhī
3137	直	zhí
3138	侄	zhí
3139	值	zhí
3140	執	zhí
3141	植	zhí
3142	殖	zhí
3143	職	zhí
3144	止	zhǐ
3145	只	zhǐ
3146	旨	zhǐ
3147	址	zhǐ
3148	指	zhǐ
3149	紙	zhǐ
3150	至	zhì
3151	志	zhì
3152	制	zhì
3153	治	zhì
3154	炙	zhì
3155	峙	zhì
3156	致	zhì
3157	秩	zhì
3158	窒	zhì
3159	智	zhì
3160	稚	zhì
3161	置	zhì
3162	滯	zhì
3163	製	zhì
3164	誌	zhì
3165	幟	zhì
3166	摯	zhì
3167	緻	zhì
3168	質	zhì
3169	擲	zhì
3170	忠	zhōng
3171	衷	zhōng
3172	終	zhōng
3173	鐘	zhōng
3174	中	zhōng
		(另見zhòng)
3175	腫	zhǒng
3176	種	zhǒng
		zhòng
3177	仲	zhòng
3178	眾	zhòng
	中	zhòng
		(另見zhōng)
	重	zhòng

		(另見chóng)
3179	州	zhōu
3180	舟	zhōu
3181	周	zhōu
3182	洲	zhōu
3183	粥	zhōu
3184	軸	zhóu
		zhòu
3185	宙	zhòu
3186	晝	zhòu
3187	皺	zhòu
3188	驟	zhòu
3189	株	zhū
3190	珠	zhū
3191	蛛	zhū
3192	諸	zhū
3193	豬	zhū
3194	竹	zhú
3195	逐	zhú
3196	燭	zhú
3197	主	zhǔ
3198	拄	zhǔ
3199	煮	zhǔ
3200	囑	zhǔ
3201	矚	zhǔ
3202	住	zhù
3203	助	zhù
3204	注	zhù
3205	柱	zhù
3206	祝	zhù
3207	著	zhù
3208	註	zhù
3209	貯	zhù
3210	駐	zhù
3211	築	zhù
3212	鑄	zhù
3213	抓	zhuā
	爪	zhuǎ
		(另見zhǎo)
3214	拽	zhuài
3215	專	zhuān
3216	磚	zhuān
3217	轉	zhuǎn
		zhuàn
3218	撰	zhuàn
3219	賺	zhuàn
	傳	zhuàn
		(另見chuán)
3220	妝	zhuāng
3221	莊	zhuāng
3222	裝	zhuāng
3223	樁	zhuāng
3224	壯	zhuàng
3225	狀	zhuàng
3226	撞	zhuàng
3227	幢	zhuàng
3228	追	zhuī
3229	椎	zhuī
3230	綴	zhuì
3231	墜	zhuì
3232	准	zhǔn
3233	準	zhǔn
3234	拙	zhuō
3235	捉	zhuō
3236	桌	zhuō
3237	卓	zhuó
3238	茁	zhuó
3239	酌	zhuó
3240	啄	zhuó
3241	濁	zhuó
3242	琢	zhuó
		(另見zuó)
	着	zhuó
		(另見zhāo)
		(另見zháo)
		(另見zhe)
3243	姿	zī
3244	滋	zī
3245	資	zī
3246	諮	zī
3247	姊	zǐ
3248	籽	zǐ
3249	紫	zǐ
3250	子	zǐ
		(另見zi)
	仔	zǐ
		(另見zǎi)
3251	字	zì
3252	自	zì
	子	zi
		(另見zǐ)
3253	宗	zōng
3254	棕	zōng
3255	綜	zōng
3256	蹤	zōng
3257	總	zǒng
3258	粽	zòng
3259	縱	zòng
3260	走	zǒu
3261	奏	zòu
3262	揍	zòu
3263	租	zū
3264	足	zú
3265	卒	zú
3266	族	zú
3267	阻	zǔ
3268	祖	zǔ
3269	組	zǔ
3270	鑽	zuān
		zuàn
3271	攥	zuàn
3272	嘴	zuǐ
3273	最	zuì
3274	罪	zuì
3275	醉	zuì
3276	尊	zūn
3277	遵	zūn
3278	昨	zuó
	琢	zuó
		(另見zhuó)
3279	左	zuǒ
3280	作	zuò
3281	坐	zuò
3282	座	zuò
3283	做	zuò

附錄一：常見姓氏用字（32）*

3284	劉	liú
3285	趙	zhào
3286	吳	wú
3287	徐	xú
3288	朱	zhū
3289	郭	guō
3290	梁	liáng
3291	宋	sòng
3292	韓	hán
3293	潘	pān
3294	于	yú
3295	馮	féng
3296	呂	lǚ
3297	鄧	dèng
3298	曹	cáo
3299	袁	yuán
3300	彭	péng
3301	鍾	zhōng
3302	蔡	cài
3303	魏	wèi
3304	沈	shěn
3305	盧	lú
3306	余	yú
3307	賈	jiǎ
3308	范	fàn
3309	譚	tán
3310	邱	qiū
3311	侯	hóu
3312	秦	qín
3313	孟	mèng
3314	閻	yán
3315	郝	hǎo

* 以 505 個按頻率排列的常見姓氏中的前 100 個漢字，與詞匯等級大綱 3283 個用字相比較後，沒有在其中出現的 32 個漢字。

附錄二：常見人名地名用字（51）*

3316	渤	bó
3317	岑	cén
3318	琛	chēn
3319	甸	diàn
3320	鄂	è
3321	戈	gē
3322	葛	gě
3323	杭	háng
3324	赫	hè
3325	淮	huái
3326	冀	jì
3327	娟	juān
3328	柯	kē
3329	琳	lín
3330	曼	màn
3331	閩	mǐn
3332	酩	mǐng
3333	娜	nà
3334	妮	nī
3335	聶	niè
3336	浦	pǔ
3337	綺	qǐ
3338	沁	qìn
3339	瓊	qióng
3340	蓉	róng
3341	儒	rú
3342	蕊	ruǐ
3343	陝	shǎn
3344	淑	shū
3345	蜀	shǔ
3346	婉	wǎn
3347	薇	wēi
3348	熙	xī
3349	嫻	xián
3350	湘	xiāng
3351	匈	xiōng
3352	堯	yáo
3353	頤	yí
3354	禹	yǔ
3355	苑	yuàn
3356	浙	zhè
3357	鄒	zōu

※　※　※

3358	埗	bù
3359	涌	chōng
3360	磡	kàn
3361	鱲	liè
3362	埔	bù pǔ
3363	荃	quán
3364	鰂	zéi
3365	圳	zhèn
3366	咀	zuǐ

* 與詞匯等級大綱 3283 個用字相比較後，沒有在其中出現的 42 個常見人名、地名用字以及 9 個香港常用地名用字。

香港地區普通話教學與測試
音節與漢字對照表

① 按四呼排序的音節與漢字對照表

——本表共收錄 1218 個音節，按開口呼、齊齒呼、合口呼、撮口呼排列。

② 按音序排列的音節與漢字對照表

——以現代漢語音節表為序排列的音節表。

③ 按音序排列的同音字表

——本表按音序羅列漢字表收錄的所有漢字及其讀音。

香港地區普通話教學與測試音節與漢字對照表

註：

( ) 表示詞表沒收的字，共 107 個

[ ] 表示詞表已收此字，沒收此音，共 13 個；均屬多音字

* 表示多音字，共 122 個

表一：開口呼

韻母 例字 聲母	開口呼 (1)																			
	a				o				e				ai				ei			
b	bā 八	bá 拔	bǎ 把*	bà 爸	bō 波	bó 勃	bǒ (跛)	bò (簸)*					bāi (掰)	bái 白	bǎi 百	bài 拜	bēi 杯		běi 北	bèi 倍
p	pā 趴	pá 爬		pà 怕	pō 坡	pó 婆	pǒ (叵)	pò 破					pāi 拍	pái 牌	pǎi [迫]	pài 派	pēi 胚	péi 陪		pèi 配
m	mā 媽	má 痲	mǎ 馬	mà 罵	mō 摸	mó 魔	mǒ 抹*	mò 默						mái 埋*	mǎi 買	mài 賣		méi 眉	měi 每	mèi 妹
f	fā 發	fá 罰	fǎ 法	fà 髮		fó 佛											fēi 非	féi 肥	fěi 匪	fèi 肺
d	dā 搭	dá 達	dǎ 打*	dà 大*					dē (嘚)*	dé 德			dāi 呆		dǎi 歹	dài 代	dēi (嘚)*		děi 得*	
t	tā 他		tǎ 塔	tà 榻								tè 特	tāi 胎	tái 抬		tài 太				
n	nā [那]	ná 拿	nǎ 哪*	nà 納						né [哪]		nè (訥)			nǎi 乃	nài 耐			něi (餒)	nèi 內
l	lā 垃	lá (旯)	lǎ 喇*	là 辣								lè 樂*		lái 來		lài 賴	lēi 勒*	léi 雷	lěi 壘	lèi 淚
g	gā 咖*	gá (嘎)*	gǎ (嘎)*	gà 尬					gē 哥	gé 革	gě (葛)	gè 各	gāi 該		gǎi 改	gài 概			gěi 給*	
k	kā 咖*		kǎ 卡*						kē 科	ké 咳*	kě 渴	kè 克	kāi 開		kǎi 凱	kài (愾)				
h	hā 哈*	há (蛤)*	hǎ 哈*						hē 喝*	hé 河		hè 賀	hāi 咳*	hái 孩	hǎi 海	hài 害	hēi 黑			
j																				
q																				
x																				
zh	zhā 渣	zhá 閘	zhǎ 眨	zhà 詐					zhē 遮	zhé 哲	zhě 者	zhè (浙)	zhāi 摘	zhái 宅	zhǎi 窄	zhài 債				zhèi 這*
ch	chā 插	chá 茶	chǎ (衩)*	chà 岔					chē 車*		chě 扯	chè 徹	chāi 拆	chái 柴						
sh	shā 殺	shá 啥	shǎ 傻	shà 廈*					shē 奢	shé 舌	shě 捨	shè 設	shāi 篩			shài 曬		shéi 誰*		
r											rě 惹	rè 熱								
z	zā 札*	zá 雜								zé 則		zè (仄)	zāi 災		zǎi 宰	zài 在		zéi 賊		
c	cā 擦											cè 冊	cāi 猜	cái 才	cǎi 彩	cài 菜				
s	sā 撒*		sǎ 灑	sà 薩								sè 澀	sāi 腮			sài 賽				
零	ā 阿*	á [啊]	ǎ [啊]	à [啊]	ō 噢	ó 哦*	ǒ (嚄)*	ò [哦]	ē (婀)	é 額	ě 噁	è 餓	āi 哀	ái 癌	ǎi 矮	ài 愛				

韻母 例字 聲母	開口呼 (2)															
	ao				ou				an				en			
b	bāo 包	báo 雹	bǎo 保	bào 抱					bān 班		bǎn 板	bàn 半	bēn 奔*		běn 本	bèn 笨
p	pāo 抛	páo 袍	pǎo 跑	pào 泡*	pōu 剖	póu (抔)			pān (潘)	pán 盤		pàn 判	pēn 噴*	pén 盆		pèn [噴]
m	māo 貓	máo 毛	mǎo (卯)	mào 冒	mōu (哞)	móu 謀	mǒu 某			mán 瞞	mǎn 滿	màn 慢	mēn 悶*	mén 門		mèn 悶*
f							fǒu 否*		fān 帆	fán 凡	fǎn 反	fàn 犯	fēn 紛	fén 墳	fěn 粉	fèn 奮
d	dāo 刀		dǎo 導	dào 到	dōu 兜		dǒu 抖	dòu 豆	dān 丹		dǎn 膽	dàn 但				
t	tāo 掏	táo 逃	tǎo 討	tào 套	tōu 偷	tóu 投		tòu 透	tān 貪	tán 談	tǎn 坦	tàn 探				
n		náo 撓	nǎo 腦	nào 鬧						nán 男	nǎn (腩)	nàn 難*				nèn 嫩
l	lāo 撈	láo 牢	lǎo 老	lào 澇	lōu [摟]	lóu 樓	lǒu 摟*	lòu 漏		lán 藍	lǎn 懶	làn 爛				
g	gāo 高		gǎo 搞	gào 告	gōu 勾*		gǒu 狗	gòu 夠	gān 甘		gǎn 趕	gàn 幹	gēn 根			gèn (亙)
k			kǎo 考	kào 靠	kōu 摳		kǒu 口	kòu 扣	kān 刊		kǎn 砍	kàn (磡)			kěn 肯	kèn (裉)
h	hāo (蒿)	háo 豪	hǎo 好*	hào 耗	hōu (齁)	hóu 喉	hǒu 吼	hòu 厚	hān (酣)	hán 含	hǎn 喊	hàn 漢		hén 痕	hěn 很	hèn 恨
j																
q																
x																
zh	zhāo 招	zháo 着*	zhǎo 找	zhào 照	zhōu 周	zhóu 軸*	zhǒu (肘)	zhòu 皺	zhān 沾		zhǎn 展	zhàn 佔	zhēn 珍		zhěn 診	zhèn 陣
ch	chāo 抄	cháo 潮	chǎo 吵	chào (耖)	chōu 抽	chóu 愁	chǒu 醜	chòu 臭*	chān 攙	chán 纏	chǎn 產	chàn 顫	chēn (抻)	chén 晨	chěn (磣)	chèn 趁
sh	shāo 稍	sháo 勺	shǎo 少*	shào 紹	shōu 收	shóu 熟*	shǒu 手	shòu 受	shān 山		shǎn 閃	shàn 善	shēn 申	shén 神	shěn 審	shèn 慎
r		ráo 饒	rǎo 擾	rào 繞		róu 柔		ròu 肉		rán 然	rǎn 染			rén 人	rěn 忍	rèn 認
z	zāo 遭	záo 鑿	zǎo 早	zào 造	zōu (鄒)		zǒu 走	zòu 奏	zān (簪)	zán 咱	zǎn 攢	zàn 暫			zěn 怎	
c	cāo 操	cáo (曹)	cǎo 草	cào				còu 湊	cān 餐	cán 殘	cǎn 慘	càn 燦	cēn 參*	cén (岑)		
s	sāo 騷		sǎo 嫂	sào 掃*	sōu 搜		sǒu (叟)	sòu 嗽	sān 三		sǎn 傘	sàn 散*	sēn 森			
零	āo 凹*	áo (敖)	ǎo 襖	ào 澳	ōu 歐	óu (嘔)*	ǒu 偶	òu (漚)	ān 安			àn 岸	ēn 恩			èn (摁)

cào：此音節不提供漢字，因爲該漢字不會在教學中主動教導，也不適宜用於測試。

韻母 例字 聲母	開口呼 (3)														
	ang				eng				er			-i			
b	bāng 幫		bǎng 綁	bàng 傍	bēng 崩		běng [綳]	bèng 蹦							
p	pāng 乓	páng 旁	pǎng (耪)	pàng 胖*	pēng 烹	péng 朋	pěng 捧	pèng 碰							
m		máng 忙	mǎng 莽		mēng (矇)	méng 盟	měng 猛	mèng 夢							
f	fāng 方	fáng 房	fǎng 訪	fàng 放	fēng 風	féng 逢	fěng 諷	fèng 奉							
d	dāng 當*		dǎng 黨	dàng 檔	dēng 登		děng 等	dèng 凳							
t	tāng 湯	táng 堂	tǎng 躺	tàng 趟	tēng (熥)	téng 疼									
n	nāng (囔)	náng 囊*	nǎng (攮)	nàng (齉)		néng 能									
l	lāng (啷)	láng 狼	lǎng 朗	làng 浪	lēng [棱]	léng 棱*	lěng 冷	lèng 愣							
g	gāng 剛		gǎng 港	gàng 槓	gēng 耕		gěng 梗	gèng 更*							
k	kāng 康	káng 扛		kàng 抗	kēng 坑										
h	hāng (夯)	háng 航		hàng 巷*	hēng 哼	héng 恒		hèng 橫*							
j															
q															
x															
zh	zhāng 張		zhǎng 掌	zhàng 丈	zhēng 征		zhěng 整	zhèng 政				zhī 之	zhí 直	zhǐ 止	zhì 至
ch	chāng 昌	cháng 常	chǎng 廠	chàng 唱	chēng 撐	chéng 成	chěng 逞	chèng 秤				chī 吃	chí 持	chǐ 恥	chì 翅
sh	shāng 商		shǎng 賞	shàng 尚	shēng 升	shéng 繩	shěng 省*	shèng 聖				shī 失	shí 十	shǐ 使	shì 士
r	rāng 嚷*	ráng (瓤)	rǎng 壤	ràng 讓	rēng 扔	réng 仍									rì 日
z	zāng 髒			zàng 葬	zēng 增			zèng 贈				zī 資		zǐ 子	zì 自
c	cāng 倉	cáng 藏*				céng 層		cèng (蹭)				cī (疵)	cí 詞	cǐ 此	cì 次
s	sāng 桑		sǎng 嗓	sàng 喪*	sēng 僧							sī 司		sǐ 死	sì 四
零	āng 骯	áng 昂		àng (盎)					ér 兒	ěr 耳	èr 二				

香港地區普通話教學與測試音節與漢字對照表

表二：齊齒呼

韻母／例字／聲母	齊 齒 呼 (1)																			
	i				ia				ie				iao				iou(iu)			
b	bī 逼	bí 鼻	bǐ 比	bì 必					biē 憋	bié 別*	biě (癟)*	biè 彆	biāo 標		biǎo 表	biào (鰾)				
p	pī 批	pí 皮	pǐ 匹	pì 僻					piē 瞥		piě 撇*		piāo 飄	piáo (瓢)	piǎo 漂*	piào 票				
m	mī (咪)	mí 迷	mǐ 米	mì 密					miē (咩)			miè 滅	miāo (喵)	miáo 苗	miǎo 秒	miào 妙				miù 謬
f																				
d	dī 低	dí 敵	dǐ 底	dì 弟					diē 跌	dié 蝶			diāo 刁		diǎo	diào 掉	diū 丟			
t	tī 梯	tí 題	tǐ 體	tì 替					tiē 貼		tiě 鐵	tiè 帖*	tiāo 挑*	tiáo 條	tiǎo 挑*	tiào 跳				
n	nī (妮)	ní 霓	nǐ 你	nì 逆					niē 捏			niè (聶)			niǎo 鳥	niào 尿*	niū 妞	niú 牛	niǔ 扭	niù (拗)*
l	lī (哩)	lí 梨	lǐ 李	lì 力			liǎ 倆*		liē (咧)*		liě (咧)*	liè 列	liāo (撩)*	liáo 聊	liǎo 了*	liào 料	liū 溜*	liú 流	liǔ 柳	liù 六
g																				
k																				
h																				
j	jī 肌	jí 及	jǐ 己	jì 技	jiā 加	jiá 頰	jiǎ 甲	jià 架	jiē 接	jié 傑	jiě 姐	jiè 介	jiāo 交	jiáo 嚼*	jiǎo 狡	jiào 叫	jiū 究		jiǔ 九	jiù 救
q	qī 七	qí 棋	qǐ 企	qì 汽	qiā 掐	qiá (拤)	qiǎ 卡*	qià 恰	qiē 切*	qié 茄*	qiě 且	qiè 怯	qiāo 敲	qiáo 僑	qiǎo 巧	qiào 俏	qiū 秋	qiú 求	qiǔ (糗)	
x	xī 夕	xí 席	xǐ 洗	xì 細	xiā 瞎	xiá 俠		xià 下	xiē 些	xié 鞋	xiě 寫	xiè 謝	xiāo 消	xiáo 淆	xiǎo 小	xiào 笑	xiū 休		xiǔ 朽	xiù 秀
zh																				
ch																				
sh																				
r																				
z																				
c																				
s																				
零	yī 依	yí 宜	yǐ 乙	yì 易	yā 押	yá 牙	yǎ 雅	yà 亞	yē 椰	yé 爺	yě 也	yè 夜	yāo 腰	yáo 搖	yǎo 咬	yào 葯	yōu 悠	yóu 油	yǒu 友	yòu 又

diǎo：此音節不提供漢字，因爲該漢字不會在教學中主動教導，也不適宜用於測試。

韻母 例字 聲母	齊齒呼 (2)															
	ian				in				iang				ing			
b	biān 邊		biǎn 貶	biàn 變	bīn 賓			bìn 殯					bīng 冰		bǐng 丙	bìng 並
p	piān 偏	pián 便*		piàn 騙	pīn 拼	pín 貧	pǐn 品	pìn 聘					pīng 乒	píng 平		
m		mián 眠	miǎn 免	miàn 面		mín 民	mǐn 敏							míng 名	mǐng (酩)	mìng 命
f																
d	diān 顛		diǎn 典	diàn 店									dīng 丁		dǐng 頂	dìng 定
t	tiān 天	tián 田	tiǎn (舔)	tiàn (掭)									tīng 聽	tíng 庭	tǐng 挺	tìng (梃)*
n	niān (蔫)	nián 年	niǎn 攆	niàn 念		nín 您				niáng 娘		niàng 釀		níng 凝	nǐng 擰*	nìng 寧*
l		lián 連	liǎn 臉	liàn 練	līn (拎)	lín 林	lǐn (凜)	lìn 賃		liáng 良	liǎng 兩	liàng 亮		líng 零	lǐng 領	lìng 另
g																
k																
h																
j	jiān 尖		jiǎn 減	jiàn 件	jīn 巾		jǐn 僅	jìn 近	jiāng 江		jiǎng 獎	jiàng 醬	jīng 京		jǐng 井	jìng 淨
q	qiān 千	qián 前	qiǎn 淺	qiàn 欠	qīn 侵	qín 琴	qǐn (寢)	qìn (沁)	qiāng 槍	qiáng 牆	qiǎng 搶	qiàng 嗆*	qīng 青	qíng 晴	qǐng 請	qìng 慶
x	xiān 先	xián 嫌	xiǎn 險	xiàn 限	xīn 心			xìn 信	xiāng 香	xiáng 詳	xiǎng 想	xiàng 向	xīng 星	xíng 形	xǐng 醒	xìng 幸
zh																
ch																
sh																
r																
z																
c																
s																
零	yān 煙	yán 言	yǎn 眼	yàn 宴	yīn 因	yín 銀	yǐn 引	yìn 印	yāng 央	yáng 羊	yǎng 氧	yàng 樣	yīng 英	yíng 迎	yǐng 影	yìng 映

香港地區普通話教學與測試音節與漢字對照表

表三：合口呼

韻母 例字 聲母	合　口　呼 (1)																			
	u				ua				uo				uai				uei(ui)			
b		bú (醭)	bǔ 捕	bù 步																
p	pū 撲	pú 葡	pǔ 普	pù 瀑																
m		mú 模*	mǔ 母	mù 木																
f	fū 夫	fú 浮	fǔ 府	fù 富																
d	dū 督	dú 獨	dǔ 堵	dù 杜					duō 多	duó 奪	duǒ 朵	duò 惰					duī 堆			duì 對
t	tū 突	tú 途	tǔ 土	tù 兔					tuō 托	tuó 馱	tuǒ 妥	tuò 拓					tuī 推	tuí 頹	tuǐ 腿	tuì 退
n		nú 奴	nǔ 努	nù 怒						nuó 挪		nuò 諾								
l		lú 爐	lǔ 虜	lù 路					luō (捋)*	luó 羅	luǒ 裸	luò 洛								
g	gū 姑		gǔ 古	gù 故	guā 瓜		guǎ 寡	guà 掛	guō 鍋	guó 國	guǒ 果	guò 過	guāi 乖		guǎi 拐	guài 怪	guī 規		guǐ 鬼	guì 貴
k	kū 哭		kǔ 苦	kù 庫	kuā 誇		kuǎ 垮	kuà 跨				kuò 闊			kuǎi (蒯)	kuài 快	kuī 虧	kuí 葵	kuǐ 傀	kuì 愧
h	hū 乎	hú 胡	hǔ 虎	hù 互	huā 花	huá 滑		huà 化	huō 豁*	huó 活	huǒ 火	huò 或		huái 懷		huài 壞	huī 灰	huí 回	huǐ 悔	huì 惠
j																				
q																				
x																				
zh	zhū 珠	zhú 竹	zhǔ 主	zhù 住	zhuā 抓		zhuǎ 爪*		zhuō 捉	zhuó 卓						zhuài 拽*	zhuī 追			zhuì 綴
ch	chū 出	chú 除	chǔ 楚	chù 觸	chuā (欻)*				chuō 戳			chuò 輟	chuāi 揣*		chuǎi 揣*	chuài (踹)	chuī 吹	chuí 垂		
sh	shū 叔	shú 贖	shǔ 暑	shù 束	shuā 刷		shuǎ 耍		shuō 說*			shuò 碩	shuāi 摔		shuǎi 甩	shuài 帥		shuí 誰*	shuǐ 水	shuì 稅
r		rú 如	rǔ 乳	rù 入								ruò 弱						ruí (蕤)	ruǐ (蕊)	ruì 銳
z	zū 租	zú 足	zǔ 祖						zuō [作]	zuó 昨	zuǒ 左	zuò 坐							zuǐ 嘴	zuì 最
c	cū 粗			cù 促					cuō 搓	cuó (痤)		cuò 錯					cuī 催		cuǐ 璀	cuì 脆
s	sū 蘇	sú 俗		sù 素					suō 縮		suǒ 所						suī 雖	suí 隨	suǐ 髓	suì 歲
零聲母	wū 污	wú 無	wǔ 五	wù 物	wā 挖	wá 娃	wǎ 瓦	wà 襪	wō 窩		wǒ 我	wò 握	wāi 歪		wǎi (崴)*	wài 外	wēi 危	wéi 維	wěi 偉	wèi 味

合 口 呼 (2)

例字 / 韻母 / 聲母	uan				uen(un)				uang				ueng				ong			
b																				
p																				
m																				
f																				
d	duān 端		duǎn 短	duàn 段	dūn 噸		dǔn (盹)	dùn 盾									dōng 冬		dǒng 懂	dòng 洞
t	tuān (湍)	tuán 團			tūn 吞	tún 屯		tùn (褪)*									tōng 通	tóng 童	tǒng 統	tòng 痛
n			nuǎn 暖															nóng 農		nòng 弄*
l		luán (孿)	luǎn 卵	luàn 亂	lūn 掄*	lún 輪		lùn 論*									lōng [隆]	lóng 龍	lǒng 攏	lòng 弄*
g	guān 官		guǎn 管	guàn 慣			gǔn 滾	gùn 棍	guāng 光		guǎng 廣	guàng 逛					gōng 工		gǒng 鞏	gòng 共
k	kuān 寬		kuǎn 款		kūn 昆		kǔn 捆	kùn 困	kuāng 筐	kuáng 狂		kuàng 況					kōng 空*		kǒng 孔	kòng 控
h	huān 歡	huán 環	huǎn 緩	huàn 幻	hūn 昏	hún 渾		hùn 混*	huāng 慌	huáng 黃	huǎng 謊	huàng 晃*					hōng 烘	hóng 宏	hǒng 哄*	hòng 哄*
j																				
q																				
x																				
zh	zhuān 專		zhuǎn 轉*	zhuàn 賺	zhūn (諄)		zhǔn 准		zhuāng 莊		zhuǎng (奘)*	zhuàng 壯					zhōng 忠		zhǒng 腫	zhòng 眾
ch	chuān 穿	chuán 船	chuǎn 喘	chuàn 串	chūn 春	chún 純	chǔn 蠢		chuāng 窗	chuáng 床	chuǎng 闖	chuàng 創*					chōng 充	chóng 蟲	chǒng 寵	chòng 沖*
sh	shuān 拴			shuàn 涮			shǔn (吮)	shùn 順	shuāng 雙		shuǎng 爽									
r			ruǎn 軟					rùn 潤										róng 容	rǒng (冗)	
z	zuān 鑽*		zuǎn (纂)	zuàn 攥	zūn 尊												zōng 宗		zǒng 總	zòng 縱
c	cuān (躥)	cuán (攢)*		cuàn 竄	cūn 村	cún 存	cǔn (忖)	cùn 寸									cōng 匆	cóng 從		
s	suān 酸			suàn 算	sūn 孫		sǔn 損										sōng 松	sóng	sǒng 聳	sòng 送
零聲母	wān 彎	wán 完	wǎn 晚	wàn 萬	wēn 溫	wén 文	wěn 穩	wèn 問	wāng 汪	wáng 王	wǎng 往	wàng 忘	wēng 翁		wěng (蓊)	wèng (甕)				

sóng：此音節不提供漢字，因爲該漢字不會在教學中主動教導，也不適宜用於測試。

香港地區普通話教學與測試音節與漢字對照表

表四：撮口呼

韻母 / 例字 / 聲母	撮口呼																			
	ü				üe				üan				ün				iong			
b																				
p																				
m																				
f																				
d																				
t																				
n			nǚ 女					nüè 虐												
l		lú 驢	lǚ 旅	lǜ 律				lüè 略												
g																				
k																				
h																				
j	jū 居	jú 局	jǔ 舉	jù 巨	juē (撅)	jué 決	juě (蹶)*	juè (倔)*	juān 捐		juǎn 捲	juàn 倦	jūn 均			jùn 俊			jiǒng (窘)	
q	qū 屈	qú 渠	qǔ 取	qù 去	quē 缺	qué 瘸		què 卻	quān 圈*	quán 全	quǎn 犬	quàn 勸		qún 群				qióng 窮		
x	xū 須	xú (徐)	xǔ 許	xù 序	xuē 靴	xué 學	xuě 雪	xuè 血*	xuān 宣	xuán 懸	xuǎn 選	xuàn 炫	xūn 熏	xún 尋		xùn 迅	xiōng 兄	xióng 雄		
zh																				
ch																				
sh																				
r																				
z																				
c																				
s																				
零	yū 迂	yú 魚	yǔ 宇	yù 玉	yuē 約			yuè 月	yuān 冤	yuán 元	yuǎn 遠	yuàn 怨	yūn 暈*	yún 雲	yǔn 允	yùn 運	yōng 擁		yǒng 永	yòng 用

按音序排列的音節與漢字對照表

— A —

1	ā	阿*
2	á	[啊]
3	ǎ	[啊]
4	à	[啊]
5	āi	哀
6	ái	癌
7	ǎi	矮
8	ài	愛
9	ān	安
10	àn	岸
11	āng	骯
12	áng	昂
13	àng	(盎)
14	āo	凹*
15	áo	(敖)
16	ǎo	襖
17	ào	澳

— B —

18	bā	八
19	bá	拔
20	bǎ	把*
21	bà	爸
22	bāi	(掰)
23	bái	白
24	bǎi	百
25	bài	拜
26	bān	班
27	bǎn	板
28	bàn	半
29	bāng	幫
30	bǎng	綁
31	bàng	傍
32	bāo	包
33	báo	雹
34	bǎo	保
35	bào	抱
36	bēi	杯
37	běi	北
38	bèi	倍
39	bēn	奔*
40	běn	本
41	bèn	笨
42	bēng	崩
43	běng	[綳]
44	bèng	蹦
45	bī	逼
46	bí	鼻
47	bǐ	比
48	bì	必
49	biān	邊
50	biǎn	貶
51	biàn	變
52	biāo	標
53	biǎo	表
54	biào	(鰾)
55	biē	憋
56	bié	別*
57	biě	(癟)*
58	biè	彆
59	bīn	賓
60	bìn	殯
61	bīng	冰
62	bǐng	丙
63	bìng	並
64	bō	波
65	bó	勃
66	bǒ	(跛)
67	bò	(簸)*
68	bú	(醭)
69	bǔ	捕
70	bù	步

— C —

71	cā	擦
72	cāi	猜
73	cái	才
74	cǎi	彩
75	cài	菜
76	cān	餐
77	cán	殘
78	cǎn	慘
79	càn	燦
80	cāng	倉
81	cáng	藏*
82	cāo	操
83	cáo	(曹)
84	cǎo	草
85	cào	
86	cè	冊
87	cēn	參*
88	cén	(岑)
89	céng	層
90	cèng	(蹭)
91	chā	插
92	chá	茶
93	chǎ	(衩)*
94	chà	岔
95	chāi	拆
96	chái	柴
97	chān	攙
98	chán	纏
99	chǎn	產
100	chàn	顫
101	chāng	昌
102	cháng	常

103 chǎng 廠
104 chàng 唱
105 chāo 抄
106 cháo 潮
107 chǎo 吵
108 chào (耖)
109 chē 車*
110 chě 扯
111 chè 徹
112 chēn (抻)
113 chén 晨
114 chěn (磣)
115 chèn 趁
116 chēng 撐
117 chéng 成
118 chěng 逞
119 chèng 秤
120 chī 吃
121 chí 持
122 chǐ 恥
123 chì 翅
124 chōng 充
125 chóng 蟲
126 chǒng 寵
127 chòng 沖*
128 chōu 抽
129 chóu 愁
130 chǒu 醜
131 chòu 臭*
132 chū 出
133 chú 除
134 chǔ 楚
135 chù 觸
136 chuā (欻)*
137 chuāi 揣*
138 chuǎi 揣*
139 chuài (踹)
140 chuān 穿
141 chuán 船
142 chuǎn 喘
143 chuàn 串
144 chuāng 窗
145 chuáng 床
146 chuǎng 闖
147 chuàng 創*
148 chuī 吹
149 chuí 垂
150 chūn 春
151 chún 純
152 chǔn 蠢
153 chuō 戳
154 chuò 輟
155 cī (疵)
156 cí 詞
157 cǐ 此
158 cì 次
159 cōng 匆
160 cóng 從
161 còu 湊
162 cū 粗
163 cù 促
164 cuān (躥)
165 cuán (攢)*
166 cuàn 竄
167 cuī 催
168 cuǐ 璀
169 cuì 脆
170 cūn 村
171 cún 存
172 cǔn (忖)
173 cùn 寸
174 cuō 搓
175 cuó (痤)
176 cuò 錯

— D —

177 dā 搭
178 dá 達
179 dǎ 打*
180 dà 大*
181 dāi 呆
182 dǎi 歹
183 dài 代
184 dān 丹
185 dǎn 膽
186 dàn 但
187 dāng 當*
188 dǎng 黨
189 dàng 檔
190 dāo 刀
191 dǎo 導
192 dào 到
193 dē (嘚)*
194 dé 德
195 dēi (嘚)*
196 děi 得*
197 dēng 登
198 děng 等
199 dèng 凳
200 dī 低
201 dí 敵
202 dǐ 底
203 dì 弟
204 diān 顛
205 diǎn 典
206 diàn 店
207 diāo 刁
208 diǎo
209 diào 掉
210 diē 跌
211 dié 蝶
212 dīng 丁
213 dǐng 頂
214 dìng 定

215 diū 丟
216 dōng 冬
217 dǒng 懂
218 dòng 洞
219 dōu 兜
220 dǒu 抖
221 dòu 豆
222 dū 督
223 dú 獨
224 dǔ 堵
225 dù 杜
226 duān 端
227 duǎn 短
228 duàn 段
229 duī 堆
230 duì 對
231 dūn 噸
232 dǔn (盹)
233 dùn 盾
234 duō 多
235 duó 奪
236 duǒ 朵
237 duò 惰

— E —

238 ē (婀)
239 é 額
240 ě 噁
241 è 餓
242 ēn 恩
243 èn (摁)
244 ér 兒
245 ěr 耳
246 èr 二

— F —

247 fā 發
248 fá 罰
249 fǎ 法
250 fà 髮
251 fān 帆
252 fán 凡
253 fǎn 反
254 fàn 犯
255 fāng 方
256 fáng 房
257 fǎng 訪
258 fàng 放
259 fēi 非
260 féi 肥
261 fěi 匪
262 fèi 肺
263 fēn 紛
264 fén 墳
265 fěn 粉
266 fèn 奮
267 fēng 風
268 féng 逢
269 fěng 諷
270 fèng 奉
271 fó 佛
272 fǒu 否*
273 fū 夫
274 fú 浮
275 fǔ 府
276 fù 富

— G —

277 gā 咖*
278 gá (嘎)*
279 gǎ (嘎)*
280 gà 尬
281 gāi 該
282 gǎi 改
283 gài 概
284 gān 甘
285 gǎn 趕
286 gàn 幹
287 gāng 剛
288 gǎng 港
289 gàng 槓
290 gāo 高
291 gǎo 搞
292 gào 告
293 gē 哥
294 gé 革
295 gě (葛)
296 gè 各
297 gěi 給*
298 gēn 根
299 gèn (亙)
300 gēng 耕
301 gěng 梗
302 gèng 更*
303 gōng 工
304 gǒng 鞏
305 gòng 共
306 gōu 勾*
307 gǒu 狗
308 gòu 夠
309 gū 姑
310 gǔ 古
311 gù 故
312 guā 瓜
313 guǎ 寡
314 guà 掛
315 guāi 乖
316 guǎi 拐
317 guài 怪
318 guān 官
319 guǎn 管
320 guàn 慣
321 guāng 光
322 guǎng 廣

323 guàng 逛
324 guī 規
325 guǐ 鬼
326 guì 貴
327 gǔn 滾
328 gùn 棍
329 guō 鍋
330 guó 國
331 guǒ 果
332 guò 過

— H —

333 hā 哈*
334 há (蛤)*
335 hǎ 哈*
336 hāi 咳*
337 hái 孩
338 hǎi 海
339 hài 害
340 hān (酣)
341 hán 含
342 hǎn 喊
343 hàn 漢
344 hāng (夯)
345 háng 航
346 hàng 巷*
347 hāo (蒿)
348 háo 豪
349 hǎo 好*
350 hào 耗
351 hē 喝*
352 hé 河
353 hè 賀
354 hēi 黑
355 hén 痕
356 hěn 很
357 hèn 恨
358 hēng 哼
359 héng 恒
360 hèng 橫*
361 hōng 烘
362 hóng 宏
363 hǒng 哄*
364 hòng 哄*
365 hōu (齁)
366 hóu 喉
367 hǒu 吼
368 hòu 厚
369 hū 乎
370 hú 胡
371 hǔ 虎
372 hù 互
373 huā 花
374 huá 滑
375 huà 化
376 huái 懷
377 huài 壞
378 huān 歡
379 huán 環
380 huǎn 緩
381 huàn 幻
382 huāng 慌
383 huáng 黃
384 huǎng 謊
385 huàng 晃*
386 huī 灰
387 huí 回
388 huǐ 悔
389 huì 惠
390 hūn 昏
391 hún 渾
392 hùn 混*
393 huō 豁*
394 huó 活
395 huǒ 火
396 huò 或

— J —

397 jī 肌
398 jí 及
399 jǐ 己
400 jì 技
401 jiā 加
402 jiá 頰
403 jiǎ 甲
404 jià 架
405 jiān 尖
406 jiǎn 減
407 jiàn 件
408 jiāng 江
409 jiǎng 獎
410 jiàng 醬
411 jiāo 交
412 jiáo 嚼*
413 jiǎo 狡
414 jiào 叫
415 jiē 接
416 jié 傑
417 jiě 姐
418 jiè 介
419 jīn 巾
420 jǐn 僅
421 jìn 近
422 jīng 京
423 jǐng 井
424 jìng 淨
425 jiǒng (窘)
426 jiū 究
427 jiǔ 九
428 jiù 救
429 jū 居
430 jú 局
431 jǔ 舉
432 jù 巨

433	juān	捐
434	juǎn	捲
435	juàn	倦
436	juē	(撅)
437	jué	決
438	juě	(蹶)*
439	juè	(倔)*
440	jūn	均
441	jùn	俊

— K —

442	kā	咖*
443	kǎ	卡*
444	kāi	開
445	kǎi	凱
446	kài	(愾)
447	kān	刊
448	kǎn	砍
449	kàn	(磡)
450	kāng	康
451	káng	扛
452	kàng	抗
453	kǎo	考
454	kào	靠
455	kē	科
456	ké	咳*
457	kě	渴
458	kè	克
459	kěn	肯
460	kèn	(裉)
461	kēng	坑
462	kōng	空*
463	kǒng	孔
464	kòng	控
465	kōu	摳
466	kǒu	口
467	kòu	扣
468	kū	哭
469	kǔ	苦
470	kù	庫
471	kuā	誇
472	kuǎ	垮
473	kuà	跨
474	kuǎi	(蒯)
475	kuài	快
476	kuān	寬
477	kuǎn	款
478	kuāng	筐
479	kuáng	狂
480	kuàng	況
481	kuī	虧
482	kuí	葵
483	kuǐ	傀
484	kuì	愧
485	kūn	昆
486	kǔn	捆
487	kùn	困
488	kuò	闊

— L —

489	lā	垃
490	lá	(旯)
491	lǎ	喇*
492	là	辣
493	lái	來
494	lài	賴
495	lán	藍
496	lǎn	懶
497	làn	爛
498	lāng	(啷)
499	láng	狼
500	lǎng	朗
501	làng	浪
502	lāo	撈
503	láo	牢
504	lǎo	老
505	lào	澇
506	lè	樂*
507	lēi	勒*
508	léi	雷
509	lěi	壘
510	lèi	淚
511	lēng	[棱]
512	léng	棱*
513	lěng	冷
514	lèng	愣
515	lī	(哩)
516	lí	梨
517	lǐ	李
518	lì	力
519	liǎ	倆*
520	lián	連
521	liǎn	臉
522	liàn	練
523	liáng	良
524	liǎng	兩
525	liàng	亮
526	liāo	(撩)*
527	liáo	聊
528	liǎo	了*
529	liào	料
530	liē	(咧)*
531	liě	(咧)*
532	liè	列
533	līn	(拎)
534	lín	林
535	lǐn	(凜)
536	lìn	賃
537	líng	零
538	lǐng	領
539	lìng	另
540	liū	溜*
541	liú	流
542	liǔ	柳

543	liù	六
544	lōng	[隆]
545	lóng	龍
546	lǒng	攏
547	lòng	弄*
548	lōu	[摟]
549	lóu	樓
550	lǒu	摟*
551	lòu	漏
552	lú	爐
553	lǔ	虜
554	lù	路
555	lǘ	驢
556	lǚ	旅
557	lǜ	律
558	luán	(孿)
559	luǎn	卵
560	luàn	亂
561	lüè	略
562	lūn	掄*
563	lún	輪
564	lùn	論*
565	luō	(捋)*
566	luó	羅
567	luǒ	裸
568	luò	洛

— M —

569	mā	媽
570	má	麻
571	mǎ	馬
572	mà	罵
573	mái	埋*
574	mǎi	買
575	mài	賣
576	mán	瞞
577	mǎn	滿
578	màn	慢
579	máng	忙
580	mǎng	莽
581	māo	貓
582	máo	毛
583	mǎo	(卯)
584	mào	冒
585	méi	眉
586	měi	每
587	mèi	妹
588	mēn	悶*
589	mén	門
590	mèn	悶*
591	mēng	(矇)
592	méng	盟
593	měng	猛
594	mèng	夢
595	mī	(咪)
596	mí	迷
597	mǐ	米
598	mì	密
599	mián	眠
600	miǎn	免
601	miàn	面
602	miāo	(喵)
603	miáo	苗
604	miǎo	秒
605	miào	妙
606	miē	(咩)
607	miè	滅
608	mín	民
609	mǐn	敏
610	míng	名
611	mǐng	(酩)
612	mìng	命
613	miù	謬
614	mō	摸
615	mó	魔
616	mǒ	抹*
617	mò	默
618	mōu	(哞)
619	móu	謀
620	mǒu	某
621	mú	模*
622	mǔ	母
623	mù	木

— N —

624	nā	[那]
625	ná	拿
626	nǎ	哪*
627	nà	納
628	nǎi	乃
629	nài	耐
630	nán	男
631	nǎn	(腩)
632	nàn	難*
633	nāng	(囔)
634	náng	囊*
635	nǎng	(攮)
636	nàng	(齉)
637	náo	撓
638	nǎo	腦
639	nào	鬧
640	né	[哪]
641	nè	(訥)
642	něi	(餒)
643	nèi	內
644	nèn	嫩
645	néng	能
646	nī	(妮)
647	ní	霓
648	nǐ	你
649	nì	逆
650	niān	(蔫)
651	nián	年
652	niǎn	攆

653	niàn	念
654	niáng	娘
655	niàng	釀
656	niǎo	鳥
657	niào	尿*
658	niē	捏
659	niè	(聶)
660	nín	您
661	níng	凝
662	nǐng	擰*
663	nìng	寧*
664	niū	妞
665	niú	牛
666	niǔ	扭
667	niù	(拗)*
668	nóng	農
669	nòng	弄*
670	nú	奴
671	nǔ	努
672	nù	怒
673	nǚ	女
674	nuǎn	暖
675	nüè	虐
676	nuó	挪
677	nuò	諾

— O —

678	ō	噢
679	ó	哦*
680	ǒ	(嚄)*
681	ò	[哦]
682	ōu	歐
683	óu	(嘔)*
684	ǒu	偶
685	òu	(漚)

— P —

686	pā	趴
687	pá	爬
688	pà	怕
689	pāi	拍
690	pái	牌
691	pǎi	[迫]
692	pài	派
693	pān	(潘)
694	pán	盤
695	pàn	判
696	pāng	乓
697	páng	旁
698	pǎng	(耪)
699	pàng	胖*
700	pāo	拋
701	páo	袍
702	pǎo	跑
703	pào	泡*
704	pēi	胚
705	péi	陪
706	pèi	配
707	pēn	噴*
708	pén	盆
709	pèn	[噴]
710	pēng	烹
711	péng	朋
712	pěng	捧
713	pèng	碰
714	pī	批
715	pí	皮
716	pǐ	匹
717	pì	僻
718	piān	偏
719	pián	便*
720	piàn	騙
721	piāo	飄
722	piáo	(瓢)
723	piǎo	漂*
724	piào	票
725	piē	瞥
726	piě	撇*
727	pīn	拼
728	pín	貧
729	pǐn	品
730	pìn	聘
731	pīng	乒
732	píng	平
733	pō	坡
734	pó	婆
735	pǒ	(叵)
736	pò	破
737	pōu	剖
738	póu	(抔)
739	pū	撲
740	pú	葡
741	pǔ	普
742	pù	瀑

— Q —

743	qī	七
744	qí	棋
745	qǐ	企
746	qì	汽
747	qiā	掐
748	qiá	(拤)
749	qiǎ	卡*
750	qià	恰
751	qiān	千
752	qián	前
753	qiǎn	淺
754	qiàn	欠
755	qiāng	槍
756	qiáng	牆
757	qiǎng	搶
758	qiàng	嗆*
759	qiāo	敲
760	qiáo	僑

761	qiǎo	巧
762	qiào	俏
763	qiē	切*
764	qié	茄*
765	qiě	且
766	qiè	怯
767	qīn	侵
768	qín	琴
769	qǐn	(寢)
770	qìn	(沁)
771	qīng	青
772	qíng	晴
773	qǐng	請
774	qìng	慶
775	qióng	窮
776	qiū	秋
777	qiú	求
778	qiǔ	(糗)
779	qū	屈
780	qú	渠
781	qǔ	取
782	qù	去
783	quān	圈*
784	quán	全
785	quǎn	犬
786	quàn	勸
787	quē	缺
788	qué	瘸
789	què	卻
790	qún	群

— R —

791	rán	然
792	rǎn	染
793	rāng	嚷*
794	ráng	(瓤)
795	rǎng	壤
796	ràng	讓
797	ráo	饒
798	rǎo	擾
799	rào	繞
800	rě	惹
801	rè	熱
802	rén	人
803	rěn	忍
804	rèn	認
805	rēng	扔
806	réng	仍
807	rì	日
808	róng	容
809	rǒng	(冗)
810	róu	柔
811	ròu	肉
812	rú	如
813	rǔ	乳
814	rù	入
815	ruǎn	軟
816	ruí	(蕤)
817	ruǐ	(蕊)
818	ruì	銳
819	rùn	潤
820	ruò	弱

— S —

821	sā	撒*
822	sǎ	灑
823	sà	薩
824	sāi	腮
825	sài	賽
826	sān	三
827	sǎn	傘
828	sàn	散*
829	sāng	桑
830	sǎng	嗓
831	sàng	喪*
832	sāo	騷
833	sǎo	嫂
834	sào	掃*
835	sè	澀
836	sēn	森
837	sēng	僧
838	shā	殺
839	shá	啥
840	shǎ	傻
841	shà	廈*
842	shāi	篩
843	shài	曬
844	shān	山
845	shǎn	閃
846	shàn	善
847	shāng	商
848	shǎng	賞
849	shàng	尚
850	shāo	稍
851	sháo	勺
852	shǎo	少*
853	shào	紹
854	shē	奢
855	shé	舌
856	shě	捨
857	shè	設
858	shéi	誰*
859	shēn	申
860	shén	神
861	shěn	審
862	shèn	慎
863	shēng	升
864	shéng	繩
865	shěng	省*
866	shèng	聖
867	shī	失
868	shí	十
869	shǐ	使
870	shì	士

871	shōu	收
872	shóu	熟*
873	shǒu	手
874	shòu	受
875	shū	叔
876	shú	贖
877	shǔ	暑
878	shù	束
879	shuā	刷
880	shuǎ	耍
881	shuāi	摔
882	shuǎi	甩
883	shuài	帥
884	shuān	拴
885	shuàn	涮
886	shuāng	雙
887	shuǎng	爽
888	shuí	誰*
889	shuǐ	水
890	shuì	稅
891	shǔn	(吮)
892	shùn	順
893	shuō	說*
894	shuò	碩
895	sī	司
896	sǐ	死
897	sì	四
898	sōng	松
899	sóng	
900	sǒng	聳
901	sòng	送
902	sōu	搜
903	sǒu	(叟)
904	sòu	嗽
905	sū	蘇
906	sú	俗
907	sù	素
908	suān	酸
909	suàn	算
910	suī	雖
911	suí	隨
912	suǐ	髓
913	suì	歲
914	sūn	孫
915	sǔn	損
916	suō	縮
917	suǒ	所

— T —

918	tā	他
919	tǎ	塔
920	tà	榻
921	tāi	胎
922	tái	抬
923	tài	太
924	tān	貪
925	tán	談
926	tǎn	坦
927	tàn	探
928	tāng	湯
929	táng	堂
930	tǎng	躺
931	tàng	趟
932	tāo	掏
933	táo	逃
934	tǎo	討
935	tào	套
936	tè	特
937	tēng	(熥)
938	téng	疼
939	tī	梯
940	tí	題
941	tǐ	體
942	tì	替
943	tiān	天
944	tián	田
945	tiǎn	(舔)
946	tiàn	(掭)
947	tiāo	挑*
948	tiáo	條
949	tiǎo	挑*
950	tiào	跳
951	tiē	貼
952	tiě	鐵
953	tiè	帖*
954	tīng	聽
955	tíng	庭
956	tǐng	挺
957	tìng	(梃)*
958	tōng	通
959	tóng	童
960	tǒng	統
961	tòng	痛
962	tōu	偷
963	tóu	投
964	tòu	透
965	tū	突
966	tú	途
967	tǔ	土
968	tù	兔
969	tuān	(湍)
970	tuán	團
971	tuī	推
972	tuí	頹
973	tuǐ	腿
974	tuì	退
975	tūn	吞
976	tún	屯
977	tùn	(褪)*
978	tuō	托
979	tuó	馱
980	tuǒ	妥
981	tuò	拓

— W —

982 wā 挖
983 wá 娃
984 wǎ 瓦
985 wà 襪
986 wāi 歪
987 wǎi (崴)*
988 wài 外
989 wān 彎
990 wán 完
991 wǎn 晚
992 wàn 萬
993 wāng 汪
994 wáng 王
995 wǎng 往
996 wàng 忘
997 wēi 危
998 wéi 維
999 wěi 偉
1000 wèi 味
1001 wēn 溫
1002 wén 文
1003 wěn 穩
1004 wèn 問
1005 wēng 翁
1006 wěng (蓊)
1007 wèng (甕)
1008 wō 窩
1009 wǒ 我
1010 wò 握
1011 wū 污
1012 wú 無
1013 wǔ 五
1014 wù 物

— X —

1015 xī 夕
1016 xí 席
1017 xǐ 洗
1018 xì 細
1019 xiā 瞎
1020 xiá 俠
1021 xià 下
1022 xiān 先
1023 xián 嫌
1024 xiǎn 險
1025 xiàn 限
1026 xiāng 香
1027 xiáng 詳
1028 xiǎng 想
1029 xiàng 向
1030 xiāo 消
1031 xiáo 淆
1032 xiǎo 小
1033 xiào 笑
1034 xiē 些
1035 xié 鞋
1036 xiě 寫
1037 xiè 謝
1038 xīn 心
1039 xìn 信
1040 xīng 星
1041 xíng 形
1042 xǐng 醒
1043 xìng 幸
1044 xiōng 兄
1045 xióng 雄
1046 xiū 休
1047 xiǔ 朽
1048 xiù 秀
1049 xū 須
1050 xú (徐)
1051 xǔ 許
1052 xù 序
1053 xuān 宣
1054 xuán 懸
1055 xuǎn 選
1056 xuàn 炫
1057 xuē 靴
1058 xué 學
1059 xuě 雪
1060 xuè 血*
1061 xūn 熏
1062 xún 尋
1063 xùn 迅

— Y —

1064 yā 押
1065 yá 牙
1066 yǎ 雅
1067 yà 亞
1068 yān 煙
1069 yán 言
1070 yǎn 眼
1071 yàn 宴
1072 yāng 央
1073 yáng 羊
1074 yǎng 氧
1075 yàng 樣
1076 yāo 腰
1077 yáo 搖
1078 yǎo 咬
1079 yào 葯
1080 yē 椰
1081 yé 爺
1082 yě 也
1083 yè 夜
1084 yī 依
1085 yí 宜
1086 yǐ 乙
1087 yì 易
1088 yīn 因
1089 yín 銀
1090 yǐn 引

1091	yìn	印
1092	yīng	英
1093	yíng	迎
1094	yǐng	影
1095	yìng	映
1096	yōng	擁
1097	yǒng	永
1098	yòng	用
1099	yōu	悠
1100	yóu	油
1101	yǒu	友
1102	yòu	又
1103	yū	迂
1104	yú	魚
1105	yǔ	宇
1106	yù	玉
1107	yuān	冤
1108	yuán	元
1109	yuǎn	遠
1110	yuàn	怨
1111	yuē	約
1112	yuè	月
1113	yūn	暈*
1114	yún	雲
1115	yǔn	允
1116	yùn	運

— Z —

1117	zā	札*
1118	zá	雜
1119	zāi	災
1120	zǎi	宰
1121	zài	在
1122	zān	(簪)
1123	zán	咱
1124	zǎn	攢
1125	zàn	暫
1126	zāng	髒
1127	zàng	葬
1128	zāo	遭
1129	záo	鑿
1130	zǎo	早
1131	zào	造
1132	zé	則
1133	zè	(仄)
1134	zéi	賊
1135	zěn	怎
1136	zēng	增
1137	zèng	贈
1138	zhā	渣
1139	zhá	閘
1140	zhǎ	眨
1141	zhà	詐
1142	zhāi	摘
1143	zhái	宅
1144	zhǎi	窄
1145	zhài	債
1146	zhān	沾
1147	zhǎn	展
1148	zhàn	佔
1149	zhāng	張
1150	zhǎng	掌
1151	zhàng	丈
1152	zhāo	招
1153	zháo	着*
1154	zhǎo	找
1155	zhào	照
1156	zhē	遮
1157	zhé	哲
1158	zhě	者
1159	zhè	(浙)
1160	zhèi	這*
1161	zhēn	珍
1162	zhěn	診
1163	zhèn	陣
1164	zhēng	征
1165	zhěng	整
1166	zhèng	政
1167	zhī	之
1168	zhí	直
1169	zhǐ	止
1170	zhì	至
1171	zhōng	忠
1172	zhǒng	腫
1173	zhòng	眾
1174	zhōu	周
1175	zhóu	軸*
1176	zhǒu	(肘)
1177	zhòu	皺
1178	zhū	珠
1179	zhú	竹
1180	zhǔ	主
1181	zhù	住
1182	zhuā	抓
1183	zhuǎ	爪*
1184	zhuài	拽*
1185	zhuān	專
1186	zhuǎn	轉*
1187	zhuàn	賺
1188	zhuāng	莊
1189	zhuǎng	(奘)*
1190	zhuàng	壯
1191	zhuī	追
1192	zhuì	綴
1193	zhūn	(諄)
1194	zhǔn	准
1195	zhuō	捉
1196	zhuó	卓
1197	zī	資
1198	zǐ	子
1199	zì	自
1200	zōng	宗

1201	zǒng	總	1207	zú	足	1213	zuì	最
1202	zòng	縱	1208	zǔ	祖	1214	zūn	尊
1203	zōu	(鄒)	1209	zuān	鑽*	1215	zuō	[作]
1204	zǒu	走	1210	zuǎn	(纂)	1216	zuó	昨
1205	zòu	奏	1211	zuàn	攥	1217	zuǒ	左
1206	zū	租	1212	zuǐ	嘴	1218	zuò	坐

註
( ) 表示詞表沒收的字，共 107 個
[ ] 表示詞表已收此字，沒收此音，共 13 個
* 表示多音字，共 122 個

按音序排列的同音字表

說明：

* 多音字，漢字表只收錄該讀音

[ ] 多音字，漢字表收錄該字的其他讀音

( ) 漢字表沒有收錄該字

\# 該字收錄在漢字表的附錄裡

— A —

1	ā	阿* 啊*
2	á	[啊]
3	ǎ	[啊]
4	à	[啊]
5	āi	哀 哎 唉 埃 挨(另見 ái)
6	ái	癌 挨(另見 āi)
7	ǎi	矮 藹
8	ài	艾 愛 隘 礙
9	ān	安
10	àn	岸 按 案 暗
11	āng	骯
12	áng	昂
13	àng	(盎)
14	āo	凹(另見 wā) 熬(另見 áo)
15	áo	(敖) 熬(另見 āo)
16	ǎo	襖
17	ào	傲 奧 澳

— B —

18	bā	八 巴 叭 芭 疤 吧* 扒(另見 pá)
19	bá	拔
20	bǎ	靶 把(另見 bà)
21	bà	爸 罷 霸 壩 把(另見 bǎ)
22	bāi	(掰)
23	bái	白
24	bǎi	百 柏 擺
25	bài	拜 敗
26	bān	班 般 斑 搬 頒
27	bǎn	板 版 闆
28	bàn	半 伴 扮 拌 辦 瓣

29	bāng	邦　幫
30	bǎng	綁　榜　膀(另見 páng)
31	bàng	傍　棒　磅　謗　鎊
32	bāo	包　胞　剝(另見 bō)
33	báo	雹　薄(另見 bó、bò)
34	bǎo	保　堡　飽　寶
35	bào	抱　豹　鮑　報　暴　爆　曝
36	bēi	卑　杯　悲　碑　背(另見 bèi)
37	běi	北
38	bèi	貝　倍　狽　被　備　輩　背(另見 bēi)
39	bēn	奔(另見 bèn)
40	běn	本
41	bèn	笨　奔(另見 bēn)
42	bēng	崩　繃
43	běng	[繃]
44	bèng	泵　蹦
45	bī	逼
46	bí	鼻
47	bǐ	比　彼　筆　鄙
48	bì	必　庇　畢　閉　辟　痹　幣　弊　碧　蔽　壁　斃　臂　避　秘(另見 mì)
49	biān	編　蝙　鞭　邊
50	biǎn	扁　匾　貶
51	biàn	遍　辨　辮　辯　變　便(另見 pián)
52	biāo	標　飆
53	biǎo	表　錶
54	biào	(鰾)
55	biē	憋
56	bié	別*
57	biě	(癟)*
58	biè	彆
59	bīn	賓　濱　瀕　繽
60	bìn	殯
61	bīng	冰　兵
62	bǐng	丙　秉　柄　餅　屏(另見 píng)
63	bìng	並　併　病
64	bō	波　玻　菠　撥　播　剝(另見 bāo)
65	bó	伯　勃　脖　舶　渤#　博　搏　膊　駁　泊(另見 pō)　薄(另見 báo、bò)
66	bǒ	(跛)
67	bò	(簸)*　薄(另見 báo、bó)
68	bú	(醭)

69 bǔ 哺 捕 補
70 bù 不 布 步 埗# 怖 埠 部 埔#(另見 pǔ)

— C —

71 cā 擦
72 cāi 猜
73 cái 才 材 財 裁
74 cǎi 采 彩 採 睬 綵 踩
75 cài 菜 蔡#
76 cān 餐 參(另見 cēn、shēn)
77 cán 殘 慚 蠶
78 cǎn 慘
79 càn 燦 璨
80 cāng 倉 蒼 艙
81 cáng 藏(另見 zàng)
82 cāo 操 糙
83 cáo 曹# 槽
84 cǎo 草
85 cào
86 cè 冊 側 廁 測 策
87 cēn 參(另見 cān、shēn)
88 cén 岑#
89 céng 層 曾(另見 zēng)
90 cèng (蹭)
91 chā 插 叉(另見 chà) 差(另見 chà、chāi、cī)
92 chá 查 茶 茬 察
93 chǎ (衩)*
94 chà 岔 詫 叉(另見 chā) 剎(另見 shā) 差(另見 chā、chāi、cī)
95 chāi 拆 差(另見 chā、chà、cī)
96 chái 柴
97 chān 摻 攙
98 chán 禪 蟬 纏 饞
99 chǎn 產 鏟 闡
100 chàn 顫
101 chāng 昌 猖
102 cháng 常 嫦 腸 嘗 嚐 償 長(另見 zhǎng) 場(另見 chǎng)
103 chǎng 敞 廠 場(另見 cháng)
104 chàng 倡 唱 暢
105 chāo 抄 超 鈔

106	cháo	巢　嘲　潮　朝(另見 zhāo)
107	chǎo	吵　炒
108	chào	(耖)
109	chē	車(另見 jū)
110	chě	扯
111	chè	徹　撤　澈
112	chēn	(抻)　琛#
113	chén	臣　沉　辰　忱　晨　陳　塵
114	chěn	(碜)
115	chèn	趁　襯　稱(另見 chēng)
116	chēng	撐　稱(另見 chèn)
117	chéng	成　呈　承　城　程　誠　澄　橙　懲　乘(另見 shèng)　盛(另見 shèng)
118	chěng	逞　騁
119	chèng	秤
120	chī	吃　痴
121	chí	弛　池　持　馳　遲　匙*
122	chǐ	尺　侈　恥　齒
123	chì	斥　赤　翅　熾
124	chōng	充　涌#　憧　衝　沖(另見 chòng)
125	chóng	崇　蟲　重(另見 zhòng)
126	chǒng	寵
127	chòng	沖(另見 chōng)
128	chōu	抽
129	chóu	仇　愁　稠　酬　綢　疇　籌
130	chǒu	丑　瞅　醜
131	chòu	臭(另見 xiù)
132	chū	出　初　齣
133	chú	除　廚　鋤　雛　櫥
134	chǔ	楚　儲　礎　處(另見 chù)
135	chù	觸　矗　畜(另見 xù)　處(另見 chǔ)
136	chuā	(欻)*
137	chuāi	揣(另見 chuǎi)
138	chuǎi	揣(另見 chuāi)
139	chuài	(踹)
140	chuān	川　穿
141	chuán	船　傳(另見 zhuàn)
142	chuǎn	喘
143	chuàn	串
144	chuāng	窗　瘡　創(另見 chuàng)
145	chuáng	床

146 chuǎng 闖

147 chuàng 創(另見 chuāng)

148 chuī 吹 炊

149 chuí 垂 捶 錘

150 chūn 春

151 chún 唇 純 醇

152 chǔn 蠢

153 chuō 戳

154 chuò 輟

155 cī (疵) 差(另見 chā、chà、chāi)

156 cí 瓷 詞 慈 磁 雌 辭

157 cǐ 此

158 cì 次 刺 賜 伺(另見 sì)

159 cōng 匆 囪 葱 聰

160 cóng 從 叢

161 còu 湊

162 cū 粗

163 cù 促 醋 簇

164 cuān (躥)

165 cuán (攢)*

166 cuàn 竄

167 cuī 催 摧

168 cuǐ 璀

169 cuì 脆 萃 粹 翠

170 cūn 村

171 cún 存

172 cǔn (忖)

173 cùn 寸

174 cuō 搓 撮 磋

175 cuó (痤)

176 cuò 挫 措 錯

— D —

177 dā 搭 答(另見 dá)

178 dá 達 答(另見 dā) 打(另見 dǎ)

179 dǎ 打(另見 dá)

180 dà 大(另見 dài)

181 dāi 呆 待(另見 dài)

182 dǎi 歹

183 dài 代 怠 帶 袋 貸 逮 戴 大(另見 dà) 待(另見 dāi)

184	dān	丹 耽 單(另見 shàn) 擔(另見 dàn)
185	dǎn	膽
186	dàn	旦 但 淡 蛋 誕 彈(另見 tán) 擔(另見 dān)
187	dāng	當(另見 dàng)
188	dǎng	擋 黨
189	dàng	蕩 檔 盪 當(另見 dāng)
190	dāo	刀 叨
191	dǎo	島 搗 導 蹈 禱 倒(另見 dào)
192	dào	到 悼 盜 道 稻 倒(另見 dǎo)
193	dē	(嘚)*
194	dé	德 得(另見 děi)
195	dēi	(嘚)*
196	děi	得(另見 dé)
197	dēng	登 燈 蹬
198	děng	等
199	dèng	凳 鄧# 瞪
200	dī	低 堤 滴 提(另見 tí)
201	dí	迪 笛 滌 敵 的(另見 dì)
202	dǐ	底 抵
203	dì	弟 帝 第 蒂 遞 締 地 的(另見 dí)
204	diān	顛
205	diǎn	典 碘 點
206	diàn	甸# 店 惦 奠 殿 電 墊 澱
207	diāo	刁 叼 雕
208	diǎo	
209	diào	吊 掉 釣 調(另見 tiáo)
210	diē	爹 跌
211	dié	牒 碟 蝶 諜 疊
212	dīng	丁 叮 盯 釘(另見 dìng)
213	dǐng	頂
214	dìng	定 訂 釘(另見 dīng)
215	diū	丟
216	dōng	冬 東
217	dǒng	董 懂
218	dòng	洞 凍 動 棟
219	dōu	兜 都(另見 dū)
220	dǒu	斗 抖 蚪 陡
221	dòu	豆 鬥 逗
222	dū	督 都(另見 dōu)

223	dú	毒　獨　讀
224	dǔ	堵　睹　賭　肚(另見 dù)
225	dù	妒　杜　渡　鍍　肚(另見 dǔ)　度(另見 duó)
226	duān	端
227	duǎn	短
228	duàn	段　緞　鍛　斷
229	duī	堆
230	duì	兌　隊　對
231	dūn	敦　噸　蹲
232	dǔn	(盹)
233	dùn	盾　鈍　頓　燉
234	duō	多　哆
235	duó	奪　度(另見 dù)
236	duǒ	朵　躲
237	duò	舵　惰　墮

— E —

238	ē	(婀)
239	é	俄　峨　娥　訛　蛾　額　鵝
240	ě	噁
241	è	扼　鄂#　遏　餓　鱷　惡(另見 wù)
242	ēn	恩
243	èn	(摁)
244	ér	而　兒
245	ěr	耳　爾
246	èr	二

— F —

247	fā	發
248	fá	乏　伐　罰　閥
249	fǎ	法
250	fà	髮
251	fān	帆　翻　番(另見 pān)
252	fán	凡　煩　繁
253	fǎn	反　返
254	fàn	犯　泛　范#　販　飯　範
255	fāng	方　芳　坊(另見 fáng)
256	fáng	妨　防　房　肪　坊(另見 fāng)
257	fǎng	仿　彷　紡　訪
258	fàng	放

259	fēi	非　飛　啡　菲　緋
260	féi	肥
261	fěi	匪　誹
262	fèi	沸　肺　費　廢
263	fēn	吩　氛　芬　紛　分(另見 fèn)
264	fén	焚　墳
265	fěn	粉
266	fèn	份　憤　奮　糞　分(另見 fēn)
267	fēng	封　風　峰　烽　蜂　瘋　鋒　豐
268	féng	馮#　逢　縫(另見 fèng)
269	fěng	諷
270	fèng	奉　俸　鳳　縫(另見 féng)
271	fó	佛
272	fǒu	否(另見 pǐ)
273	fū	夫　孵　敷　膚
274	fú	伏　扶　服　彿　俘　浮　符　幅　袱　福　蝠　輻
275	fǔ	府　斧　俯　腐　輔　撫
276	fù	父　付　咐　附　負　赴　副　婦　傅　富　復　腹　複　賦　縛　覆

— G —

277	gā	咖(另見 kā)
278	gá	(嘎)*
279	gǎ	(嘎)*
280	gà	尬
281	gāi	該
282	gǎi	改
283	gài	丐　溉　鈣　概　蓋
284	gān	干　甘　杆　肝　竿　柑　尷　乾(另見 qián)
285	gǎn	桿　敢　稈　感　趕
286	gàn	幹
287	gāng	岡　缸　剛　綱　鋼
288	gǎng	崗　港
289	gàng	槓
290	gāo	高　膏　糕
291	gǎo	搞　稿
292	gào	告
293	gē	戈#　哥　胳　割　歌　擱　鴿
294	gé	革　格　隔　閣　骼
295	gě	葛#
296	gè	各　個

297 gěi 給(另見 jǐ)
298 gēn 根 跟
299 gèn (亙)
300 gēng 耕 更(另見 gèng)
301 gěng 梗
302 gèng 更(另見 gēng)
303 gōng 工 弓 公 功 攻 宮 恭 躬 供(另見 gòng)
304 gǒng 拱 鞏
305 gòng 共 貢 供(另見 gōng)
306 gōu 溝 篝 鈎 勾(另見 gòu)
307 gǒu 狗 苟
308 gòu 夠 構 購 勾(另見 gōu)
309 gū 估 姑 孤 沽 辜 菇
310 gǔ 古 谷 股 骨 鼓 穀
311 gù 固 故 僱 錮 顧
312 guā 瓜 刮
313 guǎ 寡
314 guà 掛
315 guāi 乖
316 guǎi 拐 枴
317 guài 怪
318 guān 官 棺 關 觀 冠(另見 guàn)
319 guǎn 管 館
320 guàn 貫 慣 灌 罐 冠(另見 guān)
321 guāng 光
322 guǎng 廣
323 guàng 逛
324 guī 規 硅 瑰 閨 龜 歸
325 guǐ 軌 鬼
326 guì 桂 貴 跪 劊 櫃
327 gǔn 滾
328 gùn 棍
329 guō 郭# 鍋
330 guó 國
331 guǒ 果 裹
332 guò 過

— H —

333 hā 哈(另見 hǎ)
334 há (蛤)*

335 hǎ 哈(另見 hā)
336 hāi 咳(另見 ké)
337 hái 孩 還(另見 huán)
338 hǎi 海
339 hài 害 駭
340 hān (酣)
341 hán 含 函 寒 涵 韓#
342 hǎn 罕 喊
343 hàn 汗 旱 捍 焊 漢 憾 撼
344 hāng (夯)
345 háng 杭# 航 行(另見 xíng)
346 hàng 巷(另見 xiàng)
347 hāo (蒿)
348 háo 毫 豪
349 hǎo 郝# 好(另見 hào)
350 hào 浩 耗 號 好(另見 hǎo)
351 hē 呵 喝(另見 hè)
352 hé 禾 合 何 河 盒 閡 荷(另見 hè) 核(另見 hú) 和(另見 hè、hú)
353 hè 賀 赫# 鶴 嚇(另見 xià) 喝(另見 hē) 荷(另見 hé) 和(另見 hé、hú)
354 hēi 黑 嘿
355 hén 痕
356 hěn 很 狠
357 hèn 恨
358 hēng 哼
359 héng 恒 衡 橫(另見 hèng)
360 hèng 橫(另見 héng)
361 hōng 烘 轟 哄(另見 hǒng、hòng)
362 hóng 弘 宏 洪 紅 虹 鴻
363 hǒng 哄(另見 hōng、hòng)
364 hòng 哄(另見 hōng、hǒng)
365 hōu (齁)
366 hóu 侯# 喉 猴
367 hǒu 吼
368 hòu 后 厚 後 候
369 hū 乎 呼 忽
370 hú 狐 胡 壺 湖 瑚 葫 糊 蝴 鬍 核(另見 hé) 和(另見 hé、hè)
371 hǔ 虎 唬
372 hù 互 戶 護 滬
373 huā 花
374 huá 划 滑 猾 譁 華(另見 huà)

375	huà	化 畫 話 劃 華(另見 huá)
376	huái	徊 淮# 槐 懷
377	huài	壞
378	huān	歡
379	huán	環 還(另見 hái)
380	huǎn	緩
381	huàn	幻 患 喚 換 煥 瘓
382	huāng	荒 慌
383	huáng	皇 凰 惶 黃 煌 蝗 簧
384	huǎng	謊 晃(另見 huàng)
385	huàng	晃(另見 huǎng)
386	huī	灰 恢 揮 輝 徽
387	huí	回 迴
388	huǐ	悔 毀
389	huì	卉 彗 惠 匯 賄 誨 慧 諱 薈 穢 繪 會(另見 kuài)
390	hūn	昏 婚
391	hún	渾 魂 餛 混(另見 hùn)
392	hùn	混(另見 hún)
393	huō	豁(另見 huò)
394	huó	活
395	huǒ	火 伙 夥
396	huò	或 貨 惑 禍 霍 獲 穫 豁(另見 huō)

— J —

397	jī	肌 圾 飢 基 畸 緝 稽 機 激 積 擊 雞 譏 饑 羈 幾(另見 jǐ)
398	jí	及 吉 即 急 疾 級 集 棘 極 輯 籍 藉(另見 jiè)
399	jǐ	己 脊 擠 濟(另見 jì) 給(另見 gěi) 幾(另見 jī)
400	jì	忌 技 季 既 紀 計 記 寄 寂 祭 跡 暨 際 冀# 劑 績 繼 繫(另見 xì) 濟(另見 jǐ)
401	jiā	加 佳 家 傢 嘉 茄(另見 qié) 夾(另見 jiá)
402	jiá	頰 夾(另見 jiā)
403	jiǎ	甲 賈# 鉀 假(另見 jià)
404	jià	架 嫁 價 稼 駕 假(另見 jiǎ)
405	jiān	奸 尖 肩 姦 兼 堅 煎 監 艱 殲 間(另見 jiàn)
406	jiǎn	柬 剪 揀 減 儉 撿 檢 簡 繭 碱
407	jiàn	件 見 建 健 漸 劍 箭 賤 踐 鍵 濺 薦 艦 鑒 間(另見 jiān)
408	jiāng	江 僵 漿 薑 疆 將(另見 jiàng)
409	jiǎng	槳 獎 講
410	jiàng	匠 醬 降(另見 xiáng) 強(另見 qiáng、qiǎng) 將(另見 jiāng)
411	jiāo	交 郊 椒 焦 跤 嬌 澆 膠 蕉 礁 驕 教(另見 jiào)

412 jiáo 嚼(另見 jué)
413 jiǎo 狡 絞 腳 僥 餃 矯 繳 攪 角(另見 jué)
414 jiào 叫 較 酵 轎 覺(另見 jué) 校(另見 xiào) 教(另見 jiāo)
415 jiē 皆 接 揭 街 階 結(另見 jié)
416 jié 劫 捷 傑 節 截 竭 潔 結(另見 jiē)
417 jiě 姐 解(另見 jiè、xiè)
418 jiè 介 戒 屆 界 借 誡 藉(另見 jí) 解(另見 jiě、xiè)
419 jīn 巾 今 斤 金 津 筋 禁(另見 jìn)
420 jǐn 僅 緊 錦 謹 儘
421 jìn 近 晉 浸 進 盡 勁(另見 jìng) 禁(另見 jīn)
422 jīng 京 荊 莖 晶 睛 經 兢 精 鯨 驚
423 jǐng 井 阱 景 憬 頸 警
424 jìng 徑 淨 竟 敬 境 靜 鏡 競 勁(另見 jìn)
425 jiǒng (窘)
426 jiū 究 糾 揪
427 jiǔ 九 久 灸 韭 酒
428 jiù 咎 救 就 舅 舊
429 jū 居 拘 鞠 車(另見 chē)
430 jú 局 焗 菊 橘
431 jǔ 矩 舉
432 jù 句 巨 具 拒 炬 俱 距 聚 劇 據 鋸 懼
433 juān 捐 娟# 鵑
434 juǎn 捲 卷(另見 juàn)
435 juàn 倦 絹 卷(另見 juǎn) 圈(另見 quān)
436 juē (撅)
437 jué 抉 決 崛 掘 訣 絕 獗 爵 攫 角(另見 jiǎo) 覺(另見 jiào) 嚼(另見 jiáo)
438 juě (蹶)*
439 juè (倔)*
440 jūn 君 均 軍 菌(另見 jùn)
441 jùn 俊 峻 竣 駿 菌(另見 jūn)

— K —

442 kā 咖(另見 gā)
443 kǎ 卡(另見 qiǎ)
444 kāi 開
445 kǎi 凱 慨 楷
446 kài (愾)
447 kān 刊 勘 堪 看(另見 kàn)
448 kǎn 坎 侃 砍
449 kàn 瞰# 看(另見 kān)

450 kāng 康 慷
451 káng 扛
452 kàng 抗 炕
453 kǎo 考 拷 烤
454 kào 靠
455 kē 科 苛 柯# 棵 磕 瞌 蝌 顆
456 ké 咳(另見 hāi) 殼(另見 qiào)
457 kě 可 坷 渴
458 kè 克 刻 客 課
459 kěn 肯 啃 墾 懇
460 kèn (裉)
461 kēng 坑
462 kōng 空(另見 kòng)
463 kǒng 孔 恐
464 kòng 控 空(另見 kōng)
465 kōu 摳
466 kǒu 口
467 kòu 扣 寇
468 kū 枯 哭 窟
469 kǔ 苦
470 kù 庫 酷 褲
471 kuā 誇
472 kuǎ 垮
473 kuà 挎 跨
474 kuǎi (蒯)
475 kuài 快 塊 筷 膾 會(另見 huì)
476 kuān 寬
477 kuǎn 款
478 kuāng 筐
479 kuáng 狂
480 kuàng 況 框 眶 曠 礦
481 kuī 窺 虧
482 kuí 葵 魁
483 kuǐ 傀
484 kuì 愧 潰 饋
485 kūn 昆 坤
486 kǔn 捆
487 kùn 困
488 kuò 括 廓 闊 擴

— L —

489	lā	垃　啦　拉(另見 lá)　喇(另見 lǎ)
490	lá	(旯)　拉(另見 lā)
491	lǎ	喇(另見 lā)
492	là	辣　臘　蠟　落(另見 lào、luò)
493	lái	來
494	lài	賴
495	lán	婪　闌　藍　攔　籃　欄　蘭
496	lǎn	懶　覽　攬　纜
497	làn	濫　爛
498	lāng	(啷)
499	láng	郎　狼　廊　螂
500	lǎng	朗
501	làng	浪
502	lāo	撈
503	láo	牢　勞　嘮(另見 lào)
504	lǎo	老　姥
505	lào	烙　澇　嘮(另見 láo)　落(另見 là、luò)
506	lè	勒(另見 lēi)　樂(另見 yuè)
507	lēi	勒(另見 lè)
508	léi	雷　擂(另見 lèi)
509	lěi	儡　蕾　壘　累(另見 lèi)
510	lèi	肋　淚　類　累(另見 lěi)　擂(另見 léi)
511	lēng	[稜]
512	léng	稜*
513	lěng	冷
514	lèng	愣
515	lī	(哩)
516	lí	璃　狸　梨　犁　喱　黎　罹　釐　離　籬
517	lǐ	李　里　理　裏　禮　鯉
518	lì	力　立　吏　利　例　俐　栗　荔　粒　莉　蒞　厲　曆　歷　勵　隸　瀝　麗
519	liǎ	倆(另見 liǎng)
520	lián	連　廉　憐　蓮　聯　簾
521	liǎn	臉
522	liàn	煉　練　殮　鏈　戀
523	liáng	良　涼　梁#　粱　樑　糧　量(另見 liàng)
524	liǎng	兩　倆(另見 liǎ)
525	liàng	亮　晾　諒　靚　輛　量(另見 liáng)
526	liāo	(撩)*
527	liáo	聊　僚　嘹　潦　遼　療　繚

528 liǎo 了* 瞭(另見 liào)
529 liào 料 瞭(另見 liǎo)
530 liē (咧)*
531 liě (咧)*
532 liè 列 劣 烈 裂 獵 鱲#
533 līn (拎)
534 lín 林 淋 琳# 鄰 磷 臨
535 lǐn (凜)
536 lìn 賃
537 líng 伶 玲 凌 羚 聆 陵 鈴 零 齡 靈
538 lǐng 領 嶺
539 lìng 令 另
540 liū 溜(另見 liù)
541 liú 流 留 硫 榴 瘤 餾 劉# 瀏
542 liǔ 柳
543 liù 六 遛 溜(另見 liū)
544 lōng [隆]
545 lóng 隆 龍 窿 嚨 朧 瓏 聾 籠(另見 lǒng)
546 lǒng 壟 攏 籠(另見 lóng)
547 lòng 弄(另見 nòng)
548 lōu [摟]
549 lóu 樓
550 lǒu 摟*
551 lòu 陋 漏 露(另見 lù)
552 lú 盧# 爐 蘆
553 lǔ 鹵 虜 魯
554 lù 陸 鹿 碌 賂 路 錄 露(另見 lòu)
555 lǘ 驢
556 lǚ 呂# 侶 旅 縷 鋁 屢 履
557 lǜ 律 氯 綠 慮 濾 率(另見 shuài)
558 luán (孿)
559 luǎn 卵
560 luàn 亂
561 lüè 掠 略
562 lūn 掄(另見 lún)
563 lún 倫 淪 輪 掄(另見 lūn)
564 lùn 論*
565 luō (捋)*
566 luó 羅 蘿 邏 籮 鑼
567 luǒ 裸

568 luò 洛 絡 駱 落(另見 là、lào)

— M —

569 mā 媽 抹(另見 mǒ)
570 má 麻
571 mǎ 馬 碼 螞 嗎*
572 mà 罵
573 mái 埋(另見 mán)
574 mǎi 買
575 mài 麥 賣 邁 脉(另見 mò)
576 mán 瞞 饅 蠻 埋(另見 mái)
577 mǎn 滿
578 màn 曼# 慢 漫 蔓
579 máng 忙 芒 盲 茫 氓
580 mǎng 莽
581 māo 貓
582 máo 毛 矛 茅 髦
583 mǎo (卯)
584 mào 冒 茂 帽 貿 貌
585 méi 枚 玫 眉 梅 莓 媒 煤 霉 沒(另見 mò)
586 měi 每 美 鎂
587 mèi 妹 昧 媚 魅
588 mēn 悶(另見 mèn)
589 mén 門
590 mèn 悶(另見 mēn)
591 mēng (朦)
592 méng 萌 盟 朦 檬 蒙(另見 měng)
593 měng 猛 蒙(另見 méng)
594 mèng 孟# 夢
595 mī (咪)
596 mí 迷 眯 彌 謎 瀰 靡(另見 mǐ)
597 mǐ 米 靡(另見 mí)
598 mì 泌 密 蜜 覓 秘(另見 bì)
599 mián 眠 棉 綿
600 miǎn 免 勉 冕 緬
601 miàn 面 麵
602 miāo (喵)
603 miáo 苗 描 瞄
604 miǎo 渺 秒
605 miào 妙 廟

606 miē (咩)

607 miè 滅 蔑 蠛

608 mín 民

609 mǐn 皿 敏 閩#

610 míng 名 明 銘 鳴

611 mǐng 酩#

612 mìng 命

613 miù 謬

614 mō 摸

615 mó 摩 膜 蘑 魔 麼 模(另見 mú) 磨(另見 mò)

616 mǒ 抹(另見 mā)

617 mò 末 沫 茉 陌 莫 寞 漠 墨 默 沒(另見 méi) 脉(另見 mài) 磨(另見 mó)

618 mōu (哞)

619 móu 牟 謀

620 mǒu 某

621 mú 模(另見 mó)

622 mǔ 母 牡 姆 拇 畝

623 mù 木 目 沐 牧 募 睦 墓 幕 慕 暮 穆

— N —

624 nā [那]

625 ná 拿

626 nǎ 哪(另見 něi)

627 nà 吶 娜# 納 鈉 那(另見 nèi)

628 nǎi 乃 奶

629 nài 奈 耐

630 nán 男 南 難(另見 nàn)

631 nǎn (腩)

632 nàn 難(另見 nán)

633 nāng (囔)

634 náng 囊*

635 nǎng (攮)

636 nàng (齉)

637 náo 撓

638 nǎo 惱 腦

639 nào 鬧

640 né [哪]

641 nè (訥)

642 něi (餒) 哪(另見 nǎ)

643 nèi 內 那(另見 nà)

644	nèn	嫩
645	néng	能
646	nī	妮#
647	ní	尼　泥　呢*　霓
648	nǐ	你　擬
649	nì	匿　逆　溺　膩
650	niān	(蔫)
651	nián	年　黏
652	niǎn	撵　輾(另見 zhǎn)
653	niàn	念
654	niáng	娘
655	niàng	釀
656	niǎo	鳥
657	niào	尿*
658	niē	捏
659	niè	聶#
660	nín	您
661	níng	凝　檸　寧(另見 nìng)
662	nǐng	擰(另見 nìng)
663	nìng	寧(另見 níng)　擰(另見 nǐng)
664	niū	妞
665	niú	牛
666	niǔ	扭　紐　鈕
667	niù	(拗)*
668	nóng	農　濃
669	nòng	弄(另見 lòng)
670	nú	奴
671	nǔ	努
672	nù	怒
673	nǚ	女
674	nuǎn	暖
675	nüè	虐
676	nuó	挪
677	nuò	諾
	— O —	
678	ō	噢
679	ó	哦*
680	ǒ	(嚄)*
681	ò	[哦]

682 ōu 歐 毆 鷗 區(另見 qū)

683 óu (嘔)*

684 ǒu 偶 嘔 藕

685 òu (漚)

— P —

686 pā 趴 啪

687 pá 爬 扒(另見 bā)

688 pà 怕

689 pāi 拍

690 pái 徘 排 牌

691 pǎi [迫]

692 pài 派 湃

693 pān 攀 潘# 番(另見 fān)

694 pán 盤

695 pàn 判 叛 盼 畔

696 pāng 乓

697 páng 旁 螃 龐 膀(另見 bǎng)

698 pǎng (耪)

699 pàng 胖*

700 pāo 拋 泡(另見 pào)

701 páo 咆 袍 炮(另見 pào)

702 pǎo 跑

703 pào 泡(另見 pāo) 炮(另見 páo)

704 pēi 胚

705 péi 培 陪 賠

706 pèi 沛 佩 配

707 pēn 噴*

708 pén 盆

709 pèn [噴]

710 pēng 抨 砰 烹

711 péng 朋 棚 彭# 澎 蓬 膨 篷

712 pěng 捧

713 pèng 碰

714 pī 批 披 劈

715 pí 皮 疲 啤 琵 脾

716 pǐ 匹 否(另見 fǒu)

717 pì 屁 媲 僻 譬 闢

718 piān 偏 篇 片(另見 piàn)

719	pián	便(另見 biàn)
720	piàn	騙　片(另見 piān)
721	piāo	飄　漂(另見 piǎo、piào)
722	piáo	(瓢)
723	piǎo	漂(另見 piāo、piào)
724	piào	票　漂(另見 piāo、piǎo)
725	piē	瞥　撇(另見 piě)
726	piě	撇(另見 piē)
727	pīn	拼
728	pín	貧
729	pǐn	品
730	pìn	聘
731	pīng	乒
732	píng	平　坪　瓶　萍　評　憑　蘋　屏(另見 bǐng)
733	pō	坡　頗　潑　泊(另見 bó)
734	pó	婆
735	pǒ	(叵)
736	pò	迫*　破　魄
737	pōu	剖
738	póu	(抔)
739	pū	撲　鋪(另見 pù)
740	pú	菩　葡　僕
741	pǔ	浦#　普　樸　譜　埔#(另見 bù)
742	pù	瀑　鋪(另見 pū)

— Q —

743	qī	七　沏　妻　戚　淒　期　棲　欺　漆
744	qí	其　奇　歧　祈　崎　淇　棋　旗　齊　騎
745	qǐ	乞　企　豈　起　啓　綺#
746	qì	汽　迄　泣　契　砌　氣　棄　器
747	qiā	掐
748	qiá	(拤)
749	qiǎ	卡(另見 kǎ)
750	qià	恰　洽
751	qiān	千　牽　鉛　遷　謙　簽　籤
752	qián	前　虔　鉗　潛　錢　乾(另見 gān)
753	qiǎn	淺　遣　譴
754	qiàn	欠　嵌　歉
755	qiāng	腔　槍　嗆(另見 qiàng)
756	qiáng	牆　強(另見 jiàng、qiǎng)

757 qiăng 搶 強(另見 jiàng、qiáng)

758 qiàng 嗆(另見 qiāng)

759 qiāo 敲 鍬 蹺 悄(另見 qiăo)

760 qiáo 喬 僑 橋 瞧 翹(另見 qiào)

761 qiăo 巧 悄(另見 qiāo)

762 qiào 俏 峭 撬 竅 殼(另見 ké) 翹(另見 qiáo)

763 qiē 切(另見 qiè)

764 qié 茄(另見 jiā)

765 qiě 且

766 qiè 怯 竊 切(另見 qiē)

767 qīn 侵 欽 親(另見 qìng)

768 qín 芹 秦# 琴 勤 禽

769 qǐn (寢)

770 qìn 沁#

771 qīng 青 卿 氫 清 傾 蜻 輕

772 qíng 情 晴 擎

773 qǐng 頃 請

774 qìng 慶 親(另見 qīn)

775 qióng 窮 瓊#

776 qiū 丘 邱# 秋 蚯

777 qiú 囚 求 酋 球

778 qiǔ (糗)

779 qū 屈 嶇 趨 軀 驅 曲(另見 qŭ) 區(另見 ōu)

780 qú 渠

781 qŭ 取 娶 曲(另見 qū)

782 qù 去 趣

783 quān 圈(另見 juàn)

784 quán 全 泉 拳 荃# 痊 權

785 quăn 犬

786 quàn 券 勸

787 quē 缺

788 qué 瘸

789 què 卻 雀 榷 確 鵲

790 qún 群 裙

— R —

791 rán 然 燃

792 răn 染

793 rāng 嚷(另見 răng)

794 ráng (瓤)

795	rǎng	壤　嚷(另見 rāng)
796	ràng	讓
797	ráo	饒
798	rǎo	擾
799	rào	繞
800	rě	惹
801	rè	熱
802	rén	人　仁　任(另見 rèn)
803	rěn	忍
804	rèn	刃　紉　韌　飪　認　任(另見 rén)
805	rēng	扔
806	réng	仍
807	rì	日
808	róng	容　絨　溶　蓉#　榮　熔　榕　融
809	rǒng	(冗)
810	róu	柔　揉
811	ròu	肉
812	rú	如　儒#　孺
813	rǔ	乳　辱
814	rù	入　褥
815	ruǎn	軟
816	ruí	(蕤)
817	ruǐ	蕊#
818	ruì	瑞　銳
819	rùn	閏　潤
820	ruò	若　弱

— S —

821	sā	撒(另見 sǎ)
822	sǎ	灑　撒(另見 sā)
823	sà	薩
824	sāi	腮　塞(另見 sài、sè)
825	sài	賽　塞(另見 sāi、sè)
826	sān	三
827	sǎn	傘　散(另見 sàn)
828	sàn	散(另見 sǎn)
829	sāng	桑　喪(另見 sàng)
830	sǎng	嗓
831	sàng	喪(另見 sāng)
832	sāo	騷

833	sǎo	嫂　掃(另見 sào)
834	sào	掃(另見 sǎo)
835	sè	色　澀　塞(另見 sāi、sài)
836	sēn	森
837	sēng	僧
838	shā	沙　砂　紗　殺　鯊　剎(另見 chà)
839	shá	啥
840	shǎ	傻
841	shà	廈(另見 xià)
842	shāi	篩
843	shài	曬
844	shān	山　刪　珊　衫　煽
845	shǎn	閃　陝#
846	shàn	扇　善　擅　贍　單(另見 dān)
847	shāng	商　傷
848	shǎng	賞　上(另見 shàng)
849	shàng	尚　上(另見 shǎng)
850	shāo	捎　梢　稍　燒
851	sháo	勺
852	shǎo	少(另見 shào)
853	shào	哨　紹　少(另見 shǎo)
854	shē	奢
855	shé	舌　蛇　折(另見 zhē、zhé)
856	shě	捨
857	shè	社　舍　射　涉　設　赦　攝
858	shéi	誰(另見 shuí)
859	shēn	申　伸　身　呻　深　紳　參(另見 cān、cēn)
860	shén	神　甚(另見 shèn)
861	shěn	沈#　審　嬸
862	shèn	腎　慎　滲　甚(另見 shén)
863	shēng	升　生　牲　甥　聲
864	shéng	繩
865	shěng	省(另見 xǐng)
866	shèng	剩　勝　聖　乘(另見 chéng)　盛(另見 chéng)
867	shī	失　屍　施　師　獅　詩　濕
868	shí	十　石　拾　食　時　實　蝕　識
869	shǐ	史　使　始　屎　駛
870	shì	士　氏　世　市　示　式　事　侍　室　是　柿　逝　視　勢　嗜　試　飾　誓　適　釋　似(另見 sì)
871	shōu	收

872	shóu	熟(另見 shú)
873	shǒu	手　守　首
874	shòu	受　售　狩　授　壽　瘦　獸
875	shū	抒　叔　書　淑#　梳　殊　疏　舒　樞　蔬　輸
876	shú	贖　熟(另見 shóu)
877	shǔ	暑　蜀#　署　鼠　曙　薯　屬　數(另見 shù)
878	shù	束　述　恕　術　墅　漱　豎　樹　數(另見 shǔ)
879	shuā	刷
880	shuǎ	耍
881	shuāi	衰　摔
882	shuǎi	甩
883	shuài	帥　蟀　率(另見 lǜ)
884	shuān	拴　栓
885	shuàn	涮
886	shuāng	霜　雙
887	shuǎng	爽
888	shuí	誰(另見 shéi)
889	shuǐ	水
890	shuì	稅　睡　說(另見 shuō)
891	shǔn	(吮)
892	shùn	順　瞬
893	shuō	說(另見 shuì)
894	shuò	碩　爍
895	sī	司　私　思　斯　絲　撕
896	sǐ	死
897	sì	四　寺　祀　肆　飼　伺(另見 cì)　似(另見 shì)
898	sōng	松　鬆
899	sóng	
900	sǒng	聳
901	sòng	宋#　送　訟　頌　誦
902	sōu	搜　艘
903	sǒu	(叟)
904	sòu	嗽
905	sū	穌　蘇
906	sú	俗
907	sù	素　速　肅　訴　塑　宿(另見 xiǔ)
908	suān	酸
909	suàn	算　蒜
910	suī	雖
911	suí	隨　遂(另見 suì)

912 suǐ 髓
913 suì 歲 碎 隧 穗 遂(另見 suí)
914 sūn 孫
915 sǔn 筍 損
916 suō 嗦 唆 梭 縮
917 suǒ 所 索 瑣 鎖

— T —

918 tā 他 它 她 塌 踏(另見 tà)
919 tǎ 塔
920 tà 榻 撻 蹋 踏(另見 tā)
921 tāi 胎
922 tái 台 抬 枱 颱
923 tài 太 汰 泰 態
924 tān 貪 攤 灘 癱
925 tán 痰 潭 譚# 談 壇 彈(另見 dàn)
926 tǎn 坦 毯
927 tàn 炭 探 嘆 碳
928 tāng 湯
929 táng 唐 堂 棠 塘 膛 糖
930 tǎng 倘 淌 躺
931 tàng 趟 燙
932 tāo 掏 滔 濤
933 táo 桃 逃 淘 陶 萄
934 tǎo 討
935 tào 套
936 tè 特
937 tēng (熥)
938 téng 疼 藤 騰
939 tī 剔 梯 踢
940 tí 題 提(另見 dī)
941 tǐ 體
942 tì 剃 涕 屜 惕 替
943 tiān 天 添
944 tián 田 甜 填
945 tiǎn (舔)
946 tiàn (掭)
947 tiāo 挑(另見 tiǎo)
948 tiáo 條 調(另見 diào)
949 tiǎo 挑(另見 tiāo)

950 tiào 眺 跳
951 tiē 貼
952 tiě 鐵 帖(另見 tiè)
953 tiè 帖(另見 tiě)
954 tīng 聽 廳
955 tíng 廷 亭 庭 停 蜓
956 tǐng 挺 艇
957 tìng (梃)*
958 tōng 通(另見 tòng)
959 tóng 桐 童 銅 同(另見 tòng)
960 tǒng 捅 桶 統 筒
961 tòng 痛 同(另見 tóng) 通(另見 tōng)
962 tōu 偷
963 tóu 投 頭
964 tòu 透
965 tū 凸 禿 突
966 tú 徒 屠 途 塗 圖
967 tǔ 土 吐(另見 tù)
968 tù 兔 吐(另見 tǔ)
969 tuān (湍)
970 tuán 團
971 tuī 推
972 tuí 頹
973 tuǐ 腿
974 tuì 退
975 tūn 吞
976 tún 屯 豚 飩
977 tùn (褪)*
978 tuō 托 拖 託 脫
979 tuó 馱 駝
980 tuǒ 妥 橢
981 tuò 拓 唾

— W —

982 wā 挖 蛙 窪 哇* 凹(另見 āo)
983 wá 娃
984 wǎ 瓦
985 wà 襪
986 wāi 歪
987 wǎi (崴)*

988	wài	外
989	wān	豌 彎 灣
990	wán	丸 完 玩 頑
991	wǎn	挽 婉# 惋 晚 碗
992	wàn	腕 萬
993	wāng	汪
994	wáng	亡 王
995	wǎng	往 枉 網
996	wàng	妄 忘 旺 望
997	wēi	危 威 微 薇# 巍
998	wéi	桅 唯 惟 圍 違 維 爲(另見 wèi)
999	wěi	尾 委 僞 偉 萎 緯
1000	wèi	未 位 味 畏 胃 猬 喂 尉 慰 衛 餵 謂 魏# 爲(另見 wéi)
1001	wēn	溫 瘟
1002	wén	文 紋 蚊 聞
1003	wěn	吻 紊 穩
1004	wèn	問
1005	wēng	翁 嗡
1006	wěng	(蓊)
1007	wèng	(甕)
1008	wō	渦 窩 蝸
1009	wǒ	我
1010	wò	沃 臥 握 斡
1011	wū	污 巫 屋 烏 嗚 誣
1012	wú	毋 吳# 梧 無
1013	wǔ	五 午 伍 武 侮 捂 舞 鵡
1014	wù	勿 物 悟 務 晤 誤 霧 惡(另見 è)

— X —

1015	xī	夕 西 吸 希 昔 析 息 悉 惜 晰 稀 犀 熙# 蜥 熄 溪 膝 錫 蟋 犧
1016	xí	席 習 媳 襲
1017	xǐ	洗 喜
1018	xì	系 係 細 隙 戲 繫(另見 jì)
1019	xiā	瞎 蝦
1020	xiá	俠 峽 狹 暇 轄 霞
1021	xià	下 夏 廈(另見 shà) 嚇(另見 hè)
1022	xiān	仙 先 掀 纖 鮮(另見 xiǎn)
1023	xián	弦 閒 嫌 銜 賢 嫻# 鹹
1024	xiǎn	險 顯 鮮(另見 xiān)

1025　xiàn　限　現　陷　羨　線　憲　縣　餡　獻
1026　xiāng　香　廂　鄉　湘#　箱　鑲　相(另見 xiàng)
1027　xiáng　祥　翔　詳　降(另見 jiàng)
1028　xiǎng　享　想　餉　響
1029　xiàng　向　象　項　像　橡　嚮　巷(另見 hàng)　相(另見 xiāng)
1030　xiāo　宵　消　逍　硝　銷　蕭　瀟　囂　削(另見 xuē)
1031　xiáo　淆
1032　xiǎo　小　曉
1033　xiào　孝　肖　哮　效　笑　嘯　校(另見 jiào)
1034　xiē　些　歇　蠍
1035　xié　邪　協　挾　脅　斜　鞋　諧　攜
1036　xiě　寫　血(另見 xuè)
1037　xiè　卸　泄　洩　屑　械　懈　謝　瀉　蟹　解(另見 jiě、jiè)
1038　xīn　心　辛　欣　芯　新　鋅　薪　馨
1039　xìn　信　釁
1040　xīng　星　猩　腥　興(另見 xìng)
1041　xíng　刑　形　型　行(另見 háng)
1042　xǐng　醒　省(另見 shěng)
1043　xìng　杏　姓　幸　性　倖　興(另見 xīng)
1044　xiōng　兄　兇　匈#　洶　胸
1045　xióng　雄　熊
1046　xiū　休　修　羞
1047　xiǔ　朽　宿(另見 sù)
1048　xiù　秀　袖　嗅　繡　鏽　臭(另見 chòu)
1049　xū　虛　須　需　墟　鬚
1050　xú　徐#
1051　xǔ　栩　許
1052　xù　旭　序　恤　酗　婿　絮　緒　蓄　續　敍　畜(另見 chù)
1053　xuān　宣　喧　暄
1054　xuán　漩　懸　旋(另見 xuàn)
1055　xuǎn　選
1056　xuàn　渲　炫　絢　旋(另見 xuán)
1057　xuē　靴　削(另見 xiāo)
1058　xué　穴　學
1059　xuě　雪
1060　xuè　血(另見 xiě)
1061　xūn　勛　熏　勳
1062　xún　旬　巡　尋　循　詢
1063　xùn　汛　迅　訊　訓　馴　遜

— Y —

1064	yā	丫 押 鴉 鴨 呀* 壓(另見 yà)
1065	yá	牙 芽 崖 涯
1066	yǎ	啞 雅
1067	yà	亞 訝 軋(另見 zhá) 壓(另見 yā)
1068	yān	淹 煙 燕(另見 yàn) 咽(另見 yàn、yè)
1069	yán	言 岩 延 沿 炎 研 閻# 顏 嚴 鹽
1070	yǎn	衍 掩 眼 演
1071	yàn	宴 焰 雁 厭 諺 驗 艷 燕(另見 yān) 咽(另見 yān、yè)
1072	yāng	央 殃 秧
1073	yáng	羊 洋 揚 陽 楊
1074	yǎng	仰 氧 養 癢
1075	yàng	樣
1076	yāo	夭 吆 妖 腰 邀 要(另見 yào)
1077	yáo	堯# 搖 遙 窑 謠
1078	yǎo	咬 舀
1079	yào	藥 耀 鑰 要(另見 yāo)
1080	yē	耶 椰
1081	yé	爺
1082	yě	也 冶 野
1083	yè	夜 頁 液 業 葉 咽(另見 yān、yàn)
1084	yī	一 伊 衣 依 醫
1085	yí	宜 姨 胰 移 疑 頤# 儀 遺
1086	yǐ	乙 已 以 倚 椅 蟻
1087	yì	亦 屹 役 抑 易 疫 益 異 翌 意 蜴 逸 溢 裔 義 詣 億 毅 誼 憶 翼 繹 藝 議 譯
1088	yīn	因 姻 音 殷 陰 蔭(另見 yìn)
1089	yín	吟 淫 銀
1090	yǐn	引 蚓 飲 隱 癮
1091	yìn	印 蔭(另見 yīn)
1092	yīng	英 嬰 櫻 鶯 鷹 鸚 應(另見 yìng)
1093	yíng	迎 盈 熒 瑩 螢 營 蠅 贏
1094	yǐng	影 穎
1095	yìng	映 硬 應(另見 yīng)
1096	yōng	庸 傭 擁 臃
1097	yǒng	永 泳 勇 湧 詠 踴
1098	yòng	用 佣
1099	yōu	幽 悠 憂 優
1100	yóu	尤 由 油 游 猶 郵 遊 鈾 柚(另見 yòu)
1101	yǒu	友 有

1102 yòu 又 右 幼 祐 誘 柚(另見 yóu)

1103 yū 迂

1104 yú 于# 余# 於 娛 魚 愉 愚 榆 逾 漁 餘 輿

1105 yǔ 予 宇 羽 雨 禹# 語 嶼 與(另見 yù)

1106 yù 玉 育 郁 浴 域 欲 喻 寓 愈 裕 遇 預 獄 御 禦 諭 豫 癒 譽 鬱 籲 與(另見 yǔ)

1107 yuān 冤 淵

1108 yuán 元 原 員 袁# 援 園 圓 源 猿 緣

1109 yuǎn 遠

1110 yuàn 苑# 怨 院 願

1111 yuē 曰 約

1112 yuè 月 岳 悅 越 粵 閱 躍 樂(另見 lè)

1113 yūn 暈(另見 yùn)

1114 yún 勻 耘 雲

1115 yǔn 允

1116 yùn 孕 運 熨 醞 韻 蘊 暈(另見 yūn)

— Z —

1117 zā 扎(另見 zhā、zhá)

1118 zá 砸 雜

1119 zāi 災 栽

1120 zǎi 宰 仔(另見 zǐ) 載(另見 zài)

1121 zài 再 在 載(另見 zǎi)

1122 zān (簪)

1123 zán 咱

1124 zǎn 攢

1125 zàn 暫 贊 讚

1126 zāng 髒

1127 zàng 葬 臟 藏(另見 cáng)

1128 zāo 遭 糟

1129 záo 鑿

1130 zǎo 早 棗 澡 藻

1131 zào 灶 皂 造 噪 燥 躁

1132 zé 則 責 擇 澤

1133 zè (仄)

1134 zéi 賊 鰂#

1135 zěn 怎

1136 zēng 增 憎 曾(另見 céng)

1137 zèng 贈

1138 zhā 紮 渣 楂 扎(另見 zā、zhá)

1139 zhá 閘 炸(另見 zhà) 軋(另見 yà) 扎(另見 zā、zhā)

1140	zhǎ	眨
1141	zhà	詐　榨　炸(另見 zhá)
1142	zhāi	摘
1143	zhái	宅
1144	zhǎi	窄
1145	zhài	債　寨
1146	zhān	沾　粘　瞻
1147	zhǎn	展　斬　盞　嶄　輾(另見 niǎn)
1148	zhàn	佔　站　湛　綻　戰　蘸
1149	zhāng	張　章　彰　蟑
1150	zhǎng	掌　長(另見 cháng)　漲(另見 zhàng)
1151	zhàng	丈　仗　杖　帳　脹　障　賬　漲(另見 zhǎng)
1152	zhāo	招　朝(另見 cháo)　着(另見 zháo、zhuó)
1153	zháo	着(另見 zhāo、zhuó)
1154	zhǎo	找　沼　爪(另見 zhuǎ)
1155	zhào	召　兆　照　罩　肇　趙#
1156	zhē	遮　蜇(另見 zhé)　折(另見 shé、zhé)
1157	zhé	哲　摺　輒　轍　蜇(另見 zhē)　折(另見 shé、zhē)
1158	zhě	者
1159	zhè	浙#　蔗　這(另見 zhèi)
1160	zhèi	這(另見 zhè)
1161	zhēn	珍　貞　真　針　偵　斟
1162	zhěn	枕　疹　診
1163	zhèn	圳#　振　陣　賑　震　鎮
1164	zhēng	征　爭　睜　箏　蒸　徵　癥　正(另見 zhèng)　掙(另見 zhèng)
1165	zhěng	拯　整
1166	zhèng	政　症　鄭　證　正(另見 zhēng)　掙(另見 zhēng)
1167	zhī	之　支　汁　枝　知　肢　芝　脂　隻　蜘　織
1168	zhí	直　侄　值　執　植　殖　職
1169	zhǐ	止　只　旨　址　指　紙
1170	zhì	至　志　制　治　炙　峙　致　秩　窒　智　稚　置　滯　製　誌　幟　摯　緻　質　擲
1171	zhōng	忠　衷　終　鍾#　鐘　中(另見 zhòng)
1172	zhǒng	腫　種(另見 zhòng)
1173	zhòng	仲　眾　中(另見 zhōng)　重(另見 chóng)
1174	zhōu	州　舟　周　洲　粥
1175	zhóu	軸(另見 zhòu)
1176	zhǒu	(肘)
1177	zhòu	宙　晝　皺　驟　軸(另見 zhóu)
1178	zhū	朱#　株　珠　蛛　諸　豬

1179 zhú 竹 逐 燭
1180 zhǔ 主 拄 煮 囑 矚
1181 zhù 住 助 注 柱 祝 著 註 貯 駐 築 鑄
1182 zhuā 抓
1183 zhuǎ 爪(另見 zhǎo)
1184 zhuài 拽*
1185 zhuān 專 磚
1186 zhuǎn 轉(另見 zhuàn)
1187 zhuàn 撰 賺 傳(另見 chuán) 轉(另見 zhuǎn)
1188 zhuāng 妝 莊 裝 樁
1189 zhuǎng (奘)*
1190 zhuàng 壯 狀 撞 幢
1191 zhuī 追 椎
1192 zhuì 綴 墜
1193 zhūn (諄)
1194 zhǔn 准 準
1195 zhuō 拙 捉 桌
1196 zhuó 卓 茁 酌 啄 濁 琢(另見 zuó) 着(另見 zhāo、zháo)
1197 zī 姿 滋 資 諮
1198 zǐ 子* 姊 籽 紫 仔(另見 zǎi)
1199 zì 字 自
1200 zōng 宗 棕 綜 蹤
1201 zǒng 總
1202 zòng 粽 縱
1203 zōu 鄒#
1204 zǒu 走
1205 zòu 奏 揍
1206 zū 租
1207 zú 足 卒 族
1208 zǔ 阻 祖 組
1209 zuān 鑽(另見 zuàn)
1210 zuǎn (纂)
1211 zuàn 攥 鑽(另見 zuān)
1212 zuǐ 咀*# 嘴
1213 zuì 最 罪 醉
1214 zūn 尊 遵
1215 zuō [作]
1216 zuó 昨 琢(另見 zhuó)
1217 zuǒ 左
1218 zuò 作 坐 座 做

香港理工大學

《香港地區普通話教學與測試詞匯等級大綱(附漢字表)》

鑒定書

2005年1月4日

《香港地區普通話教學與測試詞匯等級大綱(附漢字表)》

鑒定書

為了滿足香港地區普通話教學與測試的實際需要，並對香港地區推廣國家通用語言發揮積極作用，香港理工大學從 1999 年開始研製《香港地區普通話教學與測試詞匯等級大綱(附漢字表)》（以下簡稱《大綱》)。經過六年認真細緻的研究，至 2004 年完成。2005 年 1 月 4 日，香港理工大學邀請十五位海內外專家學者，組成《大綱》專家鑒定委員會，對《大綱》進行鑒定。專家鑒定委員會聽取了《大綱》研製組的研製報告與說明，並對《大綱》進行了深入、細緻的審核與討論，鑒定意見如下：

1. 《大綱》的研製基礎堅實，理據充分。《大綱》所依據的八種詞語表，包括了內地、香港、台灣現代漢語通用詞語表，以及適用於某些領域的詞語表，這些詞語表比較客觀地反映了現代漢語詞語的使用情況，具有較強的科學性和較高的實用性。《大綱》對八種詞語表進行了綜合的比較研究，吸收其合理成份，並依據研製目的和有關理論，加以篩選、調整、補充，基礎紮實，依據充分。

2. 《大綱》具有較強的科學性，所收的詞語具有規範性。《大綱》確定的收詞原則合理、恰當，所收的詞語是研製者經過四個階段的工作，反覆推敲篩選出來的，這些詞語總體上符合科學性和規範性的收詞原則，體現了普通話的詞語規範，具有較強的通用性，能爲社會接受。

3. 《大綱》具有較強的適應性。《大綱》依據所確定的針對性收詞原則，充分考慮香港推廣普通話的實際，增收了部份香港地區使用普通話時需要的詞語，並對兒化詞語作了精選，這更利於香港地區普通話的學習與推廣。

4. 《大綱》具有較好的系統性。《大綱》依據所確定的系統性收詞原則，主要按照使用頻度，並參照詞語分布、教學需要等相關因素，將所收詞語分爲三級，以適應不同程度學習者的需要，並對不同類別詞語進行了系統性處理，保持了《大綱》的完整性和一致性。

專家鑒定委員會認爲，《大綱》作爲香港地區普通話教學與測試的指導性綱要，是成熟的，特色明顯，規範性、適用性、穩定性較強，學術水平和實用價值較高。專家鑒定委員會對《大綱》一致予以肯定，並通過鑒定。

專家鑒定委員會建議，《大綱》研製者繼續關注、研究香港地區語言生活中的詞語發展、變化，對《大綱》中的詞語進行調整或補充，使之更臻完善，在香港地區的普通話教學與測試中發揮更大的作用。

專家鑒定委員會成員名單

主　任：胡明揚教授　　中國人民大學教授

副主任：李宇明教授　　教育部語言文字信息管理司司長
　　　　　　　　　　　教育部語言文字應用研究所所長
　　　　傅永和教授　　前國家語委副主任

委員（姓名拼音序）：
　　　　陳章太教授　　國家語委語用所學術委員會主任
　　　　　　　　　　　中國應用語言學會會長
　　　　桂詩春教授　　廣州外語外貿大學教授
　　　　侯精一教授　　中國語言學會會長
　　　　　　　　　　　中國社科院語言所《中國語文》雜誌主編
　　　　李行健教授　　國家語委原語文出版社社長
　　　　李英哲教授　　美國夏威夷大學教授
　　　　單周堯教授　　香港大學中文系主任
　　　　邵敬敏教授　　暨南大學教授
　　　　蘇金智教授　　教育部語言文字應用研究所
　　　　　　　　　　　社會語言學與媒體語言研究室主任
　　　　佟樂泉教授　　國家語委語用所原副所長
　　　　　　　　　　　中國應用語言學會副會長兼秘書長
　　　　詹伯慧教授　　暨南大學教授
　　　　張雙慶教授　　香港中文大學中文系教授
　　　　張一清副教授　教育部語言文字應用研究所
　　　　　　　　　　　普通話和語言教學研究室主任

秘書長：　陳章太教授（兼）

香港理工大學代表
梁天培教授（副校長兼設計及語文學院院長）　（代）

2005 年 1 月 4 日　香港理工大學